輕舔絲絨

Tipping the Velvet

Sarah Waters

莎拉・華特絲 ———著 章晉唯 ———譯

目錄

第一部

第一章

你可曾嘗過惠斯塔布的牡蠣？嘗過的話，一定難以忘懷。惠斯塔布牡蠣一般稱作「惠斯塔布特產牡蠣」，牠們生長在肯特曲折的海岸線上，因此肥美多汁，滋味豐郁，毫不膩口，是全英格蘭最美味的牡蠣。惠斯塔布牡蠣遠近馳名，不在話下。法國人的挑嘴出了名，但他們不惜定期橫跨海峽前來購買。他們會將牡蠣裝到加入冰塊的大木桶中，揚帆載回國內，端到漢堡和柏林的餐桌上。據說，連國王和科普爾夫人[1]都曾親自來到惠斯塔布，住在私人招待所享用牡蠣。至於前女王[2]，據傳她過世之前，一天要吃一個惠斯塔布牡蠣。

你可曾去過惠斯塔布？見過那裡的牡蠣店嗎？我父親有一間牡蠣店，我就是在那裡出生的。那間店是個簡陋狹窄的小屋，在主幹道和港口中間，以隔板搭建而成，藍漆斑駁，你有印象嗎？門上頭有個受潮膨脹的看板，上面寫著「艾士特利家的牡蠣，全肯特第一」，你記得嗎？你搞不好曾推開那道門，走進天花板低矮的店裡，在昏暗中聞到裡頭的香氣？你記得餐桌上方塊紋路的桌布嗎？還有用粉筆在木板上寫的價目表、酒精燈和凝結水珠的奶油塊？

招呼你的是不是一個雙頰紅潤、舉止粗魯的鬈髮女孩？那是我姊姊愛麗絲。或是個男的？他身材高大，駝著背，一塊雪白的圍裙從領帶結垂到靴帶。那是我父親。廚房門開闔之際，你有沒有瞥見一個皺著眉頭的女士？她站在團團蒸氣中，一旁大鍋中牡蠣湯冒著泡，烤架滋滋作響。那是我母親。

她身旁還有個女孩，你記得嗎？她身材瘦小，臉色蒼白，相貌平平，洋裝袖子捲到手肘，眼前總是垂著一縷黯淡平直的頭髮，老是唱著街頭歌手或音樂廳[3]的歌曲。

那就是我。

像是歌謠中的莫莉・馬龍[4]，我父母都是魚販，所以我也是。父母開餐廳，並住在餐廳樓上。我從小便是個牡蠣女孩，嘗盡這行所有的滋味。小時候，我便拿著一桶桶冰塊和一缸缸沉睡的牡蠣去賣。我還沒學會拿粉筆寫字，就已經學會用牡蠣刀撬殼了。我坐在老師大腿上，仍口齒不清地背誦字母時，便能細數出牡蠣店廚房裡的每一樣東西，也可以蒙眼品嘗，靠味道分辨各種魚肉。惠斯塔布是我的世界，艾士特利家是我的國度，牡蠣汁液是我的營養。母親曾跟我說，他們在牡蠣殼裡發現還是嬰兒的我，貪吃的客人還差點把我吃了，雖然我早已不相信母親說的故事，但這十八年來，我從不懷疑自己對牡蠣的感情，也不曾想在父親的廚房外頭尋求事業或愛。

即使以惠斯塔布的標準來看，我的生活仍算挺有趣的。生活不算難過，甚至可說不算辛苦。工作日七點開工，工時十二小時，這段時間我的工作都一樣。母親煮餐，愛麗絲和父親負責接待，我則會拿一缸特產牡蠣，坐在高腳凳上，將牡蠣拿出來搓洗，並用刀撬開。有的客人喜歡吃生蠔，處理起來就輕鬆多了。只要從大木桶中挑出十二個牡蠣，將鹽水沖掉，整齊擺放在盤上，放上一枝歐芹或水芹裝飾就行了。但客人如果喜歡吃燉的、炸的、烤的、烘的，或喜歡用牡蠣當派餡，我的工作便複雜了。我要打開牡蠣，除去足絲，汁液不能灑出來或弄髒，並保持牡蠣肉完整，交給母親烹煮。牡蠣餐很便宜，再加上一個簡餐盤能裝十二隻，我們家餐廳生意又好，一次能容納五十個客人……瞧，你自己算算看，我每天要撬多少牡蠣。你也能想像一下，每天下午關門時，我手指在鹽水浸久了，有多紅、有多痛。即使到了現在，我放下牡蠣刀，決心離開父親廚房已二十多

---

1 英國國王愛德華七世（Albert Edward, 1841-1910）和情婦愛麗絲・科普爾（Alice Keppel, 1868-1947）。
2 英國維多利亞女王（Alexandrina Victoria, 1819-1901），在位時期稱為維多利亞時期，這段時間英國工業、文化、科學都有巨大進展。
3 音樂廳（Music Hall）是一種英國表演娛樂的類型，大約興起於一八五〇年代，在劇場中由藝人輪番上陣進行演出，內容包括喜劇、特技、雜耍、歌唱、舞蹈等等。
4 莫莉・馬龍是愛爾蘭民謠《莫莉・馬龍》中的賣魚女，她生活辛苦，白天賣魚，晚上賣身，最後染病過世。

年，我看到魚販的木桶，聽到牡蠣商人的吆喝，我的手腕和指節都仍會感到熟悉的刺痛。而且有時候，在掌紋和拇指指甲下，我覺得仍聞得到一絲牡蠣汁和鹽水的氣味。

雖然我剛才說，我小時候的生活除了牡蠣沒別的，但其實也不盡然。我從小到大身邊有許多朋友和親戚，畢竟這是個小鎮，我們家又是個古老的大家族。我最好的朋友便是我的姊姊愛麗絲，我們睡一間房，分一張床，也知道彼此所有的祕密。我甚至還有個像男朋友一樣的對象，他叫弗萊迪，他在惠斯塔布海灣與我哥戴維和叔叔喬伊在拖網漁船上工作。

最後，我還有個興趣，也可以說是嗜好。我特別愛去音樂廳。更確切來說，我喜歡音樂廳的歌曲，也喜歡唱歌。你來過惠斯塔布的話，你就知道這興趣特別麻煩，因為鎮上沒有音樂廳，也沒有劇院。唯一有的是昆布蘭公爵旅館前的一根燈桿，巡迴小劇團偶爾會在那演出，八月龐趣和茱蒂人偶劇師傅會在那架舞台表演。不過坐火車的話，惠斯塔布離坎特伯里只要十五分鐘，那裡的音樂廳叫坎特伯里演藝宮，一檔節目共三小時長，票價六便士，據說那裡有著全肯特最精采的表演。

我現在覺得演藝宮並不大。那是個非常破爛的小劇院。但在記憶中，我仍能化身為當初那個賣牡蠣的小女孩，以她的雙眼欣賞那地方。我看到牆上掛著一排排鏡子，觀眾席有著深紅色的絨布座椅，布幕上方立有塗了金漆的丘比特石膏像。和我們的牡蠣餐廳一樣，演藝宮有一股特別的氣味。我現在知道了，各地的音樂廳都瀰漫這股氣味，那是木頭、妝彩、啤酒漬、煤氣、菸草和髮油混合的氣味。小時候，我全心愛著那股氣味。後來，我聽劇場經理和表演者形容那是歡笑和喝采的氣味。再過一陣子，我了解那不是喜悅，而是悲傷的氣息。

不過，故事還沒說到那。

我比多數女孩更熟悉坎特伯里演藝宮的顏色和氣味。現在回想起來，至少有段時間是如此。那年我十八歲，那也是我待在父親家裡最後一個夏天。愛麗絲的情人東尼．里弗斯在演藝宮工作，他常讓我們買便宜票，或免費進場。劇院經理是聲名遠播的崔奇．里弗斯，東尼是他的姪子，所以對愛麗絲來說算找到了金龜婿。他在劇院工作，耳後老塞了根雪茄，開口閉口都在說契約、倫敦和香檳之類的事。我父母最初不信任他，認為他為人「輕浮」。但東尼心胸寬大，為人隨和又善良，相處久了，沒人能討厭他。而且像其他追求者一樣，他深愛著我姊姊，因此他對我們所有人都很好。

正因如此，星期六晚上，愛麗絲和我常去坎特伯里演藝宮，將裙子塞在座位上，大聲要劇團唱最快樂的歌曲，觀賞世上最精采熱門的表演。和其他觀眾一樣，我們各有喜好。我們有最喜歡的節目，也有熱愛且大力支持的表演者，聽到最愛的歌曲，我們會央求歌手一遍又一遍重複。我和愛麗絲最愛的女歌手經常唱到聲音沙啞，最後只能面露微笑，不斷行禮。

表演結束，我們去售票亭後面悶熱狹窄的辦公室向東尼致謝後，會伴著歌曲回家。搭火車回惠斯塔布的路上，我們會一路唱著歌，偶爾遇到同場表演的觀眾，他們也會與我們一同快樂合唱。躺到床上，我們在黑暗中仍會輕聲哼歌，並隨著節奏進入夢鄉。隔天早上起床，我們會依然唱個不停。我們送上的餐點彷彿都多了點音樂廳的魔力，愛麗絲端盤子上桌時，嘴裡會吹著口哨，客人聽了都會露出微笑。我坐在高腳凳上，鹽水碗旁，一邊沖洗、撬殼、去足絲，一邊對牡蠣歌唱。母親會說我真該上台表演才對。

但她說出口便笑了，於是我也跟著笑了。不管是站到舞台腳燈前或唱我心愛歌曲的女孩，她們一點都不像我。她們更像我姊姊。她們有張櫻桃小嘴，鬈髮在肩膀飛揚，胸部高挺，手臂肌膚凹凸有致，纖細的腳踝露出來時，曲線畢露，像個小酒瓶。而我長得很高，身材乾癟，胸部平坦，髮色黯淡，我一眼是淺褐色，另一隻眼說藍不藍的。當然，我的臉光滑乾淨，牙齒皎白。但這一點在我們家不算特別，因為我們全都天天悶在鹽水蒸氣中，每個人都像墨魚一樣白淨無瑕。

不，愛麗絲那樣的女孩注定要身穿綢緞，在丘比特簇擁下，在鍍金的舞台上跳舞。而像我一樣的女孩注定要坐在黑暗的看台，終生默默無聞，在一旁望著她們。

總之，我當時是這麼想的。

我剛才描述的生活，包括撬殼、去除足絲、烹煮牡蠣肉和服務客人，還有星期六晚上去音樂廳，都是我少女時代記得最清楚的事。當然，那只是冬天。五月到八月是英國牡蠣的產卵季，拖網漁船會收起帆，出海捕魚。而全英國的牡蠣餐廳將改變菜單，或暫時關門。秋天到春天之際，父親雖然說生意興隆，但夏天仍不容許我們餐廳關門放假。但像許多惠斯塔布的討海人，天氣暖和時，我們的工作明顯變得悠閒，生活步調漸緩，更為輕鬆愉快。餐廳沒那麼忙了。我們把菜單換成螃蟹、比目魚、多寶魚和鯡魚，比起冬天清洗和撬牡蠣殼的工作，將魚去骨切片相較之下輕鬆不少。我們打開窗戶，敞開廚房門，不再像冬天悶在熱鍋的蒸氣中，或被木桶中的冰塊凍到手指發麻。夏日涼爽的清風吹拂，惠斯塔布海灣的蓬車帆布拍動，吊車的鈴聲隨著微風傳入廚房。

我十八歲那年夏天很溫暖，一週週過去，天氣愈來愈炎熱。父親有幾天一人到海灘上擺攤賣鮮蛤和海螺，將餐廳交給母親顧。每天晚上，愛麗絲和我都能去坎特伯里演藝宮。不過現在可是七月，光我們餐廳就熱到沒人想來吃炸魚和龍蝦湯。崔奇．里弗斯的音樂廳既不通風，又開著好幾盞煤氣燈，在裡頭又要穿手套、戴軟帽，要說待上一、兩小時的話，我們光想到便倒抽大氣，頭昏腦脹，皮膚發麻。

魚販和音樂廳經理之間可能比你想像中有更多相似之處。因為天氣炎熱，客人胃口不好，父親便因時制宜，更動菜單，崔奇也是如此。他資遣了大半表演者，從查坦、馬蓋特和多佛的劇院聘請了全新的表演者。更聰明的是，其中一週，他從倫敦簽下了貨真價實的大明星葛利．薩瑟蘭前來演出。他是全國演藝圈中最厲害的喜劇歌手，即使肯特夏日炎熱難耐，音樂廳也一定座無虛席。

葛利．薩瑟蘭演出當週第一天晚上，愛麗絲和我便去了演藝宮。我們這時和售票亭小姐已有默契，到門口時，我們會朝她點頭微笑，自在地走過窗口，自由挑選座位。通常我們會選看台上的位子。我從來不懂舞台前的座位有什麼好的。那裡座位比舞台低，觀眾必須從表演者腳踝的高度向上望，腳燈還會讓舞台蒙上一層煙霧，看得怪彆扭的。環形座位視野就好多了，但我覺得雖然離舞台較遠，但視野最好的是看台。愛麗絲和我最喜歡看台前排正中央的兩個座位。坐在這裡，你會感到自己不只是來看表演，更是置身在**劇院**之中。你看得見舞台的形狀和觀眾席多寬廣。當你驚訝地看到觀眾的表情，也會發覺自己的反應和他們一樣。腳燈會照亮一張張臉龐，溼潤的嘴角鉤起，那一刻，台上彷彿演著一齣地獄的諷刺歌舞劇，而台下彷彿坐著一個個惡魔。

葛利・薩瑟蘭在坎特伯里演藝宮的開幕之夜確實熱得要命。愛麗絲和我從看台欄杆傾身向下望時，迎面撲來一陣菸味和汗臭，薰得我們頭暈目眩，不斷咳嗽。如東尼的叔叔所預料，劇院幾乎坐滿，但全場莫名安靜。大家不是低聲交談，便是不發一語。從看台俯瞰環形觀眾席和舞台前的座位，只看到無數人搧著帽子和節目手冊。交響樂團演奏前奏的幾個小節，劇院燈光變暗。雖然觀眾的手依舊搧個不停，但速度稍微放慢，大家紛紛坐直身子，沉悶的低語漸漸靜止，透露出眾人的期待。

演藝宮是老式的音樂廳，如許多一八八〇年代的劇院，仍保有主持人一角。當然主持人便是崔奇。他坐在舞台前座位和交響樂團之間的檯子前，介紹表演內容，並帶領大家向女王敬酒，如果觀眾吵鬧不休，他會出聲喝斥。他頭戴高帽，拿著個小木槌和一杯波特酒。小木槌是主持人必備的道具。他的檯子上有根蠟燭，只要舞台上有表演者，蠟燭便會點燃，但中場休息和閉幕之後蠟燭會熄滅。

崔奇長相平凡，但聲音雄渾宏亮，像單簧管般充滿穿透力，聽著讓人舒服。薩瑟蘭首演之夜，他首先歡迎我們來到劇院，並承諾今晚將令人永生難忘。他問道，我們有肺嗎？準備大口喘氣吧！我們有手腳嗎？準備鼓掌、跺腳吧！我們有肚皮嗎？準備笑破肚皮吧！眼淚有嗎？準備流好幾桶淚！眼睛有嗎？

「準備大開眼界！交響樂團，預備。燈光，預備。」他用小木槌「咚」一聲敲檯子，燭光火焰閃爍。「容我向你們介紹悅耳動聽、滿載歡笑的快樂……」他又敲一下檯子，「蘭道斯家族！」

布幕顫動拉起。舞台背景是海濱風景，木板上鋪著真沙，四個打扮喜氣的表演者從布景走出，其中有兩個女士，一人黑髮，一人金髮，手中拿著陽傘。旁邊有兩個高大的男士，其中一人肩帶上背著烏克麗麗。他們的演出精采又好看，唱的歌曲是〈海邊的女孩都最可愛〉。後來烏克麗麗手有一段獨奏，而女士則撩起裙襬，在沙上表演了一段滑步舞。以第一個節目而言，他們稱職地炒熱氣氛。觀眾大聲喝采，崔奇誠摯感謝觀眾捧場。

接下來上台的是個喜劇演員，然後是個心靈感應者。那是一位女士，她身穿晚禮服，手戴手套，蒙眼站在舞台上，她丈夫在觀眾席穿梭，手拿塊木板，請觀眾用粉筆寫上數字和名字讓她猜。

「想像數字化為紅色火焰在空中飄浮，」男人以動人的語氣形容道：「火焰穿過她眉頭，燒入我妻子的腦中。」我們皺著眉、瞇著眼盯著舞台，女士搖晃一下，雙手按上太陽穴。

「力量。」她說：「今晚力量好強。啊，我感覺文字在燃燒！」

這個表演之後是雜耍團。三個男人穿著貼閃片的衣服，穿過圈圈翻筋斗，並站在彼此肩膀上。節目高潮時，他們連成一個人體圓圈，搭配交響樂團音樂，在舞台上滾動。我們見了都鼓掌，但劇院太悶熱了，不適合看雜耍表演，表演中途，群眾窸窸窣窣，交頭接耳，無數男童聽人點餐後，奔向酒吧，端回酒瓶、酒杯、茶杯，接著大夥在座位傳酒，酒越過一個個人頭、一雙雙大腿，一隻隻手伸得老長，吵吵鬧鬧亂成一團。我望向愛麗絲，她脫下帽子搧著風，雙頰通紅。我將頭上的小軟帽向後推，彎向前方的欄杆，將下巴靠到手上，閉上雙眼。我聽到崔奇起身，敲擊小木槌要眾人安靜。

「各位先生、女士。」他大喊：「接下來，你們要**大飽眼福**了。下個表演有點優雅，有點高貴。如果你手中拿著香檳……」這時觀眾爆出嘲諷聲。「現在高高舉起。如果你手中拿著啤酒……啤酒也是有泡沫的，是吧？現在也舉起！更重要的是，提起你們的嗓門，我為你們隆重介紹，遠從多佛鳳凰劇院前來，來自我們肯特的上流時髦人物，出身法福斯罕的風流才子……凱蒂．巴特勒小姐！」接著又是「咚」的一聲。

掌聲響起，還有幾聲含糊的歡呼聲。交響樂團奏起快樂的歌曲，我聽到布幕拉起，滑輪吱呀作響的聲音，不情願地睜開雙眼……接著我抬起頭，目瞪口呆，悶熱和疲憊一掃而空。空蕩蕩的舞台上只有一道玫瑰色的聚光燈劃破黑暗，舞台中央有個女孩。我馬上明白！她是我見過最不可思議的女孩。

當然，我們以前就曾在演藝宮看過女扮男裝的表演。但一八八八年在鄉下劇院裡，女扮男裝的表演和現在相差甚遠。六個月前，納莉．鮑爾[5]唱〈最後一個花花公子〉時，她穿著緊身褲和金色流蘇，打扮得像個芭蕾女孩，而她的男孩子氣，不過來自手中的手杖和頭上的圓頂硬禮帽。凱蒂．巴特勒沒穿緊身褲，身上也沒有閃片。如崔奇的介紹詞，她活脫是倫敦西區上流人物。她穿著一件帥氣、合身的紳士西裝，袖口和領子用的是閃閃發亮的絲布。她翻領上別了朵玫瑰，口袋有雙紫色的手套。她背心下是件硬襯胸的雪白襯衫，搭配兩吋高的立領，立領上繫著白色的領結。她頭上戴著禮帽。她脫下禮帽，親切快樂地向觀眾道聲「你好！」時，可以看到她頭髮全剪短了。

我想我最注意的便是她的頭髮。要說有女人頭髮像她一樣短，只可能是醫院的病患或監獄的囚犯，再不然便是瘋人院的瘋子。但她們絕不可能像凱蒂．巴特勒一樣。她的頭髮像一頂縫在頭上的小帽緊貼著頭，彷彿有個功夫一流的女帽師為她量身訂作。她的髮色在我看來是棕色，但要說是棕色，似乎又太平淡無奇。那色調更像是歌曲中會有的顏色，像胡桃色或枯葉色，也許接近巧克力的顏色。不過和巧克力不同的是，她的頭髮充滿光澤，在聚光燈下熠熠生輝，像塔夫塔綢一般。她太陽穴旁的頭髮稍稍捲起，蓋著耳朵。她頭稍微一側，重新戴上帽子，我看到她頭髮和領子間蒼白的肌膚。即使音樂廳中燈火燃燒，無比悶熱，我仍不由得打了個冷顫。

我覺得她看起來就像個清秀的男孩。她有張漂亮的圓臉蛋，明眸皓齒，睫毛濃密，紅唇飽滿。她纖細的身形也像小男生。不過即使不明顯，她胸部確實微微隆起，肚子和屁股絕不像真正的男孩子。而且我過一會才發現，她的鞋是兩吋的高跟鞋。但她舉手投足都像男孩子，雙腳張開，雙手隨意插在褲子口袋，驕傲昂首，大搖大擺站在舞台最前方。她開口唱歌時，歌喉也像男孩的聲音，甜美而真摯。

在熱得要命的音樂廳中，她征服了全場。我周遭的觀眾都像我一樣坐直身體，睜大雙眼望著她。她的歌曲經過精心挑選，像〈喝吧，男孩子！〉和〈情人和妻子〉，這些歌曲G．H．馬達莫[6]早唱到大家耳熟能詳，因此我們全都能一同高歌，不過眼前領唱的不是男士，而是一個繫著領結、穿著褲子的女孩，這點格外教人興奮。每首歌之間，她會用神氣、充滿信心的語氣向觀眾說話，並和坐在主持檯前的崔奇．里弗斯胡說八道。她說話的聲音跟唱歌一樣雄渾有力，聽在耳中美妙而溫暖。她的口音多變，有時是音樂廳才會出現的倫敦考克尼

---

5 納莉．鮑爾（Nelly Power, 1854-1887），她是維多利亞時期著名的音樂廳歌手和演員。她的葬禮吸引了三、四千人參加，廣受眾人愛戴。

6 G．H．馬達莫（G. H. MacDermott, 1845-1901）是維多利亞時期音樂廳中最著名的明星。

腔，有時是劇院中的文雅腔調，有時又是純正的肯特口音。

她照例表演了十五分鐘左右，但觀眾不斷歡呼，要她回到台上，最後她彷彿拗不過觀眾，又回到台上兩次。她最後一首歌婉轉溫柔，內容關於玫瑰和失去情人的故事。她唱著唱著，脫下禮帽，拿在胸前。然後她從翻領解下玫瑰，放到臉邊，似乎正低聲啜泣。觀眾感同身受，不約而同發出嘆息，緊咬嘴唇，靜靜聆聽。她原本清亮的男孩嗓音，剎那間變得無比溫柔。

說時遲、那時快，她抬起目光，從雙手後方望著觀眾。我們發現她根本沒哭，而是在笑。她突然調皮又誇張地眨眼，再次快步站到舞台前端，望向台下尋找最漂亮的女孩。她找到之後，手一揚，玫瑰從她手中脫出，飛過蒸騰的腳燈和交響樂團，落在那位漂亮女孩的大腿上。

我們為之瘋狂。眾人歡聲雷動，不住跺腳，她風度翩翩舉起帽子，朝我們揮了揮，轉身下台。我們繼續叫她的名字，但沒有安可曲了。布幕落下，交響樂團演奏，崔奇在檯上敲響木槌，吹熄蠟燭，中場休息時間到了。

我眨眼偷看著下方的座位，想找到剛才收到花的女孩。那一刻，我覺得天底下最棒的事就是從凱蒂．巴特勒手中接到那朵玫瑰。

我那天和大家一樣，去演藝宮是為了葛利．薩瑟蘭。等到他終於站上舞台，拿髒兮兮的大手帕擦著額頭，一邊抱怨坎特伯里多熱，一邊演唱幽默的歌曲、扮鬼臉，逗得大家開懷大笑，我才發覺自己對他已毫無興趣。我只希望能再次見到巴特勒小姐大搖大擺上台，用優雅、傲慢的目光瞪著觀眾，唱些關於香檳或在賽馬場吆喝的歌曲。我腦中全是她，心裡亂糟糟的。愛麗絲和大家一樣，被葛利的鬼臉逗得合不攏嘴，但她見我一直心不在焉，便湊到我耳邊問：「妳怎麼了？」

「我好熱。」我說，然後又說：「我要下樓。」她繼續欣賞剩下的節目，我緩緩走下空蕩蕩的大廳。我站在門邊，臉貼在冰涼的玻璃上，自顧自唱起巴特勒小姐的那首〈情人和妻子〉。

不久，樓上傳來呼喊和跺腳聲，代表葛利的表演結束了。過一會，愛麗絲來了，她仍用軟帽搧著風，並用嘴吹開黏在粉紅臉頰上的髮絲。她朝我眨個眼說：「我們去找東尼。」我跟著她到他的小辦公室，坐在他辦公桌後的椅子上無所事事，他站在一旁，手臂環抱她腰。他們聊了一會薩瑟蘭和他髒兮兮的手帕，然後東尼說：「妳覺得凱蒂．巴特勒怎麼樣，嗯？她很有魅力吧？如果她能像今晚一樣讓觀眾意猶未盡，我告訴妳們，叔叔一定會跟她續約到耶誕節。」

我聽到便不動了。我說：「那是我此生見過最棒的表演。不管是在這裡，還是在哪裡都一樣！崔奇如果讓她走，那他就是傻瓜。你跟他說這話是我說的。」東尼大笑，說他一定會轉達。但我看到他邊說邊向愛麗絲眨眼，深情款款凝視她美麗的臉龐，彷彿都看癡了。

我別開頭，嘆口氣，老實說出內心話：「噢！我好希望能再見到巴特勒小姐！」

「星期六就會再見到啦。」愛麗絲說。爸媽、戴維、佛瑞德星期六晚上打算一起來演藝宮。我拉了拉手套。

「我知道。」我說：「可是星期六感覺還好久……」

東尼再次大笑。「嘿，南西，誰說要等那麼久？妳想來明晚就能來啊，或任何一天晚上都行。如果看台上沒位子，我們就讓妳去坐舞台旁的包廂，從那邊看巴特勒小姐，保證讓妳看個痛快！」

我覺得他只是想討好我姊姊。但我聽到他的話，心裡莫名揪一下。「噢！東尼，你是認真的嗎？」

「當然嘍。」

「真的可以坐包廂？」

「為什麼不行？我偷偷跟妳們說，我們包廂招待過的人其實也就木頭家族和絨布家族。妳坐在包廂，剛好讓觀眾好好看看妳。讓他們明白，包廂不是給一般人坐的。」

「南西可能也會明白包廂不是給一般人坐的。」愛麗絲說：「這樣怎麼辦？」她說完大笑，東尼抱緊她的腰，彎身親吻她。

我想城裡的女孩獨自去音樂廳恐怕是件大事，但在惠斯塔布，大家不會拘泥這種事。我隔天提到自己要再去演藝宮，母親只皺起眉頭，輕輕嘖了兩聲。愛麗絲大笑，宣布我瘋了。她說，她才不要跟我去劇院坐一整晚，又熱又得被煙薰，就為了看個穿褲子的女孩。而且不到二十四小時之前，我們才剛看過她的表演，歌曲我們也都聽過了。

我好驚訝她沒興趣，但我心裡其實暗自高興，自己將獨自見到巴特勒小姐。我無比興奮，連東尼答應讓我坐包廂的事都懶得提了。今天餐廳的工作好漫長，父親要到六點才讓我們關門。我以前去劇院都穿普通的洋裝，但今天我穿上禮拜日穿的連身裙，那件洋裝我通常只有和佛瑞德出門時才會穿。我打扮整齊下樓時，戴維吹了聲口哨。乘車到坎特伯里的路上，有一、兩個男孩想引我注意。但我心底明白，至少今晚要離他們遠一點。我來到演藝宮，如常朝售票小姐點點頭。但今晚我放棄我最喜歡的看台座位，直接走向舞台側邊紅絨毛鍍金椅。沒想到，這個位置特別引人注目，令我好緊張，全場觀眾目光不斷投過來，有人好奇，有人羨慕，有人只隨意看看。而我坐在這裡，如昨天看著快樂蘭道斯家族唱歌、跳舞，喜劇演員說笑話，心靈感應者搖晃，雜耍團翻滾。

接下來，崔奇再次請觀眾歡迎「來自我們肯特的上流人物」……我屏住呼吸。

這次她喊「你好！」時，觀眾真心爆出巨大的歡呼。我想她精采的表演傳開了。當然，我現在從側面看她，感覺特別奇怪。但她如前一晚大搖大擺走到台前時，我覺得她腳步變輕了，觀眾的讚賞彷彿給了她一對翅膀。我傾身向前，手緊抓著陌生座位的天鵝絨。演藝宮的包廂距離舞台非常近。她唱歌時離我不到十公尺。她服裝的細節我都看在眼裡，她的懷錶鍊垂在她背心釦子上，手腕上有著銀色的袖釦，這些我在原先的看台座位上都沒看到。

我也把她的容貌看得更清楚。我發現她耳朵小巧，沒有穿耳洞。我發現她嘴唇天生沒那麼紅潤，肯定是腳燈照紅的。我看到她牙齒乳白，雙眼和頭髮一樣呈棕色，像巧克力一樣。

我知道她節目的安排，而因為我一直觀察著她，沒聽她唱歌，所以節目彷彿一瞬間就結束了。接著她又被喚回來表演兩首安可曲，最後像前一晚，她以感傷的歌謠收尾，並拋下玫瑰花。這次我看到是誰接到了，那女孩坐第三排，她頭上戴著稻草帽，上頭插著羽毛，身穿黃色緞面無袖洋裝，露出兩隻手臂。我和那可愛的女孩素未謀面，但我心裡已經開始討厭她了！

我回望著凱蒂．巴特勒。她舉起禮帽，揮手向觀眾道別。我心想，看我。看我！我照心靈感應者的丈夫所說，在腦中幻想出這兩個火紅的字，像烙印一樣送入她眉頭。**看我**！她轉身，目光稍微瞥向我，彷彿只是發現前一晚空無一人的包廂，今日坐了人。接著她鑽入深紅布幕中，消失在舞台上。

崔奇吹熄蠟燭。

「嘿。」稍晚我踏進家門時，愛麗絲叫住我。家門指的是自家的客廳，不是樓下餐廳。「凱蒂．巴特勒今晚怎麼樣？」

「我想跟昨晚一模一樣。」父親說。

「才不是。」我脫下手套說：「她更厲害了。」

「老天，還更厲害！如果她繼續這樣下去，她到星期六怎麼得了！」

愛麗絲望著我，嘴角抽動。「妳覺得妳能忍到那時候嗎？南西？」她問。

「我可以。」我刻意輕描淡寫地回答：「但我覺得我不用等。」我轉向母親，她坐在空壁爐旁縫東西。我故作輕鬆地說：「如果我明天晚上再去一次，妳會介意嗎？」

「再去一次？」所有人都感到不可思議。我只望著母親。她抬起頭，皺著眉頭，不解地望著我。

「我覺得沒差。」她緩緩說：「但說真的，南西，妳大老遠跑去，只為一個節目……而且妳獨自一人。妳不能請佛瑞德陪妳去嗎？」

我看凱蒂．巴特勒時，絕不希望佛瑞德在我身旁。我說：「噢！**他**才不想看那種表演！不用，我自己去。」我語氣堅定，彷彿每晚去演藝宮是個工作，我已下定決心要心甘情願，做得盡善盡美。

一時間，全場沉默，氣氛尷尬。父親說：「妳真的很好笑，南西。那裡熱得半死，妳大老遠跑去，到了劇院卻連葛利．薩瑟蘭都不看一眼！」大家聽了哈哈大笑，尷尬過去，大家便聊起別的話題。

但我第三天晚上從演藝宮回家，難為情地宣布想再去第四次和第五次，大家不但不敢置信，也發出更多訕笑。喬伊叔叔剛好來家裡，他斜傾玻璃杯，小心倒著啤酒，聽到笑聲便抬起頭。

「大家在笑什麼？」他說。

「南西愛上演藝宮的那個凱蒂．巴特勒了。」戴維說：「喬伊叔叔，你想想看，迷戀上女扮男裝的人！」

我說：「你閉嘴。」

母親臉色一沉。「請**妳**閉嘴，小姐。」

喬伊叔叔啜了一口啤酒，然後舔舔鬍子上的泡沫。「凱蒂．巴特勒？」他說：「她是那個打扮得像小伙子的女生，是吧？」他臉皺了皺。「噗，南西，真的男人妳看不上眼啦？」

父親彎向他說：「嘿，**說是說**去看凱蒂．巴特勒。要我看……」他說到這，眨個眼，摸摸鼻子。「我覺得她肯定是看上交響樂團哪個年輕人……」

「啊。」喬伊語氣意味深長。「若是這樣的話，希望可憐的佛瑞德不要發現……」

大家聽到這，全朝我望過來，我不禁滿臉通紅。我想這彷彿證實父親的話。戴維哼了一聲。母親剛才還皺著眉頭，現在露出微笑。讓她笑吧，隨他們去想，我不發一語。不久，像之前一樣，大家又聊起別的話題。

我可以利用沉默騙過父母和兄弟。但是我瞞不過姊姊愛麗絲。

「妳在演藝宮**真的**看上了哪個男生嗎？」後來，其他人都上床睡覺時，她問我。

「當然不是。」我小聲說。

「這麼說，妳只是去看巴特勒小姐？」

「對。」

我們沉默不語，遠方主幹道車輪轆轆，還有馬蹄噠噠作響，依稀還有海浪沖刷海灣鵝卵石的聲音。我們熄了蠟燭，推開窗戶。星光下，我看到愛麗絲睜著雙眼。她表情曖昧，凝望著我，一半驚訝，一半反感。

「妳特別喜歡她，是不是？」她這時說。

我別開頭，暫時沒回答她。我最後開口時，不是在對她說話，而是對著黑暗傾訴。

我說：「我看到她感覺就像……我不知道像什麼。就像我過去從沒見過任何事物。就像我被填滿，成為盛滿酒的酒杯。她之前的表演感覺如浮雲或塵土一般。換她走上舞台時，她……她好美。她的西裝光鮮亮麗，聲音甜美動人……她同時讓我想哭又想笑，她讓我這裡好痛。」我手放上心口。「我從未見過像她一樣的女孩。我不知道世上有像她一樣的女孩……」我聲音顫抖，話音漸弱，我發現自己說不下去了。

我們再次沉默。我睜開眼看著愛麗絲，馬上發覺自己不該說出口。我應該把她當其他人，一樣裝傻或含糊其詞帶過。她表情不再曖昧了。我看得出來她感到震驚、緊張，而且尷尬或羞愧。我說太多了。我覺得我對凱蒂·巴特勒的欽慕彷彿在我心中點亮了一座燈塔，張開我毫無防備的嘴，在昏黑的房間射出一道光束，照亮四周。

我說太多了。但若不說清楚，不如不要開口。

愛麗絲和我四目相交半晌，接著她睫毛翻動，合上眼。她不發一語，只翻過身背對我，面對牆。

那週天氣非常炎熱。旅人來到惠斯塔布，烈日都逼得他們躲進我們家餐廳，但熱浪也讓他們全沒了胃口。他們現在通常除了比目魚和鯖魚，也會叫茶和檸檬水。偶爾店裡會讓母親和愛麗絲顧，我會帶著鮮蛤、蟹肉、海螺、麵包和奶油去父親在海灘的攤子，和他一起賣幾小時。在碎石灘上賣東西算挺新鮮的。但這也不輕鬆，因為必須站在烈陽下，醋會從手流到手肘，雙眼也會被醋薰得刺痛。每天下午我在那工作的話，父親會多給我半冠[7]。我買了一頂帽子，還搭配一條紫色的緞帶，但剩下的錢我留起來。等我攢夠了，我會買坎特伯里火車

7 英國舊銀幣名，相當於兩先令六便士。

的季票。

那週我每晚都去看表演，並和絨布一家子坐一起（如東尼所戲稱），望著凱蒂・巴特勒歌唱。我怎麼看她都看不膩。我每次踏進我小小的紅色包廂時，總是感到一切不可思議。我望向觀眾的臉，舞台上的金拱裝飾，天鵝絨布幕和流蘇，滿是塵土的木板地和一顆顆像鮮蛤開殼似的腳燈，過一會，我會看到凱蒂大搖大擺走出，揮舞她的帽子……喔！她終於踏上舞台時，我心中瞬間都會興起一股強烈的欣喜，令我屏息，頭暈目眩。

那是我獨自去欣賞演出的感受。但當然，星期六我們全家照計畫都來了。那感受完全不一樣。我們全部加起來快十二個人。我們在火車上和售票亭遇到更多朋友和鄰居，他們像藤壺一樣吸附到我們快樂的家族上，等抵達劇院找座位時，我們人變好多，無法坐成一排。於是分成三、四人一組，每當有人問**要吃櫻桃嗎？母親帶了香水嗎？為什麼米里森沒帶吉姆來？**大家就會在看台上，向彼此傳話，從堂兄傳到堂妹，從嬸嬸到姊姊到叔叔到朋友，有人大喊，有人低語，七嘴八舌，每一排都不得安寧。

總之，我是這麼覺得。我坐在佛瑞德和愛麗絲之間，愛麗絲左邊坐著戴維和他女友朗達，母親和父親坐在後面。音樂廳人潮擁擠，非常悶熱。不過比起星期一涼爽一些。但是，我這週都獨自坐在包廂，空氣較流通，較不悶熱，因此我似乎比其他人更難受。佛瑞德的手放到我手上，或雙唇貼上我臉頰時，彷彿不再是觸碰，而是一股熱氣，令我無比難受。甚至愛麗絲的袖子碰到我手臂，或父親溫熱的臉靠到我脖子旁，問我們對表演的想法時，我都縮起身子，汗水直流，在座位上扭動。

那天我彷彿被迫和陌生人共度一晚。前面的表演我看過好幾次，早已不耐煩。他們哈哈大笑時，我都覺得很蠢，並感到不可置信。他們和活力四射的快樂蘭道斯家族合唱，聽到喜劇演員的笑話時爆出大笑。他們瞪大眼睛望著身體搖晃的心靈感應者，提聲叫人類圓圈再回到台上滾一圈時，我一直咬著指甲。隨著凱蒂・巴特勒上台時間愈來愈近，我愈來愈焦慮。我好希望她趕快上台，又希望她上台時我可以一個人坐在小包廂裡，身後的房門迅速關上，而非坐在一群不懂得珍惜她的人之中。他們都認為我對她的感情古怪又不可思議。

他們聽我唱〈情人和妻子〉上千次，也聽過我鉅細靡遺形容她的服裝、頭髮和聲音。我這一週都迫不及待讓大家看到她，稱讚她多棒。但現在他們齊聚在此，心情愉快，滿身是汗，不斷吵鬧，彷彿不把她當一回事，害我好討厭他們。我受不了他們看見她。更糟的是，我望著她時，我無法忍受他們看到**我**。我再次感到體內點亮了一盞燈，或一座燈塔。我相信她走上台，會如火柴點燃燈芯，我全身會燃燒起來，散發耀眼的金光，害我痛苦又羞愧。家人和男友看到之後肯定嚇得躲著我。

當然，她後來站到腳燈前，一切都很正常。我看到戴維望向我，眨個眼，並聽到父親輕聲說：「終於見到她本人了。」我心花怒放，烈火焚身，但那團火顯然深埋在我心中，也許除了愛麗絲，根本沒人察覺。

但是如我所料，那天晚上，我覺得自己離巴特勒小姐好遠。她歌聲依舊嘹亮，面容依舊美好。但我已習慣聆聽她歌詞間的呼吸，凝視雙唇上的光澤，看她睫毛在粉白的雙頰投下陰影。如今我望著她，中間彷彿隔了一道玻璃，耳朵彷彿注入了蠟。她唱完歌，我家人大聲喝采，佛瑞德跺著雙腳，吹起口哨。戴維大喊：「要命，南西形容得一點也不誇張！」他接著從愛麗絲大腿前彎過來眨個眼，又說：「精采歸精采，但也不值得一星期花一先令在火車票上，每晚來看她演出！」我沒答腔。凱蒂．巴特勒回台上表演安可曲，並已將翻領上的玫瑰拿下，但發現家人喜歡她，我心裡不只沒感到欣慰，甚至感到更難過。我望著聚光燈下的她，心裡憤恨地想著，**不管我在不在，我崇不崇拜，妳都一樣驚為天人。我就算待在家用紙卷吃蟹肉，妳也不會把我放心上！**

正當我這麼想著，有件耐人尋味的事發生了。她唱到最後一首歌，將花拋給漂亮女孩之後，正要轉身走入側台，這時我看到她抬起頭，**望**向……我發誓，她望向我平常的座位，接著她低頭下了舞台。如果今晚我在包廂，她就會看到我了！要是我在包廂，不在這裡的話！

我望向戴維和父親。他們兩人都從座位站起，大喊安可。但他們喊完，便開始伸展身體。我身旁，佛瑞德仍微笑望著舞台。他的頭髮貼在額前，唇上的鬍子都是汗水。他臉頰紅潤，露出酒渦。「她真可愛，對不對？」他對我說。他揉揉眼，大聲要戴維替他買啤酒。我聽到母親在身後問，穿晚禮服的女士明明蒙住眼了，怎麼**讀得到**那些數字？

歡呼聲漸漸止息，崔奇的蠟燭熄滅。煤氣吊燈點燃，我們眨了眨眼。凱蒂．巴特勒剛才望向我。她抬起頭尋找我，而我卻不在，並隱沒在陌生的人群中。

隔天是星期天，我都待在鮮蛤攤。佛瑞德晚上邀我去散步，我跟他說我太累了。天氣變涼了，星期一之後，似乎真的變天了。父親回到餐廳，不再擺攤，我則待在廚房，去除魚內臟，將魚肉切片。我們一直工作到快七點。關店之後，我必須馬上換上洋裝，穿上切爾西靴，與父母親、愛麗絲、戴維和朗達稍微吃點東西，接著馬上要去趕火車，前往坎特伯里。聽到我又要去演藝宮，我知道他們一定覺得莫名其妙。朗達尤其對我「暗戀」的事格外有興趣。「妳不介意她再去嗎？艾士特利太太？」她問道：「我母親絕不會讓我獨自去那麼遠的地方。何況我還大她兩歲。不過話說回來，我想南西算是沉穩的女孩子。」我一直都很沉穩。我父母一向擔心的是狂野的愛麗絲。但聽到朗達這麼說，我看到母親望向我，略有所思。我穿著禮拜日的洋裝，新帽子搭配著紫色的緞帶。髮辮尾端也用紫色緞帶打著蝴蝶結，白色的亞麻手套上也用同一條緞帶縫上蝴蝶結。我的黑靴擦得光亮。我在雙耳後噴上了愛麗絲的玫瑰花香水。我還用廚房的蓖麻油刷了睫毛。

母親說：「南西，妳真的覺得——？」但她話說到一半，壁爐上的鐘聲叮一聲響起。七點十五分，我要錯過火車了。

我說：「再見！再見！」她來不及攔住我，我便溜走了。

無論如何，我還是錯過了火車，必須在車站等下一班車。我到演藝宮時，表演已經開始。我到座位上時，雜耍團已在舞台上結起人體圓圈，他們身上的亮片閃爍光芒，白色服裝的膝蓋已烏黑一片。掌聲響起，崔奇起身，重複每天晚上說的同一句話，所以一半的觀眾微笑和他一起說，**這奇景可不常見到啊！**彷彿這是她上場前不可或缺的前奏。我緊抓座椅，屏息以待，他舉起木槌，喊出凱蒂．巴特勒的名字。

她那晚唱得……我不能說像天使一般，因為她的歌曲全都關於香檳晚宴，或在伯靈頓拱廊街漫步。也許像個墮天使，或像**墮落中**的天使。她像墮落中的天使歌唱，天使的肌膚在身後漸漸瓦解，地獄仍在遠方，遙不可及。她唱歌時，我也和她一同歌唱。我不像其他觀眾肆無忌憚大聲高歌，反而輕輕柔柔，偷偷唱著，彷彿與其放聲歌唱，我悄聲低吟，她會聽得更清楚。

也許，她終究聽到了。我覺得她走上舞台時又朝我望一眼，彷彿意識到包廂再次有人了。她走到腳燈前，我覺得又看到她望向我，這想法實在太美妙，每次她目光掃向觀眾席，彷彿都曾掃向我，並多逗留一會。我不再低聲吟唱，只吞著口水，張大眼睛望著她。我望著她走下舞台，她目光再次和我相交，後來她又回到舞台唱安可曲。一如往常，她唱起那首柔情歌謠，從翻領拿下花朵，靠在臉頰上。但她唱完時，她沒有像平常一樣尋找台下最美的女孩。她朝左踏了一步，靠近我坐的包廂。然後她又踏了一步。這一刻，她已站到舞台邊緣，面對著我。她靠得好近，我看到她領釦閃爍光芒，喉嚨隨脈搏起伏，也看到她眼角粉紅色的眼瞼。她站在原地，一瞬間彷彿停在永恆。然後她手臂抬高，花朵在聚光燈下飛起……我顫抖的雙手伸起，接住花。觀眾齊聲滿足歡呼，並傳出笑聲。她目光堅定，望著目光遊移、不知所措的我，並向我稍稍鞠躬。接著她突然向後退，朝全場揮手，向觀眾道別。

我目瞪口呆，坐在原地，一時不能自已，雙眼望著手中的花，想到剛才花和凱蒂．巴特勒的臉離好近。我好想將花舉到臉旁，我原本正要舉起，但突然之間，音樂廳的喧譁終於傳入我耳中，我轉過頭望向四周，看到一張張好奇、看熱鬧的臉都轉向我，有人點頭，有人輕笑，有人見我抬頭，便朝我眨眼。我面紅耳赤，縮回包廂的陰影中。我轉身背對窺視的觀眾，將玫瑰插到洋裝腰帶上，穿起手套。巴特勒小姐走向我時，我的心臟便開始大力跳動，至今仍怦怦作響。但我步出包廂，走向擁擠的門廳和街道時，心情開始變得輕鬆、愉快，臉上露出忍不住的笑容。我手掩著嘴，免得自己像個傻瓜一樣無端發笑。

我正要走到街上，聽到有人叫我名字。我轉身，發現是東尼，他舉起手朝我揮舞，越過大廳朝我跑來。我終於看到一個朋友，能掩飾我的笑意，我鬆了口氣。我將手拿開，像猴子般露齒微笑。

「嘿、嘿。」他來到我面前，上氣不接下氣地說：「有人很開心喔，我知道為什麼！為什麼**我**送女生玫瑰花，女生從來沒這麼開心？」我再次臉紅，手又摀住嘴，不發一語。東尼神祕一笑。

「我是來替人傳話的。」他這時說：「有人想見妳。」我驚訝地抬起眉毛。我以為或許愛麗絲和佛瑞德也來了，現在來找我了。東尼笑容綻放說：「巴特勒小姐想跟妳說話。」

我的笑容馬上消失。「說話？」我說：「巴特勒小姐？跟我說話？」

「對。她問舞台管理人艾克，每天晚上獨自坐在包廂的女孩是誰。艾克說妳是我朋友，請她來問我。後來她便來問我了。我跟她說之後，她希望能見妳。」

「幹麼？喔，東尼，這幹什麼啦？你跟她說了什麼？」我緊抓住他手臂。

「沒有啊，我只照實和她說——」我用力擰著他手臂。真相太可怕了。我不希望她知道我的顫抖和喃喃自語，以及我心中的火焰和光芒。東尼將我手從袖子掰開，握著我的手。「只說妳喜歡她。」他簡單地說：「所以妳到底來不來？」

我不知道該說什麼。於是我不發一語，但我讓他帶著我離開巨大的玻璃門，背對坎特伯里涼爽的藍色夜晚，經過通往觀眾席的拱門和通往看台的樓梯，走向門廳角落的凹室，那裡掛了塊布簾，前方有條繩子，掛在上頭的板子寫著**禁止進入**。

第二章

我以前曾跟東尼來過後台一、兩次，但都是白天，那時走廊昏暗，空無一人。現在我和他走入走廊，裡面燈火通明，人聲吵雜。我們中途經過一道門，我知道那裡通往舞台。我看到梯子和繩子，還有延伸的煤氣管。好幾個男生戴著帽子，穿著圍裙，推著籃子，移動燈光。我突然有種感覺。而接下來幾年，每次我同樣踏入後台時，都會有同樣的感覺。我感覺自己彷彿踏入一個巨大的時鐘，穿過華麗的外殼，進入滿是灰塵和油汙，毫不停滯的機械齒輪中，看到舞台背後正常人無法窺見的一切。

東尼帶著我沿走道向前，走道尾端有個金屬梯，他停下來，讓三人通過。他們戴著帽子，拿著大衣和袋子。面黃肌瘦，相貌難看，皮膚散發暗青的色澤。我以為他們是手中拿著樣品的推銷員。他們繼續向前時，我聽到他們和門房說說笑笑，這才發現，他們是雜耍團三人組，今晚表演結束，正要離開，他們袋子裝的是亮片服裝。我突然害怕凱蒂．巴特勒會不會其實像他們一樣，平凡樸素，毫無特色，令人根本認不出她是剛才在腳燈光芒中大搖大擺的俊秀女孩。我差點叫住東尼，要他帶我走，但他已走下樓梯，我下樓梯，在走廊追上他時，他已走到一道門前，並轉動門把。

那裡有一整排門，每一道門都一模一樣，但面前這道門上有個銅製數字7，數字老舊，傷痕累累，高度和眼睛齊平，以螺絲固定在門板中間，底下另外用大頭針釘了個紙板，上面寫著**凱蒂．巴特勒小姐**。

我看到她坐在小桌子前，面前有個鏡子。她身子轉一半，我想是聽到東尼敲門的關係，但我靠近時，她起身，伸手和我握手。雖然她穿著高跟鞋，但她比我略矮一些，而且比我想像中年輕。差不多是我姊姊的年紀，二十一、二歲。

「啊哈。」東尼走了之後她說。她聲音中仍有一絲舞台上的感覺。「我神祕的粉絲！我原本以為妳一定是來看葛利的，後來有人說妳從不會待到下半場。妳真的是來看我的嗎？我以前從來沒有粉絲！」她說著彎身靠著桌子，神態自在。我現在發現，桌上散放著一罐罐面霜、一枝枝彩妝、撲克牌、抽一半的菸和骯髒的茶杯。她雙腿腳踝交叉，雙手也交叉在胸前。她的臉上仍有一層厚粉，嘴唇非常紅，睫毛和眼皮都上了眼線。她穿著表演時的褲子和鞋子，但她已脫下外套、背心和帽子。她漿燙的襯衫緊貼著她隆起的胸部和吊帶，但她已解開脖子上的領結。襯衫底下，我看到一點乳白色的蕾絲。

我別開頭。「我確實喜歡妳的表演。」我說。

「我想也是，妳好常來！」

我微笑。「嘿，其實東尼讓我免費進來……」她聽到大笑。她塗了口紅的嘴唇下，舌頭粉紅，牙齒特別皓白。我感到自己臉紅了，並說：「我的意思是，東尼讓我進到包廂裡。但我該付錢還是會付錢，並坐在看台上。巴特勒小姐，因為我真的非常、非常喜歡妳的演出。」

現在她不笑了，只稍微歪頭。「真的？」她柔聲回答。

「噢，真的。」

「妳這麼喜歡的話，跟我說妳喜歡哪裡。」

我猶豫了一下，終於開口：「我喜歡妳的服裝。我喜歡妳的歌和妳唱歌的方式。我喜歡妳對崔奇講話的樣子。我喜歡妳的……頭髮。」我開始結巴，現在似乎換**她**臉紅了。有一秒鐘，我們陷入沉默和尷尬中，突然之間，音樂響起，感覺離我們非常近，喇叭吹響，鼓聲震動，人群歡呼，我們彷彿在巨大的貝殼中聽到震耳的風聲。我嚇了一跳，望向四周。她大笑說：「下半場開始了。」過一會，歡呼停下，但音樂像是心跳，繼續脈動。

她從桌前起身問我介意她抽菸嗎？我搖搖頭，當她從髒茶杯和撲克牌間拿起一包香菸，舉到我面前，我再次搖搖頭。牆上鐵網中有個咻咻作響的煤氣燈，她臉湊近，點燃香菸。她香菸刁在嘴角，雙眼瞇起望著火焰，看起來又像個男孩子了。但她將香菸拿到手上，濾嘴留下一抹紅痕。她看到嘖嘖作聲說：「妳看我，妝都還沒卸！我卸妝時妳可以陪我嗎？我知道不大禮貌，但我一定要趕快卸妝。這間房間等一下要給另一個女孩用……」

我留下來陪她了，並看她用面霜塗抹臉頰，並拿布擦拭。她動作迅速、謹慎，但有點心不在焉。她揉臉時，和鏡中的我四目相交。她看到我的新帽子說：「那頂帽子真好看！」她接著問我怎麼認識東尼，他是我的情人嗎？我聽了嚇一跳，趕緊說：「噢！不是！他在追我姊姊。」她聽了大笑。她問道，我住在哪裡？我做什麼工作？

「我在牡蠣餐廳工作。」我說。

「牡蠣餐廳！」她似乎想到什麼。她一邊擦著臉頰，一邊哼歌，後來低聲唱起。

「我走上主教門街，
遇到一個賣牡蠣的女孩。」

她擦了一下嘴上的口紅，和烏黑的睫毛。

「我望進她的籃子中，
看她有沒有牡蠣……」

她繼續唱著，一眼用力睜開，靠近鏡子，擦掉一塊難擦的眼妝。她嘴巴和眼皮同時向側邊拉扯，她的呼吸在鏡子上留下霧氣。一時間，她彷彿進入忘我狀態。我凝望著她面容和喉嚨的皮膚。擦去表面的粉底和油彩之後，她露出白皙皮膚，像她內衣的蕾絲一樣，但她的鼻子、雙頰，甚至嘴角，都長著棕色的雀斑，和她的髮色一樣。我沒料到她有雀斑。我心裡高興，並莫名感動。

她將鏡子上的霧氣擦掉，然後朝我眨個眼，問了更多關於我的事。不知何故，對著鏡子裡的她說話，比面對面感覺輕鬆不少，我終於放鬆下來，和她自在地談天說地。一開始，她回答時像個演員一樣，應對得體，處處逗著我，我臉紅或說出傻話，她會盡情大笑。但後來，她卸下的彷彿不只是臉妝，也褪去了聲音的妝，她語氣漸漸溫和，不再直率逼人。最後她打個呵欠，揉揉眼骨，全然變回女孩子的嗓音，和我一樣甜美悅耳，清脆嘹亮，只是個出身肯特的女孩。

像雀斑一樣，她變得……十分平凡，就像我擔心的一樣。但她變得好真實，讓我心裡又驚又痛。我聽到她的聲音，終於了解我過去這七天為何如此瘋狂。我心想，這件事好奇怪！但是又再普通不過。**我愛上妳了**。

不久，她卸完妝，香菸也燒到了底。她起身，手指梳過頭髮。「我最好換衣服了。」她彷彿有點害羞地說。我明白她的意思，於是便說我該走了。她隨我走到門口。

「艾士特利小姐，謝謝妳來見我。」她已經從東尼那裡得知我的名字。她向我伸出手，我也伸出手，這時我想起我仍戴著手套，上面綁著搭配我漂亮帽子的紫色蝴蝶結。我趕緊脫下手套，將赤裸的手放到她手中。突然之間，她又變回腳燈前那英俊的男孩子。她挺起胸膛，稍稍躬身，將我的指節拿到她嘴邊。

我開心到臉都紅了。但我發現她鼻子動了動，突然驚覺她聞到什麼。她聞到海臭和酒臭，還有牡蠣肉、螃蟹、海螺的氣味，我們整個家族多年來手上都有這股味道，我們全都忘了。現在我居然把手伸到凱蒂・巴特勒的鼻子下！我簡直快羞愧而死。

我馬上想把手抽走，但她將我的手用力握在手裡，雙唇靠著我指節，笑了起來。她眼中的笑意，我無法解讀。

她略有所思，緩緩開口：「妳的味道像——」

「像鯡魚！」我氣憤地說。我雙頰火燙，滿臉通紅。淚水在眼中打轉。我想她已看到我的慌亂，並為我難受。

「一點也不像鯡魚。」她溫柔地說：「也許像美人魚……」她好好親吻了我的手，這次我不再掙扎。最後我臉上的紅潮退去，露出微笑。

我再次戴上手套。我的手摩擦布料時，似乎有點發麻。「妳會再來看我嗎？美人魚小姐？」她問道。她語氣輕鬆，但難以置信的是，她似乎很認真。我回答，噢！沒問題，我非常樂意。她聽了點點頭，感覺心滿意足。她又向我稍微鞠個躬，我們互道晚安。她關上門，消失在門後。

我站在原地，動也不動，看著門上的7和手寫的**凱蒂．巴特勒小姐**的牌子。我發覺自己無法離開門口，彷彿我真的是美人魚，只有魚尾，沒有雙腿能走。我眨了眨眼。我一直在流汗，汗水和香菸煙霧化開我睫毛的蓖麻油，讓我眼皮好痛。我伸出手按住雙眼。那是她親吻過的手，我將手拿到鼻子前，聞著手套下她的味道，臉頰再次發紅。

更衣室裡一片寂靜。最後她細微的聲音傳來。她再次唱起了牡蠣女孩和籃子的歌曲。但歌聲斷斷續續，我當然明白她一邊唱，一邊彎身脫靴子，挺身解開吊帶，也許雙腳跺步，慢慢脫下褲子……

這一切的一切。她的肉體和我發疼的雙眼只隔一道薄薄的門！

一想到此，我終於找回自己的雙腿，離開了她。

跟巴特勒小姐聊過天，見過她的笑容，讓她親吻過手之後，欣賞她在舞台上表演感覺非常奇怪，相較之前，令人既興奮又不興奮。我感覺私底下分享著她甜美的聲音、優雅的舉止和神氣的模樣，每當群眾喝采，要她再次登台表演安可曲，我都會臉紅，並感到十分得意。她不再將玫瑰拋給我。玫瑰如以往拋給舞台前最漂亮的女孩。但我知道她有注意包廂中的我，她唱歌時，我有時感覺得到她的目光。她離開舞台前，手中帽子朝觀眾揮舞時，總會特別朝我點頭、眨眼或露出淡淡微笑。

即使我沾沾自喜，卻一點也不滿足。我看過妝容和表演下的她。她唱歌時，我和一般觀眾坐在一起，毫無差別地欣賞表演，感覺好難受。我好渴望再去見她，但也滿懷恐懼。她的確邀請了我，但沒有說何時。我那時多慮又害羞。所以雖然我經常去演藝宮的包廂，欣賞她唱歌，為她鼓掌、歡呼，默默收下她的目光和致意，但我遲至一週後，才再次到後台找她，我臉色蒼白，渾身是汗，猶豫不決地站在她更衣室門口。

即使如此，她仍親切待我，並責怪我這麼久沒來找她。我們再次輕鬆聊起劇場以及惠斯塔布牡蠣女孩的生活點滴，我之前所有不安都消失了。我確認她喜歡我之後，後來又去找她了，接著又去了好幾次。那個月除了演藝宮，我哪都沒去。我眼中只有她，沒有佛瑞德和堂兄弟姊妹，甚至幾乎沒有愛麗絲。母親開始頗有微詞。但我回家時，說我應巴特勒小姐之邀到後台，和她像朋友有說有笑，母親聽了很驚訝。我比以往更認真在廚房工作。我專注切魚片、洗馬鈴薯、切歐芹、將螃蟹和龍蝦推入滾燙的水中，動作俐落快速，氣喘吁吁，根本唱不出歌來掩蓋牠們的慘叫。愛麗絲會悶悶不樂地說，我對演藝宮某人的瘋狂讓我變得呆呆的。但我最近不大跟愛麗絲說話。現在對我而言，每個工作天結束，天色變黑，我匆忙吃點東西之後，便會直奔火車站，跳上前往坎特伯里的列車。到了坎特伯里，我最後都會到凱蒂．巴特勒的更衣室。我和她相處的時間比看她表演的時間更長，大半時間她沒化妝，沒穿西裝，也不再裝出大搖大擺的模樣。

我們愈熟悉，她愈自在，也更信任我。

「妳叫我『凱蒂』吧。」她之前說：「我叫妳……什麼？不要叫『南西』，這樣就跟大家一樣。家裡的人怎麼叫妳？『南斯』，是嗎？還是『南』？」

「『南斯』。」我說。

「那我要叫妳『南』。可以嗎？」可以嗎！我點點頭，笑得像個傻瓜。為了讓她叫我，我願意放棄過去所有舊名，擁抱新名字，或乾脆放棄所有名字。

剛開始她比較生疏，會說「嗯，南……！」或「天啊，南……！」，後來她漸漸習慣了，便會直接說「南，麻煩妳幫我拿褲襪……」她仍害羞，不敢在我面前更衣，但有天晚上，我到更衣室時，看到她架了個小屏風，後來她習慣一邊聊天，一邊走到後頭更衣，並將西裝上的裝飾交給我，或請我將表演前掛在衣鉤上的女裝拿給她。我好喜歡這樣幫她。我會紅著臉，雙手顫抖替她摺西裝，偷偷將臉靠到每一塊布上，感受襯衫上漿的亞麻布、背心和褲襪的絲布、外套和褲子的羊毛布。每件衣服交到我手中都有著她的體溫，並各別散發氣味。每件衣服彷彿帶著奇異的力量，刺激我的手掌，散發光芒（或也許是我的想像）。

她的襯裙和洋裝冰冷，並未讓我手掌發麻。但我仍臉紅了，因為我不禁想到她一穿上衣服，衣服會包住她柔軟而私密的各處，摩擦皮膚，變得暖和、溼潤。她從屏風後面走出時，身材苗條矯小，勻稱秀麗，頭上有條假髮辮遮住她參差俏麗的短髮，打扮就像個女孩。我每次見到心底都會湧上強烈的失望和難過，但馬上化為喜悅和錐心的愛戀，渴望觸碰她、擁抱她、撫摸她。那感覺好強烈，我不得不轉身，或雙臂交叉，害怕自己會情不自禁伸出雙臂，將她一擁入懷。

一段時間後，我漸漸熟悉她的服裝，她提議我表演**前**去找她，像正式的服裝師協助她準備。她刻意裝作漫不經心，脫口而出，彷彿害怕我拒絕。我想她不知道我為了見她一面，要熬過多少無聊的時光……不久我不再踏進表演廳了。每晚她上台前三十分鐘，我都直接走向後台，幫她重新穿上昨晚我幫她脫下的襯衫、背心和褲子。替她拿化妝盒，讓她化妝遮住雀斑，沾溼髮梳，將鬈髮梳直，並在翻領別上玫瑰。

我第一次替她更衣之後，便和她一起走向舞台，站在側台看她表演，我驚訝地看著聚光燈師像雜耍人員一樣，動作靈活，大步踏過操作走道的木板。這裡看不到表演廳和舞台，面前只有一條滿是灰塵的木板，另一端站著個男孩，以手轉動把手，放下布幕。她和所有表演者一樣緊張，而她的緊張感染了我。等她唱完最後一首歌，走入側台，背後響起跺腳、歡呼和喝采時，她滿臉通紅，心情愉快，神氣揚揚。說老實話，我不喜歡那時的她。她抓住我的手臂，絲毫沒察覺我的表情。她像是吃了藥，或剛才與人擁抱，臉上仍帶著紅潮，反觀我清醒又平靜，嫉妒群眾深愛著她，那時站在她身旁的我，就像個傻子。

在這之後，每晚她上台那二十多分鐘，我都待在她的更衣室，獨自一人度過，聽著天花板和牆面傳來的歌聲節奏和觀眾歡呼時，心裡也更加高興。我會替她泡茶。她喜歡加煉乳，並用鍋子將茶煮到顏色深得像胡桃，濃稠得像糖漿。我聽她的歌曲節奏變化，便知道何時該將茶壺放上火爐，這樣她回來便能煮好。茶在爐上時，我會擦乾淨化妝台，倒菸灰，撣掉鏡子上的灰塵。她有個龜裂褪色的舊雪茄盒，裡面放著她的彩妝筆，我會將筆整理好。這些微不足道的小動作都出自於愛，只想讓她更快樂。甚至可能只是為了取悅自己，因為我整理時，身體都會變得奇怪，默默發熱，莫名害羞。她享受眾人的喝采時，我會在她的更衣室踱步，凝視或撫摸她的物品。**其實沒有**真的撫摸，我的手會距離物品一吋，彷彿每樣東西都散發靈氣，像有個外殼一般。我愛著她留下的一切，像是她的襯裙和香水、她夾在耳垂上的珍珠、梳子上的頭髮、眼線筆上的睫毛，甚至她手指和嘴唇在香菸濾嘴上留下的凹痕。自從凱蒂．巴特勒踏入我的生活，世界對我來說全然改變了。她出現之前，一切好正常。有了她之後，我的世界莫名充滿刺激，樂音迴響，燈光照耀。

她回來更衣室時，我會把所有物品整齊放好。如我所說，她的茶也會煮好。有時我也替她點好菸。她會回過神來，不再激動，變得開心又親切。她會說：「好棒的觀眾！他們都捨不得我下台！」或者說：「今晚觀眾反應很慢，南。我覺得我唱到〈歡慶吧，男孩〉，他們才發現我是女的！」

她會解開領結，掛好外套和帽子，喝茶、抽菸。因為演出之後，她會有很多話想說，她會跟我說話，我則會專注聆聽。於是我得知了些她的過往。

她說她出生於洛契斯特，家族都是表演者。她尚在襁褓，母親就過世了（她沒提到父親），自小由祖母一手帶大。她沒有兄弟姊妹，印象中也沒有親戚。站到燈光前初登台是在十二歲，藝名是「歌唱小神童凱特．史卓」，並在小戲台、酒館和小劇院打出點名號。她說，那其實是段悲慘的日子。「不久，我年紀不再那麼小了。每次有新的舞台出現，舞台門口總排滿女孩，所有人都跟我一樣，甚至更美、更惹人憐愛。或者更飢餓，她們為了一季、一週，甚至一晚的工作，不惜親吻主持人。」祖母過世後，她加入一班舞團，在肯特和南灣海岸城鎮巡迴，一晚上在碼頭劇場表演三場。她提到這段日子時眉頭緊皺，語氣充滿憤恨和無奈。她一手托著下巴，撐著頭並閉上眼。

「噢！好辛苦。」她會說：「好辛苦啊……而且妳永遠交不到朋友，因為妳永遠不會在同一個地方久留。明星自視甚高，不可能和妳說話，或怕妳學走她們的表演。觀眾都很殘忍，總會讓人落淚……」一想到凱蒂哭，我不禁紅了眼眶。她見我感同身受，露出笑容，眨個眼，伸展身體，用她漂亮的口音說：「但那段日子現在都過去了，妳知道，我現在正一步步走上名聲和財富之路。我改了藝名，女扮男裝之後，全世界都好愛我。

崔奇・里弗斯最愛我了，他付我一大筆錢，我就像他的王子一樣！」我們相視而笑，因為我們兩人都知道，如果她真的是紳士，崔奇才不可能給她一大筆錢。但我知道，我的笑容也帶著一絲焦慮，因為她的契約在八月底便會結束，那時她必須去另一個劇院，她說有機會的話，也許會去馬蓋特或布洛德斯代爾。我無法想像，她離開之後，我該怎麼辦。

我進到後台，意外成為巴特勒小姐的朋友和非正式的服裝師之後，開始不確定家人怎麼看待這件事。如我之前所說，他們不只驚嘆，也有所顧慮。他們發現我頻繁往來演藝宮，用盡積蓄買車票，為的是友誼，而非少女情懷，的確安心了不少。但是我感覺到他們也在捫心自問：英俊、聰明的音樂廳藝人，和欽慕她的女孩觀眾之間能發展出什麼友情？凱蒂陸續述說過往時，我便知道她沒有情人，我向大家提到此事時，戴維說我應該帶她來家裡，介紹英俊的哥哥給她認識。不過他只是趁朗達在家，故意鬧著她玩。我說我替她煮茶，整理桌面時，母親瞇起眼。「聽起來她沒有妳也過得很好。我們家倒是需要妳幫忙煮茶和整理桌子……」

我想，為了去演藝宮，我確實將家裡的工作拋到腦後。結果事情全落到我姊姊頭上，但她很少抱怨。我想父母覺得她很善解人意，犧牲自己讓我自由。但我想，那是因為她現在提到凱蒂會吐吧。光她不願提到她這點，我就知道她其實是最不舒服的人。我再也沒向她分享我的感情。我也不曾跟任何人提起我古怪火熱的新欲望。但當然，我躺在床上時，她全看在眼裡。只要有過暗戀經驗的人都會告訴你，你在床上一定會胡思亂想。在黑暗的床上，一旦看不到自己臉紅，你會放下束縛，白天壓抑的感情會稍微散發光芒。

凱蒂要是知道她在我春夢中的舉動，知道我無恥地拿她的回憶，想像些見不得人的事，她一定會滿臉通紅！每天晚上，她在演藝宮都會親吻我臉頰道別。在我夢中，她的雙唇會停留在我臉頰上，有點火熱，有點溫柔，接著她雙唇會緩緩移動到我額頭、耳朵、喉嚨和嘴上……我習慣站在她面前替她別領釦，或撫平她的翻領。在我幻想中，我會釋放我的渴望。我會彎身吻她脖子，雙手會鑽入她外套，撫摸男裝硬挺的襯衫下溫暖的乳房，她會隨著我的觸摸，挺起胸……

我想著這一切，腦中陶醉又迷糊時，我姊姊都在我身邊！愛麗絲的呼吸會吹著我的臉頰，火燙的手腳會貼著我，雙眼帶著星光和懷疑，閃爍著冰冷無神的光芒。

她不曾提起任何一個字，也不曾開口問我。至於對其他家人來說，我和凱蒂的友誼原本是樁奇事，不久變成了驕傲。「你去過坎特伯里的演藝宮嗎？」我會聽到父親對來吃飯的客人說：「我家小女兒跟那兒的明星凱蒂・巴特勒很熟……」八月底，牡蠣季再次開始，我們整天都待在餐廳裡，他們開始勸我把凱蒂帶回家，讓家人親自見她。

「妳一直說她是妳最好的朋友。」父親一天吃早餐時說：「再說，她都離惠斯塔布這麼近了，若是她不曾嘗過道地的牡蠣餐，根本是罪過。妳在她離開之前把她帶來吧。」找凱蒂來跟家人吃飯令人害怕。再加上父親輕描淡寫提到她不久便會離開，去另一間新劇院，我情緒不禁有點激動。一會之後，母親把我拉到一旁。她說，我不想邀她來是因為父親的房子不夠體面嗎？我為自己的父母和父母的工作感到丟臉嗎？她的話讓我心情沉重。那天晚上，我和凱蒂在一起時一直悶悶不樂，格外安靜，表演結束後，她問我怎麼了，我咬著嘴唇。

「我父母想要我明天邀妳回家吃飯。」我說：「妳不用來，我可以說妳太忙或生病。但我答應他們要問妳。總之，現在我問了。」我一臉淒慘。

她牽起我的手，神情訝異，開口說：「南，我想去！妳知道我在坎特伯里多無聊嗎？我只能跟普悠太太和沙帝聊天！」普悠太太是凱蒂的房東。沙帝是和她分租的男孩。他在演藝宮的樂團演奏，但她說他會酗酒，而且又蠢又無聊。她繼續說：「噢！這樣多好啊，能再次坐在像樣的客廳裡，一家團圓和樂。不需待在單床的房間，地上鋪著骯髒的地毯，桌上鋪著報紙當桌巾！而且還能看到妳的生活和工作。能坐上妳坐的火車，見到愛妳的人，與妳和大家相處一整天……」

聽她這麼說，聽她說多喜歡我，我不斷吞著口水，心裡不自覺感到焦慮。但今晚，我甚至沒空臉紅了。因為她說著說著，門口便傳來敲門聲，聲音急促歡快，充滿權威，她聽到眨了眨眼，全身僵硬，驚訝地抬起頭。我也嚇了一跳。我每晚和她在一起，除了催場小弟來叫她到側台準備，或東尼有時從門邊探出頭向我們道晚安之外，她從來沒有訪客。如我之前所說，她沒有情人，也沒有其他「粉絲」。除了我，她完全沒有朋友。我一直都為此竊喜。現在我看她走向門口，不禁咬著嘴唇。我想說自己心裡暗自感到興奮，但並未如此。我只感到不滿，因為我覺得我們獨處的時間已經夠短了！現在竟然還得被人打擾。

門口出現一個紳士。看來是個陌生人，因為凱蒂向他問好時，語氣有禮，態度有所保留。他頭上戴著一頂絲質的帽子，看到她和藏在房間中的我，便脫下帽子，放到胸前。「我想妳就是巴特勒小姐。」她點點頭之後，他敬個禮。「我是華特．布理斯，女士。我是來為妳服務的。」他聲音像崔奇一樣，低沉而清晰，相當悅耳。他說著從口袋抽出一張名片，舉向前。凱蒂讀完那張卡片，神色訝異，輕輕發出「哦」一聲。我打量著他，他就算沒戴帽子也夠高了，他穿著方格長褲和華麗的背心，打扮很時尚。他肚前掛著條金錶鍊，和老鼠尾巴一樣粗。我注意到他手上也戴著戒指，金光閃爍。他頭很大，頭髮呈暗紅色。他有一把紅鬍子，從嘴巴一路長到耳際，臉上的眉毛和鼻毛也都是紅色，既顯眼又可笑。他的皮膚和男孩一樣乾淨光滑，雙眼湛藍。

凱蒂將名片還給他，他問是否能和她聊一會，她馬上站到一旁，讓他進門。他進來之後，小房間變得擁擠悶熱。我不情願地起身，戴上手套和帽子，說我該走了。凱蒂這時介紹我說：「她是我的朋友，艾士特利小姐。」聽到她如此稱呼我，我心情更鬱悶了。布理斯先生和我握手。

凱蒂送我到門口時，她說：「跟妳母親說我明天會去，看什麼時間方便。」

「四點來吧。」我說。

「那就說定四點了！」她再次牽起我的手一會，並親吻我的臉頰。

她身後，時髦的紳士手拂鬍子，有禮地移開目光。

星期天下午，凱蒂來惠斯塔布拜訪時，我五味雜陳。她對我來說，比全世界都重要。這會她要來我家，和我家人吃飯，一方面令人欣喜若狂，一方面也是可怕的重擔。我愛她，渴望她來訪。但我愛她這點一定不能讓任何人知道，甚至她也不行。我覺得要我將情感藏在心底，默默坐在父親的餐桌旁，任愛意如蟲囓咬著我的心，根本是一場折磨。當母親問，凱蒂為何沒有情人時，我只能擠出微笑。當戴維握住朗達的手，東尼在桌底下捏姊姊的膝蓋，我也只能微笑……明知我的愛人就在身旁，我卻不能妄動。

話說回來，我們家也讓人擔心，這裡又窄又髒，四處都飄散強烈的魚腥味。凱蒂會不會覺得我家很殘破？她會不會發現毯子破了，牆上滿是髒汙？她會不會發現扶手椅已凹陷，地毯已褪色？母親在壁爐上釘了一塊披巾，常因為煙囪氣流拍動，她會不會發現那塊布滿是灰塵，破破爛爛，邊緣都脫線了？我從小到大都待在家裡，十八年來都沒注意到，但現在一切破綻彷彿透過她的眼睛，盡現眼前。

我也用全新的眼光看自己的家人。我看到我的父親，他是個溫柔的男人，但反應遲頓。凱蒂會覺得他遲頓嗎？還有戴維，他舉止很粗魯。朗達也很可怕，她一定會得罪人。凱蒂看到他們會怎麼想？她對愛麗絲會有什麼看法？她在一個月前是我最親密的朋友。她會覺得她態度冰冷嗎？她冰冷的態度會不會令她不解？還有件事令我害怕，她會覺得她漂亮嗎？她會不會喜歡她更勝於我？她會不會其實希望當初坐在包廂的人是愛麗絲，並想拋玫瑰給她，邀請她到後台，讚美她像美人魚……？

那天下午等待她來時，我一會焦慮，一會開心，一會憂鬱。我對餐桌擺設嘮嘮叨叨，一會罵起戴維，一會又對朗達碎唸，最後全家看我焦躁不安，抱怨不停，都罵起我來了，今天原本對我來說應該是快樂的日子，結果我讓所有人都悶悶不樂。我拿出最好的洋裝，縫上新褶邊，但縫線歪七扭八，褶邊都壓不平整。我站在樓梯頂端，手忙腳亂地用安全別針將絲布別好，眼淚都快迸出來了，因為凱蒂的火車快到了，我要跑去接她，這時東尼從我們狹小的廚房出現，手裡拿著一瓶巴斯牌啤酒，準備到餐桌那兒。他站在原地，看我慌張別著衣服。我說：「走開啦。」但他只鬼鬼祟祟偷笑。

「看來，妳不想聽我帶來的消息。」

「什麼消息？」褶邊終於平了。我拿起掛在牆釘上的帽子。東尼又笑了笑，不發一語。我急得跺腳。「東尼，什麼啦？我已經晚了，你又把我拖住。」

「好啦，那沒事啦。我想巴特勒小姐會親自告訴妳……」

「告訴我什麼?」我一手拿著帽子，一手拿著帽針，站在原地。「告訴我**什麼**，東尼?」

他朝身後望了望，壓低聲音。「不要傳出去，因為事情還沒確定。但妳的朋友凱蒂，她原本一個星期之後要離開演藝宮，對不對?」我點點頭。「她不走了。總之，至少還要待一陣子。叔叔跟她簽了一張全新的合約，要留她到新年。他說她太厲害了，不想讓她去布洛德斯代爾。」

新年！還有好幾個月，好幾週。我看到許多個日子鋪展在我眼前，每晚都能到凱蒂的更衣室，和她吻別，並作著美夢。

我不覺驚呼了一聲。東尼聽到我如此驚喜，喝了一口巴斯啤酒，心滿意足。這時愛麗絲出現了，她想知道我們在樓梯上竊竊私語什麼，而且還尖叫。我沒等東尼回答，馬上衝下樓，打開門跑到街上，像野丫頭般奔向車站，帽簷在耳邊拍打。我終究忘了把帽子別好。

我本來就不覺得凱蒂會穿西裝，戴高帽和紫色手套，大搖大擺來到惠斯塔布。但我看見她走下火車，穿著、舉止都像個女孩，腦後繫條辮子，手臂掛著一把陽傘，我仍感到一陣失落。不過，一如往常，我的失落馬上變為渴望和驕傲，因為她在塵土飛揚的惠斯塔布車站月台上看起來聰明俐落，翩然俊雅。我走到她面前，她親吻我的臉頰，挽起我的手，讓我帶她走出車站，沿著海岸走向我家。她說：「哇！這是妳出生、長大的地方?」

「對！妳看教堂旁那棟建築，那是我們的舊學校。有沒有看到那邊大門旁停腳踏車的那棟?那是我堂兄弟姊妹的房子。妳看這個台階，我曾在這裡跌倒，撞破下巴，我姊姊用手帕壓著傷口，一路帶我回家……」我邊說邊指，凱蒂點點頭，並咬著嘴唇。「妳好幸運！」她最後說，彷彿嘆口氣一般。

我一直擔心那天下午變得沉悶難受。結果，氣氛似乎很歡樂。凱蒂和所有人握手，並和大家都說到話，例如「你一定是戴維，在拖網漁船上工作的那個。」或「妳一定是愛麗絲，南西好常提到妳，而且好為妳驕傲。現在我知道原因了。」愛麗絲聽到面紅耳赤，不知所措地望著地板。

她對我父親也很親切。「唉呀，唉呀，巴特勒小姐。」他和她握手時，朝她裙子點頭說。「這打扮跟妳平常截然不同，是吧？」她面露微笑說確實如此。他眨個眼又說：「**如果**妳不介意紳士這麼說，這樣穿可更美啦。」她大笑說，紳士常這麼說，她習慣了，不會介意。

總之，她好討人喜歡，不管是關於自己還是音樂廳的事都知無不言，態度親切，聰明伶俐，即使是愛麗絲或惡毒的朗達都無法討厭她。我看著她望向窗外的惠斯塔布海灣，頭向前傾，聆聽父親講述故事，並稱讚母親的裝飾和圖畫（她居然喜歡壁爐上的披巾！），我不禁重新愛上了她。當然，因為我才剛得知她和崔奇延期四個月的合約，我的愛意更是無比炙熱。

她這趟是來吃牡蠣餐的，於是我們一一坐到桌邊。就位之後，凱蒂對桌上一切無不感到驚奇。桌上準備的是真正的牡蠣餐，餐桌鋪有桌巾，一旁小酒精燈上放了一盤加熱融化的奶油。奶油兩邊放著兩、三片麵包、幾塊檸檬、醋和黑胡椒罐。每個盤子旁都放著叉子、湯匙、餐巾和最重要的牡蠣刀。桌子中間放的就是牡蠣桶，桶子最上面的鐵環包著白布，桶蓋打開一指寬。父親會說：「剛剛好，讓牡蠣動一動。」但又不會讓牠們將殼打開，壞了味道。我們總共有八個人，所以必須從樓下餐廳多搬幾張椅子上來，最後桌邊滿擠的。凱蒂和我坐得很近，我們的手肘幾乎碰觸，鞋子在桌邊並排。母親見了喊：「南西，讓點位子給巴特勒小姐啊！」凱蒂說，艾士特利太太，真的沒關係。我向右邊移了五公分，但腳仍靠著她，我感到她腿靠著我，熱烘烘的。

父親替大家盛牡蠣，母親倒啤酒和檸檬水。凱蒂一手握著牡蠣殼，一手拿牡蠣刀，撬來撬去，不知從何下手。父親看到，大喊一聲。

「來，巴特勒小姐，我們真失禮！戴維，你拿刀教小姐怎麼做。不然她刀一滑割傷手，那可糟了。」

「我來教她。」我馬上說。趁哥哥還沒伸手，我從她手中接過牡蠣和刀。

「妳要這樣做。」我對她說：「把牡蠣殼這樣拿在手中，讓殼平的那面朝上。」我拿好殼給她看，她神情專注嚴肅。「刀不要放到殼和殼中間，要對準絞合部，也就是這裡。然後握緊、撬開。」我手中刀輕輕一扭，殼應聲而開。「妳一定要握好。」我繼續解釋：「因為殼裡都是汁，一滴都不要浪費，那是最美味的部分。」我手中牡蠣泡在牡蠣汁中，鮮嫩滑溜。我接著用刀指著說：「這個叫鬍鬚，要把它切掉。」我刀一劃將鬍鬚切下。

「接下來，把牡蠣切下來……就可以吃了。」我小心翼翼將牡蠣放入她手中，感覺她柔軟、溫暖的手指，看她將牡蠣捧在手中。我們頭靠得非常近。她把牡蠣舉到雙唇前，雙眼凝望著我。

我剛才沒注意，但我語氣無比溫柔，其他人都不禁靜靜聽著。現在全桌沉默，毫無動靜。我目光從凱蒂的臉上移開時，發現一桌子的臉都朝著我，不禁滿臉通紅。

最後，終於有人開口了。父親放大嗓門說：「別一口氣全吞下去，巴特勒小姐。」他說：「別學什麼**美食家**。我們家餐桌上可不容許這種事。妳只管好好咀嚼。」他親切地說，凱蒂大笑，並盯著手中的殼。

「牠真的還**活著**？」她說。

「活著活著**！**」戴維說：「如果妳仔細聽，妳會聽到牠被吞下去的尖叫聲。」

朗達和愛麗絲聽了都不禁呻吟。「你會害巴特勒小姐吐出來。」母親說：「別理他，巴特勒小姐。妳好好享用，慢慢吃。」

凱蒂開動了。她不再看我，將牡蠣肉倒入嘴裡，用力、迅速嚼了嚼，吞下肚。她用餐巾擦擦嘴，朝父親嫣然一笑。

「好啦。」父親壓低聲音說：「說實話，妳吃過這麼美味的牡蠣嗎？有嗎？」

凱蒂說沒有，戴維大聲歡呼。接下來除了牡蠣大餐會有的微小聲音，餐桌上十分安靜。撬殼聲此起彼落，人人割下鬚鬚，嘴邊牡蠣汁、奶油和啤酒滴落。

凱蒂抓到了訣竅，不需要我再幫她開殼了。「看這個！」她開了六個左右之後說：「牠長得多難看！」她再仔細觀察。「這**是**公的嗎？牠們都有鬍鬚，所以我想牠們都是公的？」

父親邊嚼邊搖頭。「不是，巴特勒小姐，完全不是。別被鬍鬚騙了。妳知道的，牡蠣真的是種怪生物。一會是公的，一會是母的，看心情變化。老實說，一直是雌雄同體。」

「真的假的？」

東尼敲了敲盤子。「這麼說，妳自己就是隻牡蠣，凱蒂。」他邪邪笑著說。

她起初表情有點不確定，但後來嫣然一笑。「我想是吧。」她說：「太奇妙了！以前從沒人把我比作海中生物。」

「唉唷，別誤會了，巴特勒小姐。」母親說：「在這間屋子裡，比作海中生物其實是讚美。」

東尼大笑，父親說：「噢！這倒是，這倒是！」

凱蒂臉上仍掛著微笑。接著她稍微起身，伸手拿黑胡椒罐，她再次坐下時，腳縮到了椅子下，我感到大腿慢慢變涼。

牡蠣桶見了底，檸檬水和啤酒也喝得差不多了，凱蒂說她這輩子從沒吃過如此美味的晚餐，我們將椅子向後推，男人點起香菸，愛麗絲和朗達放好杯子，準備倒茶。大夥多聊了一會，並問了凱蒂更多問題。她有沒有見過納莉．鮑爾？她認識貝西．伯爾伍、珍妮．希爾或喬利．強．納許[8]嗎？接著話題轉向另一個方向。她真的沒有情人嗎？她說她沒有時間。那她在肯特有家人嗎？她何時去找他們？她說自從祖母過世之後，她在世上便沒了家人。母親嘖了嘖，說真遺憾。戴維說如果她願意，她可以盡量來我們家，因為我們家族人多到不知該如何是好。

「噢！真的嗎？」凱蒂說。

「對。」戴維說：「妳一定聽過那首歌：

『她的叔叔、她的哥哥、她的姊姊、她的母親，她的姑姑，還有另一個是她母親的表親……』」

他才剛說完，樓下的門就砰一聲打開，樓梯傳來喊叫聲。我們的三個堂兄弟姊妹出現，喬伊叔叔和蘿辛娜嬸嬸跟在後頭。他們全穿著禮拜日穿的好衣服，說如果巴特勒小姐不反對，他們想順便「看一下」她。

我們搬來更多椅子和杯子。大家重新介紹一輪，狹窄的房子熱氣蒸騰，充滿煙霧和歡笑。有人說，可惜我們家裡沒有鋼琴，不然巴特勒小姐便能為我們高歌一曲。我最年長的堂兄喬治聽了說：「用口琴代替好嗎？」他從外套口袋拿口琴出來。凱蒂臉紅，說自己不行。每個人都喊了起來：「拜託，巴特勒小姐，唱嘛！」

「南，妳覺得呢？」她對我說：「我要丟臉嗎？」

「妳知道妳才不會丟臉。」我說，並開心她最後轉向我，當著大家的面叫我特別的小名。

「那好吧。」她說。大家清出一個位置，朗達跑回家，去找姊妹一起來看。

她唱了〈我愛的男孩在迴廊〉和〈咖啡廳女孩〉。後來朗達的姊妹到了，她又把第一首歌唱了一次。接著她輕聲交代我和喬治，我去拿了父親的帽子和枴杖，她為我們唱了幾首女扮男裝的表演曲目，最後她以她在演藝宮表演的最後一首曲目作結，那是一首關於愛人和玫瑰的歌。

我們大聲喝采，她和眾人一一握手，大家拍著她的背。她滿面通紅，渾身汗水，非常疲倦。戴維說：「不如妳唱首歌吧，南西？」我瞪他一眼。

「不要。」我說。無論如何，我不會在凱蒂面前為他們唱歌。

凱蒂好奇地望著我。「妳會唱歌？」她說。

「南西的聲音簡直驚為天人，巴特勒小姐。」其中一個堂妹說。

「對啊，唱嘛，南西，別掃興！」另一人說。

「不，不，不要！」我又大叫，母親聽我如此堅決，不禁皺起眉頭，其他人大笑。

8 貝西・伯爾伍（Bessie Bellwood, 1856-1896）是維多利亞時期的音樂廳歌手，專門唱果菜小販所唱的歌曲，舞台個性強悍又可愛。珍妮・希爾（Jenny Hill, 1848-1896）是音樂廳表演者，別稱為「音樂廳之后」，並以女扮男裝的形象深受歡迎。喬利・強・納許（Jolly John Nash, 1830-1901）為著名的音樂廳歌手和喜劇演員，擅於吹短號和手風琴，一八六八年曾有幸為威爾斯親王，也就是後來的國王愛德華七世演奏。

喬伊叔叔說：「唉，太可惜了。妳應該在廚房聽她唱歌，巴特勒小姐。她是天生的歌手，真的，像雲雀一樣。聽到她的歌聲，心情都會變好。」屋裡眾人喃喃附和，我看到凱蒂眨著眼，望向我。喬治故作低語說，我一定是在保養嗓子，等著唱小夜曲給佛瑞德聽，大夥又笑了，我不禁垂頭望著大腿，面紅耳赤。凱蒂一臉茫然。

她這時問：「誰是佛瑞德？」

「佛瑞德是南西的男朋友。」戴維說：「**非常**英俊的傢伙。她一定常跟妳提到他吧？」

「沒有。」凱蒂說：「她沒有說過。」她語氣輕鬆，但我抬頭，看到她眼神古怪，似乎透露著悲傷。我確實沒向她提起過佛瑞德。事實上，我最近不曾覺得他是我的情人，自從她來到坎特伯里，我不曾和他共度任何一個夜晚。他最近寄了封信給我，問我還在乎他嗎？我把信放在抽屜，忘記回信了。

後來大家又開一會佛瑞德的玩笑。幸好朗達的妹妹從喬治手中搶走口琴，亂吹一通，害所有男生朝她大叫，扯她頭髮，要她別吹了。

大家吵成一團，彼此亂罵時，凱蒂彎向我，輕聲說：「南，妳能帶我去妳房間嗎？或某個安靜的地方？妳跟我就好？」她突然面色凝重，我擔心她要昏倒了。我起身，帶她擠過擁擠的屋子，跟母親說我帶她上樓，母親憂心望著朗達的妹妹，不知道該笑還是該罵。她心不在焉點個頭，我們便溜上樓了。

臥室比客廳涼多了，而且比較暗。我們雖然仍聽得到喊叫聲、跺腳聲和口琴刺耳的聲響，但比剛才寧靜舒適不少。窗子已經打開，凱蒂馬上走去，雙臂靠到窗台上。她閉上雙眼，感受海灣吹來的徐徐微風，並盡情深吸幾口氣。

「妳不舒服嗎？」我問。她轉向我，搖搖頭，露出笑容。但她的笑容依然悲傷。

「只是累了。」

我的水瓶和水盆放在一旁。我倒了點水出來，拿給她，她洗淨雙手，洗了臉。水滴濺溼她的洋裝，沾溼她的頭髮，髮尾形成一條條深色的尖束。

她從掛在腰邊的小皮包掏出香菸和一盒火柴。她說：「我相信妳母親會譴責我抽菸。但我快憋死了。」她點燃一根菸，深吸一口。

我們凝望彼此，不發一語。我倆都累了，房中無處可坐，於是我們並肩坐到床上，身體靠得很近。和她待在我房間裡非常奇怪。尤其是床上！我每晚花上好幾個鐘頭在床上大肆幻想著她。我說：「說來奇怪——」但我開口時，她也開口了。我們大笑。「妳先說。」她說著又抽口菸。

「我剛才是要說，妳來到我房間，像這樣坐著感覺好好笑。」

她說：「我也正要說來到這裡好好笑！而且這真的是妳的房間嗎？妳和愛麗絲的房間？這是妳的床？」她望向四周，彷彿不敢置信，彷彿我帶她到一個陌生人的房間，假裝是我的房間。我對她點點頭。

她再次沉默，我也是。但我覺得她還想說些什麼，只是在想該如何開口。我心裡有點興奮，心想我知道她要說什麼。但她後來開口說的不是契約的事，而是關於我的家人。她說他們人多好，他們多愛我，我有多幸運。我想起她自小孤苦伶仃，於是我吞下反駁，聽她述說。但我沉默不語，似乎只讓她精神更消沉。

最後她抽完菸，把菸扔進壁爐，深吸口氣，說出我一直在等待的消息。「南，有件事我想跟妳說，是個好消息，妳答應我，一定要為我開心。」

我忍不住了。我一整個下午都按捺著喜悅，現在我大笑說：「喔，凱蒂，我已經知道妳的好消息是什麼了！」她這時皺起眉頭，於是我趕緊說：「妳不要氣東尼，是他今天跟我說的。」

「他跟妳說什麼？」

「他說崔奇希望妳留下來，在演藝宮繼續演出。他說妳至少會待到耶誕節！」

她望著我，神情古怪，然後她垂下目光，尷尬輕笑一聲。「我要說的不是這個消息。」她說：「除了我之外，沒人知道。崔奇**確實**想要我留下來，但我已經拒絕他了。」

「拒絕他？」我望著她。她仍迴避著我的目光，並站起身，雙臂交叉在腰際。

「妳還記得昨天晚上來找我的紳士嗎？」她說：「布理斯先生？」我點點頭。她今天還沒提到他，我因為她要來忙得昏天暗地，也忘了問他是誰。她繼續解釋：「布理斯先生是個經紀人，不是像崔奇先生一樣的劇院經理，而是藝人的經紀人。他看到我的演出……噢！南！」她情不自禁興奮起來。「他看到我的演出，非常喜歡，所以想簽下我到倫敦音樂廳演出！」

「倫敦！」我不敢置信，只能重述她說的話。這消息青天霹靂，令人難以言喻。她要是去馬蓋特或布洛德斯代爾，我也許偶爾能去拜訪她。但如果她去倫敦，等同於去了非洲或月球，我將永遠無法再見到她。

她繼續說布理斯先生在倫敦劇院有人脈，答應她每個劇院都能演出一季。他說她表演精采，地方小舞台不適合她。她在城市中會一鳴驚人，和著名表演者齊名，財富也會隨之而來……我充耳不聞，心情一落千丈。沒多久，我手摀住雙眼，垂下頭，她見了不禁沉默。

「妳終究不為我開心。」她輕聲說。

「我很開心。」我說，聲音沙啞。「但我為自己**難過**。」

房中一片沉默，樓下客廳傳來笑聲和椅子刮地聲，窗外傳來海鷗的叫聲。我們進來之後，房間似乎變得更暗，我突然感到一陣涼意，自夏天以來，我從未有此感覺。

我聽到她向前一步。她坐回到我身邊，將我掩面的手牽起。「聽著。」她說：「我有件事想問妳。」我望向她，除了點點雀斑，她臉色一片蒼白，雙眼睜大。「妳覺得我今天打扮得好看嗎？」她說。「妳覺得我態度親切、為人和善、好相處嗎？妳覺得妳父母喜歡我嗎？」她說的話令人莫名其妙。我沒答腔，只充滿好奇，並點點頭。她說：「我這趟來就是要讓他們喜歡我。我穿上最美的連身裙，讓她們覺得我出身不凡。我原本假想他們是全肯特最刻薄、最淒慘的家庭，但我會盡全力善待他們，讓他們把我當作親女兒一樣信任我。

「但是，噢！南啊！他們生活不淒慘也不刻薄，我根本不用強裝和善！他們是我見過心地最善良的一家人，而且他們好重視妳。我不能要妳放棄他們……」

我心跳一時間彷彿停止了，接著馬上像活塞一樣大力搏動。

「什麼意思？」我說。她別開頭。

「我原本打算要妳跟我一起去。到倫敦去。」

我眨了眨眼。「跟妳去?怎麼會?」

「來當我的服裝師。」她說：「如果妳願意的話。或當我的……什麼都好，我不知道。我跟布理斯先生說過了。他說妳一開始不會賺多少錢。但妳如果跟我住在一起，夠過生活了。」

「為什麼?」我問。她抬起目光，和我四目相交。

「因為我……我喜歡妳。因為妳對我很好，為我帶來好運。因為倫敦很陌生，而布理斯先生也許不如外表看來那麼光鮮亮麗，如果事情生變，我身邊沒人能……」

我緩緩說：「妳真的覺得我會拒絕妳?」

「今天下午，我確實這麼想。昨天晚上和今天早上，我相信妳會答應……噢!這裡跟只有我倆的更衣室好不一樣!我那時不了解妳在這裡的生活。我那時不知道妳有一個……男朋友。」

她說的話令我鼓起勇氣。我抽回她手中的手，站起身。我走到床頭，那裡有個小抽屜櫃。我拉開抽屜，從中拿出一樣東西給她看。「妳知道這是什麼嗎?」我說，她露出微笑。

「這是我給妳的花。」她從我手中接過。花已凋零乾燥，花瓣邊緣已呈棕色，快從花莖脫落。花被壓得扁扁的，因為我好幾晚都把花塞在枕頭下睡覺。

我對她說：「妳拋花給我的那一晚，我的人生就改變了。我想在那一刻之前，我一直沉睡著，或已失去了生命。遇到妳之後，我才醒了過來。活了過來!妳覺得我會輕易放過這一切嗎?」

我說的話果然令她大吃一驚，因為無論是她或別人，我從未說過這些事。她別開頭，望向四周，舌頭滑過雙唇。「樓下所有**家人**?」她朝地板擺頭說：「妳的父母、兄弟、愛麗絲、佛瑞德?」她說著說著，樓下傳來一聲叫喊，大夥又提高嗓門拌起嘴。

我想說，**他們跟妳比起來毫無意義**……但我只聳聳肩，露出笑容。

她這時也笑了。「所以妳真的要來?妳知道，我們星期日就要出發，也就是一週後。時間不多。」

我說這樣就夠了。她將凋零的玫瑰放到床上，牽起我的雙手，用力握了握。「噢！南！我親愛的南！我們一定會一起共度美好的時光，我答應妳！」她說著將我手一拉，激動擁抱住我，並開心大笑，我感到她身體在我懷中顫抖。

突然之間，她退開來，我懷中只剩空氣。

樓下傳來更多聲響，接著有一扇門打開，樓梯口傳來腳步聲和叫喚：「南西！」是愛麗絲。她停在房間門口，一方面有禮，一方面害怕，不敢轉開門。「大家要離開了。」她喊道。「母親說能不能請巴特勒小姐下樓，跟大家道別。」

我望向凱蒂。「妳自己先去吧。」我說：「我過一分鐘會下去。」接著我壓低聲音。「別跟他們說我們的計畫。我之後再跟他們說。」

她點點頭，又握了一下我的手。她打開門，走向站在樓梯口的愛麗絲，我聽到兩人下了樓。

我站在陰影中，雙手顫抖伸向自己的臉。遇到凱蒂．巴特勒之後，我總是特別細心清洗這雙手，若現在皺紋中有髒汙的話，有可能是醋，也可能是妝彩、眼影和珍珠柔白粉底。但即使如此，我手上仍有著牡蠣的氣味，指甲下仍卡著一條細絲，可能是龍蝦背毛或蝦鬚。我心想，放棄家人、家鄉和牡蠣女孩的生活，會是什麼感覺？

而在凱蒂身邊生活，沉浸於令人顫抖的祕戀中，又會是什麼感覺？

第三章

為了故事效果，我很想說我父母親一聽到凱蒂的提議，便禁止我再提起這件事。而我據理力爭時，他們破口大罵，母親失聲哭泣，父親動手打了我。我最後不得不在清晨淚流滿面從窗戶爬出家，手上扛根木桿，上頭掛著打包好的衣服，並在枕頭上留下一張紙條，上頭寫著**不要來找我**……但我要是這麼說，就是說謊。我的父母很明理，不會無理取鬧。他們愛我，為我擔心。讓自己的么女跟著女演員和音樂廳經紀人跑去英國最陰冷、邪惡的城市，他們知道這是個瘋狂的念頭，明智的父母應該毫不考慮，馬上拒絕。但因為他們深愛著我，不願讓我難過。只要用半隻眼都看得出來，我現在全心都在凱蒂．巴特勒身上。誰都想得到，一旦她邀請我隨她旅行，我卻無法跟去的話，我永遠不可能像過去一樣快樂地在父親的廚房工作。

所以凱蒂離開一小時後，我緊張地向父母親坦承她的計畫，努力爭取，衷心乞求他們首肯，他們驚訝不已，並仔細聽我述說。隔天我要進廚房時，父親叫住我，帶我到寧靜的客廳裡，他的表情悲傷而嚴肅，但十分親切。他先問我，我是否改變了主意。我搖搖頭，他嘆口氣。他說，如果我下定決心，那母親和他不能阻止我。我已快是個成年的女人了，應該懂得自己在做什麼。他們原本期待我嫁給惠斯塔布的男孩，能待在附近，分享我的小小幸福，分擔我的苦惱。但他想，現在我會和倫敦的男人結婚，他一定完全不了解我父母親的生活。

他最後說，但孩子不該是取悅父母的工具。父母不該期待女兒永遠待在自己身邊……「簡而言之，南西，即使妳要投入惡魔的懷抱，妳母親和我寧可看妳快樂高飛，也不要綁住妳，看妳陷入悲傷，甚至因為我們不讓妳選擇自己的命運，漸漸憎恨我們。」我不曾見過他如此嚴肅，句句中的。我也不曾見過他落淚，但他說著說著，眼中閃爍淚光，接著他眨了兩、三次眼，吞下眼淚，聲音沙啞。我頭靠到他肩膀，淚水奪眶而出。他一手抱住我，拍拍我。「失去妳，我們心都碎了，親愛的。」他繼續說：「妳知道的。答應我們，不要忘記我們。寫信給我們，偶爾來拜訪我們。如果事情不如妳所想順利，希望妳不要礙於面子，不敢回家來找愛妳的家人……」他聲音哽咽，無法再說下去，並顫抖起來。我只能靠著他的脖子，點頭說：「我會的，我會的。我答應你，我一定會。」

噢！但我好冷酷，他一離開，我的淚水馬上便乾了，前一晚的喜悅全湧上心頭。我開心地雙臂交抱，在客廳跳起吉格舞，但我跳得躡手躡腳，怕他們在樓下餐廳聽到。接著在有人找我之前，我馬上衝去郵局，寄了張卡片到演藝宮給凱蒂。卡上的圖片是惠斯塔布牡蠣拖網船，我在船帆上寫下：「**到倫敦**。」在甲板上，我畫了兩個有著特大笑臉的女孩，拿著行李袋和行李箱。「**我可以去了！**」我背面寫下這句話，並跟她說，這幾個晚上服裝師恐怕沒空，因為我要好好準備……最後我簽下我的名字：「**愛妳的南**。」

我那天的喜悅斷斷續續的，因為我和父親那一幕不斷重演。吃完早餐之後，我和母親道別，她將我一擁入懷，哭著說他們一定是瘋了，才會讓我走。接著是戴維，他語無倫次，說我這年紀去倫敦太小了，一下車便會被特拉法加廣場的軌道車撞死。愛麗絲聽到這消息不發一語，雙眼噙淚衝出廚房，怎麼勸都不肯到餐廳工作，直到午餐才回來。只有堂兄弟姊妹為我高興，不過他們嫉妒勝於高興，稱我幸運兒，並保證我一定會在城裡飛黃騰達，把他們全拋在腦後。不然就是會搞到窮途末路，身敗名裂，狼狽逃回他們身邊。

那週過得很快。我晚上都去拜訪親友，和他們一一道別。我也著手清洗、縫補、打包洋裝，取捨自己要帶哪些小物品。我只去了演藝宮一次，而且是父母陪伴著我去的，他們要去確定巴特勒小姐依然明智和善良，並進一步詢問關於神祕的華特．布理斯的事。

表演結束後，父親去找東尼和崔奇聊天時，我跟凱蒂獨處不到一分鐘。我一整個星期都在害怕一切是自己幻想，或完全誤解週日晚上她和我說的話。我每天晚上都夢到自己帶著滿滿的行李袋，戴著帽子來到她門口，結果她看到我，大吃一驚，皺起眉頭，或大聲嘲笑我，最後我會滿身大汗嚇醒。我還夢到自己沒趕上火車，沿著軌道狂奔，凱蒂和布理斯先生從車廂窗戶望著我，卻不肯彎身將我拉上車……但那天晚上在演藝宮，她帶我到一旁，緊握我的手，和以往一樣親切又興奮。

「我收到布理斯先生寄來的信。」她說：「他替我們在一個叫布立克斯頓的地方找到房間。他說那裡全是劇場的演藝人員，因此大家稱那裡『彩妝大道』。」

彩妝大道！我腦中馬上有了畫面，那裡好美，街道像個化妝箱，有著狹小、鍍金的房子，每間房子屋頂全都漆成不同顏色。我們的房間會是三號房，煙囪會和凱蒂雙唇一樣呈深紅色！

「我們星期日要搭兩點的火車。」她繼續解釋：「布理斯先生會在火車站接我們上馬車。隔天，我就要去柏蒙西的明星音樂廳演出。」

「明星。」我說：「真是好彩頭。」

她露出笑容。「但願如此。噢！南，但願一切如願！」

毫不意外，我在家的最後一天早晨氣氛哀傷。我們一家五口一起吃早餐，氣氛還算愉快。但房中離情依依，我們只不斷嘆息，漫無目的東摸西摸。到了十一點，我感覺自己像籠中老鼠，全身僵硬，難以自處，我請愛麗絲陪我去海灘，幫我拿著鞋子和褲襪，讓我站在海水中最後一次。但甚至這小儀式也令人失落。我手遮著陽，望著波光粼粼的海灣、遙遠的田野和謝佩島的樹林，再望向城鎮低矮、黑色的房舍，以及海港和船塢的桅杆和吊車。對我來說，四周風光景致，像臉上的皺紋一樣熟悉。我彷彿在看鏡中的自己，一方面驚奇，一方面乏味。不管我看得多仔細，多認真去想我未來好幾個月都看不到這一切，面前的景色依舊平凡無奇。最後我別開頭，難過地走回家。

但在家也是一樣。我看見的、碰到的一切都不如我想像中特別，也並未因為我要離開而改變。唯一變化的只有家人的表情。他們有人表情嚴肅，有人強裝笑容，表情僵硬，我根本不敢看他們。

最後，到了道別那一刻，我其實鬆了口氣。父親不肯讓我搭火車到坎特伯里，說我一定要坐馬車，他向坎伯蘭公爵旅館的馬車夫租了一台雙輪輕型馬車，打算親自載我去。我親吻母親和愛麗絲，讓哥哥扶我坐到父親身旁，並將行李放到我腳邊。行李其實算少，我將衣服裝進一個老舊皮箱，用帶子綁緊。我還帶了個帽盒裝帽子，還有個黑色的小錫箱裝雜物。錫箱是戴維新買給我的道別禮，箱蓋上以淡黃漆寫著我的名字縮寫。裡頭他貼了一張肯特的地圖，並畫了個箭頭指向惠斯塔布。他說要提醒我家在哪裡，以免我忘記。

父親和我往坎特伯里的一路上沒多聊。到了車站，我們發現火車已經到站，並冒著蒸氣，凱蒂的行李袋和箱子都放在身旁，皺眉看著錶。畫面跟我焦慮的夢截然不同，她看到我們便大力揮手，面露笑容。

「我以為妳最後一刻改變主意了。」她大喊。我搖搖頭，感到不可思議，我說了那麼多，她居然還是這麼想！

父親非常和善。他滿懷感激，向凱蒂打了招呼，他親吻我和我道別之後，也親吻了她，並祝她快樂和好運。最後，我從車廂彎身擁抱他時，他從口袋拿出一個小麂皮袋，放到我手中，並將我的手合上。裡面是一枚枚硬幣，全是金幣，共有六枚，我知道這金額超出他所能。但等我解開袋口，看到裡面晶亮的金幣，火車已開始移動，來不及塞回他手中。我只能大聲謝謝他，向他送上飛吻，看他舉高帽子揮舞。他消失在視線裡之後，我臉貼著玻璃，心想我何時會再見到他。

老實說，我沒有想多久，因為和凱蒂在一起，我無比興奮。我聽她再次提起我們將一起住的房間，在城市中會有的生活，還有她打算發財的事，悲傷馬上被我拋到腦後。我知道家人此時仍為我離家難過，若他們看到我笑成這樣，也許會覺得我很冷酷。噢！可是那天下午，我再也忍不住笑意，大口深呼吸，全身緊張得冒汗。

再過不久，我將親眼看到倫敦，大開眼界。過一小時，我們便到了查令十字車站。凱蒂找了個行李工幫我們搬行李袋和行李箱，他將行李搬上推車時，我們焦急四望，尋找布理斯先生。「他在那裡！」凱蒂指向一邊大喊，他大步走上月台，他的大鬍子和衣襬飛舞，臉非常紅。

「巴特勒小姐！」他來到我們面前大喊。「見到妳太高興了！太高興了！我原本擔心自己遲到。但妳按照計畫來到倫敦，甚至比之前更有魅力。」他轉向我，脫下帽子（帽子又是絲質的），低身誇張地行個禮。「脫帽向賣牡蠣的女子問好[9]！」他大聲說：「妳是來自惠斯塔布的艾士特利小姐，對吧？」他牽起我的手，簡短握了握。然後他手指朝行李工一彈，向我們伸出兩邊手臂。

他請馬車在河岸街等我們。我們走近時，馬車夫用馬鞭碰了碰帽子，從座位跳下來，將行李搬上車廂頂。我望向四周。那天是星期天，河岸街其實車不算多。但我當時還不知道。我當時覺得那裡就像德比的賽馬場，車水馬龍，馬匹飛馳，聲音震耳欲聾，令我頭暈目眩。在車廂中，我覺得安穩多了，但感覺也非常奇妙，因為我面前就是個陌生紳士，而我正前往一個陌生的地方。這座城市規模龐大，煙霧瀰漫，令人既驚恐又震撼，完全超乎我想像。

當然，我簡直目不暇給。布理斯先生提議在前往布立克斯頓前，先四處遊覽一下，於是馬車開到特拉法加廣場，我們看到基座上的納爾遜雕像、噴水池、雪白壯麗的國家美術館和白廳延伸到英國國會大廈的街景。

我臉貼在窗前望著廣場說：「我哥哥說如果我來倫敦的話，會被特拉法加廣場的軌道車撞死。」

布理斯先生神色嚴肅。「妳哥哥的警告可不誇張，艾士特利小姐。不過和事實有點出入，特拉法加廣場上沒有軌道車，這裡只有公車、雙輪輕馬車和像我們一樣的四輪大馬車。軌道車是給一般人坐的。恐怕最近也要到凱爾本或康登鎮，才有機會被軌道車撞。」

我尷尬微笑。我還不知道如何看待布理斯先生，我的未來和幸福才剛意外交到他手中。他和凱蒂聊天，不時要我們看街上的人事物時，我都觀察著他。我發現他比我原先印象還年輕。那天在凱蒂的更衣室，我以為他已近中年。現在我猜他頂多三十一、二歲。說他相貌英俊，不如說氣質出眾，但褪下光鮮亮麗的衣著和談吐，他其實相當平凡。我以為他一定有個愛他的妻子和寶寶，如果沒有的話，也應該要有（其實他還沒成家）。我當時對他的背景一無所知，但我後來得知，他出身古老知名的戲劇世家。他的真名當然不是布理斯，就像凱蒂

9 語出莎士比亞《理查二世》第一幕第四場。

不姓巴特勒一樣。他年輕時便離開了合法劇院[10]，到一般劇院成為喜劇歌手。他旗下已有十二個藝人，但因為他深愛表演，他偶爾仍會以「性格男中音華特．瓦特斯」之名登台演出。那天在馬車上，他的事我一概不知，但我依稀看出了點端倪。我們到了帕摩爾，轉進乾草市場，眼前出現了多家劇院和音樂廳。馬車轟轟駛過一間間劇院，他手伸起，略傾帽簷，彷彿在敬禮致意。我看過愛爾蘭婦女經過教堂時做過類似的動作。

「女王劇院。」他說著頭朝左方一棟雄偉的建築點了點。「我父親便是在那兒看到瑞典夜鶯珍妮．林德[11]初次在英國登台。那是乾草劇院，目前由比爾博恩．翠依先生[12]管理經營。那是標準劇院，劇院完全建在地底下，相當驚人。」我們經過無數劇院和音樂廳，他如數家珍，一一介紹每個場地的歷史。「前面是倫敦閣劇院。至於**那邊**……」我們瞇眼望向大風車街。「那是特羅卡德羅宮。」我們右邊是王子劇院。」我們開進萊斯特廣場，他吸口氣。「最後……」他說著脫下帽子，放到大腿上。「最後，帝國劇院和阿爾罕布拉劇院，這是全英國最雄偉的音樂廳，每個表演者都是明星，觀眾也都有頭有臉，即使是看台上的『妓女』……原諒我說不雅的話，巴特勒小姐和艾士特利小姐……身上都穿戴著毛皮、珠寶和鑽石。」

他敲了敲馬車車廂頂，馬車夫在廣場上一座小花園的角落停下。布理斯先生打開車廂門，帶我們到中央。莎士比亞大理石雕像在我們後方，我們三人站在原地，望著帝國劇院和阿爾罕布拉劇院的門面。帝國劇院圓柱豎立，柱上電燈閃爍，燈面玻璃骯髒，光芒柔和。阿爾罕布拉劇院圓頂高聳，尖塔四立，前方還有個噴水池。我從來不知道世上有這樣的劇院。我完全不知道世上有這種地方，骯髒卻又華麗，醜陋卻又雄偉，裡頭龍蛇雜處，眾人三三兩兩，或站或坐，或走或臥。

馬車中走出上流女士和紳士。

劇院裡有女孩拿著一籃籃花朵和水果兜售，也有人賣咖啡，有人賣雪酪，有人賣熱湯。

那裡有穿著深紅色外套的軍人，也有下班的店員，有人戴圓禮帽，有人戴平頂草帽或格紋帽。有的女人穿著披肩，有的戴著領帶，也有女人穿短裙，露出腳踝。

那裡還有黑人、中國人、義大利人和希臘人，也有新進城的人，跟我一樣四處顧盼，眼花撩亂，茫然疑惑。有人身子蜷縮，坐在階梯和長凳上，有的人衣衫襤褸，彷彿一整個白天都坐在那裡，甚至會在這過夜。

我望向凱蒂，我想我表情驚訝不已，她看了大笑，摸摸我臉頰，然後伸手握住我的手。

「我們在倫敦市中心。」這時布理斯說：「真的是**正中心**。」他朝阿爾罕布拉擺擺頭。「包括那裡，還有我們四周。」他說到這裡，手朝廣場一揮。「妳們知道是什麼讓城市巨大的心臟跳動嗎？**表演**[13]！表演，艾士特利小姐，時光無法凋零，感受不會生膩。」現在他轉向凱蒂，他說：「現在，我們面前是全世界最大的表演殿堂。明天，巴特勒小姐。也許明天、下星期或下個月，很快，我保證很快，妳便會進到**裡面**，站到舞台上。那時候，讓倫敦心跳加速的人便會是**妳**！妳會讓城市扯著嗓子大聲叫好！」

他說著拿起帽子，振臂揮舞。一、兩個路人望向我們，然後冷漠轉開頭。我覺得他說的話很不可思議。我知道凱蒂也這麼想，因為她聽到之後緊抓我的手，稍稍興奮顫抖。她雙頰和我一樣發紅，而她也和我一樣睜大雙眼，眼中閃爍光芒。

後來，我們沒在萊斯特廣場多待。布理斯先生招了個男孩，給他一先令，替我們從小販那買了三杯滿是泡沫的雪酪，我們坐在莎士比亞雕像的陰影中，喝著飲料，看著經過的人，也看著帝國劇院外的招牌，我們知道凱蒂的名字遲早會做成一公尺的大字掛到上頭。但我們喝完飲料後，他雙手一拍，說我們該出發前往布立克斯

10 合法劇院意指擁有專利，能演出「嚴肅」戲劇表演的劇院，最著名的便是莎士比亞作品。未經授權的劇院不得演出「嚴肅」劇作，只能演出喜劇、啞劇和通俗劇。

11 珍妮．林德（Jenny Lind, 1820-1887）是著名瑞典女高音歌唱家，素有「瑞典夜鶯」之名，活躍於瑞典和歐陸，一八五〇年後在美國巡演掀起轟動。

12 比爾博恩．翠依（Herbert Beerbohm Tree, 1852-1917）是英國演員和劇場經理，因感謝他對劇場界的長期付出，他於一九〇九年受封爵位。

13 原文為Variety，嚴格來說應該譯為「綜藝」，但和現代的綜藝在印象上仍有所不同，故在此翻譯為「表演」。現代的「綜藝」節目，包括深夜秀和歌廳秀，其實就是源自於音樂廳表演文化。

頓了，我們的新房東鄧蒂太太在等我們。他帶我們回馬車旁，扶我們上車。我雙眼剛才睜得又大又圓，來到昏暗的車廂中，雙眼再次恢復正常大小，興奮感漸漸退去，取而代之的是緊張感。我不知道他為我們找的是什麼樣的地方，鄧蒂太太是什麼樣的房東。但願兩者不要高不可攀。

我其實不需擔心。一離開西區，過了河，街道隨即變得灰暗，死氣沉沉。這裡的房舍和人群打扮整潔，但都循規蹈矩。那裡不如萊斯特廣場，沒有鋪張豔麗、千變萬化的奇妙景致，彷彿全由一雙毫無想像力的手所打造。不久，街道甚至不再整潔，變得骯髒簡陋。我們經過的每個街角、每間酒館、每排商店和房子似乎都更髒亂。身旁的凱蒂和布理斯先生又專注聊起天，他們聊的全是劇院、契約、服裝和歌曲。我臉貼著窗，不知馬車何時才會離開可怕的區域，抵達我們位於彩妝大道的家。

最後我們轉入一條街，兩旁都是平屋頂的高大樓房，房子正面加裝一排欄杆，窗戶都設有烏黑的窗板和窗簾。布理斯先生朝外頭看一眼，說我們快到了。看到他友善的笑容，我不禁轉開頭，掩飾內心的失望。最初在我腦中，布立克斯頓的房子像一根根金色的化妝筆，有著深紅色的屋頂，我知道那只是我不切實際的幻想，但眼前的街道一片灰暗，毫無生氣。我想這裡跟我拋在身後的惠斯塔布尋常的道路毫無差別。但是感覺格外奇怪，隱約散發不祥的氣息。

我們走下車廂，我望向凱蒂，看她是不是也有點難過。但她情緒依舊高亢，雙眼濡溼，閃爍光芒。布理斯先生帶我們向前，凱蒂只朝房子望一眼，淺淺露出微笑，感覺毫無怨言。我之前只隱約察覺，現下突然明白了，她這輩子都住在像這樣樸素、毫不起眼的房子裡，不曾有其他選擇。我一想到此，心中多了點勇氣，如同以往，我也因同情和愛，內心隱隱作痛。

房子裡面氣氛快樂多了。鄧蒂太太來門口迎接我們，她身材豐滿，一頭白髮，像朋友一般和布理斯先生打招呼，稱他為「華」，親吻他的臉頰，帶我們走入客廳。她請我們坐下，替我們拿了帽子，忙聲招呼別拘束。她找來一個女僕，接著馬上離開，替我們端來杯子，並去煮茶。

鄧蒂太太關上門，露出笑容。「歡迎兩位。」她說，她的聲音像耶誕節蛋糕一樣滑潤甜美。「歡迎來到日內瓦路。我希望妳們住在我這兒會很愉快，並帶來**好運**。」她朝凱蒂點點頭。「布理斯先生告訴我，我屋簷下住進了一個閃亮的明日之星，巴特勒小姐。」

凱蒂謙虛說，這她可不知道，鄧蒂太太聽了笑一聲，接著沙啞地咳了起來。她劇烈咳了許久，我和凱蒂坐直身子，交換眼神，既緊繃又慌張。但她咳完之後，和之前一樣冷靜又開朗。她從袖子拿出一條手帕，擦了擦嘴巴和眼睛。然後她手伸向手肘旁的桌子，拿起伍拜牌香菸，自己拿了一根，也給我們一人一根。我這時發現她的手指有著菸漬焦黃的痕跡。

過了一會，茶端來了。凱蒂和鄧蒂太太在托盤上倒茶，我望向四周。鄧蒂太太的客廳非常特別，東西多得令人目不暇給。地毯和家具簡單素雅。但是牆面好豐富，每一面牆都貼滿畫和照片，擠得滿滿的，畫框之間幾乎都看不見壁紙是什麼顏色。

「妳看起來對我的小收藏有興趣。」鄧蒂太太端茶給我時說，我發現大家都突然望著我，不禁滿臉通紅。她朝我一笑，汗黃的手指舉到耳垂旁，撥動銅線上的水晶。「這全是我的老房客，親愛的。」她說：「妳待會就會看到，有些人非常有名。」

我再次望向照片。我現在看出來了，牆上都是劇院和音樂廳表演者的肖像照，而且大多有簽名。如鄧蒂太太所說，其中好幾張臉我都認識，例如大凡斯[14]就掛在壁爐上方，他旁邊站著扮成「歡鬧傑克」的喬利・強・納許。沙發上掛了張裱框的樂譜，上頭有人的贈詞潦草橫過紙面：「致親愛的鄧蒂太太。祝福妳平安，萬事如意。貝西・伯爾伍上。」但還有許多人我不認得，他們擺出專業的姿態，身穿表演服裝，綻放燦爛的笑顏。他們的名字有的乏味，有的充滿異國風情，有的不清不楚，像是珍妮・魏斯特、慢板隊長、星卡布・李等，我完全猜不出他們是誰。但我覺得好驚訝，他們全都住過日內瓦路，當過鄧蒂太太的房客。

---

14 奧佛特・史蒂芬斯（Alfred Stevens, 1839-1888），藝名為奧佛特・凡斯，大家稱他為「大凡斯」（Great Vance），他是十九世紀著名音樂廳歌手，後來演出融入喜劇。

我們聊到喝完茶，房東抽了兩、三根菸，最後她拍了一下膝蓋，緩緩站起。

「我想妳們應該會想看看房間，洗把臉。」她愉快地說。她轉向布理斯先生，他也已有禮地站起。「好了，你幫忙兩位年輕女士搬行李吧，華……」她帶我們走出客廳上樓。我們爬了三段樓梯，我們爬得愈高，樓梯間愈暗，接著天光乍現。最後一層階梯十分狹窄，地面未鋪地毯，頭頂上有個小天窗，窗上四方格的玻璃沾滿煤煙和鴿屎，但窗後九月的藍天意外鮮明清澈。天空彷彿就是天花板，而我們一步步走近。

樓梯尾端有道門，後頭是個非常狹小的房間。我原本以為會是起居臥房兼具的那種套房，但眼前是間小巧的會客室，壁爐前有兩張軟墊凹陷的舊扶手椅，還有個狹小的老式化妝檯。化妝檯旁有另一道門，通往隔壁房間，天花板呈斜面，因此這間房顯得更狹小了。凱蒂和我並肩站到門口，看房內的擺設。裡面有洗手台和一張木椅，房中有個設了布簾的凹室，還有一張床。床架是鐵製的，上頭有個又高又厚的床墊，床下有個夜壺。這床比我在家和姊姊睡的床還窄。

「妳們不會介意擠同一張床吧？」鄧蒂太太跟我們走進臥室說：「妳們在這恐怕得擠一擠了，但沒像樓下的男生那麼擠，他們只有一間房。但布理斯先生特別交代，一定要給妳們倆多一點空間。」她朝我笑了笑，我別開頭。但凱蒂開心地說：「太好了，鄧蒂太太。艾士特利小姐和我在這裡一定很舒服，像玩偶之家中的木偶。對不對，南？」

我看到她臉頰泛起紅霞，但可能只是從客廳爬上樓的關係。我說：「是啊。」說完後卻垂下目光，走向布理斯先生，接下行李。

布理斯先生後來並未久留，雖然房錢是他付的，但他似乎覺得在女士房間逗留有失體統。他和凱蒂聊了一會，確認她隔天在柏蒙西明星音樂廳的演出時間。她早上必須去和劇院經理見面，和樂團彩排，準備晚上初次登台。最後他伸出手和我們握了握，並向我們道別。一想到他要離開，我心裡突然一陣焦慮，就像我幾個小時前想到要見他一樣。

等他離開，鄧蒂太太也關上門，邊咳邊喘隨他走下樓，我倒到一張扶手椅中，閉上雙眼，我覺得自己心中充滿喜悅，也鬆了口氣，因為陌生人總算都走了，終於能和更重要的她獨處。我聽到凱蒂跨過行李，睜開眼時，她已站到我身旁，伸手將我額前鬆落的一縷髮絲塞好。她碰到我時，我全身不禁再次緊繃僵硬。儘管我們友誼深厚，我仍不習慣她輕撫我臉頰，也不習慣和她牽手，每次我身子都會稍稍畏縮，臉頰微微泛紅，心中湧上欲望和疑惑。

她露出笑容，彎身拉開腳邊行李的繫帶。我倒在扶手椅上一會，看她拿出洋裝、書本和軟帽，便起身幫忙。

我們花了一小時整理行李。我自己幾件可憐的連身裙、鞋子和內衣沒占多少空間，馬上就整理好了。但凱蒂當然不一樣，她不僅得將每天要穿的洋裝和靴子拿出來刷平，也必須整理她的西裝和禮帽。她拿出西裝和禮帽時，我走去接下。我說：「妳知道，妳現在開始要讓我負責妳的服裝了。妳看領子！全都需要漂白。看這些褲襪！我們一定要分類，一個抽屜放乾淨的，一個放需要縫補的。我們必須把袖釦放在盒子裡，不然會弄丟……」

她站到一旁，讓我整理飾釦、手套和門襟，我神情專注，默默工作了一、兩分鐘。我抬頭時，發現她望著我。我們四目相交，她眨眨眼，馬上臉紅。她說：「妳不知道我現在覺得多得意。每個二流的喜劇歌手都渴望有個服裝師，南。每個懷抱夢想、付出努力的小演員，只要曾登上地方舞台，都渴望能在倫敦音樂廳表演，渴望有兩間房，而不是只有淒涼的一間房。我們都渴望晚上有馬車能載我們去表演，結束後送我們回家，而其他貧窮的藝術家只能搭軌道車。」她站在斜斜的天花板下，臉在陰影中，眼睛睜大，顏色烏黑。「現在，突然之間，我長久以來夢想的一切全都有了！妳懂那種感覺嗎？南？妳所有的希望一瞬間得到滿足的感覺？」

我懂。那感覺非常美好，但也令人害怕，因為妳一直覺得妳不值得擁有美好的未來。妳會覺得這是一場意外，彷彿妳不小心走入別人的命運，只要一轉頭，一切都會煙消雲散。這種時候，為了保有真心所愛的事物，妳會願意犧牲一切。我知道凱蒂和我有同樣的感受。當然，只是我們愛的事物畢竟不同。

我早該記得這件事。

如我所說，我們整理行李花了一小時，這段時間我聽到整座屋裡傳來各種喊叫和騷動。六點鐘左右，我們樓下傳來腳步聲，有人大喊：「巴特勒小姐，艾士特利小姐！」鄧蒂太太告訴我們，如果餓了，樓下客廳已替我們準備餐點，又說：「而且，有一群人想見妳們。」

我很餓，但也累壞了，我不想和陌生人微笑、握手。但凱蒂輕聲說，我們最好下樓，不然其他房客會覺得我們瞧不起人。於是我們請鄧蒂太太等一下，凱蒂換上洋裝，我梳理頭髮，重新打好辮子，並把裙襬的塵土拍落到壁爐中，洗乾淨雙手。整理完之後才下樓。

客廳跟剛才我們喝茶時截然不同。折桌已打開，並移到了房中央，準備讓大家用餐。特別的是，桌旁已坐滿了人，我們到客廳時，每個人都抬起頭，迅速朝我們露出嫻熟的笑容，看過去就跟牆上的照片一樣，彷彿有六張照片化為真人，踏出滿是灰塵的相框，來和鄧蒂太太用餐。

桌邊有八個位子，每個位子都有人坐了，只有兩個位子是空的，顯然是留給凱蒂和我的座位。鄧蒂太太自己坐在主位。她將一大盤冷肉分盤，遞給大家。她看到我們進門，微微欠身，要我們別拘束，並用叉子指向其他人。首先是坐在她對面，一個穿天鵝絨背心的老先生。

「愛默瑞教授。」她心不在焉地說：「超凡心電感應大師。」

教授這時也起身，朝我們躬身。

「唉，超凡心電感應大師，這名號已是**過去的事**。」他說著望了房東一眼。「鄧蒂太太人太好了。**我**上次站在瞠目結舌的觀眾前，猜測女士皮包裡有什麼，已經是好幾年前的事。」他露出笑容，然後重重坐下。凱蒂回覆非常高興能認識他。鄧蒂太太接著指向教授右方一個乾瘦的紅髮男孩。

「辛姆斯．威利斯。」她說：「喜劇——」

「妳一定又要說喜劇大師。」他馬上接口，並彎身和我們握手。「**現在**我還是用這名號走跳。」他指了對面的另一個男生。「這是我弟弟帕西，他演奏擊骨[15]。他也是大師。」他說這話時，帕西眨個眼，好像要證明哥哥所言不虛，他拿起盤子旁的一對湯匙，在桌布上敲出一段精采的節奏。

鄧蒂太太在吵鬧聲中清了清喉嚨，並指向一個有粉紅嘴唇的美麗女孩，她坐在辛姆斯旁邊。「當然還有我們的芭蕾舞孃芙萊特小姐。」

女孩擠出笑容。「妳們可以叫我莉迪亞。」她伸出手說：「那是我在……別敲了，帕西！那是我在倫敦閣劇院用的藝名，或妳們也可以叫我莫妮卡，那是我的真名。」

「或杜綺。」辛姆斯答腔。「她的朋友全都這樣叫她。如果妳們看過《艾力．史洛普》[16]的話，我就不解釋為什麼了。巴特勒小姐，我跟妳說，華特告訴我們要帶妳來時，她嚇得半死，擔心妳是有著柳腰的美麗舞孃。她發現妳是女扮男裝表演者之後，哇，她鬆口氣，心情都好多了。」

杜綺推了他一把。「不要理他。」她對我們說：「他總是愛鬧。不管美不美，我很高興有另一個女生要來，而且其實是**兩個**女孩。」她說著說著，迅速得意瞄了我一眼，明白表示她覺得**我**美不美。凱蒂坐到了她旁邊的位子，我則和帕西坐在一起，她繼續說：「華特說妳是明日之星，巴特勒小姐。我聽說妳明晚要在明星音樂廳演出。我記得那場地非常高級。」

「我也聽說了。叫我凱蒂就好……」

「妳呢，艾士特利小姐？」帕西在她們聊天時說：「妳當服裝師很久了嗎？妳看起來好年輕。」

「我其實還不算真正的服裝師，凱蒂仍在訓練我——」

「訓練妳？」杜綺聽了又說。「凱蒂，聽我建議，別把她訓練得太好，其他藝人會把她搶走。我看過這種事。」

「把她搶走？」凱蒂笑道：「噢！我可不准。南是我的幸運星……」

我看著盤子，感覺面紅耳赤，鄧蒂太太手仍拿著大盤子分食物，她顫抖著手遞了塊肉給我，邊咳邊說：

---

15 顧名思義便是拿兩根骨頭、木頭或類似的東西，敲擊出節奏。擊骨也是表演中最簡單的一種樂器。

16 艾力．史洛普是諷刺漫畫，杜綺是艾力的女兒，也是個歌女。

「來吃片舌肉，艾士特利小姐，來？」

當然，晚餐桌上的話題都是劇場界的大小事，在我耳中既複雜又陌生。感覺那房子裡每個人都跟這行有關係，就連餐桌上的第八人也是，就是之前幫我們送茶，現在正幫鄧蒂太太送餐、洗碗的女孩，她叫米妮，雖然長相普通，但她也隸屬於一個芭蕾舞團，並與蘭貝斯自治市一個音樂廳簽約。房裡那隻狗布蘭斯比聞到客廳的香味也跑進來乞食，牠滴著口水，將下巴放到愛默瑞的膝蓋上。就連布蘭斯比也是個資深表演者，牠曾巡迴南方海岸，表演跳舞，還有個藝名叫「亞契」。

那天是星期日，吃完晚餐，沒人必須趕去音樂廳表演。大夥似乎一派悠閒，於是大家便坐下抽菸，聊起八卦。七點鐘，門口傳來敲門聲，一個女生「哈囉」一聲走進房，穿著一件薄紗綢緞洋裝，頭戴鍍金女冠。她是杜綺在倫敦閣芭蕾舞團的朋友，來請鄧蒂太太給她服裝一點意見。洋裝攤放在客廳地毯上，杯盤都收走了，桌子清空之後，教授坐到桌邊，拿出撲克牌。帕西也吹著口哨上桌。辛姆斯聽到他吹的歌，打開鄧蒂太太的鋼琴，接續彈奏。鋼琴音都不準了。「這老鋼琴是什麼鬼東西！」辛姆斯一彈便大喊。「就算彈華格納，我敢說聽起來會像船夫號子或吉格舞曲！」但那首歌曲調歡快，凱蒂不禁露出笑容。

「我知道這首。」她對我說。她情不自禁唱了起來，不久便跨過攤放在地上的閃亮洋裝，到辛姆斯身旁，提高歌聲合唱。

我和布蘭斯比坐在沙發上，寫著給家人的明信片。「我在一間前所未見的奇妙客廳。」我寫道：「每個人都非常友善。這裡有隻有藝名的狗！我的房東說謝謝牡蠣……」

沙發上很舒服，四周每個人都好開心。但十點半左右，凱蒂打個呵欠，我看到馬上跳起身，說我要上床睡覺了。我急急忙忙到後頭上了廁所，然後衝上樓，迅雷不及掩耳換上睡衣，別人看到會以為我已一星期沒睡，快累死了。但我一點都不愛睏，我只是想要在凱蒂出現前趕快安穩躺在床上，冷靜準備迎接不久後會發生的事。待會兒，她會在黑暗中睡到我身旁，她溫暖的身體會在咫尺之遙，只隔著兩層薄薄的棉質睡衣。

她半小時後進門了。我沒望向她，也沒喊她名字。她沒有向我問好，只無聲在房中移動。我想她以為我睡了，因為我全身打直，睡在自己這側，雙眼緊閉。屋子別處傳來一些聲音。一聲笑聲，還有一道門關上，遠處水管傳來沖水聲。但後來屋子再次一片寂靜，不久只剩她更衣的窸窣聲響。她解開洋裝上身鈕釦時，鈕釦發出微小的啵啵聲，她裙子和襯裙沙沙作響，馬甲的繫帶滑過衣孔。最後她腳踏到木板上，我猜她已全身赤裸。

我把煤氣燈關了，但為她留了一根蠟燭。我知道如果我現在睜開眼，轉過頭，我就能在琥珀色的燭火光影中看到她的胴體。

但我沒轉頭，不久房中又傳來沙沙的聲音，那代表她穿上睡衣。過一會，燭火熄了。床上下起伏，咿啞作響。她躺到我身旁，全身散發熱氣，一切再真實不過了。

她嘆口氣。我感到她的氣息拂上脖子，知道她望著我。她的氣息又吹來第二次，然後又一次，接著她輕聲問：「妳睡了嗎？」

「沒有。」我裝不下去了。我翻身平躺。我們兩人變得更靠近了。那真的是非常窄的一張床。我趕緊移向左邊，退到床邊緣，如果再多移一點，我就會掉下床。她呼吸吹到我臉頰，比之前更熱。

她說：「妳懷念家裡和愛麗絲嗎？」我搖搖頭。「一點點都沒有？」

「呃……」

我感覺她笑了，淺淺一笑，彷彿理所當然，她手伸向我手腕，將我手臂拉起，並鑽到我懷中，太陽穴靠到我鎖骨，讓我手臂環著她脖子。她握了握我垂在她喉嚨前的手臂，並靜靜抓著。她的臉頰貼著我平扁的胸部，感覺比熨斗還燙。

「妳的心跳好快！」她說。我一聽到這話，心跳更快了。她又嘆口氣。這次她嘴唇湊在我睡衣衣領，我感到她氣息吹到下方的皮膚。她嘆氣說：「我好幾次躺在普悠太太無聊的房中，想像妳和愛麗絲在海岸的小床上。跟她在一起就像這樣嗎？」

我沒回答她。我也回想著那張小床。當時我躺在熟睡的愛麗絲身旁，腦袋和心裡卻全是凱蒂，感覺好煎熬。但凱蒂現在躺在我身旁，如此親近，卻不知道我對她的愛，這感覺更煎熬了！根本是場折磨。我心想，我明天就把行李收一收。我會一大早起來，搭第一班火車回家……

凱蒂不介意我沉默。她又繼續說：「妳和愛麗絲……南，妳知道我有多**嫉妒**……？」

我吞了吞口水。「嫉妒？」黑暗中這兩個字聽起來令人害怕。

「對，我……」她這時猶豫了，後來繼續說：「妳知道，我不曾像其他人一樣，有過姊妹……」她放開我的手，手臂伸到我身上，手握住我的腰。「但我們現在就像姊妹，對不對，南？妳會是我的姊妹，對不對？」

我僵硬地拍拍她的肩膀。然後我轉開頭，不知所措，心裡一方面鬆口氣，一方面失落。我說：「噢！對啊，凱蒂。」她更抱緊我。

然後她睡著了。頭和手臂沉沉靠著我。

但我清醒著，就像我以前睡在愛麗絲身旁。但我現在不作夢了，我只嚴肅地對自己說著話。

我終究明白，自己明早不可能打包，向凱蒂告別。我知道自己大老遠來到這裡，我絕不能走。但如果我要和她待在一起，我必須忍住我奇異的欲望，不要給大家帶來麻煩，一定要如她所說，稱她為「姊妹」。因為當凱蒂的姊妹，也好過和凱蒂形同陌路，毫無干係。若我腦袋和內心充滿羞恥的渴望，體內發燙，蠢蠢欲動，我一定要抑止那股衝動。我要學著以凱蒂愛我的方式愛她，不然，乾脆不要愛她。

我知道，這會令人無比痛苦。

第四章

隔天中午，我們來到明星音樂廳。我們昨天和布理斯先生在西區見到無數華美的劇院，遙想凱蒂的大好前程，與之相比，這裡的華麗程度不及十分之一。但是，這裡仍然宏偉壯觀，令人眼睛一亮。劇院的經理是林先生。他在後台入口迎接我們，並帶我們到辦公室，他大聲讀出凱蒂的契約，並請她在上頭簽名。接著他起身和我們握手，叫催場小弟來帶我們。他精力充沛地帶著我們到舞台。我在這裡感到格格不入，尷尬地等在一旁，凱蒂和指揮交談，和樂團確認她的歌曲。中途有人肩上扛著掃把靠近我，口氣粗魯地問我是誰，我在這裡幹什麼。

「我在等巴特勒小姐。」我聲音小得像吹氣。

「是喔。」他說：「好吧，女孩，妳要去別的地方等，因為我要掃這裡，妳擋到我了。好了，走吧。」我滿臉通紅地離開了，並站到一條走廊上，好幾個男人搬著桶子、梯子和一桶桶沙，緩緩走過我身旁，他們打量著我。我擋到路時，他們會低聲咒罵。

我們晚上回來時順利多了，因為我們直接走進更衣室，在那裡，我比較理解自己的角色。但我們進到裡頭，我感到心慌意亂，因為那裡跟坎特伯里演藝宮截然不同。在坎特伯里演藝宮，凱蒂自己有一個舒適的小房間，我會把裡面收拾整齊。這裡的房間昏暗，滿是灰塵，房中有好幾張長凳和衣鉤，給十幾名表演者共用。所有人也共用同一個油膩的水槽。更衣室的門必須用東西頂著，不然會自動打開，來回經過走廊的所有舞台人員和訪客都會瞧上一眼。我們到得晚了，衣鉤已掛滿衣服，幾張長凳都坐著好幾個女孩和女人，她們都在更衣，衣不蔽體。我們到的時候，她們大多數人抬頭微笑。凱蒂拿出她的威茨牌香菸和火柴時，有人大喊：「感謝老天，總算有人帶香菸！給我們一根好嗎？寶貝？我在發薪日之前都沒錢買菸了。」

凱蒂那天晚上安排在上半場前半段登台。我幫她穿好領片、領結和玫瑰，我感覺還算冷靜。但我們走到側台陰影中，等待上台時，我望著陌生、偌大的劇場，還有漠不關心的觀眾，我身體開始顫抖。我望向凱蒂，她妝下的臉色蒼白，但我看不出是因為恐懼，還是強烈的野心。我已下定決心，除了扮演她的姊妹，不扮演其他角色。所以我發誓我只是想安撫她。我牽起她的手，握了握。

但等舞台經理終於朝她點頭，我忍不住別開頭。這音樂廳沒有主持人，不會管理觀眾秩序，凱蒂之前的表演非常受歡迎。表演者是個喜劇演員，他被叫回舞台四次，最後還跟觀眾求饒，希望能讓他下台。觀眾最後心不甘情不願地放過他。樂團演奏凱蒂的開場曲時，他們滿心失落，心不在焉。凱蒂站到腳燈前，揮舞帽子問好，看台上的觀眾都沒有回應，只有包廂和舞台正前方傳來稀落掌聲。我想也只是因為她的打扮。我最後逼自己將目光轉向劇院，看到觀眾心浮氣燥，有人起身去吧台或廁所，男生坐在看台欄杆上，背對我們，女生叫著三排外的朋友，或跟旁邊的人七嘴八舌，顧盼四周，就是不看舞台，而聰明、美麗的凱蒂邁著大步，唱得汗流浹背。

但劇院的氣氛漸漸改變了。不到翻轉局面，但夠了。她唱完首歌，有人從看台彎身大喊：「好了，叫尼柏斯回來！」他指的是尼柏斯．福勒，凱蒂之前的那位喜劇演員。凱蒂眼睛眨也不眨，樂團在演奏下一首歌的前奏時，她朝那人舉起帽子大喊：「怎麼了？他欠你錢嗎？」觀眾大笑。下一首歌觀眾專注多了，她唱完時，他們的掌聲更響亮了。再過一會，另一人想叫尼柏斯，旁邊的人叫他安靜。等凱蒂表演抒情曲和拋玫瑰時，觀眾都為她傾倒，專注地盯著她看。

我站在側台，不可思議地望著她。她走入側台，雙頰通紅，滿臉倦容，另一位喜劇歌手踏上舞台，我手握住她手臂，用力抓住她。布理斯先生和劇院經理林先生這時出現了。他們剛才在舞台正面看，一臉滿意。布理斯先生雙手牽起凱蒂，握了握大喊：「太精采了，巴特勒小姐！這是我見過最精采的表演。」

林先生沒那麼浮誇。他朝凱蒂點頭，然後說：「幹得好，親愛的。觀眾不捧場，妳處理得非常好。等樂團抓到妳表演和走路的節奏，妳的表演會更傑出。」

凱蒂只皺起眉頭。我從更衣室拿了毛巾來，她接過去擦臉，脫下外套，遞給我，解開脖子上的領結。她終於開口了。「不如我預期得好。現場沒有……**氣泡**，沒有火花。」

布理斯先生哼了一聲，雙手一張。「親愛的，這是妳來城裡的第一個晚上！這劇院比妳之前工作的地方都還大！觀眾會慢慢認識妳，佳評會口耳相傳。妳要有耐心。不久觀眾會為了妳來買票！」我看到經理聽了瞇著眼望向他，但凱蒂終於擠出笑容。「好多了。」布理斯先生這時說：「現在，兩位可否賞個光。我相信妳們都餓了，我們去吃點輕食吧。除此之外，巴特勒小姐，瞧妳念念不忘，也許妳還能喝一大杯有**氣泡**的飲料。」

他帶我們去的是劇場人會去的餐廳，裡頭全是像他一樣穿著華麗背心的紳士，還有袖子沾著彩妝，眼角眼線結塊，像凱蒂一樣的男孩和女孩。每張桌上他彷彿都有朋友，他經過時每個人都朝他招手。但他沒有停下來和他們聊天，只略揮揮帽子，然後帶我們到空包廂，請服務生介紹菜單。他說完之後，我們點好餐，他招手要那人靠近，並向他耳語。服務生退下了，一分鐘之後，他拿著一瓶香檳回來，布理斯先生誇張地拔起瓶塞。這時，另一桌傳來歡呼，一個女人在笑聲和掌聲中開始唱歌，**她不會叫雪莉酒，她不會叫啤酒，她不會叫香檳，因為她知道她會變怪……**

我想到寄回家的明信片要寫什麼了：我在一間劇場餐廳吃晚餐。凱蒂在明星音樂廳初登台，他們說很精采……

同時，布理斯先生和凱蒂聊著天。我接下來仔細聽他們對話，才發現話題非常嚴肅。

「好了。」布理斯先生說：「我要請妳做件事，要不是我是劇場經紀人，這要求真令人害羞。我要請妳到城市裡……艾士特利小姐，妳一定要幫她。」他看到我望過來，補了一句。「妳們兩人一定要去城市裡**觀察男人！**」

我望向凱蒂，眨了眨眼，她露出不確定的笑容。「觀察男人？」她問。

「把他們**看透**！」布理斯先生切著一塊肉排說：「觀察他們的個性、小習慣、舉止和步伐。他們有什麼背景？他們有什麼祕密？他們有野心嗎？他們有希望和夢想嗎？他們曾失去愛人嗎？他們腳痛嗎？肚子餓嗎？」他揮舞叉子。「妳一定要看出來，模仿起來，讓妳的觀眾察覺。」

我不解地問：「你是指要改變凱蒂的表演嗎？」

「艾士特利小姐，我是要擴展她的表演。她女扮男裝的角色非常好。但她不可能永遠戴著紫色手套，在柏靈頓拱廊街漫步。」他再次望向凱蒂，用餐巾擦擦嘴，並壓低音量。「妳覺得穿警察外套怎麼樣？水手衫？妳覺得陀螺褲或亮片大衣怎麼樣？」他轉向我。「想像一下，艾士特利小姐，這一刻，多少男士美麗的服飾失去活力，都苦苦等待凱蒂．巴特勒穿上，化腐朽為神奇！想想那些上好的材質，像象牙白的精紡毛料、如波浪起伏的絲布、深紅色的天鵝絨和緋紅色的斜紋布。想想裁縫剪刀俐落的聲音，縫靭工穿針引線的畫面。想像她打扮成軍人、小販或王子……」

他不說了，凱蒂露出笑容。「布理斯先生。」她說：「靠你這張嘴，我相信你能說服一個獨臂人表演拋接雜耍。」

他大笑，手大力拍桌，餐具都哐啷作響。原來他旗下真有一個獨臂的雜耍藝人，號稱「琴科瓦利[17]」接班人，手臂減半，技巧加倍！」如此宣傳獲得巨大成功。

一切如他所說，也照他安排。他帶我們去找服裝師和裁縫，請凱蒂裝扮成十幾種男士造型。做好衣服之後，他送我們去拍照，拍下她各種樣貌，像是她將哨子拿到嘴上，背著步槍或船纜。接著他找到配合服裝的歌曲，親自拿到日內瓦路，並在鄧蒂太太的破舊鋼琴上彈奏，讓凱蒂試唱，我們其他人則在一旁聽，替她考慮。更重要的是，他替她談了不少合約，包括霍克斯頓、帕普勒、凱爾本和保爾等地的音樂廳。不到兩週，凱蒂在倫敦的演藝生涯正式起飛。現在她在明星音樂廳表演完，不會換回正常的女性服裝。我會提著她的大衣和箱子，她一下台，我們便會飛奔到後台入口，搭上等候著我們的四輪馬車，在車陣中停停走走，緩緩穿梭城市，把我們載到下一個劇院。她也不再只穿一件服裝演完整場秀，而是輪番換上三、四套。我現在名副其實是她的服裝師，我會趁樂團在歌曲間演奏時，幫她解開鈕釦和袖釦，觀眾則會一半期待，一半不耐，等待她再次上台。

當然，我們的生活作息非常奇怪，凱蒂晚上都在二、三或四個劇場演出，我們回到日內瓦路時都是十二點半或一點，而且全身疲倦又痠痛，但因為在月光下四處奔走，情緒仍興奮激動，焦慮都留在更衣室和側台了。回到住處，我們會發現辛姆斯、帕西、杜綺和她的朋友們（有男有女）都在鄧蒂太太的廚房泡茶和巧克力，配威爾斯乾酪或薄餅，所有人都像我們一樣精神飽滿，情緒高漲。鄧蒂太太也會出現，她當劇場人的房東久了，生活作息也和劇場人一般。她會提議玩撲克牌、唱歌或跳舞。在那裡，我的好歌喉瞞不了多久，有時我會和凱蒂一同合唱一、兩首。我現在不曾在三點前上床睡覺，早上九、十點前不會下床。沒多久，我已將以前那個牡蠣女孩的作息拋在腦後。

當然，我沒有忘記家人和家鄉。如我所說，我會寄明信片給他們，分享凱蒂表演的軼事和劇場八卦。他們會回信，也會寄來小包裹。當然，還寄來一桶桶牡蠣。我將牡蠣給房東，讓她在晚餐時分給大家。不知不覺，我寄回家的信愈來愈少，回信漸漸變慢，內容也愈來愈短。他們的信最後會寫：「妳何時會來看我們？妳何時會回惠斯塔布的家？」我會回信寫道：「很快、很快……」或是「等凱蒂有空讓我走……」

但凱蒂不曾空閒。一週週過去，季節改變了。夜晚時間變長，天空變得烏黑，氣候漸漸寒冷。惠斯塔布在我腦中並未黯淡，而是蒙上了陰影。我不是不想念父母、愛麗絲、戴維和堂兄弟姊妹。只是我腦中更常想的是凱蒂和我的新生活……

好多事情要思考。我不只是凱蒂的服裝師，我也是陪她面對一切的朋友、顧問和夥伴。她學新歌，我會替

---

17 琴科瓦利（Paul Cinquevalli, 1859-1918）德國音樂廳拋接雜耍表演者，他能拋接各種日常用品，包括瓶子、盤子、玻璃杯或雨傘等，在英國音樂廳獲得廣大的成功。

她拿譜，她忘詞了，我負責提醒她。裁縫師為她量身製衣，我會在一旁點頭附和，如果剪裁有問題，我會搖頭說不。我們現在叫布理斯先生「華特」，他也叫我們「凱蒂」和「南」。如果聰明的華特帶著凱蒂去**觀察男人**，並到商店、市場和車站待幾個小時，我也會跟去。我們一起學到了巡警走路時會一派從容，小販走路時會搖搖擺擺，露出疲態，而下勤的軍人腳步則會格外俐落。

過程中，我們似乎理解了這座紛亂城市中的舉止和動靜。不論是面對倫敦或凱蒂，我不只漸漸變得更加自在，對一切也更加驚喜和著迷。我們探訪了倫敦美麗、壯觀的公園和花園，在漫天的塵煙之中，公園花木繁茂，奇異萬分，路人來來往往，和人行道一樣匆忙。我們去西區散步時，欣賞了各種美妙的景致。不只是倫敦富麗堂皇、聲名遠播的建築、皇宮、紀念碑和美術館，還有微小、活潑的事件，例如馬車翻覆、鰻魚從魚販推車逃亡、扒手行竊或搶匪街頭行搶等等。

我們來到河邊，站在倫敦橋和巴特西橋間每一座橋上，欣賞這條壯觀雄偉、臭味四溢的大川。我知道這便是泰晤士河，它會不斷變寬，並流入我從小見到孕育牡蠣、清澈溫柔的那座海洋。我望著蘭貝斯橋下的遊艇，想到我逆流而上，從單純、樸實的惠斯塔布，來到快節奏的大都會，心中不禁有點興奮。眼見駁船載來肯特的漁獲，我不禁露出笑容，心中沒有一絲鄉愁。駁船上的水手調頭，順河返航時，我絲毫不羨慕他們。

我們四處遊覽，感情好到情同姊妹時，今年也漸漸步入尾聲。我們繼續努力調整表演，凱蒂也漸漸獲得成功了。華特每次為她談妥的新合約都更長，待遇也更好。不久，她檔期便訂滿了，開始婉拒演出機會。現在她也有欽慕者了。男士會送她花，並邀請她用餐（我私底下都慶幸她一笑置之），也有男孩會希望拿到她的照片，女孩則會聚在後台門口，稱讚她有多英俊。對於那群小女生，我真不知該可憐、看不起或害怕，她們跟當初的我好像，隨便一人都可能和我交換身分。

儘管如此，她並沒有達到她的期望，也沒有成為華特保證的大明星。她演出的場地仍是市郊劇場以及東區較好的劇場。有一、兩場甚至是在不入流的劇場，像是福雷斯特和瑟布萊音樂廳，那裡的觀眾看到不喜歡的節目會朝表演者丟靴子和豬腳骨。她的聲勢不曾高漲，在音樂廳宣傳單上的名字也不曾變大。街上不曾聽聞有人哼唱或用口哨吹出她的歌曲。華特說，問題關鍵不是凱蒂，而是她的表演性質。對手太多了，女扮男裝原本和轉盤子一樣專業，不知為何，已轉眼間變成陳腔濫調。

「為何這陣子每個年輕女孩在舞台上表演都要穿褲子？」又一個女扮男裝的表演者在倫敦劇場圈登台時，華特氣呼呼地問我們。「為何每個女喜劇演員和歌手好端端的突然都想換表演？每個人都穿上喇叭褲，跳角笛舞？凱蒂，妳天生就適合演男孩，傻瓜都看得出來。若妳在合法舞台上演出，妳會扮演羅莎林、薇奧拉和波黠[18]。但這些半調子的女扮男裝表演者，像芬妮．蕾斯理、芬尼．羅蘋娜、貝西．邦西爾和米立．希爾頓，她們穿西裝那樣子，簡直像我穿克里諾林裙撐或巴斯爾裙撐一樣難看。真**氣死**我了……」他坐在我們的會客室，說到這裡，手重重拍了椅臂一下，椅皮的縫線噴出一團灰塵和毛絮。「真**氣死**我了，看到才能不及妳十分之一的女孩，占據了妳的位子。更糟的是，還打出名號！」他起身，雙手放到凱蒂肩膀上。「妳現在**快**成名了。」他說著輕推了她一把，她抓住他手臂，以免自己跌倒。「要想個辦法，一定有什麼**辦法**能一股作氣跨過這一關……在妳的表演多加入一個元素，和其他裝腔作態的小女生做出區隔！」

但不管多努力，我們都找不出辦法。這段時間，凱蒂便繼續出入較落後的區域，在不入流的劇場表演，像伊斯林頓、馬里波恩、巴特西、佩克漢、哈克尼。她晚上在西區穿梭趕場，馬車不斷繞經萊斯特廣場，卻從未踏進她和華特夢想的殿堂——阿爾罕布拉劇院和帝國劇院。

老實說，我不在乎。我替凱蒂感到可惜，畢竟她倫敦的演藝生涯不如她所想得順利。但我私底下也鬆口氣。我知道她多聰明、可愛，充滿魅力，我內心一部分像華特一樣，想和世界分享她的好，但我其實私心想獨占她，把她視為祕密。我很確定，她真的成名之後，我會失去她。無論是歌迷送花給她、擠在後台門口尖叫，

---

18 羅莎林（Rosalind）、薇奧拉（Viola）和波黠（Portia）是莎士比亞戲劇《皆大歡喜》、《第十二夜》和《威尼斯商人》的女角，三人都以聰明狡黠著稱。

或爭相拍照、獻吻，這些我都不喜歡。名聲更響亮以後，將會有**更多人**送花、獻吻。我不相信她會持續婉拒男士的邀請，也不相信她在欽慕她的女孩中，找不到一個更喜歡的對象……

另外，如果她變有名，她也會變更富有。她可能會買房子，我們就必須搬離日內瓦路，拋下我們所有新朋友。我們必須離開我們的小客廳，離開我們的床，擁有各自的房間。光想到這，我就無法忍受。我已習慣和凱蒂同床共枕。現在她摸到我，我不再發抖、僵硬或感到尷尬，而是坦然接受她的擁抱和親吻，不再大驚小怪，有時甚至能回應。我已習慣凝視她的睡顏或看她更衣。凌晨稀薄的天光透入房中，我睜開雙眼，看到她平靜而朦朧的臉龐時，我不再驚訝地屏住呼吸。我看過她褪衣洗浴，或換上晚禮服。我已熟悉她的身體每一吋，彷彿是我的身體一般。甚至有過之而無不及，因為她的頭、脖子、手、背、四肢（光滑圓潤，和她臉一樣有著雀斑）和皮膚（她在其中輕盈又優雅，彷彿是另一件美麗的西裝，完美合身又無比舒適），我覺得都比我自己更可愛、更令人著迷。

不，我不希望任何事改變。即使後來我發覺華特有點不對勁，我也不希望改變。

我們和華特的相處時間自然而然變長。我們會和他一起在鄧蒂太太的鋼琴前排練歌曲，表演完後也會和他吃飯。我們漸漸不將他看成凱蒂的經紀人，而是朋友。不久，除了工作之外，我們假日也會相約出來。最後，星期日和華特相處不再是特例，而是慣例。我們會期待日內瓦路響起隆隆的馬車聲，並聽到他的靴子重重踩上閣樓樓梯，伸手敲響房門，傻呼呼地大聲問好。他會告訴我們新聞和趣事。我們會乘車進城，或去郊外玩。我們會一同散步，凱蒂和我會一人勾著他一邊強壯的手臂，華特就像個大嗓門的叔叔，聲如洪鐘，熱情爽朗。

我沒多想，只覺得和他在一起很開心。後來，有天早上，我和凱蒂、辛姆斯、帕西、杜綺一起吃早餐。那天是星期日，凱蒂和我都昏昏沉沉的，辛姆斯聽到我們一大早要出門見面的對象，不禁驚呼一聲：「天啊，凱蒂，華特一定對妳期望很高！我不曾聽過他花這麼多時間和哪個藝人相處。任何人都會覺得他是妳的情人！」他態度自然，似乎毫無心眼。但他說出口時，我看到杜綺露出微笑，心照不宣地瞄了帕西一眼。還有更糟的！我看到凱蒂面紅耳赤地別開頭。我馬上發現他們全都發現了，並咒罵自己沒早點察覺。半小時之後，華特來到我們會客室門口，滿面油光的臉湊上前，大喊：「親我一口，凱蒂！」我笑不出來，我只咬著嘴唇，內心盤算著。

他有點愛上她了。其實可能不只一點點。我現在看出來了。我發現他不時深情望著她，並會感到尷尬，緊張地轉開頭，最後又一次次瞄向她。我發現他會抓住每個機會親吻她的手，撥動她的衣袖，或用手臂環抱住她的肩膀，表現出深沉的欲望。我發現他有時叫她時，聲音會含糊或破音。這一切我都看在眼裡，但因為他的感情和我如出一轍，我對此已司空見慣，習以為常，因此我過去都不覺有異！

我幾乎有點可憐他，也幾乎更愛他了。我不討厭他。就算我討厭他，也只是像討厭一面鏡子，它寫實反映出我們彼此不完美的一面。他和我們散步或四處參觀，我也不會覺得他破壞我倆獨處，因而厭惡他。某個角度看來，他是我的情敵。但古怪的是，他陪著我們時，我愛起她變得更輕鬆。因為他在場，讓我和她相處便能像他一樣大膽而多情，可以打打鬧鬧，**假裝**愛著她，那就像真心愛她一樣美好。

如果我仍渴望抱她，但又裹足不前……如我所說，如今我看到華特有相同的反應，我便知道我的退縮和愛都合情合理。她**是**明星——我心目中的明星。像華特一樣，我覺得只要能維持固定距離，永遠在她身旁的軌道運行，我就心滿意足了。

我不知道我們多久才會相撞，也不知道會有多驚天動地。

時間到了十二月。十二月的寒冷不亞於八月的炎熱，冷到鄧蒂太太樓梯間的天窗都結冰好幾天。早上起床，我們的呼吸都吐得出白霧，我們冷到乾脆直接把襯裙拉到床上換，在被子下穿洋裝。

在惠斯塔布家裡，我們很討厭寒冷，因為拖網漁船工作會變得更困難。我記得一月晚上我的哥哥戴維坐在客廳火爐旁，手痛得哭泣，因為他的手凍僵了，皮膚龜裂，腳上也滿是凍瘡。我則提著一桶桶冬天冰冷的牡蠣，並不斷從刺骨的海水中拿起魚，放到蒸騰的熱湯中，我也記得當時我手指的痛楚。

但是在鄧蒂太太的屋子裡，每個人都熱愛冬日。他們說，天氣愈冷愈好。因為冷風呼嘯，霜雪交加的話，劇院便會滿滿都是人。因為對許多倫敦人來說，一張音樂廳的票比一桶煤還便宜。如果不便宜，至少更有趣。你可以去明星音樂廳或百麗宮，和鄰居一同鼓掌、跺腳，為何要待在淒涼的客廳，自己鼓掌、跺腳，保持溫暖？而且還有瑪麗．羅伊德[19]相伴呢？最冷的夜晚，音樂廳滿滿都會是哭鬧的嬰兒。母親都會帶寶寶來看表演，不讓他們在家裡冷風陣陣的潮溼搖籃上睡覺（搞不好會睡到死掉）。

但那年冬天，我們在鄧蒂太太家裡不擔心嬰兒受凍。我們每個人都心情快樂，無憂無慮，因為票賣得好，我們全都有工作，也比之前更富有。十二月初，凱蒂在馬里波恩的音樂廳找到演出機會，整整一個月，每晚都表演兩場。兩場表演之間，我們會坐在休息室談天說地，不需冒著大雪橫跨倫敦趕場，我感覺分外開心。其他藝人包括一個雜耍團、魔術師、兩、三個喜劇歌手和侏儒夫妻組，他們和我們一樣心滿意足，相處起來充滿歡樂。

節目到耶誕節結束。我覺得自己必須在惠斯塔布過節，我知道我不回家的話，父母會很失落。但我也知道家裡的耶誕晚餐是怎麼回事。二十個親戚會聚在桌邊，一起七嘴八舌聊天，偷別人盤中的火雞肉。現場熱熱鬧鬧，鬧成一團，我覺得他們根本不可能想念我。而我知道我回家的話，凱蒂會想念我。我也確定我會非常想念她，更會破壞其他人的心情。於是我留下來和她在鄧蒂太太家一起過節，華特也在。我們吃鵝肉，拿香檳和麥酒相敬，迎向新的一年。

當然，耶誕節少不了禮物。家裡寄了禮物來，母親在裡面也夾了張信，我怕看了會內疚。華特也送了禮物（他送凱蒂一個胸針，送我一個帽針）。我寄了包裹到惠斯塔布，也為鄧蒂太太家的大家準備禮物。我買了最美的東西送給凱蒂。我送她珍珠項鍊，珍珠鑲在銀製的墜子上。這比我買過最貴的禮物還貴十倍，我送給她時手都在顫抖。我給鄧蒂太太看時，她皺起眉頭。「珍珠如眼淚。」她搖搖頭說。但凱蒂覺得很美，馬上讓我替她戴上，拿了面鏡子看珍珠滑落到她優雅的喉嚨下一吋之處。「我永遠都不會脫下。」她說。她從那天起真的都一直戴著，即使上了台，也會戴在領帶和領結下。

她當然也為我買了禮物。盒子上綁了個蝴蝶結。打開盒子，撥開薄紗，我發現她送的禮物是一件洋裝。我不曾有過那麼美的洋裝，它是一件長版貼身的深藍色晚禮服，腰際有條乳白色緞面腰帶，胸口和褶邊則有華麗的蕾絲花邊。我知道這件洋裝我穿不起。我將洋裝從包裝拿出舉起，站到鏡子前，我搖搖頭，瞠目結舌。「太美了。」我對凱蒂說：「但我怎麼能穿？太漂亮了。妳一定要收回去，凱蒂，這太貴了。」

但凱蒂用烏黑閃爍的雙眼望著我，看到我不知所措，她只大笑。「亂說！」她說：「妳差不多該開始穿像樣的連身裙了，不要再穿從家裡帶來的那種女學生穿的舊洋裝。我有體面的衣服，妳也要有。而且我們明明就買得起。總之，這不能退，這件已為妳量身訂做，像灰姑娘的玻璃鞋，其他人都不能穿。」

為我量身訂做？那更糟了！「凱蒂。」我說：「我真的不能收。我穿在身上絕對不會自在……」

「一定要收。」她說。她摸著脖子上的珍珠項鍊，別開頭。「而且我現在事業成功了。我不能一直讓我的服裝師穿著姊姊的二手衣為我工作。成什麼樣子，對不對？」她說得輕描淡寫，但我馬上聽懂她背後的意思。我現在有自己的收入了，我花了兩週的薪水替她買珍珠項鍊。但我卻還是維持惠斯塔布的價值觀，不願花錢在自己身上。現在我面紅耳赤，心想她是不是嫌我寒酸。

於是我為了凱蒂收下了洋裝，過幾天，我第一次穿上。那是馬里波恩劇院的季末晚宴，我們一同慶祝這快樂的一個月。那是莊嚴隆重的場合。凱蒂為此訂了件新洋裝，那是件美麗的低領短袖禮服，材質是中國絲緞，顏色呈粉紅色，如玫瑰花蕾的花心。我替她拉著衣服，讓她踏進洋裝穿上，並替她拉緊繫帶。我也看著她戴上手套，並為她的美感到心痛。粉色的絲緞加深了她的紅唇，她的脖子更顯白皙，襯脫出她棕褐色的雙眼和秀髮。除了我送她的珍珠和華特送的胸針，她沒穿戴其他珠寶，而且其實珍珠和琥珀製胸針也搭不太起來。但凱蒂就算脖子掛一串瓶蓋，我仍會覺得她像個王后。

我幫凱蒂穿衣，結果自己來不及打扮了。我請她先下樓，別等我。她下樓之後，我穿上她送我的美麗洋裝，站到鏡前端詳自己，不覺皺起眉頭。洋裝改變了一切，簡直是一種偽裝。燈光昏暗，像半夜一樣，我的雙

---

19 瑪麗・羅伊德（Marie Lloyd, 1870-1922）是著名英國音樂廳歌手和喜劇演員，一生享負盛名。

眼感覺比平常更藍，頭髮顏色變更淺，長裙和腰帶讓我看來更苗條、更修長。我完全不像穿上粉紅洋裝的凱蒂，而像偷穿姊姊晚禮服玩的小男孩。我鬆開辮子，梳順頭髮。因為我沒時間盤髮，所以我將頭髮攏在腦後打個結，插上梳篦。我覺得髮髻突顯了我的下巴和顴骨，也讓我的肩膀看起來更寬了。我又皺了皺眉，轉開頭。就這樣吧。我想這樣凱蒂站我旁邊會更嬌小纖細。

我下樓去找她。我推開客廳門，看到她和其他人在聊天。他們仍在吃飯。杜綺率先見到我，並用手肘頂了一下身旁的帕西。他抬起頭，看到我，吹了聲口哨。辛姆斯轉向我，雙眼盯著我，像從沒見過我一樣，他嘴巴張著，叉著的食物留在半空中。鄧蒂太太見了也望過來，然後用力咳嗽。「唉唷，南西。」她說：「瞧妳美的！妳怎麼在我們眼皮底下偷偷長成了個美人兒！」

聽到她說，凱蒂也轉向我。她表情有點驚訝，也有點疑惑，彷彿一瞬間，**她**初次見到我。我不知道這一刻我和她誰的臉比較紅。

她露出緊張的微笑。「很好看。」她說完便轉開頭。於是我難過地心想，這洋裝一定比我所想更不適合我，並做好敗興而歸的心理準備。

但晚宴一點也不無聊。氣氛愉快，賓客和善，現場擠滿了人，人聲鼎沸。經理在舞台邊緣到樂團席上方造了個平台，容納所有人，並聘請樂團演奏里爾舞曲和華爾滋。他也在側台設餐桌，放了酥餅和果凍，另外還有一桶桶啤酒、一盆盆水果酒和好幾排的紅酒。

大家都稱讚我和凱蒂的新洋裝好看。尤其是我，大家都露出笑容向我驚呼，或越過嘈雜的大廳，用嘴形說：「妳好美！」魔術師的助手牽起我的手說：「親愛的，妳今晚長大了，我根本認不出妳來！」和鄧蒂太太一小時前說的一模一樣。她說的話震撼了我。凱蒂和我整晚並肩站在一起，但午夜之後，她走開加入香檳桌旁的一群人。我待在原地，心情憂鬱。我不習慣去想自己是個成年女子，但現在穿著那件藍色和乳白色的美麗蕾絲緞面洋裝，我終於開始感覺自己成年了，也發覺自己**真的**成年了。我十八歲了，離開家好長一段時間，自立更生，在倫敦自己繳房租。我彷彿從遠方看著自己，看見正像喝薑汁汽水一樣喝著紅酒，與原本讓我害怕的舞台人員聊天、嘻鬧。我看到自己從樂手手中接下香菸，點燃菸頭，深吸一口，滿足地吐出煙霧。我何時開始抽起菸？我記不得了。我已習慣在凱蒂換衣服時幫她拿菸，後來漸漸染上菸癮。我現在好常抽菸，四個月前我的手指因為常浸在牡蠣缸中，顏色呈粉紅，皮膚發皺，現在指尖黃得像芥末一樣。

有個樂手意有所指地朝我走來，我記得他是短號手。「我沒在音樂廳見過妳。」

我大笑。「你見過啊。我是南西，凱蒂．巴特勒的服裝師。」

他驚訝地揚起雙眉，身子向後傾，上下打量我。「哇！真的是。我原本以為妳只是個孩子。但現在，我以為妳是演員或舞者。」

我微笑搖搖頭。話題停頓一下，他喝了一口酒，手擦了擦八字鬍。「但我敢說妳愛跳舞，對吧？」他說：「怎麼樣？」他朝舞台後方兩兩跳著華爾滋的人群擺頭。

「噢！不。」我說：「我不行。我喝太多香檳了。」

他大笑：「那樣更好！」他把酒放到一旁，香菸用嘴叼著，雙手放到我腰上，將我舉起來。我尖叫一聲，他開始旋轉，起起伏伏，滑稽地跳起華爾滋。我又叫又笑，愈是大聲，他轉得愈快。十幾個人朝我們望過來，微笑鼓掌。

最後他絆了一下，差點跌倒，便重重把我放下。「好了。」他氣喘吁吁地說：「跟我說，我是不是很會跳舞？」

「才不是。」我說：「你讓我像魚一樣暈，而且……」我摸著洋裝正面。「你把我的腰帶都弄壞了！」

「我會替妳弄好。」他說著手又伸向我的腰。我叫了一聲，從他手中退開。

「不行！你走開，讓我休息。」他抓住我，開始搔我癢，我不禁咯咯笑起來。不論我多不喜歡搔我癢的人，我每次被搔癢都會笑。但拉拉扯扯好幾分鐘後，他終於放棄了，回去找樂團的朋友。

我雙手又摸了摸腰帶，擔心他真的弄壞腰帶，但我看不清楚。我一口氣喝完酒，趕快溜下台。我想這是第六或七杯酒吧。我先去了廁所，然後下樓到更衣室。今天更衣室開放給女士掛大衣，裡面空蕩冷清，燈光昏暗。但那裡有面鏡子，我走到鏡前，瞇眼拉平洋裝。

我下來不到一分鐘，走道便傳來腳步聲，接著一片寂靜。我轉頭看是誰，發現是凱蒂。她肩膀靠著門框，雙臂交叉。她站姿不若平常，也不是穿著洋裝的人該有的姿態。她的姿態像在舞台上，穿著褲裝，一副趾高氣揚的模樣。她臉轉向我，我看不見她的頭髮，也看不見她的胸部。她的雙頰蒼白，裙子上有滴香檳漬，可能是稍早從杯子濺出的。

「嘿，凱蒂。」我說。但她沒有回應我的笑容，只靜靜望著我。我略帶遲疑，目光回到鏡子上，繼續整理腰帶。她終於開口，我馬上發現她已喝得爛醉。

「有看到妳喜歡的嗎？南西？」她說。我再次望向她，表情訝異，她走近一步。

「什麼？」

「我說：『有看到妳喜歡的嗎，南西？』今晚其他人好像都找到了。大家似乎都找到有興趣的對象。」

我吞了吞口水，不確定要怎麼回答她。她走更近，然後停在我前方，繼續用同樣平靜、驕傲的目光凝視我。

「妳跟那個短號手玩得很開心嘛！對不對？」她這時說。

我眨了眨眼。「我們只是在鬧而已。」

「鬧？他的手把妳全身都摸遍了吧。」

「噢！凱蒂，哪有！」我聲音幾乎在顫抖。看到她無端發動攻擊真可怕，我真不敢置信，我們相處了這麼多週，我不曾見過她不耐煩，甚至對我提高聲音說話。

「就是有。」她說：「我都看在眼裡。我跟宴會一半的人都看到了。妳知道他們不久會叫妳什麼嗎？『調情小姐』。」

調情小姐！我不知道該哭還是該笑。

「妳怎麼能說這種話？」我問她。

「因為這是事實。」她此時聽起來好生氣。「要是我知道妳穿一件漂亮的洋裝只是為了跟人調情，我才不會買給妳。」

「噢！」我跺腳，整個人搖搖晃晃的。我想我跟她一樣醉。「噢！」我手伸到脖子上，開始解繫繩。我說：「如果妳這麼想，我現在就把這見鬼的洋裝脫了，還給妳。」

她聽到又向前一步，抓住我手臂。「別傻了。」她語氣透露出懊悔。我甩開她的手，繼續解著鈕釦。但我因為喝了酒，再加上我心裡又氣又震驚，我手腳笨拙，根本解不開。凱蒂再次抓住我，不久我們幾乎扭打成一團。

「我不要妳叫我調情小姐！」她拉著我時我說：「妳怎麼能那樣叫我？怎麼可以？噢！要是妳知道……」我手伸向後頸的領子，她手順勢抓過去，臉自然朝我貼近。我不禁一陣春心蕩漾。我以為我如她所願成為了她的姊妹。我以為我已冷靜下來，壓抑和束縛了自己奇怪的欲望。但我現在只知道她手臂環抱著我，手放在我身上，火燙的氣息吹拂著臉頰。我抓住她，不是想將她推開，而是想把她抱得更近。我們慢慢靜止下來，不再掙扎，呼吸紊亂，心跳怦怦作響。她雙眼如黑玉般珠圓烏黑，我感到她放開我的手，手伸到我脖子上。

突然之間，走道傳來一陣騷動和腳步聲。凱蒂在我懷中抽了一下，像聽到槍聲一樣，並快速退開好幾步。魔術師的助理艾瑟出現在門另一頭。她臉色蒼白，神色嚴肅。她說：「凱蒂，南，妳們不會相信。」她拿出手帕，摀著嘴。「有幾個男孩從查令十字醫院傳來消息。他們說葛利．薩瑟蘭在醫院裡。」他是在坎特伯里演藝宮和凱蒂一起表演的喜劇歌手。「他們說葛利被送進醫院，因為他喝醉酒，開槍自殺了！」

結果是真的。我們隔天全都聽到了確認過的消息。我從未察覺，但來到倫敦之後，曾聽說葛利是業界知名的酒鬼。他表演完後，回家前一定會去酒館報到。晚宴當天，他在富勒姆喝酒。他坐在角落的座位，聽到吧台有人說葛利．薩瑟蘭已過了生涯巔峰，應該要退休，讓更好笑的藝人上台。還說他看了葛利最新的表演，所有的笑話都很普通。酒保說葛利聽到之後，走向那人，和他握手，請他喝杯啤酒，後來又請所有人一輪酒。最後他回家，拿出一把槍，瞄準自己的心臟扣下扳機……

我們那天在馬里波恩都不知道細節，只知道葛利突然想不開自殺了。但聽到這消息，晚宴便結束了，所有人都像艾瑟一樣神情緊張，神色肅穆。凱蒂和我聽到消息便走到舞台上。她搖搖晃晃上樓時，緊抓住我的手，我想是因為悲傷，而非其他情緒。經理已經點亮所有燈，樂團將樂器放在一旁。有人在哭，搔我癢的短號手摟著一個全身顫抖的女孩。艾瑟哭喊：「噢！太慘了。太可怕了！」我想大家因為喝了酒，情緒更受打擊。

但我不知道該作何感想。我腦中沒有葛利，我的思緒仍停留在凱蒂和更衣室的事，那一刻我感到她手放到我身上，我們之間彷彿彼此理解。在那之後，她都沒看向我，現在她走到帶來葛利自殺消息的男孩身旁。不過過了一會，我看到她搖搖頭後退，彷彿在找我。她看到我在側台陰影等待她，走過來，嘆口氣。「可憐的葛利。他們說他的心臟被射穿了……」

我說：「而且一想到我是為了去看葛利，才第一次去坎特伯里，然後見到妳……」

她聽了望著我，全身顫抖，一手放到臉上，彷彿因為悲傷全身無力。但我不敢過去安慰她，我只站在原地，猶豫又不知所措。

我看到其他人紛紛離開，便說我們該走了，她點點頭。我們回到更衣室拿大衣。煤氣燈現在全開，幾個女子臉色蒼白，拿手帕拭淚。我們走向後台出入口，等門房替我們攔馬車。我們感覺等了好久。我們搭上馬車時，已經是午夜兩點多。我們默默對坐在座椅上，凱蒂只不時重複：「可憐的葛利！怎麼會這樣！」我仍醉醺醺的，頭暈目眩，欲火焚身，但心裡仍不確定。

那是個天寒地凍的美麗夜晚。離開熱鬧晚宴之後，夜晚變得格外寧靜。路上濃霧瀰漫，處處結著厚冰。我不時感到馬車輪打滑，聽得見馬腳踉蹌滑跤和馬車夫的咒罵。身旁的人行道結霜，閃閃發光，街燈在濃霧中從中央透出一輪黃色光芒。好長一段時間，我們是街上唯一的馬車，馬車夫、凱蒂和我可能是冰冷、沉睡的城市中唯一醒著的生物。

我們終於來到蘭貝斯橋，凱蒂和我幾週前曾站在橋上，望著下方的遊艇。現在我們兩人臉貼著馬車窗，眼見一切都變了。堤防上的燈光如一排琥珀色的珠子消失在夜晚。雄偉的國會大廈模糊的黑影矗立在河邊。泰晤士河上的船平靜停泊在岸邊，灰色的河水緩緩流動，感覺濃稠又詭異。

凱蒂看著河水，拉下窗戶，興奮地出聲要馬車夫停車。她打開車廂門，拉著我走到橋上的欄杆旁，握著我的手。

「妳看。」她說。她彷彿已將悲傷拋到腦後。兩公尺寬的冰塊漂流在下方河水中，在水流中緩緩旋轉，像是曬著太陽的海豹。

泰晤士河凍結了。

我目光從河面移到凱蒂身上，再從凱蒂望向這座橋。除了我們的馬車夫，四下無人，他披風的領子拉到耳際，拿出菸草袋，忙著填菸斗。我再次望向河水，望著那平凡和不平凡的變化，河水隨自然輕易改變樣貌，真是一幅難得一見又令人不安的景象。

彷彿是專為我和凱蒂出現的小小奇蹟。

「底下一定很冷！」我柔聲說：「想像整條河，從這裡到里奇蒙都結冰的話，妳會一路走過去嗎？」

凱蒂全身發抖，搖搖頭。「冰會破吧。」她說：「我們會沉到河裡淹死，不然就會爬不上來凍死！」

我希望她會露出笑容，而不是給我這種嚴肅的答案。我腦中浮現我們倆站在一塊不到薄餅大小的冰上，順泰晤士河漂到海灣，也許還經過惠斯塔布。

馬走了一步，韁繩拉扯叮噹作響。馬車夫咳了一聲。我們仍望著河水，沉默不語，動也不動。我們兩人神色終於嚴肅起來。

凱蒂最後悄聲說：「很奇怪吧？」

我沒回答，只盯著腳下凝滯不前的水順著橋柱迴旋。但她再次發抖時，我向她走近一步，感到她順勢靠向我。橋上無比冰冷，我們其實應該離開欄杆，回到馬車上。但我們不願離開冰凍的河景。也許是因為靠在一起，我們才發覺自己不願離開彼此溫暖的身體。

我牽起她的手。我感覺到她手套中的手指僵硬又冰冷。我將她手放到臉頰，她手並未溫暖起來。我雙眼凝視著下方河水，解開她手腕的釦子，脫下她的手套，將她手拿到我雙唇前，為她呵氣。

我溫柔呼出氣，吹拂她的指節。然後將她手翻面，朝手掌呵氣。除了河水冰塊摩擦和撞擊的陌生聲響，四下寂靜無聲。這時她低聲說：「南。」

我望著她，她的手仍然在我唇畔，我的氣息濡溼了她的手指。她朝我抬起臉，目光奇異陰暗而混濁，有如腳下的河水。

我鬆開手，但她的手指仍停留在我的雙唇上，接著她的手緩緩摸到我的臉頰、耳朵、喉嚨和脖子。她表情顫抖，輕聲說：「妳不會告訴任何人，南……對吧？」

我想我呼了口氣。因為我知道，總算確定……她心底對我真有**不可告人的感情**。我臉朝她靠近，閉上雙眼。

她的嘴起初很冰冷，後來變得火熱，對我來說彷彿是整座冰冷的城市中唯一發熱的東西。過一會，她雙唇收回，緊張瞄了駝背打盹的馬車夫一眼。我溼潤的嘴唇在十二月冷冽的寒風中隱隱作疼，感覺格外赤裸，彷彿她那一吻將嘴唇的外皮剝去。

她拉著我到馬車廂陰影處，不讓人見到。我們在這裡再次站近親吻。我雙手抱著她肩膀，感到她雙手在我背上顫抖。透過大衣和洋裝，我感到她的身體從嘴唇到腳踝都和我緊貼。我感到我倆胸中快速大力的心跳，脈膊相合，熱氣交融，臀部緊緊貼合。

我們站了一分鐘，也許更久，馬車夫移動身子，馬車發出咿啞聲，凱蒂馬上退開。我手不想放開，但她抓住我手腕，親吻我的手指，緊張一笑，悄聲說：「妳會把我親到斷氣！」

她走進車廂，我隨她爬上車，我心中激動不已又充滿熊熊欲火，全身顫抖，樂得暈頭轉向，糊里糊塗。車門關上，馬車夫向馬吆喝，馬車震動，向前滑行。冰凍的河水不久便拋在身後，和我面前這個全新奇蹟相比，河水根本不值一提！

我們並肩坐著。她再次用手摸著我的臉，我全身發抖，牙齒打戰。但她沒再親吻我。她只用臉靠著我的脖子，所以我親不到她，但感到她火熱的呼吸拂過我耳下的皮膚。她仍沒戴手套，手因天冷顯得蒼白。她手滑入我外套之中，她膝蓋緊抵著我的膝蓋。馬車搖晃時，我感到她的雙唇、手指和大腿沉沉壓到我身上，如此火熱，如此貼近，我好渴望能在她身下蠕動嬌喘。但她不發一語，不吻我，也不撫摸我。我心中害怕，又有些矜持，所以我只照她意思靜靜坐著。於是從泰晤士河到布立克斯頓這段路，便是我這輩子最美好又最可怕的旅程。

但最後，馬車轉了個彎，終於緩緩停下，馬車夫用鞭子握柄敲車頂，告訴我們到家了。我們好安靜，也許他以為我們睡著了。

我只依稀記得我們走進鄧蒂太太家，手忙腳亂拉著門閂，爬上黑暗的樓梯，穿過寧靜沉睡的房子。我記得我們在天窗下停了一下，微小的星點明亮閃爍，凱蒂彎身開房門時，我靜靜以雙唇親吻她的耳朵。我記得她把門關上後，耳朵靠向我的嘴唇，嘴中嘆息，並再次擁抱我，將我拉近。我記得她不肯讓我點亮燈，直接在黑暗中跌跌撞撞將我推向臥室。

臥室裡發生的一切，我記得一清二楚。

房裡寒氣逼人，冷到讓人不想脫衣服，但再冷也無法澆熄我們內心的欲火。我在劇院更衣室總是笨手笨腳，但我現在手腳俐落多了。我馬上脫到只剩內衣褲，一聽到凱蒂解洋裝釦子時出聲咒罵，便趕緊去幫她。一時間，我手拉扯著扣環和繩結，她則拔著髮針。我們彷彿在側台，在曲目之間快速更換服裝。

最後，除了脖子上的珍珠項鍊，她全身赤裸。她在我懷中轉身，全身僵硬，並因寒冷起了雞皮疙瘩，我感到她乳頭和雙腿間的毛髮摩擦著我。然後她走開了，我聽到床上彈簧咿啞作響。我等不及脫完衣服，直接跟她上了床，發現她躲在被子裡，全身打顫。我們恣意親吻，比之前更激烈，最後，終於不再感到寒意，但兩人身體依舊發著抖。

但她赤裸的四肢緊貼著我時，我突然感到害羞又懼怕。我向後退開。「我真的可以……碰妳嗎？」我輕聲說。她又緊張一笑，臉靠著枕頭。

「噢！南。」她說：「妳不碰的話我會死掉！」

我遲疑地舉起手，接著撫摸她的秀髮。我摸著她的臉——她彎彎的眉毛，她有雀斑的臉頰，她的雙唇，她的下巴，她的喉嚨，她的鎖骨，她的肩膀……我摸到這又害羞了，手不禁徘徊起來。她頭仍向後仰，雙眼緊閉，她抓住我的手腕，溫柔牽著我的手摸她的胸部。我觸碰到時她喘息一聲，身體扭動。過一、兩分鐘，她再次抓住我的手腕，向下移。

她底下溼了，感覺如天鵝絨般光滑。除了偶爾摸自己，我當然不曾這樣撫摸過任何人。但我現在彷彿在撫摸自己，因為我滑溜的手明明是摸著她，卻也像摸著自己，我感覺我的內褲變溼熱，腰和她一樣擺動。不久我手不再輕輕撫摸，開始用力摩擦她。「噢！」她輕聲嬌喘。然後她叫出聲：「啊！啊！啊！」她發出一連串低沉、快速的呻吟。她身子震動，床跟著咿啞作響。她雙手開始胡亂抓著我的肩膀。全世界彷彿除了我用溼潤指尖在她雙腿間勾起的震動，沒有一絲動靜和搖晃。

最後她深吸口氣，全身挺直，將我的手移開，向後沉沉頹倒。我緊抱住她，我們躺在一起，動也不動一會。我感到她心臟在胸中瘋狂跳動。心跳比較平靜之後，她動了動，嘆口氣，一手擦拭著臉。

「妳害我哭了。」她喃喃說。

我坐起來。「真的假的？凱蒂？」

「對啊，真的。」她抽噎一下，半哭半笑的，然後再次揉揉眼，我把她手牽過來，感到她手上的眼淚。我握了握她的手，突然慌了起來：「我弄痛妳了嗎？是什麼那麼痛？我弄傷妳了嗎？凱蒂？」

她搖搖頭，抽一下鼻子，輕鬆大笑。「弄痛我？喔，不是。只是……太美好了。」她微笑。「而且妳……好厲害。我……」她又抽了抽鼻子，然後臉貼著我的胸部，不敢看我。「我……噢！南，我好愛妳，好愛好愛妳！」

我躺在她身旁，環抱著她。我忘了自己的欲望，她沒有再挑逗我。我也忘了葛利．薩瑟蘭，三個小時前，因為一個男人看他表演整場都沒有笑，他便拿槍瞄準自己的心臟。我靜靜躺著，凱蒂不久便睡著了。我望著她黑暗中白皙的臉頰，我心想，**她愛我，她愛我**。我像是掰著雛菊花瓣的傻瓜，望著最後一片發黃的花瓣反覆驚呼。

隔天早上，我們起初都很害羞。但我想凱蒂最害羞。

「我們昨晚喝了多少啊！」她不敢看我，有一刻，我好怕昨晚她真的只是喝太多香檳才緊靠著我，說她好愛好愛我……但她說著說著臉紅了。我情不自禁脫口而出：「如果妳現在把昨晚說的話收回，噢！凱蒂，我會死掉！」她聽了抬起目光，我發現她才擔心**我**是因為喝醉……我們相視良久。雖然我以前望過她千百次，但我感覺我此刻彷彿是第一次見到她。我們住在一起，同床共枕，一起相伴工作已有半年。但我們之間一直隔著一塊薄紗，昨晚我們的叫聲和輕語將之撕破。她看起來面紅耳赤，煥然一新，宛若新生。我不敢碰她皮膚，擔心會留下痕跡。我也害怕自己再次親吻她雙唇，會磨傷她。

但我還是親了她，然後我放鬆躺著，看她朝臉和手臂潑水，穿好內衣和洋裝，扣好鞋子。她整理頭髮時，我劃火柴點菸，望著火焰緩緩燒下，差點燙到手指。我說：「我剛認識妳時，總覺得自己想著妳時像盞燈，身體燃著熊熊烈火。我好擔心有人看出來……」她露出笑容，我甩了一下火柴。「妳不知道嗎？」我這時問。「妳不知道我愛妳嗎？」

「我不確定。」她回答，接著她嘆口氣。「我不敢去想。」

「為什麼？」

她聳聳肩。「感覺當妳朋友比較輕鬆……」

「但凱蒂，我也這樣想！而且……噢！是不是很難！但我心想，如果妳知道我對妳有真感情，妳不知有何反應……我以前從未聽過這種事，妳呢？」

她走到鏡子前，調整髮辮中的髮針，她沒回頭，直接回答：「我的確不曾像喜歡妳一樣，喜歡其他女孩……」她邊說，我看到她脖子和耳朵都紅了，我也感覺全身酥麻溫暖，開心得傻了。但我也聽出她這句話背後的涵意。

「這麼說，妳以前就有經驗了……」我淡淡地說。她臉更紅了，並不答腔。我沉默不語。但事實上，我太愛她了，就算知道她以前親過其他女孩，我也不想煩心太久。我接著問：「妳何時開始覺得我……？妳何時覺得妳要試著愛我？」

她轉身微笑。「我記得好幾個時刻。」她說：「我記得妳把我的更衣室整理得乾乾淨淨。我記得我親吻妳道晚安時，妳臉紅的樣子。我記得妳在父親桌上替我打開牡蠣那一刻。可是其實，我覺得我那時已經愛著妳了。真難為情，但我想一定是那次，我在坎特伯里演藝宮第一次聞到妳手指上的牡蠣味，我才情不自禁開始對妳有遐想。」

「噢！」

她語氣微微改變。「更難為情的是，直到昨晚，我看到妳跟那男人調情，我好嫉妒，才發覺自己多麼、多麼……」

「噢！凱蒂……」我吞了吞口水。「我好高興妳終於發覺了。」她別開頭，然後走近接過我的菸，快速親我一下。

「我也是。」

接著她彎身拿布擦她的皮靴，我打個呵欠。我感覺好疲憊，昨晚太過興奮，又喝香檳，有點宿醉。我說：「我們真的要起床嗎？」凱蒂點點頭。

「一定要，快要十一點了，華特不久就要來了。妳忘了嗎？」

那天是星期日，華特會如常帶我們出門。我沒有忘記，但現在沒時間，也不想去想日常生活的事。我一聽到華特的名字，腦中不禁思考起來。他若知道這件事的話，應該會很難過。

凱蒂彷彿知道我在想什麼，她說：「妳會謹慎面對華特，對吧，南？」她重複前晚在橋上說的話。「妳不會跟任何人說，對吧？妳會**小心**，對不對？」

我心裡暗罵她的聰明，但我牽起她的手親吻。「我見到妳的第一分鐘起便一直很小心，我是小心女王。如果妳希望，我能小心一輩子。只要我們獨處時，我能偶爾冒險一下就好。」

她露出笑容，但笑容有點心不在焉。她說：「畢竟，事情沒有太多改變。」

但我知道，一切都變了，一切的一切。

凱蒂下樓之後，我才終於起身，梳洗、更衣，並用了夜壺。她端了茶和吐司上樓。「我不敢直視鄧蒂太太！」她害羞不已，再次面紅耳赤。我們在會客室火爐前吃早餐，親掉彼此嘴唇上的麵包屑和奶油。窗下有一大籃西裝，我們之前請服裝商送來，還沒好好整理。我們等待華特時，凱蒂便開始隨便翻看。她拿起一件精緻的黑色燕尾服。「妳看！」她說。她穿到洋裝上，僵硬地跳一下舞。她開始輕聲唱歌。

她唱道：「**在房子、廣場、空地上／在街裡、巷裡、小路上／向左轉、右手邊，你看我的真愛就在那裡。**」我微笑。這是喬治．萊伯恩的老歌。每個人在七〇年代都會以口哨吹這首歌，我甚至曾在坎特伯里演藝宮見過萊伯恩親口唱過。這首歌很傻，毫無道理，但旋律琅琅上口，凱蒂唱腔溫柔，無憂無慮，讓這首歌聽起來更為甜美。

我像隻鴿子，
向愛人獻殷勤。
如果我不再愛，
會單膝跪地發誓，
如果我不再愛，
羊頭長在蘋果樹上。

我聽了一會，便開口合音：

如果我不再愛，
如果我不再愛，
讓月亮變綠乳酪，
如果我不再愛。

我們大笑，然後唱得更大聲。我在籃中看到一頂帽子，拋向凱蒂，然後我拿出一件外套、一頂草帽，自己穿上，還拿了一根枴杖。我手勾住她，模仿她的舞步。歌曲變得更傻了。

不管是拿銀行裡的錢，
還是公爵、勛爵的頭銜，
我都不會交換我愛的女孩，
她朝我看的每一眼都是福氣。
看她跳著波卡舞，
我因四射的愛暈倒，
願角笛舞曲為不朽之作，
如果我不再愛！
願我們不用付所得稅，
如果我不再愛！

我們臉上一片潮紅，我想轉個圈，卻突然僵在原地，凱蒂沒關門，華特站在門口看著我們，他雙眼睜大，彷彿驚愕不已。凱蒂的目光也隨我轉過來，她抓住我的手臂，然後馬上放開。我腦中瘋狂運轉，不知道他看到了什麼。歌詞很白痴，但我們毫無疑問是在對唱，而且投入了真感情。我們有親吻嗎？我有碰凱蒂不該碰的地方嗎？

我仍在回想，華特就開口了。「我的天啊。」他說。我咬住嘴唇。但當然，他沒有如我預想一樣皺眉或咒罵。他綻放笑容，眉開眼笑，雙手一拍，走進房間，興奮地抓住我倆的肩膀。

「我的天啊，就是這個！就是這個！為什麼？噢！我為什麼沒有發現？這就是我們尋尋覓覓的事。**這個**，凱蒂。」他比了一下我們的外套、帽子和紳士的姿態。「**這**會讓我們闖出名號！」

於是，我成為凱蒂情人的那天，也是我加入她表演的第一天，這開啟了我在音樂廳舞台上的演藝生涯——我無心插柳、短暫卻美好的演藝生涯。

第五章

我不曾受訓，也不渴望上台，我覺得自己毫無才能，現在突然要和凱蒂上台，以演出為業，我心中無比驚慌。

「不行。」我終於聽懂時，我那天下午對華特說：「當然不行。我辦不到。你應該知道我會讓自己出糗，也讓凱蒂出糗！」

但華特不管。

「妳不懂嗎？」他說：「我們找特色找多久了？我們不就想讓表演脫穎而出，讓人印象深刻？就是這個！**雙人組合**！大兵和他的同袍！時髦紳士和他的朋友！最特別的是，不是一個，而是**兩個**漂亮的女孩，穿著褲裝！妳看過這種表演嗎？一定會引起轟動！」

我說：「如果是兩個凱蒂．巴特勒，也許會引起轟動。但如果是凱蒂．巴特勒，再加上她的服裝師，一個這輩子從沒唱過歌的——」

「我們全都聽過妳唱歌。」華特說：「聽過一千次了，而且唱得很美。」

「從沒跳過舞的——」我繼續說。

「呸，跳舞！在舞台上扭一扭、動一動。有半條腿的傻瓜都辦得到。」

「從沒面對觀眾提高嗓子說話——」

「順口溜算什麼！」他一副輕描淡寫的口吻。「凱蒂可以負責順口溜的部分！」

我不勝其煩，大笑一聲，轉向凱蒂。她這段時間都沒插嘴，只站在我身旁，皺起眉頭，咬著指甲。「凱蒂。」我現在說：「拜託，妳告訴他這是什麼瘋話！」

她起初不答腔，只略有所思地咬著指甲。她目光來回掃過我和華特，最後瞇起眼。

「可能會成功。」她說。

我原地跺腳。「你們兩個腦袋都胡塗了！仔細想想你們說的話。你們都來自演員世家。你們這輩子都住在這樣的屋子裡，這裡甚至連狗都會跳舞。四個月前，我只是住在惠斯塔布的牡蠣女孩！」

華特回答：「貝西·伯爾伍初次登台的四個月前，只是在紐卡街剝兔皮的小販！」他手放到我手臂上，親切地說：「南。我不會逼妳，但我們至少試試看會不會成功。妳可以去拿件凱蒂的西裝，好好穿上，試一試嗎？凱蒂，妳也去換上衣服。然後我們會看看妳們兩個站在一起的樣子。」

我轉向凱蒂。她聳聳肩。「試試無妨吧。」她說。

好幾週以來，我整理了不少美麗的服裝，卻不曾想要穿到自己身上，這點回想起來確實很奇怪，但我的確不曾有過這念頭。外套和草帽的運動服裝是在那神奇、喜悅的早晨才送到，也是凱蒂全新的扮相。在那之前，凱蒂的西裝感覺都太帥、太特別了，不容我亂穿。尤其，那些衣服感覺都是**為她所有**，配合她的魅力和招搖的姿態，為她量身訂作。我負責整理和清潔衣服，但我從未站在鏡前，拿起任何一件比比看。現在我半裸站在寒冷的臥室，凱蒂拿著服裝站在一旁，兩人角色完全反了過來。

我脫下洋裝和襯裙，在馬甲之上穿上一件襯衫。凱蒂拿了一件黑灰色的晨禮服給我穿，並已準備好穿另一件類似的服裝。她上下打量我。

「妳必須把內褲脫了。」她小聲說。門關上了，但我們仍聽得到華特在隔壁會客室踱步。「不然褲子會看到內褲的形狀。」

我臉紅了，接著我雙腳依序抬起，沿著大腿脫下內褲，最後我全身只穿著襯衫和一雙及膝的褲襪。小時候我曾穿哥哥的西裝到變裝派對。但是，那已是好幾年前的事。現在光著屁股穿上凱蒂帥氣的褲子，扣上私密處的釦子，心中想到凱蒂自己最近才這麼做，完全是另一回事。我向前一步，雙頰更燙了。我彷彿感覺自己之前從沒有雙腿，或是說，我從來不知道**兩條**腿從屁股連結在一起是什麼感覺。

我伸手將凱蒂拉向我。「我希望華特沒有在等我們。」我悄聲說。但說實話，我穿著西裝，華特又絲毫不察，待在左近，格外有種刺激感。

想到這點，再加上我們無聲相吻，讓褲子感覺更奇怪了。凱蒂退開看自己的西裝，我望著她，心下好奇。我說：「妳怎麼能每晚穿成這樣，站在一廳子陌生人面前，卻不感到奇怪？」

她扣好吊帶，聳聳肩。「我穿過更蠢的服裝。」

「我不是說這很蠢。我是說……如果我穿西裝站在妳旁邊……」我又走近幾步。「噢！凱蒂。我覺得我無法不親妳！」

她一根手指按著自己嘴唇，撥著劉海。她說：「為了華特的計畫，妳一定要習慣。不然……**那**會是多有看頭的表演啊！」

我大笑。但我聽到**華特的計畫**這幾個字，心裡一驚，肚子糾結，笑聲好心虛。我低頭望向自己的兩條腿。褲子終究太短，我的褲襪都露出來了。我說：「不行啦，是吧，凱蒂？他不會真的覺得可以吧？會嗎？」

結果他覺得很好。「噢！沒錯！」我們換好裝一同出現時，他大喊。「太棒了，妳們是多好的一對！」我不曾見過他如此興奮。他讓我們站在一起，勾肩搭背。然後他要我們轉身，跳之前他看到的直腿舞。這段時間，他瞇著眼，繞著我們打轉，摸下巴，點著頭。

「當然我們要幫妳準備一套西裝。」他對我說：「其實是好幾套西裝，來和凱蒂搭配。不過這件事不難。」他把我頭上的帽子脫下，我的髮辮落到肩膀。「頭髮必須想辦法，但至少顏色很完美。跟凱蒂形成對比，所以看台上的觀眾不會分不清妳們倆。」他眨個眼，然後雙手枕在腦後，又站著打量我一會。他脫下他的外套。他穿著綠色襯衫，搭配灰白色的領子。他的穿衣品味一向很好。襯衫腋下已溼了一片。我說：「你是認真的嗎？

華特？」他點點頭說：「是，南西。」

我們原本的星期日散步之旅全被拋到腦後，他整個下午就抓著我們忙這件事。他付錢將馬車夫打發走。早上屋子裡空無一人，我們在鄧蒂太太的鋼琴前積極練習，彷彿那天是工作日，只是現在我也要唱了。而且以前是為了讓凱蒂養喉嚨，所以由我代唱，現在變我要嘗試與她合唱。我們再唱一次華特教唱的〈如果我不再愛〉。當然，我們現在變得太刻意，歌聽起來反而平淡無奇。我之前在坎特伯里聽凱蒂唱過一些歌，如今已倒背如流，我們從中選了幾首出來試唱。這次感覺好多了。最後我們試了一首新歌，那是西區當時流行的一首歌曲，內容關於主角在皮卡迪利散步，口袋裡裝滿金幣，所有女士都看著主角，微笑，拋媚眼。就連現在仍有女扮男裝的表演者在唱，但這首歌最早是凱蒂和我先唱的。我們那天下午合唱時，把歌詞中的「我」改成「我們」。我們倆勾著手臂，在客廳的地毯上散步，和聲高唱。歌聲聽起來無比甜美，而且比我想像中更滑稽。我們唱了一次，然後再唱第二次，接著又唱了第三、四次。每次我都變得更自在、更開心一些，華特的計畫感覺也愈來愈不傻了……

不久，我們聲音都啞了，滿腦子都是金幣和女孩拋來的媚眼。他闔上鋼琴蓋，讓我們休息。我們煮壺茶，聊起其他事情。我望向凱蒂，想起我有另一件更強烈的理由能感到興奮和高興，真希望華特能離開。再加上我很疲倦，於是我對華特變得十分冷淡。我想他覺得自己把我累壞了。於是不久後真的離開了。門一關上，我馬上起身走向凱蒂，雙臂抱住她。她不肯讓我在客廳親吻她，但過一會，她就帶我穿過陰暗的屋子，回到臥房。剛才為華特換上的褲裝，我其實已漸漸習慣，但來到房中，西裝又開始顯得奇怪。凱蒂脫下衣服時，我將她拉向我，她赤裸的屁股貼在我穿褲子的雙腿間，感覺好淫蕩。她手一度輕輕摸過我的釦子，我不禁開始顫抖，好想要她。她將我的西裝全脫了，我們躺在一起，像床罩下的陰影一樣赤裸。這時她又摸了我一次。

我們靜靜躺在床上纏綿，後來前門砰一聲關上，我們聽到鄧蒂太太咳嗽，杜綺在樓梯上大笑。凱蒂說我們必須起身、更衣，不然其他人會懷疑。我那天第二次睡眼惺忪地看著她梳洗，穿上褲襪和洋裝。

我望著她更衣，一手按在胸口。我的心口悶悶的，感覺不斷拉扯曲折，或像融化一般，彷彿我的胸口是蠟燭火熱柔軟的蠟壁，因燭芯的火焰向內塌陷。我嘆了口氣。凱蒂聽到，看到我悲痛的神情，趕緊來到我身旁。她移開我的手，溫柔地以雙唇吻著我的心。

我當年十八歲，一無所知。我當時以為自己會因為愛她而死。

我們一直沒再見到華特，也沒有聊過讓我和凱蒂上台的事。兩個晚上之後，他拿個包裹來到鄧蒂太太的屋子，包裹上收件人寫著**南‧艾士特利**。那是新年前夕，他來吃晚餐，並留下來和我們聽跨年鐘聲。布立克斯頓教堂的鐘聲終於響起，他舉起酒杯。「敬凱蒂和南！」他大喊。他望向我，然後目光在凱蒂身上多停留一會。「敬兩人新搭檔，這組合將在一八八九年開始，讓我們名聲和財富雙收！」我們與鄧蒂太太和教授坐在客廳餐桌上，我們也紛紛應和，和他敬酒。但凱蒂和我偷偷迅速交換眼神，我心中難掩一點興奮和勝利感，我心想，可憐人！他怎麼可能知道我們其實在慶祝什麼？

這時華特才終於將包裹遞給我，面露微笑，看我拆開。但我早已知道包裹裡放的是什麼。裡面放著一套西裝，以嗶嘰布和天鵝絨織成，為我量身訂做，並和凱蒂的樣式匹配。不過凱蒂是棕色，我是藍色，搭配著我的雙眼。我拿在身前，華特點點頭。他說：「這會改變一切。妳上樓將衣服換上，我們讓鄧蒂太太給些建議。」

我照他的吩咐做了，並在鏡前待了一會，打量自己。我穿上自己一雙素黑色的靴子，把頭髮盤到帽子裡。我在耳上放了根菸，甚至脫下馬甲，讓我本來就平坦的胸部變更平。我看起來有點像我哥哥戴維，可能比他更俊些。我搖搖頭。四個晚上前，我也站在這裡，驚訝自己打扮成一個成熟的女人。現在，悄悄到裁縫店一趟，打點服裝之後，我搖身一變，成了穿著褲裝、繫著皮帶的男孩。這想法再次散發著異樣情趣。我覺得我不能再想下去。我馬上下樓到客廳，雙手插在口袋裡，站到所有人面前，準備接受眾人稱讚。

但我站在地毯上左右轉身時，華特不吭一聲，鄧蒂太太略有所思。後來我照他們的吩咐勾著凱蒂的手臂，我們合唱首快歌，華特向後退開，眉頭緊皺，搖搖頭。

「不大對勁。」他說：「我很不想這麼說，但……不行。」

我沮喪地轉向凱蒂。她手撥弄項鍊，嘴咬著繫鍊，用珍珠敲著牙齒。她也一臉嚴肅。她說：「有點奇怪，但我說不上來……」

我低頭望著自己。我將雙手從口袋拿出來，雙臂交叉在胸前，華特再次搖搖頭。「衣服合身。」他說。「顏色很好。但總有點……**令人不悅**。到底是什麼？」

鄧蒂太太咳了一聲。「向前一步。」她對我說。我照她說的向前。「現在轉身，沒錯。好，妳幫我點根菸。」我替她點了菸，然後等她抽一口，又咳了咳。

「她太真了。」她最後對華特說。

「太真了？」

「太真了。她看起來就像個男孩子。我知道她應該要像男孩子，但你聽得懂嗎？她看起來像**真的**男孩子。她的臉、身形和她腳上穿的都是。那不符合大家想要的，對吧？」

現在我感到無比尷尬。我望向凱蒂，她緊張地笑了一聲。但華特眉頭一展，他湛藍的雙眼圓睜，像個孩子般恍然大悟。「他媽的，鄧蒂太太。」他說：「妳說得對！」他手搓揉眉頭，然後走出門外。我們聽到他腳步沉重，快速上了樓，並聽到他走進正上方的房間。那是辛姆斯和帕西的房間。然後我們聽到更高層樓的門重重關上。他回來時，手上拿著一堆奇怪的東西，包括一雙紳士鞋、縫紉籃、兩條緞帶和凱蒂的化妝盒。他把這些一股腦倒到我四周。接著他草草說了聲：「不好意思，南。」便來脫我的外套和靴子。他把外套和縫紉籃拿給凱蒂，指著縫線說：「把腰內的縫褶拆了。」他把靴子扔到一旁，並拿了辛姆斯的鞋子來，他的鞋是雙低跟的小鞋，樣式非常華麗。華特拿起緞帶，在鞋帶上綁個蝴蝶結，讓鞋更花俏。換鞋之後，我變得比較矮了。為了突顯蝴蝶結，他將我的褲腳摺起。

接下來，他讓我頭向後昂，從凱蒂的化妝盒拿出胭脂和眼妝，替我畫嘴唇和睫毛。他幫我化妝時非常溫柔，像女孩一樣。他接著把我耳後的香菸拿下，扔到壁爐裡。他最後轉向凱蒂，彈一下手指。見到他態度果斷，動作迅速，凱蒂剛才已照他吩咐縫好了衣服。她將外套拿到嘴前，咬斷最後一條棉線，華特接過外套，替我穿上，並將我胸口釦子扣起。

這時他向後退，歪頭端詳。

我再次垂頭看著自己的穿著。我的新鞋古靈精怪，有點女孩子氣，像啞劇中女扮男裝的男孩角色。褲子變短了，原本俐落的線條變得參差不齊。外套除了腰線之外，變得有點鬆垮，彷彿掩飾著我的胸部和屁股。但外套感覺比原先更緊，也更不舒服。當然，我看不到自己的臉。我轉身瞇眼望向壁爐上的一張肖像照，並從「歡鬧傑克」一臉大鬍子和紅鼻子中，看到自己雙眼和嘴唇的倒影。

我望向其他人。鄧蒂太太和教授露出笑容。凱蒂現在看起來完全不緊張了。華特面色紅潤，彷彿驚嘆著自己的功夫。他雙臂交叉。

「完美。」他說。

我不能扮得像個男孩，反而要多加點女人味，成為女孩扮成男孩該有的模樣，真令人莫名其妙。但在那之後，我馬上就踏上舞台，開啟我的演藝生涯。隔天華特將我的服裝寄給裁縫師，重新縫製，一週之內，他向欠他人情的經理借了音樂廳和樂團，要凱蒂和我穿著相配的西裝，到舞台上練習。這跟在鄧蒂太太家客廳表演截然不同，音樂廳裡全都是陌生人，四周一片黑暗，觀眾席空蕩蕩的，我心裡驚慌，不知所措。我全身發僵，動作生硬，連凱蒂和華特耐心教我的幾個簡單舞步都走不好。最後，華特給我一根手杖。他說我佇在原地就好，讓凱蒂跳舞。這樣好多了，我心情漸漸放鬆，歌曲再次變得好笑起來。我們結束，練習敬禮時，樂團一些人也為我們鼓掌。

後來凱蒂坐下來喝茶，華特則一臉嚴肅，帶我到舞台正面的座位上，遠離其他人。

「南。」他開口。「在一切開始時，我跟妳說過，我不會逼妳，我可沒開玩笑。我寧可不幹了，也不願逼女孩上台表演。妳知道，有的傢伙會做這種事，那種人只在乎自己的荷包。但我不是那種人，而且妳是我朋友。**但是……**」他吸口氣。「我們三人都走到這一步了。而且妳很棒。我保證，妳很厲害。」

「努力一下，也許吧。」我語帶懷疑。他搖搖頭。

「甚至不用努力。這六個月妳不都在努力嗎？幾乎比凱蒂還努力。妳和她一樣熟悉她的表演。妳會唱她的歌，會演她的戲。大多時候，妳甚至還會教她！」

「我不知道。」我說：「這一切都好新奇、好奇怪。我這輩子都深愛音樂廳的演出，但我從沒想過自己登台表演……」

「沒有嗎？」他這時說：「真的從來沒有嗎？每次妳在坎特伯里演藝宮，看到不知名的喜劇演員贏得觀眾喝采，妳不曾希望那是妳嗎？妳難道沒有閉上雙眼，想像節目單有妳的名字，印著妳的歌曲嗎？妳不曾對著牡蠣桶，假裝那是人滿為患的音樂廳，引吭高歌嗎？並希望能讓那些小牡蠣哭泣，或齊聲大笑？」

我咬著指甲，皺起眉頭。「作夢吧。」我說。

他手指一彈。「**夢**就是舞台表演的根本。」

「我們要從哪裡開始？」我這時說：「誰會給我們舞台？」

「這裡的經理會。今晚。我已經跟他聊過——」

「今晚！」

「一首歌就好。他會在節目上為妳們安插個位子，如果觀眾喜歡，妳們就可以繼續待下來。」

「今晚……」我慌張地望著華特。他神情親切，雙眼似乎比以往更加誠懇、湛藍。但他說的話令我全身顫抖。我想到音樂廳，想到蒸騰的熱氣和光芒，以及一張張訕笑的臉。我想到又寬又空的舞台。我心想，我辦不到。即使為了華特，即使為了凱蒂，我也辦不到。

我原本想搖頭。他察覺馬上又開口。這也許是我認識他數月以來，第一次聽到他說出如此狡猾的話。他說：「當然，妳知道，雙人組合我們既然想到了，絕不能輕易放棄。如果妳不希望和凱蒂搭配，總會有別的女孩願意。我們可以把消息放出去，貼廣告進行徵選。妳也不要難過，覺得自己讓凱蒂失望了……」

我目光從他身上移向舞台，凱蒂坐在聚光燈光線的邊緣喝著茶，雙腿搖晃，臉上帶著微笑，聽指揮說話。

我想像她和另一個女孩勾著手，在腳燈前漫步，並和另一個女孩合唱，兩人歌聲應和。我不曾想過她可能會找另一個女孩搭配。那比訕笑的觀眾更令我恐懼，比起被嘲笑或噓下台成千上萬次都更可怕……

於是，凱蒂那夜站在側台，等待主持人宣布時，我滿面妝容站在她身旁，冷汗直流。我用力咬著嘴唇，幾乎都快流血了。我曾為凱蒂心跳加速，一方面憂慮，一方面興奮。但我的心跳不曾像現在一樣快。心臟彷彿快從我胸中跳出，我好擔心自己會嚇死。華特過來低聲叮嚀，在我們口袋裝滿硬幣，我無法好好回應他。現在舞台上是表演雜耍的。我聽到舞台咿呀作響，他四處奔走，接住棒子，並聽到觀眾鼓掌、抽氣、再鼓掌、再抽氣，最後他結束演出，觀眾大聲**喝采**。主持人小木槌一敲，雜耍人手中拿著道具，跑過我們身旁。凱蒂此時馬上低聲說：「我愛妳！」我被半推半拉到幕後，幕馬上拉起，我知道我必須設法開始漫步歌唱。

起初，燈光一照，我眼前一片模糊，完全看不到觀眾，只聽得到台下窸窸窣窣，喃喃低語。距離很近，而且每一面都傳來清楚的聲響。等我有一秒終於踏到聚光燈外時，我看到每一張臉都轉向我，差一點腿軟，摔倒在地。這一刻，凱蒂趁樂團演奏，握了握我手臂，低聲說：「我們征服他們了！聽！」要不是她這句話，我真的差點崩潰。我聽了她的話，仔細聽才不可置信地發現，她說得沒錯。觀眾席傳來掌聲，也有人喝采。我們慢慢醞釀情緒，準備合唱時，觀眾席傳來陣陣低吟，人人都充滿期待。最後從看台到舞台前的座位都爆出歡呼和笑聲。

我不曾如此受到激勵。我馬上想起我一整天都學不會的那支傻舞，於是我不再靠著手杖，走到腳燈前，和凱蒂一起邁步。我也惦記著華特在側台叮嚀的事。新歌結束前，我和凱蒂走向台前，掏出華特裝進我們口袋的金幣。當然，那只是外表包著閃亮金箔的巧克力。我將巧克力拋向哄堂大笑的觀眾，十幾個人伸手來接。

後來觀眾大喊安可。但當然，我們沒有準備，於是只能在群眾歡呼聲中跳著舞，鑽過落下的布幕，主持人此時出聲要大家安靜。下一個表演是兩個單車特技表演者，他們匆忙被推上台，取代我們。但甚至到他們表演完時，觀眾席仍有一、兩人呼喊我們的名字。

我們是那天晚上最精采的表演。

在後台，凱蒂親了我臉頰，華特摟著我的肩膀，每一個角落都傳來歡呼和讚美，我站在原地，目瞪口呆，面對稱讚，不知該露出笑容，還是該謙虛以對。我在群眾喜悅的歡呼聲中度過了大概七分鐘的時光，但在那稍縱即逝的一刻，我終於窺見關於自己的真相。我震驚不已，感到脫胎換骨。

真相就是，身為女孩的我再成功，都無法和扮成男孩的我相比，即使再怎麼女孩子氣都一樣。

簡而言之，我找到了我的生存之道。

隔天，我順勢剪了頭髮，改了名字。

我在巴特西的理髮店剪頭髮，他是剪凱蒂頭髮的戲劇理髮師。他剪了一個小時，凱蒂也坐在一旁看。最後，我記得他將鏡子拿在圍裙前，警告我：「好了，妳看到一定會尖叫。我剪短髮之後，我從來沒見過哪個女孩看第一眼時不尖叫。」我心裡突然好慌張，全身發抖。

但他將鏡子翻面給我看時，我只微笑看著他的刀下成果。他沒把我頭髮剪得像凱蒂一樣短，頭髮長度落在我領口，如波希米亞人一般。少了髮辮，原本平貼的頭髮微翹，形成意外的鬈髮。我額頭上的劉海原本變得亂糟糟的，理髮師塗了點馬加撒髮油，讓我頭髮現在像貓毛一樣平順，像戒指一樣散發金光。我轉身歪著頭，用手指撥動，並感到臉頰情不自禁發燙。理髮師這時說：「妳看，感覺很怪吧。」他教我如何像凱蒂一樣，戴上我剪下的髮辮，掩飾他的手藝。

我不發一語，但我後悔自己臉紅了。我臉紅是因為我看到全新剪好的髮型和自己赤裸的脖子時，我感到好淫蕩。就像我第一次穿上褲子，我感到自己欲火中燒，全身發燙，好想要凱蒂。其實，我打扮愈像男孩，愈想要她。

理髮師弄好之後，凱蒂也面露微笑，但我重新戴上髮辮，她笑得更開懷了。「這樣好多了。」我站著順順裙襬時她說：「妳短髮穿連身裙看起來好可怕！」

我們回到日內瓦路，華特在那等我們，鄧蒂太太準備好餐點。配合我大膽的新髮型，我在那取了個新名字。

我們在坎伯韋爾的音樂廳初登台時，認為用平常的名字就可以了，因此主持人介紹我們為「凱蒂．巴特勒和南西．艾士特利」。但現在我們是熱門表演，華特的經理朋友和我們簽了四週的合約，還需要印在海報上的藝名。我們知道我們一定要留著凱蒂的原名，因為她這半年已成功打響名號。但華特說「艾士特利」太普通了，能不能想個比較好的名字？我不在乎，只說我希望能保留「南」這名字，因為那是凱蒂幫我取的全新名字。於是我們吃飯時，每個人提出一些能相配的名字。杜綺說：「南．樂芙。」辛姆斯說：「南．沙潔。」帕西說：「南．史考勒……不，南．席爾弗……不要，南．戈爾德……」每個名字似乎都是全新、不可思議版本的我。我彷彿站在衣架前，穿上一件件外套。

但目前為止，似乎沒有一個合適。後來教授敲敲桌子，清了清喉嚨說：「南．金恩[20]。」雖然我很想像其他藝人一樣，說我選藝名的背後有段非常巧妙、浪漫的故事，例如我們在某個地方打開某本特別的書，看到一個名字；或我在夢中聽到「金恩」這個詞，全身竄過一道電流。但我只能說出真相。我們只是需要一個名字，而教授說出：「南．金恩。」我聽了很喜歡。

於是，我們成了「凱蒂．巴特勒和南．金恩」。我們當晚回到坎伯韋爾，重現並加強昨晚成功的表演。海報上寫的是「凱蒂．巴特勒和南．金恩」。「凱蒂．巴特勒和南．金恩」從節目單中間，躍升到節目單上第二組，最後排到節目單最上頭。不只是在坎伯韋爾的音樂廳，接下來幾個月，我們轟動倫敦所有小舞台，慢慢登上了西區的劇院……

跟凱蒂．巴特勒唱獨角戲比起來，群眾為什麼比較喜歡凱蒂和我的組合，我也說不上來。也許就如華特所想，我們的表演可能比較新奇。雖然後來幾年，大家都開始模仿我們，但一八八九年倫敦劇場圈，絕對沒有像我們一樣的表演組合。可能也正如華特所預測，比起一個女孩穿著褲裝，戴著禮帽，耍嘴皮子，**兩個女孩**女扮男裝感覺更具魅力和看頭，而且不知為何，似乎也更**淫蕩**了。我知道我們站在一起的畫面很漂亮。凱蒂有著棕色的短髮，我則留著光滑、閃亮的金髮。她穿著一吋高的便鞋，我則穿著嬌柔的平底鞋，我精心剪裁的西裝遮掩了苗條乾癟的身形，突顯了我的曲線。

不論改變為何，總之都成功了，而且還大獲成功。我們不只像凱蒂之前一樣變得非常熱門，更真的揚名立萬。我們表演的價格飛漲，我們一個晚上會在三個劇院表演，有時甚至四個。現在馬車如果卡在路上，馬車夫會大吼：「我馬車上載的是凱蒂．巴特勒和南．金恩，十五分鐘內要到霍本皇家劇院！讓條路給我，好嗎？」其他馬車夫會稍稍移開，讓我們通過，我們經過時，他們還會朝窗口微笑，舉帽致意！現在我和凱蒂都會收到花。有人會邀請**我**參加晚宴，有人會來要簽名，我還會收到信……

我花了好幾週才理解並說服自己，這一切真的發生在我身上，接著又花了幾週才相信觀眾真心喜歡我。等我終於愛上我全新的生活，我簡直無法自拔。成功帶來快樂，我想這點不難理解，但最讓我震驚又興奮的是，我對感官的歡愉有了全新的**渴望**。我愛上表演，愛上登台和偽裝。我愛穿著帥氣的西裝，也愛唱下流的歌曲。在這之前，我站在側台，看著凱蒂面對喧鬧的觀眾，在聚光燈下故作風流，我便心滿意足。但突然之間，挑逗觀眾的人換成了我，觀眾在喜悅和羨慕中注視的人也變成了我。我之前情不自禁愛上了凱蒂，現在我**變成**凱蒂之後，我也有點愛上自己。我好喜歡我一頭光潔柔滑的秀髮。以前穿著裙子時，我不曾注意過自己的腿，但我現在好愛我的腿。我覺得我雙腿苗條、修長，曲線優美。

聽起來很自戀，其實（那時）沒有，也絕不可能，因為不論我多愛自己，我最愛的還是凱蒂。我知道這段表演仍是她的表演。我們唱歌時，主唱是她，我只在旁輔助。我們跳舞時，她負責困難的步伐。我只在她身旁邁步或滑步。我是她的回聲，時時襯脫著她。我是她的光彩投射在舞台上的影子。但我如影子一般，突顯出她

---

20 大家提議的名字原文為Love、Sergeant、Scarlet、Silver、Gold，意思分別是愛、中士、緋紅、銀和金。最後所選的「金恩」原文為King，意思是國王。

之前缺少的輪廓、深度和特質。

我心中的滿足與虛榮毫無關係。那純粹是愛，我覺得表演愈好，那分愛就更完整。畢竟，表演和我們的愛其實沒那麼不同。兩者誕生於同一個時間點，至少我覺得兩者相輔相成，只是表面上有所不同。凱蒂和我成為情人時，我曾對她發誓。我當時說：「我會小心。」我以為會很簡單，因此說得一派輕鬆，而我也一直遵守著諾言。只要有人在看，有人在聽時，我都不曾親吻她、碰觸她或說情話。這並不容易，而隨著時間過去，事情也沒變得比較輕鬆。一切只成為枯燥的習慣。晚上我們赤裸胴體，纏綿一夜，白天卻要保持冷靜，相敬如賓，這點**談何容易**？我們私下相處時，我會凝視她直到眼睛發疼，並喚她各種親暱的小名，喚到口乾舌燥，但只要有人在看，有人在聽，我就要遮掩目光，咬住自己的舌頭，這點談何容易？不論是在鄧蒂太太家用餐，在劇院休息室聊天，或在城市街頭漫步，我在她身旁時，全身都彷彿扣上了鐵鐐、鐵鍊和口套，並蒙住雙眼。沒錯，凱蒂已同意我能愛她。但她說，我們之間除了友誼，這世界絕不可能接受其他可能。

我是她的朋友，也是她舞台上的搭檔。我們激情做愛時，必須躲在黑暗中，壓抑口中發出的聲音，隨時注意著樓梯上的腳步聲，害怕被人發現。不過來到聚光燈下，我和她唸出熟記的台詞，演出琢磨數小時的情緒時，都能大方站在千百雙眼睛之前。你可能不相信，但兩者其實差別不大。雙人演出永遠比觀眾所想蘊藏著更多層次。不論是歌曲、腳步、拋擲金幣、拄手杖和獻花的動作，都是我們私密的語言。眾目睽睽下，我們時時暗通款曲。這不是嘴巴的語言，而是肢體的語言，例如手指或手掌輕握，腰臀輕頂，目光留連或中斷，一個個動作都述說著**妳太慢了**，**妳太快了**，**不是那裡**，**是這裡**，**好棒**，**太棒了**！我們彷彿走到深紅色的布幕前，躺在木板地上親吻和愛撫，而觀眾非但鼓掌叫好，還付錢來看！我當時輕聲跟她說，穿褲子站在舞台上讓我更想親吻她，她曾回答：「**那會是多有看頭的表演啊！**」而這**正是**我們的表演。只是觀眾從來都不知情。他們繼續觀賞，完全會錯意。

嗯，也許有人瞥見窺倪……

我提到過我的欽慕者。她們大多數是女孩，個個活潑快樂，無憂無慮。她們會聚在後台門口，希望能拿到照片和簽名，也會送花給我們。但十、二十個女孩中，總會有一、兩個特別積極，愛得更痴狂，或太過害羞，令人尷尬。她們之中，我感覺得到某種……特質。我說不上來，只知道她們因此愛得不大尋常。這些女孩會寄信來。信中的口氣就像她們在後台門口的樣子，有人態度狂熱，有人支支吾吾。我讀那些信時，一方面敬畏，一方面排斥，一方面又深受吸引。有個女孩寫：「我希望妳原諒我，但我想說妳真的好帥。」另一個女孩寫：「金恩小姐，我愛上妳了！」有個叫艾達．金恩的女孩寫信來問我們是不是親戚。她說：「我真的很喜歡妳和巴特勒小姐，尤其是妳。妳能寄張照片給我嗎？我**很希望**床邊能放張妳的照片……」我寄給她的照片是我最喜歡的一張，裡面我和凱蒂穿著牛津布袋褲，戴著草帽。凱蒂手插在口袋裡，我手勾著她，身體前傾，手上拿著一根香菸。我簽名時寫道：「給艾達，送給另一位『金恩』。」照片也許會釘在牆上或裱框，一想到有個陌生的女孩在更衣，或在床上胡思亂想時會望著那張照片，感覺好奇怪。

還有其他人要求更奇怪的東西。可以寄領釦、西裝鈕釦、一縷頭髮來嗎？我願意在星期四或五晚上戴深紅色或綠色領帶嗎？可以在翻領上別黃色玫瑰嗎？我願意比個特別的手勢，或跳個特殊的舞步嗎？這樣寄件者就會看到，並知道我收到她的信了。

「扔了吧。」我給她看那些信時，凱蒂會說：「那些女孩瘋了，不要鼓勵她們。」但我知道這些女孩不像她所說的瘋了。她們只是像一年前的我一樣，但更加勇敢，或更魯莽。這點反而令我印象深刻。更教我訝異和興奮的是，那些女孩注視的人居然是我。沒想到黑暗的觀眾席中會有一、兩個女孩為我心動，會有一、兩雙眼貪婪地凝視我的面容、身體和西裝。她們知道自己為何看著我嗎？她們知道自己渴望什麼嗎？更重要的是，她們看到我穿著褲子，大步穿越舞台，唱著我對女孩拋媚眼，或粉碎哪個女孩的心時，**她們看到什麼？**她們是否看見我在她們身上發現的……特質嗎？

「最好不要！」我跟她傾吐我的想法時，她回答。她雖然邊笑邊說，但笑得有點勉強。她不喜歡談論這種事。

有件事凱蒂也不喜歡。一天晚上，我們在劇院裡遇到一對喜劇歌手和服裝師，我覺得她們和我們非常像。

歌手打扮俗麗，亮片連身裙緊緊貼在她的馬甲上。她的服裝師是個較年長的女人，她穿著素棕色的洋裝。我看她拉緊連身裙時沒有多想。但她扣衣服鈕釦時，看到有塊粉凝結在那，於是她傾身輕輕朝歌手的喉嚨吹氣。然後兩人彼此貼近，耳語一陣，齊聲大笑……那一刻，彷彿更衣室牆上貼了布告一般，我很確定她們是一對愛侶。

我發覺之後，臉像燈塔一樣變紅。我望向凱蒂，發現她也看到了。但她兩眼低垂，嘴唇緊抿。那個喜劇歌手上台前經過我們，朝我眨個眼：「要去取悅觀眾了。」她說完，她的服裝師又大笑。她回來之後，卸了妝，拿根菸晃悠晃悠走來，問我有沒有火。她抽菸時打量我。她說：「妳們表演完之後要去芭芭拉的派對嗎？」我說我不認識芭芭拉。她擺擺手：「噢！芭芭拉不會介意。妳們儘管跟我和艾拉一起去。妳跟妳朋友都一起來吧。」她說著朝凱蒂點點頭。我覺得態度很友善。但凱蒂一直低頭弄著她裙子的繫帶，現在抬起頭，露出客氣的微笑。

「謝謝妳的邀請。」她說：「但我們今晚有約了。我們的經紀人布理斯先生要帶我們去吃飯。」

我瞪大眼睛。我不知道我們有約。但那歌手只聳聳肩。「可惜。」她說。然後她望向我。「不如妳讓妳朋友去找經紀人，妳自己跟我和艾拉一塊去，怎麼樣？」

「金恩小姐和布理斯先生有事要忙。」我還來不及回答，凱蒂便說。她語氣堅定，那歌手哼了一聲，轉身走回拿著籃子的服裝師身旁。我望著她們離開。她們沒有再回頭望我。我們隔天晚上回到劇院時，凱蒂選了一個離她們很遠的位子。再隔一夜，她們便去另一家劇院表演了……

回到家，我們躺在床上，我說我覺得很可惜。

「為什麼妳跟她們說華特要來？」我問凱蒂。

她說：「我不喜歡她們。」

「為什麼？她們人很好。她們很好笑。她們……跟我們一樣。」

我手抱著她，感覺到她全身僵硬。她抽開身子，抬起頭。我們有留一盞燭火，光照亮她的臉，我發現她臉色蒼白又震驚。

「南！」她說：「她們跟我們不一樣！她們跟我們一點都不一樣。她們是**拉子**。」

「拉子？」這一刻，我印象非常深刻，因為我從來沒聽過這個詞。未來我會覺得這詞很棒，彷彿我從小就懂這個詞。

凱蒂現在說了出口，全身畏縮。「拉子。她們……靠親吻女孩**維生**。我們不像那樣！」

「我們不是嗎？」我說：「如果有人付錢，我會很高興能親吻**妳**維生。妳認識有誰願意付錢給我嗎？我可以一眨眼就放棄舞台。」我想把她再次拉近，但她把我手撥開。

她嚴肅地說：「如果有人開始談論我們，妳就不得不放棄舞台，我也是，要是有人覺得我們……**像那個**。」

我們像**什麼**？我仍不明白。但我追問時，她變得好慌張。

「我們什麼都不像！我們就是……我們。」

「但如果我們就是我們，我們為何要躲躲藏藏？」

「因為沒人會知道我們跟……那種女人的差別！」

我大笑。「有差別嗎？」我再次問她。

她神色依舊嚴肅且焦慮。「我跟妳說了。」她說：「妳一點都不懂。妳分不清是非對錯，還有好壞……」

「我知道我們沒有錯。只是世界說這是錯的。」

她搖搖頭。「這是一樣的事。」她說。然後她躺回枕頭上，閉上雙眼，並別開頭。

我很後悔自己鬧她。但我也很難為情，我因為她不開心，全身發燙。我撫摸她臉頰，悄悄靠近她一些。然後我手抽離她的臉，略帶猶豫移到她睡衣上，摸著她胸部和肚子。她移開身子，我手的動作變慢，但沒有停下。不久，彷彿情不自禁，我感到她身體放鬆接受了我。我手向下，抓住她內衣裙襬，向上拉起，接著我也拉起我的內衣，溫柔地將腰滑到她屁股上。我們像牡蠣殼一樣合在一起。即使拿刀也無法撬開。我說：「喔，凱蒂，這怎麼有錯？」但她不答腔，最後只將雙唇湊到我嘴巴，我受她的吻吸引，全身壓到她身上，發出嬌喘。

我就像納西瑟斯[21]，擁抱即將淹死我的池塘。

我想她說得沒錯，我一點都不懂。一切總回歸到同一點上。這明明是一件甜美幸福的事（她也同意），所以不論我們的愛要如何隱藏，我們享受私密時光要多小心，我都不想再活得如此委屈。而且我此刻好幸福，我不相信愛我的人知道實情之後，不會跟著感到高興。

如我所說，我當時非常年輕。隔天，凱蒂仍在睡覺，我起身躡手躡腳走進會客室。我做了考慮好幾個月，卻一直沒有勇氣做的事。我拿出紙筆，寫封信給姊姊愛麗絲。

我好幾週沒寫信回家了。我曾跟他們說我開始上台表演。但我只淡淡帶過，我怕他們會認為這對他們的女兒來說不是正當的生活。他們簡短回信，信裡有點冷淡，感覺一頭霧水。他們提到希望來倫敦一趟，確定我一切都好……我看到馬上回信說，他們不用來，我太忙了，我的房間太小了……凱蒂讓我變得非常「小心」！總而言之，我盡可能找出各種不失禮的藉口，拒絕了他們。在那之後，我們更少通信了。我在舞台上的成功也沒有傳入他們耳中。我從來沒提，他們也都沒問。

現在，我寫給愛麗絲的信不一樣。我寫信向她傾訴我和凱蒂之間的事。我告訴她我們愛著彼此，不是朋友和朋友，而是一對情人。我們現在一起生活了，而我從沒想過自己會如此快樂，並希望她為我開心。

那是封長信，但我寫得很順利。寫完時，感覺一身輕盈。我沒有重讀一遍，馬上將信放入信封，跑去郵筒。我回來時，凱蒂甚至沒翻身，她醒來時，我沒跟她說。

我也沒跟她提到愛麗絲的回信。她的信幾天後寄來了，收到信時，我們在吃早餐，我只好把信收在口袋裡，等一個人時再讀。我馬上就發現，信上沒有太多塗改。我知道愛麗絲經常寫錯字，我猜這封信她重寫好幾次。

跟我的信也不大一樣，這封信非常簡短。儘管我很難過，也不願意，但我發現甚至到了現在，我一字一句都還記得。

信中寫著：

「親愛的南西……妳的信令我震驚，但我一點也不意外，因為自妳離家那天起，我一直預期妳終有一天會對我報告類似的消息。我起初讀到信時，不知道該痛心哭泣，還是該生氣，直接將信扔了。最後，我把信燒了，只希望妳能懂事，把這封信也燒了。

「妳希望我為妳的作為感到高興。南西，妳一定要知道，我心裡最重視的便是妳的快樂，甚至勝過我自己的幸福。但妳也必須知道，妳和那女人的情誼是不對的，而且不合常情，我絕不可能為妳高興。妳跟我說的事，我這輩子都不願聽到。妳覺得妳很快樂，但妳只是誤入歧途……至於妳『所謂』的朋友，便是罪魁禍首。

「我只希望妳從未遇見她，也不曾離開家，安穩地待在惠斯塔布，和好好愛著妳的人在一起。

「最後，容我說一句，這件事妳一定要明白。父親、母親和戴維都不知道此事，他們也不會從我口中得知。我寧可羞愧至死，也不願讓他們知道。**妳絕不能告訴他們這件事**，除非妳離家之後，想讓她們永遠心碎，做個了結。

「請妳不要再讓我背負更多難堪的祕密。但請妳看看自己，望向妳前方的道路，捫心自問那是否『正確』。愛麗絲敬上。」

她信守承諾，沒告訴父母，因為他們寄來的信依舊充滿擔憂和焦慮，但相當親切。但我現在從信中得到更少喜悅，心裡只不斷想著，**如果他們知道，他們會寫些什麼？他們到時還會如此親切嗎？**因此，我的回信愈來愈短，頻率也愈來愈低。

至於愛麗絲，在那封簡短、傷人的信之後，她再也沒寫過信給我。

---

21 納西瑟斯（Narcissus）是希臘神話中的俊美少年。某天打獵回來，到池邊取水時，愛上了池水中自己的倒影，最後死在池水邊。

第六章

那年時光匆匆過去。當然，我們也忙得不可開交。我們整個春天到夏天繼續演出我們的熱門節目，就是金幣和拋媚眼那段，但我們一直有新歌和新的橋段要練習，或有新的樂團、劇院、服裝要熟悉。後來服裝太多了，我們覺得自己忙不過來，於是請了個女孩來做我以前的工作。她負責修補西裝，並幫我們在側台換裝。

我們變有錢了。至少就我來看非常富裕。在柏蒙西的明星音樂廳，凱蒂一開始每週拿兩英鎊，我覺得身為一個小服裝師，分到的錢已經算不少了。現在我光個人便賺到十、二十、三十倍，有時甚至更多。收入的金額對我來說難以想像。也許這樣算笨吧，但我不想費心，所以將酬勞全交給華特處理。我們大獲成功之後，他為其他藝人找了新的經紀人，並全職來當我們的經紀人。他替我們談合約和宣傳，並替我們管錢。他會將錢交給凱蒂，她和之前一樣，只要我開口，便會給我。

我和凱蒂變如此親近，對華特來說非常奇怪。我們和之前一樣常見到他，仍會和他一起乘車，仍在鄧蒂太太鋼琴前和他花好幾個小時練習（不過已經換了一台更貴的鋼琴了）。他態度一樣親切，也一樣傻氣。但不知何故，凱蒂一舉一動為我閃耀之後，他變得有點消沉，有點憂鬱。也許只有我這麼覺得，但我對他感到抱歉，也不禁想了解他的想法。我相信他沒猜到凱蒂和我是一對。當然，我們現在在公開場合都很冷靜了。

那年我們雖然變有錢了，但我們不曾有錢到能選擇在哪一種劇院表演。一整個九月，我們都在特羅卡德羅宮演出。那是非常高檔的劇院，也是一年多前，華特第一次帶著興奮的我們到西區，曾指給我們看的劇院。但是我們離開特羅卡德羅宮之後，便到了伊斯林頓的迪肯音樂廳。那裡截然不同，劇院狹小、老舊，在克勒肯維爾街附近巷弄往來的人全聚集到此，因此觀眾通常氣質比較粗野。

一般而言，我們不介意觀眾吵鬧，因為在西區莊嚴的劇院表演時，那些女士個性溫柔，打扮高貴，通常不會用力鼓掌和跺腳，反而令我們非常緊張，只有走道上喝醉的紳士會像音樂廳稱職的觀眾般吹口哨和吆喝。我們從來沒在迪肯音樂廳表演過，但我們曾在同條路上的山姆・卡林斯[22]的音樂廳演出一星期。那裡的觀眾活潑有禮，不是勞工，就是抱著嬰兒的女人，這是我最喜歡的觀眾，因為在此之前，我自己也是他們的一員。

迪肯音樂廳的觀眾比起伊斯林頓綠地那帶的觀眾明顯貧窮些，但一樣親切。真要說，他們更熱情奔放，更投入其中，也更容易動容或興奮。我們第一週演出很順利，現場座無虛席。第二週星期六才出現麻煩。那天是九月底，夜裡起了大霧，天色灰濛濛，城中呈一片棕黃色，街道和建築彷彿邊緣都在飄動。

大霧之夜，交通總是大打結。而今天晚上風車街和伊斯林頓之間因為一起車禍，交通嚴重壅塞。一輛廂型馬車翻覆，十幾個男孩衝上前，壓住馬頭，以免馬站起來亂衝亂撞。我們的馬車在原地卡了半個多小時。我們抵達時已經大遲到，劇院和街上一樣瘋狂。觀眾等我們等到不耐煩。某個可憐的藝人被送上台唱喜劇歌曲安撫他們，但觀眾已開始狠狠辱罵他。他後來開始跳木鞋舞，結果兩個惡漢跳上舞台，把他的木靴脫了，扔到看台上。我們到劇院時已上氣不接下氣，心情慌張，但已準備好登台，劇院中充滿吼叫、咆哮和尖笑。那兩個惡漢抓住喜劇歌手的腳踝，讓他頭上腳下懸空搖晃，並想用腳燈的火焰燒他頭髮。指揮和兩個舞台人員抓住兩名惡漢，想將**他們**拉進側台。另一個舞台人員流著鼻血愣在一旁。

華特和我們在一起，我們打算表演完之後和他吃飯。他望著面前的景象，大驚失色。

「我的老天。」他說：「觀眾鬧成這樣，妳們不能上台。」

他正說著，經理便跑來。「不上台？」他震驚不已地說：「她們一定要上台，不然一定會暴動。就是因為她們沒有準時上台，觀眾才他媽的會鬧成這樣。原諒我爆粗口，兩位女士。」他擦了擦額頭，冷汗直流。但舞台上的混戰終於稍微平息。

22　山姆・卡林斯（Sam Collins, 1825-1865）英國音樂廳喜劇演員和歌手，而後成為音樂廳經營者。

凱蒂望著我，然後點點頭對華特說：「他說得對。」接著她對經理說：「要他們演奏我們的歌曲。」

經理將手帕塞入口袋，趕緊去處理，以免她改變主意。但華特神色仍十分嚴肅。「妳們確定嗎？」他問我們。他再次望向舞台。眾人成功將惡漢抬下台，倒霉的歌手已坐在側台椅子上，有人拿給他一杯水。觀眾不是將他木鞋丟回舞台，就是有好心人將鞋傳來。無論如何，鞋子已整齊放在椅子下他受傷的腳旁。不過觀眾席仍有人在尖叫和吹口哨。

「妳們不需要上台。」華特繼續說：「他們可能會扔東西上台，妳們會受傷。」

凱蒂拉了拉領口。這時我們聽到巨大的歡呼，觀眾重重跺腳，因為樂團開始演奏我們的歌曲。沒多久，喧鬧聲中硬是傳出我們開場曲的前奏。她馬上說：「如果他們丟東西，我們就閃。」然後她向前一步，朝我點頭，要我跟上。

雖然剛才鬧成一團，但觀眾見到我們，依然非常有風度。

「嘿，凱蒂？」我們跳著舞步進到聚光燈下，有人大喊：「妳們是在大霧中迷路了是不是？」

「塞車塞爆了。」她回答。第一句歌詞快開始了，她每一步都更進入角色。「但是跟我和朋友那天下午走的路比，這其實不算糟。我們那天從帕摩爾走到皮卡迪利，花了大半天……」我在她身旁，像影子一樣忠實，緊緊相隨，她不著痕跡、毫不費力地領頭唱起第一首歌。

第一首歌結束後，我們跑回側台，我們的服裝師芙蘿拉拿著西裝在那等著。華特保持距離，但看到我們回來，他雙手在胸前緊握在一起，搖了搖，很高興我們征服了觀眾。他臉色紅潤，面帶笑容，鬆了口氣。

我們第二首歌叫〈猩紅熱〉，我們穿上守衛制服，包括紅外套、帽子、白色皮帶和黑長褲，一身俐落，觀眾看了非常滿意。沒想到，下個曲目一切變了調。正前方的座位有個男人，我之前就注意到他，因為他塊頭很大，顯然已喝得酩酊大醉。他坐在座位上，張著雙腿和嘴巴，在舞台燈光映照下，下巴閃爍著光澤，睡得鼾聲連連，不省人事。連剛才木鞋舞者引起的那場鬧劇，他都渾然不覺。但好巧不巧，他現在竟然醒過來了。那是個小劇場，我能清楚看到他。他搖搖晃晃跨過眾人的腳，走向走道，沿路一直踩到、拐到人，整路都在亂罵，也引來不少咒罵。他終於走到走道，但這時，他突然有點疑惑。不管他泡在琴酒或威士忌的腦袋原本想去吧台、廁所還是哪裡，他此時晃到舞台邊，站在那裡，盯著我們，雙手揉著眼。

「搞什麼鬼？」他說。他在歌詞之間說出這句話，聽起來莫名大聲。幾個人轉向他，發出嘖嘖聲。

我和凱蒂交換眼神，但嘴裡繼續唱，並跟著她的腳步，我雙眼依然明亮，笑容依然燦爛。過一會，那人開始大聲咒罵。仍想好好看表演的觀眾開始朝他大喊，想叫他安靜。

「把那老傢伙攆出去！」有人大喊：「妳別在意他，南，親愛的！」正前方座位有個女人說。我們現在穿著牛津布袋褲，頭上戴著草帽。我和她目光相交，傾帽致意，並看到她雙頰羞紅。

但四周的叫喊似乎只更刺激他，讓他更困惑。有個男孩走上前，但被他撞開。我看到樂團的樂手開始紛紛從樂器後面歪頭去看。有人叫觀眾席後面兩個門房過來，他們瞇著眼望向昏暗的台前。六隻手向他們揮舞，並指著現在彎身靠到腳燈上的男子，他的鬍子在熱氣中飄動。

他現在開始用手掌拍舞台。我好想跳過去，用力踩他的手腕，但我忍住了（因為我覺得他搞不好能抓住我的腳踝，把我拖下台）。我聽凱蒂的指示。她抓住我手臂，握了握，但她眉頭沒皺起，一臉平靜。我想，她隨時會慢下歌曲，向那人發難，或叫門房來把他帶走。

但門房終於看到他了，他們已開始向前走來，那人毫不知情，仍大聲說著醉話。

「那叫歌啊？」他大吼：「那叫歌啊？我要退錢！你們聽到了嗎？**我他媽的要退錢！**」

「你要的應該是他媽的一頓揍！」有人從樂團席回答。接著一個女人大喊：「別吵了，行不行？你在那邊鬧，我們都聽不到女孩唱歌了。」

那男的冷笑一聲，然後清了清喉嚨，吐口水。「女孩？」他大喊：「女孩？妳叫她們女孩？哼，她們不過就是一對……一對**拉子！**」

他全力吼出這兩字。凱蒂曾輕聲對我說這個詞，她說的時候全身畏縮發顫！那一刻，那兩個字聽起來比短號還響，在音樂廳中來回迴蕩，像是神槍手的表演中途出了問題。

拉子！

聽到這個詞，觀眾全縮了一下身子。突然之間，現場鴉雀無聲，叫喊變成竊竊私語，尖叫聲全靜了下來。透過聚光燈，我看到他們的表情。一千張臉全醒了過來，瞠目結舌。

即使如此，那股尷尬原本也許不會持續一秒。他們搞不好馬上便會忘記，再次吵鬧起來，鼓掌歡呼。但他們噤聲的這一刻，舞台上也出了問題。

凱蒂全身僵硬，絆了一跤。我們剛才還勾著手在跳舞，現在她嘴巴張大，又再次合上，接著雙唇開始顫抖。她甜美、明亮、高昂的聲音愈來愈小，最後停下。我不曾看過她這樣。不管觀眾對台上漠不關心，或亂吼亂叫，她向來都輕鬆悠遊在舞台上。現在，只因為聽到一聲可怕、響亮的醉語，她全失了方寸。

當然，我此時應該唱更大聲，並輕輕拉她走過舞台，繼續逗觀眾開心。但我只是她的影子。她一沉默，害我也住了口，嚇得無法動彈。我望著她，再望向樂團。指揮發現我們的遲疑。音樂剛才已慢下，並停了幾秒。但現在又重新演奏起，節奏比之前更輕快。

但音樂沒能讓凱蒂振作，也沒讓觀眾開心起來。座位側邊，門房終於來到醉漢旁邊，並揪住他的領子。但觀眾沒有望向他，反而望著我們。他們望著我們，看到……看到什麼？兩個女生穿著西裝，頭髮修短，勾著手臂。**拉子！**儘管樂團努力演奏，那人的叫聲彷彿仍在音樂廳中迴蕩。

遠方看台有人喊了些什麼，我聽不清楚，眾人發出尷尬的笑聲。

如果那兩字對全劇院施了咒，那笑聲便解開了咒語。凱蒂身體動了動，彷彿現在才發覺我們勾著手。她驚叫一聲收回手，彷彿大吃一驚。接著她手遮住雙眼，垂頭走向側台。

我愣在當下，腦中一片混亂。後來我趕緊跟上她。樂團繼續演奏。音樂廳終於傳來吼聲，有人喊：「丟臉！」我想布簾馬上落下了。

後台一團混亂。凱蒂跑向華特。他手臂摟著她，一臉嚴肅。芙蘿拉站在一旁，手中拿著一雙鞋帶解開的鞋，一臉震愕，不知所措，但臉上充滿好奇。舞台和管理人員望著我們，彼此交頭接耳。我走向凱蒂，手伸向她手臂。她身體一縮，彷彿我是準備舉手打她，我馬上向後退開。這時經理出現了，神色無比慌張。

「巴特勒小姐和金恩小姐，我想知道妳們在搞什麼——」

華特厲聲打斷他：「**我**才想知道**你**在搞什麼，居然讓**我的**藝人到這群**烏合之眾**前表演。**我**想知道為何那個白痴醉漢能干擾巴特勒小姐演出長達**十分鐘**，你的人才回過神來攆走他？」

經理跺腳：「你**怎麼敢**說這種話，先生！」

「**你**怎麼敢做這種事，先生！」

兩人繼續爭執。我沒在聽，只望向凱蒂。她眼中沒有眼淚，但她臉色蒼白，表情僵硬。她頭仍靠在華特肩膀上，完全沒瞧我一眼。

最後華特哼一聲，擺擺手叫氣急敗壞的經理滾開。他轉向我說：「南，我現在馬上帶凱蒂回家。妳們現在不可能上台表演最後一首歌。我們恐怕也不能吃飯了。我會攔台馬車，妳可以和芙蘿拉收拾好東西，自己搭馬車嗎？我希望能盡早送凱蒂回日內瓦路。」

我猶豫一會，然後再次望向凱蒂。她終於抬起目光，簡短望向我，並點點頭。

「好吧。」我說。我看著他們離開。華特拿起大衣，雖然大衣對她來說太大件了，衣襬全拖在滿是塵土的地上，但他仍披到凱蒂嬌小的肩上。她裹著大衣，手緊抓在脖子前，經過氣呼呼的經理和交頭接耳的男生，和華特一起離開。

我收拾好迪肯音樂廳中的箱子和袋子，送芙蘿拉回她在蘭貝斯的家。等我回到日內瓦路，華特已經走了。我們的房間一片漆黑，凱蒂已躺在床上熟睡。我彎身撫摸她的頭。她沒有反應，我不想驚醒她，害她更難受。於是我脫下衣服，躺到她身旁，手放到她心口。她作著夢，心臟跳得飛快。

迪肯可怕的一夜改變了一切，有些事變得有點奇怪。我們沒有再回到音樂廳演出。我們跟對方解約，賠錢了事。凱蒂和音樂廳合作時變得挑剔多了，她也開始質疑華特安排的其他共演節目。有次他安排我們和一個美國藝人先後上台。那人藝名叫「保羅還是保羅琳？」，他的舞蹈表演就是從烏木櫥櫃進出，有時扮成女生，有時扮成男生，輪流唱女高音和男中音。我覺得這表演很精采，但凱蒂看到他表演之後，便要我們取消表演。她說那人是怪胎，我們的表演連帶會變得很怪……

我們這次也賠了錢。最後，我只能讚嘆華特居然能容忍她。

除此之外，還有另一個改變。我之前提過，我和凱蒂成為情人之後，華特變得莫名憂鬱，我們之間隱約有種新的距離感。現在他的憂鬱和距離感又加深了。他態度仍然親切，但他的親切感覺異常僵硬。尤其凱蒂在的時候，他總是慌慌張張，舉止非常不自然，並強顏歡笑，故作快樂，彷彿想掩飾自己的失態。他愈來愈少來日內瓦路了。最後我們只有在預演新歌時，或和其他藝人吃飯、喝酒時，他才會出現。

我想念他，並納悶他為何有此變化。但我不得不說，我沒仔細去琢磨，因為我以為自己明白背後原因。我想那天在伊斯林頓，他終於察覺了真相。他聽到醉漢喊的內容，看到凱蒂可怕的反應，便明白了一切。我不知道他送她回家時，他們之間發生什麼事。他們兩人似乎完全不想討論那恐怖的一夜。他將大衣披上她顫抖的肩膀，安全送她回家，便是他對她最後的溫柔。現在他在她身旁感到不自在，也許是因為他確定自己失去了她。或許他發現我們的戀情之後，內心作噁，決定疏遠我們。

要是我們繼續待在鄧蒂太太家，我想我們的朋友會發現華特比較少來，開始追問我們原因。但九月底，我們的生活出現了一樁最大的改變。我們告別房東太太，搬離了日內瓦路。

我們成功之後，曾有一搭、沒一搭地聊到要搬家，但最後總是不了了之。畢竟我們住在這裡一直很快樂，沒必要自找麻煩。鄧蒂太太家成了我們的家。我們在這棟房子初次接吻，確認彼此相愛。我覺得這便是我們蜜月的地方。儘管這裡擁擠、樸實，表演服比床占去更多空間，我一點也不想離開。

但凱蒂說我們明明有錢能住十倍大的房子，卻共住一室，同床共枕，在外人眼中看來會很奇怪。於是她請了房仲替我們去找更得體的房子。

我們最後搬到了史丹佛山。史丹佛山在河的另一頭，位於倫敦我完全陌生的一角（而且我暗自覺得那裡很無趣）。我們在日內瓦路吃了道別晚宴，所有人都說很難過。鄧蒂太太甚至落下淚來，說這間房子再也不一樣了。因為杜綺不久也要走了。她為了巴黎諷刺歌舞劇的一角要去法國。她的房間會住進一個會吹口哨的喜劇演員。教授開始有點痲痺症的症狀，有人說他最後可能會搬進老藝人之家。辛姆斯和帕西幹得不錯，我們離開之後，他們打算搬進我們的房間。帕西也交了女朋友，但她會害他們吵架。我後來得知，他們拆夥，各自以歌手身分加入了對打的劇團。我想這就是劇場之家的生活，眾人會不斷分開，重新安頓。但我在日內瓦路的最後一天，比我離開惠斯塔布時還難過。我坐在客廳，我的肖像照如今已和其他人一起掛在牆上。不到十三個月前，我才走進這棟房子，如今事情變了多少。一時間，我不知道所有的改變是否都是好的。我好希望我能變回當初那個單純的南西．艾士特利，而凱蒂．巴特勒也能回到那時候，以正常的方式愛著我，不怕全世界知道。

我們搬去的那條街才剛建好，社區非常安靜。鄰居也都是都市人。他們的妻子一整天待在家，孩子都請保母照顧。保母會喘著氣，推著巨大的鐵製搖籃車上下花園階梯。我們找了間靠近車站的房子，住到最上面兩層。房東太太和丈夫住在樓下。他們和劇場毫無關係，我們很少見到他們。我們的房間很乾淨，我們是第一個和他們租房間的人。家具木材光滑，鋪著天鵝絨和錦緞，和我們兩人住過的房間有天壤之別。因此我們兩人坐在椅子和沙發上都格外拘謹。那裡有三間臥房，其中一間是我的。當然，這只代表我的洋裝放在衣櫃，梳子放在洗手檯上，我的睡袍放在床枕下。這是為了應付一週三天來房間打掃的女僕。我晚上其實都睡在凱蒂的房間，那是屋子前側的臥房，裡面有張巨大的高腳床，當初建造房子的建築師是為夫妻所設計。我躺在房間中時會情不自禁微笑。「我們根本**結婚**了吧。」我會對凱蒂說：「不想的話，我們也不用躺在這裡。我可以把妳抱到會客室地毯上，在那裡吻妳！」但我從未這麼做。雖然我們終於可以盡情吵鬧，享受親密時光，但我們卻擺脫不了過去的習慣。我們仍悄聲傾訴愛意，在床單下無聲親吻，像老鼠一般。

當然，也要我們有機會親吻。我們現在每週有六個晚上都要工作，表演完之後，我們身邊沒有辛姆斯、帕西和杜綺讓我們打起精神。我們通常回到史丹佛山都已筋疲力盡，只會一頭倒到床上，睡得鼾聲連連。十一月，我們兩人累壞了，華特說我們一定要放個假。我們提議去歐洲，甚至去美國，因為那裡也有音樂廳，我們可以默默累積名聲，華特也有朋友能提供我們住宿。但我們還沒敲定時間，便有人邀請我們去霍克斯頓的貝瑞塔尼亞劇院演諷刺歌舞劇。那齣劇是《灰姑娘》，我和凱蒂將扮演第一和第二男角，這邀約令人受寵若驚，我們無法拒絕。

我的演藝生涯雖短，但很快樂。而那年冬天，我在貝瑞塔尼亞劇院演丹迪尼，凱蒂演王子時，我覺得我這輩子不曾如此滿足。所有藝人都會告訴你，他們希望有朝一日能演歌舞劇。但在像貝瑞塔尼亞劇院一樣宏偉和有名的劇院演出之後，你才真心懂得原因。全年最冷的三個月裡，你不需擔心溫飽。你不需在各家音樂廳奔走，不需擔心合約的事。你會與演員和芭蕾舞群為伍，和他們做朋友。你的更衣室很寬敞，只為你一人所有，而且很溫暖，因為演員是真的要在裡面更衣、化妝，不需上氣不接下氣地衝進後台入口，或在馬車上穿上服裝。有人會給你台詞，有人會指導你走位，也會為你準備衣服。那些衣服都是這輩子見過最美的服飾，材質包括毛皮、綢緞和天鵝絨。穿完之後，便還給服裝師，她會負責修補或清潔。演出時，觀眾是最友善和快樂的一群人，不管你丟出什麼胡鬧荒唐的話，他們都會爆出大笑，原因無他，因為耶誕節到了，他們只想圖個快樂。這就像真實人生的逢年過節。但如果你跟我們一樣幸運，一邊過節，還有人會付你一週二十鎊。

我們那年參與演出的《灰姑娘》特別華麗。主角是由多莉．亞諾飾演。她是個歌聲如紅雀優美的可愛女孩，她以楊柳腰聞名，並能用項鍊當腰帶。看凱蒂在台上和她碰觸，並在時鐘十一點五十九分時和她相吻，那感覺非常奇怪。但也許更怪的是，觀眾沒有人喊「**拉子！**」甚至腦中都沒有這個念頭。最後看到有情人終成眷屬，六匹迷你馬拖著的結婚馬車上台，而王子和灰姑娘坐在上頭，他們只大聲歡呼。

除了多莉．亞諾，還有其他明星。有些藝人我曾在坎特伯里演藝宮付錢看他們演出，並為他們鼓掌。現在必須和他們工作，平起平坐聊天，讓我感覺格外青澀。我以前只在凱蒂身邊唱過歌、跳過舞。當然，現在我還得**演戲**。我要和一名隨扈走上台打獵，並說：「諸位大人，我們的主子卡西米王子在哪？」我必須拍打大腿，說些下流的雙關笑話，或跪在仙杜瑞拉前，鋪好天鵝絨軟墊，將玻璃鞋套上她嬌小的腳，發現鞋合腳之後，帶領眾人發出三聲歡呼。如果你曾在貝瑞塔尼亞劇院看過歌舞劇，你就知道那多麼不可思議。因為**灰姑娘**改頭換面的那一景，一百個女孩會穿上金蔥邊的薄紗，吊鋼絲飛過觀眾席。他們會在台上打造一座噴泉，並用不同顏色的聚光燈照亮。多莉會扮成灰姑娘，穿著婚紗和一襲金色的連身裙，上身貼滿亮片。凱蒂會穿金色燈籠褲和光彩奪目的背心，頭戴三角帽，我則會穿著馬褲和天鵝絨背心，還有一雙有銀釦的方頭鞋。噴泉泉水飛舞，仙女在天空穿梭，迷你馬昂首跺地，我站在凱蒂身旁，每次我都懷疑自己是不是在來劇院的路上過世，醒來置身天堂。馬匹待在熾熱的燈光下太久會散發某種特別的氣味。除了音樂廳熟悉的灰塵、妝彩、菸草和啤酒等臭味，我每天晚上在貝瑞塔尼亞劇院都聞得到那股馬味。就連現在，如果你要玩快問快答，問我：「天堂是什麼樣子？」我會說天堂飄散著發燙的馬毛味，天使身上貼著亮片，披著薄紗，在四周飛梭，一旁還有紅藍交錯的噴泉……

但也許，天堂裡沒有凱蒂。

當然，我那時不這麼想。我只感到受寵若驚，沒想到自己能在劇院插上一角，真愛也在身邊。不論是說的或做的，凱蒂表面上彷彿和我有一樣的感受。我覺得我們那年冬天在劇院度過的時光，比我們在史丹佛山的新家還多。我們穿著天鵝絨西裝、頭戴鋪粉假髮的時光，好像比素顏還多。我們和所有劇場人交朋友，包括芭蕾舞者、服裝師、煤氣燈控、道具人員、木工和催場小弟。我們的服裝師芙蘿拉甚至在其中找到了情郎。他皮膚黝黑，是從沃平地區的一個航海家族逃出來，加入了巡迴劇團。但他嗓音平凡，最後只成為舞台人員。我想他的名字叫艾博特，但他可不馬虎，同樣取了個藝名叫「比利小子」。他比我們更愛劇院，每分每秒都待在那裡。他會和門房及木工打牌，在舞台上方的通道亂逛，拉拉繩子、轉轉把手。他長得很帥，芙蘿拉非常喜歡他。於是他經常站在我們更衣室門口，等著表演結束後送她回家，我們後來也跟他變得非常熟。我喜歡他，因為他也是河畔長大的，並像我一樣，為了劇院拋下家人。有時下午或深夜，我和他會拋下凱蒂和芙蘿拉，讓她們討論服裝的事，兩人漫步穿梭昏暗無聲的劇院，享受難得的時光。他設法複製了貝瑞塔尼亞劇院所有鑰匙，能進到各個滿是灰塵的祕密角落，像是地窖、閣樓和舊道具室。他曾給我看一籃籃五〇年代的表演服、紙紮小丑、銀箔做的權杖和盔甲。有一、兩次，他曾帶我爬上側台的大長梯，進到舞台上方的通道。我們會站在那裡，下巴靠著欄杆，一起抽著一根菸，望著菸灰翩翩穿過繩網和平台，落到二十公尺下的木板地上。

那感覺彷彿回到了鄧蒂太太家，朋友圍繞在我們四周，當然，除了華特之外。他偶爾才會出現在劇院，幾乎不曾去過我們在史丹佛山的家。就算去了，我也不忍心看他渾身不自在，於是我都會找個事做，離開現場，讓凱蒂去面對他。我發現他來的時候，凱蒂也一樣尷尬、不自在，似乎寧可接到他的信，也不要見他的人。這陣子他都寄信通知她各種消息，我們過去的友誼轉眼間蕩然無存。但她說她不在乎，我了解她不想提到傷心事。我知道一想到華特猜出她的祕密，並心生厭惡，她心裡一定非常難過。

第七章

我們在貝瑞塔尼亞劇院演出的首場訂在節禮日[23]，前面好幾週都在排練。所以耶誕節幾乎都沒在過了。母親如前一年寫信來要我回家過節時，我只好再寫信向她道歉，說我今年又太忙了。我離家至今快一年半，上次看到海，吃到新鮮的牡蠣餐，也是一年半前的事了。好久好久了。不管愛麗絲的信讓我多難過和氣憤，我仍情不自禁想念起他們，好想知道他們過得如何。一月某一天，我碰巧拿出我寫著黃漆字的舊錫箱，掀開箱蓋，看到戴維貼在底下的肯特地圖，有個褪色的箭頭指向惠斯塔布：「告訴我家在哪，以免我忘記。」他原本是在說笑，沒人覺得我會真的忘記他們。但現在，他們一定覺得我忘了。

我砰一聲關上箱蓋，感覺雙眼刺痛。凱蒂跑來看是什麼聲音時，我失聲哭泣。

「嘿。」她說著抱住我。「這什麼？該不會是眼淚吧？」

「我想家。」我哭哭啼啼說：「突然想回去。」

她手擦拭我臉頰，然後手放到唇上，舔了舔。「純淨的海水。」她說：「那就是妳想家的原因。妳離海那麼遠，我很訝異妳居然活了那麼久，沒有像老海草一樣枯萎。我當初真不該把妳從惠斯塔布海灣帶走。美人魚小姐……」

聽到她用了我以為她忘記的名字，我終於破涕為笑。接著我嘆口氣說：「我想回去一、兩天……」

「一、**兩天**！我沒妳會死！」她大笑，別開頭。我猜她這話有點在開玩笑，因為這好幾個月以來，我們連

23 節禮日（Boxing Day）是英國在耶誕節翌日會慶祝的公眾假日。

一晚上都沒分開過。我像以前一樣，感覺心口一緊，馬上湊過去親吻她。她雙手舉起，捧住我的臉，卻又別開目光。

她說：「如果妳這麼難過，妳一定要回家。我可以。」

「我也不想去。」我說。我眼淚乾了，現在變我在安慰她。「而且無論如何，我們在霍克斯頓的戲要告一段落，我才能走，還有好幾週時間。」她點點頭，略有所思。

確實還有好幾週，《灰姑娘》要演到復活節。但二月中，我突然意外自由了，貝瑞塔尼亞劇院失火了。那時代劇院經常失火。音樂廳不時會付之一炬，然後重新建起，並比之前更宏偉，沒人會放心上。貝瑞塔尼亞劇院的火不算大，沒人受傷。但所有人都不得不撤出劇院，逃生出現一些問題。後來有個督察來審視整棟建築，說必須再加一個新的逃生出口。施工期間，他強制劇院關閉。劇院將票退了，並在外貼出道歉啟事。我們得到半週的假。

凱蒂突然積極鼓勵我回家，因此我把握機會。我寫信給母親，跟她說如果還歡迎我，我隔天星期日便會返家，並會待到星期三晚上。寫完信後，我去為家人買禮物。我覺得隔這麼久，帶一包倫敦買的禮物回去惠斯塔布，終究令人興奮……

即使如此，要和凱蒂分開，我依舊很不捨。

「妳不會有事吧？」我對她說：「妳在這裡不會寂寞吧？」

「我一定超寂寞。我猜妳回來時會發現我死於寂寞！」

「妳幹麼不跟我一起來？我們可以搭晚一點的火車——」

「不，南。妳必須自己去跟家人見面。」

「我每分鐘都會想著妳。」

「我也會想著妳……」

「噢！凱蒂……」

她用珍珠項鍊敲著自己的牙齒。我用嘴親吻她時，我感到珍珠卡在我們唇間，冰冷、光滑又堅硬。她讓我親吻她，然後頭移開，和我貼著臉頰。接著她手臂環抱我的腰，緊緊抱住我。彷彿她愛我勝過一切。

那天早上，我踏入惠斯塔布時，感覺那裡完全改變了，城鎮變得很小，四周灰撲撲的，海洋感覺好廣闊，天空比我記憶中看起來更低、更黯淡。我彎身靠向火車窗，望著眼前一切，車到站時，我也比父親和戴維更早一步看到他們。不過他們看起來和過去不大一樣。一想到此，我心中湧起一股沉痛的愛，還有莫名的懊悔。父親老了一些，莫名有些縮水。戴維稍微結實了些，臉變得更紅了。

他們看到我從火車走到月台上，便跑過來。

「南西！我親愛的女兒……！」我父親喊著。我們相擁，但有點尷尬，因為我手上拿著大包小包，頭上戴著帽子，還有一層面紗。一包東西落到地上，他彎腰拾起，然後趕快幫我提其他袋子。戴維此時牽起我的手，隔著面紗的網眼親我臉頰。

「看看妳。」他說：「打扮得人模人樣！真像大家閨秀，對不對，爸？」他的臉頰又更紅了。

父親直起身子，好好望著我，然後彷彿從眼角用力，露出大大的笑容。

「非常好看。」他說：「妳母親根本認不出妳了。」

我想我的確有點太過盛裝打扮，但我在那一刻之前都沒察覺。我這陣子的衣服都是好衣服，因為我老早便丟了離開家時帶的二手衣。那天早上我只希望自己穿得好看，但現在我感到不大自在。

從火車站到我們的牡蠣餐廳這一小段路上，我勾著父親的手，這份不自在都不曾消退。我覺得那棟房子比以前都更簡陋。店上方牆板的藍漆都已剝落，露出底下的木色。而寫著「艾士特利家的牡蠣，全肯特第一」的看板掛在鉸鏈上，也因淋雨而龜裂。我們爬上的樓梯又黑又窄，最後踏入的房間擁擠、狹小到我難以置信。最糟的是，街道、樓梯、房間和裡頭的人全都散發魚腥味！那臭味就像是我腋下的臭味。但我現在驚嚇不已，因為我居然曾日夜活在其中毫不自知。

我走進房，但願在熱鬧之中，沒人察覺我的訝異。我原本預期母親和愛麗絲會等著我，結果不只他們，還有另外六個人，我出現時，他們每個人都大聲歡呼，走來擁抱我（除了愛麗絲）。我露出笑容，他們又抱又拍，害我最後幾乎無法呼吸。朗達仍是我哥哥的女朋友，並感覺比之前更沒禮貌。蘿辛娜嬸嬸也帶著兒子喬治、女兒莉莎和莉莎的寶寶來歡迎我回家。但莉莎的寶寶現在不再是寶寶了，而是一個穿著褶邊衣的小男孩。我看到莉莎又懷了孩子。我相信曾在信中讀到這消息，但我全忘了。

所有人迎接我之後，我脫下帽子和厚重的大衣。母親上下打量我。她說：「我的天啊，南西，妳看起來好高、好美呀！我覺得妳快比父親還高了。」我在這狹小、擁擠的房間確實感到很高。但我覺得自己不可能真的長高了。只是我現在習慣站直了。我望向四周，雖然有點尷尬，但也有點自豪。我找了個位子，有人替我端了杯茶。我仍然沒和愛麗絲說到一句話。

父親問起凱蒂的事，我說她很好。她現在在哪裡演出？他們問我。我們住在哪裡？蘿辛娜嬸嬸說她聽說我自己上台表演了？聽到這句話，我只回答，我確實「有時候會和凱蒂一起表演」。

「哇，太厲害了！」

我不知道自己在發什麼神經，居然不想讓他們知道我的成功。我想是因為像我之前所說，那表演和我的愛無法分割。我無法忍受他人窺探和批評，或把表演當作茶餘飯後的八卦……

我想我應該是自視甚高吧。我在他們之中不到半小時，堂兄喬治便大喊：「妳的口音怎麼了？南西？妳說話變得好**做作**。」我望著他，心裡好驚訝，我下次開口便特別注意起來。他說得一點都沒錯，我的聲音變了。不像他說的，我口音雖然不算標準，但說起話來確實有劇場人的調子。口音相當奇怪，毫無規律可言，混合了音樂廳各種口音，從街頭小販到**假上流腔**都有，我不知不覺全學了起來。我聽起來非常像凱蒂，有時甚至像華特。我在此之前都沒發現。

我們喝著茶。大家注意力都放在小男孩身上。有人把他抱過來，讓我抱他，但我一接過來他就哭了。

「噢！親愛的！」他母親安撫他。「南西阿姨會以為你是愛哭鬼。」她從我懷中將他接過去，然後靠近我的臉。「握手！」她抓住他手臂，揮了揮。「和南西阿姨握手，像個小紳士！」他屁股抽動，像把圓滾滾的手槍，隨時會走火。但我認份地牽起他的手，握了握。他當然馬上將手抽回去，只哭得更響。每個人都大笑。喬治將寶寶接過去拋高高，孩子的頭髮擦過天花板龜裂發黃的灰泥。他大喊：「**誰**是小士兵？」

我望向愛麗絲，她別開目光。

寶寶終於不哭了。房間變得溫暖不少。我看到朗達靠著哥哥，輕聲說話，他點頭時她咳了咳。她說：「南西，有件好消息要跟妳說。」我仔細望著她。她已脫下外套，我看到她腳上沒穿鞋，只穿一雙羊毛褲襪。她的打扮像在自己家一樣。

她伸出手。左邊數來第二根手指上有條纖細的金環，上面有顆寶石，但太小了，看不出是藍寶石還是鑽石。那是枚訂婚戒。

不知為何，我羞紅了臉，並擠出笑容。「噢！朗達！我**好高興**。戴維！恭喜你。」我其實一點都不高興。一想到朗達是我的嫂子，或想到我竟然有嫂子，我感覺都糟透了。但我語氣應該夠高興，因為他們兩人臉都紅了，一臉得意。

蘿辛娜嬸嬸這時朝我手點了點頭。「南西，沒看到**妳**手上有戒指呀？」

我看到愛麗絲不安地移了移身子。我搖搖頭：「還沒有。」父親張口，正要說話。但我無法忍受這方面的話題，趕緊起身將袋子拿來說：「我從倫敦替所有人都買了禮物。」

大家聽了喃喃附和，並意興闌珊發出「噢」的聲音。母親說我太客氣了，但她拿起眼鏡，感覺很期待。我先走到嬸嬸面前，給她一個裝滿小包裹的袋子。「這些要給喬伊叔叔、麥克和堂妹。這給妳。」下一個是喬治。我買給他一個銀製的扁酒瓶。接著是莉莎和寶寶……我繞著擁擠的房間，最後來到愛麗絲面前：「這個送妳。」她的包裹最大，是裝在帽盒中的帽子。她從我手中接去，臉上露出我見過最緊繃、僵硬、微乎其微的笑容，動作生硬，慢慢拉開緞帶。

現在每個人都拿到我送的禮物。我坐在椅子上，咬著手指，面露微笑，看他們打開包裝。大家拿出一個個禮物，在早晨的天光下左右檢視。房中寂靜無聲。

「哇，南西。」父親終於開口。「我們真以妳為豪。」我買給他一條和華特一樣又粗又亮的錶鍊。他拿在發紅的手掌上，襯著他褪了色的羊毛外套，感覺又更光亮了。他大笑：「我掛上這條鍊子真好看啊，是吧？」但他的笑聲聽起來有點不自然。

我望向母親。我送她的是銀色的梳子，搭配一面手鏡。兩樣東西包在包裝紙中放在她大腿上，她彷彿不敢拿起來。我在牛津街時從來沒想過，但現在馬上想到，她老舊的抽屜櫃玻璃手把缺了一角，我的禮物放在上頭，和廉價塗裝的香水瓶、香脂罐放一起有多突兀。她和我四目相交，我看出她也想著一樣的事。「真的，南西……」她說。她說的話再次證實了我的想法。

現在房間各處都傳來低語，大家開始比較起禮物。蘿辛娜嬸嬸拿起一對深紅色的耳環，眨眼瞧著。喬治摸著扁酒瓶，有點緊張地問我是不是中大獎。只有朗達和哥哥拿到禮物感到真心高興。因為我替戴維買了雙手工皮鞋，皮革柔軟得像奶油一樣。他現在用指節輕敲鞋底，然後跨過一地包裝紙和緞帶來親我臉頰。「妳真是個小明星。」他說：「我會留到結婚的時候穿，當肯特鞋子穿最帥的傢伙。」

聽到他這番話，大家才回過神來，想到該要有禮貌，他們突然全站起身，親吻並感謝我，全場窸窸窣窣，人人尷尬移動身子。我望向他們身後，愛麗絲仍坐著。她打開了帽盒的蓋子，但沒把帽子拿出來，只冷冷拿在手中。戴維發現我在看她。「**妳**拿到什麼，妹妹？」他叫她。她心不甘、情不願地將盒子給他看，他吹聲口哨：「太美了吧！帽簷有根鴕鳥羽毛，**還有**顆鑽石。妳不戴戴看嗎？」

「待會吧。」她說。

「喔，帽子好美喔！」朗達說：「這種紅好可愛。這個叫什麼紅，南西？」

「『水牛紅』。」我萬念俱灰地回答。即使我用薄紗、緞帶和絲綢包給他們一包垃圾，像棉線、燭芯、牙籤和鵝卵石，感覺也差不多白痴。

朗達沒發現。「『水牛紅』！」她大喊：「噢！愛麗絲，別掃興，戴起來讓我們看看。」

「對啊，戴戴看，愛麗絲。」蘿辛娜嬸嬸也說：「不然南西會以為妳不喜歡。」

「沒關係。」我馬上說：「讓她之後再試。」但喬治跳到愛麗絲椅子旁，一把拿起那帽子，想戴到她頭上。

「好嘛。」他說：「我想看看妳戴了會不會像隻水牛。」

「走開！」愛麗絲說。他們扭打成一團。我閉上雙眼，聽到縫線裂開的聲音，我再次睜開眼，姊姊大腿放著帽子，喬治手中抓著一半的鴕鳥羽毛。人造鑽石已脫落，不知飛到哪去了。

可憐的喬治倒抽著氣，不斷咳嗽。蘿辛娜嬸嬸厲聲說她希望他這下滿意了。莉莎接過帽子和羽毛，笨手笨腳地想重新修好。「這帽子真美。」她說。愛麗絲開始抽噎，她雙手摀住眼，快步走了。父親說：「唉唷，好了！」他仍拿著閃閃發亮的錶鍊。母親望向我，搖搖頭。「真是的。」她說：「噢！南西，真是的！」

不久，蘿辛娜嬸嬸和堂兄弟姊妹都走了，眼睛仍腫腫的愛麗絲，出門去找朋友。我把行李袋拿到我的舊房間，洗把臉。我後來下樓，我帶來的禮物已全收起，朗達在廚房幫母親去馬鈴薯皮。我想幫忙時，她們把我趕走，說我是客人。於是我和父親與戴維坐在一起。他們似乎覺得只要按照習慣，躲在星期日的報紙後頭，我就會自在一點。

我們吃完中餐，一路散步到鄧克坦，坐著丟石頭到海中。海水如鉛一樣灰，外海有幾艘帆船和駁船，駛向凱蒂在的倫敦。我心想，除了想念我，她現在在做什麼？

接著我們吃晚餐，不久更多堂姊妹來了，她們來謝謝我送的禮物，央求我讓她們看我漂亮的新衣服。我們坐在樓上，我給她們看我的連身裙、有面紗的帽子和上彩的褲襪。我們聊了許多關於年輕男生的事。我這時才得知（她們很訝異愛麗絲沒告訴我）愛麗絲和演藝宮的東尼．里弗斯分手了，並開始跟一個在船廠工作的男孩約會。她們說，他長得比東尼高多了，但沒那麼好笑。我的舊情人佛瑞德也在和新的女生約會，感覺可能會娶她……她們又問我一次我有沒有在談戀愛，我說沒有。但我猶豫了一下，她們見了便露出笑容。所以**有**對象嘛，她們繼續逼問，為了讓她們安靜下來，我點點頭。

「有個男生。他在交響樂團吹短號……」我別開頭，彷彿想到他我就難過，並感覺她們交換眼色。

那巴特勒小姐呢？她當然也有情郎？「有，她跟一個叫華特的……」我不喜歡自己亂說。但我又心想，等我告訴凱蒂，她會大笑吧！

我忘記大家都很早睡。堂姊妹十點時離開了。十點半之後，每個人都開始打呵欠。戴維送朗達回家，愛麗絲向我們其他人道晚安。父親起身伸展，然後來到我身旁，摟住我脖子。「南西，妳回到家裡，我們真的好開心，而且妳竟長成一個美人兒！」

母親朝我微笑。那是那天我在她臉上第一次看到的真實笑容。我那時才知道自己回到他們身邊，回到家有多高興。

但快樂的心情沒延續多久。幾分鐘之後，我道了晚安，發現自己終於和愛麗絲在我們的房間獨處，現在，那是她的房間。她躺在床上，雙眼圓睜，燈仍點著。我沒脫衣服，背靠著門站著，動也不動，後來她望向我。

「帽子的事對不起。」她說。

「沒關係。」我走向火爐旁的椅子，動手脫靴子。

「妳不該花那麼多錢。」她繼續說。

我扮了個鬼臉。「我真希望自己當初沒花。」我脫下靴子，踢到一邊，伸手解開洋裝的鉤釦。她閉上雙眼，似乎打定主意不開口了。我手慢下來，望著她。

我說：「妳的信很傷人。」

「我不想聊那些事。」她馬上回答，並翻過身。「我跟妳說過我的想法。我沒改變主意。」

「我也是。」我用力扯著鉤釦，並脫下洋裝，掛到椅背上。我滿腹牢騷，一點也不累。我走到行李袋前，拿出一根菸，我劃亮火柴時，愛麗絲抬起頭。我聳聳肩：「凱蒂教我的另一個壞習慣。」我聽起來像芭蕾劇團的臭臉婊子。

我脫下其他衣服，套上睡衣。這時我想起我的頭髮。髮辮仍套在我頭上，我不能這樣睡。我再次望向愛麗絲。她聽到我剛才說的話臉色蒼白，但仍看著我。我抽下髮針，髮髻隨之落下。我從眼角看到她嘴巴張開。我手摸過平貼俐落的頭髮。這動作加上我剛才抽的菸令我感到無比冷靜。

我說：「妳看不出來是假髮，對不對？」

愛麗絲坐起來，緊抓著身前的被子。「妳不需要看起來這麼害怕。」我說：「我寫信向妳坦承一切了。我現在參與表演，我不是凱蒂的服裝師了。我現在自己會上台，做和她一樣的事。唱歌、跳舞……」

她說：「妳信中口氣說得都不像是真的。如果是真的，我們會聽說！我不相信妳。」

「我不在乎妳相不相信。」

她搖搖頭。「唱歌、跳舞。那是舞女的人生。妳不能這樣。妳不會……」

我說：「我會。」為了讓她明白，我拉起睡衣，在地毯上跳了一小段滑步舞。

舞步像髮型一樣嚇到她了。她開口時，語氣中充滿憤怒，但她聲音沙啞哽咽。「我想妳正是這樣撩起裙子，對吧？在舞台上，讓全世界都看到妳的腿！」

「裙子？」我大笑。「老天啊，愛麗絲，我不穿裙子！我剪頭髮不是為了穿連身裙。我穿的是褲子。我穿紳士的西裝！」

「噢！」現在她開始哭了。「怎麼這樣！在陌生人面前，妳怎麼做得出這種事！」

我說：「凱蒂做的時候，妳倒是看得很開心。」

「她做的沒一件好事！她把妳帶走，讓妳變得好怪。我完全不了解妳了。我希望妳從來沒和她離開，或乾脆永遠不要回來！」

她躺下來，被子拉到下巴哭泣。任何一個女孩看到自己的姊姊流淚，一定都會動容，於是我爬上床，到她身邊，雙眼刺痛。

但她感到我靠近便身體抽搐。「別靠近我！」她大喊，並扭身遠離我。她語氣激動，聲聲發自內心，既驚慌又悲痛，我只能照她說的做，讓她一人躺在冰冷的床邊。不久，她身體不再顫抖，不再作聲。我自己的雙眼已乾，表情又變得冷酷。我伸手熄了燈，然後平躺在床上，不發一語。

冰冷的床漸漸變暖。我開始希望愛麗絲會轉身和我說話。接著我開始希望愛麗絲是凱蒂。最後我開始幻想（我情不自禁！），如果真是凱蒂，我會對她做什麼。突忽其來的欲火令我害怕。我想起我和凱蒂還未親吻之前，我曾躺在那裡幻想同樣的畫面。我想起我第一次在日內瓦路的屋子睡在她身旁，那時的我只曾和姊姊分享同一張床。現在我覺得愛麗絲的身體好陌生，不知為何，躺在別人身旁，卻不親吻和愛撫對方，感覺好奇怪，好不對勁……

我忽然想到，假如我睡著忘記她不是凱蒂，手或腳放到她身上的話……？

我起身披上大衣，又抽了根菸。愛麗絲動也不動。

我瞇眼看錶，時間已經十一點半。我再次好奇凱蒂現在在做什麼。我將心意傳過黑夜，傳到史丹佛山，不論她那時在做什麼，我都想讓她停下來想著在惠斯塔布的我。

我這趟回家，開頭不大順利，後續情況也不曾好轉。我星期日到家，當然隔天就是工作日。我第一夜非常晚才睡著，但隔天早上愛麗絲六點半一醒，我就醒了，並逼著自己起床和其他人在客廳桌上吃早餐。但接下來我不知道自己該不該去廚房拿牡蠣刀幹活。我不知道他們會不會期待我幫忙，我甚至不知道自己想不想。最後我和他們走下樓，發現根本不需我幫忙。他們現在雇了個女孩撬殼去鬚，看起來她動作和我過去一樣快。她長得滿漂亮的，我站在她身旁，心不在焉地拿刀撬了十幾個牡蠣……但水好冰，讓我的手隱隱刺痛，不久我便只坐在一旁看。後來我閉上雙眼，頭枕在雙臂上，聽著餐廳中嗡嗡的閒聊聲和鍋子滋滋作響……

不久我睡著了。後來父親衝過我身旁，絆到我裙子，撒了一鍋子水，我才驚醒過來。這時大家建議我上樓，意思是別在樓下礙事。於是我下午都一人度過，一會看著《警察新聞畫刊》[24]打盹，一會在客廳踱步，試著保持清醒。坦白說，還一邊想著我何苦要回家。

真要說的話，隔天情況更糟。母親直接明說不要我到廚房幫忙，免得躕蹋洋裝或傷到手。我回家是來度假，不是來工作。我把《警察新聞畫刊》從頭到尾都看完了，現在只剩父親的《漁業貿易公報》，我根本不想一整天都在樓上看這種東西。我重新穿上我旅行穿的洋裝，出門散步。我一早就出門，到了十點，我已經來回西索爾特一趟。最後為了找點事做，我搭火車到坎特伯里。父母和姊姊在牡蠣餐廳工作時，我成了一個旅客，漫步在坎特伯里座堂的迴廊。我住在附近這麼多年，卻從來沒來過這裡。

走回火車站時，我經過了演藝宮。看過無數音樂廳之後，演藝宮在我眼中也變了。我走到海報前看節目表，發現上面都是二流的表演。當然，此時劇場大門深鎖，大廳一片漆黑。但我忍不住繞到後台入口，找東尼・里弗斯。

我戴著帽子，蓋著面紗。他看到我時，沒認出我來。他一認出我，馬上微笑親吻我的手。

「南西！太驚喜了！」至少他沒有變。他帶我進辦公室，請我坐下。我說我這趟是回家探親，最後不得不出門找些事做。我也說，我很遺憾聽到他和愛麗絲的事。

他聳聳肩。「我知道她絕不會**嫁**給我。但我真想念她，她**真是**個美人。但恕我失禮，她並不像她離家的妹妹那麼美……」

我不在意，因為我知道他只是愛鬧。其實能被愛麗絲的舊情人鬧滿開心的。我問他關於音樂廳的事。他經營得如何，他請了誰，他們唱了什麼。最後他拿起書桌上的筆，開始撥弄。

「我們什麼時候才能再請到巴特勒小姐呢？」他問：「就我所知，妳和她現在湊成一對了。」我瞪大眼睛，雙頰發紅。但他指的當然只是演出。「我聽說妳們現在在音樂廳一起表演，而且據說以兩人組合大放異采。」

我露出笑容。「你怎麼發現的？我連家人都沒有多說。」

「我會看《年代報》[25]，不是嗎？『凱蒂・巴特勒和南・金恩』，這我一看就知道是妳的藝名……」

---

24 英國最早的小報之一，內容關於謀殺和犯罪，以及各種聳人聽聞的案件。

25 《年代報》（*The Era*）是英國週刊，一開始是一般報紙，後來以體育消息為名，最後專門刊登戲劇圈相關的新聞。

我大笑。「這好好笑，對不對，東尼？這件事簡直不可思議，對吧？我們現在在貝瑞塔尼亞劇院演出《灰姑娘》。凱蒂扮演王子，我是丹迪尼。我穿著天鵝絨馬褲，不僅有台詞要說，還要唱歌，甚至要拍打大腿和演戲。而且觀眾為之瘋狂！」

我終於能在人面前肯定自己，讓我好開心！他微笑看我開心地分享，並搖搖頭。「據我所知，妳家人對此毫不知情。妳為何不找他們去看妳上台？為什麼神祕兮兮的？」

我聳聳肩，然後猶豫一下說：「愛麗絲不喜歡凱蒂……」我說。

「妳跟凱蒂啊，她還是算妳雇主嗎？妳還是像以前一樣迷著她嗎？」我點點頭。他哼了一聲。「那她真是個幸運的女孩……」

他又在鬧我了。但我也有種古怪的感覺，彷彿他雖然知道更多……卻也不在意。我回答：「**我**才是幸運的那個。」我凝視他的目光。

他筆再次在吸墨紙上敲了敲。「也許吧。」他眨個眼。

我在演藝宮待好一陣子，後來東尼真的有事要忙了，我才離開。我走到外頭，再次站到大廳門口，不情願地離開啤酒和妝彩混合的酸臭味，走回去面對惠斯塔布、餐廳和我們家截然不同的氣息。能聊到凱蒂真好。我後來在晚餐桌，坐在沉默的愛麗絲和討人厭的朗達之間，看著朗達迷你發亮的藍寶石，心裡更想念凱蒂了。我原本打算再跟家人多相處一天，但現在我覺得自己無法忍受。我們吃甜點時，我說我改變了主意，明天不坐晚上的火車，改搭早上的車。我想起劇場還有件事要處理，不能拖到星期四。

他們似乎不意外，但父親說很可惜。後來我親吻大家道晚安，父親清了清喉嚨。他說：「妳明早就要回倫敦了，我幾乎沒時間好好看看妳。」我露出笑容。「妳跟我們在一起開心嗎，南西？」

「噢！很開心。」

「妳在倫敦會好好照顧自己吧？」母親問：「倫敦感覺好遠。」

我大笑。「沒那麼遠啦。」

「夠遠了。」她說：「妳都離家一年半才回來。」

「我太忙了。」我說：「我們兩人忙到不可開交。」她點點頭，沒有反應。她之前在信裡都聽過了。

「下次別隔這麼久才回家就好。能收到妳的禮物很開心，謝謝妳費心買了禮物，但與其多把髮梳或一雙靴子，我們寧可多見見妳。」我別開頭，心裡無比羞愧。我一想到禮物的事，仍覺得自己好蠢。即使如此，我覺得她也不用不留情面，把話說得這麼狠。

我下定決心要早點走之後，變得愈來愈沒耐心。我那天晚上便收拾好行李，隔天早上甚至比愛麗絲還早醒來。七點鐘，早餐吃完，桌面收拾好，我便準備出發。我和所有人擁抱，但我離家時不像初次離家那麼悲傷，也不令人喜悅。我想不到有什麼事能讓我依依不捨。戴維很親切，要我保證我會回家參加婚禮，說我願意的話，可以帶凱蒂一起來，我聽到不禁更愛他了。母親露出笑容，但她的笑容很僵硬。愛麗絲最後待我仍冰冰冷冷，於是我背對她。只有父親抱我時，似乎真心感到不捨。他說他會想念我時，我知道他發自肺腑。

這次沒人有空送我搭車，於是我自己走過去。火車駛離惠斯塔布時，我沒有望向城鎮或海洋。我當然沒想到，未來數年之內，我都不會再看到這一切。不過就算我知道，我不得不說，這也不會在我心中增添多少哀愁。我腦中全是凱蒂。此時是早上七點半，時間尚早。我知道她十點之前不會起床，我打算給她一個驚喜。我會走進史丹佛山的房間，爬上她的床。火車奔馳向前，穿過法弗斯罕和洛契斯特。我不再不耐煩，也不再需要等待。我只靜靜坐在座位上，想著我不久將緊擁她溫暖、沉睡的身體。我想像她見到我提早回家的喜悅、她的驚喜和她湧升的愛。

我從街道上抬頭望著我們的房子，如我所願，房間窗板仍關著，屋內昏暗。我躡手躡腳走上台階，輕輕將鑰匙插入門鎖。走廊上安靜無聲，房東太太和丈夫似乎仍在熟睡。我放下行李，脫下大衣。衣帽架上已掛著一件大衣，我瞇眼瞧，那是華特的大衣。我心想，好奇怪，他一定昨天來過一趟，結果忘在這裡！我偷偷爬上昏暗的樓梯時，也將這件事拋在腦後。

我來到凱蒂房間門口，耳朵靠到門上。我原本以為房內會一片寂靜，但門後頭有些聲響，像波浪聲一般，彷彿有隻小貓舔著一碗牛奶。我心想，媽的！她一定已經醒來正喝著茶。這時我聽到床架咿呀一聲，心下確定。我雖然很失望，但也很開心能見到她，於是我握住門把，推門進房。

她確實醒著。她坐在床上，背靠著枕頭，被子拉到腋下，赤裸的雙臂放在床罩上。房裡有盞明亮的燈，所以房間一點也不暗。床腳的小洗手檯旁站著另一個人。華特。他沒穿外套，也沒穿戴領子。他的襯衫草草塞在褲子裡，褲子吊帶垂到膝蓋。他彎身洗著臉，那就是我聽到的水聲。他的鬍子沾溼的地方特別黑，並散發光澤。

我先對到的是他的眼。他望著我，一臉驚訝，他雙手舉起，水從手流入袖子中。後來他表情扭曲，畫面令人難忍，同時我眼角看到被子下的凱蒂身子也抽搐一下。

現在回想起來，就連這時候，我都還沒明白發生什麼事。

「這怎麼回事？」我說著緊張笑了笑。我望向凱蒂，等她跟我一起笑，並說：「噢！南！妳看到這景象一定覺得莫名其妙！這完全不是妳所想。」

但她臉上甚至沒有笑容。她望著我，眼中充滿害怕，並將被子拉更高，彷彿不想讓我發現她全身赤裸。不想讓我發現！

華特先開口了。

「南。」他語氣遲疑。我從來沒聽過他聲音如此沙啞，毫無掩飾。「南，妳嚇到我們了。我們以為妳今晚才會回來。」他拿起毛巾，擦了擦臉。接著他馬上走到椅子旁，拿起外套穿上。我發現他雙手在發抖。

我以前從來沒見過他發抖。

我說：「我搭了早班火車……」我嘴巴像他一樣乾，因此我的聲音沉緩又沙啞。「對，我想現在還非常早。華特，你在這裡多久了？」

他搖搖頭，彷彿這問題令他心痛，他向我走了一步。然後他急促說道：「南，原諒我。這畫面不該讓妳看到。妳可以跟我下樓，我們聊聊嗎……？」

他的語氣古怪，聽到這，我終於確認了。

「不要！」我雙手抱住肚子，腹部翻攪，感覺又熱又酸，彷彿他們餵我毒藥。聽到我大吼，凱蒂全身打個寒顫，臉色蒼白。我轉向她。「這不是真的！」我說：「噢！告訴我，告訴我。說這不是真的！」她不肯看我，只用雙手掩面，開始哭泣。

華特靠近我，手放到我手臂上。

「走開！」我大喊，並繞開他走到床邊。「凱蒂？凱蒂？」我跪到她身旁，將她手從臉上拿下，牽到我嘴前。我親吻她的手指、指甲、手掌、手腕。她的指節還有著她的淚水，此時也沾滿了我的淚水和口水。華特在旁看著，全身仍在發抖，驚駭不已。

她終於和我四目相交。「是真的。」她輕聲說。

我大吃一驚，發出呻吟，然後我聽到她大叫，感到華特手抓住我肩膀，才發覺我像狗一樣咬了她。她將手抽回，望著我，眼神驚恐。我再次甩開華特，然後轉身朝他尖叫。「走開，出去！走開，離我們遠點！」他遲疑一下，我用腳踢他腳踝，直到他退開。

「妳失去理智了，南——」

「出去！」

「我不敢讓妳們——」

「**出去！**」

他縮了縮身子。「我會待在門外，就這樣。」接著他望向凱蒂，她點了點頭，他便離開了，並輕輕關上房門。

房中一片沉默，只有我斷斷續續的呼吸聲和凱蒂輕微的啜泣聲。就像我三天前看到姊姊哭泣一樣。她那時說：**凱蒂做的沒一件好事！**我將臉頰放到床單，靠到凱蒂大腿上，並閉上雙眼。

「妳讓我覺得他是妳朋友。」我說：「然後妳讓我以為因為我們的關係，他不喜歡妳了。」

「我不知道該怎麼辦。他**原本**只是我朋友，但後來，後來——」

「一想到妳跟他……一直……」

「昨晚之前都不是妳想的那樣。」

「我不相信妳。」

「喔，南，我說的是真的，我發誓！昨晚之前……怎麼可能有什麼？昨晚之前，我們只會聊天和……親吻。」

昨晚之前……昨晚之前我很高興，備受寵愛，心滿意足，無憂無慮。昨晚之前，我滿心都是愛和欲望，我以為自己會死掉！聽到她說的話，我覺得之前為愛所受的痛苦，不及現在她所造成的十分之一、百分之一或千分之一。

我睜開雙眼。凱蒂臉色蒼白，驚慌失措。我說：「那……親吻是從什麼什麼時候開始的？」但我問出口時，心裡已猜到答案。「在迪肯音樂廳那晚……」

她猶豫一下，然後點點頭。我再次明白一切。他們之間的尷尬沉默，還有一封封信件。我之前還可憐華特——可憐他！這段時間以來，我才是那個傻瓜！這段時間，他們一直在暗通款曲，耳鬢廝磨，卿卿我我……

我一想到此心痛欲絕。華特是我們的朋友，是我和她的朋友。我知道他愛她，可是……他感覺年紀好大，像叔叔一般。她真的情願和他睡在一起？這感覺就像抓到她跟我父親通姦一樣！

我再次開始哭泣。「妳怎能這麼做？」我淚眼汪汪說。我聽起來像下流劇院舞台上的丈夫。「妳怎能這麼做？」被子下，我感到她身體扭動。

「我不願意。」她語氣悲慘。「有時我根本無法忍受——」

「我以為妳愛我！妳說妳愛我！」

「我真的愛妳！真的，真的！」

「妳說除了我，妳別無所求！妳說我們會永遠在一起！」

「我從來沒說過——」

「妳讓我這麼覺得！妳讓我這麼覺得！妳說好幾次，說妳多開心。為什麼我們不能像這樣繼續下去……？」

「妳**知道**為什麼！還是女孩子時，那種事都沒關係。但我們長大之後……我們不是兩個小幫廚，可以隨心所欲，不會有人在意。我們是名人。有人看著我們——」

「如果要失去妳，那我不**想**當名人了！除了**妳**，凱蒂，我不需要別人看著我……」

她握住我的手。「但我想要。」她說：「我想要。但只要有人看著我，我就無法忍受……無法忍受被人**恥笑**、討厭、蔑視，把我當作……」

「拉子！」

「對！」

「可是我們可以小心——」

「我們再怎麼小心也沒用！妳太……南，妳太像男孩了……」

「太像……男孩？妳以前從來沒說過！太像男孩……可是妳寧可和華特在一起！妳……妳愛**他**嗎？」

她別開頭。「他人非常……體貼。」她說。

「非常體貼。」我終於聽到自己的聲音變得冷酷和憤怒。我坐直身子，向後退開。「所以妳趁我離開，叫他來家裡。他在我們床上對妳很體貼……」我站起身，突然發覺被單和墊子都髒了。而她赤裸的肉體，他手都已摸過，嘴都已……「噢！天啊！妳打算維持這段關係多久？**他親完之後**，妳會讓我親吻妳嗎？」

她手伸來抓住我的手。「我發誓，我們原本打算今晚告訴妳。原本今晚妳就會知道所有的事……」

她的說法有點奇怪。我剛才在她旁邊踱步，現在我停下來。「什麼意思？」我說：「妳說**所有的事**是什麼意思？」

她收回手。「我們……噢！南，不要恨我！我們要……結婚了。」

「**結婚？**」如果我當初有時間思考，也許我早能料到這件事。但當時根本是青天霹靂，我一聽到便頭暈目眩，噁心想吐。「結婚？可是那……那我呢？我要住哪裡？我該怎麼辦？那……那……」我想到另一件事。「那表演怎麼辦？我們要怎麼工作……？」

她別開頭。「華特有個計畫。他打算出新的表演。他想回到音樂廳……」

「音樂廳？在**這件事**之後？妳跟我嗎？」

「不是。是跟我。只跟我而已。」

跟她而已。我感覺自己全身發抖。我說：「妳殺死我了，凱蒂。」即使在我耳中，我的聲音也變得非常奇怪。我覺得我嚇到她了。她內心慌亂，匆匆望向門口，彷彿在小聲尖叫般，急促地開口。

「妳不能說這種話。」她說：「妳現在太震驚了。但妳不久便會了解。我們三個人會再成為朋友！」她手伸向我，嗓子拔尖，但仍保持微小的音量。「妳不懂這樣最好嗎？華特成為我丈夫，誰會覺得、誰會說……？」

我想抽回手，但她抓得更緊，終於驚慌大喊：「噢！妳該不會以為我會讓他奪走我對妳的感情？」

我將她推開，她倒到枕頭上。床罩仍蓋在她身上，但已向下滑開。我看到她隆起的乳房和粉紅色的乳頭。她喉嚨凹陷處隨著她每一口氣、每一下心跳震動，再往下一吋，掛著我送給她繫在銀鍊上的珍珠。我記得自己三天前才親吻過，也許昨晚或今早，華特的舌頭也感受了珍珠冰冷堅硬的質地。

我走向她，抓住項鍊，自己彷彿又成為小說或戲劇中的角色。我將項鍊用力扯下。銀鍊痛快發出「啪」一聲，並從我手中垂下。我看了一眼，然後砸到地上，聽著珍珠滾過木板地。

凱蒂大叫。我相信她叫了華特的名字。無論如何，門現在打開了，他衝了進來，紅鬍子上的臉色蒼白，吊帶仍垂在外套衣下，他脖子旁沒戴領子的襯衫鬆鬆垮垮的。他跑到床另一邊，將凱蒂一擁入懷。

「如果妳傷害她——」他說。我聽到馬上大笑。

「傷害她？傷害她？我想殺死她！要是我身上有槍，我會射她的心臟，然後射死自己！讓你娶一具屍體！」

「妳瘋了。」他說：「這件事讓妳失去理智。」

「你想過嗎？你知道……她有跟你說……我們的關係……我們對彼此……**過去**是什麼關係？」

「南！」凱蒂馬上說。我雙眼盯著華特。

「我知道。」他緩緩說：「妳們以前是……情人之類的。」

「之類的。所以是哪一類？牽牽小手？那你覺得你是第一個在這張床上和她一起睡的人？她有跟你說我**幹過她嗎？**」

他身子縮了縮。我也是，因為這句話聽起來糟透了。我以前從沒說過，也沒想到自己會說出口。但他的目光仍很堅定。我心裡愈來愈悲痛，因為我發現他知情，而且不在乎。誰知道，搞不好他甚至很喜歡。他仍維持著紳士之道，不會向我口出惡言，但他的表情耐人尋味，混雜著輕視、得意和可憐，一切根本不言而喻。他的表情說著：**全世界都知道那不叫幹！**它說：**妳幹她幹得真好，幹到她離開妳！**它說：**妳也許第一個幹她，但從現在起，我會幹她一輩子！**

他是我的情敵，最後打敗了我。

我從床邊退開一步，然後又退一步。凱蒂吞了吞口水，她頭仍靠在華特寬大的胸膛上。她雙眼睜大，眼眶中閃爍淚光，雙唇被自己咬得通紅。她臉色蒼白，點點雀斑變得更明顯。被子上方，她的肩膀、胸部皮膚上也都有雀斑。她仍和過去的她一樣美。

我心想，**再見了**。接著轉身逃走了。

我跑下樓梯，我的裙子絆著腳，害我差點跌倒。我經過敞開的客廳門和衣帽架，我的大衣還掛在華特大衣旁。我走過自己從惠斯塔布提回來的行李。我沒有停下拿任何東西，甚至沒拿手套和軟帽。我無法再碰那地方的任何東西，對我來說，那裡就像染上了瘟疫。我跑到門口，打開門，門也不關衝下台階，跑上街道。天氣很冷，無風而乾燥。我沒有回頭。

我一直跑，跑到側腹發疼。後來我半走半跑，等痛楚漸漸消退，接著又跑起來。我來到斯多克紐溫頓，並沿著一條又長又直的路向南走向多爾斯頓、秀爾迪契和市中心。除此之外，我腦中一片空白。我腦中唯一的想法是繼續將史丹佛山、**她**和**他**拋在後頭，不斷向前跑。我邊哭邊跑，幾乎半盲，眼窩中的雙眼浮腫、發燙，臉上涕淚縱橫，並感到臉上愈來愈冰冷。我經過時路人一定都在看。我相信有一、兩人伸手想抓住我手臂，但我無視他們，只絆著裙襬，繼續快步向前，後來我全身乏力，慢下腳步，環顧四周。

我來到一條運河的小橋上。河上有一艘艘駁船，但船仍距離很遠，下方的流水平靜幽深。我回想起那天晚上，我和凱蒂站在泰晤士河上方，她讓我吻她……我一想起，差點失聲哭嚎。我雙手抓著鐵欄杆。我覺得有一秒，我真心考慮翻過欄杆，當作自己的出口。

但我就像凱蒂一樣，其實有自己懦弱的一面。我無法忍受黃濁河水吞噬我的裙子，沖刷我的頭髮，灌入我的嘴巴。我轉身，雙手掩住雙眼，逼著腦袋冷靜下來。我知道自己不可能跑一整天。我必須找個地方躲起來。我除了洋裝一無所有。我大聲呻吟，再次望向四周，但這次心情相當絕望。

這時我屏住氣。我認得這座橋。我們耶誕節之後每天晚上要去演《灰姑娘》都會經過這裡。貝瑞塔尼亞劇院就在左近，我知道我們更衣室裡有錢。

我馬上用袖子擦了擦臉，順了順洋裝和頭髮出發。劇院的門房讓我進門時，眼神透露好奇，但沒有敵意。我跟他很熟，經常停下來和他聊天。但今天我拿了鑰匙，只朝他點了點頭，笑也不笑加快腳步。我不管他怎麼想，我知道我不會再見到他了。

當然，劇院仍空無一人。大廳傳來槌子敲擊聲，木匠在進行工程最後的收尾，除此之外，觀眾席和休息室寂靜無聲。我很高興。我不想被任何人看到。我腳步飛快，但非常安靜地摸進更衣室，並來到寫著**巴特勒小姐和金恩小姐**的門口。我偷偷摸摸地用鑰匙打開門鎖，推開門。我腦袋此時已一片混亂，當下竟有點害怕凱蒂會在門後等著我。

房中一片漆黑。我靠著通道的光走進房，劃亮火柴，點燃煤氣燈，然後盡可能輕聲關上門。我知道我要找什麼。凱蒂桌下有個櫃子，裡面的小錫盒有一堆錢幣和紙鈔。我們每週一部分的薪水會放裡面，供我們平時花用。鑰匙放在她收化妝用品的舊雪茄盒裡，和她的化妝筆放一起。我拿起盒子，把東西倒出來，化妝筆和鑰匙散落一桌。我另外發現了別的東西。盒底有張彩色的紙，我從來沒想過要拿出來看。現在那張紙落了下來，底下有一張卡片。我顫抖著手拿起來讀。卡片已發皺，沾滿妝彩，但我馬上認出來。正面是艘牡蠣船，一團粉彩和妝彩下，兩個女孩在甲板上微笑。船帆上有人用墨水寫下：「到倫敦。」後頭有更多字。那是凱蒂在演藝宮的地址和一句話：「我可以去了！這幾個晚上妳的服裝師恐怕沒空，因為我要準備……」最後署名為：「愛妳的南。」

那是我好久以前寄給她的信，當時我們甚至還沒搬到布立克斯頓。她一直偷偷留著，彷彿十分寶貝。

我拿著卡片好一會，然後放回盒內，將紙像之前一樣蓋回去。然後我頭靠到桌上，再次哭到淚水都流乾了。

我最後打開錫盒，數也不數拿出所有的錢。事後我發現大概二十鎊，當然只是我過去十二個月賺的一小部分。但我當時茫然自失，心裡難受，我不知道自己要錢幹麼。我將錢放入信封袋，塞到腰帶裡，轉身就走。

我這段時間完全沒注意四周。但現在我望了最後一眼，我注意到一樣東西，遲疑了一下。我看到我們的服裝架。衣服全都在上頭，我在凱蒂旁穿的西裝，包括天鵝絨馬褲、襯衫、嗶嘰布外套和華麗的背心。我朝衣架走一步，手摸著一件件衣服的衣袖。我永遠不會再穿上它們了……

我一想到便無法忍受。我不能拋下它們。附近有幾個以前的大束繩袋。劇院舞台下午空無一人時，我們有一、兩次曾拿袋子排練。現在袋裡面裝滿碎布。我馬上提了一袋過來，解開繩結，把裡頭的碎布全拿出來，扔在地上。然後我走到衣架，拿下我的服裝。我沒有拿走全部的服裝，只拿我捨不得的衣服，像藍色嗶嘰布外套、牛津布袋褲、深紅色的守衛制服等，並把衣服塞進袋子裡。我也拿了鞋子、襯衫和領帶，甚至拿了幾頂帽子。我沒有多想，只流著汗一直拿，拿到袋子滿了，幾乎和我一樣高。袋子很重，我扛起時搖搖晃晃。但我肩上實際有重擔之後，我反而莫名感到滿足，彷彿平衡了我沉重的內心。

我扛了一肩東西，走過貝瑞塔尼亞劇院通道，沒有經過任何人，也沒在找尋誰。我走到後台入口時，才看到一個令我開心的人。比利小子獨自坐在門房的辦公室，手中拿了根菸。我靠近時他抬頭，驚訝地望著我肩上的袋子，發現我雙眼腫脹，臉上妝都花了。

「天啊，南。」他起身說：「妳怎麼了？妳生病了嗎？」

我搖搖頭。「給我你的菸，比利，好嗎？」他把菸遞給我，我抽了一口，咳了咳。他小心地望著我。

「妳看起來一點都不好。」他說：「凱蒂在哪？」

我又抽了一口菸，把菸遞還給他。

「走了。」我說。接著我拉開門，踏到街上。我聽到比利小子的聲音，他語氣焦慮，驚恐又緊張，但門關上之後，我沒聽到他說什麼。我將肩上的袋子拉高一點，邁步向前。我拐個彎，接著再拐另一個彎。我經過一棟骯髒的公寓，走上一條繁忙的街道，走入來往的人流。倫敦將我吞噬了。有那麼一會，我完全停止了思考。

第二部

第八章

我走了約莫一個小時，才又停下腳步。但我只是漫無目的亂走，有時還循原路折回。我的目的不是要遠離凱蒂，而是不想讓她找到。我想隱沒在城市灰暗無名的角落。我想找間房。房間不必多大，只要乾乾淨淨，不會被人發現就好。我彷彿看到自己走進房中，蓋住頭，像某種掘穴蟄伏的生物，像木蝨或老鼠。於是我繼續在街上漫步，前往應該有租屋的區域，我走過一條條殘破陳舊的街道，看著一間間出租公寓、廉價旅館和窗口放著「房間待租」廣告的房子。我想其實任何一間都很適合，但我在尋找歡迎我的徵兆。

最後我好像找到了。我穿過沼澤門區，走向聖保羅座堂，然後轉個彎，幾乎快走到克勒肯維爾。我仍然不管四周的人，不少男人和小孩會盯著我瞧，有時他們看到我扛著束繩袋，一臉茫然費勁向前走，便會大笑出聲。我低著頭，雙眼半閉，但我現在發現自己走入一個廣場。我漸漸注意到附近熙攘，人聲喧鬧，也注意到一股氣味。那股臭氣令人作噁，我依稀認得，卻無以名狀。我腳步放慢，感覺路面黏稠，會黏住鞋底。我睜開雙眼，看見自己腳下的鋪石是紅的，並流著血和水。我抬頭，看到前面有棟典雅的鐵製建築，裡頭停滿一輛輛廂型車和推車，無數搬運工扛著一具具獸屍。

我走到了斯密斯非的肉品市場。

我看到之後嘆口氣。旁邊有個菸草攤，我走過去買了一盒菸和火柴。男孩找我錢時，我問他附近有沒有待租的出租公寓。他告訴我兩、三個地方，並額外提醒我：「這地區的公寓沒那麼乾淨，小姐。」我只點點頭，轉身離開，並走向他提到的第一個地方。

結果第一棟房子位於髒亂的街道上，建築高大頹傾，靠近法靈頓街鐵道。庭院裡有個床架，還有十幾個生鏽的鐵罐和破掉的條板箱。隔壁棟的庭院有一群赤腳的孩子，加水攪拌著一桶桶泥土。但我對一切恍若無睹，只直接走到門口，將袋子放到門階上，然後敲門。我身後鐵路口一輛火車轟隆作響，嘶嘶冒煙而過。火車經過時，我站的門階晃了一下。

一個臉色蒼白的女孩來應門，我詢問空房時，她死盯著我瞧，然後轉身向昏暗的屋內喊一聲。過一會，有個女士來到門口，她也打量我一番。我這時才想到，我穿著昂貴的洋裝，但沒戴帽子和手套，雙眼紅腫，流著鼻涕。不過我毫不在意自己的樣子，彷彿根本不重要。那女士最後判斷我不會惹麻煩。她說她叫貝斯特太太，她還有間房能出租。租金一週五先令，含僕役服務的話是七先令，而且租金要事先付清。這樣可以嗎？我迅速心不在焉假裝想了想（我現在無法認真思考），然後說成交。

她帶我到一間狹小的房間，房間布置簡陋樸素，黯淡無色。裡面所有東西，包括壁紙、地毯，甚至是壁爐旁的瓷磚，不是磨壞了，就是褪了色，再不然就是滿是塵灰，呈現一片灰白。房裡沒有煤氣燈，只有兩盞燈罩髒汙、龜裂的油燈。壁爐上有面小鏡子，鏡面汙濁，斑斑點點，像老人的手背一樣。窗口正對市場。這裡和我們在史丹佛山的房間相比，簡直天差地別。至少這點，在悒鬱之中，給了我一絲滿足和安慰。但我其實真正注意到的是床和門。床上有一塊破爛的老舊稻草墊，邊緣發黃，中間發黑，上面還有一塊盤子大的舊血漬。床雖然感覺臭氣薰天，此時卻令人嚮往。門很結實，上面插著鑰匙。

於是我對貝斯特太太說，我希望現在住進房裡。並拿出裝錢的信封。她看到時哼一聲。我覺得她以為我是妓女。她說：「我話說在前，我這房間很規矩，我希望房客也能規規矩矩。我以前房間租給單身女子曾惹上麻煩。我不管妳在外頭做什麼，或交什麼朋友。但有件事這屋裡絕對不准，男生不得進到單身女士的房間……」

我說這點我絕對不會犯。

我逃出史丹佛山的頭幾週，對貝斯特太太來說，我一定是個怪房客。我準時交租，但絕不出門。沒人來拜訪我，我也沒收到信件和卡片。我只關在房間，窗板緊鎖，在咿呀作響的地板上來回踱步，喃喃自語或哭泣……

我想其他房客覺得我瘋了。也許我確實瘋了。但那時我覺得自己的選擇很合理。因為萬念俱灰之下，我又能逃去哪？我在倫敦的所有朋友，包括鄧蒂太太、辛姆斯和帕西、比利小子和芙蘿拉，也全是凱蒂的朋友。如果我去找他們，他們會說什麼？他們知道凱蒂和華特終成佳偶，只會為他們高興！如果我回到惠斯塔布，**家人**會怎麼說？我才剛從那裡返回倫敦，態度高高在上。而且從我離家那天起，他們彷彿都等著看我受辱返家。以前和他們一起生活，渴望著凱蒂，我就感覺好痛苦。**失去**凱蒂之後，我又怎麼有臉回家重操舊業？

我能想像他們的信件寄到史丹佛山，放在桌上，沒人拆信，也沒人回信。我也猜得到，根據過去經驗，他們會以為我不想理他們，不久不再通信，但我就是無法說服自己回家。就算我想起我拋下的事物，像我的女裝、薪水、粉絲和欽慕者寄來的信件和卡片，以及印有我名字的舊錫箱，我都絲毫沒有眷戀，彷彿那是別人的過去。我想到我算和《灰姑娘》毀約，劇院必須收拾爛攤子時，我其實也不在意。我在新家叫作「艾士特利小姐」。如果我的鄰居曾看過南．金恩在舞台上表演，他們不會在我身上看到她。其實我自己都認不出她了。我帶來的服裝也沒拿出來，我根本無法正視，它們仍在袋裡，收在床底下生灰塵。

沒人來找我，因為沒人知道我在哪。我躲起來了，失蹤了。我拋下所有朋友和歡笑，以悲傷為志業。一週週過去，我只睡了又醒，醒了又哭，並在房中不斷踱步。不然我會站在骯髒的窗前，額頭抵著玻璃，望著市場，看一具具屍體疊成堆，最後抬去賣掉，或讓人帶回家。我唯一見到的人就是貝斯特太太和瑪麗，瑪麗是幫我開門的小女僕，她會替我倒夜壺，拿炭和水給我，她有時會替我跑腿，去買菸和食物。她將東西交給我時，我從她的表情看得出來我變多古怪。但不論她害怕或好奇，我都不在乎。我除了專心悲傷，什麼都不在乎了。我一心一意放任自己悲傷，毫無保留。

我相信那幾週我都沒洗澡。因為我沒有其他洋裝，所以我絕對沒換過衣服。我也不戴假髮了，我放任頭髮垂到耳際，凌亂又油膩。我不斷抽菸。手指從指甲到指節都出現棕黃菸漬。我幾乎沒怎麼吃。雖然我非常愛看司密斯非搬運獸屍的畫面，但一想到舌頭嘗到肉的感覺，我便感到反胃，我只想吃最無味的食物，就像懷胎的孕婦，我發展出獨特的胃口。我只想吃甜的白麵包。我給瑪麗一個又一個先令，請她去康登鎮、白教堂、萊姆豪斯、蘇活買貝果、布莉歐修麵包、扁平的希式乾麵包、中式烘焙坊的饅頭。我會在火爐上煮壺濃到不行的茶，用煉乳增添甜味，以麵包沾著茶吃。我們在坎特伯里演藝宮最初那段日子，這就是我為凱蒂準備的茶。那味道就像她的味道，同時令人舒適，又令人折騰。

我不在意時光，而時光也依舊故我，迅速飛逝。那段日子沒什麼好說，只能以糟糕來形容。我樓上的房客搬走，新來的房客是一對貧窮的夫妻，他們有個小嬰兒。嬰兒患了疝氣，晚上會哭鬧。貝斯特太太的兒子交了女朋友，並帶回家裡。她在樓下客廳接受招待，喝茶，吃三明治。有人彈鋼琴時她會唱歌。瑪麗用掃把打破窗戶，並尖叫一聲，後來貝斯特太太挽起袖子，賞她一巴掌，她又叫了一聲。我在自己淒涼的房中聽到的就是這些。也許日常聲響能令我感到安慰，但不論是什麼安慰，對我都沒用。那些動靜只讓我想起自己拋下的各種平凡事物！像親吻，像喜悅和憤怒中的喧嚷。我從骯髒的玻璃望向世界，彷彿在看一窩螞蟻，或一窩成群的蜜蜂。我覺得那世界的事物一絲一毫都不屬於我。雷電乍響，日子一天天變暖，司密斯非的血腥惡臭變得更刺鼻，我這才發現時間已緩緩入春。

我覺得自己也許會和地毯及壁紙一起漸漸褪色，最後化為無形。我也許會死，並葬在無名墳墓，無人探訪。我也許會昏迷到世界末日……最後若沒有轉機，讓我脫離悲傷，我覺得我真會如此。

我待在貝斯特太太家約七、八週，不曾踏出她家一步。我仍只吃瑪麗為我買來的食物。如我所說，我只請她替我買麵包、茶和牛奶，但她有時會買來更實際的食物，並勸我吃。她會說：「小姐，妳不吃點東西，身體會出問題。」她會從法靈頓路上的攤販和派店買熱呼呼的烤馬鈴薯、派和鱔魚凍給我，食物會緊緊包在一層層被蒸氣悶得發軟潮溼的報紙中。如果她給我一包砒霜，我可能也會吃下肚。後來我在吃馬鈴薯和派時，會習慣將包裝紙攤在大腿上，看一欄欄報導。報導內容都是關於十天前竊盜、謀殺和拳擊賽的事。就像我從窗口望著東倫敦街道，報導於我也只是過眼雲煙，打發時間罷了。但有天晚上，我將報紙攤平在膝蓋上，撥開卡在摺痕中的糕餅屑時，我看到一個我認識的名字。

那一張是從廉價劇場的報紙撕下來的，主題寫著「音樂廳浪漫情事」。那幾個字印在天使舉著的橫幅布條上。但下面有三、四個條目，上面寫著諸如：「**班和米莉訂婚了。喜劇雜耍演員結婚。海爾・哈維和海倫享受蜜月之旅！**」這些藝人我一概不識，也不想多看他們的報導。但中央有個專欄報導，旁邊還放了一張照片，我一看到目光便無法移開。

專欄標題寫道：「**巴特勒和布理斯，戲劇圈最快樂的新婚夫妻！**」照片中凱蒂穿著婚紗，華特穿著西裝。

我怔怔望著那張照片好一會，然後我手放到報紙上，發出哭喊。我的叫聲尖銳短促，悲痛欲絕，彷彿報紙燙傷了我。叫聲後來變成一聲聲呻吟，聲音低沉破碎，叫到我氣都沒了。我很快聽到樓梯傳來腳步聲。貝斯特太太來到門口喊著我的名字，語氣好奇又害怕。

我聽到時不再吵鬧，稍微冷靜一點。我不希望她進到我房間，窺探我的苦痛，說些無用安慰的話。我提聲向她說，我沒事……我只是作了個噩夢。過一會，我聽到她離開了。我再次望向膝蓋上的報紙，讀著照片旁的內容。上面寫華特和凱蒂三月底結婚了，並到歐陸度蜜月。凱蒂目前暫停舞台表演，但未來會再回到音樂廳演出，秋天會和華特搭檔，演出全新劇碼。報導寫她的舊搭檔南・金恩小姐在霍克斯頓貝瑞塔尼亞劇院演出時生了病，並忙著規畫自己的新生涯……

讀到此，我突然有股強烈的感覺，我不想呻吟或哭泣，反而想大笑。我手摀住嘴，彷彿想阻止一波嘔吐。我感覺已逾一百年沒大笑。我現在好怕聽到自己的笑聲，因為我知道聽起來一定很恐怖。

衝動過去之後，我再次望向報紙。我起初想把報紙撕成碎片或扔到火中燒了。但我現在覺得我隨時都要看得見這篇報導。我用指甲劃過報導的四邊，然後一絲不苟沿著刻痕緩慢撕下。報紙其他部分我丟到火爐裡，印有凱蒂和華特結婚照的報導，我則小心翼翼地拿在手掌上，彷彿那是片蛾翼，碰多了便會弄髒。我思考一會，走到鏡子前。鏡子和鏡框之間有條縫，我將報紙一角卡到裡面。報紙穩穩地卡在上面，擋住我的倒影。在那狹小的房中，每個地方都看得到這張紙。

我也許有點發燒，但我的腦袋感覺比這一個半月都來得清晰。我望著照片，接著望向自己。我發現自己狼狽不堪，面容憔悴，雙眼浮腫，還有黑眼圈。原本我總愛保持一頭秀髮光潔俐落，現在又髒又長。我雙唇咬得發紅，幾乎和鮮血顏色一樣。我的連身裙滿是汗漬，腋下散發腐臭。我心想，這就是照片裡這對夫妻對我幹的好事！

但在這段悽慘的日子裡，我也第一次心想，我為了他們把自己弄成這副德性，真是傻瓜。

我別開頭，走向門口，大聲叫瑪麗來。她喘著氣，略帶緊張跑來，我跟她說我想洗澡，需要肥皂和毛巾。她望著我，眼神古怪，我以前從沒問過這種事。她跑到地下室，不久拖著浴盆上樓，一路碰撞，砰砰作響，她也去廚房叮鈴噹啷拿了鍋子和水壺準備。不久貝斯特太太聽到聲響，再次從客廳走來。我解釋說自己突然想洗澡時，她說：「噢！艾士特利小姐，現在洗澡好嗎？」她臉色蒼白，一臉驚恐。我想她以為我打算淹死自己，或在水中割腕。

當然，我沒有。我在熱氣蒸騰的浴盆中坐了一小時，望著火爐和凱蒂的照片，拿肥皂和毛巾輕輕按摩我痠痛的四肢和關節。我洗淨頭髮，清掉眼睛、耳下、膝蓋後方、手臂皺褶和雙腿間的汗垢。我搓洗到皮膚發紅刺痛。

最後，我想我睡著了，並夢到莫名不安的畫面。

我記得惠斯塔布有個女人，我已好幾年沒想到她，她是我們的鄰居，在我童年便因特殊疾病意外過世。醫師說，她的心硬化了。心臟外層變得像皮革一般堅韌。心臟瓣膜失去了活力，在抽送血液時變得軟弱無力，後來徹底停止。除了疲憊和喘不過氣，事前毫無預警。心臟無聲無息地不斷執行著致命計畫，然後倏然停下。

我和姊姊初次聽到這件事，心情激動又害怕。我們年紀尚輕，身體健康，一想到我們身上的器官（尤其是最重要的器官）不會支持我們長大，反而會突然喪失功能，害死自己，聽起來真是太恐怖了。那女人死後一星期，我們聊的全是她。我們晚上會躺在床上一起顫抖。我們會用流著冷汗的手揉著胸，感覺隱約的脈搏，緊張那微弱的節奏會變緩慢、虛弱，並且相信，就像意外猝死的可憐鄰居，我們的心臟也會在紅色柔軟的胸腔中偷偷變硬。

我在變涼的浴盆中醒來，面前是黑白的房間，那張照片在牆上，我手不禁放在胸骨上，搓揉摩擦，尋找著底下變硬的心。這次我似乎找到了。我身體核心形成一股黑暗、沉重、平靜的力量，我之前都恍若無聞，但現在我因此感到安慰。我的胸又緊又痛，每當感受到痛楚時，我沒有縮身或流汗，只將雙臂抱住肋骨，像擁抱愛人般擁抱我變黑暗和堅硬的心。

也許這時，華特和凱蒂正走在法國或義大利街頭。也許他彎身碰觸她，像我碰著自己。也許他們親吻了，或躺在床上……我之前想著這一切上千次，並咬著嘴唇，失聲哭泣。但現在我望著那張照片，感覺自己像我的心一樣麻木，只充滿憤怒和失望。他們走在一起，全世界都為他們高興！他們在街上擁抱，路人看了都很開心！我這段時間卻像隻蒼白的小蟲，活得毫無喜悅，毫不自在。

我從浴盆走出，不在乎水潑到地上，再次拿起照片。但這次我把照片捏了。我大叫一聲，來回踱步。但這回我踱步不是因為悲慘，而是因為想活動酥麻、煥然一新的四肢，感受瞬間湧現的活力。我拉開房間窗戶，身子探入倫敦永不漆黑的夜，聽著街上久違的聲音，聞著城市久違的氣味。我心想，我會再走進世界。我會回到城市裡。他們讓我離開這座城市夠久了！

噢！可是隔天早上，我發現要回到街上多可怕。街上熙來攘往，髒亂吵雜，教人頭暈目眩！我在倫敦住了一年半，以此地為家。但之前我是與凱蒂和華特上街，通常我們不曾步行，我們會坐馬車。為了打扮合宜，我向瑪麗借了帽子和外套，但現在一走上街，我感覺自己彷彿全裸跌跌撞撞走過克勒肯維爾。一方面也是因為我怕拐個彎就遇到熟面孔，讓我想起過去的生活，甚至想起凱蒂的臉，想到她在華特懷中，彎頭微笑。所以我不禁腳步猶豫，處處畏縮，不斷撞到人，一直遭人咒罵。一句句罵語像是蕁麻刺一樣尖銳，害我全身發抖。

除此之外，好多人盯著我瞧，且出聲叫我。中途有兩、三次，還有人抓我、摸我和捏我——都是男人。我過去的生活從沒發生過這種事。話說回來，也許如果我懷中有個小孩，或拿著包裹，目光低垂，堅定向前走，他們可能不會煩我。但如我所說，我走走停停，在車水馬龍中張望，我想這樣的女孩自然會招來調戲和戲弄……

他們的目光和觸碰與謾罵一樣，都讓我不斷發抖。我回到貝斯特太太家，拿鑰匙開門。然後我躺在腐臭的床墊上顫抖、哭泣。我以為自己重獲新生，未來光明，我以為街頭會歡迎我，結果卻只將我擊垮，讓我再次墜入悲傷中。更慘的是，街頭嚇壞我了。我心想，**我怎麼能忍受？我該怎麼生活？**凱蒂現在有華特了。凱蒂結婚了！但我一貧如洗，孤苦伶仃，沒人照顧。我一介女子，在一座屬於情人和紳士的城市裡，該何去何從。在城市中，女孩走在路上就是給人看的。

我早該在凱蒂旁唱歌時便從歌詞中學到這件事，但那天早上我才領悟。

我那時想起，這是多殘忍的一個笑話，我在倫敦穿著西裝，在舞台上大搖大擺走過那麼多次，現在卻因為我是個女孩子，害怕走上街頭！我萬念俱灰心想，但願我是個男孩就好了。我如果真是個男孩子……

這時我心頭一驚，坐起身子。我想起凱蒂那天在史丹佛山的家曾說我**太像男生了**。我記得我穿上褲子，在鄧蒂太太面前擺姿勢時，她說：「**她太真了**。」而那件西裝……新年前夕，華特送的藍色嗶嘰布西裝就在我床下，塞在帆布袋裡，和我從劇院帶來的所有服裝放一起。我跳下床墊，拉出袋子，過一會，我將所有服裝攤放在地上。在黯淡無色的房中，衣服顯得異常鮮豔漂亮，在縫線和皺褶裡，有著我過去人生的顏色和質感，有著音樂廳的氣味和歌曲，也有著我以前的熱情。

一時間，我坐在原地顫抖。我害怕回憶湧上心頭，我會再次哭泣。我差點將服裝放回袋內，但我深吸一口氣，逼自己的手穩定下來，忍住淚水。我將手放到胸上，感受賦予我力量的那股沉重和黑暗。

我拿起藍色嗶嘰布西裝抖了抖。西裝塞在袋中變得皺巴巴的，但除此之外，完好如初。我穿上襯衫和領帶，試穿一下西裝。我變好瘦，褲子從我腰際滑下。我的屁股比之前更嬌小，胸部也更乾癟。破壞我男生形象的是那件束身的愚蠢外套，但我發現衣襬沒有裁剪掉，只打褶縫起。壁爐上有把麵包刀，我拿來割破縫線。過一會，外套回到之前男性化的樣子。我想，只要把頭髮剪了，再穿上一雙男生的鞋子，不管是誰（就算是凱蒂！）在倫敦街頭看到我，絕不會發現我是個女孩。

當然，在執行我大膽的計畫前，還有一、兩個問題。首先，我必須好好重新習慣城市。我花了一個星期，每天在法靈頓和聖保羅街頭亂走，後來面對喧騰紛亂、鬼吼鬼叫的人群以及男人的目光，我終於不再難受。接下來，如果我真的要穿服裝上街，我必須要找個地方換裝。我不想一整天都打扮成男生。我暫時也不想放棄貝斯特太太的房間。但如果我穿著褲子出現在她面前，我能想像房東太太的表情。她會以為我完全瘋了。她可能會叫醫師或警察來。她絕對會把我趕走，那樣一來，我便再次無家可歸。我一點都不想淪落於此。

我需要找個離司密斯非遠一點的地方。其實我需要一間更衣室。但就我所知，這裡沒有那種地方。我認為乾草市場的妓女會在皮卡迪利圓環的公廁更衣。她們會拉上門栓，讓門鎖變成**使用中**，接著在洗手檯化妝，換上俗豔的連身裙。對我來說，這似乎是個合理的選擇，但我根本無法照做，因為我如果戴著草帽，穿著嗶嘰布和天鵝絨西裝，從女生廁所走出來，我的計畫就完了。

但最後，我確實在西區妓女的人生中找到問題解答。我每天四處漫步，最遠走到蘇活區。我發現那裡有無數房子掛著招牌寫**計時床位出租**。起初我天真心想，誰會想在那裡睡一小時？當然，後來我恍然大悟，沒有人會去住。那些房間是給女生帶客人去的。確實，他們有躺到床上，但不是為了睡覺。我有天站在柏立克街附近的巷口咖啡攤，看著其中一棟房子的大門。我看到男男女女不斷進出，門口有個色瞇瞇的老女人坐在椅子上收錢，除了她，沒人注意他們。而那老女人收了錢，給客人鑰匙之後，也馬上不管他們了。我想就算兩個男人扮成馬，讓妓女牽著韁繩走到門口，只要馬有準備好錢，沒人會放下手中工作轉身注意……

因此，幾天後，我將服裝放到包包，走到門前說我要一間房。老婦人打量我一陣，皮笑肉不笑的。我給她一先令，她把鑰匙塞到我手中，擺頭讓我走進後頭昏黑的走廊。那鑰匙黏黏的，房間手把也很黏。真的，那房子的一切都爛透了，牆跟紙片一樣薄，環境又溼又臭。我打開袋子，攤開服裝，我聽到樓上、兩邊房間傳來各種哼聲、拍打和咯咯笑聲，還有撞擊床墊的聲音。

我衣服換得飛快，這段時間，每一聲呻吟和傻笑都令我更加遲疑和害怕。房中有面鏡子，鏡面裂縫中殘留著血跡。我最後望著自己，露出笑容，知道自己的計畫很成功。我從房東太太廚房借了熨斗，將西裝的皺紋都熨平。我用裁縫剪刀將頭髮剪短，並用口水把頭髮壓平。我將洋裝和皮包放在椅子上，走到房間外頭通道，鎖上門。我重生的黑暗之心像時鐘快速跳動。如我所料，我經過門階前的老婦人時，她頭抬也不抬。於是我猶豫地走上柏立克街。掃向我的每一道目光都令我畏縮。我隨時都以為自己會聽到一聲大喊：「女生！這裡有個女扮男裝的女生！」但沒人望向我。他們的目光只會掃過我，望向後頭的女生。發現沒人大喊，我稍微挺起胸膛向前走。在聖路加教堂轉角，有人推著車經過，喊了聲：「你好，先生！」有個留鬈劉海的女人手放到我手臂上，歪頭說：「唉唷，小哥長得好俊，你看起來挺有活力。想不想跟我來，到一個我知道的好地方呢？」

第一次演出成功讓我變大膽了。我回到蘇活區再換裝一次，這次走更遠。然後我去了一次又一次……我成為柏立克街炮房的常客。老鴇一週三天會替我保留房間。當然，她很早便發現我來的目的。但她見到我時總瞇著眼瞅我，我想她一直不確定我是來房間換上褲裝的女孩，還是來換下連身裙的男生。有時，連我自己也不確定。

每一趟，我都找到新的技巧，以便學得更像。我去了一趟理髮廳，把以前女性化的頭髮全剪了。我買了鞋襪、汗衫、內褲和長袖內衣褲。我試著用繃帶，將我胸部僅有的曲線收束平坦。我胯下會塞個摺好的手帕或手套，模擬褲中的老二。

我說不上快樂。你別以為我**快樂**過。我待在貝斯特太太家的房間裡，淒涼悲慘度日太久了。我像壁紙一樣，已失去了希望和色彩。但即使我哭哭啼啼，倫敦永遠不會褪色。而如今我終於能自由在城市中漫步，像個帥氣的男生，穿著剪裁精良的西裝，大家看我的眼神中都充滿羨慕，而非看我笑話。雖然微不足道，但也令人得意，那是當時我唯一的幸福。

我會想讓凱蒂看看我現在的樣子。我是個女孩時，她不肯要我。要是她現在看到我，她肯定後悔！我想起母親有次從圖書館借回的書，書中女人被逐出家門，後來假扮成保母回家照顧孩子。我心想，我真想再次見到凱蒂，以男人的身分追求她，最後揭露真實身分，讓她像我一樣心碎！

想歸想，我不想跟她聯絡。一想到也許會意外碰到她，或看到她和華特在一起，我身體依舊會發抖。但就算到了六、七月，她肯定度完蜜月回城了，我卻不曾在音樂廳或劇院的海報上見到她的名字。我不曾買戲劇報紙，尋找她的消息，所以我一直不知道她嫁給華特之後過得如何。我唯一見到她是在我夢中。夢裡，她仍親切可愛，仍會喚著我名字，並湊上來討吻。但最後，她長著雀斑的肩膀上依舊會出現華特的手臂，她會望著我，眼中滿是內疚，並將目光轉向他。

但現在，我從夢中醒來不會哭了。我只會將悲憤化為力量，再次踏上柏立克街。我覺得那些夢點綴了我的偽裝。

但一直到八月，炎熱夏末的某天晚上，我漫步在伯靈頓拱廊街時，才發現自己打扮得多巧妙。時間大概是九點。我已走了一陣子路，現在站到菸草店櫥窗，端詳窗中的一盒盒菸草、雪茄剪、銀牙籤和玳瑁梳。八月非常溫暖。我穿的不是藍色嗶嘰布西裝，而是我唱〈猩紅熱〉那首歌時的服裝。那是件守衛的制服，還有頂俐落的小帽。我解開衣領的釦子透氣。

我站在那一會，注意到身旁出現一個男的。他和我一樣站在櫥窗前，似乎慢慢靠向我。不知不覺，他已湊到我身旁，我幾乎能感覺到他手臂的溫度，聞到他身上的肥皂香。我沒轉頭去看他的臉。但我瞥見他鞋子光潔亮麗，格外精緻。

沉默了一、兩分鐘，他開口：「真是個愉快的夜晚。」

我依舊沒轉頭，只真誠地附和他。我們又沉默了一會。

「你在看展示品，是嗎？」他繼續說。我點點頭，現在我轉頭望向他了，他一臉喜悅。「那我們是同好了，我看得出來！」他聽起來是個紳士，但卻一直壓著嗓子。「嘿，我不抽菸，但我會受精緻的菸草店吸引。我很愛看像雪茄、刷子和指甲剪……」他用手比著。「菸草店有一種說不出來的**男子氣概**，你不覺得嗎？」他的聲音最後一沉，彷彿在喃喃自語。現在他繼續壓低聲音，但語速很快：「你想嗎，大兵？」

他這句話令我眨眨眼。

「什麼？」

他眼珠咕溜一轉，環視四周，動作熟練、迅速，彷彿上了油的輪子。接著他回望向我：「你想調皮一下嗎？你有我們能去的房間嗎？」

「我不懂你的意思。」我說。不過老實說，我漸漸理解了。

他以為我在欲擒故縱。他露出笑容，舔了舔八字鬍。「你不知道啊？我以為所有守衛都明白這遊戲……」

「我可不懂。」我一本正經說：「我上週才入伍。」

他又笑了笑。「新兵啊！我想你從來沒跟另一個人幹過這檔事？你這麼英俊，沒有嗎？」我搖搖頭。「那好……」他吞了吞口水。「你要不現在跟我試試？」

「做什麼？」我說。他眼珠再次咕溜轉動，瞄向四周。

「可以貢獻你的屁眼……或許你漂亮的雙唇。或用你漂亮白皙的手，伸手入馬褲的開口裡。士兵，隨你選擇。別再挑逗我了，拜託。我現在跟掃把柄一樣硬了，只想趕快爽一下。」

儘管句句令人震驚，表面看起來，我們兩人仍望著菸草店櫥窗。他繼續壓低聲音，快速說出淫蕩的對話，鬍子連動也不動。我想旁人望過來，會覺得我們只是兩個不相干的人，沉浸在自己的世界裡。

我想到此不禁笑了。我和之前一樣，用開玩笑的口吻說：「那你願意給我多少錢？」

他一聽到，露出冷笑，彷彿他早知道我不是好東西。但他冷冷的表情下，我也看到一股熱潮，彷彿我正投他所好。他說：「口交或羅勃一英鎊。」當然，他指的是羅勃．白朗寧[26]。「打手槍一畿尼。」

玩笑到此告一段落，我原本打算搖頭，朝他揮帽道別，迴身走開。但他已欲火難耐，身子稍微轉過來，我

26 羅勃．白朗寧（Robert Browning, 1812-1889）是英國維多利亞時期最重要的劇作家和詩人。「羅勃」在此為借代，因為詩人的姓Browning，在俗語中有「肛交」的意思。

看到他腰上有個閃閃發亮的物品。那是一條厚實的金錶鍊。他的錶鍊從他做工華麗的條紋背心垂下。我再次望向那人的臉，櫥窗中的燈光照亮他的五官，我看到他八字鬍和頭髮都是紅色，非常濃密。他雙眼呈棕色，臉頰凹陷，儘管如此，他看起來確實非常像華特。像與凱蒂同床，並親吻她的華特。

一想到此，我心情格外激動。我開口了，但彷彿那不是我，而是別人在說話。我說：「好吧。可以。我願意……拿一鎊碰你。」

他變得一副公事公辦的樣子。我離開時，我感到他在櫥窗前多逗留一會才跟上。我沒有走到之前的出租炮房。我其實毫無頭緒，只知道我不要跟他待在同一間房，冒著他可能霸王硬上弓的風險。我帶他到附近的一條巷子裡，那裡有個排水格柵，妓女常到那裡上廁所。我靠近時，有個女人冒了出來，她將裙子壓到雙腿間擦了擦，並朝我眨個眼。她走了之後，我站在那裡等一會，不久那男人出現。他拿著報紙擋住褲襠，報紙一拿開，我看到瓶子大小的突起，心裡一陣驚慌，但後來他走到我面前，一臉期待。我打開他褲釦時，他閉上雙眼。

我抓出他老二，端詳一會。我以前不曾這麼近看過，恕我直言，形狀好畸形。但我在音樂廳裡常聽到老二笑話，非常了解老二的功用。我抓住老二之後，開始上下滑動。我覺得自己動作一定很不熟練，但他似乎不以為意。

「好粗、好長喔。」我說。我聽說每個男人在此時都會想聽到這種話。那男人嘆口氣，睜開雙眼。

「噢！我好希望你親吻我那裡。」他低聲說：「你的嘴太完美了，像個女孩的嘴。」

我放慢節奏，望一眼他脹大的老二。我跪下時同樣彷彿不是自己，而是另一個人。我心想，這就是**華特**的味道！

後來，我將他的精液吐到磚石上，他真誠感謝我，態度優雅有禮。

他扣著褲釦時說：「也許我下次能在同一個地方見到你？」

我無法回答他。因為其實我快哭出來了。他給我一鎊，然後他猶豫一會，向前一步，親吻我的臉頰。我身子不禁向後縮。他感到我打寒顫時，他會錯意了，神情變得哀傷。

他說：「噢！士兵小子，你不喜歡這樣，對不對？」他語氣奇怪，我望著他時，發現**他**雙眼閃爍淚光。稍早之前，他的興奮感染了我，讓我充滿興致。但現在見到他如此憂傷，我開始深思這一切。他轉身走出巷子時，我仍待在原地發抖，不是出由悲傷，而是有種毛骨悚然的喜悅。那人乍看之下長得像華特，因為凱蒂的關係，我用了詭異的方式取悅他，並感到噁心。但他其實一點也不像華特，因為華特能在各處恣意享受歡愉。那男人的歡愉最終化為滿腔惆悵。他的愛無比強烈，卻又不得張揚，只能和陌生人鑽入惡臭的小巷才能獲得滿足。我了解那種愛。我知道那種忍住自己胸中悸動，害怕心跳太大聲，被人揭穿的感受。

我一直壓抑著自己的心跳，最後還是遭人背叛。

而現在就像我自己的遭遇，我背叛了另一個人。

我將那人的金幣收起，走向萊斯特廣場。

我隨意在西區漫步時，總是會避開這地方，即使經過也會加快腳步。我總會想起第一次和凱蒂及華特到這裡的事。我不喜歡想起這段往事。但今天晚上，我故意走到廣場。我走到莎士比亞雕像前，靠在雕像前，望著我們當時看到的景象。我記得華特說我們在倫敦的正中心，並問我是否知道是什麼讓城市巨大的心臟跳動？**表演**！我那天下午環視四周，驚訝望著一切，以為全世界的表演全都聚集在此。我看到富人和窮人交錯，豪奢和殘敗並存，白人和黑人交融。我看到龐大和諧的城市，興奮地覺得身為凱蒂的朋友，自己也將在其中找到一席之地。

在那之後，我對世界的看法變了好多！我發現，倫敦的生活比我所想得更為奇異且多變。我也發現，常人不會看到所有的生活樣貌。城市的各個角落並非和諧交融，完美無瑕，反而處處對立摩擦，衝撞排擠，相互交疊。有些人害怕，因此躲藏起來，只和同好相處。現在我不知不覺展現出某種祕密的氣質，並成為那群人的一分子。

我望向四周的路人。那裡有三、四百人，也許五百人。有多少人和我剛才手交的紳士一樣？我正好奇，就發現有個男人刻意朝我望一眼，不久又有另一個。

也許我最初以男生的打扮回到世界時，有不少人看向我。但我從未注意他們，也不曾掌握他們的形象。但現在我全都看在眼裡。我全身顫抖，一方面是因為滿足，一方面是因為憤恨。我起初穿上褲裝是為了躲避男人的目光。但**這些**男人以為我和他們一樣，**像那個樣子**，而我知道自己成為焦點時，我並未感到困擾。不知為何，我感覺反而像在**復仇**。

接下來一、兩週，我繼續四處遊走，在我誤打誤撞進入的世界中，觀察和學習處事之道。那個世界中，最重要的莫過於走和看這兩個動作。走在路上，便能展現自己，讓他人欣賞。而在路上看著看著，便能找到自己喜歡的面孔和身體。他點頭，他眨眼，他搖搖頭，他眼神帶著暗示走進巷子或炮房……如我所說，我起初沒有參與其中，只研究著他人，但同時也接收到無數疑惑的目光。我有時會與人目光相交，故意鬧著對方玩，但我大多數都在一秒之後，故作輕鬆，移開目光。但有天下午，我再次看到一個依稀像華特的紳士。他要我摸他，替他手交，並在他耳邊淫言浪語。感覺所求不多。我覺得他沒發現我有所猶豫。我把條件講清楚，索價一樣是一英鎊，並帶著他到上次那個角落。他的老二感覺不大。但我再次稱讚他老二又粗又長。

「你長得真俊。」他事後對我低聲說。這枚金幣得來全不費功夫。

命中注定似的，就像我當初展開音樂廳演藝生涯，我輕而易舉地扮演起另一個新角色，成為一名男妓。

第九章

從音樂廳的女扮男裝表演者成為男妓，也許乍看之下令人費解。但其實演藝界和我身處的男同志圈差別並不大。兩者都以倫敦為國，以西區為首府。兩者各有其魅力和現實，有光輝的一面，也有辛苦的一面。兩者都有各種人物，例如天真的女子、社交女王、明日之星、殞落之星、名流和政客……

就像在凱蒂身邊學習表演，這一切我在前幾週都漸漸摸明白了。我幸運地找到一個朋友兼顧問。有天晚上突然下起大雨，我躲到蘇活廣場旁一棟屋子的門口，和一個男生聊起天來。他舉止非常陰柔，就是一般人說的變裝王后。而像許多陰柔的男生，他替自己起了個女孩名字：「愛麗絲」。

「那是我姊姊的名字！」他告訴我時我說，他露出笑容。那也是**他**姊姊的名字。但他說他姊姊過世了。我說我不知道我姊姊過世沒，也不在乎。他似乎不感到意外。

我猜這個愛麗絲大概跟我同歲。他和女孩子一樣美，甚至比大多數女孩都還美（包括我）。他有一頭烏黑光滑的頭髮和心形的臉蛋，睫毛又長又黑又濃密，非常不可思議。他說他從十二歲起便開始賣了。現在他只知道以賣淫為生，但他算喜歡。他說：「總之，這比在辦公室或商店工作好多了。」我相信他，因為如果要我整天待在同一個小房間，坐在同一張小凳子上，盯著一張張同樣無趣的面孔，我會瘋掉！完全瘋掉！

他問起我的過去，我跟他說，我從肯特來到倫敦，後來被人欺負，現在不得不在街頭討生活。其實我所言都算是真的。我覺得他替我感到難過。也許是因為我倆的姊姊名字一樣，讓他對我特別有好感。總之，他開始替我注意，並告訴我一些訣竅，也警告我一些事。我們有時會在萊斯特廣場的咖啡攤碰面，談天說地，大吐苦水。我們聊天時，他的雙眼會不斷射向四周，尋找新人、舊客、情人或朋友。

「那傢伙是寶利・蕭歐。」有個年輕男子微笑經過，他擺頭說：「她是個傻女孩，大傻瓜，但她說得再多，你也**絕不要**借她一毛錢。」有時他話會說得更毒。「噢！我的眼睛！但**那位**大嬸總能找到好生意！」那男生坐在一輛馬車中，靠在一個穿著銀邊紅披肩的紳士懷裡，消失在阿爾罕布拉劇院中。

當然，他目光雖然飄來飄去，最終總會落到某人身上，接著他會輕輕點個頭，或眨個眼，迅速放下杯子。「唉唷！」他會說：「我看到有個門房想在甜心愛麗絲的車票上打個洞。**親愛的，再會吧**。讓我親吻你美麗的雙眼一千次做為道別！」他會用指尖碰嘴唇，輕輕按上我外套袖子。我會望著他小心翼翼穿過擁擠的廣場，去找向他招手的傢伙。

他起初問我叫什麼名字時，我回答：凱蒂。

* * *

甜心愛麗絲向我介紹了男妓的類型，並解釋他們的服裝、習慣和技巧。當然，大多數和他一樣是變裝王后，他們日日夜夜都會在乾草市場走來走去，嘴唇塗紅，脖子撲粉，穿著像芭蕾舞者的緊身褲，露出身材曲線。這些男生會帶客人去出租房間和旅館。他們的目標是找個強壯年輕的紳士或爵爺，住進他們的公館，成為他們的情人。許多人成功了，人數超乎想像。

不過，也有許多打扮正常的男生，像尋常的接待員或店員。他們非常鄙視變裝王后，並說自己跟紳士相好是為了錢，不是為了刺激（至少他們這麼說）。我想他們有的甚至有妻子或情人。這圈子的男妓，最上層或屬於貴族階級的人便是守衛。我穿上深紅色制服扮演的就是他們。當然，我當時一無所知，全是無心插柳。就我所知，這些人只進行手交和口交。他們和客人相處，若覺得不錯，偶爾會讓紳士插個一、兩次。但他們絕不會讓別人碰或親自己的老二。甜心愛麗絲說，這點他們相當自豪。

我自己做男妓的類型當然非常特別，融合各式客群。我不是粗壯的男生，所以無法吸引喜歡粗手伸入褲襠，或想在暗處被打個幾下的紳士。但是我也絕不會讓自己成為勞工喜歡的白淨小伙子，任他們予取予求。說到底，我很挑。萊斯特廣場一帶的街頭，許多人胃口相當特別。但我找的只是其中一部分的人。老實說，大多數會找上男妓的人，就像我們從市場回家時，順便去酒館一樣。他們會大快朵頤，打個飽嗝，不再多想。但總會有一群人，個性多情浪漫，內心焦躁不安，充滿渴望。他們大多是紳士，我已懂得從遠方鎖定他們。他們像是伯靈頓拱廊街那人，當我服務他們時，他們會上前親吻我或感謝我，甚至在我面前落淚。

他們會在街巷或漏水的公廁全身緊繃，抽氣喘息，並低聲向我耳語，吐露內心的欲望。這時我都會別開臉，藏住笑意。如果他們像華特，那更棒了。如果不像華特……總之，他們都是紳士，而且不管他們如何自以為，他們褲子解開全都一個樣。

我挑逗他們時，都沒有感覺到自己的欲望。我甚至不需要他們給我的錢。我像是被人奪走財產和愛之後，自己成為了盜賊，而且我不是為了錢，純粹是為掠奪而掠奪。我唯一的遺憾是，我每天都進行如此精采的演出，卻沒有觀眾。他們和我靠在昏暗悶臭的角落時，我會望向四周，希望磚石是舞台，磚牆是布幕，四竄的老鼠是閃耀的腳燈。我好渴望有隻眼睛……一隻眼就好！能欣賞著我們這一對。一隻大膽的眼，將一切盡收眼底，看出我角色演多好，而我愚蠢、天真的搭檔多麼容易受騙上當，多麼不值一哂。

但考量到我們做的事，似乎不大可能。

事情順利經過了六個月。我在貝斯特太太家黯淡的人生繼續，也一直前往西區賣淫。我為數不多的存款愈來愈少，最後終於用完了。我唯一懂的和想做的工作便是賣淫，所以我開始完全靠街上賺的錢過活。

我仍沒聽到凱蒂的消息。一點都沒有！我最後想，她一定出國和華特去闖天下了。也許去美國吧？我們原本就打算要去。現在我在音樂廳表演的生涯離我好遙遠，彷彿不是真的。我穿梭城市時，有一、兩次看到我過去認識的人，像是與我們在百麗宮分過表演費的演員，還有來自康登鎮貝德福劇院的服裝師。有天晚上，我靠在大風車街的一根基柱上，看到多莉．亞諾從倫敦閣走出，並走上一輛馬車。她就是在貝瑞塔尼亞劇院和凱蒂的王子演對手戲，扮演灰姑娘的女演員。她望向我，眨了眨眼，然後別開目光。也許她覺得我很面熟。也許她以為我是與她合作過的男演員。也許她只覺得我是個可憐的玻璃，潛伏在暗處，尋找紳士客戶。總之，我知道她沒在我身上看到南·金恩的身影。一瞬間，我心裡有股衝動，想走去找她，透露我的真實身分，向她問凱蒂的消息。猶豫間，馬車夫已甩動馬韁，馬車隆隆駛離。

不，我和劇場現在唯一的連結也是以男妓的身分。兩年前，我和凱蒂望著音樂廳，心中滿懷希望。如今我發現，萊斯特廣場四周的劇院在男妓圈裡，也是攬客搭訕的熱門地點。尤其是帝國劇院，那裡總是滿滿都是男人。他們會跟走廊上的妓女並肩漫步或聚成一團，七嘴八舌聊八卦，討論誰生意好，也會向彼此揮手，用高尖的聲音打招呼。他們從不會望向舞台，也不歡呼或鼓掌，只會望著鏡中的自己及身邊搽脂抹粉的朋友，不然就是悄悄打量一旁快步離開或慢下腳步的紳士。

我喜歡跟他們為伍，觀察他們，並讓他們打量。我喜歡走在帝國劇院。如華特所說，這是英國最華麗的音樂廳。凱蒂當時心裡雖然不抱希望，但還是非常渴望受邀站上這舞台！我喜歡背對輝煌的舞台，讓刺眼的電水晶燈照亮我亮麗的衣服，頭髮閃閃發光，挺著鼓鼓的褲子，噘著粉紅色的雙唇，在劇場內漫步。如男同志所說，我全身散發著男同志的氣息，大膽又顯眼。但其實那全是假象。我從不看台上歌手和喜劇演員一眼。我和**那個**世界已徹底結束了。

如我所說，一切很順利。後來在一八九一年天氣變暖的前幾週，也就是我離開凱蒂一年多後，有件麻煩事打破了我規律微小的生活。

一天晚上，我幹了不少活，終於回到炮房，發現老婦人不見了，她的椅子倒到一邊，我房間的門被打破，完全敞開。到底發生什麼事，我不確定。看起來那老婦人被人抓走或趕走了。也許是警察或別家妓院幹的，但沒人說得出來。總之，盜賊趁機闖入房中，恐嚇和威脅女孩和客人，並將房子洗劫一空。溼答答的床墊和地毯、破碎的鏡子和幾件小家具全都不見了，也包括我的連身裙、鞋子、軟帽和皮包。我損失不大。但這代表我必須穿著男裝回家。我穿著牛津布袋褲，戴著草帽，要想辦法在貝斯特太太不注意時溜回房間。

時間滿晚的，我拖著腳步慢慢走回司密斯非，希望我到家時，貝斯特一家人都在床上睡覺。我到房子時，窗戶一片漆黑，四下安靜。我進門，默默走上樓。可怕的回憶湧上心頭，上次我無聲爬上沉睡中的房子時，發現了最不堪的事。也許回憶害我犯了錯。我走到中途，將手放到頭上，結果我的帽子落下，越過欄杆，掉到下方走道，發出碰一聲。我咒罵一聲，全身動也不敢動。我知道我一定要下樓拿帽子，但我正要轉身向下時，我聽到門咿呀打開，看到燭光。

「艾士特利小姐……」房東太太的聲音從黑暗中傳來，聽起來刺耳又滿腹牢騷。「艾士特利小姐，是妳嗎？」

我沒回答她，只衝上樓，跑進房裡。我關上門，把肩上的外套脫了，腿上的褲子脫了，最後將襯衫、內褲全塞進凹室裡，我把那裡當衣櫃，並掛了塊小簾子。我找出自己的睡衣，穿到身上。我還在扣脖子上的鈕釦，便聽到我最害怕的聲音。樓梯傳來急促、沉重的腳步聲，緊接著門口傳來大力的敲門聲，貝斯特太太尖銳的咆哮傳來。

「艾士特利小姐！艾士特利小姐！請妳打開門。我在樓下走道撿到一個奇怪的東西，我認為妳讓不該來的人進家門！」

「貝斯特太太。」我回答：「什麼意思？」

「妳知道我在說什麼，艾士特利小姐。我警告妳。我兒子跟我在一起！」她手抓住門把，用力搖。我們頭上傳來更多腳步聲，寶寶被吵醒，開始放聲大哭。

我轉動鑰匙，打開門。貝斯特太太穿著睡衣，裹著花紋格呢披巾，從我身邊擠進門，後頭她兒子穿著襯衫，戴著睡帽。他臉上皮膚坑坑巴巴。

我轉向房東太太。她氣急敗壞地望來望去。「我知道這裡藏著一個男人！」她大喊。她將被子從床上拉開，朝下頭望。當然，她最後也沒放過凹室。我衝去阻止她，她嘟起嘴，感覺相當得意。「抓到他了吧！」她說。她手伸到我背後，扯開簾子，然後退開來，倒抽一口氣。裡面大概有四件西裝，還有我剛才脫下的衣服。

「喔，妳這臭妓女！」她大喊：「妳根本打算**雜交**！」

「雜交？雜交？」我雙臂交叉。「這是縫紉工作，貝斯特太太。為紳士縫衣服不是犯罪，對吧？」

她拿起我剛才脫下的內衣聞了聞。「這幾件內衣褲還溫溫的！」她說：「妳要告訴我，這是妳的針留下的溫度嗎？**他的**針吧，我看！」我張開嘴，但無法回答她。見我不答腔，她走到窗口向外望。「我想他們是從窗子逃出去的。那群壞蛋！哼，他們全身光溜溜的，肯定跑不遠！」

我再次望向她兒子。他盯著我睡衣下露出的腳踝。

「對不起，貝斯特太太。」我說：「我不會再犯了，我保證！」

「我房子裡當然不會再有這種事！我希望妳一早就走，艾士特利小姐。我老實說，我一直覺得妳是個古怪的房客。現在妳居然敢跟我搞出這種下賤的事！我不允許。對，我絕不允許！妳住進來時，我就警告過妳。」

我垂下頭，她原地轉身。她兒子終於露出蔑笑。「蕩婦。」他說。然後他呸一聲，跟著母親走入黑暗中。

我一無所有，因此幾乎不用整理，我隔天早上洗浴完便離開了。貝斯特太太看我走過，臉上掛著笑。但瑪麗望著我，眼中充滿仰慕，彷彿又驚又喜，沒想到我最後證明自己是個再正常不過的人。我給她一先令，拍拍她的手。我在斯密斯非市場繞了最後一圈。那是個炎熱的早晨，獸屍的臭氣薰天，飛蠅薨薨，像引擎一樣持續低聲嗡鳴。即使如此，對於我最瘋狂的那幾週經常俯視的這座市場，我仍依稀有著好感。

最後我離開，讓飛蠅好好享用牠們的早餐。我腦中幾乎不知道自己該去何方，但我聽說國王十字路一帶的街道全是出租套房，我也許能去那裡碰碰運氣。但最後我沒走到那裡。我走到格雷律師學院路，看到商店櫥窗有個小看板：**正長的女士徵求生理女房客**，上面還有地址。我望著那看板一分多鐘。「正常」寫成**正長**，這點令人卻步。我不想再面對另一個貝斯特太太。但後頭寫的**生理女**三個字格外吸引人。我在其中看到自己。

我記起地址。房子位在一條叫綠街的路上，後來發現，那地方非常近，是在格雷律師學院路旁的一條狹窄的小街，一邊是乾淨的排屋，另一邊則是陰森的分租公寓。我找的地址便是其中一棟排屋，看來環境不錯，門階上有一盆天竺葵，旁邊一隻三腳貓洗著臉。我靠近時，貓跳過來，仰頭要我搔癢。

我拉了繩鈴，一個穿著圍裙和便鞋的婦女來應門，她面容親切，一頭白髮。我說明自己來看房子之後，她馬上讓我進門，介紹自己叫米爾恩太太，並多逗了貓一會。她在逗貓時，我環顧四周，眨了眨眼。走廊上掛滿圖片，幾乎像以前鄧蒂太太的客廳。但這些圖片和劇場無關。沒錯，我發現除了色彩都很鮮明耀眼之外，那些圖片沒有任何共通點。大多圖片看起來很廉價，有的顯然是從書本或報紙剪下，直接釘到牆上。但有一、兩張是非常有名的圖像。例如，傘架上面掛著《世界之光》華麗的複製圖。下面則是張來自印度的圖片，上頭有個細瘦藍色的神，眼畫眼線，手持笛子[27]。我覺得米爾恩太太搞不好是個宗教狂，像神智學家或印度教徒。

但她看到我望著牆時，她露出最像基督教徒的微笑。「我女兒的照片。」她彷彿覺得能一語帶過。「她真的很喜歡色彩。」我點點頭，然後隨她走上樓。

她直接將我帶到要出租的房間。那房間正常舒適，一切都乾乾淨淨。最吸引人的是窗戶，那是面長型窗，中間一分為二，形成一扇玻璃門。打開之後，外頭有個狹小的鐵陽台，俯視綠街，面對簡陋的分租公寓。

「租金是八先令。」我望向四周，米爾恩太太說。我點點頭。「來看房子的女生不只有妳。」她繼續說。「但說實話，我希望房客是年長婦人。也許寡婦吧。這裡原本是我姪女住的，但她最近結婚搬走了。妳也差不多要結婚了嗎？」

「噢！沒有。」我說。

「妳沒有男友？」

「沒有。」

她聽了似乎很高興。她說：「很好。妳知道，家裡只有我和我女兒，她非常特別，也容易相信別人。我不希望年輕男子進進出出……」

---

27 黑天神（Krishna）是婆羅門印度教最重要的神祇之一，最常見的形象便是藍皮膚，並像牧人一般吹著笛子。

「不會有男人進出。」我堅定地說。

她又露出笑容，接著有點猶豫。「我能不能問……妳為何離開現在住的地方？」**我**聽到遲疑一下，她笑容也稍斂。

我說：「不瞞妳說，我和房東太太起爭執……」

「啊。」她身體僵硬，我發覺自己不該講實話。

「我的意思是……」我開口，但我看得出來，她心底在默默思考。她在想什麼？可能以為房東太太抓到我親她老公。

「我跟妳說……」她又開口，語氣透露出反悔之意。「我女兒……」

我心想，如果母親想將女兒管得這麼緊，不想讓年輕男人看到，這女兒一定很美，不然就是性開放。但就像我受櫥窗寫錯字的看板吸引，這棟房子和房東有種說不出來的感覺，拉扯著我。

我抓住機會。

「米爾恩太太。」我說：「實情是我工作比較特殊，可說算是戲劇方面的工作。所以我有時必須穿著紳士的西裝。我前房東太太一發現便把我踢走。如果我住進來，我保證絕不會帶男人進家門。妳可能會想我怎能確定，但我只能說我很肯定。我不會遲交房租。我會管好自己的事，妳根本不會發現我住在這裡。如果妳和米爾恩小姐不排斥偶爾看到女生穿褲子、打領帶，那我覺得我是最適合的房客。」

我語氣算是真摯，米爾恩太太聽了略有所思。「妳說紳士的西裝。」她語氣沒有譴責或不可置信，而是充滿興趣。我點點頭，解開袋繩，拿出一件外套。剛好是守衛的上身制服。我甩了一下，拿在身前，心懷希望。「哇。」她雙臂交叉說：「他是個帥氣的角色，是吧？我的女兒**肯定會**喜歡**他**。」她比了一下門。「可以讓我……？」她走到走廊，大喊：「葛蕾西！」我聽到下方傳來腳步聲。米爾恩太太歪著頭。「她有點害羞。」她低聲說。「但如果她開始變得傻傻的，妳別管她。她常這樣。」我微笑，心裡忐忑。過一會，我聽到有人爬上樓。幾秒之後，葛蕾西走進門，站到母親身旁。

我原本期待看到一個絕世美人。葛蕾西．米爾恩不美，但我馬上看出，她很特別。她的年紀很難判斷。我覺得可能介於十七到三十歲。但她有像亞麻一樣美的黃髮，頭髮像個小女孩一樣散落在肩頭。她混搭著奇怪的衣服，上身是件藍色的短洋裝，黃色的圍裙，下身穿著有時鐘圖案的俗麗褲襪，腳上穿紅色天鵝絨便鞋。她雙眼呈灰色，雙頰蒼白。她的五官有種奇異光滑的感覺，彷彿她的臉是幅畫，但有人不小心拿塊橡膠抹過。她開口時，聲音沙啞，有點刺耳。我這時發現她證實了我之前的猜想。她智商不高。

當然，這些我一眼就看出來了。母親介紹她時，她手勾著母親，怯生生地躲在後頭。但她現在望著我拿在身前的外套，臉上都是喜悅，我看得出來，她好想抓起鮮豔的袖子來摸。

畢竟，那**確實**是件美麗的外套。我問她：「妳想穿穿看嗎？」

她點點頭，並望向母親。「可以的話。」米爾恩太太說可以。我舉起外套，讓她穿上，並繞到前面替她扣釦子。深紅色的嗶嘰布和金邊意外襯脫出她的頭髮、雙眼、洋裝和褲襪。

她母親和我向後退打量她時，我說：「妳看起來像馬戲團的千金。馬戲團指揮的女兒。」她露出笑容，行了個笨拙的禮。米爾恩太太拍手大笑。

「這件可以給我嗎？」葛蕾西問我。我搖搖頭。

「老實說，米爾恩小姐。我不能送妳。如果我有兩件……」

「好了，葛蕾西。」她母親說。「妳當然不能拿。艾士特利小姐需要服裝表演。」葛蕾西皺起眉頭，但似乎不算太難過。米爾恩太太和我四目相交，低聲說：「但她偶爾可以跟妳借來穿，對吧……？」

「沒問題，她可以借我所有的西裝去穿。」我說。葛蕾西抬起頭，我朝她眨個眼，她蒼白的雙頰紅了一點，接著垂下頭。

米爾恩太太輕輕嘖了嘖，雙臂交叉，十分滿意。「艾士特利小姐，看來妳很適合當我們的房客。」

我馬上搬進去。第一天下午，我整理行李，葛蕾西站在我旁邊，看著每一樣東西，驚呼連連，米爾恩太太端茶上來，後來又端上另一壺茶和蛋糕。晚餐時，她們兩人都叫我「南西」了，我們晚餐吃派、豌豆和肉汁，後來再吃模製的牛奶凍。自從一年前惠斯塔布那頓晚餐後，我便沒在一家人的餐桌上吃過飯。

隔天，葛蕾西隨意穿搭我的西裝，而她母親則在一旁拍手。晚餐有香腸，後來還有蛋糕。蛋糕吃完之後，我換衣服去蘇活區，米爾恩太太看我穿著嗶嘰布和天鵝絨西裝，她又拍手。她替我打了鑰匙，這樣我回家晚了便不用叫醒她們……

我感覺彷彿跟天使住在一起。我能自由出入房子，自由穿衣，米爾恩太太都沒意見。我就算回到家，西裝領子沾到男人噴濺的精液，她只會把領子從我緊張的手中接去，拿到水龍頭下邊洗邊說：「我從沒見過一個女孩喝湯這麼不小心！」我早上醒來很狼狽，回憶揮之不去，她會將早餐準備得更豐盛，不會多問。她其實某方面像她的女兒，又傻又天真。我喜歡葛蕾西，對她很好，米爾恩太太因此也對我很好。

例如，葛蕾西對色彩有偏執，我都會耐著性子理解。只要在這房子多待三分鐘，一定會發現。但三天之後，我開始察覺到她的偏執有個系統，如果我像其他正常的女孩，生活有自己的規律，可能會抓狂。我第一週星期三穿著黃色背心下樓，米爾恩太太全身縮了一下說：「葛蕾西星期三不太喜歡在屋子裡看到黃色。」但三天之後，我們甜點吃奶黃糕。看起來星期六的食物一定要是黃色……

米爾恩太太已習以為常，不再注意。如我所說，我不久也習慣了。早上更衣時，我會喊說：「葛蕾西，今天是什麼顏色？」「我要穿藍色嗶嘰布西裝，還是要穿牛津褲？」「我們甜點要吃醋栗還是巴騰堡蛋糕？」我不介意，一切就像一場遊戲。我覺得葛蕾西的生活方式就和其他哲學一樣嚴謹。她最主要就是喜歡明亮鮮豔的色彩，這我再了解不過了。城市裡有許多美麗的色彩。某方面而言，她教我用全新的眼光欣賞顏色。我四處漫步時，會注意她可能會喜歡的圖片和洋裝，然後替她帶回家。她有好幾本大本的相冊，裡面全是剪報和紙片。我會替她找雜誌和小書，讓她用剪刀剪下。我會在賣花女的攤子買花給她，像紫羅蘭、康乃馨、紫色星辰花和藍色勿忘我花。我拿出花時，會故意誇張一點，像魔術師一樣從大衣抽出，她會笑得臉脹得通紅，有時也會開玩笑，向我行個屈膝禮。米爾恩太太會在旁看得眉開眼笑，搖搖頭，假裝怪我。

「**唉呀！**」她會對我說：「妳會害這孩子神魂顛倒，真是的！」我會暗自心想，米爾恩太太好奇怪，她小心提防，不讓年輕男人色瞇瞇地望向女兒，卻鼓勵我和葛蕾西扮小情侶，開開心心的，渾不在意。

但在這棟房子裡，不可能深入思考，因為這裡生活平靜，閒適美好。

自從失去凱蒂，我最不喜歡的就是思考。因此我覺得這樣最好。

光陰似箭，轉眼間，我的生日到了。前一年我都沒有注意。但今年我不但收到禮物，還有個生日蛋糕，上頭插著綠色的蠟燭。不久耶誕節也到了，我又收到更多禮物，還有一頓晚餐。我腦袋某個小角落依舊固執，喚醒了我和凱蒂度過兩次耶誕節的點滴。然後我也想到家人。我想戴維現在已結婚，可能已經當爸爸了，所以我應該是姑姑了。愛麗絲也二十五歲了。他們今天會一同慶祝新的一年即將來臨，也許會想著我去了哪裡，我過得如何。凱蒂和華特可能也會這麼想。我心想：**讓他們去想吧**。米爾恩太太在餐桌舉起酒杯，祝福我們三人佳節和新年快樂，我朝她嫣然一笑，然後親吻她臉頰。

「這個耶誕節真美好！」她說。「我在家裡，和我兩個最棒的女孩在一塊。南西，妳來敲我家門那天，對我和葛蕾西來說是多幸運的一天！」她眼中閃爍淚光，她之前便說過類似的話，但不曾如此感性。我知道她在想什麼。我知道她開始視我為女兒……總之，視為她親女兒的姊姊。也許，在她自己過世後，這個值得信賴的好心大姊姊能好好照顧葛蕾西……

當時，我一想到這件事，全身便開始發抖。但我沒有其他計畫，暫時沒有其他家人。我沒有姊妹，當然也沒情人。於是我回答：「對我來說，也是幸運日啊！真希望一切能永遠如此！」米爾恩太太眨眨眼，忍住眼淚，用粗糙年長的手握住我柔軟白皙的手。葛蕾西開心望著我們，但卻不禁受四周光彩吸走了目光，她的頭髮在燭光下像金子般閃閃發亮。

那天晚上，我如常去了萊斯特廣場。就連耶誕節，那裡也有紳士在找男妓。

但冬天那幾個月生意不好。濃霧四布，天黑得早，雖然比較好幹壞事，但牆上結著冰珠時，沒人想寬衣解褲。我也不想跪在溼滑的磚石地上，或為了展現翹臀和褲襠中鼓鼓的手帕，只穿件短外套，在西區徘徊。我很高興有個舒適的家。一月男同志像九柱球[28]紛紛倒下，發燒的發燒，感冒的感冒，還有人更慘。甜心愛麗絲咳了一整個冬天。他說他很擔心自己跪地為紳士服務時咳嗽，把他老二咬斷。

但春天回來了，晚上變溫暖許多。我在煤氣街燈下的奇妙工作也變得輕鬆不少。但說實在的，我變懶了。現在我愈來愈不常上街，經常待在房間裡。我沒有在睡覺，就只是無所事事，衣衫不整，睜眼躺在床上。或者有時，我會靜靜抽著菸，感受著夜愈來愈深，愈來愈平靜，並望著蠟燭燒到盡頭熄滅。我會將窗戶打開，讓城市的聲音流進房中。我會聽到格雷律師學院路上，馬車和廂型車轟轟駛過，國王十字車站中，火車的汽笛拉響，器械齒輪嘎吱作響，蒸氣噴發。我也會聽到街上路人來回，彼此爭執，竊竊私語，或相互問好。「妳好，珍妮！」「星期二見，星期二見……」到了悶熱的六月，我習慣在面對綠街的小陽台放張椅子，悠閒地坐在上頭，直至涼爽的夜。

那年夏天，我約莫度過了五十個這樣的夜晚，要我舉出幾天特別不一樣的，我大概舉不出五個。但有一天晚上，我記得非常清楚。

我如常將椅子放到陽台，但我將椅背對著街上，懶洋洋跨坐在上，雙臂交疊，下巴枕在手臂上。我記得自己穿著素色的亞麻褲子，襯衫領口解開，戴著一頂小巧的稻草水手帽，抵擋下午的烈陽，入夜忘了脫下。我沒點燈，身後的房間一片漆黑，除了我香菸偶爾閃爍的火光，我猜自己藏身在黑暗之中。我雙眼閉起，腦中一片空白，但突然之間，我聽到音樂聲。有人開始彈奏悠揚的弦樂器，不是班卓琴，也不是吉他，但在徐徐晚風中，演奏著輕快的吉普賽旋律。不久，一個尖銳顫抖的女生歌聲隨樂音響起。

我睜開眼，尋找誰在唱歌。不如我所料，音樂不是來自下方街道，而是從另一頭的房子傳來。老舊的分租公寓之前都陰森空蕩，和我房東太太舒適的獨棟排屋形成對比。工人已經在對面忙了一個多月，敲敲打打，吹著口哨，靠在梯子上施工，但我只依稀有個印象。現在房子已修繕完成，外觀變整潔。我住在綠街這段時間，對面窗戶一直是黑漆漆的。但今晚窗子敞開，窗簾也大大拉開。歡愉的樂聲原來源自於此，窗簾拉到兩邊，屋裡頭神奇的景象我一覽無遺。

我現在看到了，琴手彈的是一把曼陀林琴，她是個長相俊美的年輕女子，身穿合身的外套和白色襯衫，打著領帶，戴著副眼鏡。我一眼就看出她不是女書記，就是女大學生。她唱著歌，臉上露出笑容。她聲音唱不上去時，不禁大笑起來。她在曼陀林琴的琴頸上綁了一團緞帶，緞帶會隨著她的彈奏搖晃，閃爍著光芒。

但她的一小群聽眾看起來打扮沒那麼中性。她旁邊穿著西裝的男人樣貌粗野，臉上露出期待又僵硬的笑容，他膝蓋上抱了個可愛的小女孩，穿著滿是補靪的連身裙和圍裙，男人抓著她的手，隨著旋律零落打著節拍。他肩上靠著個男孩，細瘦的脖子和發紅大耳朵旁的頭髮都剃得短短的。他身後站著一個面容疲倦、面無表情的女人。我猜是那男人的妻子。她胸前抱著另一個嬰兒，無精打采。這群人最後一個人是個短小精壯的女孩，她穿著一件時髦的外套，因為身在窗簾邊，所以身體大半被遮住。我看不到她的臉，但能清楚看到她細瘦白皙的手，她手中拿著一張卡片或小冊子，在平靜溫暖的夜中搧啊搧的，像面扇子。

這些人聚在一張桌旁，桌子上有一瓶低垂的雛菊和簡單的晚餐剩菜，像甜點和熱可可、冷肉、醃黃瓜和蛋糕。雖然大家面無表情，或硬擠出笑容，那場景有種在慶祝什麼的感覺。我想這是喬遷派對吧？但我無法分辨曼陀林琴手和陰沉貧窮的小家庭觀眾之間的關係。我也不知道雙手白皙的女子是誰。我覺得她屬於哪一邊都有可能。

曲調變了，我感到那家人變得有點煩躁不安。我點根菸，觀察場景。我覺得這跟路上的活動一樣有趣。不久，窗簾後的女孩不再搧風，站起身來。她小心繞過一家人，走近窗口。那裡和我家一樣有個小陽台，她走到陽台上，溫柔的目光望向下方寧靜的街道，並打個呵欠。

我們之間間隔不到十公尺，高度幾乎平行。但如我猜想，我只是漆黑房間前的另一道黑影，因此她沒看到

28　類似保齡球的運動，相當於現代保齡球的前身。

我。至於我，我仍看不到她的臉龐。窗戶和窗簾彷彿成了個漂亮的框，但燈光全都在她身後。光線從她髮隙透出，她的頭髮像螺旋形開瓶器一樣捲，讓她散發耀眼的光芒，像是教堂彩窗上的聖人。但她的臉仍藏在黑暗中。我望著她。音樂停止時，現場傳來零落有禮的掌聲，接著斷斷續續有人說話，她仍待在陽台上，並未回頭。

最後，我的菸燒到了盡頭，快燙到手，於是我將菸扔下街。她看到我的動作嚇了一跳，然後瞇眼瞧著我，全身僵硬。雖然一片漆黑，但我從她耳朵看出她臉紅了，她一失措令我有點驚慌，後來我才想起自己一身紳士打扮。她誤以為我是無禮的**偷窺狂**！我五味雜陳，一方面感到羞恥和尷尬，一方面不得不說，也有點興奮。我手握住帽簷，有禮抬了抬。

「晚安，親愛的。」我語氣低沉慵懶。那是街上像攤販和修路工等粗漢常對路過女士說的話。不知何故，我那時突然想學他們。

那女孩又扭動一下，然後張開嘴，彷彿想回答，卻不知該說什麼。但這時她朋友來到窗口。她頭上戴好了帽子，正慢慢戴上手套。她說：「我們要走了，佛羅倫斯。」她的名字在昏暗中聽起來相當浪漫。「小孩該上床睡覺了。梅森先生說他會陪我們走到國王十字車站。」

女孩沒再朝我的方向看過一眼，馬上轉身進了房間。她親吻小孩，握了握母親的手，有禮地離開了。我從陽台看著她、朋友和梅森先生那粗漢走出房子，走向格雷律師學院路。我以為她會轉頭，看我是否仍望著她，但她沒回頭。我為何在意呢？街燈後來終於照亮她的臉龐，我發現她一點也不美。

其實我原本快把她忘了，但這事發生大約兩週之後，我又見到她了。這次是在大白天裡。

那天天氣炎熱，我很早便醒了。米爾恩太太和葛蕾西出門了，因此我無所事事，獨自一人悠哉度日。我錢花完之前，買了兩件不錯的連身裙。今天我穿上了其中一件，也戴上以前的假髮辮。戴上硬帽簷的黑色稻草帽之後，假髮看起來相當自然。我想去公園走走，我想也許去海德公園吧，接著再去肯辛頓公園。我知道一路上男人會一直騷擾我，但我發現公園裡全是女人。許多照顧孩子的保母會推著搖籃車來到公園，家庭教師會帶嬰兒來透透氣，女傭採買完也會在草坪上吃東西。我知道，只要穿著好看的洋裝，帶著笑容，我馬上能跟這些人聊一聊。而且我那天不知為何，特別想和女人作伴。

我懷著這心情，打定主意，穿上洋裝出門，沒想到，我竟看到了佛羅倫斯。

雖然我沒見過她幾次，但我馬上認出她來。我才走出房子，在門階前多停一會，打個呵欠，揉揉雙眼。她便從我左邊綠街另一頭的通道走入陽光中。她穿著芥黃色外套和裙子，陽光照到她身上時，全身光彩奪目，我不禁注意到她。她和我一樣停在原地。她手上拿著一張紙，似乎在仔細讀。通道通往分租公寓，我猜她剛才去找了舉辦派對的那家人。我不禁好奇她要去哪。如果她再次走向國王十字車站，我會錯過她。

她背著個側背包，背帶斜過胸前，最後她將紙塞進包中，向左轉身，走向我。我留在門階上，如之前一樣望著她。不久她走到我身前，我們再次只隔著一條街。我看到她雙眼朝我看一眼，然後別開了，這時她感到我持續的目光，便又轉向我。我露出笑容，但我看得出來她絲毫不知我是誰。我不能錯過機會。我雙眼仍望著她疑惑又親切的目光，舉起手，抬了抬帽子，用和當時同樣低沉的聲音說：「早安。」

像之前一樣，她嚇一跳。然後她望向我頭上的陽台。她臉上泛起紅霞。「噢！那天是妳，是嗎？」

我又露出笑容，稍微欠身行個禮。我的馬甲嘎吱作響，穿著洋裝獻殷勤感覺好不對勁，我突然害怕她覺得我不是**偷窺狂**，而是個白痴。但我抬起目光，雙眼再次和她相交，我發現她臉上紅潮退去，神情不帶鄙視，也不顯難堪，反而興味盎然。她歪了歪頭。

一輛廂型車駛過我們之間，後頭還跟了輛馬車。這次我向她舉帽，一心只想著要消弭誤會，也可能是想逗她笑吧。但車子經過之後，她仍佇在原地，感覺像邀請我過去。我過了馬路，站到她面前。我說：「那天晚上我如果嚇到妳，我很抱歉。」她想到那天，似乎有點難為情，但卻大笑出聲。

「妳沒**嚇到**我。」她說，彷彿從來不感到害怕。「妳只是讓我有點吃驚。要是我知道妳是女生，哼！」她又紅了臉。也許只是之前的紅潮還沒退，我不知道。後來她別開頭，我們又沉默了。

「妳那個音樂家朋友呢？」我最後說。我在腰間比劃著，假裝拿著一把曼陀林琴，撥了一、兩下。

「德比小姐。」她微笑道。「她回我們辦公室了。我做一些慈善工作，替失去屋子的貧窮人家找房子。」她有一點東區口音。但她聲音低沉，帶點呼吸聲。「我們一直想在這區爭取到一些公寓，妳那天看到我，我們剛好搬進我們第一個家庭。我們只是個小公司，這對我們來說算是一大步。德比小姐覺得我們應該辦個派對慶祝。」

「是嗎？她演奏非常美。妳應該叫她多來街頭表演。」

「這麼說妳住在這裡，是吧？」她朝米爾恩太太家點點頭問。

「對。我喜歡坐在陽台上……」

她舉起手，將一縷頭髮塞回軟帽下。「總是穿褲子嗎？」她這時問我，我聽了眨了眨眼。

「只有偶爾穿。」

「但常盯著女人看，嚇她們一跳？」

我又眨眼兩、三下。「看到妳之前，我不曾想過要這麼做。」我回答。這是實話。但她聽了大笑，彷彿在說**最好是啦**。她的笑聲和我們的對話令人不安。我更仔細觀察她。那天晚上，我第一次見到她便看出她不是所謂的美女。她腰很粗，身材可說是壯了，她的臉很寬，下巴厚實。她牙齒很整齊，但不算潔白。雙眼呈淡褐色，但睫毛很短。不過她雙手修長優雅。身為女生，我們都會慶幸頭髮不像她一樣。雖然她在脖子後面盤了個髮髻，但她的鬈髮粗硬，一直脫落歪斜垂到她面前。燈光從後面照來，她頭髮呈赤褐色。但實際上是棕色。

我覺得自己喜歡她並不是太美。但看到我古怪的行為，她的平靜格外吸引人，彷彿女人穿紳士的褲裝是稀鬆平常的事，彷彿女人在陽台調戲女孩，她已習以為常，覺得這只是一時淘氣。我覺得在她身上並未看到其她女人的**把戲**，或那神祕的**氣質**。看到她，不會有人想蔑笑，或大罵她**拉子**！不過話說回來，我很高興。我已經放棄卿卿我我的關係。我這陣子做的事截然不同！

說到底，過這麼久了，交個……朋友有什麼不好？

我說：「嘿，妳願意跟我去公園嗎？我看到妳時，我剛好要去公園走走。」

她露出微笑，搖搖頭：「我在工作，不行。」

「天氣太熱了，不要工作啦。」

「該完成的工作還是要做。我必須去老街一趟，德比小姐的朋友可能有些房間能給我們用。我真的必須走了。」她胸前有個像獎牌一樣繫在緞帶上的錶，她垂頭望錶，皺起眉頭。

「妳不能把工作給德比小姐，讓她去嗎？感覺妳好辛苦。我猜她現在在辦公室，腳放在桌上，彈著曼陀林琴，妳卻在大太陽底下四處奔波。最少最少，妳也該吃點冰淇淋。肯辛頓公園有個義大利女士賣全倫敦最好吃的冰淇淋，而且她說算我半價……」

她又笑了。「不行。不然貧苦的家庭要怎麼辦？」

貧苦家庭我一點也不關心。我腦海中突然閃過個念頭，我此時最關心的是我會失去她。我說：「那妳下次來緣街我們再約吧。妳何時會再來？」

她說：「啊，總之，我不會來了。我再過兩天就不會做這工作了。我會去斯特拉福幫忙經營一間旅社。那裡離我家近，比較方便，我也認識當地的朋友。但那就代表我大多數的時間都會在東……」

「喔。」我說。「那之後，妳永遠不會再進城嗎？」

她猶豫一會，然後說：「嗯，我確實有時候晚上會進城。我會去劇院或去雅典娜廳聽演講。妳可以陪我到其中一個……」

我現在只有當男妓才會去劇院。就算為了她，我也不要再坐到舞台前的天鵝絨椅上。我說：「雅典娜廳？我知道那地方。但演講……什麼意思？教會嗎？」

「政治演講。妳知道，像階級議題、愛爾蘭議題……」

我感覺心一沉。「女性議題。」

「沒錯。演說會請講者，還有講義，之後還有辯論。妳看這個。」她手伸進側背包，拿出一個薄薄的藍色小冊子。上面寫著**雅典娜廳社會演說系列**。《女性和勞工》由……講者是誰我已經忘了，後頭還有一小段簡介，時間是四、五天後。

我說：「哇！」態度有點敷衍。她抬起頭，將小冊子拿回說：「好吧，也許妳還是比較喜歡在肯辛頓公園吃冰淇淋……」她的聲音有一絲失落，我無法忍受。我馬上說：「天啊，不是。這感覺好棒！」但我又說，如果演講廳沒賣冰，那我們應該先去喝點什麼。我聽說國王十字車站賈德街轉角有間小酒吧，後頭有女性包廂，餐點便宜又好吃。演講七點開始，她要不要在之前和我碰面？例如，六點好嗎？我說。為了討好她，我說可能需要跟她請教一下女性議題。

她聽了哼一聲，望著我，彷彿有所意會。但我不確定她覺得自己意會出什麼。但她答應來見我了，並警告我不要讓她失望。我說不可能，並伸出手。一瞬間，我感覺到她戴著灰色亞麻手套中堅定、溫暖的手緊握住我。

後來我們分開，我才發現我們沒有互相自我介紹。但這時，她已拐過綠街街角，消失在視線之外。但至少我們在黑夜中相視那次，我已偷偷知道她浪漫的名字。而且，我知道我在一週內便會再見到她。

第十章

那週天氣變得更熱了，最後連我都熱到受不了。全倫敦都渴望放假。星期四晚上，工作終於暫告一段落，大家都放鬆心情，走上城市街頭。

我也是其中之一。我幾乎整整兩天都待在室內，熱到腦袋昏昏沉沉，和米爾恩太太和葛蕾西在昏暗的客廳不斷喝檸檬水，或待在房間，拉開窗戶和窗簾，全裸躺在床上打盹。夜晚涼爽，西區華麗的街頭人潮洶湧，像磁鐵一樣吸引著我。我的皮包快沒錢了。而且隔天和佛羅倫斯的晚餐，我必須付錢。所以我想我需要好好打扮。我梳洗一番，將頭髮梳平，抹上馬加撒髮油。我穿上我最喜歡的守衛制服，衣服上設有銅製鈕釦和滾邊，並有深紅色的外套和俐落的小帽。

我幾乎沒再穿上這套服裝。軍階的肩章和扣環對我來說毫無意義，但我很害怕有一天，某個真正的士兵會認出來，以為我和他同一軍團。或某天發生緊急事件，例如我漫步經過白金漢宮時，女王遭到暗殺，我會當場受緊急徵召扮演重要角色。但這套制服也是幸運服。它為我在伯靈頓拱廊街找到那位大膽的紳士，他賜給我命運的一吻。我的人生本就搖搖欲墜，那一吻讓一切失去平衡，最終促成我和米爾恩太太會面。我心想，就算只賺到一英鎊，我也心滿意足。

那天晚上，城市和我挑選的服裝彷彿化為一體，散發奇妙的氣息。氣候涼爽怡人，空氣異常清淨，因此城市的色彩彷彿從黑暗中躍出，像塗了口紅的雙唇、三明治攤商藍色的木板、賣花女攤前淡紫色、綠色和黃色的花朵都格外奪目。城市彷彿是塊巨大的地毯，而有隻巨手拿除塵拍打過，讓一切綻放光彩。受到氣氛感染，甚至在綠街的房間中，我都感覺大家像我一樣，紛紛穿上最美的服裝。女孩穿上鮮豔的洋裝，不是氣勢凌人成排走在人行道上，就是在門階和長椅上與戴著高帽的情郎打情罵俏。男孩站在酒吧門口喝酒，梳齊的頭髮像絲一樣在煤氣燈下映著油光。蘇活區屋頂上，月亮低垂，像中國燈籠一樣呈粉紅色，圓滿又明亮。月亮旁有一、兩顆星張狂閃爍。

我穿著深紅色的制服，漫步穿梭一切，但十一點鐘，街上人群漸漸稀疏，我卻不走運。兩個紳士似乎喜歡我的模樣，但最後那兩個紳士被其他男妓引誘了。另外有個粗魯的莽漢跟了我一會，從皮卡迪利圓環跟到七晷區，又跟著我折回來。那莽漢的樣子我不喜歡。我躲進有兩個出入口的廁所，把他甩開。

後來我站在聖雅各廣場燈柱旁時，差點逮到個機會。有輛四輪馬車緩緩駛過，然後停下來。像我一樣，馬車多待一會。無人下車。也無人上車。馬車夫領子很高，遮住臉，目光從未離開馬身上。但後頭昏黑車廂窗戶的紗簾動了動，我知道有人從裡頭小心觀察著。

我走了幾步路，點起根菸。我不幹馬車活，理由很清楚。我從萊斯特廣場的朋友口中知道，車上的紳士要求多，難滿足。他們錢付得多，因此期待服務更周到，例如有人會要肛交或去旅館房間，有時甚至過夜。雖然如此，挑逗一下其實也無傷大雅。裡頭的紳士可能會記得我，下次他走在路上就有機會。我在廣場邊徘徊了整整十分鐘，偶爾會伸手抓一下胯下。那夜我穿得特別招搖，內褲裡塞的不是平常的手帕或手套，而是絲質領巾，材質很滑，一直沿大腿滑落。但我覺得這動作對遠處有興趣的紳士來說，應該不會反感……

但那輛馬車不僅馬車夫沉默寡言，車主也害羞，最後緩緩開走了。

後來的對象顯然全都和這位一樣謹慎。我有感到幾個人偷偷投來有興趣的目光，但我直率的目光掃去，卻沒人上鉤。此時天色已黑，天氣漸寒。我覺得該慢慢打道回府了。我覺得很失望。我失望的不是自己的表現，而是這個夜晚，一開始充滿希望，最後卻空手而回。我連三便士都沒賺到。我現在必須和米爾恩太太借點錢，下週上街賺到錢之前，要花更多時間工作，態度要認真，也不能挑三揀四。一想到此，我高興不起來。起初做男妓賺錢像在度假，最近卻感覺有點疲乏了。

我開始走回綠街時，便懷著這樣的心情。我來的時候走熱鬧好玩的路線，現在我避開那些道路，走其他路徑。我沿著老康普頓街、亞瑟街、大羅素街向前，經過蒼白肅穆的大英博物館。最後走上基爾福街，經過孤兒醫院，到格雷律師學院路上。

但是，即使走在較安靜的路上，交通都彷彿異常繁忙。這不但奇怪，還令人困惑，因為我身旁明明沒幾輛馬車經過，輪子和馬蹄卻一路伴隨著我緩慢的腳步。最後，我來到一座昏暗無聲的馬廄門口時，發現了原因。我停下來綁鞋帶，彎腰時隨意朝後面一望，發現黑暗中有輛馬車緩緩朝我駛來，那是輛私人馬車，從聲音聽起來輪子有妥善上油保養。我這時才發覺，原來那輛馬車從蘇活區便一路跟著我，而車上那彎身蒙面的馬車夫，我想我認得。那輛四輪馬車便是在聖雅各廣場停到我附近的馬車。上頭的車主，剛才看我站在街燈下搔首弄姿，邊抓胯下邊漫步人行道，顯然想多看我一眼。

我綁好鞋帶站起，小心翼翼待在原地。馬車這時慢下來，並超越我，窗邊厚重的紗簾仍讓人看不透車廂內。車向前一會，便停下來。我猶豫走向馬車。

馬車夫如之前一樣冷漠，動也不動。我只看得到他肩膀和高立的帽子。等我走到馬車後方，他完全消失在我視線中。黑暗中馬車一片漆黑，但閃爍的街燈照耀下，馬車車身閃現暗紅色的光澤，各處點綴著金漆。我心想，裡頭的紳士一定非常富有。

唉，他會失望了。他跟著我簡直白費功夫。我加快腳步，打算低頭繞過。

但我和馬車後輪平行時，我聽到門栓輕輕拉開的聲音，馬車門無聲打開，擋住我的路。門框後方的黑暗中飄出一縷藍色的菸煙。我聽到一聲呼吸和衣服摩擦聲。現在我有兩個選擇，一是回頭，繞過馬車，二是擠過馬車門和左邊牆面中間的縫，也許還能趁機瞄一下神祕的馬車主是誰。我承認我很好奇。任何一位紳士想和我相遇，一般而言不需大費周章，只要向我說句話、點個頭，眨眨烏黑的睫毛，但此時他卻精心營造戲劇化的場景，顯然不是尋常客人。老實說，我也有點受寵若驚，因此想乾脆大方一點。他剛才都從遠方欣賞我的屁股了，我覺得現在給他機會仔細打量也好。但當然，他**只能**看而已。

我向前走幾步，來到門口。車廂一片漆黑。藉著另一頭方形窗戶透進的光，我只看到肩膀、手臂、膝蓋的輪廓。黑暗中菸頭短暫閃爍光芒，一抹紅光照亮白色的手套和一張臉。那隻手修長苗條，戴著幾個戒指。那張臉上了妝，是個女人的臉。

我驚訝到甚至笑不出聲。我嚇傻了，車廂中的黑暗彷彿從車中流出，一時間，我只能怔怔站在那一圈黑暗的邊緣，目瞪口呆望著她。這時她開口了。

「讓我載妳一程好嗎？」

她的聲音圓渾，態度高傲，莫名引人注意。我不禁口吃了。我說：「謝、謝謝妳的好意，夫人。」我聽起來就像虛偽的店員在回絕小費。「但我家離這裡才五分鐘路程，妳讓我自己走，很快就到了。」我朝黑暗中聲音的來源斜帽致意，擠出一絲笑容，打算繼續向前。

但那女士又開口了。

「很晚了。」她說：「在這樣的街頭自己走不安全。」她抽口菸，菸頭在黑暗中再次亮起。「不如我們找個地方吧？我的馬車夫對路都很熟。」

我心想，我想也是。她的馬車夫仍背對我，弓身坐在位子上，自顧自的。我突然感到厭煩。我在蘇活區聽過貴婦的傳聞。貴婦會砸下重本，雇用優秀的馬車夫，乘車開上黑暗的街道，尋找像我一樣無所事事的男人和男孩，只要請他們一頓晚餐，便能享受一段歡愉的時光。貴婦通常沒有丈夫，或不在家中，甜心愛麗絲甚至說，有的貴婦丈夫負責在家暖床，夫妻倆一起享用這條受驚的大魚。我從來不知道該不該相信。但現在，我面前就出現一個貴婦，態度傲慢，身上散發香氣，渴望尋歡作樂。

她這次誤會大了！

我手放到車門上，打算把門關上。但她又開口了。她說：「如果妳不願意陪我，那我載妳回家吧，好不好？賞個面子，至少跟我坐一段車？妳知道，我很寂寞。今晚特別想要人陪。」她的聲音似乎在顫抖。但究竟是因為悲傷、期待，抑或是在笑，我其實分辨不出來。

「聽著，夫人。」我朝黑暗說：「妳弄錯了。讓我走吧，請馬車夫帶妳去皮卡迪利圓環再繞一圈。」我現在大笑說：「相信我，我沒有妳要的。」

馬車咿呀作響。紅色的菸頭晃動，再次亮起，照亮她的臉頰、眉毛和嘴唇。她的唇角勾起。

「正好相反，親愛的。我要找的正是妳。」

這時我仍沒猜到，心裡只想著，老天，她真是鍥而不捨！我望向四周。幾輛馬車沿著格雷律師學院路駛過，後頭兩、三個路人快步走過。一輛二輪馬車停到馬廄邊，距離我們很近，並讓乘客下車。他們走進房門，二輪馬車開走了，四下依舊一片寂靜。我深吸口氣，靠近馬車中的一團黑暗。

「女士。」我用氣音說：「我根本不是男生。我是……」我猶豫一會。香菸菸頭不見了。她把菸扔出窗外。我聽到她不耐煩地嘆口氣。那一瞬間，我明白了。

「妳這小傻瓜。」她說。「上車。」

唉，我能怎麼辦？我剛才覺得好煩，但現在不覺得煩了。今晚原本充滿商機，最後卻失望收場。但我現在出乎意料受邀上車，今夜似乎再次充滿魔力。對，夜已深，我此時孤身一人，而這女人是陌生人，心懷某種目的，並有著不可告人的奇特品味……但如我所說，她的聲音和行為令人難以抗拒。而且她很有錢。我的錢包空了。我猶豫一會，後來她伸出手，燈光照亮她的戒指，我看到戒指上寶石多大顆，這才下定決心（當時只因為這原因）。我牽起她的手，上了馬車。

我們一起坐在黑暗中。昂貴的四輪馬車低聲沉吟，車身震動一下，開始平順無聲向前。透過厚實的紗簾，窗外街景似乎變了，彷彿虛幻無實。我發覺富人一直都這樣望著城市。

我望向身旁的女人。她穿著一件暗色的洋裝或斗篷，質地厚實，車廂內部裝飾也烏漆墨黑，兩者幾乎融合一體。馬車駛過街燈，規律照亮她的臉龐和戴手套的雙手，在紗簾的陰影下，她的臉和手格外光潔白皙，如飄浮在一池黑暗中的睡蓮。就我看來，她年輕貌美，也許大我十歲。

我們兩人沉默半分鐘，她頭向後抬，打量我。她說：「妳是不是剛參加完變裝宴會要回家？」她語氣換了個調子，變得緩慢又高傲。

「宴會？」我回答。出乎意外，我聲音拔尖發顫。

「我以為……制服……」她比向我的西裝。西裝也似乎失去一點英勇氣勢，深紅的色彩彷彿汩汩流入馬車的黑影中。我感覺自己讓她失望了。我像在音樂廳表演，努力增添點趣味。「喔，制服不是為了宴會，是我在街頭上的偽裝。我覺得女生穿裙子，獨自在城市行走常引人注目，而且路人有時不大友善。」

她點點頭。「原來如此。妳不喜歡嗎？我是說受人注意。這點我倒是沒想到。」

「嗯……當然要看對象是誰。」

我終於找回自己英姿煥發的樣子。我感覺得到，她也在暖身。事隔多年，我突然感到那股和同伴表演的興奮感，彷彿她知道歌曲、舞步、台詞、姿勢……回憶湧上心頭，隨之而來的則是那隱約的舊傷痛。但悲傷已被新的表演覆蓋，我心中充滿熱情和期待。我和陌生的女士坐在這，前往未知的地方，扮演妓女和騙子，彷彿背誦著妓女指南上的對話！我興奮到頭都暈了。

她伸出手，摸著我外套編織的領口。「妳真是個小騙子！」她溫和地說。接著又說：「但我想妳有兄弟在當守衛吧。兄弟……或也許是男朋友……？」她手微微顫抖，我感到藍寶石和金戒碰到喉嚨，傳來冰冷的氣息。

我說：「我在洗衣房工作，這是一個士兵拿來洗的。我覺得借用一下，他不會發現。」我把胯下附近的皺痕壓平，領巾仍明目張膽鼓起。我又說：「我喜歡褲子的剪裁。」

對話停頓一下，她的手伸到我膝蓋上，然後摸到我大腿上，並停在上面。她手掌感覺特別熱。上次有人碰我大腿已經是好久以前的事了。我最近對大腿特別提防，必須壓抑內心想把她手撥開的衝動。

她也許感到我身體僵硬，便收回手說：「我好怕妳只是在鬧著我玩。」

「噢！」我說，心情已平復。「鬧著玩我也會，妳喜歡的話……」

「啊。」

我回嘴：「而且妳才在鬧著我玩吧。我在聖雅各廣場看到妳在看我。如果妳渴望找人**做伴**，妳幹麼不那時來找我？」

「那麼急有什麼好玩？這事一半的樂趣就在等待！」她說著舉起另一隻手（左手），放到我臉上。我感到她手套指尖都溼了。有一股氣味撲鼻而來，我不禁退開，既疑惑又驚訝。

她大笑。「妳怎麼這麼正經！我敢說妳跟蘇活區的紳士鬼混時沒這麼保守。」

這句話透露出她早已心裡有數。我說：「今晚之前……妳就一直在觀察我！」

她回答：「嘿，如果一個人夠敏銳專注，饒富耐心，光是待在馬車上，能觀察出的事便超乎想像。她能像獵犬追狐狸一樣追著獵物，這段時間狐狸都不知道自己成了獵物，只專注自己微小的私事，並抬起尾巴，瞇起眼，擦著嘴……親愛的，我有十多次都能逮到妳。喔，但是如我所說，急什麼呢！今天晚上，我究竟為何下定決心？也許是制服的關係，也許是月色……」她將臉轉向馬車窗，月亮高掛天空，比之前看起來更小，但仍散發粉紅色的光，彷彿羞於看向這邪惡的世界，卻不得不貢獻光芒。

我聽了女士的話，不覺也滿面通紅。她說的話好奇怪，又令人震驚。但我想也假不了。我進行犯罪交易的街頭車水馬龍，馬車即使靜止或徘徊，也不會引人注意。尤其是我，我只觀察人行道上的人，不會在意馬路上的動靜。一想到這段時間，她一直在觀察我，我便忡忡不安……但是，這不正是我渴望的觀眾嗎？我夜裡全新的節目只能在黑暗祕密的舞台上演出，我之前不是一次次心生感嘆嗎？我回想我摸過的器官，跪過的紳士和吸過的老二。我全都面不改色地做了。現在想到她一直看著我，我內褲底下直接溼了。

我不知道該說什麼，於是我說：「我真的那麼……特別嗎？」

「我們等著瞧。」她回答。

在這之後，我們便不說話了。

她帶我去位於聖約翰伍德區的家。如我所料，房子富麗堂皇。那是一棟高大的白色別墅，屋子前方廣場掃得一塵不染，正門宏大寬敞，一面面高大的門式窗上有無數片玻璃。一扇窗中留有盞燈籠。但鄰居的房子目前都一片漆黑，或關上了窗板，在我耳中聽來，馬車聲在寂靜中顯得格外凶殘。我當時還不習慣有錢人就寢之後，街道和房子會變得毫無聲響，異常安靜。

她一聲不吭帶我走到家門口。她敲門之後，一個臉色嚴肅的僕人開了門，接下她的斗篷，並隱約瞄了我一眼，但後來目光便維持低垂。女士稍微停下腳步，讀著桌上的卡片。我則情不自禁環顧四周。我們在寬敞的大廳，前方寬大的樓梯旋轉延伸到上方昏暗樓層。我們左右都有好幾道門，全都關著。地板鋪了黑色和粉紅色的方形大理石磚。牆壁和地板搭配，全漆成暗玫瑰色。樓梯轉彎處，顏色變得更深，像是殼內的螺紋。

我聽到女士說：「沒事了，胡柏太太。」僕人行個禮離開了。女士從我身旁的桌上提起燈籠，一語不發走上樓梯。我跟在她後頭，爬過一層又一層。每一步房子都變得更暗，最後面前只剩女士手中的燈，引領著我邁著遲疑的腳步穿梭黑暗。她帶我走過一小段走廊，來到一道緊閉的門前，並轉身站在原地，一手放在木板上，另一手將燈籠提在大腿旁。她烏黑的雙眼閃爍，又像邀請，又像挑釁。老實說，她看起來一點都不像米爾恩太太走廊傘架上的《世界之光》畫作。不過我看得懂她在扮什麼。這是我今晚為她越過的第三條界線，而且最令人緊張。我現在全身發麻，不是因為欲望，而是因為恐懼。冒著煙的燈籠從下方照亮她的臉，畫面剎那間詭譎怪誕，令人毛骨悚然。在這無聲的房中，僕人奇怪又冷漠，我懷疑這位女士有何癖好，而這道密封的門後會藏著什麼。裡面可能有繩子，可能有刀子。可能有一群身穿西裝的女孩，頭髮梳理整齊，但脖子血肉模糊。

女士露出笑容，轉動門把。門打開，她讓我進門。

最後，那是一間會客室，僅此而已。壁爐中有一團小火，壁爐上放著一碗棕色的花瓣，讓沉滯的空氣充斥濃郁的香氣。窗戶很高，天鵝絨窗簾已拉上。牆邊有兩張面窗的扶手椅，椅背像木梯一樣。壁爐旁的門能進到另一間房。房門微啟，但我看不到門後的房間。

兩張椅子中間有張桌子，女士走過去。她倒了一杯酒，拿起一根以玫瑰瓣為菸嘴的香菸來抽。

我之前就發現她年紀不小了，長相說不上美，但現在我比先前感受深。她有一頭漣漪般的黑色鬈髮和濃密的黑色眉毛，額頭更顯得寬大、蒼白。她鼻子筆直，雙唇厚實，我猜過去可能更飽滿。她雙眼是深褐色，在微弱的煤氣燈光中，彷彿全瞳。她瞇起眼，透過香菸藍色的薄霧端詳著我，我注意到她的眼尾紋，有的深，有的淺。

房間熱得可怕。我解開脖子的釦子，脫下我的帽子，手指梳過頭髮。然後我手伸到腿旁，用羊毛褲擦掉髮油。這段時間她一直望著我。接著她說：「妳一定覺得我很失禮。」

「失禮？」

「跟妳走了這麼大段路，卻連妳名字都還沒問。」

我毫不遲疑說：「我叫南西．金恩小姐，我想妳至少能給我一根菸。」

她微笑走向我，將她抽到一半菸嘴微溼的香菸放到我雙唇間。我聞到她呼吸的氣味，依稀混合著她剛喝下的紅酒辛香。

她吟詩道：「**如果妳是歡愉之王，我即是痛苦女王**[29]……」後來她換了個口氣：「妳非常美，金恩小姐。」我深吸了口菸，頭感到暈眩，像喝了香檳一樣。我說：「我知道。」她手伸到我外套前襟。她仍戴著手套和戒指，手輕柔在我身前遊走，嘴中輕聲嘆息。制服羊毛衣下，我的奶頭像小士兵變硬彈起。我早已不穿馬甲和內襯衣，胸前習慣沒有束縛。在她觸碰下，我綁布下的胸部彷彿隆起、腫脹。我感到自己像受巫師施咒，從男人化成女人。香菸在我嘴邊靜靜燒著，我卻已忘了。

她雙手向下伸，停在我大腿上，如之前一樣，我感到大腿發燙，脈膊鼓動。捲好的絲質領巾就在那裡，她摸到時，我臉紅了。她說：「妳又正經起來了！」她說著開始解開我褲子的釦子。不久，她手伸入我內褲的

---

29 這首詩是英國詩人艾加儂．斯溫伯恩（Algernon Charles Swinburne, 1837-1909）所寫的《匹配》（*A Match*）。他寫了許多當時禁忌的主題，包括同性戀和反神論。

縫，抓住絲巾一角，開始往外拉。絲巾鬆開，沙沙作響，像條鰻魚緩緩從我褲子扭動而出。

她看起來無比荒謬，像舞台上的魔術師，從拳頭、耳朵或女士的皮包變出一串小旗子。當然，她太聰明了，自己也知道。她抬起一邊眉毛，嘴角勾起諷刺的微笑，領巾鬆落時輕聲說：「真相揭曉！」但後來她表情一變。她將絲巾拿到嘴上，雙眼望著我。「妳的保證終究全是大話。」她說。然後她大笑一聲退開，朝我褲子點點頭。當然，現在褲釦已完全打開，露出赤裸的白皮膚。「把褲子脫了。」我馬上將褲子脫下，因為鞋子和褲襪顯得有點手忙腳亂。我的菸撒了我一身灰，我把菸扔入火爐。「還有內褲。」她繼續說：「但外套留著，這好看。」

現在我腳邊堆著衣服。我的外套衣襬只到腰際。昏暗之中，我雙腿白皙光潤，雙腿間的三角形毛髮一片烏黑。女士看著我皎白赤裸的腿，沒再多碰我。但我脫完之後，她走到桌子旁，拉開抽屜。她回來時手中拿著個東西。是一把鑰匙。

「我房間。」她朝第一道門點點頭。「妳在裡頭會看到一個木箱，用這把鑰匙打開。」她將鑰匙交給我。在我火燙的掌心，鑰匙感覺非常冰冷，一時間，我只怔怔看著它。這時她雙手拍一下：「嘿！」這次她臉上沒有笑容，聲音帶著情緒。

隔壁房間比會客室小，但一樣華麗、昏暗和悶熱。一邊放了面屏風，後頭有個馬桶。另一頭有個上了黑清漆的衣櫃，黑色的櫃面堅實，散發光澤，像是甲蟲殼。如她所說，床腳有個木箱。那是只古董木箱，外觀雅致，以乾燥的香木製成。我想是玫瑰木吧。箱子有四個腳，箱角都上了銅片，箱體和箱蓋都刻上細緻典雅的圖案，而在淡淡火光中，浮雕更顯清晰。我跪到箱前，將鑰匙插入鎖中，轉動時我感到內部彈簧移動。

房間角落有個動靜，我不禁轉過頭。那裡有面和門一樣大的穿衣鏡，我看到自己的倒影。我臉色蒼白，眼睛睜大，屏住呼吸，充滿好奇。我穿著深紅色外套，戴著頗具情趣的帽子，一頭短髮，屁股光溜溜的，儼然是個打扮奇怪的潘朵拉[30]。隔壁房間中一片沉寂，毫無動靜。我又轉向木箱，掀開箱蓋。裡頭一團亂，有瓶子、絲巾、繩子、小包裹和黃皮書。不過我當時沒仔細去端詳，其實我根本沒注意到它們。因為箱子最上面有塊方形的天鵝絨布，上面放著我見過最怪、最淫蕩的東西。

那是皮革做的，像某種繫帶，也像腰帶，但它又不是腰帶。它雖然有條寬帶子，上頭也有扣環，但另外還繫著兩條較細的皮帶，而且細皮帶上面也有扣環。我心一驚，以為這是馬具。但後來我發現繫帶和扣環上有樣東西。那裡有個皮製圓筒狀的東西，比我的手長，寬度差不多一手能握住。一端是圓的，而且微微大些，另一端則固定在一塊底座上。寬帶、細帶和這玩意兒全都以銅環連接在一起。

簡而言之，這是穿戴式假陽具。我以前從來沒見過。當時我不知道世上有這東西，也不知道名字。對我來說，這是前所未見的東西，可能是這女士自己設計的。

也許夏娃第一次看到蘋果也這麼想。

即使如此，她依舊知道蘋果能拿來幹什麼……

但以免我想不透，女士開口了。「穿上。」她喊道，她一定聽到箱子打開的聲音。「穿上，來我這裡。」

我弄了好一會，套上繫帶，拉緊扣環。銅環陷入我屁股肉裡，但皮革的部分都和我身體貼合，十分溫暖。

我再次望向穿衣鏡。陰莖底部有塊深色楔形的底座，蓋住我三角形的毛髮，皮革底端向內頂著我。而連接在底座上的假陽具彈動，散發猥褻的氣息。假陽具不是直的，反而呈巧妙的角度，我低頭時，首先會看到球形的頂端，反映著火爐照來的紅光，中間還有一條隱約的白色縫線。

我向前一步，假陽具的頭點了一下。

「來我這裡。」女士看到我走到門口便說。我走向她，假陽具晃動得更厲害了。我伸手握住，她看到我這麼做，手指也伸來，握住柄搓動。底端不停向內頂我，不久我雙腿開始顫抖，她感到我喜悅高漲，喘息也愈重了。她鬆開手，轉身抬起頸背上的頭髮，要我脫下她的衣服。[30]

30 在希臘神話中，潘朵拉（Pandora）因為好奇打開一個盒子，釋放了世間所有罪惡。

我找到她晚禮服的釦子和馬甲的繫帶。我發現因為內衣皺起，她全身都是深紅色的壓紋。她彎身脫下襯裙，但仍留著內褲、褲襪和靴子，還有她的手套。我至今還沒主動碰過她，於是我大膽將手伸入她內褲，另一手則捏住她乳頭。

她隨之將雙唇湊到我嘴上。我們像所有新戀人一樣，親得亂七八糟，而且滿嘴菸味。但也像所有新戀人一樣，這份陌生感反而令人興奮。我手摸得愈勤，她親得更用力，我雙腿間皮革底座下也更火燙。最後她抽身，抓住我的手腕。

「不要。」她說：「還不要，還不要！」

她雙手抓著我，帶我走到直背的椅子上，讓我坐上去，假陽具在我大腿上晃，像根木柱堅硬又張狂。我猜到她想做什麼。她雙手緊抱我的頭，雙腿跨開，輕輕坐到我身上。接著她不斷上下移動，愈動愈快。起初我扶住她腰，引導她。後來我一手伸回她內褲裡，另一手繞過她大腿，摸她屁股。我嘴來回吸吮她兩邊乳頭，有時舔她鹹鹹的肌膚，有時舔著她汗水淋漓的內衣。

不久她嬌喘化為呻吟，最後化為喊叫。我很快也隨她喊出聲。假陽具不只刺激著她，也刺激著我。她的動作愈來愈快，愈來愈大力，假陽具不斷頂著我最敏感之處。有一瞬間，我彷彿靈魂出竅，從遠方看到自己被一個陌生人載到陌生的屋子裡，扣上那大逆不道的工具，嬌喘不絕，香汗淋漓，充滿歡愉和欲望。另一個瞬間，我無法思考，全身顫抖。我和她的快感來到巔峰，宣洩而出。

過一會，她從我身上下來，坐到我大腿上，輕輕搖晃，偶爾抽搐，最後終於不動了。她頭抵著我下巴，頭髮已散落。

一會她大笑，再次靠上我的腰。

「噢！妳這小騷貨！」她說。

於是我們緊抱彼此，享受情欲，再次宣洩，我們雙腿粗魯跨坐在那優雅的高背椅上，時間一分一秒過去，我想到這個夜晚接下來的事，心裡不禁有點不開心。我心想，她讓我幹完她了。現在她會送我回家。如果幸運的話，她會因此賞我一鎊。畢竟，一開始我便是因為一英鎊的誘惑，才進到她的閨房。但現在一想到要和她分開，我心中有股難以言喻的傷感。我身上的玩具和它的主人意外點燃了我對拉子的欲火，如今我必須將玩具還她，壓抑內心的衝動。

她抬起頭，我想她看出我失落的表情。

「可憐的孩子。」她說：「妳完事之後，總會感到難過嗎？」她手扶著我下巴，將我頭轉向燈光，我抓住她手腕，別開頭。剛才我們瘋狂亂吻時，帽子都沒掉，現在帽子落下了。她雙手馬上伸到我臉上，摸著我抹上髮油僵硬的頭髮。然後她大笑起身，走進臥房。「替自己倒杯酒。」她喊道：「幫我點根菸，好嗎？」我聽到水落到瓷器上的聲音，猜她在用馬桶。

我走向鏡子，看著自己的樣子。我頭髮蓬亂，雙唇紅腫，臉幾乎和我外套一樣紅。我想起腰間的假陽具，並彎身脫下。現在假陽具不再散發光澤，下部的皮帶已被我豐沛的淫水浸溼，但假陽具仍如之前一樣堅挺又猥褻。**這**不曾在蘇活區的紳士身上見到過。火爐前的小桌上有塊手帕，我先擦了假陽具，再擦自己。我點了兩根菸，嘴上叼起其中一根，然後替自己倒杯酒，一邊喝酒，一邊從地毯上拾起散落的褲襪、褲子和靴子。

女士再次回來，接過她的菸。她換上了一件綠絲綢做的厚晨袍，她雙腳赤裸。她腳食趾修長，像是不時會見到的希臘人刻的雕像一般。她頭髮已梳過，並好好綁成蓬鬆的長辮，她終於脫下小巧的白色手套。她雙手皮膚幾乎和小山羊皮手套一樣白。

「那些都放著。」她說著朝我手上的褲子點點頭。「女僕早上會整理。」她看到假陽具，抓住其中一條帶子接過去。「但**這個**我會處理掉。」

我不確定自己有聽清楚。「早上？」我說：「妳是說我該留下？」

「噢！當然啊。」她似乎真心感到驚訝。「妳不能留下來嗎？有人在等妳嗎？」我突然頭暈眼花。我跟她說我和一個女士住一起，雖然她掛心我去哪裡，但不會太擔心。接著她問我老闆會不會希望我早上回去？例如剛才提到的洗衣房？我聽了大笑，搖搖頭。「完全沒人在意我。我顧好自己，自己開心就好。」

我正說著，她便晃起大腿旁的玩具。

她說：「今晚之前是如此。但現在妳有我了……」

她的話和表情讓我剛才都白擦了。我重新為她變得一片溼。我將褲子和她扔下的襯裙放一起，把外套也脫了。進了隔壁房，我看到床上的絲質床罩已掀開，下方的被子看起來白淨涼爽。箱子仍放在床腳平靜神祕之處。壁爐上的鐘顯示時間為兩點半。

我們到了大約四點才沉沉睡去。我大概十一點醒來。我記得凌晨搖搖晃晃去上廁所，回到她懷裡。我記得我又一陣激情，但後來我睡得很沉，沒有作夢，等我再次醒來，我一人躺在床上。她已穿上晨袍，站在半敞的窗前抽菸，望向遠方風景沉思。我動了動，她轉身微笑。

「妳睡得像個孩子。」她說：「我已經醒來半小時了，弄出一大堆聲音，但妳還是繼續睡。」

「我好累。」我打呵欠，接著想起為何如此疲倦。我們之間突然有點尷尬。昨晚房間像舞台一樣不真實。那裡有燈光和陰影，處處都是色彩，散發不可思議的香氣。身在其中，我們像演員一樣變成另一個身分，或不只是自己。現在時近中午，天光從拉開的窗簾照入房中，我發現這房間一點也不特別。我感覺房間確實相當素雅。我突然之間感覺自己身入異境，格格不入。妓女要怎麼和客戶告別？我不知道，我從來不用這麼做。

女士仍盯著我。她說：「我一直在等妳醒來，我才能搖鈴叫早餐。」壁爐旁的牆內有個搖鈴裝置。我前一晚也沒看到。「我希望妳餓了？」

我發現我真的非常餓。但也有點反胃。尤其我嘴巴氣味很噁心。我希望她不會再來親我。她沒有，而且也保持距離。不久，我看到她自顧自的古怪新態度，心裡不覺有點氣惱。她至少要來親吻我的手吧。

旁邊房間的外門傳來恭敬、低沉的敲門聲。她回話之後，門打開了。我聽到腳步聲和瓷器碰撞聲。我聽到碰撞聲變大，腳步走近，我好驚訝。我原本以為她會把東西放在隔壁，有禮地離開。現在女僕出現在我們門口。我將被子拉到脖子，躺著不動。但不管是女主人或女僕都並未因為我在而感到難為情。女僕不是我昨夜看到的白臉女子，而是個比我年紀稍小的女生。她稍微行個禮，目光低垂，在化妝檯騰出個空間放托盤。她將瓷器放好之後，她停在一旁，頭低垂，雙手交疊在圍裙上。

「非常好，布蕾克，這樣就好了。」女士說：「但十二點半時替金恩小姐準備好洗澡水。告訴胡柏太太，我晚點要和她說午宴的事。」她的語氣有禮，但冰冰冷冷。我聽過女士和紳士用那語調吩咐馬車夫、店員和行李搬運工上千次了。

女生頭又稍微點一下。「是，夫人。」接著她便離開了。她一眼都沒望向床。

有早餐可以吃，接下來幾分鐘便不算尷尬了。我坐起身，中途一直縮著身子，因為我全身每一寸都在疼痛，彷彿被毒打一頓，或在拷問台被五馬分屍。女士替我端來咖啡，以及塗上奶油和蜂蜜的熱麵包捲。她自己只喝了點咖啡，後來抽了菸。她似乎很喜歡看我吃。就像昨晚，她喜歡看我站著脫下衣服，點燃香菸。但她仍在靜靜沉思，令人不安，我不禁渴望著她前一晚真誠殘暴的吻。

我們喝完那壺咖啡，我吃完所有麵包捲，她開口了。她的語氣比我之前聽過的都還嚴肅。她說：「昨天晚上在街頭上，我邀請妳和我乘車，妳遲疑了。為什麼？」

「我很害怕。」我老實回答。

她點點頭。「妳現在不害怕嗎？」

「不會。」

「妳很高興我帶妳回來。」

這不是個問題，但她說著，一手伸向我喉嚨，撫摸我脖子，後來我臉變得通紅，吞了吞口水。我情不自禁回答：「對。」

她收回手，又略有所思，然後嫣然一笑。她說：「我小時候看過一個波斯的故事，關於一個公主、一個乞丐和神燈精靈。乞丐將精靈從瓶中釋放，並得到一個願望。但是……唉！每次都這樣。願望有條件。乞丐可以選擇安穩活七十年。他也可以選擇快活的生活，公主會成為他的妻子，僕從會為他洗浴，他每天都能穿著金袍，但他只能快活五百天。」她頓了頓，接著說：「如果妳是那名乞丐，妳會怎麼選擇？」

我猶豫一下。我最後說：「這些故事都太蠢了。沒有人會遇到——」

「妳會怎麼選擇？安穩度日，還是快活生活？」她手放到我臉上。

「那我覺得，我會選快活生活。」

她點點頭：「當然。乞丐也這麼選。如果妳說妳選擇安穩，我會非常難過。」

「為什麼？」

「妳猜不到嗎？」她又笑了。「妳說沒有人在等妳。妳難道沒有……情人嗎？」我搖搖頭，也許露出難過的神情，她嘆口氣，心底似乎很滿意。「那告訴我，妳願意和我待在這裡嗎？取悅自己，同時也取悅我？」

一時間，我只呆呆望著她。「和妳待在一起？」我說。「什麼身分？妳的客人、女僕……？」

「我的妓女。」

「妳的妓女！」我眨了眨眼，語氣變得有點凶。「這樣我會拿到多少錢？我想待遇應該很豐厚吧……」

「親愛的，我剛才說了。妳的薪水就是快活的生活！妳會和我生活在這裡，享受我的榮華富貴。妳會吃我桌上的食物、坐我的馬車、穿我替妳挑的衣服，另外，我叫妳脫下時妳便脫下。妳會像煽情小說中說的，被**包養**。」

我凝視她，然後望向旁邊，看著床上的絲質床罩、黑清漆衣櫃、拉鈴和玫瑰木木箱……我想像米爾恩太太的房間，我最近終於接近真正的快樂，但我也想起我在那裡漸漸背負的責任，那不只一次讓我感到不安。我待在這女士身邊，束縛在情欲和歡愉之中，雖然矛盾，但在這裡能有多自由！

但是，這也有點病態，她居然輕描淡寫便給出承諾。我再次用強硬的語氣說：「這麼說，**妳**都不怕鬧出大事嗎？妳好像很了解我，但妳對我根本一無所知！妳不擔心我找麻煩，向報紙和警察透露妳的祕密？」

「然後也抖出妳的事？喔，不，金恩小姐。我不怕引起注意。反之，我巴不得鬧得滿城風雨！我就想曝光！妳也是。」她靠近我，撥著我的頭髮。「妳說我對妳一無所知，但我在街上觀察過妳，記得吧。妳搔首弄姿，四處漫步調情，表現多麼冷靜！妳以為妳可以扮演加尼米德一輩子嗎？如果塞著絲質老二，妳以為那就代表妳內褲下沒有洞嗎？」她臉貼近我，不讓我別開目光。她說：「妳跟我一樣，妳早已表現出來了，現在就看得出來！妳真正渴望的是同性！也許妳想壓抑自己的欲望，但妳只讓欲望更膨脹！這就是妳不會把事情鬧大的原因，也是妳會留下，如我所願當我妓女的原因。」她冷酷地扭一下我頭髮。「承認我說的是事實！」

「對！」

因為是啊，真的是啊！她說的全是真的。她挖出我所有祕密，逼我面對自己。她會說出口，不光是因為我們口角，而是因為之前我們的熱吻愛撫，並在椅子上交媾。而且我很高興她說出口！我之前深愛著凱蒂。我永遠都會愛她。但我和她生活在一起都遮遮掩掩，隱藏著真實的自我。自那之後，我完全拒絕了愛，覺得自己成為獨立於感情之外的野獸。我迫使其他人展露自己最私密不堪的欲望，卻從不展現自己的欲望。現在這女士將我的面具撕下，讓我赤身裸體，像在尖叫聲中，徹底將我的外皮從白骨上剝下。她依然貼近著我。連她此時溫暖的呼吸吹到我臉頰，我都感到自己和她一樣湧起一股欲望，並知道我已成為她的奴隸。

畢竟，人生有些時刻會改變我們，讓我們對過去感到不滿，並開啟一個全新的未來。那天晚上在坎特伯里演藝宮，凱蒂將玫瑰抛向我，讓我對她的崇拜化為愛，那便是人生的轉捩點。現在這是另一個轉捩點。其實，搞不好是更早之前。也許是我看到停下的馬車，並走入它黑暗深處的那一秒。那才是我全新人生的開端。總之，我知道自己不可能回到過去的人生了。精靈已從瓶中釋放，我已選擇了快活的生活。

我不曾起念去問，五百天之後，故事中的乞丐下場如何。

第十一章

我後來才知道，那女士的名字是黛安娜。黛安娜．雷瑟比。她是個寡婦，沒有孩子，家財萬貫，具冒險精神，因此和我一樣懂得享受自我（但範圍比我更廣），而心也一樣堅硬。一八九二年夏天，她就三十八歲了，換言之，比現在的我年輕，但對當時二十二歲的我來說，她年紀非常大。我覺得她當初結婚，並不是為了愛情，因為她沒戴婚戒，也沒戴紀念喪夫的戒指，而在那富麗堂皇的房子中，沒有任何一張雷瑟比先生的照片。我從來不問關於他的事，她從來不問我的過去。她重新創造了我。以前黑暗的日子對她來說毫無意義。

當然，因為我們談好了條件，對我而言，我的過去也該變得毫無意義。一夜狂歡之後，我第一天早上在她家時，她要我再親吻她，然後洗浴，並重新穿上我守衛的制服。她站在一旁看著我穿衣服。她說：「我們必須替妳買新西裝。這件雖然好看，但穿不了太久。我會請胡柏太太找服裝商來。」

我扣好褲子，將吊帶拉上手臂。「我家裡有其他服裝。」我說。

「但妳會想穿新的。」

我皺眉。「當然，可是……我要先去拿我的東西。我不能就這麼一去不回。」

「我可以派個男僕去拿。」

我穿上外套。「我欠房東太太一個月的房租。」

「我會把錢寄給她。我要寄多少錢？一鎊？兩鎊？」

我沒答腔。她說的話讓我重新明白自己的生活將面對多巨大的轉變。我現在終於想到，我必須見米爾恩太太和葛蕾西一面。這是我的責任，我不能寫封信，放點錢，派個男僕將一切打發……可以嗎？我知道我辦不到。

「我一定要親自去。」我最後說：「妳知道，我想跟朋友道別。」

她揚起眉毛，一臉驚訝。「就照妳的意思吧。我今天下午會請席林把馬車開來。」

「我可以自己搭軌道車沒關係……」

「我會請席林來。」她走近我，並把守衛的帽子戴到我頭上，撥撥我深紅色外套的肩膀。「我覺得妳很調皮，居然想離開我身邊。我至少要確定妳會盡快回來！」

如我所想，這趟去綠街的家每分每秒都很煎熬。不知何故，我不希望四輪馬車開到米爾恩太太的前門，於是我請席林先生（黛安娜沉默的馬車夫）在帕西圓環放我下車，並在那裡等我。所以我拿出鑰匙進門時，就像我平常剛買完東西，或散步完回家。除了我離家很久之外，米爾恩太太和葛蕾西不會發覺我的命運已大大改變。我輕輕關上門，但葛蕾西敏銳的耳朵肯定聽到了聲音，因為我聽到她驚叫一聲：「南西！」（她在客廳）下一秒，她已跌跌撞撞走下樓，用力擁抱我，好像要把我脖子扭斷一樣。她母親不久便跟著她來到樓梯口。

「親愛的！」她大喊。「妳回家了，感謝老天！我們都快想破頭了，對不對，乖女兒？都不知道妳去哪了。葛蕾西都快擔心死了，可憐的孩子，但我跟她說：『妳別擔心南西，孩子。南西可能在朋友家過夜，或錯過最後一班車，在出租房間過夜。南西明天就會回來了，妳等著瞧。』」她邊說邊走下樓梯，最後我們三人都站在一塊。她真摯地看著我，但我覺得她語氣隱約有所怪罪。一想到我要坦白的事，我心裡更有罪惡感了，同時也有點不爽。我不是她女兒，也不是葛蕾西的情人。我告訴自己，除了房租，我不欠她們。

我小心翼翼地從葛蕾西懷中抽身，朝她母親點點頭。我說：「妳說對了，我遇到一個朋友。一個我好久不見的老朋友。見到她我真的好意外！她在凱爾本有空房。那裡太遠，我回來就太晚了。」我覺得這藉口聽起來很沒說服力，但米爾恩太太似乎覺得很滿意。

「看吧，葛蕾西。」她說：「我是怎麼說的？好了，妳去把茶壺拿到火爐上。南西等一下一定會想喝點茶。」葛蕾西聽話慢慢走了，米爾恩太太又朝我一笑，接著她走上樓，我跟在她身後。

我開口：「米爾恩太太，事情是這樣的，我朋友有點狀況。她的室友上週搬出去了。」米爾恩太太腳步稍慢了一下，又繼續向上走。「她找不到人，又無法自己負擔房租。她只在女帽商那裡打點零工，很可憐……」我們進到客廳。米爾恩太太轉身面對我，雙眼充滿擔憂。

「真可憐。」她感同身受地說。「現在好室友很難找，這我明白。我之前就跟妳好好說過，對吧，這就是為什麼我和葛蕾西這麼高興能遇到妳。如果妳要離開我們，南西……」感覺這是最不適合坦白的時機，但我一定要告訴她。

「噢！不要這麼說，米爾恩太太！」我輕聲說。「因為我真的很難過，我**真的**要離開妳們了。我的朋友開口問了我，唉，我答應她要去當她室友。妳知道，我只是想幫她度過難關……」我愈說愈小聲。米爾恩太太臉色慘白。她坐倒到椅子上，手放到喉嚨。

「噢！南西……」

「別這樣。」我說，並試著讓氣氛輕鬆一點。「別這樣嘛，好了！天曉得，我不是多特別的房客。妳不久就會找到另一個好女孩，住到我的房間裡。」

「但我擔心的不是我自己。」她說：「是葛蕾西。妳對她那麼好，南西。世上沒有那麼多人願意像妳一樣了解她。沒有人願意像妳一樣不厭其煩配合她的習慣。」

「但我會回來看妳們。」我講起道理。「而且葛蕾西……」我說到一半，吞了吞口水，因為我知道我絕對不可能邀葛蕾西來黛安娜寧靜無聲、豪華優雅的別墅。「葛蕾西能來看我。沒那麼糟。」

「是錢的問題嗎，南西？」她這時說：「我知道妳賺的錢不多——」

「不是，當然不是錢的問題。」我說：「其實……」我想起我口袋的錢。黛安娜親手放到我口袋的一鎊。除了房租之外，由於我沒有提早兩週通知，這筆錢也足以彌補。我把錢拿給她，但她只冷漠望著錢，動也不動，我神色尷尬，走向壁爐，將錢輕輕放在上頭。

我們沉默一會，米爾恩太太嘆口氣。我咳了咳。「好了。」我說：「我最好去收拾東西……」

「什麼！妳今天要走？這麼快？」

「我答應朋友了。」我說，並試著用語氣暗示，這全都要怪到我朋友頭上。

「但妳至少能留下來喝杯茶吧？」

我腦中一浮現我們三人茶會的可怕畫面，我便百般不願意，米爾恩太太臉色蒼白，神情失落，葛蕾西可能會失聲哭泣，或大鬧特鬧。我咬住嘴唇。

「最好不要。」我說。

米爾恩太太挺起胸膛，嘴巴緊抿。她緩緩搖頭。「我可憐的女兒會心碎。」

她冷酷的語氣讓一切更嚇人，比悲傷更令人感到羞愧。但我發現自己再次感到有點不爽。我張開嘴，正想開些玩笑，門口傳來動靜，葛蕾西來了。「茶熱了！」她大喊，對一切毫不知情。我無法忍受。我朝她一笑，隨意朝米爾恩太太點點頭，便轉身逃走了。「噢！媽，怎麼了？」聽到她的聲音，我加快腳步上樓，隨後也聽到米爾恩太太的低語。不久，我再次回到房間，並緊緊關上門。

當然，我擁有的雜物一眨眼就收好了。我把東西裝進水手袋和米爾恩太太送我的毛氈旅行袋。我把床單摺好，整齊放在床墊尾端，我在窗外抖了抖地毯。我把釘在牆上的幾張小照片都拿下來，扔到壁爐裡燒了。我廁所的一塊龜裂的黃色肥皂、半罐的牙粉、紫羅蘭香味的面霜，都被我丟進垃圾桶。我只留下牙刷和髮油。此外，還有一盒沒開的香菸和一塊巧克力，我把這些全裝進毛氈旅行袋。但我猶豫一下，又把巧克力拿出來，留在壁爐上，我希望葛蕾西能發現。不到半個小時，房間又回到我初次搬進的模樣。除了壁紙上釘照片的洞，還有我看雜誌看到睡著，不小心讓蠟燭倒下，在床頭櫃上燒出來的焦痕，房中沒有其他我曾留在這裡的痕跡。一想到此，感覺好淒涼。但我不會感到難過。我沒有走到窗邊，依依不捨望向外頭的風景。我沒有檢查抽屜，彎身到床底下摸索，也沒把椅墊掀起。如果我忘了什麼，我知道黛安娜會給我更好的。

樓下靜得古怪，我來到客廳時，發現門已緊緊關上。我敲一下門，轉動門把，心跳飛快。米爾恩太太仍坐在剛才的桌前。她臉色比剛才紅潤多了，但神情依舊嚴肅。茶壺放在碟子上，茶都還沒倒。杯子和一疊茶碟放在一塊。葛蕾西全身僵硬，挺直身子坐在沙發上，她的臉用力別到一邊，目光死盯著窗外（但我覺得她並未在看什麼）。我原以為她聽到我要離開會哭，結果她似乎生氣了。她雙唇緊抿，毫無血色。

至少米爾恩太太稍微接受了我要離去的事實，她見我進門，多少擠出微笑。「葛蕾西現在恐怕情緒不好。」她說。「妳收拾行李讓她很難過。我有告訴她妳會來看我們，但是……唉，她很固執。」

「固執？」我裝作訝異。「我們的葛蕾西怎麼會？」我朝她走一步，並伸出手。她尖叫一聲，把我推開，移到沙發最遠的一端，她頭一直維持僵硬不自然的角度。我從來沒見過她這麼不高興，我接下來開口時全發自肺腑。

「啊，別這樣，葛蕾西，拜託。我走之前，妳不跟我說句話，給我一個吻嗎？妳甚至不想跟我握手嗎？我會很想念妳。我們一起那麼快樂，我不希望我們不歡而散。」我繼續向她一面哀求，一面責怪，後來米爾恩太太起身，手放上我肩膀輕聲說：「最好讓她靜一靜，南西，妳走吧。妳改天再回來看她。我相信她那時便好了。」

葛蕾西不想好好道別，我最後也只好離開了。米爾恩太太陪我到門口，我們尷尬站在《世界之光》和藍衣女性化的耶穌前，她雙臂交叉在胸口，我背著包包，身上仍穿著我深紅色的制服。

「對不起，米爾恩太太，一切這麼突然。」我試著道歉，但她要我別說了。

「沒關係，親愛的。妳走吧。」她人太好了，脾氣硬不了多久。我說我把房間整理好了，我會寄信跟她說我的地址（我從來沒這麼做，從來沒有！）。最後我說她是全倫敦最棒的房東太太，如果下一個房客不滿意，我會親自來問她為什麼。

她這時露出真誠的笑容，我們擁抱。但我們分開時，我感覺得到她心事重重。我站在門階，和她道別時，她開口了。

「南西。」她說：「妳別介意喔，但是……妳的朋友是個女生，對吧？」

我哼一聲。「噢！米爾恩太太！妳真的覺得……？妳真的覺得我會……？」我會跟一個男人住在一起？她真是這意思？我？穿著褲子，頭髮剪短的我！她滿臉通紅。

她說：「我只是覺得最近女孩子總是一眨眼就找到丈夫嫁了。妳搬走得這麼突然，我原本懷疑是有個紳士之類的，花言巧語對妳立下無數承諾。我真是的。」

我的笑聲變得有點空洞，因為我覺得她猜得八九不離十，但卻又離事實好遠。

我握緊包包，跟她說我要去國王十字路的馬車招呼站坐車，因為黛安娜的馬車夫就在那個方向。從一開始聽到我要走的事很震驚，她的雙眼一直是乾的，此時卻泛起淚光。我不自在地慢慢沿著綠街走，她一直站在門階。「別忘記我們，親愛的！」她大喊，我轉身揮手。客廳窗邊出現一個人影。葛蕾西！她還是來目送我離去了。我揮得更大力，然後抓起我的帽子，向她揮舞。兩個男生原本在破爛的欄杆上翻筋斗，現在停下來向我敬禮。我想他們以為我是士兵，現在假期結束了，而米爾恩太太是我淚眼汪汪的白髮母親，葛蕾西自然就是我的妹妹或妻子了。但不管我怎麼揮手，怎麼送飛吻，她都沒有表示，只站在原地，頭、手貼著窗玻璃，她蒼白的額頭和指尖在窗上壓出一塊塊蒼白的圓。最後我手緩緩放下。

「**她**不那麼愛你。」其中一個孩子說。我望向他，等我目光回到房子，米爾恩太太不見了。但葛蕾西仍站在窗前看。她的目光像石膏冷酷無情，像針一樣尖銳，我不禁快步拐彎，走上國王十字路。即使我爬上坡，走向帕西圓環，已經看不到綠街的窗戶，我還是感覺背上刺痛，充滿焦慮。等我坐進黛安娜昏暗的馬車車廂，鎖上門栓，我才感覺鬆一口氣，再次回到我新生活的軌道。

但即使如此，我的舊生活依然有著另一筆未還的債。我們沿著尤斯頓路，接近賈德街街角，我忽然想起我和新朋友佛羅倫斯的約會。我們約星期五，我發現就是今天。我跟她約六點在酒吧門口碰頭，我想現在一定六點多了……我才在想，馬車便在車潮中慢下來，我看到她就站在前方等著我。馬車開得更慢了，透過紗簾，我能清楚看到她，她皺著眉頭，左右顧盼，然後垂頭看胸前的錶，舉起手將垂下的頭髮塞好。她的面孔樸素，一臉親切。我突然好想拉開門栓，跑到街上，到她身邊。至少，我想我能叫馬車夫停下車，也許能大聲向她道歉……

但我心中焦慮，猶豫不決時，車流變快，馬車震動一下，不久賈德街和樸素親切的佛羅倫斯已在我身後。雖然那天下午我能作主，但當時席林先生仍令我害怕，我不敢叫他將馬車調頭。何況，我要對她說什麼？我想我永遠不可能再自由見到她了。我也不期待她來黛安娜家拜訪我。我想我沒現身，她也許會感到驚訝又生氣。那天她是第三個對我感到失望的女子。我也很難過，但事後回想，其實不算太難過。只稍微難過而已。

我回到「幸福廣場」時收到了禮物（我現在發現黛安娜家門口的廣場叫這個名字）。黛安娜在樓上客廳，已洗好澡，並終於穿戴整齊，頭髮結辮盤好，用髮針精心固定。她看起來很美，身上穿著灰色和深紅色的洋裝，柳腰搖擺，後背挺直。我記得前一晚我手忙腳亂拉開的繫帶結。現在她上身衣服平整，連條線的痕跡都沒有。女僕稍早用穩定的雙手替她繫緊衣下的內衣和緊身衣，而我猜晚一點，我顫抖的雙手會將衣服一件件剝下，一想到我內心就無比興奮。我走向她，雙手放到她身上，用力吻她的嘴，直到她大笑。我醒來全身疲倦又痠痛。我在綠街那段時間心裡好鬱悶。但我現在不鬱悶了。我感覺精力充沛，渾身發燙。如果我有老二，現在一定在抽搐。

我們擁抱一、兩分鐘，後來她退開，牽著我的手。「跟我來。」她說：「我把妳的房間準備好了。」我起初有點不高興，因為我沒有和黛安娜睡同一間，但我不可能生氣多久。她帶我去的房間就在走廊再過去一點，和她自己的房間一樣宏偉華麗。牆上一片綿白，地毯是金色，屏風和床架都是竹製的。而且化妝檯放滿東西，有玳瑁香菸盒、一對髮梳、象牙鈕釦勾，以及裝滿香水和油的各式瓶罐。床旁有道門，後頭是一個狹長形、低天花板的衣櫃。那裡的木衣架上有一件深紅色絲質的晨袍，和黛安娜的綠色晨袍配對。那裡還有一件她答應要給我的西裝，以灰色精紡羊毛製成，布料厚實，剪裁俐落。旁邊有一組抽屜，上面標示寫著**袖釦**、**領帶**、**領子**和**飾釘**。裡面全是滿的，再過去有排層架寫著**亞麻衣**，上頭放著一件件白色的細織亞麻襯衫。

我望著一切，用力親吻黛安娜。不得不說，一部分是希望她會閉上雙眼，以免她看到我有多敬畏她。但她離開之後，我簡直在金地毯上跳起了舞。我拿起西裝，並拿起襯衫、領子和領帶，照順序放到床上。然後我又跳了一陣子舞。我把從米爾恩太太家拿來的袋子拿到衣櫃，開也不開，直接塞到最角落。

我穿著西裝去吃晚餐。我知道衣服非常適合我。但黛安娜說剪裁不合身，明天她會請胡柏太太好好丈量我身體，把數值交給裁縫師。她對自己的女管家非常信任，我覺得非常不可思議。胡柏太太在我們用餐時都在一旁隨侍，替我們盛食物和倒酒，她表情嚴肅，精神相當緊繃（我以為），後來黛安娜才請她離開。等她走了之後，我跟黛安娜提起這事，她聽了大笑。

她說：「這背後有個祕密，妳猜不到嗎？」

「我想妳付她一大筆錢。」

「也許吧。但妳沒發現胡柏太太替妳倒湯時，偷偷瞄著妳嗎？嘿，她口水都要滴到妳盤子裡了！」

「妳是說……不是吧……妳是說她就……**像我們一樣**？」

她點點頭。「當然了。至於布蕾克……可憐的孩子，我從感化院牢房把她救出來。她因為玷汙一名女僕被關……」

她又大笑，我驚訝不已。她傾身拿餐巾擦掉我臉頰上的肉汁。

我們晚餐吃肉排和小牛胸腺，兩道都相當美味。我像早餐一樣一直吃，但黛安娜酒喝得比吃得多，菸抽得比喝得多，看得甚至比抽得更多。我們聊完僕人的事便陷入沉默。我發現我說的許多話都讓她雙唇和眉毛抽動。那些話我自覺合理，但不知何故，好像讓她感到有趣。於是最後我不說了，她也不開口，四周鴉雀無聲，只聽得到煤氣燈嘶嘶冒著氣，壁爐上的鐘穩定滴答作響，還有我的刀叉敲擊盤子的聲音。我不禁想起在綠街客廳和葛蕾西及米爾恩太太愉快的晚餐時光。我想起我原本和佛羅倫斯在賈德街酒吧約好的晚餐。但我吃完之後，黛安娜給我一根她粉紅色的香菸。我抽到有點暈時，她走過來親吻我。這時我才想起，我來這裡不是為了聊天。

那天晚上，我們做愛比之前更悠閒，可說是更溫柔。但後來我身體滿足，雙臂和雙腿與她糾纏，快要睡著時，她抓住我肩膀，將我搖醒，我嚇了一跳。那天我一整天都在學習，而這也是我最後一課。

「妳可以走了，南西。」她說，並用我之前聽到她對女僕和胡柏太太說話時一樣的語氣。「我今晚想一個人睡。」

那是她第一次像對女僕一樣對我說話，她那句話讓我身上殘存的溫暖都消失了。但我不吭聲出了房，沿著走廊，走進我空白的房間，爬上我冰冷的床。我喜歡她的吻，更喜歡她的禮物。如果我要保有這一切，就必須服從她。好，那就這樣吧。我以前在蘇活區服務紳士，習慣吹一次一鎊。在這樣的環境，服從這樣的女士，當時而言，似乎不算多麻煩的事。

第十二章

幸福廣場的生活頭幾天雖然令人陌生，但我很快便融入角色，找出自己的新作息。這裡的生活和我在米爾恩太太家一樣慵懶。當然，差別是我現在有個女主人，她供我吃穿，住宿休息，相對的，她要求我必須把她當作我的唯一。

我在綠街習慣早起。通常葛蕾西會在七點半左右替我端茶來。其實，她會爬上床，鑽進我溫暖的被窩，我們會躺在床上聊天，等米爾恩太太叫我們吃早餐。接著我會到樓下廚房的大水槽梳洗，葛蕾西有時會下來替我梳頭。在幸福廣場，我不需要早起。早餐會送到我面前，我會在黛安娜身邊用餐。如果她前一晚要我回房，我會在自己床上吃。她更衣時，我會喝咖啡和抽菸，打呵欠，揉揉眼。通常我會打個盹。她穿好大衣，戴好帽子回來，我才會醒來，她戴著手套的手會鑽進床罩，不是捏我一把，就是摸我一把。

「起床，跟妳的女主人吻別。」她會說：「我到晚上才會回家。我回家前自己找事做。」

我會皺起眉頭咕噥。「妳要去哪？」

「去拜訪個朋友。」

「帶我去！」

「今天不行。」

「妳去拜訪人，我可以坐在馬車上……」

「我寧可妳待在家，等我回來。」

「妳好狠心！」

她會露出微笑，然後親吻我。接著她會離家。我只會再次昏睡。

等我終於起床，會說要洗澡。黛安娜的浴室美輪美奐。我會在裡面待上一個多小時，浸泡在香氛的水中，好好將頭髮分邊，抹上馬加撒髮油，在鏡前檢查身體有無瑕疵。我以前只用肥皂洗澡，並塗上冷霜和薰衣草香水，偶爾會畫眼線。現在從頭頂到腳趾甲，我都有專用的保養膏。我的眉毛有眉毛油，睫毛有睫毛膏。我有一罐牙粉和一盒珍珠柔白粉底。我也有指甲油和深紅色的口紅。我有夾乳頭雜毛的鑷子，還有浮石能磨腳跟的角質。

感覺像再次回到音樂廳打扮。只是我當時是在側台，趁樂團換節奏時更衣。現在我有一整天可以梳妝打扮。黛安娜是我唯一的觀眾，少了她，我無所事事。我不能跟女僕聊天。胡柏太太眼神曖昧，總在偷瞄；布蕾克總向我行屈膝禮，稱呼我「小姐」，害我渾身不自在。廚師會替我送上午餐、晚餐，但從來不出現在廚房以外的地方。如果我停在通往地下室的綠色粗呢門前，都會聽到她們嬉笑爭執的聲音。但我知道自己和她們不同，不能越矩。我必須待在臥房、黛安娜的會客室、客廳和藏書室。黛安娜說沒人陪伴下，我不准出門。她說到做到，她要胡柏太太將宏偉的前門鎖起。每次她走上前關門時，我都聽到她轉動鑰匙的聲音。

我不在意自己缺少自由。如我所說，溫暖奢華的生活，再加上她的吻和甜美的睡眠讓我變傻了，而且前所未有地懶散。我會在房中四處遊蕩，不發一語，腦中一片空白，偶爾停在牆邊欣賞畫作，或望著寧靜的街道和聖約翰伍德區的公園。我也會用黛安娜的無數鏡子端詳自己。我像個幽靈。我有時會想像自己是死在這房子裡年輕貌美的男鬼，至今走在走廊和房間，搜尋他在這裡失去的歲月痕跡。

我會徘徊在樓梯轉角，或躲在窗簾和凹室的陰影中，女僕見到我時，手會按著胸口說：「妳嚇死我了，小姐！」我會露出笑容，問她在做什麼工作，或她知不知道天氣如何，但她只會滿面通紅，一臉驚恐說：「小姐，我不知道。」

我一心念著的自然是黛安娜回家那一刻，那是我一天的高潮，也給予了所有時間方向和意義。我必須如演戲一般，精心選擇房間和姿態，將自己呈現給她。她也許會看到我在藏書室抽菸，或在她會客室，衣釦鬆開打著盹。她進門時，我會佯裝驚訝，如果我在睡覺，我會故意讓她喚醒我。但她回來時，我是真心感到開心。她一回來，我馬上還了魂，彷彿從側台登上舞台，再次變得熱情奔放。我會替她點菸，替她倒酒。如果她很累，我會帶她坐到椅子上，按摩她的太陽穴。因為她都穿著高腳黑靴，鞋帶會繫很緊，如果她雙腳感到痠痛，我會將她雙腿褲襪褪去，替她按摩疏通血液。如果她性欲高漲（她經常如此），我會親吻她。她會讓我在藏書室或客廳愛撫她，不管女僕是否經過門外。要是有女僕敲門，我們便會靜靜喘息，不敢吭聲，直到女僕因為沒人應門而離開。有時她會吩咐大家不要來打擾她，並帶我到她的會客室，打開祕密抽屜，拿出玫瑰木箱的鑰匙。

我很快熟悉了所有道具的用法，但打開木箱那一刻仍讓我著迷又興奮。不過其實也沒什麼大不了。裡頭當然有我說過的假陽具。後來我照黛安娜的話，也稱之為**器材**或**工具**。我覺得她喜歡用這兩個詞，因為那玩意兒散發著手術房或感化院的特殊味道。她只有芳心蕩漾時，才會好好稱呼那玩意兒。但即使那時，她也只會用法語說她想要Monsieur Dildo（假陽具先生），或簡稱Monsieur（先生）。除了假陽具，裡面還有一本女孩子的相冊，每個人都有著大屁股，私處都已除毛，身上穿戴羽毛。還有一系列情色小說，全都寫著同志情愛故事，但如黛安娜，她們稱之為**莎芙之愛**[31]。我覺得內容有夠噁心。但我從沒見過這些書。我會邊看邊扭動，黛安娜見了會放聲大笑。木箱裡面還有繩子、皮帶、藤條。我想這些東西不算誇張，在嚴厲的女教師櫃子中可能就有了。最後，箱裡還有黛安娜玫瑰濾嘴的菸。如我之前所料，香菸除了含有法國香料菸草，還混了一點印度大麻。箱裡我覺得最棒的就是香菸，而且配上道具，效果更是妙不可言。

我也許身體疲憊，腦袋困頓，也許因為喝酒而反胃，也許因為月事，感到腰部痠痛，但如我所說，我每次一打開木箱，都會感到興奮激動。我像隻狗，聽到女主人喊**骨頭**，身體便會不斷抽動，嘴中流出口水。每一次抽動，每一次流涎，都讓黛安娜更滿足。

31　莎芙（Sappho, c.630BC-c.570BC），古希臘詩人，來自勒斯博島（Lesbos），並以抒情詩聞名，歌唱時會配上七弦豎琴。她也是女性欲望和愛的象徵，她的名字和家鄉分別成為帶有女同志意涵的詞彙，如sapphic和lesbian。

「我的小道具好棒！」我們躺在凌亂的床單上抽菸時她會說。她全身光溜溜的，只穿著馬甲，戴著紫色手套。我會戴著假陽具，上頭可能還綁著珍珠繩。她會到床腳，翻看箱子大笑說：「我送妳的所有禮物裡，這裡面的最好，對不對？是吧？妳在倫敦哪裡找得到這些？」

「找不到！」我回答：「妳是全倫敦最大膽的婊子！」

「對！」

「妳是最大膽的婊子，有著最棒的陰戶。如果做愛是個王國……幹，妳就是女王……！」

我現在受女主人調教，都會說出這類淫話，但從自己口中聽到這些話，我仍會感到震驚，內心發癢。我和凱蒂在一起不曾想說淫話。我沒有**幹**她，我們沒有**做愛**。我們只曾親吻、顫抖。那不是**做愛**，她雙腿間也不是**屄**。沒錯，我們在一起那麼多夜，我不覺得我們明確述說過這件事……

我心想，讓她看看**現在**的我。我躺在黛安娜身旁，將珍珠項鍊好好綁在假陽具上。黛安娜會撫摸她的木箱，然後傾身撫摸我。

「看看我這女主人！」她會嘆息說：「看看……看看我擁有什麼！」

我會抽菸抽到感覺床開始傾斜。然後我會倒下大笑，讓她爬到我身上。有次我的香菸落在絲質床罩上，我一邊幹她，一邊笑著看床罩燒出個洞。有次我菸抽太多抽到吐了。黛安娜搖鈴叫布蕾克來，她進來時她喊道：「看我的妓女，布蕾克，即使滿身髒也一樣美麗！妳有看過哪個男的這麼俊美嗎？有嗎？」布蕾克說她沒看過，然後將布沾水，擦拭我的嘴。

最後讓我打破禁錮的是黛安娜的虛榮心。我和她相處一個月，只去過花園散步，最多也只用靴尖碰過倫敦街頭。有天晚上晚餐時，她說我應該去理髮。我抬起頭，以為她打算帶我去蘇活區。結果，她只搖鈴叫女僕來。我坐在一張椅子上，披著一塊毛巾。布蕾克拿著梳子，女管家則負責剪刀。「輕點，輕點！」黛安娜在一旁看著並大喊。胡柏太太靠近我，修剪眉毛上的頭髮，我臉頰感到她火熱急促的呼吸。

結果不只剪髮，後頭還有更好的事情等著我。隔天早上我在黛安娜床上醒來，發現她已換好衣服，凝視著我，臉上帶著她一向神祕的笑容。她說：「妳要起床了。我今天要給妳一個驚喜。其實是兩個驚喜。其中一個在妳房間。」

「驚喜？」我打呵欠。這個詞我早已失去興致。「什麼東西，黛安娜？」

「一套西裝。」

「什麼樣的西裝？」

「出門穿的西裝。」

「出門……？」

我馬上回房。

自從我在鄧蒂太太家第一次穿上褲子，我已經穿過各式各樣紳士的西裝，從最簡單的西裝到戲劇表演用的，從軍裝到女性套裝，從密紋平織布到黃色平絨布。我扮過士兵、水手、男僕、男妓、跑腿小弟、公子哥和喜劇公爵。這些我全都穿過，打扮起來也都人模人樣。但在幸福廣場黛安娜別墅的臥房中的那件西裝是我穿過最昂貴、最精緻的西裝。我現在仍能記得西裝所有不可思議的細節。

外套和褲子是雪白色的亞麻布，背心顏色較深，後背布料是絲質的。衣服全放在鋪了天鵝絨的盒子裡，另一個包裹中，有三件珠地布襯衫，每一件都比前一件顏色淡，織工精細，質料紮實，像緞子一樣閃閃發亮，也像珍珠表面一樣。

那裡還有白得像新牙的領子，以及蛋白石飾釘和金袖釦。除此之外，還有條領帶和琥珀色的波紋綢領巾，我從包裝紙抽出時，它們閃閃發亮，波光流動，像蛇一樣從我手中滑到地面。那裡還有一個扁木盒，裡面放著手套，一雙是小山羊皮製的，鈕釦都是包釦，另一雙是鹿皮手套，散發著麝香。在一個天鵝絨袋中，我看到襪子、內衣褲，不是像我現在身上穿的法蘭絨，而是針織綢。那裡還有一頂奶油白色的霍姆堡氈帽，帽上的飾帶搭配我的領帶。甚至還有一雙鞋。那是一雙栗色皮鞋，色彩溫暖濃郁，我馬上情不自禁用臉貼到鞋上，然後親吻它，最後舔它。

我差點沒看到最後一個半透明的包裹。裡面有一組手帕。每條手帕都像珠地布襯衫一樣滑柔精緻，上頭都繡上漂亮的N.K.字樣。這套西裝繁複又不失細膩，材質和色調和諧相襯，令我著迷不已。而最後一個小細節讓我最為滿意，因為繡字就像畫了押，確認了我在美妙的新家中，和熱情大方的女主人的關係。

我先洗了澡，在鏡前更衣，然後我拉開窗板，點了根菸，邊抽菸邊打量自己。我看起來真帥，這話可不是在自誇。像所有昂貴的衣服，西裝本身有樣子和光澤，任何人穿上多少都會變英俊挺拔。但黛安娜心思倒巧。白布烘托了我暗金色的頭髮，掩飾我臉頰和手腕當男妓時的曬痕。我脖子上琥珀色的領巾讓我藍色的雙眼和深色的睫毛更加顯眼。褲管上有打褶，讓我雙腿看起來更修長苗條。我將麝香鹿皮手套捲起，塞得胯下鼓鼓的。我發現我魅力四射，簡直令人不安。我鏡中的倒影四周圍著木框，我左腿微彎，一手垂在大腿旁，另一手拿菸停在空中，彷彿正要放到我依稀塗口紅的雙唇上，我一點也不像自己，而像是一幅活生生的畫，彷彿有個藝術家心生嫉妒，將這金髮爵爺或天使捕捉下來，封在鏡後。我望著自己，感到嘆為觀止。

門口有些動靜，我轉身，看到黛安娜站在那。我打量自己時，她便一直看著我。我深受自己的俊美所吸引，沒注意到她。她手中拿著一束花，此時來到我身前，把花別到我大衣上。她說：「應該要選水仙花，我怎麼沒想到。」她別到我胸前的花是紫羅蘭。她整理我的翻領時，我彎下頭，聞到花香。有一朵花從莖上落下，翩翩飄落到地毯上，她一腳踩上去。

她整理好我胸前的衣服之後，拿了我的香菸去抽，並向後退，端詳自己的大作，就像好久以前華特在鄧蒂太太家一樣。被人打扮、設計和欣賞彷彿注定成了我的命運。我不在乎。我回想起那段純真的年代所穿的藍色嗶嘰布西裝，笑了一聲。

隨著那聲笑，我目光變得堅定，閃爍光芒。黛安娜看到了，滿意地點點頭。

「我們一出場肯定豔驚四座。」她說：「我知道她們一定會愛上妳。」

「誰？」我這時問：「妳為誰打扮我？」

「我要帶妳出門去見我朋友。」她手放到我臉頰上。「我要帶妳去我的俱樂部。」

俱樂部的名字叫卡文迪什女子俱樂部，位於薩克維爾街，就在皮卡迪利圓環北邊不遠處。我路很熟，那裡每一條路我都知道，但黛安娜請席林載我們過去時，我發現自己從未注意到那棟灰色狹長的高樓。我覺得那棟樓的門階**非常**陰暗，門牌很小，門也很窄。但去過一次之後，我永遠不會錯過。

如果你想的話，今天去薩克維爾街一趟，看你找不找得出這棟樓。你大概需要在人行道徘徊三、四次。但你找到灰色門面的建築時，請停下腳步，仔細看一會。如果你看到有個女士從陰暗的門階走進去，好好觀察她。

如我那天和黛安娜一樣，她一進門，會先到一個大廳。大廳裝潢時髦，櫃台後方會坐一個女子，她打扮整齊，長相平庸，分不出年齡。我第一次走進去時，櫃台前的女子是霍金斯小姐。我們抵達時，她正拿著帳簿工作，但她抬頭看到黛安娜時，便露出笑容。不過她看到我時，笑容稍斂。

她說：「雷瑟比夫人，妳好，真高興見到妳！我想傑克斯夫人在交誼廳等妳。」黛安娜點點頭，伸手在一張紙上簽名。霍金斯小姐再次望向我。「先生要在這裡等妳嗎？」她說。

黛安娜的筆繼續平順寫著，她雙眼抬也不抬，說：「別鬧了，霍金斯。這是金恩小姐，我的同伴。」霍金斯更仔細端詳我，然後滿面通紅。

「噢！雷瑟比夫人，我知道我不能替其他女士發言，但有人可能會覺得這有點……不尋常。」

黛安娜將筆蓋好回答：「我們就是因為不尋常才來這裡。」她轉身打量我，伸手調整我的領帶，舔了一下戴著手套的手指，梳齊我的眉毛，最後把我的帽子脫下，整理我的頭髮。

她把帽子給霍金斯小姐。然後她緊緊勾住我的手臂，帶我走上樓梯，進到交誼廳。

這裡和樓下大廳一樣寬敞。我不知道他們現在用什麼顏色，但當時木牆上塗著金漆花紋，地毯是乳白色，沙發是藍色……簡而言之，裡面的色彩配合著我身上最帥的西裝；反過來說，其實是我配合這地方的色彩。

我必須說，發現這件事時，我心裡很不安。我在鏡前打扮時，黛安娜給我的稱讚剎那間變得不再單純。

但我想起來了，所有表演者會根據舞台打扮。而這是多棒的舞台！多棒的觀眾！

我想裡面大概有三十人，全都是女人。她們全坐在桌邊，拿著飲料、書或報紙。你在街上有可能會經過她們，腦中不會多想，但她們全出現在一起，畫面非常古怪。她們穿得不奇怪，而是非常特別。像她們會穿裙子，但裁縫師當初設計，彷彿是想挑戰讓紳士穿裙子。不少人穿著外出走路穿的套裝，或騎馬穿的洋裝。也有不少人戴著眼鏡，或戴繫著緞帶的單片眼鏡。有一、兩個女生有非常驚人的髮型。全是女性的場合中，我第一次看到這麼多人打領帶。

當然，這些細節都是我慢慢觀察出來的。交誼廳很大，黛安娜帶著我，不疾不徐地穿越全場，於是我藉機打量了四周的人事物。我們剛才進門時，女會員一一轉頭，每個人都瞠目結舌，現在交誼廳更是鴉雀無聲，像是隔了一層厚天鵝絨。我不知道她們是像霍金斯小姐一樣誤以為我是紳士，還是像黛安娜一樣一眼看穿我的偽裝。不論如何，有人大喊：「老天！」後來又有一聲拖得更長的驚叫：「我的**天**……」我感到身旁的黛安娜全身僵硬，心滿意足。

後來又傳來另一聲叫喊，最角落的那一桌有個女士站起。「黛安娜，妳這老色鬼！妳終於做到了！」她拍一下手。她身旁還有兩個女士紅著臉望著我。其中一人有單片眼鏡，她此時戴到眼上。

黛安娜帶我到她們面前介紹我。這次比剛才將我介紹給霍金斯小姐更親切有禮，但再次稱我為她的「同伴」。那群女士大笑。剛才起身招呼我們的人現在抓住我的手。她手上拿著根粗大的雪茄。

「親愛的南西。」我的女主人說：「這位是潔克絲太太。她是我在倫敦最老的朋友，也是最惡名昭彰的一個。她跟妳說的話全都是想教壞妳。」

我向她行禮。我說：「儘管教，真的。」潔克絲太太聽了吼一聲。

「還會說話！」她大喊，比著我的臉和衣服。「長得這麼俊，這小野獸甚至還會說話！」

黛安娜露出笑容，揚起一邊眉毛說：「勉勉強強啦。」她說。

我眨了眨眼，但潔克絲仍握著我的手，現在她握了握。「黛安娜太壞了，南西小姐，但妳別在意。我們這群人在卡文迪什全**殷殷切切**盼著妳，想讓妳成為我們特別的朋友。妳叫我『瑪麗亞』就好了。」她用古語發音，叫著自己的名字。「這位是艾弗琳和蒂奇。妳看得出來，蒂奇在這裡喜歡把自己當男孩子。」

我一一向她們敬禮。艾弗琳向我微笑。蒂奇就是戴單片眼鏡的那位，我很確定那是平光鏡片。她只揚一下頭，感覺態度高傲。

「所以這就是新的卡利斯托[32]，是嗎？」她說。

她穿著漿白的襯衫，繫著領結，雖然她長髮已綁好，但仍抹上髮油。她大概三十二、三歲，腰很粗，不過至少她上唇暗沉，跟男生一樣。若在一八八〇年左右，她應該算非常帥了。

瑪麗亞又握了握我的手，翻個白眼。她擺頭示意我靠近，她比較矮，於是我彎向她。她說：「好了，親愛的，妳可別賣關子。我想要聽妳遇到黛安娜的淫蕩故事。她自己一丁點都不肯透露。只說那天晚上天氣炎熱，街道繽紛熱鬧，月亮在雲中打轉，像喝醉酒的女人尋找著愛人。告訴我們，南西小姐，快告訴我們！月亮**真的**在雲中打轉，像喝醉酒的女人尋找著愛人嗎？」她抽了口雪茄，仔細望著我，艾弗琳和蒂奇傾身等我回答。我望向她們，目光回到瑪麗亞身上，吞了吞口水。

我終於開口：「黛安娜說是就是了。」

瑪麗亞聽到驚訝大笑，她的笑聲像鑽地機，低沉、大聲又快速。黛安娜挽起我的手，帶我坐到沙發上，請服務生拿飲料來。

其他桌的女士仍繼續盯著我瞧。我發現有人看得特別專注。有人低聲交談，有人竊竊私語，也有人竊笑，有人倒抽口氣。但我們這群人沒人在乎。瑪麗亞目光一直停在我身上，飲料送來時，她手拿酒杯，色瞇瞇望著我說：「敬胸部雙峰頂！」她說著朝我眨眼。黛安娜轉頭聽艾弗琳說故事。她說著：「黛安娜，這種醜事前所

32 希臘神話中卡利斯托（Kallisto）為宙斯所喜愛的仙女，由於卡利斯托追隨著月神阿提米絲，宙斯便化身為月神來誘惑她。

未見！她向七個女人發誓愛她們，不同天和不同人見面。其中一人還是她嫂子！她有一本收集冊，老天，我看了簡直嚇死。裡面全是她從她們身上**拔下來**或**割下來**的東西，像睫毛和腳趾甲屑，我好像還看到用過的衛生棉，還有毛髮——」

「**毛髮**，黛安娜。」蒂奇意有所指插嘴。

「她會把毛髮做成戒指和頭飾。麥爾斯勛爵上次看到一個胸針，還問她在哪買的，結果蘇珊騙他說那是狐狸尾巴做的，說她會替他做一個，送給他妻子！妳能想像嗎？現在麥爾斯勛爵太太參加所有上流宴會，胸前都別著用蘇珊．戴克嫂子陰毛做的胸針！」

黛安娜露出微笑。「蘇珊的丈夫全都知情，然後不在乎嗎？」

「在乎？珠寶商寄來的帳單全是他付的！妳搞不好聽他吹噓過，我自己是親耳聽到的，他打算把莊園改名為**新勒斯博島**[33]。」

「**新勒斯博島！**」黛安娜輕聲說。接著她打個呵欠。「蘇珊．戴克這無聊的老同志在裡頭，那島大概沒什麼新意……」她轉向我，換了個語氣。「替我點根菸，好嗎，孩子？」

我從胸前口袋的琥珀菸盒拿出兩根菸，在我嘴上點燃，傳了根過去。女士都一直望著我。其實不管她們在笑或在聊天，她們都仔細望著我的一舉一動，打量我全身上下。我傾身抖菸灰時，她們都眨了眨眼。我一手拂過短髮，她們臉上都會湧上一股紅潮。我打開穿著褲子的腿，露出鼓起的胯下，瑪麗亞和艾弗琳都不約而同在椅子上動了動。蒂奇伸手拿白蘭地酒杯，貪婪地大喝一口。

過一會，瑪麗亞又湊近。她說：「好了，南西小姐，我們還在等妳介紹自己。我們想知道妳所有事情，目前妳都在開玩笑，什麼都沒說。」

我說：「沒什麼好說的。妳去問黛安娜。」

「黛安娜就愛耍嘴皮子，沒半句實話。」她突然一副神祕兮兮的樣子。「告訴我，妳在哪出生的？是很貧苦的地方嗎？是哪個**貧民窟**嗎？妳要跟十個姊妹睡同一張床？」

「**貧民窟**？」我好幾個月沒想了，但我腦中突然冒出我舊家客廳，畫面非常鮮明。我看到垂掛在火爐上方，脫了線的披巾不斷拍動。我說：「我在肯特的惠斯塔布出生。」瑪麗亞只瞪大眼睛望著我。我再說一次：「惠斯塔布。牡蠣的故鄉。」

她一聽到，頭向後一抬，恍然大悟。「哇，親愛的，妳是美人魚啊！黛安娜，妳知道嗎？惠斯塔布的美人魚！」她說到這，手放到我膝蓋上拍了拍。「幸好不是長魚尾巴。那就不巧了，是不是？」

我無法回答。我腦中剛想到老家客廳，緊接著便馬上想起凱蒂站在更衣室門口的事。她當時叫我**美人魚小姐**。那天她在史丹佛山聽到我在哭，走來吻去我的眼淚時，又說了一次……

我深吸一大口氣，把菸放到嘴上。菸到了盡頭，差點燙到我，手忙腳亂之中，菸掉了。菸掉到沙發上，彈了一下，滾到我雙腿間。我伸手去撿，女士全望了過來，並扭動身子。菸沒熄滅，卡在我屁股和椅子之間。我跳起來，終於撿起菸，並拉著我屁股的褲子。我說：「媽的，我是不是把這褲子燒個洞了！」

我沒想到自己會說那麼大聲。結果我身後有人聽到，大喊一聲：「夠了，雷瑟比夫人，這太過分了！」一個女士站起，走向我們的桌子。

「我一定要抗議，雷瑟比夫人。」她到桌前時說。「我真的會去抗議，我會代表現場和不在場的所有女士，告訴她們，我們的俱樂部全被妳糟蹋了！」

黛安娜厭倦的目光掃向她。「糟蹋，布魯斯小姐？妳是在說我的同伴，金恩小姐嗎？」

「正是，夫人。」

「妳不喜歡她？」

「夫人，我不喜歡她說的話，還有她的穿著！」她自己穿著絲質襯衫，腰上綁著腹帶，脖子掛著領巾。領巾上有個銀色的馬頭領針。她現在站在黛安娜側邊，理直氣壯。過一會，黛安娜嘆氣。

33 勒斯博島（Lesbos），希臘詩人莎芙的家鄉，象徵著女同志（lesbian）。

「好吧。」她說：「我明白了，我們必須以會員的快樂為重。」她起身，並將我拉起，故意依偎在我手臂上。「南西，親愛的，結果妳的裝扮對卡文迪什俱樂部來說終究太大膽了。看來我要把妳帶回家，脫下這身衣服。好了，誰要跟我們回幸福廣場，在一旁觀看這場大戲……」

交誼廳一陣騷動。瑪麗亞馬上起身，伸手拿起手杖。「快走，快走！」她大聲說。然後又說：「嘿，沙丁！」我聽到一聲吠叫。她椅子下鑽出一隻可愛的惠比特犬，繫在一條豬皮狗繩上。狗之前在她裙子下打盹，我一直沒注意到。

蒂奇和艾弗琳這時也都起身。黛安娜頭彎向布魯斯小姐，我向她深深行個禮。我們進門時，所有人的目光在我們身上；我們走向門口時，所有人目光仍在我們身上。我聽到布魯斯小姐回到座位，有人喊道：「**幹得好**，凡妮莎！」但我經過另一個女士時和她四目相交，她朝我拋媚眼。桌邊有個女人起身和黛安娜說，她希望金恩小姐的褲子沒有**燒得**太嚴重……

褲子其實毀了。回到幸福廣場，黛安娜要我到瑪麗亞、艾弗琳和蒂奇面前彎腰，讓大家判斷褲子有沒有事。她說她會替我訂一件一模一樣的褲子。

「撿到寶了，黛安娜！」艾弗琳拍拍褲子時，瑪麗亞說。她彷彿在形容一座雕像，或黛安娜在某個小市場因為聽到悅耳的鈴聲，意外買下的時鐘。她不在乎我是否聽到。我聽到又怎樣？她真心這麼覺得！她眼中全是欽慕。而受有品味的女士欽慕……我知道這不是被愛。但這還是很虛榮吧。而且我很擅長。

誰想得到我這麼擅長！

「脫下襯衫，南西。」黛安娜這時說：「讓大家看妳的內衣。」

我照做了，瑪麗亞又大喊：「撿到寶了！」

第十三章

我覺得黛安娜外圈的朋友都覺得我們相遇不可思議。我有時會看到她們望向我們，然後偷聽到她們低語：「黛安娜的**幻想**。」她們這麼稱呼我，彷彿我只是一時的口腹之欲，吃久了敏感的味蕾便會麻痺。但黛安娜找到我之後，只更加不願放我走。去過卡文迪什俱樂部之後，她讓我成為她的永久同伴，展開我全新的職業生涯。現在我更常出門、拜訪朋友和旅行，也有更多西裝。我漸漸變得怡然安適。曾幾何時，我曾呆呆坐在她會客室的椅子上，希望她給我一英鎊將我打發。現在當我聽到女士竊竊私語：「這是黛安娜．雷瑟比的怪胎。」我會撥下袖子的棉絮，從口袋拿出繡字手帕，露出笑容。一八九二年從秋天入冬，接著進入九三年春天，我仍在黛安娜身邊備受寵愛，女士不再竊竊私語。我終於不再是黛安娜一時的幻想，而是她的**男孩**。

「來吃晚餐，黛安娜。」

「來吃早餐，黛安娜。」

「九點來，黛安娜，把男孩帶來。」

因為現在和她出門，我都會扮成男生，就算出了卡文迪什女同圈，走進商店、餐廳或到公園乘馬車，進到公開、正常的世界也是如此。有誰問到我，她會大膽介紹我是「我的守衛，南維爾．金恩。」許多女士的女兒已到適婚年齡，我想黛安娜也收到不少邀約。她會把這些打發掉，小聲說：「他是盎格魯天主教徒，夫人。這輩子將供獻給教會。這是他俗世的最後一季，接下來就要投身教會……」

我跟黛安娜再次回到了劇院。我發現她帶我坐腳燈旁的包廂時，全身縮了一下，水晶燈暗下來時又嚇了一次。但她喜歡的劇院格外宏偉壯觀。裡頭的燈都是電燈，而不是煤氣燈，觀眾都靜靜坐著。我看不出他們快樂在哪。戲劇表演我還算喜歡，但我更常轉向觀眾。當然，許多人的目光和望遠鏡都會從舞台上飄過來盯著我瞧，我見過不少街頭時期的熟悉面孔。有一次，我在劇院廁所洗手，感覺有個紳士打量我。他不知道我在傑明街旁的巷子早已用嘴替他服務過。後來我看到他坐在觀眾席，身邊坐著她的妻子。還有一次，我看到甜心愛麗絲，就是在萊斯特廣場對我特別好的變裝王后。他也坐在包廂。他認出我時，他朝我送個飛吻。他和兩個紳士坐在一起。我挑了挑眉，他翻個白眼。他看到我和黛安娜和瑪麗亞坐在一起時，他瞪大眼睛。我聳聳肩，他看起來略有所思。然後他又翻了個白眼，好像在說**生意做真大**！

如我所說，我去這些地方都打扮成男生。其實現在我只有去卡文迪什俱樂部才會穿女裝。全倫敦原本就這個地方，黛安娜可以讓我穿著褲裝，不需在意別人的目光。但布魯斯小姐抱怨之後，俱樂部有了新規定，我後來都穿裙子去了。黛安娜替我做了一件，我現在忘記裙子的樣式和顏色了。我在俱樂部會坐著喝飲料、抽菸，讓瑪麗亞和我調情，並打量其他女士，黛安娜則和朋友碰面或寫信。她社交頻繁，因為她是知名的慈善家（我想我當時已略猜到一二），女士會來獻殷情，希望得到好處。她會捐錢給慈善機構，也會送書到女子監獄裡。她參與女性參政權運動，並替她們生產《箭》雜誌。她參與這一切時，我都在她左右。如果我彎身拿起一張紙或清單，隨意閱讀，她會將紙拿走，彷彿讀太多文字會讓我太累似的。最後，我便只看《寵趣》[34]雜誌上的漫畫。

當時，這就是我公開露面的生活，其實次數不多，這一切持續了一年。黛安娜大多緊緊看著我，並在家中展示我。她說她喜歡限制觀賞我的人數。她說她擔心我會像照片一樣，太多人拿過便會褪色。

當然，我說**展示**可不是在開玩笑。那是黛安娜神祕的力量，其他人口中的比喻或笑話，她都能化為真實。最初，我穿著燒焦的褲子和絲質內衣，為瑪麗亞、蒂奇和艾弗琳擺姿勢。後來，她們第二次來家裡時，又多帶了一個女士，黛安娜要我穿上另一套西裝，再次為她們擺姿勢。在那之後，這成為她的樂趣，她會讓我穿上新服裝，要我在客人面前走動，或走入她們之中，替她們倒酒和點菸。她有次要我打扮成男僕，穿著馬褲，戴著假髮。其實那多多少少像是我演出《灰姑娘》時穿的服裝。不過我當時在貝瑞塔尼亞劇院穿的馬褲沒那麼舒適，下襬也沒那麼寬大。

怪胎穿馬褲激發了她的靈感。她紳士西裝看膩了，漸漸喜歡幫我化妝打扮，並讓我在客廳一個小天鵝布簾後準備。這大概一週一次。女士會來吃晚餐，我會穿著褲子和她們一起用餐，但她們仍在喝咖啡、抽香菸時，我會離席溜上樓回我房間換裝。等她們走進客廳，我會躲在布簾後面，擺好姿勢。黛安娜準備好之後會拉扯有著流蘇的繩子，展示全新的我。

我有時是珀爾修斯，一手拿彎劍，一手拿美杜莎的頭，穿著及膝的綁帶涼鞋。我有時是愛神丘比特，背上有翅膀，拿著弓。我曾扮作聖巴斯弟盎被綁在樹樁上。我還記得為了讓身上的箭不要垂下，我們費了好多功夫[35]。

有天晚上，我扮作亞馬遜女戰士。我拿著丘比特的弓，但這次露出單邊的胸部。黛安娜還將我的乳頭塗紅。下週，她說我露過單邊乳頭了，不如兩邊都露出來。我扮成法國的瑪麗安娜，戴著佛里幾亞無邊便帽，手拿旗子。再下一週，我打扮成莎樂美。我再次拿著美杜莎，但這次端在盤子上，並在頭上貼了鬍子。女士拍手時，我邊跳舞邊脫衣，直到身上只剩內褲[36]。

後來再過一週……嗯，那週我是赫馬佛洛狄忒斯[37]。我戴著桂冠，全身一絲不掛，只塗銀油漆，並穿著黛

---

34 《龐趣》雜誌為英國著名的幽默諷刺週刊，並奠定了「卡通」（cartoon）一詞的意義，即為報紙和雜誌上的幽默圖畫。

35 珀爾修斯（Perseus）在希臘神話中砍下了梅杜莎的頭。聖巴斯弟盎（St. Sebastian, 256-288）是一名殉道聖人。最主要的形象是被綁在樹樁上，被亂箭射死。

36 瑪麗安娜（Marianne）是法國革命後的國家象徵，代表自由、平等和博愛。莎樂美（Salome）是王爾德（Oscar Wilde, 1854-1900）劇作中的女主角，象徵極端的欲望和誘惑。她最著名的印象便是端著施洗者約翰的頭，以及跳挑動情欲的「七重紗之舞」。

37 赫馬佛洛狄忒斯（Hermaphroditus）是希臘神話中的陰陽神，形象是有著男性生殖器的少女。

安娜的**假陽具先生**。女士全都迫不及待想見「他」。

這令他全身顫動。

一如過往，這讓我想起了凱蒂。我好奇她是否仍穿著西裝，戴著禮帽，仍唱著像〈情人和妻子〉這種歌。

後來黛安娜過來，將粉紅色的香菸放到我嘴上，帶我走到女士間，讓她們撫摸皮革。我不敢說自己當時是否想著凱蒂，甚至黛安娜。我以為自己又在皮卡迪利圓環成為男妓，也許不是男妓，而是那些紳士客人。因為我抽搐和叫喊時，陰影中有人露出微笑。我全身打顫和哭泣時，有人放聲大笑。

這我都無能為力。全是黛安娜的安排。她大膽、熱情，又像惡魔一樣聰明。她就像個王后，有著自己的同志王宮。我在宴會中發現了。女人會在人群中找出她，並時時注意她。她們會帶著禮物「送給妳收藏」。大家常提到她的收藏，而且都很羨慕！她做個手勢，她們都會抬頭來看。她開口，她們都會靜靜聽。我覺得她們著迷的是她的聲音，她嗓音低沉，語調悅耳，也曾在我午夜漫步街頭時，引誘我走入她黑暗世界的核心。我一次次聽到，別人的爭執，因為黛安娜一聲喊叫或低語而結束。我也一次次發現，擁擠的房間中，眾人原本七嘴八舌，但後來大家都放棄自己想說的故事或想法，來聆聽她抑揚頓挫、引人注目的話語。

她的大膽能感染他人。女人來找她都會暈頭轉向。她就像個歌手，能讓玻璃震動。她就像癌症，就像霉菌。她就像她噁心的浪漫故事中的英雄。妳讓她和一個女教師和修女關進一間房，一小時之後，她們會開始扯下頭髮來做鞭子。

我聽起來受夠她了。但我當時對她一點也不厭倦。怎麼可能厭倦呢？我們是一對完美的雙人表演。她淫蕩又大膽，但誰能體現出她的大膽？誰能見證她的熱情？誰能反映出她的力量？反映出幸福廣場的家罕見的魔力，能拋下習禮和常規，受荒淫和放蕩支配？除了我，還有誰？

我見證了她所有歡愉。我是她欲望留下的汙痕。她一定要留住我，不然會失去一切。

而我必須留住她，不然我將一無所有。我無法想像她之外的生活。她喚醒了我身上某些胃口。我想除了黛安娜和女同志圈，何處能滿足這些古怪的欲望？

我剛才講過我新生活的另一項特質，就是完全失去了**時間**的概念，也失去了小時、日、週等正常單位。黛安娜和我通常會做愛到天亮，晚上吃早餐。有時我們會在正常時間醒來，但拉上窗簾，待在床上，點起蠟燭吃午餐。有次我們拉鈴叫布蕾克來，她進門時穿著睡衣。當時是凌晨三點半，我們把她從床上吵醒了。另一次，我聽到鳥叫聲醒來。我瞇眼望著窗板四周透出的光，忽然發覺自己已經一週沒見到陽光。在這棟屋子裡，僕人讓四處都一樣暖和，而且我們想去哪都可以乘坐馬車，甚至四季都失去意義，或可說是重新定義了。等黛安娜出門的洋裝從絲質換成燈芯絨，斗篷從薄莎換成貂皮，而我的衣櫃橫木掛上羔羊皮、駱毛和花呢做成的服裝，我這才知道冬天到了。

但即使在幸福廣場的魔力之中，身邊圍繞無數麻痺心靈的奢侈品，過去的生活中有個日子我仍忘不了。成為黛安娜的情人快一年時的某一天，我被報紙翻動聲吵醒。黛安娜拿著早報在我身旁，我睜開眼看著頭條，上面寫著**自治法案：愛爾蘭六月三號遊行**。我大叫一聲。我不是因為內容嚇到，政治對我毫無意義。但是那日期和我自己的名字一樣熟悉。六月三號是我的生日。再過一週我就二十三歲了。

「二十三歲！」我跟黛安娜說之後，她開心地說：「多美好的年紀啊！青春年華依舊在妳身上綻放，像是一個心怦怦跳的戀人，而時光就在窗簾後頭窺視。」即使是早上，她也能詩情畫意一番。我只打個呵欠。但後來她說我們必須慶祝。我聽到精神好多了。她說：「我們什麼還沒做過？我該帶妳去哪……？」

最後她想到的是看歌劇。

這主意聽起來爛透了，但我沒有表現出來。我至此還沒對她生氣，生氣是後來的事。我仍是個孩子，只一心期待著自己的生日到來。當然，生日就代表有禮物。而禮物總是令人期待。

當天吃早餐時，我收到了禮物，有兩個金色包裹。第一包很大，裡面是一件斗篷。專門去看歌劇時穿的，奢豪華麗。不過當時我早料到了，心裡一點也不覺得這算禮物。不過第二個包裹，果真令人驚豔。那包裹又小又輕。我馬上知道一定是珠寶。也許是袖釦、領巾的飾針或戒指。蒂奇左手小指便戴了個戒指，我經常暗中欣賞。對，我相信一定是像蒂奇一樣的戒指。

但不是戒指。裡面是只銀錶，掛在一條細皮帶上。錶面上有兩個黑色的指針指出分鐘和小時，有一個比較快的指針在算秒數。錶面上有片玻璃，指針以發條驅動。我將錶在手中翻來覆去，黛安娜笑著看著我。「那是戴在手腕上的。」她終於說。

我望著她，驚訝不已。當時的人從來沒人戴腕錶，一切既新奇又不可思議，我馬上試著將錶扣到我手腕上。當然，我不會。像幸福廣場的許多事一樣，真的需要女僕幫忙才做得好。最後黛安娜為我扣好了。我們兩人坐著望著細小的錶面和秒針，並聽著錶滴答作響。

我說：「黛安娜，這是我見過最美的東西！」她雙頰羞紅，一臉滿足。她是個婊子，但她也是人。

後來瑪麗亞來了，我給她看我的錶，她點點頭，露出笑容，撫摸著我皮錶帶下的手腕。然後她大笑。「親愛的，時間錯了！妳調成七點，但現在才四點十五分！」

我再次望向錶面，驚訝地皺起眉頭。我戴錶只是當手鐲而已。我從未想過用錶來看時間。現在為了瑪麗亞，我將時針和分針調到四和三，但當然，其實我根本不需要替錶上發條。

手錶是我最精美的禮物。但瑪麗亞也有送我禮物。她送我一支烏木手杖，上頭掛著流蘇繩，尖端呈銀色。手杖正好能搭配我看歌劇的打扮，黛安娜和我那天晚上成為引人注目的一對，她的服裝以黑、白、銀色為主，配合我的服裝。那是在沃斯[38]買的衣服。我覺得我們一定像從時尚雜誌中走出來一樣。走路時，我將左臂伸直，把錶露出來。

我們在蘇法利諾餐廳包廂吃晚餐。蒂奇和瑪麗亞也在。瑪麗亞帶了她的惠特犬沙丁，並從盤中拿了些菜餵牠。服務生已知道這是我的生日，一直在我身邊湊熱鬧，頻頻替我倒酒。「小紳士今年幾歲了？」他們問黛安娜。他們問的方式透露了他們覺得我比實際年齡還小。我想他們可能誤以為黛安娜是我母親。不管怎麼想，這點都令人不開心。不過有次我找擦鞋匠擦鞋，黛安娜和朋友站在一旁看。如許多正常人，擦鞋匠看到蒂奇時，誤把拉子的氣質當作家族的特色，便問我蒂奇是不是我的姑姑，今天帶我出門玩。光看到蒂奇的表情，即使被人誤認為學童也值得了。她有一、兩次在西裝上曾想跟我比。例如我生日那天晚上，她穿著袖釦襯衫，裙子上穿著短版的紳士斗篷。但她脖子上有個雪紡領。我絕不會穿戴女性化的配飾。她不知道，她若知道的話一定嚇壞了！但她看起來像個又老又累的變裝王后。有時會在皮卡迪利廣場看到這種人，他們身邊會簇擁著年輕男孩，因為他們賣得比較久，大家都尊稱他們為**女王**。

晚餐非常美味，吃完之後，黛安娜請服務生去招來馬車。如我所說，我不覺得聽歌劇有什麼好玩。但我們的四輪馬車在皇家歌劇院門前，排到一排搖搖晃晃的馬車隊伍中，我不禁感到興奮起來。黛安娜、瑪麗亞、蒂奇和我一起進到滿是紳士和女士的大廳之中。我之前陪伴她出門，從沒遇過這麼多富有、端莊的人。紳士都像我一樣，穿著斗篷，戴著絲質帽子和眼鏡。女士都戴著鑽石，細手套戴到了腋窩，彷彿整隻手臂都浸到一缸牛奶之中。

我們擠過人群，黛安娜和幾位認識的女士點頭打招呼，瑪麗亞將沙丁抱在胸前，以免被高跟鞋、裙襬和斗篷弄傷。蒂奇說她會替我們拿飲料，並走開了。黛安娜說：「南維爾，把我們的大衣拿去寄放，好嗎？」她擺了擺頭，櫃台有兩名穿著制服的男士，他們在幫忙寄放眾人的大衣。她轉身，讓我幫她脫下大衣，瑪麗亞也跟著做了，我和她們穿過大廳，然後停下腳步，脫下自己的斗篷。我腦中只想著，我在光鮮亮麗的人群中有多亮眼，並注意手中大衣沒有蓋住手腕上的手錶。櫃台有人在排隊，我等待時，隨意望向負責的服務生，他們收下紳士手中的斗篷後會給對方收據。其中一人身材乾瘦，臉頰凹陷，可能是義大利人。另一人是黑人。我終於來到櫃台前，他抬頭看我手上的衣服，我發現他是比利小子，我在貝瑞塔尼亞劇院的菸友。

起初，我只瞪大眼睛望著他，考慮是不是要趁他還沒發現，溜之大吉。但他想把大衣拿走時，我一直沒放

---

38 查爾斯・沃斯（Charles Worth, 1825-1895）是時尚設計師，後來成立沃斯服飾店（House of Worth），他是高級服裝訂製的先驅，大大影響時尚產業。

手，於是他抬起目光。我發現他根本沒認出我，只納悶我為何猶豫。我不禁有點難過。我叫他一聲：「比利。」他更仔細瞧，然後說：「先生？」

我吞了吞口水，又說了一次：「比利。你不記得我嗎？」我傾身壓低聲音。「我是南啊。」我說：「南・金恩。」他表情一變說：「我的天啊！」

我身後隊伍愈來愈長，現在傳來一聲喊叫：「怎麼停了？」比利終於將我手中大衣接去，快步到後頭掛起，給我一張收據。接著他走到一旁，讓他朋友暫時一人寄放衣服。我也從紳士之中擠出來，我們隔著櫃台，面對面，彼此搖著頭。他額頭全是汗水，閃閃發亮。他的制服是一件長版的白色外套和一個廉價的深紅色領結。

他說：「天啊，南，但妳嚇死我了！我以為妳是我的債主。」他看著我的褲子、外套和頭髮。「妳打扮成這樣**在這裡**幹什麼？」他擦擦額頭，左右顧盼。「妳和經紀人來這裡嗎？妳沒有幹**表演**了，南，對不對？」

我搖搖頭，然後我小聲說：「你現在不能叫我『南』了，比利。其實——」其實我還不知道自己要怎麼說。我猶豫一會，但我不可能向他說謊。「比利，我現在扮成男孩子生活了。」

「扮成**男孩子**？」他大聲說完，伸手摀住嘴。即使如此，隊伍有一、兩個嘟囔著的紳士仍轉過頭。我稍微再移遠一點。我又說一次：「我現在扮成男孩子生活了，有個女士負責照顧我……」聽到這裡，他終於有點明白，並點點頭。

他身後，那義大利人弄掉了紳士的帽子，紳士嘖了一聲。比利說：「妳能等我一下嗎？」他走上前幫他朋友接下另外幾件斗篷。後來他再次走向我。義大利人臉色很臭。

我望向黛安娜和瑪麗亞。大廳稍微空了一點，她們站在原地等我。瑪麗亞把沙丁放到地上，牠抓著她裙襬。黛安娜轉頭尋找著我。我望向比利。

「那你**好**嗎？」我問他。

他一臉可憐兮兮的，舉起手。他手上有個婚戒。他說：「唉，首先，我結婚了！」

「結婚了！喔，比利，我好為你開心！老婆是誰？芙蘿拉嗎？是不是我們以前的服裝師芙蘿拉？」他點點頭說是。

他又說：「我就是因為芙蘿拉才會在這裡工作。她在轉角密德瑟斯劇院那兒工作一個月。妳知道，她仍然是……」他表情突然很尷尬。「……妳知道，她仍然是凱蒂的服裝師……」

我睜大眼睛望著他。隊伍傳來更多抱怨，義大利人臉色更難看了。比利小子再次回去幫忙掛斗篷和帽子，發收據。我手梳過頭髮，試圖理解他剛才說的事。他和芙蘿拉結婚了，芙蘿拉仍和凱蒂合作。凱蒂在密德瑟斯劇院有個節目。那裡離此處只隔了三條街。

當然，凱蒂嫁給了華特。

他們快樂嗎？我好想問比利。**她提過我嗎？她腦中有我嗎？她想念我嗎？**但他回來時，臉上更是慌張，額頭更多汗水，我只說：「表演……表演怎麼樣，比利？」

「表演？」他哼一聲。「不精采，我覺得。跟以前比起來不怎麼精采……」

我們相視。我仔細觀察他的臉，發現他下巴多了幾層肉，眼睛四周的黑眼圈比過去深。這時義大利人說：「比利，你來幫忙好嗎？」比利說他必須走了。

我點點頭，手伸向他。他和我握了握手，似乎再次有點遲疑。接著他快速地說：「妳知道，妳那樣離開貝瑞塔尼亞劇院，我們全都很難過。」我聳聳肩，他繼續說：「凱蒂……唉，凱蒂是最難過的人。她和華特在《年代報》和《裁判報》[39]登了好幾週尋人啟事。妳從沒看到那些啟事嗎，南？」

「沒有，比利，我從沒看過。」

他搖搖頭。「結果妳現在在這，穿得像個勳爵！」但他狐疑地朝我西裝望一眼，又說：「但妳現在真的過得好嗎？」

39 《裁判報》（*The Referee*）成立於一八七七年，主要報導為運動相關的新聞。

我沒回答他。我只再次望向黛安娜。她歪著頭，望向我。她身旁站著瑪麗亞、沙丁和蒂奇。蒂奇端來一托盤飲料，把單片眼鏡放到眼睛上。她說：「酒快變溫了，黛安娜。」好像在鬧脾氣一樣。大廳現在人不多，我清楚聽到她的聲音。

黛安娜又歪了歪頭說：「那男孩到底在**幹麼**？」

「他在寄物櫃台跟黑鬼講話！」瑪麗亞回答。

我感覺雙頰火燙，馬上回頭望著比利。他剛才循著我的視線望過去，但現在有個紳士拿大衣給他，他把衣服從櫃台拿起，掛到後面的衣架上。

「再見，比利。」我說，他回頭望著我，點了點頭，以悲傷又淡淡的笑容向我道別。我才踏了一步，馬上轉身，快步回到櫃台，手放到他手臂上說：「凱蒂在劇院是第幾個表演？」

「第幾個？」他摺著大衣，想了一下。「我不確定。下半場，靠近開場，大概九點半左右……」

瑪麗亞的聲音傳來：「南維爾，是小費有問題嗎？」

我知道這時如果我再多留，可能會造成可怕的後果。我不再看他一眼，馬上回到黛安娜身邊，和她們道歉，並告訴她們沒事。但她伸手來摸我後面的頭髮時，我忡忡不安，全身畏縮，感覺比利在看我。她挽住我的手，瑪麗亞繞到另一邊，挽住我另一隻手，我背上的皮膚一陣發麻，彷彿被槍指著一樣。

音樂廳內部金碧輝煌，氣勢雄偉，但我只茫然望著眼前的一切。我們來不及訂包廂，但我們的座位非常好，是在前排中央。我們進場比較晚，座位幾乎坐滿了人，我們必須越過二十個人才能到我們的座位上。沙丁咬了一個脖子上圍著狐狸皮草的女士。黛安娜終於坐下時，她雙唇緊抿，一點也不自在。這完全不是她希望我們進場的方式。

我坐在一旁，對一切感到麻木，腦中想的只有凱蒂。她仍在音樂廳，和華特一同表演。比利每天表演完，去接芙蘿拉時都會見到她。甚至現在，歌劇演員在化妝同時，凱蒂也在三條街外的更衣室化妝。

我在想這一切時，指揮出現了，觀眾鼓起掌。燈光變暗，眾人全安靜下來。音樂響起，布幕應聲拉起，我傻傻望著舞台。歌聲響起，我全身嚇得縮一下。舞台上演的是《費加洛的婚禮》。

我現在幾乎不記得內容了。我當時腦中全是凱蒂。座位感覺又窄又硬，我在椅子上不斷改變姿勢，黛安娜後來靠過來，輕聲要我坐好。我想到每一次穿梭城市，我都在擔心一拐彎就看到凱蒂。我想到我為了躲她而做的偽裝。其實在我進入男妓生涯時，躲避凱蒂已成了我的第二天性。我會自動避開倫敦許多區域，有好幾條街我都不會去，也絕不會在附近逗留。我像是受了傷或斷了手腳的男人，在人群中學會如何走路才不會被撞到。現在，知道凱蒂離我這麼近，我彷彿被迫要碰觸傷口，擰扭斷肢。音樂愈來愈大聲，我頭開始發疼。座位感覺更狹窄了。我低頭看手錶，但光太暗，我看不到時間。我把錶斜一邊，對著舞台的光線，結果我手肘頂到黛安娜，她氣得嘆口氣，狠狠瞪我。錶上顯示八點五十五分。我好高興自己戴著這支錶！歌劇演到荒唐處，伯爵夫人和女僕逼男童僕穿上連身裙，把他關進房間裡，台上不斷高歌，演員四處奔走，鬧到最高潮。我轉向黛安娜說：「黛安娜，我受不了了。我在大廳等妳們。」她伸出手來抓我手臂，但我甩開她，站起身離開。我踩到、拐到不少先生和女士的腳，他們嘴裡嘖嘖作聲，我只好一直道歉：「對不起，噢！對不起！」最後我慢慢擠出那排座位，走向帶位員和門口。

舞台喧鬧不斷，到了外頭，大廳一片寧靜，耳根子好清爽。寄放櫃台的義大利人坐著看報紙。我走向他，他哼一聲。我問他比利在哪時，他說：「他不在。表演開始之後，他便離開了。你要拿外套嗎？」

我說不用。我走出劇院，往德魯里巷前進。我知道自己穿著西裝，鞋皮光滑，翻領別著一朵花。我來到密德瑟斯劇院，看到一群男生在外頭看節目表，對表演品頭論足。我走過去從他們身後望，尋找我要的名字和順序。

華特．瓦特斯和凱蒂，我終於看到了。凱蒂放棄了她原本的姓巴特勒，我看到心裡好震驚，而且他們用了華特的舊藝名。如比利所說，他們排在下半場開頭，是第十四個節目，排在一個歌手和中國魔術師後面。

售票亭裡坐了個穿淡紫色洋裝的女孩。我走到窗口，朝音樂廳點點頭。「現在誰在表演？」我問道：「他們現在演到第幾個節目？」她抬頭，看到我的西裝，不禁笑了出來。

「你迷路了，親愛的。」她說：「你想去歌劇院吧，前面那裡拐彎。」我咬住嘴唇，不發一語，她慢慢收起笑容。「好吧，動爵大人。」她說：「現在是第十二個表演，台上的是考克尼民謠歌手貝爾．巴克斯特。」

我買了張六便士的票。當然，她臉馬上臭了。「我還以為至少要替你鋪條紅地毯。」我其實不敢太靠近舞台。我想像比利小子來到劇院，已經告訴凱蒂他遇到我，也描述了我的打扮。我記得在音樂廳裡，你踏上舞台，走到聚光燈下時，觀眾感覺有多近。當然，我穿著外套，打著領結，會特別顯眼。如果我看著凱蒂時被她發現，那多糟糕！她會邊和華特唱歌，邊目不轉睛望著我！

所以我走上看台。樓梯很狹窄。我轉個彎，看到一對情侶在卿卿我我。我無處可閃，不得不擠過他們身旁。他們像售票亭的女孩一樣盯著我的西裝，然後笑了出來。透過牆，我聽到交響樂團的聲音。我爬到樓梯頂端，樂音愈來愈大聲，我的心跳也隨節奏敲打我的胸口。觀眾席陰森昏暗，煙霧瀰漫，人聲喧嘩，熱浪和惡臭迎面而來，等我終於走到音樂廳中，我差點跌倒。

台上站個女孩，她穿著如火焰般的連身裙，不時扭著裙子，露出褲襪。我抓著柱子，穩住身子，聽她唱完一首歌，接著她又唱起第二首。觀眾似乎都很熟悉。有人鼓掌，有人吹口哨。趁歡呼聲未落，我沿著走道找到一個空位。座位在觀眾席邊緣，要經過一群男生，當然，這是個爛選擇，他們看到我穿著看歌劇的西裝和我胸前的花，他們用手肘頂了頂彼此，暗自竊笑。有人摀嘴咳嗽，只是聲音聽得出來是「公子哥」。我轉頭背對他們，專注望著舞台。過一會，我拿出菸來抽，畫火柴時，我的手都在顫抖。

考克尼民謠歌手終於表演完了。觀眾有人歡呼，中途音樂停了一會，全場剩下眾人的喊叫和窸窸窣窣的聲音，接著樂團才演奏起下一個表演的前奏。那是中國風味的旋律，叮叮噹噹的，同排一個男生站起來大喊：「笨蛋！」布幕拉起，魔術師和女孩出場，旁邊有個黑漆漆的木箱。那木箱和黛安娜房間的木箱如出一轍。魔術師彈手指時，台上發出咯一聲，出現一道閃光，冒出紫色的煙。男生看到都紛紛將手放到嘴上吹口哨。

我看過上千次這種表演（或我感覺自己看過了）。我繼續看著魔術秀，嘴上緊緊叼著菸，愈來愈反胃，愈來愈忐忑不安。我記得坐在坎特伯里演藝宮的包廂時，我戴著綁著蝴蝶結的手套，心臟怦怦跳著。那段日子感覺遙遠又陌生。但和那時一樣，我緊抓著座位黏黏的天鵝絨布，盯著舞台通往側台之處，心裡想著凱蒂。舞台邊的木板地上都是灰塵，並能瞥見垂在地上的繩索。她就在那裡某處，就在布幕後方，也許在整理服裝……之類的；也許在和華特或芙蘿拉聊天；也許聽著比利小子說的話，瞪大雙眼……也許笑著，也許哭著，只輕描淡寫說：「真想不到！」然後馬上把我拋在腦後……

我腦中一直胡思亂想，魔術師表演他最後的魔術。台上又發出一道閃光，冒出更多煙。煙飄到看台，舞台左邊的觀眾邊咳邊歡呼。布幕落下，樂團又停了一下，換上下一首歌，聚光燈師換了色片，舞台上的光線從藍色、白色變成琥珀色。我抽完香菸，伸手去掏下一根。這次我們這排男生都看到我掏菸了，於是我把菸盒遞給他們，他們各拿一根：「真大方。」我想到黛安娜。假如歌劇結束，她邊咒罵邊拿節目單拍著大腿等我，那怎麼辦？

假如她拋下我，回到幸福廣場呢？

但此時音樂響起，布幕咿呀一聲拉開。我望向舞台，華特上場了。

他感覺塊頭好大，比我印象中大好多。也許他變胖了，或他的服裝有鋪棉。他的鬍子用梳子梳齊，從嘴邊翹起，模樣好笑。他穿著格子呢錐形褲和綠色天鵝絨外套。他頭上戴著瓜皮帽，口袋插著菸斗。他身後有塊布，營造出客廳的場景。他獨自一人，靠在身旁的扶手椅上唱歌。我從沒看過他穿戲服。我現在在夢中仍會見到他，但眼前的他和夢中的他截然不同。夢中的他襯衫鬆垮，鬍子溼溼的，手放在凱蒂身上。而我現在看著他，只皺起眉頭。看他站在台上，我的心並未感到糾結。

他男中音的嗓音溫柔，還算好聽。他一出場，台下爆出掌聲，現在觀眾席又響起一陣滿足的掌聲，還有一、兩聲喝采。但他的歌很奇怪。他唱著他失去一個叫「小傑克」的孩子。歌詞的每一句結尾都是同一句，好像是「噢，小傑克現在在哪裡？在哪裡？」我覺得很古怪，他怎麼會一個人在台上唱這首歌。凱蒂呢？我用力吸菸。凱蒂戴著絲綢帽，打著領結，別著花，我不懂要怎麼融入這情境……

突然之間，我腦中浮現可怕的念頭。華特從口袋拿出手帕，擦拭眼淚。他提起嗓子，唱出同樣的副歌，音樂廳不少人也紛紛加入：「喔，但小傑克現在在哪裡？在**哪裡？**」我在座位不安地移動身子。我心想，不要吧！喔，拜託，拜託，表演不是那樣！

但正是如此。華特唱出這哀傷的問題，側台傳出笛聲：「父親，小傑克在這裡！看！」一個身影跑上舞台，抓住他的手親吻。是凱蒂。她穿著小男孩的水手服。我看到她穿著鬆垮的白色上衣配上藍色飾帶、白色過膝短褲、褲襪和棕色平底鞋。她背後掛著一頂草帽，以緞帶繫著。她頭髮非常長，並梳成了鬈髮。現在樂團換了曲調，她和華特兩人表演一段二重唱。

觀眾笑著為她鼓掌。她滑了一跤，華特彎身，朝她搖搖手指，他們一起大笑。他們喜歡這節目。他們喜歡看到我可愛俏皮、大搖大擺的凱蒂扮演小男孩，穿著及膝的褲襪，和她丈夫上台。我滿臉通紅，不斷蠕動，觀眾都沒發現。就算看到了，他們也不會知道我為何如此。我自己也不明白，我只覺得內心湧起一股強烈的羞恥感。哪怕他們噓她或蛋洗她，我都不會這麼難受。但他們竟喜歡她！

我更仔細看她。我這時想起我看歌劇用的望遠鏡。我把望遠鏡從口袋掏出，拿到眼前，畫面宛如一場幻夢，她彷彿站在我面前。她頭髮雖然變長，但仍是如堅果般的棕色。她的睫毛依舊很長，身材依舊苗條，像柳枝一樣。她化妝蓋掉了她可愛的雀斑，塗上誇張的汙痕。但我過去經常用手摸她的雀斑，我覺得自己能看出妝下的形狀。她的雙唇依舊飽滿，她唱歌時閃爍著光澤。她抬起嘴，在歌詞間，吻了華特的鬍子……

我馬上放下望遠鏡。我看到身旁的男生羨慕地望著望遠鏡，於是我把望遠鏡拿給他們去傳。我想最後丟到了頂層的一個女孩手上。我再次望向舞台，凱蒂和華特變得非常小。他坐入椅子，拉著凱蒂坐到他大腿上。她雙手緊握在胸前，穿著平底鞋的腳在空中晃。但我看不下去了。我起身拔腿就走。旁邊的男生喊了些什麼，我也沒聽清楚。我跌跌撞撞走過昏暗的走廊，找到出口。

回到皇家歌劇院，我發現演員仍在台上尖叫，喇叭仍在吹奏。但我只站在門口。我無法一路穿過觀眾席回到黛安娜身旁，面對她不爽的情緒。我到寄物櫃台把收據給義大利人，然後坐在大廳一張天鵝絨椅上，望著排滿四輪大馬車的街道，有女人在賣花，也有妓女和男妓徘徊。

最後喝采聲傳來，觀眾喚著女高音的名字。門打開，人群吱吱喳喳魚貫進入大廳，不久黛安娜、瑪麗亞、蒂奇和那隻狗出來了，她們看到我便走過來，有人打呵欠，有人罵我一頓，並問我到底怎麼了。我說我去男廁吐了。黛安娜一手放到我臉頰。

「今天興奮一天，果然讓妳受不了了。」她說。

但她口氣非常冰冷。回到幸福廣場一整段路上，我們都沉默不語。胡柏太太讓我們進門，鎖上宏偉的前門，我和黛安娜走到她房間，但我沒停下，逕自走向我房間。這時她抓住我手臂：「妳要去哪裡？」

我甩開手說：「黛安娜，我感覺不舒服。讓我一個人休息。」

她又抓住我。「妳感覺不舒服。」她語氣輕蔑。「**妳**感覺如何，對我來說重要嗎？馬上進我房間，妳這小婊子，然後把妳衣服脫了。」

我猶豫一下。然後說：「不要，黛安娜。」

她靠近我。「什麼？」

有錢人說**什麼**總是有一套，彷彿那兩字被磨尖了，從他們嘴中吐出時，像是匕首出鞘一般。現在在昏暗的走廊上，黛安娜的語氣便是如此。我感到那兩字將我穿透，讓我洩了氣。我吞了吞口水。我說：

「我說：『不要，黛安娜。』」我說得像在說悄悄話。但她聽到之後，抓住我襯衫，害我跌向前。我說：「放開我，妳弄痛我了！放開！放開我！黛安娜，襯衫會破掉！」

「什麼？這件襯衫？」她回答。她說著手伸到釦子後方，用力扯破衣襟，我胸部全裸露出來。接著她抓住外套，也把外套從我身上剝下。她不住喘氣，四肢緊扣著我。我搖搖晃晃倒到牆邊，手臂擋著臉。我以為她要打我。但我終於望向她時，我發現她表情激動，不是因為生氣，而是充滿欲望。她牽起我的手，將我手放到她禮服的領口。悲慘的是，我了解她的欲求時，我也不禁呼吸加快，陰戶抽搐。我拉著蕾絲，聽到幾條縫線繃開，那聲音在我耳中像條鞭子，啪一聲甩向馬臀。我剝下她的禮服，剝下她到沃斯訂製，搭配我服裝的黑、白、銀色禮服。禮服毀了，落在地毯上，接著她要我跪在禮服上幹她，幹到她一次次高潮。

最後她還是讓我回房間了。

我躺在黑暗中，全身發抖，我雙手摀住嘴，忍住哭泣。床頭櫃上，我的生日禮物手錶映著星光，散發光澤。我拿起來，手錶在我手中感覺好冰冷。但我把錶放到耳邊，我全身一顫，因為錶中的聲音全是：凱蒂、凱蒂、凱蒂……

我把錶扔到一邊，用枕頭蓋住耳朵，擋住那聲音。我不會哭。我不會哭！我甚至不會去想。我只會永遠放棄自己，待在冷酷無情的幸福廣場，過著日復一日，不斷重複的生活。

當時我是這麼想。但我在那裡的日子已開始進了倒數階段。我精緻手錶的指針正慢慢將時光掃去。

第十四章

我生日隔天早晨睡得很晚，醒來之後，我搖鈴請布蕾克端咖啡來，接著發現黛安娜在我睡覺時出門了。

「出門？」我說：「去哪？跟誰？」布蕾克行個禮，說她不知道。我向後靠著枕頭，從她手中接下咖啡。「她穿什麼？」我問。

「小姐，她穿著綠色的套裝，帶著皮包。」

「皮包。這麼說，她可能是去卡文迪什俱樂部。她沒說她要去俱樂部嗎？她沒說她何時回來？」

「不好意思，小姐，她什麼都沒說。她對我從來不會說這些。妳可以去問胡柏太太……」

是可以。但胡柏太太有個壞習慣，我躺在床上時，她會偷瞄我，我不喜歡。我說：「算了，不重要。」後來布蕾克彎身清掃壁爐，開始生火，我嘆口氣。我想起前一晚黛安娜的吻多粗暴。當時我雖然仍在為凱蒂心痛，但她的吻讓我興奮，又讓我作噁。我不禁呻吟。布蕾克抬起頭時，我隨意說了句：「布蕾克，妳服侍雷瑟比夫人不會累嗎？」她聽到問題，雙頰發紅。她回頭望著壁爐說：「我服侍任何主人都會累，小姐。」

我說我想也是。後來因為跟她說話很新鮮，再加上黛安娜沒叫醒我就出門，我又氣又無聊，我說：「所以妳不覺得雷瑟比夫人難伺候？」

她又臉紅了。「每個主人都難伺候，小姐。不然她們怎麼會是主人呢？」

「那妳**喜歡**這裡嗎？妳喜歡在這裡當女僕嗎？」

「我有自己的房間，那比大多數女僕擁有的更多了。」她站起來，雙手在圍裙上擦了擦。「而且雷瑟比夫人薪水給得好。」

我想到她每早都端來咖啡，每晚都會拿臉盆水來。我說：「沒有冒犯之意，但……妳錢花在哪？」

「我都把錢存起來，小姐！」她說：「我想移民。我的朋友說，到殖民地，女生有二十鎊就可以在出租公寓當房東，並雇用自己的女僕。」

「真的嗎？」她點點頭。「妳想要經營出租公寓？」

「沒錯！殖民地永遠都會需要出租公寓，因為大家會一直來。」

「這倒是真的。那妳現在存多少了？」

她臉又紅了。「七鎊，小姐。」

我點點頭。後來我想了想又說：「可是殖民地，布蕾克！妳受得了長途跋涉嗎？妳必須在船上生活好一段時間……假如遇到暴風雨呢？」

她拿起煤桶。「噢！我不怕，小姐！」

我大笑，她也大笑。我們之前不曾輕鬆聊過天。我後來像黛安娜，習慣直接叫她「布蕾克」。我習慣了她的屈膝禮。我習慣讓她看到我邋遢的樣子，像現在我眼睛和嘴都還未消腫，被子蓋在胸前，底下全裸，脖子上還有黛安娜的吻痕。我已習慣不去**看**她，甚至完全**忽視**她。現在她大笑時，我終於好好打量她一陣，望著她紅潤的雙頰和濃密的睫毛，心裡驚呼一聲**噢！**——因為她真的非常美。

我腦中想著這些，我們之間又出現了隔閡。她將煤桶舉高一點，然後來拿我的托盤，並問：「還需要什麼嗎？」我請她幫我準備洗澡水。她行屈膝禮。

我在浴室泡澡時，聽到正門砰一聲關上。黛安娜回來了。她來找我。她剛才去了卡文迪什俱樂部，但只是拿封信去找另一個女士簽名。

「我不想吵醒妳。」她說著手伸入水中。

這時我將布蕾克拋到腦後，也忘了她有多美。

我真的忘了布蕾克一個多月。黛安娜繼續舉辦晚宴，我繼續穿各種服裝擺姿勢。我們去了俱樂部和瑪麗亞在漢普斯特的房子。一切如常。我偶爾會生氣，但我們去看歌劇那天晚上，她已找到方法能將我的怒火化為淫蕩的動力。最後，我根本不知道我是真的在生氣，還是為了滿足她的色欲假裝生氣。有一、兩次，我好希望她**真的**惹惱我。我發現在適當的時機，盛怒中狠狠幹她比溫柔幹她來得刺激。

總之，我們繼續度日。有天晚上，我們因為一件西裝吵架。我們打算去瑪麗亞家吃飯，但我不想穿她替我選的衣服。「非常好。」她說：「妳愛穿什麼就穿什麼！」她跳上馬車，拋下我自己去漢普斯特了。我把杯子砸到牆上，然後請布蕾克來清理。她進門時，我想起上次和她聊得多開心。我請她坐到我身邊，多告訴我一些關於她計畫的事。

在那之後，黛安娜只要出門，她就會待在我身邊一、兩分鐘。她跟我相處更自在了，我對她的態度也變得比較輕鬆。最後我對她說：「天啊，布蕾克，妳替我倒夜壺超過一年了，我只知道妳的姓，我甚至不知道妳的名字是什麼！」

她露出笑容，再次顯得好美。她名字叫澤娜。

她名字叫澤娜，而她的故事令人哀傷。那年秋天某天早上，她親口告訴了我。那天我躺在黛安娜床上，她如常端著早餐進門，並到壁爐生火。黛安娜早起出門了。我醒來時發現澤娜在壁爐前，靜靜換著煤炭，以免吵到我。我在被子下翻身，感覺像鰻魚一樣慵懶。我的陰唇因為一夜激情仍相當溼滑。

我躺著看她。她伸手抓額頭，手放下之後，她臉上留下一抹汙痕。因為那道汙痕，她的臉更顯得蒼白清瘦。我說：「澤娜。」她嚇了一跳。「是的，小姐？」

我猶豫一下，然後又說：「澤娜。沒有冒犯之意，但這件事我一直在想。黛安娜有次跟我說……嗯，她是從監獄把妳救出來的。那是真的嗎？」她轉向壁爐，繼續往火上放煤炭。但我看到她耳朵變紅了。她說：「他們**稱之為感化院**。那不是監獄。」

「那就說感化院吧。但妳被關在裡面是真的嗎？」她不答腔。「我不會介意。」我馬上補了一句。

她頭一甩說：「不，**我現在**不介意了，反正……」

她如果對黛安娜用這種口氣說這種話，我想黛安娜會甩她一巴掌。其實她現在望著我時，眼中有點恐懼。但看到她的表情，我皺起眉頭。「對不起。」我說：「妳覺得我很沒禮貌嗎？只是……唉，黛安娜有提到他們為何把妳關進去。她說的是真的嗎？還是她亂說的？他們把妳關進去是因為妳……親了另一個女孩，是真的嗎？」

她雙手放到大腿上，重心向後蹲坐著，望著還沒點燃的爐柵。她臉轉向我，嘆口氣。

「我在感化院待了一年。」她說：「那年我十七歲。就我聽說，和其他監獄相比，那地方不算辛苦，但我想已經夠殘忍了。院長是雷瑟比夫人在俱樂部認識的人，她也因此把我帶出來。我進感化院，是因為肯迪什鎮的一個朋友。我們在那裡一起當女僕。」

「妳來這裡之前就是女僕？」

「我十歲時便被送去當僕人。爸爸非常貧窮。那時我是在帕丁頓的一間房子裡工作。我十四歲時，我去了肯迪什鎮那裡。整體來說，那是更好的地方。我那時負責打掃和整理家中。我跟另一個女孩感情變很好，她叫安涅絲。安涅絲原本有男朋友，她為了我把那男人甩了，小姐。我們感情當時**就是**這麼好……」

她難過地望著放在大腿上的雙手，房內變得安靜，我也難過起來。我說：「所以安涅絲坦白之後，害妳被關入感化院嗎？」

她搖搖頭。「噢，不是！事情是這樣，因為女主人不喜歡她，安涅絲丟了工作。她後來去了杜威治，妳知道，那裡離肯迪什鎮非常遠，但我們星期日還是見得到面，也會寄給彼此短信和包裹。但後來……另一個女生來了。她沒有安涅絲人那麼好，但她仍非常喜歡我。小姐，我覺得她人有點瘋狂。她會偷看我所有東西。當然，她發現了我的信和所有禮物。她要我親她！最後我因為安涅絲拒絕她。她就去向女主人告密，告訴她**我**逼**她**親**我**。還說我用特定方式摸她。但其實都是她，是她這樣做！女主人不確定要不要相信她時，她拿了我那盒信當證據。」

「噢！」我說：「賤婊子！」

她點點頭。「她就是個賤婊子。只是我不喜歡罵人。」

「這麼說，女主人後來把妳關進感化院？」

「對，罪名是侵犯和不當影響他人。她也害安涅絲丟了工作。她們原本要把她跟我都送入監獄，但她非常聰明，她再次跟另一個年輕男生交往。現在她嫁給他了，我聽說他對她不好。」

她搖搖頭，我也是。我說：「聽起來妳被女人完全擊垮了！」

「**就是**說啊！」

我朝她眨個眼。「過來這邊，我們抽根菸。」

她走到床邊，我拿了兩根菸，我們一起默默抽了會菸，偶爾嘆氣，發出嘖嘖聲，仍搖著頭。

最後，我看到她望著我，略有所思。我和她四目相交時，她滿臉通紅轉開頭。我說：「怎麼了？」

「沒事，小姐。」

「不對，明明就有事。」我笑著說：「妳在想什麼？」

她又抽了一口菸。她抽菸時手會圍著菸，像街上的粗漢一樣，菸頭都快燒到手掌了。這時她說：「唉，妳會覺得我不知分寸。」

「會嗎？」

「會。但自從我好好看到妳，我一直想知道一件事，想到快瘋了。」她深吸口氣。「妳以前在音樂廳工作，對不對？妳以前在音樂廳和凱蒂．巴特勒一起表演，自稱南．金恩。我第一次在這裡見到妳時，妳讓我好驚訝！我從來沒當過名人的女僕。」

我望著香菸菸頭，沒回答她。她這番話讓**我**有點震驚。我完全沒料到這問題。接著我強裝笑意說：「妳知道，我現在根本不有名了。那段日子全都是好久以前的事了。」

「沒**那麼**久。」她說：「我記得在康登鎮見過妳，另一次是在佩克漢宮。那次是跟安涅絲去的。我們笑得好開心！」她聲音一沉。「在那之後，我才遇到了麻煩……」

我清楚記得佩克漢宮的演出，因為我和凱蒂只在那裡表演過一次。那是在貝瑞塔尼亞劇院開幕前十二月的某一天，所以離我們自己的麻煩也沒多遠。我說：「一想到那天，妳和安涅絲坐在那，我和凱蒂．巴特勒在舞台上……」

她一定聽出我的意思，她抬起頭望著我說：「妳現在完全不跟巴特勒小姐見面了嗎……？」我搖搖頭，她看起來心裡會意，後來又說：「曾經是舞台上的明星很不可思議，對不對！」

我嘆口氣。「我想是吧。可是……」我想到了另一件事。「妳不能讓雷瑟比夫人知道。她不大喜歡音樂廳。」

她點點頭。「我想是吧。」這時壁爐上的鐘聲響起，她聽到便趕緊起身，捻熄菸，手在嘴前揮一揮，搧去香菸的氣味。「天啊，妳看我！」她大叫：「胡柏太太要罵死我了。」她伸手拿起我喝光的咖啡杯，然後拿起托盤，走去提煤桶。

這時她轉身，臉再次羞紅。她說：「還需要什麼嗎？小姐？」

我們彼此相視，心怦怦跳著。她額上仍有著煤灰留下的汙痕。我在被單下移了移身子，再次感到雙腿間的溼滑處。只是現在又更溼了。我每晚幹黛安娜已快一年半了。對我來說，做愛漸漸像握手，這代表我能跟任何人做愛，因為那是禮貌。但如果我叫她來床邊，澤娜會過來，讓我親她嗎？

我說不上來。我沒有叫她。我只說：「謝謝妳，澤娜。暫時沒事了。」她提起煤桶走了。

這種事我還是有一點道德感。

而且我知道黛安娜一定會勃然大怒。

如我所說，對話發生在那年秋天。那次和接下來兩、三個月我都記得很清楚，因為那段時間非常忙碌。我和黛安娜的生活像病人一樣，進入發燒期，加速衝向末期。瑪麗亞在家裡舉辦了宴會。蒂奇也在船上辦了宴會，她租了一艘船，和我們從查令十字區航行到里奇蒙。我們徹夜狂歡，伴著一個全女子樂團，跳舞跳到凌晨四點。耶誕節我們在凱特娜餐廳度過，在私人包廂吃鵝肉。新年則在卡文迪什俱樂部慶祝。我們這桌聲音愈來愈大，用語愈來愈粗俗，布魯斯小姐再次前來，抱怨我們的舉止。

到了一月，黛安娜四十歲生日，她接受眾人的提議在幸福廣場的家中舉辦一場扮裝宴會，大肆慶祝一番。說是宴會，其實沒那麼盛大。我們只請了一個女人來彈鋼琴。至於跳舞的地方，就只把餐廳的地毯捲起而已，非常乏味。但沒有人是為了跳華爾滋而來。她們來都是衝著黛安娜和我的名聲。她們來都是為了吃飯和喝酒，還有玫瑰濾嘴的菸。她們是為了緋聞而來。

不過她們一來，果然驚奇不已。

首先，我們把屋子布置得美輪美奐，在牆上和天花板掛上天鵝絨布和亮片。我們把燈全關了，全部改用蠟燭照明。我們搬走客廳的家具，只留下土耳其地毯，放上軟墊。大廳大理石地上，撒上玫瑰花瓣。我們也在火上燒玫瑰，散發薰香。聞了一整天頭昏腦脹。宴會上有香檳、白蘭地和加了香料的紅酒。黛安娜將紅酒倒到銅碗，並用酒精燈加熱。她請蘇法利諾餐廳準備所有食物。他們為她準備了羅馬式的冷烤肉，將鵪鶉塞進雞中，再將雞塞進火雞，最後全塞進鵝中。我想鵪鶉之中還塞有松露。餐點還有牡蠣，裝在桌上標示著**惠斯塔布**的冰桶裡。但有個女士不會撬殼，她試著用雪茄刀開，結果刀一滑，切得她手指快見骨，血流到冰裡之後，就沒人要吃了。黛安娜最後請人撤了那道菜。

卡文迪什俱樂部一半的人都來參加宴會。除了她們，更多女人來了，有人遠從法國和德國來，甚至有個人從卡普里島來。彷彿黛安娜將邀請卡送到世界所有的富人圈。但當然，卡片上都標注著**女同限定**。那是她最主要的要求。第二個要求，如我所說，就是大家必須扮裝前來。

結果相當混亂。許多女士只覺得這天晚上不需再穿騎裝大衣，直接穿上褲子。蒂奇便是如此。她穿著晨禮服，翻領別了一枝紫丁香，稱自己為「道林・格雷[40]」。不過，其他人的服裝更為獨具巧心。瑪麗亞・傑克斯臉上化了妝，為自己畫了一臉鬍子，並披著長袍，儼然像個土耳其大官。黛安娜的朋友艾弗琳扮成瑪麗・安東妮[41]。不過，沒多久又來了另一個瑪麗・安東妮。過一會又來第三個。那真的是那天晚上的窘境。我看到五個詩人莎芙，全拿著豎琴。而且有六個蘭戈倫女士[42]，我遇到黛安娜之前甚至不曾聽過蘭戈倫女士。從另一個角度來看，打扮更大膽的女士，別人就有可能會認不出來。「我是安妮皇后[43]！」我聽到有個女士怫然大怒，因為瑪麗亞沒認出她的打扮。但瑪麗亞猜另一個戴王冠的女士為安妮皇后時，那人更生氣。原來她是瑞典的克莉絲汀娜女王[44]。

黛安娜那天晚上前所未見地美麗。因為她有個希臘名，所以她披著長袍，穿著展現她修長食趾的涼鞋，她頭髮盤高，插了個新月髮簪。她肩膀上揹了弓和箭袋，裡面裝滿弓箭。她原說箭是用來射男生的，但後來我聽到她說，箭是為了刺穿年輕女孩的心。

我自己的服裝暫時保密，不肯給任何人看。等賓客都到齊後，我才會透露自己的身分，並向黛安娜祝賀。那不是淫蕩俗豔的服裝。我覺得非常聰明，因為和我買給黛安娜的生日禮物有關。一年前她生日時，我求她給我錢，買給她一個胸針當禮物。我覺得她很喜歡。但今年我覺得我超越了自己。我全靠郵寄，神不知，鬼不覺，買給她羅馬隨侍安提諾烏斯[45]的大理石半身像。我在卡文迪什俱樂部的報紙上看到他的故事，邊讀邊笑，因為我想到自己（只是安提諾烏斯命運比較悲慘，他最後落入尼羅河淹死了）。我早餐時把大理石像送給黛安娜，她一眼就愛上了，並把石像放在客廳的基座上。「誰想得到我家男孩這麼聰明！」她後來說：「瑪麗亞，一定是妳幫他選的，是不是？」現在，所有女士都到場了，我站在自己的房間，將自己打扮成安提諾烏斯，在鏡子前發抖。我找來一件很暴露的古羅馬袍服，衣襬只到我膝蓋，並綁上一條羅馬腰帶，他們稱之為環帶。我在雙頰鋪粉，讓臉色散發慵懶的氣息，並塗上黑色眼影。我頭上戴了一頂深棕色的假髮，鬈髮及肩。我脖子上掛了個蓮花圈。我告訴你，一月的倫敦，要弄到蓮花圈可不簡單。

我還拿了另一個花圈要給黛安娜，也掛到脖子上，接著走到門口靜靜聽，感覺時機正好，便跑去黛安娜的衣櫃，拿出一件她的斗篷，緊緊包住全身，戴上披帽下樓。

我在大廳遇到瑪麗亞。

「南西，親愛的孩子！」她大喊。她官老爺的大鬍子中，那張嘴又紅又溼。「黛安娜派我來找妳。客廳現在擠滿女人，她們全都想看妳**扮雕像**[46]！」

我露出笑容。我現在正想要一群觀眾。她帶著仍披著斗篷的我進到客廳，並讓我進到天鵝絨布後的凹室。我露出服裝，擺好姿勢，我向她低語之後，她拉開流蘇繩，天鵝絨布拉開，讓我出現在眾人面前。接著我走到賓客之間，她們全沉默不語，似乎都知道我扮的是誰，黛安娜正好如我所願，站在那一小尊安提諾烏斯半身像旁。她驚訝地揚起眉毛。看到我穿著古羅馬袍服，配上腰帶，女士都發出嘆息，低聲交談。

我讓他們品頭論足一會，然後走向黛安娜。我從脖子上拿起另一個花圈，放到她脖子上。然後我跪到她身前，牽起她的手親吻。她露出笑容，現場女士再次低語，然後開心地鼓起掌。瑪麗亞走向我，手摸了摸我袍服

---

40 王爾德小說《格雷的畫像》中的男主角，在小說中原是美男子，由於心地愈來愈醜陋，他的肖像畫最後反映了他的內心。

41 瑪麗・安東妮（Marie Antoinette, 1755-1793）法國革命前最後的法國王后。

42 蘭戈倫女士（Ladies of Llangollen）分別是愛莉諾・巴特勒（Eleanor Butler, 17391829）和莎拉・龐森比（Sarah Ponsonby, 1755-1831），兩人是愛爾蘭貴族，並共同生活了五十年，曖昧的關係挑戰了當時的社會價值觀，也成為後世女同性戀典範。

43 安妮皇后（Anne, Queen of Great Britain, 1665-1714）是英國十八世紀初的女王，她為人心地善良，雖然才智平庸，但篤實虔誠的個性仍讓她受人民愛戴，相傳女王和閨蜜馬爾博羅公爵夫人（Sarah Churchill, 1660-1744）長期有著女同性戀關係。

44 克莉絲汀娜女王（Christina, Queen of Sweden, 1626-1689）是十七世紀知性的女性代表，熱愛閱讀、繪畫、雕刻，對科學、宗教、哲學、數學都有所涉獵。她打扮中性，終身未婚，在性別和文化認同歷史上是個重要的人物。

45 安提諾烏斯（Antinous, c.111-130）是古羅馬皇帝哈德良最喜愛的男寵。死後受眾人神化，有時視為神祇，有時視為英雄。根據哈德良的說法，安提諾烏斯於尼羅河畔伴遊時，意外落水身亡。

46 原文為pose plastique，這是維多利亞時代的一項流行娛樂活動，由穿著肉色服裝的演員模仿知名藝術。此處指的是她們平常要南西擺姿勢的活動。

的褶邊。

「妳今晚真是光彩奪目，是不是，黛安娜？我丈夫會多喜歡妳！妳看起來就像同志綱目裡的圖片！」

黛安娜大笑說沒錯。然後她手伸到我下巴，親吻了我。她吻得好用力，我感到她牙齒壓在我柔軟的雙唇上。

這時廳裡的音樂響起。瑪麗亞替我拿了一杯熱香料紅酒，還從黛安娜特別的盒子中拿了根雪茄。其中一個瑪麗．安東妮穿梭人群過來，牽起我的手親吻。「Enchantée。」她說，意思是法文的「幸會」。這個瑪麗．安東妮真的是法國人。「妳的演出太精采了！我在巴黎的沙龍不曾見過這種事……」

整個晚上如夢幻般美好。其實這一刻可能是我身為黛安娜男孩的生涯頂點。但是，儘管我費盡苦心，服裝和布景都到位，我卻不感到喜悅。畢竟是黛安娜的生日，而她自己似乎疏遠著我，忙著其他事情。我為她獻上蓮花圈後不過一、兩分鐘，她便從脖子上拿下來，說那不合她的打扮。她把花圈掛到基座一角，不久馬上掉到地上。後來我看到有個女士從上頭摘了一朵花，別在自己的翻領上。天曉得，黛安娜曾更狠毒地虐待我，我都能笑著承受！我不懂為何她不重視花圈，會讓我氣成這樣。話說回來，屋裡無比炎熱，氣味薰鼻，比起大家我戴假髮又更熱了，還教我頭皮發癢，但我不能脫，怕會毀了**我的**打扮。瑪麗．安東妮之後，更多女士來找我，告訴我她們多愛我。但她們一個比一個醉，一個比一個下流，我開始感到厭煩。我喝下一杯杯香料酒和香檳，想讓自己和他們一樣麻痺。但那酒……或可能是我抽的大麻菸，並未讓我開心，只讓我更憤世嫉俗。有個女士經過我，伸手來摸我大腿，我使勁推開她。「這小**畜生**！」她開心罵一聲。最後我躲到陰影中，揉著太陽穴旁觀。胡柏太太在熱紅酒的桌前，拿長柄勺舀著酒。我看到她朝我望，並露出微笑。澤娜端著盛著點心的托盤，在女士之間遊走。但她想和我相視時，我別開頭。即使是她，那一夜，我也覺得她離我好遠。

所以後來我很高興。因為大概十一點鐘，宴會的氣氛變了，蒂奇叫人拿更多燈來，鋼琴前的女生不彈了，所有在場的女人都聚成一團，變得好專注。

「怎麼了？」有個女士大喊：「為什麼變這麼亮？」

艾弗琳說：「我們要聽蒂奇・雷諾的故事，由醫師寫的。」

「醫師？她生病了嗎？」

「是她的 vie sexuelle！」意思是法文的「性生活」。

「她的 vie sexuelle！」

「天啊，那我早就聽過了，無聊透頂……」這是陰影下，站在我旁邊的女人說的，她打扮像個僧侶。我轉向她，她打個呵欠，迅速溜出客廳，去找其他樂子。但其他客人都如蒂奇所願，興致勃勃望著她。她站在黛安娜身旁，艾弗琳提到的書就在黛安娜手中。那本書文字又小又密，墨跡烏黑，裡面沒有一張插圖。那一點也不像大家平常會給黛安娜收藏的東西。但是她翻著書頁，十分著迷。一個女士彎頭去看書脊上的書名，然後大喊：「但這本書是拉丁文！蒂奇，這如果這鬼東西是用拉丁文寫成，這本淫書還能看嗎？」

蒂奇一本正經。「只有書名是拉丁文。」她回答：「而且，這不是淫書。這是一本非常勇敢的作品。這本書是由一個男人所寫，並試圖解釋我們這類人，讓世人能了解我們。」

一個扮成莎芙的女人把雪茄從嘴邊拿下，難以置信地望著蒂奇。她說：「這本書要給大家看，而且內容記載妳的故事？關於妳愛女人的人生故事？蒂奇，妳瘋了嗎？這人聽起來像是最偏門的情色小說家！」

「她當然用了**化名**。」艾弗琳說。

「就算這樣，蒂奇，還是很笨啊！」

「妳誤會了。」蒂奇說：「這是全新的嘗試。這本書會幫助我們，會**宣傳**我們的存在。」

客廳所有人一同打個寒顫。拿著雪茄的莎芙搖搖頭。「我從未聽過這樣的事。」她說。

「哼。」蒂奇驕傲地回答：「相信我，妳以後會聽到愈來愈多。」

「讓我們**現在**就來聽聽！」瑪麗亞大喊。另一個人也喊：「對啊，黛安娜，唸給我們聽，快！」

於是大家拿了更多蠟燭來舉在黛安娜肩上。女子紛紛調整為舒服的姿勢，黛安娜開始唸出聲。

我現在不記得確切內容了。我只知道如蒂奇所說，書中內容一點也不淫蕩。其實非常枯燥。但是，她的故事藉由沉悶的散文，卻散發猥褻的氣息。黛安娜朗讀時，女士會喊出下流的話語。蒂奇的故事說完之後，她們又唸了另一個故事，內容更猥褻。接著他們從男士的部分，挑出另一則非常色情的故事。最後現場空氣更為沉悶炎熱。我即使心情鬱悶，也開始因為醫師嚴肅的敘述感到欲火焚身。黛安娜替自己再點根菸時，那本書傳到一個個女士手中。這時有個女士說：「這妳一定要問波兒。她在印度待了七年。」黛安娜聽了問：「什麼？要問她什麼？」

「我們在讀這個故事。」那女人大聲回答：「裡面說有個女人陰蒂跟小男孩的雞雞一樣大！她說她被印度女僕的病傳染了。我說，要是波兒・哈樂黛在有多好，她就能替我們確認，因為她在印度那幾年跟印度人關係很好。」

「應該不是印度女生。」另一個女士這時說：「應該是土耳其女生。她們天生如此，她們在後宮才能用那個自慰。」

「真的嗎？」瑪麗亞摸著鬍子說。

「對，真是這樣。」

「但關於我們貧窮女生的事也是真的！」另一人說：「她們一張床都睡二十個人。她們連續摸了那麼多年，陰蒂都會變大。這事千真萬確。」

「亂講話！」拿雪茄的莎芙說。

「我能跟妳保證不是亂講。」第一個女士激動地說：「如果我們之中有人來自貧民窟，我馬上把她內褲脫下來給妳看！」

她說完，大家啞然而笑，接著全場一片沉默。我望向黛安娜，這時她緩緩轉頭望向我。「我在想……」她略有所思，有一、兩個女士開始如她一樣打量我。我肚子隱隱糾結。我心想，**不會吧**！我才正想著，剛才都沒吭聲的一個女士開口：「黛安娜，妳有我們需要的女孩啊！妳的女僕出身貧民窟，不是嗎？妳不是把她從監獄還是教養院帶回來？妳知道監獄裡的女人都在做什麼，對不對？我敢說她們一定一直摸個不停，摸到陰蒂像蘑菇一樣大！」

黛安娜目光從我身上移開，抽了粉紅濾嘴的菸一口，然後嫣然一笑。「胡柏太太！」她喊道：「布蕾克在哪？」

「她在廚房裡，夫人。」女管家從紅酒碗旁回答。「她在準備托盤。」

「去叫她來。」

「是的，夫人。」

胡柏太太離開了。女士面面相覷，接著望向黛安娜。她站在安提諾烏斯冰冷的半身像旁，沉著冷靜。但她將玻璃杯舉到唇邊時，我看到她手微微顫抖。我移動重心，剛才短暫燃起的欲火全熄滅。不久，胡柏太太帶著澤娜回來了。黛安娜叫她時，澤娜眨眼走到客廳中央。女士讓開一條路讓她通過，然後再站回原位。

黛安娜說：「我們在好奇妳的事，布蕾克。」

澤娜又眨了眨眼。「夫人？」

「我們好奇妳在感化院的生活。」澤娜臉紅了。「我們好奇妳沒事時都在做什麼。我們覺得妳在獨立的牢房中，手指頭這麼閒，一定有稍微做些事。」

澤娜猶豫一下，然後說：「夫人，您是指縫布袋嗎？」

女士聽到，發出哄堂大笑，澤娜聽了全身畏縮，滿臉通紅，一手摸著喉嚨。黛安娜慢條斯理地說：「不，孩子，我不是指縫布袋。我的意思是，我們覺得妳一定在妳的小牢房中手淫。妳一定手淫到陰戶痠痛。妳手淫一定時間又長又起勁，摸到妳都生出根雞雞了。我們覺得妳內褲裡一定有根雞雞，布蕾克。我們希望妳撩起裙子，讓我們看！」

現在所有女士再次放聲大笑。澤娜望著她們，然後再望向黛安娜。「拜託，夫人。」她全身開始發抖。

「我不懂您的意思！」

黛安娜走向她。「我想妳知道。」她說。她拿起蒂奇給她的那本書，翻開書頁，拿到澤娜臉前，澤娜嚇得再次畏縮。「我們剛才讀了一本書，裡面全是像妳一樣的女孩的故事。」她說。「現在妳在暗示什麼？這是雷諾小姐送我的生日禮物，妳是說寫這本書的醫師是個白痴嗎？」

「不是，夫人！」

「那好啊。醫師說妳有個老二。快撩起妳的裙子！老天啊，小女孩，我們只是想看看妳身體而已！」

她手伸向澤娜的裙子，我發現其他女士見她動手，也都玩性大起，準備去幫她。那畫面讓我作噁。我從陰影中走出說：「別鬧了，黛安娜！老天啊，妳不要欺負她！」

客廳馬上鴉雀無聲。澤娜驚恐地望著我，黛安娜轉身，眨了眨眼。她說：「妳想自己撩起裙子嗎？」

「我要妳別鬧布蕾克了！去吧，布蕾克。」我朝澤娜點點頭。「回去廚房。」

「妳留在原地。」黛安娜對她大吼。「至於**妳**。」她瞇起眼，眼珠子烏黑晶亮，惡狠狠盯著我。「妳覺得自己是女主人嗎？居然敢命令我的僕人？妳**才是**僕人！如果我叫我的女僕為我露屁股，干妳什麼事？妳不也經常為我露屁股！躲回妳的天鵝絨布幕裡！等我們看完小布蕾克，我們再看看要不要換安提諾烏斯上場。」

我頭本來就在痛，她這番話彷彿輾到我頭上。我感覺頭彷彿玻璃做的一般，應聲破碎。我手握住枯萎的花圈，把它從脖子扯下。然後我也扯下我深棕色的假髮，扔在地上。我的頭髮上了油，平貼在頭頂，我雙頰因為喝酒和生氣脹紅。我一定看起來很嚇人。但我不覺得害怕。我感覺全身充滿力量，閃耀光芒。我說：「妳不准跟我這樣講話。妳怎麼敢跟我這樣講話！」

黛安娜身旁的蒂奇翻白眼。「好了啦，黛安娜。」她說：「這好無聊！」

「好無聊！」我轉向她。「看看自己，妳這老母牛，穿著綢緞襯衫，像十七歲的男孩。道林．格雷？妳比較像道林．格雷去了碼頭幾次之後，流血的畫像！」

蒂奇全身抽搐，臉色蒼白。好幾個女士大笑，其中一人是瑪麗亞。「我親愛的孩子……！」她開口。

「不要再叫我『親愛的孩子』，醜婊子！」我對她說：「妳跟她一樣爛，穿那鬼土耳其褲。妳是什麼東西，在找妳的後宮佳麗嗎？如果妳是她們的主人，難怪她們只能用巨大的陰蒂幹彼此。妳亂摸我全身已經一年半了。如果真有女孩露出胸部，放到妳手中，妳還必須搖鈴叫女僕來，讓她教妳怎麼辦！」

「夠了！」黛安娜開口了。她瞪著我，臉色蒼白，怒火中燒，但仍相當冷靜。現在她轉身向目瞪口呆的女士說話。她說：「南西有時覺得耍脾氣能增加情趣，有時當然沒錯。但今晚不行。今晚恐怕只讓人厭倦。」她再次望向我，但仍像對著賓客說話。「她會上樓。」她語氣平淡地說：「她會好好反省。然後她會向她冒犯的女士道歉。接下來，我會想要怎麼懲罰她。」她瞄一下我身上的服裝。「也許配合羅馬風格。」

「羅馬？」我回答：「那妳應該知道。妳今年幾歲了？妳曾待過哈德良的皇宮，對不對？」

比起我之前說的，這侮辱不算嚴重。但如我所說，眾人發出竊笑。聲音不大，但要說誰最受不了遭人嘲笑，那人肯定是黛安娜。我想她寧可被一槍斃了。聽到大家憋笑，她臉色更蒼白了。她走向我，伸起手。她動作好快，我只看到她手上有道黑影，接著我臉頰一陣劇痛。

她這段時間仍拿著蒂奇的書。現在她拿起來打我。

我尖叫一聲，搖搖晃晃向後退開。我手摀著臉，感到鮮血從我鼻子湧出。我眼睛下方也因為被皮革書脊擊中，開了道口子。我伸出手，想扶住別人肩膀或手臂。但現在所有女士全從我身旁退開，我差點跌倒。我望了黛安娜一眼。她打完我之後也向後退。但她身旁的艾弗琳手放在她腰上。她沒對我說話，我也說不出話來。我想我咳嗽，或哼了一聲。見到土耳其地毯上那攤血，旁邊的女士又退得更遠了，她們表情扭曲，噘著嘴，驚訝又噁心。我轉身，跌跌撞撞走出客廳。

瑪麗亞的惠比特犬沙丁在門口，牠看到我便開始吠。瑪麗亞把牠留在這，狗項圈兩邊有兩個紙糊的頭，代表牠是守衛地獄的三頭地獄犬。

如我所說，大廳大理石地上都有玫瑰花瓣。光著腳，頭暈目眩，手按在臉上很難順利穿越。我走到樓梯之後，我聽到身後傳來腳步聲，接著是砰一聲。我轉身看到澤娜站在那。在我之後，黛安娜把她趕出客廳，重重關上門。她望著我，手扶住我手臂說：「噢！小姐……」

當時在我眼中，我把她從黛安娜的瘋狂中救出，結果卻害她將那股瘋狂發洩在我身上，於是我甩開她。

「不要碰我！」我咆哮。然後我轉身就跑，進到我房間，關上門。

我淒慘地坐在黑暗中，照料著滲血的臉頰。下方安靜幾分鐘之後，鋼琴聲傳來，接著就是笑聲和喊叫。少了我，她們竟繼續狂歡！我不敢相信。大家嘲弄澤娜，我辱罵了大家，最後黛安娜動手，當場濺血……一切居然只讓這場不可思議的宴會變得更快樂、更不可思議。

如果黛安娜馬上送客就沒事了。如果我用枕頭蓋住頭，忘了她們也沒事了。如果我因為她們快樂的聲音，變得自怨自艾、大發雷霆和懷恨在心……

如果澤娜沒有原諒我在大廳那麼凶，沒有悄悄來到我門口，問我是不是很痛，並說她願意來陪我，並希望能做點什麼……

我聽到她敲門，我身子縮起。我以為一定是黛安娜，她又來折磨我或來愛撫我（搞不好是這樣，誰曉得？），我發現是澤娜時，我瞪大眼睛。

「小姐。」她說。她手上拿著蠟燭，火焰變小晃動，牆上影子瘋狂飛舞。「知道妳受了傷，一直流血，我不能上樓休息……而且全是……噢！全是因為我的緣故！」

我嘆口氣。「進來吧。」我說：「關上門。」她關門之後，靠近我，我雙手掩面呻吟。「噢！澤娜。」我說：「這什麼夜晚！什麼夜晚啊！」

她放下蠟燭。「我拿了布來。」她說：「裡面有點冰塊。只要妳……讓我……」我抬起頭，她將布放到我臉頰，我臉皺起。「妳這眼睛這下可好了！」她說。接著她換個語氣：「那女人真的是惡魔！」她開始擦去我鼻子上凝結的血塊。她彎下身子，靠到我身旁的床上，一手扶著我的肩膀。

但慢慢地，我發覺她全身在顫抖。「是因為冷，小姐。」她說：「只是因為冷，還有，剛才在樓下有點嚇到……」但她說著說著，我感到她全身抖得更厲害，並開始哭泣。她流著淚說：「其實，我不敢自己躺在房間，外頭那群邪惡的女人走來走去。我怕她們會進來，再捉弄我一次……」

「好了，好了。」我說。我從她手中接下布，放到地上。然後我把床罩拉過來，披在她肩膀上。「妳就跟我待在這裡，那些女士不會找到妳……」我抱住她，她的頭靠在我耳旁。她仍戴著女僕的帽子。我抽起別針，替她脫下帽子，她的頭髮落到肩上。她頭髮散發著玫瑰薰香，還有紅酒的香料味。澤娜靠在我肩上，全身散發溫暖，我聞到她的香氣，突然感覺比之前都還醉。也許只是因為被黛安娜打，我仍在頭暈的關係。

我吞了吞口水。澤娜拿手帕擦著鼻子，變冷靜一些。樓下傳來跑步聲，鋼琴重重敲擊，眾人又發出尖銳的笑聲。

「妳聽她們！」我心裡再次燃起怒火。「宴會瘋得跟什麼似的！她們全忘了我倆悲慘兮兮坐在這裡……」

「噢！我希望她們不要想起來！」

「她們當然不會想起來。我們做什麼都可以，她們才不在乎！哼！我們可以在這裡辦自己的宴會！」她擤了鼻子，咯咯笑了。我的頭歪一下。我說：「澤娜！我倆為什麼不自己辦宴會？廚房裡有多少瓶香檳？」

「有一大堆。」

「那好，妳下樓拿一瓶上來。」

她咬住嘴唇。「我不知道……」

「去啊，沒人會看到妳。她們全都在客廳，妳可以走僕人的樓梯。如果有人問起，妳可以說是幫我拿的。反正也是實話實說。」

「可是……」

「快去！帶著蠟燭！」我起身牽住她，拉她起來。她終於受我一股勁感染，又咯咯笑一聲，手掩著嘴，躡手躡腳走出房。她離開之後，我點了盞燈，但把光調得非常暗。她的帽子留在床上。我拿起來，戴到頭上，她五分鐘後回來，看到我戴著帽子，不禁大笑。

她拿了一瓶酒和玻璃杯上來，酒瓶上還凝結著水珠。「妳看到她們了嗎？」

「我看到兩個人，但她們沒看到我。她們在洗碗室門口，噢！她們在熱吻！」

我想像她躲在陰影中，看著她們。我走向她，拿起酒瓶，剝下瓶頸上的鉛箔。「妳已經搖到了。」我說。「打開時會砰一聲！」她雙手摀住耳朵，閉上眼。我感覺軟木塞在瓶中滑動一下，從我手中彈開，我趕緊喊：「快！快！拿酒杯來！」瓶口湧出綿密的白色泡沫，流得我手和腿都是……當然，我仍穿著太小件的白色袍服。澤娜從托盤拿起杯子，伸到流出的香檳下，再次咯咯笑著。

我們坐到床上，澤娜手中拿著酒杯，我從流著泡沫的酒瓶喝著。她沒喝幾口，便開始咳嗽。但我再次倒滿她手中的酒杯說：「乾了！就像樓下那群母牛一樣。」她喝了又喝，喝到雙頰通紅。我每喝一口，也覺得自己更茫，我腫脹的臉上脈搏跳得更大力。最後我說：「噢！好痛！」澤娜放下酒杯，手溫柔地放到我臉上。她手放在那裡一、兩秒，我便牽起她的手，傾身吻她。

她沒有躲開，後來我躺到床上，拉她過來，她才說：「噢！我們不能這樣！要是雷瑟比夫人進來怎麼辦？」

「她不會來。她現在都不理我，當作懲罰。」我撫摸她的膝蓋，然後她的大腿，最後手鑽入她一層層裙子。「我們不行……」她又說，但這次她聲音變模糊了。我拉著她的連身裙說：「來，把這脫了，還是要我扯開釦子？」她醉醺醺笑了一聲。「不准！幫我好好脫。」

她全裸變得非常瘦，皮膚顏色很奇怪。雙頰火紅，手肘到指尖是暗紅色，身體、上臂和大腿蒼白，幾乎有點泛藍。但她雙腿間的毛髮，事先絕對猜不到，竟然是薑黃色。

我嘴湊上去，她尖叫一聲：「噢！怎麼這樣！」但過一會，她握住我的頭向下壓。那一刻，她完全不管我鼻子腫了。她只說：「噢！轉過來，快轉過來，我也要幫妳！」

接著我將床罩蓋到我們身上，我們喝了更多香檳，輪流拿瓶子喝。我手放在她身上。我說：「妳**以前**在感化院常手淫嗎？」她打我一下說：「噢！妳跟樓下的人一樣壞！我差點死掉！」她把被子推開，瞇眼望著自己的陰戶。「居然覺得我有老二！想什麼亂七八糟的事！」

「亂七八糟？喔，澤娜，我很希望妳有個老二！我很希望……」我坐起來。「澤娜，我很希望妳戴上黛安娜的假陽具！」

「那玩意兒？她讓妳變淫蕩了！要我戴那東西，我會羞愧至死！」她睫毛拍動。

我說：「妳臉紅了！妳有想過，對不對？妳有幻想過那種事，別跟我說沒有！」

「真的沒有，我這麼乖！」但她臉比之前更紅，不敢看我。我抓住她的手，拉她起來。

「來吧。」我說：「妳讓我全身發燙。黛安娜絕不會知道。」

「噢！」

我把她拉到門口，望向外頭走廊。樓下音樂和笑語變小聲了，但仍熱情且熱烈。澤娜靠著我，手抱著我的腰。然後我們全身赤裸，雙手摀著臉，忍著笑，搖搖晃晃跑去黛安娜的會客室。

到了這裡，我們馬上打開桌子的祕密抽屜，拿出玫瑰木箱的鑰匙，打開箱子。澤娜在旁看著，不時害怕地瞄向門口。但她看到假陽具時，臉又紅了，但看得目不轉睛。我在醉意中，心裡湧上力量和驕傲。「站起來。」我說。我聽起來就像黛安娜。「站起來，把扣環扣緊。」

她扣好之後，我帶她到鏡子前。我看到自己的臉又紅又腫，皺紋仍有不少血跡，不禁皺起眉頭。但澤娜望著自己，假陽具從身上突出，她手放到上頭，吞了吞口水，並感受到皮革的動靜。我注意力馬上全放到她身上。最後我轉向她，雙手扶著她肩膀，把陽具的頭塞入雙腿間。如果我的陰戶有舌頭，現在一定靈活滑動著。如果澤娜的陰戶有舌頭，一定舔著雙唇。

她叫了一聲。我們橫向倒到床上的絲質床罩上。我的頭垂在床外，血全流到我臉上，隱隱作疼。但澤娜的假陽具插在我體內，她開始蠕動和向前頂，我不由自主抬起頭親吻她。

這時除了床柱的震動和我耳邊的脈搏，我聽到一個非常清楚的聲音。我頭向後昂，睜開眼。房門已經打開，我眼前全是一個個女士的臉。她們中間有人臉色氣得發白，是黛安娜。

一時間，我躺在床上，全身僵硬，腦中浮現她看到的畫面。箱子打開了，床上兩人四肢糾纏，綁著皮帶的屁股上下抽動（唉，澤娜緊閉著雙眼，即使嗔目切齒的女主人在旁看著，她仍不斷向前頂，口中發出嬌喘）。後來我雙手放到澤娜肩膀，用力抓住她。她睜開眼，看到面前的人群，嚇得尖叫一聲。她直覺想起身，全忘了我們汗水淋漓的屁股之間，卡著根假陽具。一瞬間，我們兩人手忙腳亂，狼狽萬分。她發出緊張的笑聲，比起剛才第一聲恐懼的尖叫，感覺更突兀。

最後她扭動身子，現場鴉雀無聲中，我們下方發出吸吮的聲響，清楚得駭人，簡直罪大惡極。她終於起來了。她站在床邊，假陽具在她身前晃動。黛安娜身旁的一個女士說：「她果然有根老二！」黛安娜回答：「那是我的老二。這兩個小蕩婦偷走了！」

她聲音沙啞，可能因為醉了。但我想也因為她無比震驚。我再次望向敞開的木箱。對於這木箱，她一直引以為豪，並受人羨慕，我心裡不禁興起一股滿足感，像隻小蟲在心中蠕動。

我也想起另一間房間。那是我費盡苦心，以為自己已經忘記的房間。在那房中，無言站在門口的是我，而我的愛人在她的愛人旁邊顫抖，滿臉通紅。看到黛安娜站在我過去的位置，我不禁笑了。

我想正是那抹笑，終於讓她失去理智。「瑪麗亞。」她說。瑪麗亞、蒂奇和艾弗琳都跟著她來了。也許她們是為了拿一本淫書，才來到她房間。「瑪麗亞，叫胡柏太太來。要她把南西的東西拿來。她該走了。再拿件洋裝給布蕾克。她們兩個都要回到臭水溝，回到我把她們撿來的地方。」她語氣冰冷。但她向前一步，聲音變得激動。「妳這小蕩婦！」她說：「妳小娼貨！妓女、賤人、騷貨、婊子！」但這些話在她之前激情洩欲時，就罵過我上千次。現在即使充滿恨意，卻意外毫不傷人。

但我身旁澤娜開始發抖。她發抖時，假陽具也在晃動。黛安娜看到動靜，她大吼一聲：「把那玩意兒從妳腰上脫下！」澤娜馬上手忙腳亂摸著繫帶。她的手不斷顫抖，幾乎抓不住扣環，我走過去幫她。我們正脫著，黛安娜嘴裡罵個不停，罵她是白痴、街上的妓女、愛手淫的爛貨。門口那群女士繼續看好戲，並放聲大笑。其中一人，可能是艾弗琳，朝木箱點點頭說：「黛安娜，用皮帶把她綁起來！」黛安娜嘴一歪。

「她回到感化院，她們就會把她好好綁起來。」她說。

澤娜聽到這句話，雙膝跪地，開始哭泣。黛安娜冷笑，收回腳，以免她的眼淚滴到她的涼鞋。蒂奇脖子上的領結已拉鬆，翻領上的紫丁香花被壓扁並發黃，她說：「我們不能再看她們幹一次嗎？黛安娜，叫她們幹一次，讓我們欣賞！」

但黛安娜搖搖頭。她目光掃向我，她眼神冰冷空洞，彷彿熄火的提燈一般。她說：「她們剛才是在我房裡最後一次做愛。她們可以像狗一樣在街上做愛。」

另一個女士醉醺醺地說，如果是那樣的話也很令人興奮，至少她們還可以從窗口觀賞。但我只望著黛安娜，那恐怖的夜晚中，我第一次開始感到害怕。

瑪麗亞帶著胡柏太太回來了。胡柏太太一臉亢奮。她拿著我從米爾恩太太家帶來，並塞到衣櫃角落的舊水手袋，還有一件破舊的黑色洋裝，和一雙厚底靴。女士全在一旁看著，黛安娜把洋裝和靴子扔給澤娜，然後她手伸入水手袋，俐落地拿出一件皺巴巴的連身裙和一雙鞋，扔到我身上。連身裙是我過去生活穿的，當時覺得夠好了。現在衣服冰冷，有點潮溼，縫線都布滿一圈圈蛾粉。

澤娜馬上穿上那件不起眼的黑色洋裝和靴子。但我將洋裝拿在手中，望著黛安娜，吞了吞口水。

「我不要穿這個。」我說。

「妳要穿。」她簡短回答。「不然我就把妳光著身子攆到幸福廣場上。」

「噢，把她光著身子攆出去，黛安娜！」她身後有個女人說。那女人扮成蘭戈倫女士，但沒戴高帽。

「我不要穿。」我又說一次。黛安娜點點頭。「很好。」她說：「那我逼妳穿。」我仍驚魂未定，連手都來不及舉起，她便穿越房間，奪去我手中衣服，將裙襬套到我頭上。我這時身子一扭，雙腳開始亂踢。她把我推到床上，一手壓住我，一手繼續拉著我身上的衣服。我更猛力掙扎，不久裙襬就破了一道。

黛安娜聽到大喊：「幫我壓著她，行不行？瑪麗亞！胡柏太太！妳，女孩。」她指的是澤娜。「妳**想**回到那鬼感化院嗎？」

一瞬間，我身上彷彿出現了五十隻手，每一隻手都拉著洋裝，每一隻手都捏著我，每一隻手都抓著我踢著的腿。她們壓著我許久。我蓋在層層羊毛下，愈來愈熱，愈來愈暈。我腫脹的頭被人打到，開始抽搐、發痛。我記得很清楚，有人大拇指按著我大腿上側，按進我胯下溼滑的洞裡。可能是瑪麗亞，也可能是女管家胡柏太太。

最後我穿著洋裝，倒在床上，不住喘氣。鞋子已套到我腳上，鞋帶已綁好。「站起來！」黛安娜說，我站起來之後，她抓住我肩膀，推著我出了房間，穿過會客室，走入黑暗的走廊。女士全跟在我身後，胡柏太太、瑪麗亞兩人抓著澤娜。我遲疑時，黛安娜用力將我推向前，害我差點跌倒。

最後我開始哭了。我說：「黛安娜，妳不是認真的！」但她目光冷酷。她抓著我，還不斷捏我，要我走快一點。我們全都面紅耳赤，不住喘氣，每個人都盛裝打扮，就這麼一行人穿過高大宏偉的屋子中心，循著巨大螺旋樓梯，排列參差下了樓，像是一群罪該萬死的人走向地獄的一幅畫。我們經過客廳。有幾個女士仍懶洋洋躺在軟墊上，她們見了便出聲問，我們在幹什麼？我們其中有個女士回答，黛安娜抓到她的男孩和女僕在她床上，要把她們攆出去。別錯過，趕快來看。

於是我們愈往下，我身後的女士人愈多，笑聲和下流話愈響亮。我們走到地下室，氣溫變很冷。黛安娜打開房子後面從廚房通往花園的門，寒風吹上我噙著淚的雙眼，讓我眼睛刺痛。我說：「妳不能！妳不能這樣做！」寒風一吹，我完全醒了。我眼前浮現我的房間、我的衣櫃、我的化妝檯、我的衣服、我的香菸盒、我的袖釦、我銀頭的手杖、我雪白的西裝。我的鞋子，它那皮革有多精緻美麗，我曾伸出舌頭去舔。我的手錶，那用皮帶繫在手腕上的手錶。

黛安娜把我推向前，我轉身抓住她手臂。「不要把我趕出去，黛安娜！」我說：「讓我留下來！我會乖乖的！讓我留下來，我會取悅妳！」但我邊哀求，她邊推著我，讓我一直向後退。最後我們到了花園另一端馬車車庫旁的高大木門前。木門旁有道小門，黛安娜走過去拉開，後面一片漆黑。她從胡柏太太手中把澤娜拉來，手抓著她脖子。「要是妳敢再出現在幸福廣場。」她說：「哪怕有一個字、一件事讓我想到妳可悲苟活的存在，我向妳發誓，我會把妳關回監獄，並關到妳在裡頭腐爛。妳聽懂了嗎？」澤娜點點頭。黛安娜把她推入廣場的黑暗之中，澤娜馬上被黑暗吞噬。接著黛安娜轉向我。

她說：「妳也一樣，妓女。」她把我推向門口，但我緊抓著門哀求她。「拜託，黛安娜！讓我拿我的東西就好！」我望向她身後的蒂奇和瑪麗亞。她們喝了酒，又才跟到花園裡，兩人目光茫然又模糊，沒有一絲同情。我望著所有在一旁觀望、服裝迎風飄動的女士。「救救我，好嗎？」我向她們大喊。「救救我，拜託！妳們望著我、想要我多少次！妳們稱讚我帥，說羨慕黛安娜擁有我多少次！拜託，不要讓她把我身無分文扔到街上，扔到黑暗裡！噢！如果妳們袖手旁觀，妳們他媽全都是一群婊子！」

於是我哭天喊地，轉身用我廉價的連身裙衣袖擦鼻涕。我的雙頰感覺腫成兩倍大，剛才壓到的地方，頭髮一片凌亂。最後大家漸漸厭煩了，紛紛轉開目光。我知道自己完了。我手從門上鬆開，黛安娜推我一把，我跌入門後的巷子裡。緊接著我的水手袋也被扔出來，啪一聲落在我腳邊的磚石地上。

我望著水手袋，然後抬起目光，再次望向黛安娜的房子。客廳的窗戶散發玫瑰色的光芒，女士已慢慢穿過草坪回屋子裡。我看到胡柏太太，看到蒂奇將單片眼鏡戴到水汪汪眼睛前。我看到瑪麗亞，也看到黛安娜。她幾縷烏黑的頭髮從頭上滑落，寒風吹著頭髮，掃著她的雙頰。她的女管家向她說了些話，她放聲大笑。接著她關上門，轉動鑰匙，於是幸福廣場的燈光和笑聲永遠離我而去了。

第三部

第十五章

你可能會想，我處境已經這麼慘，應該要不顧一切，用力敲打那道緊閉的門，甚至試著爬上大門，從上頭哀求我的女主人。那一刻，我無比震驚，痛哭流涕，茫然站在黑暗寂寥的巷裡時，腦中也許曾出現這念頭。但我看到黛安娜望向我的表情。她臉上沒有火花、善意和欲望。更糟的是，我看到她朋友臉上的表情。我怎能回去，並期待自己走在她們面前時，還能自覺英俊和驕傲？

我一想到這點，哭得更慘了。我原本可能會坐在大門口哭到天明。但過一會，身旁有點動靜，我抬頭看到澤娜站在一旁，雙手抱胸，臉色非常蒼白。我悲痛欲絕，竟把她忘得一乾二淨。現在我說：「噢！澤娜！我怎麼會落得這下場！我們該怎麼辦？」

「**我們**該怎麼辦？」她回答。她聲音聽起來跟以前的她截然不同。「**我們**該怎麼辦？我知道**我**該怎麼辦。我應該把妳留在這，並希望那女人回來，帶妳回家，然後狠狠折磨妳。妳活該！」

「噢！她不會回來找我了……會嗎？」

「不會，她當然不會。她也不會來找我。妳看妳的甜言蜜語害死我們了！害我們在一月冰冷的夜裡流落街頭，沒有帽子，沒有內褲，甚至連條手帕也沒有！我真希望自己**在**監獄裡。妳害自己丟了名聲，害我丟了工作。妳害我為殖民地存的七鎊也沒了。噢！我真傻，居然讓妳親我！**妳**真傻，居然覺得女主人不會……喔！我真想打死妳！」

「打我！」我大哭，仍抽著鼻子。「把我另一隻眼也打了，我活該！」但她只甩開頭，雙臂緊抱自己，轉開身。

我用袖子擦臉，試著冷靜下來。我扮成安提諾烏斯從客廳蹣跚走出時剛好是午夜，我猜現在大概十二點半。這時間非常不巧，因為那代表天亮之前，我們仍要面對漫長寒冷的夜晚。我盡可能放低姿態說：「我**該**怎麼辦，澤娜？我**該**怎麼辦？」

她轉頭望向我。「我想妳應該去找妳的家人。妳有家人，不是嗎？或是朋友？」

「我現在沒有別人了……」

我手搗住臉。她轉身，開始咬著嘴唇，最後開口：「如果妳真的沒有別人，那我們兩人很像，因為我也沒人可投靠。因為安涅絲和警察的事，我家人把我趕出來了。」她望向我的水手袋，用靴子頂了頂。「妳身上沒有任何現金嗎？這裡面裝了什麼？」

「我所有衣服。」我回答：「我來黛安娜家帶的所有男生衣服。」

「好的嗎？」

「我以前覺得還不錯。」我抬起頭。「妳是指要我們要穿到身上，扮成紳士……？」

她彎身往袋子裡面望。「我是指拿去賣。」

「賣？」要賣我守衛的制服和牛津布袋褲？「我不知道……」

她雙手放到嘴前呵氣。「妳可以把衣服賣了，小姐。妳也可以走到艾奇韋爾路，站在街燈下，等別人賞妳錢……」

我們把衣服賣了。衣服賣給凱爾本路邊市場的舊衣攤販。澤娜找到他時，他正在收拾攤子。市場交易到午夜左右，但我們到那市場時，推車都空了，街道上滿是垃圾，他們熄滅油燈，將桶中的水倒入水溝。那人看到我們靠近馬上說：「妳們太晚了，我不賣了。」但澤娜打開袋子，把西裝拿出來，他歪頭抽一下鼻子。「士兵的衣服根本不值得我放在攤子賣。」他說著將外套在手臂上攤開。「但我可以買，因為這塊嗶嘰布可以做成一件漂亮的背心。大衣和褲子還不賴，鞋子也是。這些我可以用一幾尼買下。」

「一幾尼！」我說。

「今天晚上有一幾尼就不錯了。」他又抽一下鼻子。「我敢說妳們急著想脫手。」

「衣服不是偷的。」澤娜說：「但一幾尼差不多。只要你再給我們兩套女士貼身衣物，再加上兩頂綁蝴蝶結的帽子，就算你一英鎊吧。」

他給我們的內褲和褲襪都已年久發黃。帽子老舊破爛。我們兩人當然都還需要馬甲。但至少澤娜對交易很滿意。她收好錢，帶我到烤馬鈴薯攤，我們一人拿了一個馬鈴薯，並買一杯茶分著喝。馬鈴薯有泥味。茶其實就是有色的水。但攤子旁有個火盆能讓我們取暖。

如我所說，自從我們被趕出來，澤娜似乎性情大變。她不再發抖了，現在發抖的反倒是我，她全身散發智慧，充滿決斷力，並熟悉地穿梭街道，彷彿其實很輕鬆自在。我在街上也曾經很自在。現在回想起來，如果她讓我握住手，我一定不會拒絕。但當時，我只跌跌撞撞跟在她後頭，可憐兮兮地說：「我們接下來怎麼辦，澤娜？」或「噢！澤娜，好冷喔！」甚至「澤娜，妳覺得她們在幸福廣場做什麼？噢！妳能相信她真的把我從她身邊趕走嗎！」

「小姐。」她最後對我說：「妳別誤會，但如果妳不閉嘴，我真的會忍不住打妳。」

我說：「對不起，澤娜。」

最後有個妓女也來站到火盆旁，她和她聊起天，問到附近的出租公寓，據說一整晚都能去住。結果那是個可怕的地方，一間房給女人，一間房給男人。睡在裡頭的每個人都在咳嗽。澤娜和我共睡一張床。她洋裝穿在身上，保持溫暖。但我仍擔心衣服發皺，所以把洋裝塞到床墊下，希望睡過一晚後能壓平。

我們躺在一塊，身體筆直僵硬，頭躺在同一個刺刺的枕頭上，但她頭離我很遠，雙眼緊閉。其他人不住咳嗽，我臉頰發疼，再加上我好委屈，內心驚慌，根本無法入睡。澤娜打了個寒顫時，我手放到她身上。她沒有把我手撥開，我便靠近她一些。我低聲說：「噢！澤娜，我睡不著，腦袋一直想著所有事情！」

「我想也是。」

我發著抖。「妳恨我嗎？澤娜？」她不回答。「妳若恨我，我不怪妳。噢！但妳知道我多抱歉嗎？」我們旁邊床上的女人尖叫一聲。我想她喝醉了，我倆都嚇一大跳，臉靠得更近。她雙眼仍緊閉，但我看得出來她聽到我的話了。我想到不過幾個小時前，我們躺在一起的情境多不一樣。從那時起，我內心無比悲慘，欲火完全熄滅。但因為我們兩人都沒提起，我想應該要談談，於是我悄聲說：「噢！要是黛安娜沒來多好！很好玩，對不對？黛安娜沒打斷之前……」

她睜開眼。「很好玩。」她難過地說：「被抓到之前，總是很好玩。」然後她望著我，吞了吞口水。

我說：「不會那麼糟，澤娜，對不對？妳現在是全倫敦我唯一認識的拉子了。既然妳也單身，我想……我們可以試試看，對不對？我們可以去分租公寓找間房。妳可以去工作，當女裁縫或清潔工。我會買另一套西裝。等我臉都好了……我有幾招能賺錢。我們一個月就能賺回妳的七鎊。我們不久就可以存到二十鎊。然後妳可以坐船去殖民地，我……」我嚥口氣。「我可以跟妳一起去。妳說那裡一直都會需要房東太太。當然，他們永遠也會需要妓女……就算在澳洲……？」

我喃喃說著時，她只望著我，不發一語，然後她頭彎過來，輕輕在我雙唇上吻了一下。她再次轉身，我終於睡著了。

我醒來之後，天已亮了。我聽到女人咳嗽和唾沫聲，她們低聲抱怨著前一晚多難熬，還有接下來必須度過的一天。我躺在床上，閉著眼，雙手摀住臉。我不想看到她們，也不想看到我不得不和她們共處的骯髒世界。我想起澤娜，想到我提議的計畫。我心想，這計畫會很辛苦，非常辛苦。但澤娜會帶著我度過所有苦難。少了澤娜，一切會好辛苦……

我終於將雙手從臉上放下，轉身望向床的另一邊，床是空的。澤娜不見了。錢也不見了。她維持女僕的習慣，天一亮便醒來。而她拋下沉睡的我，什麼也沒留下。

等我終於明白，我腦中意外一片空白。我想我當時傻住了，不再受到驚嚇，我的處境早已不可能再更悲慘。我起身，從床墊下抽出連身裙穿上，衣服竟然更皺了。隔壁床的醉鬼花了半便士買了一盆溫水，她站在裡頭清洗完身體之後，讓我用水擦掉我臉頰上的血跡，壓平頭髮。我望著黏在牆上的銀鏡，我的臉看起來像是蠟做成的，離酒精燈太近而融化。我站起來時，雙腳彷彿在尖叫。我的鞋子是當男妓時會穿的，但不知道是因為我腳變大了，還是我已太習慣柔軟的皮革。光是走到凱爾本，我的腳便長了水泡，現在水泡都磨破流水，褲襪也開始破洞。

我們早上不能在出租公寓裡待太久。十一點有個女人到房裡，拿掃把催促我們離開。我和醉鬼一起走了一小段路。我們在麥達維爾的坡頂分開，她拿出一小撮菸草，捲了兩根像線一樣細的香菸，給我一根。她說，菸草是傷口的良藥。我坐在長凳上，抽菸抽到手被燙到，仔細思考我的處境。

其實，我的處境熟悉得非常可笑。四年前從史丹佛山逃出來的時候，也一樣又冷又不舒服，可憐兮兮的。但我那時身上至少有點錢，還有漂亮的衣服。我能買食物和香菸，即使不開心，也能溫飽，現在我一無所有，又餓又宿醉，感覺想吐。鰻魚捲即使只要一便士，我現在都必須乞討。或像澤娜說的，靠在滴水的牆邊，當妓女碰碰運氣。我一點都不想乞討。兩週前，我和黛安娜走在人群中，那些好心的紳士都讚嘆著我的西裝和耀眼的袖釦，一想到我現在要博得他們憐憫，接受他們施捨，我就無法忍受。而一想到要當個女孩給他們幹，感覺更糟。

我起身，天氣太冷了，不能在長凳坐一整天。我想起澤娜前一晚說的話，我必須去找家人，但現在我想，說到底，我的確有個地方可以試試看。我想的不是我在惠斯塔布的家人。當時我覺得，我已永遠和他們斷絕關係。我想的是另一個曾把我當親女兒看待的女人，還有她與我情同姊妹的女兒，也就是米爾恩太太和葛蕾西。我已經和她們一年半沒聯絡。我答應過要拜訪她們，但我不曾自由。我答應要寄信跟她們說我的地址，但我連張字條都不曾寄去說想念她們，葛蕾西的生日我也沒寄卡片。事實上，除了剛開始前幾天，我在幸福廣場根本不曾想念過她們。但我現在想起她們的善良，忽然好想哭。雖然黛安娜和澤娜害我流落街頭，但米爾恩太太一定會收容我（我很確定！）。

於是我從麥達維爾走向綠街。我處境可憐，內心羞恥，靴子讓雙腳劇痛，走得躡手躡腳，彷彿赤腳走在劍刃上。終於抵達的時候，那棟房子看起來好破舊。但我知道為什麼，因為我離開了美輪美奐的房子，回來自然會覺得這裡簡陋。門口沒有花，也沒見到三腳貓，不過話說回來，現在是冬天，街道天寒地凍。我一心只念著自己悲慘的遭遇，我拉鈴後，沒人應門，我心想：好，我就坐在門階吧，米爾恩太太通常不會出門太久，如果我凍太久，手腳麻木，也是我活該……

但後來我把臉貼到門旁的玻璃窗，望著後頭的走廊，我發現以前葛蕾西釘在牆上的圖片，像《世界之光》和印度神等圖片都不見了，牆上只剩下掛過圖的痕跡。我抓住門環，驚慌地敲門。我朝信箱喊：「米爾恩太太！米爾恩太太！」接著又喊：「葛蕾西！葛蕾西．米爾恩！」但我的聲音迴響在空蕩蕩的房中，走廊仍一片漆黑。

這時後面的分租公寓傳來叫聲。

「妳在找那老婦人和她女兒嗎？她們走了，親愛的。一個月前走的！」

我轉身抬頭。街上陽台有個男人對我喊，並朝屋子點點頭。我走到外頭，可憐兮兮地望著他問，她們去哪了？

他聳聳肩。「我聽說搬去她妹妹家。老婦人秋天身體虛弱，那女孩又是個白痴。妳知道對吧？他們覺得留她們倆相依為命不是辦法。他們把所有家具都帶走了。我敢說房子不久就會賣了……」他望著我的臉。「妳的黑眼圈真可愛。」他說著，彷彿我自己不知道似的。「就像那首歌唱的，是吧？而且妳只有一邊眼睛有黑眼圈！」

我瞪著他，他大笑時我打了個寒顫。他身旁出現一個金髮的小女孩，現在抓著扶手，一腳踏到欄杆上。我說：「那女士住哪裡……我是指她投靠的妹妹？」他搔搔耳朵，仔細想。

「我**之前**知道，但忘記了……我記得是在布理斯托，或是在巴斯……」

「所以不在倫敦？」

「噢！不是，當然不在倫敦。還是布萊頓……？」

我轉身望著米爾恩太太的房子，望向我的舊房間，再望向我夏天喜歡坐著乘涼的陽台。我再次望向那男人，他已將小女孩抱在懷裡，風吹起她金色的頭髮，拍著他的雙頰。這時我想起他們。我遇到黛安娜前一週，那個六月怡人的晚上，我曾看到這對父女聽著曼陀林琴拍著手。他們失去了原本的家，分配到新的住處。當時，有著浪漫名字的訪視人員曾來探望他們。

佛羅倫斯！我不知道自己還記得她。我這一年半完全沒想到她。

如果我現在能見到她多好！她為貧窮的人找房子住。她可能會替我找到房子。她對我很好……如果我求助於她，她難道不會再對我好嗎？我想著她清秀的臉和鬈曲的頭髮。我失去了黛安娜，失去了澤娜，現在我失去了米爾恩太太和葛蕾西。放眼整個倫敦，她是我目前唯一最接近朋友的人。這一刻我需要朋友勝過一切。

在我上方陽台的男人轉身了。我把他叫回來：「嘿，先生！」我走近分租公寓外牆，抬頭看他。他和女兒靠著陽台欄杆。她看起像在教堂天花板的天使。我說：「你不會認識我，但我曾住在米爾恩太太家。我在找一個女孩，你們搬進來時，她曾來拜訪你們。她替幫你們找到公寓的人工作。」

他皺起眉頭。「妳說一個女孩？」

「鬈髮的女孩。長相普普通通，叫佛羅倫斯。你不知道我在說誰嗎？你知道她工作的慈善機構叫什麼名字嗎？那地方是另一個女士經營……長得很精明，會彈曼陀林琴的那位。」

他繼續皺著眉頭，搔搔頭。但他聽到最後一個形容，眉頭一展。「那女孩。」他說：「對，我記得她。那個幫忙她的女孩就是妳在找的人，對吧？」

我說對。接著我說：「那個慈善機構呢？你記得她們的地址在哪嗎？」

「她們的地址，我想想……我的確去過一次。但我記不得**門牌號碼**。我知道那地方非常靠近伊斯林頓區的安吉爾。」

「靠近山姆・卡林斯劇院？」我問。

「過山姆．卡林斯劇院，辦公室在上街。在郵局之前，左手邊有一道小門，在酒吧和裁縫店之間某個店面……」

這是他唯一記得的。我覺得應該足夠了。我感謝他，他露出笑容。「黑眼圈真可愛。」他又說一次，這次是對他女兒說。「就像那首歌，對不對，貝蒂？」

我感覺自己徒步走上一個月了，靴子似乎已經把褲襪磨破，並開始磨擦我的腳趾、腳跟和腳踝。但我沒找另一張長凳坐下，解開靴帶檢查。天氣稍微起風了，雖然才兩點左右，天空已和鉛一樣灰。我不知道慈善機構的辦公室何時會關。我不確定自己要花多少時間才會找到。找到之後，我不知道佛羅倫斯在不在那裡。於是我暫時不管腳的事，快步爬上龐頓維爾丘，並試著思考我找到她之後要說什麼。但我發現好困難。畢竟，我根本不認識她。更糟的是，我現在不禁想起，我原本要和她見面，結果放她鴿子。她會不會根本不記得我？剛才在陰暗的綠街人行道上，我很確定她會記得。但隨著疼痛的腳步，我慢慢不確定了。

結果我沒花多久時間便找到了辦公室。那男人的記憶非常清楚，而從他上次來過之後，上街一點都沒變。如他所述，過了音樂廳，酒吧和裁縫店就位於街道左手邊，店面相隔不遠，中間只有三、四道通往樓上辦公室的門。其中一道門上頭有塊搪瓷匾，上頭寫著：**龐森比典型住宅。主管：J．A．D．德比小姐**。我記得很清楚，這就是彈曼陀林琴的女士的名字。底下有一塊手寫的牌子，上面濺到不少雨水，有個箭頭指著門旁的拉鈴。上頭寫著**請拉鈴後進入**。我內心無比恐懼，拉了鈴進門。

門後的通道很長，相當陰森。通道底有面窗，外頭是磚牆和滲水的管線。接下來有一段木樓梯能往上。扶手很黏，但我仍伸手抓著，開始向上走。我還踏不到三、四階，樓梯頂端的門便打開，一顆頭從門中冒出來，一個女士愉快地大喊：「妳好！樓梯很陡，但絕對值得。妳需要燈嗎？」

我回答不需要，並加快腳步。到了上頭，我有點喘，女士帶我進到一個小房間，那裡有個辦公桌和櫃子，還有不成對的椅子。她手比了一下，我便坐下來。她站在桌前，雙手交叉。旁邊的房間傳來「答答答」斷斷續續的打字聲。

「好，」她說：「妳需要什麼呢？噢！妳眼睛怎麼了！」我像男人一樣脫下帽子，她看著我的臉頰，接著她的眼神更謹慎了，因為她看到我剪短的頭髮。我手撥著帽子上的緞帶，感覺相當尷尬。她說：「妳有跟我們約時間嗎？」我回答我來其實不是為了房子，而是為了一個女孩。

「女孩？」

「應該說一個女子。她叫佛羅倫斯，在這裡做慈善工作。」

她皺起眉頭。「佛羅倫斯。」她說。接著她說：「妳確定嗎？這裡只有德比小姐、我，和另一個女士。」

「德比小姐。」我趕緊說：「她知道我在說誰。佛羅倫斯**之前**絕對在這裡工作過。因為上次我見到她，她說……她說……」

「她說……？」那女士現在更仔細聽了。因為我突然嘴巴張大，手伸到腫脹的臉上，恍然大悟之後，我心裡好氣自己，不覺咒罵了一聲。

我說：「她說她要離開了，要換另一個工作。我真傻！我全忘了，現在才想起來。那代表佛羅倫斯不在這裡工作一年半了，甚至更久！」

那女士點點頭。「啊，對吧，妳看，那時我還沒來。但如妳所說，德比小姐一定記得她。」

至少那仍是事實。我抬起頭。「那我可以見她嗎？」

「可以，但今天不行。恐怕明天也不行。她星期五之前都不在——」

「星期五！」太糟了。「但我今天一定要見到佛羅倫斯，一定要！妳一定有個單子或冊子之類的，記錄過她去哪裡。這裡一定有人知道。」

女士似乎嚇了一跳。她緩緩說：「嗯，也許有……但我真的不能把這些資料給陌生人，妳明白的。」她想了一會。「妳能不能寫封信給她，讓我們轉交……？」我搖搖頭，我感覺雙眼開始刺痛，眼眶泛出淚水。她發現之後一定誤會了，因為她這時溫柔地說：「啊……妳可能不大會用筆……？」

為了別人的關懷，我現在不惜承認任何事。於是我又搖搖頭說：「不大會，對。」

她沉默一會。也許她心裡想，如果我不識字，我的要求也不算多過分。無論如何，她最後起身說：「妳在這裡等一下。」她走出房間，進到走廊另一端的房間。打字機的聲音變大聲一會，然後完全停下。我聽到房間傳來低語，有人沙沙翻找資料，最後聽到有個櫃子的抽屜關上。

女士再次回來，手上拿著一張白紙，看來是封信。「太好了！多虧德比小姐平時好好歸檔，我們找到妳的佛羅倫斯了，至少是個**叫**佛羅倫斯的人。一八九二年，班納小姐和我來這裡之前，她剛好離開。不過……」她表情嚴肅。「我們真的不能給妳**她家**地址。但她離開這裡之後，到一間收容之家工作，專門照顧無家的女孩，我們可以跟妳說在哪裡。那裡叫費里曼圖之家，位於斯特拉福路。」

無家女孩的收容之家！我聽到便全身打顫，虛弱無力。「那一定是她沒錯。」我說：「可是……斯特拉福路？那麼遠？」我移了移椅子下的腳，感覺皮鞋溼滑，我的腳跟流滿血。靴子已沾滿泥土，我的裙襬有十五公分都髒了。窗上出現雨滴。「斯特拉福路。」我又說一次，語氣無比悲慘，女人靠近我，手放到我手臂上。

「妳沒有車錢嗎？」她柔聲問。我搖搖頭。

「我身無分文。我失去了一切！」我手摀住雙眼，向前靠著辦公桌，感到筋疲力盡。這時，我看到辦公桌上的東西。我看到那封信。女士以為我不識字，把紙面朝上放在桌上。信不長，而且有佛羅倫斯親手的簽名。佛羅倫斯．班納，我知道她全名了。信是寄給德比小姐的。信開頭寫著：**請接受我的辭呈**……我沒讀那部分。信右上角有個日期，還有地址。不是費里曼圖之家的地址，反而是我不該知道的她家地址。先是門牌號碼，接著是街道名：**倫敦東區貝思納爾綠地奎特街**。我馬上記起來。

同時，那女人繼續親切地說著話。我沒聽到她說什麼，但我抬頭時，便明白了她的意思。她從口袋拿出一把小鑰匙，打開辦公桌抽屜。她說：「……平常絕不會如此。但我看得出來，妳**非常**累。如果妳從這裡搭巴士到阿爾德門，便能在那裡搭另一班車，沿著麥爾安德路到斯特拉福路。」她伸出手，手上放著三便士。「也許路上妳還能替自己買杯茶？」

我收下錢，喃喃向她道謝。這時一旁鈴聲響起，我倆都嚇一跳。她望向牆上的時鐘。「我最後一位客人來了。」她說。

我明白她的暗示，起身戴上帽子。下方通道傳來腳步聲，接著是爬上樓的聲音。她帶我到門口，向客人問好：「對，上來吧。我知道樓梯很陡，但很值得……」黑暗中出現一個年輕男士，後面跟著一個女人。他們皮膚黝黑，我猜是義大利人或希臘人。他們看來面黃肌瘦，非常貧窮。一時間，我們所有人在辦公室門口錯身，彼此尷尬微笑。最後女士讓年輕夫妻進辦公室，我則獨自站在樓梯間。

女士抬起頭，和我四目相交。

「祝妳好運！」她心不在焉地喊道：「我真心希望妳找到朋友。」

我現在不打算去斯特拉福路，所以我沒有照那女人說的去搭巴士。但我去了高街一個有遮雨篷的小攤買杯熱茶。我將杯子還給攤子的女孩時，點點頭問：「貝思納爾綠地往哪走？」

我從來沒有獨自徒步到東區邊埵，最多也只到克勒肯維爾。我拖著腳步走在城市路上，往舊街的方向前進，我開始有股全新的緊張感。我在辦公室時天變得更黑，天氣溼冷，濃霧瀰漫。街燈全已點燃，每輛馬車前都掛著一盞燈籠。但城市路不像蘇活區，上千燈火和窗戶會照亮人行道。眼前每一盞煤氣燈只照亮我十步的路程，接下來有二十步路都在陰暗中。

到了舊街，因為有不少辦公室，巴士站和商店人聲鼎沸，街道明亮了一些。但我走向哈克尼路時，街道變得更昏暗，四周更簡陋。安吉爾那帶的街道還算乾淨，這裡的路面卻積滿馬糞，每次有車隆隆經過，都濺得我一身髒。路人也看起來愈來愈貧窮。舉目望去全是老實的工人，男男女女穿著大衣，戴著帽子，衣著顏色黯淡。他們的西裝不僅髒，還破破爛爛的。他們有穿靴子，但沒穿褲襪。男人圍圍巾，沒有領子，頭戴便帽而非禮帽。女人裹著披肩，女孩穿著骯髒的圍裙，有時身上根本沒有圍裙。每個人身上都揹負重物，如籃子、包裹或孩子。雨下得更大了。

安吉爾區的賣茶女孩叫我往哥倫比亞市場走。現在沿著哈克尼路走一陣，我突然發現自己到了市場寬敞陰暗的大廳。我打個寒顫。花崗岩建成的宏偉大廳黑暗、寂靜，高塔和鏤空花窗無比華麗，像哥德式大教堂。幾個粗漢抽著菸，拿著酒瓶頹坐在拱門下，朝雙手呵著氣。

鐘塔的鐘聲突然響起，害我嚇一跳。鐘鳴吵雜震耳，和這廢棄無用的市場大廳一樣毫無章法，並告訴眾人時間已是四點一刻。如果佛羅倫斯白天要工作，現在去拜訪她還太早。於是我躲在市場拱門下一小時，那裡風雨比較小。等五點半的鐘聲響起，我才再次走入市場大廳，環顧四周。我的四肢幾乎麻木，附近有個小女孩，脖子上掛著個大木盒，上面放滿西洋菜。我走向她，問她奎特街離這裡多遠。因為她看起來神色悲傷，又冷又溼，也因為我莫名覺得自己不能空手去佛羅倫斯家，於是我買了最大束的西洋菜，花了我半便士。

我的手臂僵硬彎曲，尷尬地抱著西洋菜，走向那條街。不久我走入一大片低矮的房子。其實那區不算髒，但也不到非常乾淨。有的街燈燈罩已破裂，或完全不見。人行道不時堆滿廢棄的家具，也會有小說中有禮的說法是**灰塵**的東西，讓人必須繞道而行。我看著附近的門牌，上面寫一號。我緩緩沿著街道走。五號……九號……十一號……我感覺好全身虛弱……十五……十七……十九……

我停下來，因為我清楚看到我要找的房子。窗簾已拉上，阻隔了黑夜，屋內燈火通明。我看到之後突然滿懷恐懼。我一手扶牆，試著站穩。一個男孩經過我，吹著口哨，朝我眨眼。我想他以為我喝醉了。他經過之後，我望向四周陌生的房子，內心惶惶不安。我記得自己在綠街時，心中有多篤定，但現在一切感覺好瘋狂，像是一場鬧劇。而我如果告訴佛羅倫斯，她會當面笑我。

但我已無法回頭，也無處可去。我輕手輕腳走到散發玫瑰紅光芒的窗前，接著走到門口。我敲門，等待。那天我感覺自己站到無數門檻前，結果慘遭所有人拒絕。我想如果這裡沒人好好待我，我會死。

最後，門後傳來低語和腳步聲，門打開了。佛羅倫斯站在門口，和我初次見到她一模一樣，她望向黑暗，背後的光線描繪出她的輪廓，她的頭髮散發同樣耀眼的光輝。我嘆口氣，同時身體顫抖。這時我看到她背後有個動靜，看到她揹著東西。是一個嬰兒。我目光從嬰兒移到後方，房中還有另一個身影。一個男人，他穿著襯衫坐在熊熊壁爐前，他看著膝上的紙頁，抬頭望向我，目光帶著疑問。

我目光從他身上移回佛羅倫斯。

「什麼事？」她說。我發現她完全不記得我。她不僅不記得我，更糟的是，她有丈夫和小孩。

我覺得自己無法承受。我頭一陣暈眩，閉上雙眼，昏倒在她門口。

第十六章

我回過神來，已躺在地毯上，雙腳下感覺有一塊軟墊。我身旁便是溫暖的壁爐，附近傳來低語。我睜開雙眼，房間不斷旋轉，地毯彷彿向下沉，於是我再次緊緊閉上眼，地板像硬幣一樣旋轉，我等到一切慢慢靜止。後來，我繼續躺在原地，壁爐的火溫暖著身體，生命緩緩爬回我麻木、疼痛的四肢，其實感覺非常舒服。但我逼自己思考現況，並稍微觀察四周。我這時發現，我在佛羅倫斯的客廳，她和丈夫一定把我抬入房中，讓我舒適地躺在壁爐前。我聽到的就是他們的低語。他們離我有一段距離，顯然沒發現我眼睛已睜開好幾次。他們語氣疑惑，討論著我的事。

「但她會是誰？」我聽到那男人說。

「我不知道。」佛羅倫斯說。兩人沉默之中，地板傳來咿呀一聲，我感到她瞇眼望著我，並繼續說：「可是她的臉依稀有點面熟……」

「妳看她的臉頰。」男人低聲說：「看她洋裝和軟帽多破爛。妳看她的頭髮！妳覺得她是從監獄出來的嗎？她是妳幫助的那些剛從感化院出來的女孩嗎？」他們又不說話一會，也許佛羅倫斯聳聳肩。那男的繼續說：「看她那頭髮的樣子，我真的覺得她一定進過監獄……」我聽了有點生氣，全身不禁抽動。「小心！」那男人見了說。「她要醒來了。」

我睜開雙眼，看到他彎身在我上方。他面容和善，短髮金紅，一臉鬍子，讓他看起來有點像是玩家牌香菸上的水手。我一想到就好想抽根菸，然後乾咳幾聲。那人蹲著拍拍我肩膀。「嘿，小姐。」他說：「妳還好嗎？親愛的？妳終於醒了？妳現在很安全。」他的語氣和舉止都親切善良。我全身仍虛弱不堪，頭昏腦脹，一感到他的關懷，淚水不禁湧出，我伸手摀著眼，忍住淚。收回手時，上頭似乎有點血跡，我驚叫一聲，以為自己鼻子又流血了。但那不是血，雨水淋溼了廉價的軟帽，深紅色的染劑溶化，流了我滿面。

黛安娜居然把我當男人！我一想到此，終於真心大哭，抽抽噎噎，內心無比羞恥。男人見了拿出手帕，再次拍拍我手臂。他說：「我猜妳會想喝杯熱的飲料？」我點點頭。他起身走開。佛羅倫斯蹲到他的位置。她一定把嬰兒放到別處，因為她現在雙手僵硬地交叉在胸前。

她問我：「妳感覺好一點了嗎？」她的語氣不像剛才的男人那麼親切，眼神似乎更嚴肅。我點點頭，她把我從地上扶起，坐到壁爐旁的扶手椅。我看到嬰兒躺在另一個扶手椅上，一雙小手抓緊又放開。門後隔壁的房間傳來瓷器碰撞聲，男人吹著不成調的口哨，我猜那是廚房。我擤鼻子，擦了擦臉，然後又哭一會，漸漸平靜一些。

我再次望向佛羅倫斯說：「對不起，我這副模樣來到妳家。」她不發一語。「我想妳一定在想我到底是誰……」她露出淡淡的笑容。

「我們的確有點好奇，對。」

「我是……」我開口。然後停下來，咳嗽一會，掩飾我的猶豫。我該怎麼說？我是十八個月前曾跟妳調情的女孩？我原本邀妳吃晚餐，結果音訊全無，在賈德街放妳鴿子？

「我是德比小姐的朋友。」我終於說。

佛羅倫斯眨眨眼。「德比小姐？」她說：「龐森比基金會的德比小姐？」

我點點頭。「對，我、我好久以前見過妳一次。我剛好拜訪別人，經過貝思納爾綠地，心想不如來打個招呼。我買了西洋菜……」我們轉頭望過去。西洋菜放在門口的一張桌子上，相當寒酸，因為我昏倒時壓到上面。葉片都已壓碎發黑，莖也斷了，包著的紙已經浸溼並透出綠痕。

佛羅倫斯說：「謝謝妳。」我緊張地稍微笑了笑。一時間，我們都沉默下來。這時嬰兒踢腳叫一聲，她彎身把嬰兒抱起，靠在胸上，同時嘴裡說：「要媽媽抱你嗎？好了，好了。」男人再次走來，手中拿著一杯茶，還有麵包和奶油，他露出微笑，把食物放到我椅臂上。佛羅倫斯下巴靠著嬰兒的頭。她說：「羅夫，這位女士是德比小姐的朋友。你記得她嗎？我以前替德比小姐工作過？」

「天啊。」羅夫說。他仍只穿著襯衫，現在他從椅背拿起外套穿上。我忙著喝茶吃麵包。茶非常燙，味道甘甜。我心想，這是我喝過最美味的茶。嬰兒又叫一聲，佛羅倫斯開始輕輕搖晃，心不在焉地用臉頰摩擦著嬰兒的頭。不久，嬰兒的哭叫變咯咯聲，最後呼出口氣。我聽到也不禁嘆口氣。但趕緊假裝在吹茶，以免他們以為我又要哭了。

房中又一片沉默。然後佛羅倫斯說：「我恐怕已經忘記妳的名字了。」她對羅夫解釋：「看來我們見過一次面。」

我清了清喉嚨說：「我叫艾士特利。南西・艾士特利。」佛羅倫斯聽了點點頭。羅夫手伸向我，熱情地握了握。

「很高興見到妳，艾士特利小姐。」他說。接著他比一下我的臉頰。「妳那眼睛傷得真重。」

我說：「很嚴重，對不對？」

他表情友善。「也許是撞擊的關係，害妳昏倒。妳真是嚇死我們了。」

「對不起。你說得對，一定是這個害的。我、我在街上被一個男人的木梯撞到。」

「木梯！」

「對，他、他轉身太快，沒看到我，然後——」

「哇！」羅夫說：「沒想到在劇院之外真會發生這種事，太令人難以置信了！」

我淡淡朝他一笑，接著垂下頭，吃著麵包和奶油。我想佛羅倫斯正小心翼翼打量著我。

這時嬰兒打了個噴嚏，佛羅倫斯用手帕擦他鼻子，我淡淡地說：「真是可愛的孩子！」他的父母目光馬上投到他身上，露出滿足和關愛的傻笑。佛羅倫斯將他抱到面前，燈光照著他，我驚訝地發現，他確實長得很可愛，一點也不像他母親。他五官精緻，一頭黑髮，還有小巧、粉紅色的俏唇。

羅夫傾身摸摸兒子扭來扭去的頭，並說：「他確實長得很俊，但他今晚比平常想睡覺。我們白天把他交給對面的女孩子顧，我們覺得她在他牛奶中加了鴉片酊，以免他哭。」他馬上補一句。「我不怪她。她一人要帶那麼多孩子，才能賺得到錢，嬰兒全哭起來，確實非常吵。但我還是希望她別這麼做。我覺得這對孩子的健康不好……」我們這話題聊了一會，然後又一起看著嬰兒，再次沉默。

羅夫把話題拉回來。「所以妳是德比小姐的朋友？」

我馬上望向佛羅倫斯。她再次搖晃懷中的寶寶，但神情仍略有所思。我說：「沒錯。」

「德比小姐**好**嗎？」羅夫說。

「噢！你也知道德比小姐嘛！」

「這麼說，她還是老樣子？」

「都沒變。」我說：「完全一樣。」

「還是在龐森比工作？」

「還是在龐森比工作。還是在做慈善工作。你知道，還是會演奏曼陀林琴。」我舉起雙手，輕描淡寫在空中撥了幾下琴弦。但這時，佛羅倫斯不搖了，我感到她目光變得銳利。我趕緊望向羅夫。他聽到我說的話，露出笑容。

「德比小姐的曼陀林琴。」他一臉驚喜，彷彿回憶全回來了。「她不知道用琴聲溫暖了多少無家可歸的家庭！」他眨眨眼。「我全都忘了……」

「我也是。」佛羅倫斯說，她語氣不帶諷刺。我用力嚼著一塊麵包。羅夫又笑了，並親切地說：「妳在哪裡遇到佛羅倫斯的？」

我吞下食物。「呃——」我開口。

「我記得……」佛羅倫斯說：「我記得是在綠街，是吧，艾士特利小姐？就在格雷律師學院路旁的綠街？」

我放下盤子，抬起目光望向她。我內心一陣喜悅，她果然沒忘記，好久好久以前，在溫暖的六月晚上，有個女孩調皮地注視著她。然後我看到她神情多嚴肅，於是全身顫抖。

「噢！」我閉上雙眼，手按到額上。「我覺得我還是不大舒服。」我感到羅夫向前一步，接著停下來。佛羅倫斯一定用眼神示意他停下。

「我想西里爾該上樓了，羅夫。」她小聲說。我聽到她將嬰兒交到他懷裡，有道門打開並關上，最後我聽到樓梯傳來腳步聲，我們上方的房間地板咿呀作響。客廳一片沉默，佛羅倫斯坐到另一張扶手椅，嘆口氣。

她口氣厭倦地說：「如果妳身體可以的話，艾士特利小姐，可以直接告訴我妳為何來到這裡嗎？」我望向她，但說不出口。「我不敢相信德比小姐真的建議妳來。」

「對，不是她。」我說：「我只在綠街見過德比小姐那麼一次。」

「那是誰告訴妳我住這裡？」

「龐森比辦公室的另一個小姐。」我說：「不過她沒**告訴**我，她桌上有妳的地址，然後我……我看到了。」

「妳看到了。」

「對。」

「然後妳覺得自己能過來……」

我咬著嘴唇。「我身陷困境。」我說：「我記得妳——」我差點說，我記得妳比現在親切多了。「辦公室的女士說妳現在在幫助無家可歸的女孩……」

「沒錯！但這不一樣吧。這裡是**我**家。」

「可是我真的、真的無處可去了。」我聲音顫抖。「妳難以想像，我已完全沒有朋友了。」

「從我上次見到妳，妳確實變了不少。」她過一會說。我低頭望著我滿是皺痕的連身裙和破爛的靴子。然後我望向她。我發現她也變了。她感覺年紀更大了，身形變得更削瘦，而且她不適合變瘦。我印象中她頭髮很捲，但她現在將頭髮在後頭綁了個髮髻。她穿的洋裝樸素又黯淡。總而言之，她看起來和幸福廣場的胡柏太太一樣肅穆正經。

我深吸口氣，用穩定的語氣說：「我能怎麼辦？」我直接說：「我無處可去。我沒有錢，沒有家……」

「我為妳感到難過，艾士特利小姐。」她不自在地回答。「但貝思納爾綠地有無數窮途潦倒的女孩。如果我讓她們全都來住，我必須有座城堡才行！更何況，我——我不認識妳，也不知道任何關於妳的事。」

「拜託。」我說：「就一個晚上。妳不知道我被多少人拒絕。我真的覺得，如果妳把我趕到街上，我會一直走，找一條河或運河跳下去。」

她皺起眉頭，然後手指舉到嘴前咬著指甲。我現在發現，她的手指甲全都很短，咬得亂七八糟。

「妳到底碰上什麼麻煩？」她最後說：「班納先生覺得妳可能是……可能是從監獄出來的。」

我搖搖頭，疲倦地開口：「實情是，我原本跟某個人一起生活。現在他們把我攆走了。他們把我的東西都拿走了……噢！我原本有些好東西！結果他們害我走投無路，貧窮又可憐，不知如何是好……」我聲音沙啞。佛羅倫斯安靜地看著我好一會兒，接著我覺得她很小心地問：「那這個人是……？」

但我猶豫了。如果我對她道出真相，她會怎麼想？我曾以為她是拉子。但現在……也許她本來就只是正常的女孩，想跟我交個朋友，邀我去聽演講。也許她曾喜歡過女孩，後來不理她們了，就像凱蒂一樣！我想到這點，不禁小心起來。如果有個受了傷的拉子出現在凱蒂門口，我非常清楚那人會有什麼下場。我雙手掩面。

「是個紳士。」我小聲說：「我跟一個紳士生活，住在聖約翰伍德區一年半。」我記得米爾恩太太的說法。「他向我立下無數承諾，也為我買了好多東西。結果現在……」我抬起頭，望向她。「妳一定覺得我很壞。他說他會娶我！」

她表情十分驚訝。但她也真心開始同情我。「我想妳的眼傷是因為這男人揍妳，不是因為木梯吧。」

我點點頭，並伸手摸著臉頰的傷。接著我手摸著頭髮，裝作在回想。「他真是個惡魔！」我說：「他非常富有，生活能隨心所欲。他和妳一樣，在陽台看到穿著褲子的我。他……」我臉紅了。「他以前喜歡讓我扮成男孩子，穿上水手一樣的西裝……」

「噢！」她大叫，彷彿她不曾聽過那麼糟糕的事情。「但我敢發誓，有錢人最糟！妳沒有家人能投靠嗎？」

「他們……因為這件事，他們把我逐出家門了。」

她聽了搖搖頭。再次略有所思，並迅速瞄了我的肚子一眼。「妳沒有……妳沒有出事吧？」她小聲問。

「出事？我……」我不由自主配合著，彷彿她遞給我腳本，要我唸給她聽。「我**原本**有。」我雙眼望著大腿。「但那男人打我時便沒了。我想就是因為這樣，我剛才才昏倒……」

聽到這裡，她臉上露出古怪又親切的表情。她點點頭，吞了吞口水。我知道自己說服她了。

「如果妳真的無處可去，那我想讓妳在我們家留一晚也無妨。但只有一個晚上。明天我會給妳幾個單位名字，妳去那些地方能找到床位……」

「噢！」我鬆口氣，再次感到頭暈目眩。我說：「班納先生不會介意嗎？」

結果班納先生完全不反對讓我留下。就像剛才，他果然比妻子還好相處，而且盡心盡力照顧著我。我剛才打斷了他們用餐，現在他們吃飯時，他替我盛了一盤燉肉，放到我面前。我發抖時，他替我拿來披肩。我去廁所後，他看到我跛腳走回客廳，便叫我脫下靴子，並拿了一盆鹽水來，浸泡我滿是水泡的腳。最後最讓我開心的是，他從書櫃拿起菸盒，好好捲了兩根菸，並給我一根。

這段時間，佛羅倫斯整晚都坐在餐桌，拿著一疊資料工作。我天真地想那也許是無家可歸的女孩名單，也許是費里曼圖之家的帳目。我們點起香菸時，她抬起頭，聞了聞，但沒抱怨。她偶爾會嘆氣或打呵欠，揉揉痠痛的脖子，然後她丈夫會跟她說幾句鼓勵或關心的話。中間嬰兒哭了。她歪了頭，但沒動作。羅夫主動起身去照顧孩子。她只繼續工作，寫字，閱讀，比對資料，將地址寫到信封上……後來她繼續工作，羅夫打呵欠，最後起身伸展，手摸嘴唇，碰觸她的臉頰，並向我們兩人有禮地道晚安。她工作到**我**也打起呵欠，開始打盹。終於，大概十一點鐘，她將資料整理好，手摸了摸臉。她看到我嚇一跳。我真的覺得她忙到忘記了我。

她想起時，臉先一紅，然後皺起眉頭。

「我該上樓了，艾士特利小姐。」她說：「我希望妳不會介意睡在這？恐怕沒有別的地方了。」我露出笑容。我不介意。雖然我覺得樓上一定有空房，暗自納悶她為何不讓我去住。她幫我將兩張扶手椅挪在一起，然後去拿了枕頭、毯子和被子。

「妳需要的都有了吧？」她這時問：「妳已知道廁所在後頭。如果妳渴了，儲藏室裡有一壺乾淨的水。羅夫六點左右會起床，我七點也會跟著起來。如果西里爾吵醒我，就會更早。當然，妳必須在八點離開，那時我也要去上班了。」我馬上點頭。我現在暫時不想考慮早上的事。

我們彼此沉默，一片尷尬。她一副居家模樣，神情疲倦，我突然有點傻了，想像羅夫一樣親她臉頰道晚安。當然，我沒這麼做。她朝我點點頭，準備上樓時，我只朝她走一步說：「真的非常謝謝妳，班納太太。妳對我很好，而且我們根本不熟。尤其妳丈夫更是如此，他根本不認識我。」

我說著她轉過身，眨著眼。然後她手放到椅背上，露出耐人尋味的笑容。「妳覺得他是我丈夫？」她說。

我遲疑一下，突然驚慌起來。

「呃，我——」

「他不是我丈夫！他是我哥哥。」她哥哥！她笑著看我在原地不知所措，最後大笑。一瞬間，她又變回好幾個月前，我在綠街聊過天的直率女孩……

但這時，樓上房間中的嬰兒哭叫，我倆抬起頭，我感到自己臉紅了紅。她看到時，笑容稍斂。「西里爾不是我的小孩。」她馬上說。「但我待他如親兒子。他母親以前和我們住在一起，她……離開我們之後，我們領養了他。他現在對我們來說是家人……」

她說得有點避重就輕，代表另有隱情。也許他母親被關進監獄。也許嬰兒其實是親戚的、姊妹的，或羅夫的情人生的。在惠斯塔布家中，這種事常發生。我沒多想。我只點點頭，打呵欠，她看到也打了呵欠。

「晚安，艾士特利小姐。」她搗著嘴說。她現在一點都不像綠街上的少女。她又看起來無比疲倦，平凡無奇。

她上樓之後，我在原地又等了一會。我聽到她在樓上移動，心想她一定和嬰兒同個房間。然後我拿起提燈，走去廁所。庭院非常小，四周都圍著牆，牆上有黑漆漆的窗。我在冰冷的厚石路上駐足一會，望著天空的星星，聞著河水和捲心菜淡淡的陌生氣味，那是倫敦東區的味道。隔壁庭院傳來聲響，我嚇一跳，怕是老鼠。但那不是老鼠，是兔子。兔籠裡總共有四隻，我望向牠們時，牠們的眼睛閃爍，像映著光的珍珠。

我穿著襯裙，在兩張扶手椅上半躺半坐睡覺。我用毛毯裹住身體，並將洋裝蓋在上面，希望能更保暖。聽起來不算舒服，但其實非常舒適，即使我還有好多事需要難過和憂慮，我只笑了笑，打個呵欠，感到背後的軟墊好柔軟，身旁的餘燼好溫暖。我晚上醒來兩次。第一次是街上傳來喊叫聲，隔壁有人大力關門，並用撥火棍敲著格柵。第二次是聽到佛羅倫斯房中嬰兒哭了。在黑暗中聽到這聲音令我打顫，因為我想起自己在貝斯特太太家，司密斯非市場上方的房間裡，曾經度過無數恐怖的夜晚。但嬰兒沒哭多久。我聽到佛羅倫斯起身，走到房間另一邊，並再次回來。我想她抱起了西里爾，回到床上。在那之後，他不再哭泣，我也沉沉睡去。

隔天早上，後門關上時我被吵醒。我猜是羅夫去上班了，因為時間顯示六點五十分。不久樓上也有動靜，佛羅倫斯起身更衣，街道上出現不少聲響。我覺得所有聲音都彷彿在我耳邊。我在黛安娜寧靜的別墅住慣了，不曾被早起的人吵醒過。

我躺著動也不動，那一夜的舒適感漸漸流逝。我不想起床面對新的一天，我不想再次穿上不合腳的靴子，向佛羅倫斯道別，再次變成無家可歸的女孩。一夜之後，客廳變得非常冰冷，我臨時的小床似乎是唯一溫暖的地方。我用毛毯蓋住頭，呻吟一聲。我發現呻吟非常令人滿足，於是我又呻吟更大聲……客廳門喀一聲打開，我才停下來。我拉開毛毯，看到佛羅倫斯瞇著眼，目光穿越黑暗看著我，神情嚴肅。

「妳不會又不舒服吧？」她說。我搖搖頭。

「沒有。我只是……在呻吟。」

「喔。」她別開頭。「羅夫留了一些茶。要替妳倒一杯嗎？」

「好，謝謝。」

「之後……之後妳一定要起床了。」

「沒問題。」我說：「我現在就會起來。」但她離開之後，我發現自己根本起不來。我只能躺在原處。我必須再去一次廁所，尿很急。我知道在陌生人的客廳躺著非常不禮貌。但我覺得彷彿半夜有個醫師來將我全身骨頭取走，換成鉛棒。除了躺著，我什麼都做不到……

佛羅倫斯替我拿了茶來，我喝了茶，然後又躺回去。我聽到她在廚房忙東忙西，替嬰兒洗澡。接著她回來，拉開窗簾，此舉不言而喻。

「七點四十五分了，艾士特利小姐。」她說：「我必須帶西里爾去對面了。我回來之後，妳便起床更衣，好嗎？可以嗎？」

「喔，當然可以。」我說。但她五分鐘之後回來。我連一吋都沒動過。她望著我，搖搖頭。我回望著她。

「妳知道吧？妳不能留在這裡。我一**定要**去工作了，我**現在**就要出門。如果妳再拖，我會遲到。」她說完，拉住毯子尾端。但我抓住上端。

「我起不來。」我說：「我一定生病了。」

「如果妳生病了，妳必須去有人能好好照顧妳的地方！」

「我沒生重病！」我這時大喊：「但我需要再躺一下，恢復全身力氣……妳去工作，我自己會離開，妳回家時我就不會在了。妳可以相信我，我什麼都不會拿。」

「也沒什麼**好**拿！」她大喊，然後將手中毯子另一端甩向我，手摸額頭。「噢！」她說：「我頭好痛！」我望向她，不發一語。最後她似乎逼自己冷靜下來，她語氣強硬。「那我想妳要說到做到，自己離開。」她從椅背拿起大衣穿上。接著她拿起她的側背包，手伸到裡面，拿出紙和一枚硬幣。她說：「我替妳列了張單子，上面有可以寄宿的旅舍和房子。」她拿出的是半冠。「這筆錢是我哥留下的。他要我代他向妳道別，並祝妳好運。」

「他真的是非常善良的人。」我說。

她聳聳肩，扣起大衣，帽子戴到頭上，插上別針。大衣和帽子都是泥巴的顏色。她說：「廚房裡還有一片熱培根，妳可以當早餐吃了。然後……噢！然後妳真的要離開了。」

「我保證我會走！」

她點點頭，拉開門。街上吹來一陣冷冽的寒風，讓我全身打顫。佛羅倫斯也發抖了。風將她的帽簷從額頭上掀起，她瞇起淡褐色的眼睛，咬緊牙關。

我說：「班納小姐！我……我偶爾還能回來拜訪嗎？我想……想見妳哥哥，謝謝他的照顧……」我的意思其實是想再見到**她**。我想和她做朋友。但我不知道該如何啟齒。

她手拉著衣領，迎風眨眨眼。「妳想來就來。」她說。接著她將門關上，離開冰冷的客廳。我透過窗戶的壓花玻璃，看到她的身影走遠。

她離開之後，神奇的事發生了，我動彈不得的四肢突然變得無比輕盈。我起身，再次去了寒冷的廁所。然後我找到留給我的培根，站在廚房窗前吃了一片麵包和一把西洋菜，茫然望著後方陌生的景致。

後來我搓搓手，望向四周，開始想自己要做什麼。

至少廚房很溫暖，有人（也許是羅夫）之前在爐灶生了團小火，現在才燒了一半。浪費他們家的炭有點可惜，而且我告訴自己，煮點水清洗身體也無妨。我打開碗櫥，拿鍋子放到鐵架上，又看到一個熨斗。看到之後，我想：我把熨斗熱一熱，把皺巴巴的舊連身裙燙平，他們當然不會介意……

我燒水時，隨意走回客廳，並將扶手椅分開，整齊摺好毯子。我前一晚因為腦筋一團亂，後來又太想睡覺，所以有件事一直沒做。我站在原地，好好觀察四周。

如我所說，客廳非常狹小。當然比我幸福廣場的臥室還小。這裡沒有煤氣燈，只有油燈和蠟燭，家具和裝飾風格非常混亂不一致。牆壁和黛安娜家一樣，沒有壁紙，但像工坊一樣刷有一片片參差的藍漆。裝飾也只有兩本年曆（今年和去年的）以及兩、三張不起眼的圖片。地上有兩塊地毯，一塊陳舊、破爛，另一塊是新的，顏色鮮豔，材質粗糙，非常俗氣。那地毯我覺得是一個眼睛有毛病的牧羊人，在蘇格蘭赫布里底群島那種鳥地方，度過陰暗漫長的冬日時光所編織出來的。壁爐上垂著一塊脫線的披布，就像我母親的居家布置一樣。壁爐上放著我小時候在朋友和親戚家看過的東西，像是布滿灰塵的牧羊少女陶瓷像，她的手杖斷了，隨便黏起。還有個外表髒汙的水晶球，裡面放著一塊珊瑚。最後還有一個閃閃發亮的旅行鐘。除此之外，還有其他比較特別的東西，例如一張皺巴巴的明信片，上頭有個工人圖案，標語寫著：**六便士不給，碼頭工罷工！**另外有個失去光澤的東方神像。還有張圖，裡面是穿著工作服的男女，他們右手緊握，左手拉著飄動的橫幅布條，上面寫：**團結就是力量！**

我對這些沒興趣。我望向壁爐旁的凹室，那裡有個自製的架子，放滿了書籍和雜誌。這些書堆也是雜七雜八，積了厚厚灰塵。那裡有好多平裝經典作品，像朗費羅和狄更斯之類的，也有一、兩本廉價小說。但也有不少政治相關的書，以及兩、三本堪稱有趣的詩。至少其中一本我在黛安娜幸福廣場的家中看過，就是華特・惠特曼的《草葉集》[47]。有次閒來無事，我曾試著讀讀看，讀完後覺得非常無聊。

我望著書架，瀏覽了大概一分鐘左右。後來我注意到架子上方的兩張照片。第一張是家庭合照，如其他家庭合照一般，畫面僵硬、古怪，但格外吸引人。我先認出佛羅倫斯，當時的她也許才十五歲，一臉稚氣，面容圓潤真誠。她坐在一個白髮女士和一個年紀較輕、膚色較黑的女孩中間，那女孩開始有種酒吧女侍的美麗長相，我想一定是她妹妹。她們身後站了三個男生，一個是羅夫，他當時沒有水手的大鬍子，穿著高領襯衫，二哥看起來和他長得非常像，他們還有個大哥。照片中沒有父親。

第二張照片是張明信片。它放在大照片相框的邊緣，角落稍微捲起，露出後面褪色的筆跡。照片中是個女子，她眉毛濃密，黑色頭髮凌亂。她坐得很直，目光非常嚴肅。我覺得她可能是家庭照中長大的妹妹。或者她可能是佛羅倫斯的朋友或親戚……好吧，誰都有可能。我身子彎過去，想從明信片捲起的地方看上頭寫的文字。但看不到，我不想把明信片拿下來。我沒**那麼**好奇。這時我聽見爐上的水滾了，趕快過去。

我找到一個小錫盆，站在裡面洗身體，也找到一塊綠色的廚房肥皂。因為沒有毛巾，我覺得擅自用擦碗布擦身體不大禮貌，於是我在爐灶前跳一會舞，身體乾得差不多後，便穿上我髒兮兮的襯裙。我輕輕嘆口氣，想起黛安娜美麗的浴室，還有一櫃子香膏，我以前喜歡試用好幾個小時。即使如此，能洗淨身體還是很舒服，我梳了頭髮，處理一下我的臉（我在傷口抹了點醋，敷上一點麵粉）。我將裙子上的髒汙拍掉，燙平衣服，再穿到身上。衣服合身而溫暖，令人心情沒來由地輕盈起來。我走回客廳，大概走了十多步，突然站住了一秒，然後轉身回到廚房。我覺得這是間非常舒適的房子。但我不禁開始發覺，這裡並不算乾淨。我發現地毯全都需要好好拍一拍。護壁板傷痕累累，卡滿泥土。每個架子和照片都和烏黑的壁爐一樣滿是灰塵。我心想，如果這是**我**家，我會把屋子清得像新買的別針一樣乾乾淨淨。

這時我靈光一閃，腦中浮現一個絕妙的想法。我跑回客廳，望向時鐘。佛羅倫斯離開之後，才過了不到一小時，我猜她和羅夫五點前都不會到家，所以我有大約八個小時的時間。如果我在天黑前，要去出租房或旅舍尋覓住處，我想時間可能會再少一點。八小時能做多少清潔工作？我不確定。從前在家，通常是愛麗絲會幫忙母親。我這輩子幾乎不曾打掃過。前陣子為止我都有女僕為我打掃，但我現在好想整理這間房子，雖然沒過多久，但我在這房子裡感覺好滿足。我覺得這是我送給羅夫和佛羅倫斯的餞別禮。我會像在精靈故事中的女孩，趁矮人或強盜外出工作時，替他們打掃農舍或巢穴。

我想我那天真是前所未有卯足了勁。在那之後，我只要回想起那幾個小時的苦工，便懷疑自己當時洗滌的是否其實是我髒汙的靈魂。我在爐灶上升起更大的火，加熱更多水。後來我發現我把屋子裡的水都用完了。我一拐一拐提著兩個大桶子，沿著奎特街走，尋找汲水管，找到之後，我發現那裡排了一排女人，於是跟著她們排了半小時。水量很小，有時只噴氣。女人不斷上下打量我，她們看著我的眼睛，更仔細看我的頭髮，因為我沒戴自己的溼帽子，反而戴了羅夫的便帽，她們看得到帽子下的短髮，但態度非常友善。有一、兩人看到我從

---

47 朗費羅（Henry Longfellow, 1807-1882）是美國十九世紀最偉大的浪漫主義詩人，以日常生活為題材，文筆細膩純真。狄更斯（Charles Dickens, 1812-1879）是英國維多利亞時期最偉大的小說家，作品中真實反映出底層階級的生活，貫徹懲惡揚善的精神。華特·惠特曼（Walt Whitman, 1819-1892）是美國詩人，被譽為「美國現代詩歌之父」，作品採用自由體詩，內容講述自然、動物本能和欲望，散發民主、自由和平等的思想。

房子走出來，問我是不是住在班納家？我回答我只是暫時待在這。她們聽了似乎很開心，在這裡人們好像經常來來去去。

我提著水，搖搖晃晃地回家，將水放到爐上加熱。這時我發現儲藏室門後掛著一件硬邦邦的大圍裙，於是我穿上圍裙，從客廳開始打掃。首先我用溼布把所有黯淡烏黑的地方都擦拭一遍。然後我清洗窗戶和護壁板。我把地毯抬到庭院，掛到曬衣繩上，拍到手臂痠痛。我正拍著，鄰居的後門打開，一個和我一樣挽著袖子的女人走出，她雙頰脹紅，站到門階上。她看到我，點點頭，我也點點頭。

「妳能替班納家打掃真是太好了。」她說。我露出微笑，很高興能喘口氣，並擦掉額頭和嘴上的汗水。

「這麼說，他們家的髒亂，大家都知道？」

她說：「這條街上的人都知道。他們為其他人家付出太多，結果自顧不暇。問題就在這。」但她有點在開玩笑。她感覺不是指羅夫和佛羅倫斯好管閒事。我揉了揉痠痛的肩膀。「我想妳是新房客？」她這時問我。我搖搖頭，重複剛才對其他鄰居說的話：我只是暫時待在這。她聽到我的回答後，態度跟其他人一樣平淡。我繼續拍打地毯，她看了我一、兩分鐘，不發一語走回屋子裡。

地毯清理好之後，我清掃客廳的壁爐，我在儲藏室找到石墨，開始用石墨塗黑壁爐。自從我離家之後，我不曾替壁爐上鉛了。但我看過澤娜替黛安娜的壁爐上鉛數百次，記得這工作不難。當然，其實不輕鬆，手也髒了，我整整忙了一個小時，最初那股豪勁去了大半。不過，我仍沒有停下來休息。我先掃了地，再將地板刷洗乾淨。我洗了廚房瓷磚和爐灶，接著清理廚房的窗戶。我不想冒險上樓，但客廳、廚房，甚至是廁所和庭院，我都清掃乾淨，處處都光滑潔淨。每一個表面都無比光滑，散發光澤。原本因為灰塵變得黯淡無色的布置，此時都變得更加鮮豔。

我最後清掃了前門門階。我先掃去灰塵，認真清洗，最後用一塊爐石用力刷，讓門階和這條街上任何一個門階一樣潔白。我的手臂原本一片烏黑，沾滿鉛灰，現在指甲到手肘都留下一條條白痕。我清理完之後，跪在原地望著自己的成果，伸展痠痛的背，工作之後，我全身發熱，迎著一月的微風，絲毫不覺寒冷。這時我看到隔壁出現個人影，抬頭看，是一個小女孩，她穿著破爛的連身裙和一雙過大的靴子，小步走向我，手中拿著一杯茶。

「媽媽說妳一定很累，她要我拿給妳這個喝。」她說完，歪起頭來。「但我要待在這裡，妳喝完，我要把杯子拿回去。」

茶裡加了脫脂牛奶，顏色白濁，散發香濃氣味。見女孩在一旁發抖、跺腳，我趕緊喝一喝。「今天不用上課？」我問她。

「今天不用，今天是大掃除日，媽媽需要我在家顧孩子，不要擋到她。」她和我說話時，雙眼一直盯著我剪短的頭髮。她有著一頭金髮，和我小時候差不多，她的頭髮隨意綁成長辮，垂到突出的肩胛骨上。

現在大概三點半，我回到佛羅倫斯家的廚房洗淨髒汙的雙手和手臂，我發覺屋子變暗了。我脫下圍裙，點亮燈。然後我花幾分鐘在屋裡漫步，望著屋裡的改變。我像個小孩子心想，他們會多高興！多高興……但我不像六小時前那麼快樂了。就像客廳窗外逐漸變暗的天色，除了快樂，我的心情籠罩一層陰鬱的烏雲，我知道自己必須離開，替自己找到棲身之處。我拿起佛羅倫斯替我列好的清單。她的字跡整齊，但她手指沾了墨水，疲倦的手指壓在紙上時，留下了一抹烏黑的痕跡。

我這時還不想離開，去旅舍租一張床，進到另一間像與澤娜過夜的房間。總之，我決定再待一小時才走。現在，我又開始想像羅夫和佛羅倫斯回到煥然一新的家會有多驚訝。我心情更激動，心裡想，如果他們回到乾淨的家，發現晚餐已在鍋爐上煮好，他們一定更開心！就我看來，櫥櫃裡沒有多少食物。但當然我有他們留給我的半冠……我沒想著要把錢留給自己。錢還放在佛羅倫斯一早放的位置，我只有拿布擦灰塵時才把它拿起和放下。我拿了錢，跛著腳沿奎特街，一路走向哈克尼路上的攤販和推車。

半小時之後，我回到家。我買了麵包、肉和蔬菜，另外純粹因為水果推車攤上的鳳梨好漂亮，我也買了顆鳳梨。這一年半，我只吃肉排和燉肉，配肉醬和晶瑩剔透的水果。但有道菜米爾恩太太以前會做，那道菜是用馬鈴薯混捲心菜泥，配上醃牛肉和洋蔥。葛蕾西和我以前看到那道菜上桌都會口水直流。我覺得那道菜不算太難，並下定決心，打算為羅夫和佛羅倫斯做這道料理。

我把馬鈴薯和捲心菜拿去煮，將洋蔥炒到變褐色，這時我聽到門口傳來敲門聲。我嚇一跳，有點手忙腳亂。我在這裡感覺好自在，直覺要去應門。但我真的該去應門嗎？如果幫忙過了頭，是不是反而成了不知好歹？我低頭望著鍋中的洋蔥和我挽起的袖子。也許我早已太過分了？

我還在想，敲門聲再次響起。這次我沒猶豫，直接走到門口，打開門。門後站了個女孩，她長得非常美，頭戴天鵝絨做的蘇格蘭圓扁帽，帽子下有著一頭黑髮。她看到我說：「噢！所以佛羅倫斯不在家嗎？」她迅速望一下我的手臂、洋裝、雙眼和頭髮。

我說：「對，班納小姐不在家。屋裡只有我。」我聞一下，感覺聞到洋蔥燒焦的味道。我繼續說：「不好意思，我在炒東西，等我一下……？」我跑回廚房去救我的菜。意料之外，我聽到前門關上，那女孩跟了進來。我抬頭去看，她已脫下大衣，不可思議地望著四周。

「天啊。」她說。她的談吐聽得出來很有教養，但她一點也不高傲。「我來是因為看到門階，以為佛羅倫斯一定發神經了。我現在覺得她要不是完全瘋了，就是請個了精靈進家門。」

我說：「全是我掃的……」

她大笑，露出牙齒。「那我想妳一定就是精靈王了。還是精靈女王？我不知道妳的短髮為什麼和打扮相反，還是反過來。」她又大笑。「如果是故意的話。」

我不知道那是什麼意思，我只拘謹地說，我在等頭髮留長。她回答：「啊。」她笑容稍斂。接著她又疑惑地問：「妳現在與佛羅倫斯和羅夫住一起，對吧？」

「他們昨晚收容我，讓我睡在客廳。但今天我必須走了。其實……現在幾點？」她給我看她的錶。時間已是四點四十五分，比我預期晚得多。「我真的必須走了。」我把鍋子從爐灶上拿開，並四處找碗。洋蔥炒得比我預期的更焦了些。

「噢。」她看我動作很急，揮了揮手。「至少跟我喝杯茶吧。」她將水拿到爐子上，我用叉子戳著馬鈴薯。

我把食物混在一起時，看起來和米爾恩太太以前做的那道菜一點都不像。我嘗一口，味道也不香。我放到一旁，皺眉看著那道菜。那女孩給我一杯茶，然後她靠在碗櫥上，一派清閒，小口喝著茶，然後打呵欠。

「今天真累！」她說：「我是不是像老鼠一樣臭？我整個下午都在排水管裡。」

「**排水管**裡？」

「對，排水管裡。我是衛生檢查員的助理。妳別皺眉頭，我跟妳說，我能得到這職位可是一大進步。他們覺得女人太柔弱，不能做這類工作。」

「我覺得我寧可柔弱點，也不要做這種事。」我說。

「噢！但這是個很棒的工作！我只有偶爾才需要進汙水管，像今天。我多半是在測量以及與工人溝通，看他們是否太熱或太冷，呼吸會不會困難，廁所夠不夠。我有政府命令，妳知道這是什麼意思嗎？這代表我可以**要求**視察辦公室和工廠，如果有地方不合規定，我可以要求他們**改善**。我可以封鎖和改善建物……」她揮揮手。「工頭很討厭我。弓路到里奇蒙貪婪的老闆絕對恨死我了。說什麼我也不會換工作！」我聽她熱情分享，臉上浮現笑容。她也許是衛生檢查員，但我看得出來，她也有某種演員特質。現在她喝了另一大口茶。她吞下茶之後說：「所以妳跟佛羅倫斯當朋友多久了？」

「嗯，說是**朋友**其實也不大對……」

「妳跟她不熟？」

「完全不熟。」

「真可惜。」她說著搖搖頭。「她最近幾個月魂不守舍。完全不像她……」我想她原本會繼續說，沒想到這時，前門打開，有人踏進客廳。

「**完了！**」我說。我放下杯子，眼神瘋狂望向四周，衝過那女孩，躲進儲藏室裡。我腦中一片空白。我沒跟她說任何一個字，甚至沒望向她。我只跳進那小櫥櫃裡，關上門，將耳朵放到門上仔細聽。

「有人在嗎？」佛羅倫斯的聲音傳來。我聽到她小心翼翼地走入廚房。然後她看到朋友：「安妮，噢！是妳！感謝老天。我一時間還以為……怎麼了？」

「我不知道。」

「妳為什麼看起來那麼怪？怎麼了？屋子前的門階怎麼回事？鍋子上這團亂糟糟的又是什麼？」

「佛羅倫斯——」

「幹麼？」

「我想我乾脆跟妳明說。其實我覺得不說不行……」

「**幹麼**？妳別嚇我了。」

「有個女孩在妳家儲藏室裡。」

廚房一片沉默，我趕快思考我有哪些選擇。我發現選擇不多。於是我決定維持尊嚴。我握住儲藏室的門把，緩緩推開門。佛羅倫斯看到我，全身抽動。

「我正要離開。」我說：「我發誓。」我望向那個叫安妮的女孩。她點點頭。

「確實如此。」她說：「沒錯。」

佛羅倫斯望著我。我走出儲藏室，走過她進到客廳。她皺起眉頭。

「妳到底在做什麼？」我在找帽子時她問：「為什麼所有東西都這麼奇怪？」她拿起一盒火柴，點亮兩盞油燈和幾根蠟燭。燈光照亮四周光潔的環境，她嚇一跳。「妳把房子清掃乾淨了！」

「只有樓下。還有庭院。還有門階。」我的語氣愈來愈悲慘。「我也替你們做了晚餐。」

她目瞪口呆望著我。「**為什麼**？」

「妳屋子很髒。隔壁的鄰居說大家都知道……」

「妳見到隔壁的太太？」

「她還給我喝了杯茶。」

「我讓妳待在我家一天，妳把我家都變了。妳還認識了我的鄰居。我想妳現在跟我最好的朋友感情不錯吧。**她**都跟妳說了什麼？」

「我沒告訴她任何事情，我保證！」安妮從廚房喊。

我拉下袖口脫落的一條線，小聲說：「我以為把家裡掃乾淨，妳會很高興。我以為……」我以為，這樣做能讓她喜歡我。在黛安娜的世界裡就可以。不管是打掃，或別種形式的付出。

「我喜歡屋子原本的樣子。」她說。

「我不相信妳。」我回答。趁她猶豫了，我這時說出一直埋藏在心底的話：「讓我留下來，班納小姐！噢！拜託讓我留下來！」

她疑惑地望著我。「艾士特利小姐，不行！」

「我可以睡在這裡，像昨天晚上一樣。我可以打掃、煮飯，就像今天一樣。我可以替妳洗衣。」我不顧一切，態度愈來愈魯莽。「我住在聖約翰伍德的房子裡，我多想做這些事！但跟我同住的惡魔說我一定要讓僕人做。說會蹧蹋我的雙手。但如果我留在這裡，你們去上班，我可以照顧小寶寶。他哭的時候，**我**不會餵他鴉片酊！」

佛羅倫斯雙眼睜得老大。「打掃和洗我的衣服！照顧西里爾？我絕對不會讓妳做這些事！」

「為什麼？我今天在街上遇到五十個女人，做的全是這些事！這很自然，不是嗎？如果我是妳的妻子……我是說……羅夫的妻子，這些事不就理所當然嗎？」

她雙臂交叉。「艾士特利小姐，在這房子裡，這恐怕是最沒說服力的理由。」但她正說著，正門打開，羅夫進門了。他手臂下夾著晚報，另一手抱著西里爾。

「天啊。」他說：「看門階多亮啊！我腳都不敢踏上去了。」他看到我，露出笑容。「哈囉，妳還在啊？」然後他望向四周。「看看這裡！我沒走錯客廳，對吧？」

佛羅倫斯走上前，接下寶寶，然後帶他進了廚房。我聽到他充滿熱情地大聲驚呼，他先發現安妮，接著看到牛肉和馬鈴薯，最後是鳳梨。佛羅倫斯手忙腳亂地抱著西里爾。他不斷扭動，耍起脾氣，快要哭出來。這時我鼓起膽走向她，我上次抱嬰兒已是四年前的事，而且我堂姊的小孩當時還朝著我大聲尖叫。我說：「把他給我，寶寶都愛我。」她把西里爾交過來。奇蹟發生了，也許因為我抱法很生疏，他反而有點嚇到，總之他靠到我肩膀上，呼口氣，冷靜下來。

如果我經驗多一些，我早該想到，只要母親看到孩子躺在另一個女孩懷中，神情滿足，不哭不鬧，她一定會同意讓女孩待在家裡。但我再次望向佛羅倫斯，我發現她目光望著我，一如前晚一樣，表情奇怪，甚至有點悲傷，卻也無比溫柔。她一縷鬢髮從髮髻脫落，輕柔垂在額前。她伸手把頭髮從眼前撥開時，指尖似乎沾上淚水。

我心想，天啊，我沒事女扮男裝幹麼！簡直浪費才華，我應該去演灑狗血的情境劇。我咬住嘴唇，嘆口氣。「再見，西里爾。」我聲音略帶顫抖說：「我現在得戴上我溼答答的軟帽，走進漸漸漆黑的夜，找個長凳度過今晚……」

果不其然，這令她無法忍受。佛羅倫斯吸口氣，表情又變嚴肅。

「好吧。」她說：「妳可以留下來……一個星期。如果這週順利，我們再試試看一個月。因為妳會幫忙照顧西里爾和打掃家裡，我想家裡賺的錢會分妳一些。但如果行不通，艾士特利小姐，妳必須**發誓**自己會離開。」

我發誓。接著我把懷中寶寶抱得更高一些。佛羅倫斯別開頭。我沒去看她現在的表情。我只露出笑容，雙唇湊上西里爾的頭，吻他一下（他聞起來很臭）。

我當時好慶幸，關於黛安娜的事我沒說實說！我有所偽裝又如何？我曾是個正常的女孩，我能再正常一次。其實當個正常人就像放假。我回想在黛安娜家的那段時光，不禁打個寒顫。然後我望向佛羅倫斯，就像之前，我好高興她如此平凡而正常。她拿出手帕，擦著鼻子。現在她叫羅夫把茶壺放到爐子上。我強烈的性欲曾讓我墮落到無可救藥，陷入肉欲的漩渦。但我知道她絕不會引起我的性欲。我原本太過柔軟的心已變得堅硬，前一陣子心更冷了。我想，我的心在奎特街絕不可能軟化。

第十七章

黛安娜的可怕宴會上，有個女士打扮成瑪麗．安東妮，她穿得不像女王，反而手拿手杖，穿得像個牧羊女。另一位賓客誤認她為童謠中的牧羊女時，我聽到她向她解釋，瑪麗．安東妮在皇宮花園有一間小農舍，她平常會和朋友打扮成擠牛奶的女工和農婦，在裡頭鬧著玩。我前幾週在奎特街想起這故事，心中無比苦澀。我覺得自己穿上圍裙，為佛羅倫斯打掃家裡和煮飯時，就像瑪麗．安東妮。我甚至到了第二天仍覺得自己像她。但到了第三天，我在街上等待汲水管流出渾濁的水，將壁爐和爐灶用石墨塗黑，刷洗門階和廁所時，我好想把手杖束之高閣，恢復皇宮生活。但當然，我的皇宮大門已經關上。我現在一定要老實工作。而我工作時，寶寶不是在我懷中扭動，便是在地上打滾，頭還時不時撞到家具。不然，通常是因為想喝牛奶、吃麵包和奶油，在樓上搖籃中尖叫。我雖然向佛羅倫斯發過誓，但如果屋子裡有琴酒，我一定會餵他。至少我自己能喝一些，讓心情快樂一點。但屋裡沒有琴酒，西里爾仍活潑好動，家事依舊辛苦。我不能抱怨，甚至不能對自己抱怨。因為我知道，生活再怎麼辛苦枯燥，也強過冬日孤身一人離開貝思納爾綠地，無依無靠，走上街頭，被迫求生。

所以我沒抱怨。但我確實經常想起幸福廣場。那裡好寧靜，廣場好美，黛安娜的別墅好豪華，房間好舒適、好明亮、好溫暖、好香、好乾淨……簡而言之，和佛羅倫斯家截然不同，佛羅倫斯家座落在倫敦最窮苦、嘈雜的區域。每棟屋子只有陰暗單一的空間，兼具臥房、餐廳、藏書室和客廳的功能。窗戶答答作響，煙囪不斷冒著煙，門戶開關，敲門聲不絕於耳。我覺得整條街根本就是用橡膠做的，不管是吼叫或大笑，訪客出入，氣味或狗，房子的各種風吹草動都會牽動左鄰右舍。照理來說，我應該不介意。畢竟我小時候就是在類似的街道長大，舊家親戚常跑上跑下，任何夜晚客廳都可能坐滿人，大夥會喝啤酒、打牌，有時還會吵架。但現在的我不習慣了，只感到厭煩。

但話說回來，她們家有**好多人**來訪。例如，佛羅倫斯的家人常來，像她哥哥曾帶著嫂子和小孩來，妹妹珍娜也來過。這哥哥是家庭照片中的大哥（二哥去了加拿大），他現在當屠夫，有時會拿肉來給我們。他現在住在埃平，老愛自吹自擂。他們從小到大都住在這裡，但他覺得羅夫留在奎特街太傻了。我不大喜歡他。但珍娜比他更常來，我一眼便喜歡上她。她的年紀大約十八、九歲，骨架子大，面貌姣好，我之前看家庭照便覺得她天生麗質，像個酒吧女侍。所以我後來得知她在城裡酒館當酒保時，我心裡特別開心，她現在和酒館老闆一家子住，就住在酒吧樓上的空房。佛羅倫斯非常擔心她。姊妹還年輕時，她們的母親便過世了。而她們的父親早在好幾年前便過世。佛羅倫斯一手將她妹妹帶大，而像全天下的姊姊一樣，她覺得珍娜遇到第一個追求她的男人便會走入歧途。「她一定想都不想就會嫁人。」我搬進來後，珍娜第一次到家裡來時，她便疲倦地向我說：「她會生好幾個娃，馬上把自己拖垮，變成醜巴怪，四十三歲就會跟我們母親一樣累死。」珍娜來吃晚餐時，也會住下來，睡佛羅倫斯床上，我躺在樓下客廳會聽到她們低聲交談，不時發出笑聲。這聲音令我輾轉難眠。但珍娜看到我早餐時到桌上拿鯡魚，或洗衣日將哥哥的內衣放入軋布機中，她絲毫不感到意外。她看到我打招呼：「妳好，南西。」她從一開始便叫我南西。我們第一次見面，我的黑眼圈仍未消去，她看到便吹個口哨。她說：「我打賭是女孩幹的，是不是？女生每次都打眼睛。男生會打牙齒。」

珍娜每次來家裡都跑上跑下，讓屋子都快震垮了。但就算她沒來，佛羅倫斯其他女生朋友來家裡，屋頂也會吵到快掀了。她們會定期帶書本、小冊子和八卦來吃晚餐。我覺得她們是很妙的一群女孩。她們每人都有工作，但都像衛生檢查員安妮．佩姬一樣，做的都不是乏味的勞力活。她們全都在慈善機構或收容所工作，每個人都有殘障人士、移民、孤兒的清單，並努力為她們找到工作、房子和友善的社群。她們每個故事開頭都一樣：「我的辦公室今天來了個女孩……」

「我的辦公室今天來了個女孩，剛出監獄，女孩的母親和她的寶寶一起消失了……」

「我的辦公室今天來了個貧窮的女人。她從印度來當女僕，現在那家人不肯付錢送她回去……」

「今天有個女人來了。她被一個紳士毀了，那紳士踹她一腳，她……」但這故事沒說完。那女生正說著，便看到我坐在佛羅倫斯旁的扶手椅上。她滿臉通紅，拿起杯子喝一口，換了話題。她們全都從佛羅倫斯那聽過我的故事——我虛構的故事。她們會紅著臉，拿茶杯掩飾，便是把我拉到一旁私下問，我現在好嗎？並說如果我打算一狀告上法院，她們有推薦人選。或者提供某種蔬菜療法，說能緩解我臉上的傷……

其實，羅夫和佛羅倫斯所有朋友都相當友好、真誠，並相當重視這種事。我很早便發現，班納家在當地勞工運動中扮演重要角色。他們手上總是有重大計畫，計畫通過或阻擋某個議會法案。客廳常有人來開緊急會議，或進行冗長辯論。羅夫是絲綢工廠的裁剪師，也是絲綢工會祕書。佛羅倫斯除了在斯特拉福費里曼圖女孩收容之家工作之外，也自願加入女性合作協會。我到她家那天，她徹夜處理的便是協會的工作（不是我想像的無家少女名單）。其實，接下來許多夜晚也是如此，她一直在審預算和寫信。最初幾天，我偶爾會看到她在處理的資料。但我每次都皺起眉頭。「**合作**？這什麼意思？」我有次問她。我以前在幸福廣場從沒聽過這個詞。

但是有時在奎特街，我端出茶，捲著香菸，照顧寶寶，聽其他人談天說笑時，我好希望自己穿著束腰長袍，身處黛安娜的客廳。在那裡，大家從不覺得我的意見重要，因此沒人問我問題，但至少她們喜歡打量我。但在佛羅倫斯的家中，不僅完全沒人打量我，更糟的是，她們全都覺得我同樣優秀和熱情。所以我內心一直很恐慌，擔心我會在意外之中，讓自己形象破滅。也許哪天，有人會想聽我對於SDF（社會民主同盟）和ILP（獨立工黨）的意見，我怕自己會答得亂七八糟，不只把SDF和WLF（女性自由同盟）搞混，也把ILP和WTUL（女性工會聯盟）搞混，大家會發現我根本不知道這些字母背後的意義。我搬進去大約六週後，我有次羞愧地坦白，我其實不知道托利黨和自由黨有何差別，結果她們以為我在說笑。「妳說得沒錯，艾士特利小姐！」一個男人回答：「完全沒有差別，要是人人都像妳看得這麼明白，我們的任務就輕鬆多了。」我露出笑容，不再多說。後來我收拾杯子，抱西里爾進到廚房。我在等茶壺水滾時，對他唱著一首以前在音樂廳唱的歌，他聽了踢著腿，咯咯作聲。

這時佛羅倫斯進來了。「好好聽的歌。」她心不在焉地說。她揉著眼睛。「羅夫和我要出門了。妳照顧西里爾，好嗎？街道另一頭，法警找上其中一家人。我說我們會去一趟，以免他們動粗……」總是有這種事。只要有鄰居碰上麻煩、需要錢和幫助、需要寫封信或去警局一趟，他們總是來找羅夫和佛羅倫斯。我跟他們才在一起一星期，就看過羅夫晚餐吃到一半，穿著襯衫跑上街安慰一個丟了工作的男人，並給他一些錢。我覺得他們瘋了。我們在惠斯塔布對鄰居就夠好了。但好心也有底線才對。母親從不理會不負責任的妻子、懶鬼和醉鬼。但佛羅倫斯和羅夫幫助所有人，我覺得他們尤其會幫助懶散的父親或不檢點的母親，以及整個貝思納爾綠地都排斥的邊緣人。現在聽到佛羅倫斯因為法警找上門，便要去幫忙人家，我心裡酸溜溜的。「你們倆真是聖人。」我說著將肥皂水倒入碗中。「你們從沒留一分鐘給自己。你們有個美好的家，現在我打掃得乾乾淨淨，你們卻沒有時間享受。你們兩人薪水不差，但你們把錢全都給別人！」

「我如果想棄鄰居於不顧，每天晚上盯著我漂亮的牆壁，我會搬去漢普斯特！」她手摸著她疲倦的臉。「我這輩子都住在這棟房子裡。我們年紀還小，生活辛苦時，這條街的每一家人在某一刻都曾幫助過母親。妳說得對，羅夫和我的薪水不錯。但當我知道隔壁蒙克太太薪水只有十先令，要養所有女兒，而對面的肯妮太太丈夫生病，她每晚徹夜未眠，靠做紙花賺三先令，眼睛都半瞎了，我難道能心安理得享受自己的三十先令嗎……？」

「好啦。」我說。她常這樣長篇大論，我覺得聽起來很像東區感性小說中的「人民的女兒」。瑪麗亞．傑克斯喜歡讀那種小說，黛安娜總喜歡笑她。但我沒對佛羅倫斯說。我完全不表意見。但她和羅夫和工會朋友離開之後，我沉沉坐入客廳扶手椅。其實，我討厭他們做慈善。我討厭他們做善事，討厭他們的任務和孤兒保護計畫。我討厭他們，因為我知道我是其中之一。我原本以為佛羅倫斯讓我進家門，是因為我才特別通融。但不論是哪個幸運的老傻蛋，只要剛好經過這條街，她和哥哥見了都會出手相助，給他一頓飯吃，這樣我和他有差嗎？也不是說他們不重視我。例如羅夫絕對是我見過最溫柔的男人，即使是城裡最鐵石心腸的女同志，和羅夫一起生活之後，肯定都會稍微愛上他。我覺得自己在拉子中算十分堅強，但我沒多久便覺得自己好愛他。佛羅倫斯對我也很好，只是她時時都很疲倦，心不在焉。她會吃我做的晚餐，她會讓我替西里爾洗澡、更衣，甚至讓我抱他。一個月之後，她說如果我願意的話，可以繼續留下來，並要羅夫去閣樓替我搬張附輪的矮床到客廳。她說這樣比起兩張扶手椅舒適……雖然她安排一切，但這一切從來不是真心為**我**而做的。她做這些是因為有人料理晚餐和照顧寶寶，她就能投注更多時間在其他事上。她給我工作，就像是上流女士安頓剛從監獄出來，無以維生的女孩。

她的冷漠讓我內心惱怒，我決定好好做我自己。我之前在幸福廣場十八個月裡曾好好練習，讓自己一舉一動都能滿足色欲薰心的上流女士，如今我像一個手套工匠般深諳此道，技術藏於無形。儘管我學會了清理壁爐，舊有的招式也並未生疏，但在佛羅倫斯身上，我的招式全都失效了。「她真的不是拉子。」我會對自己說。因為就算她不和我調情，每天也有無數女孩進出家裡客廳，我從來沒見到她和其中一人打情罵俏。但話說回來，我也不曾看到她和男人眉來眼去。最後我想是她太好了，沒人配得上。

畢竟我來奎特街不是來談情說愛的。我來是為了當個正常人。我不需吸引別人目光，也不需精心打扮，這讓我變得更正常。我留長頭髮（反正我的髮型一、兩週後便不像士兵俐落了）。我甚至開始讓髮尾變捲。那雙會咬腳的鞋我穿久了，皮革也變軟了。但我在二手衣攤用鞋換了一雙綁有蝴蝶結的鞋。我把軟帽和破舊的連身裙也拿去換，換到一頂帽子，上面有朵鐵線做的花，還有一件領口繫有緞帶的洋裝。「哇，這件連身裙真美！」我第一次穿上時羅夫說。但我就算用牛皮紙把自己裹起來，只要能讓我笑，羅夫也會稱讚我好看。其實自從離開聖約翰伍德，我不曾好看過。現在我穿上碎花連身裙，變得特別難看。我現在買的，是以前在惠斯塔布以及和凱蒂在一起時我會穿的衣服。我記得我當時打扮起來算是個美麗的女孩。但穿過紳士西裝之後，我彷佛永遠不再適合女生打扮，非常離奇。彷彿為了配合黛安娜給我穿的衣服，我的下巴變得更粗獷，眉毛更濃密，屁股更精實，雙手更大。我的黑眼圈很快便消退，但蒂奇那本書在我臉上留下一道疤。至今仍在。除了這道疤，我提水桶、刷門階後，肩膀和大腿都長出的結實肌肉，全都讓我變得更有男子氣慨。我早上在廚房洗浴時，在昏暗的窗戶中看到自己的倒影，我彷彿男性俱樂部的年輕人，剛才打完拳擊，現在在後台洗淨身體。黛安娜會多欣賞我啊！但在奎特街，如我所說，沒人為我讚嘆。等羅夫和佛羅倫斯下樓吃早餐，我早已穿上連衣裙，捲好頭髮。佛羅倫斯通常只會喝一大口茶，說她沒空吃飯，在工作前要先去協會一趟。羅夫會把她盤中的紅鯡魚吃了。「哇，西里爾，這看起來好好吃！」她連望都不會望我一眼，只會像九十歲的老太婆，圍上圍巾出門。

我確實花了不少時間思考她的事，因為做家事用不到腦，我乾脆花心思在她身上。但不管我如何苦苦思索，我依然搞不懂她。我在綠街初次遇到的佛羅倫斯很好相處。她頭髮鬈曲得像床墊裡的彈簧，身穿芥末色的裙子，大笑時還會露出牙齒。但貝思納爾綠地的佛羅倫斯．班納變得嚴肅而疲倦。她頭髮都塌了，洋裝黯淡，不是鐵鏽、泥土，便是灰塵的顏色。她笑的時候，妳會先感到訝異，接著會感到突兀。

我發現她情緒非常不穩定。她對貝思納爾綠地不成器的窮人像天使一樣友善，但在家，她都鬱鬱寡歡，情緒通常相當浮躁。我看到她哥哥和朋友經過她座位時都躡手躡腳，以免刺激到她。看到他們這麼有耐心，我覺得好驚訝。她有時會開心好幾天。但後來她走路回家，或早上醒來，會彷彿作了一場噩夢，瞬間變得無精打采。我覺得最怪的是她對西里爾的態度。我知道她對他視如己出，但她有時目光會避開他，或撥開他抓著她的小手，彷彿討厭他。不過其他時候，她會抱著他一直親，親到他興奮尖叫。我在奎特街好幾個月了，一天晚上，大家聊到生日的事。我突然驚覺，西里爾的生日一定過了，而且沒人替他慶生。我問羅夫時，他告訴我他的生日在七月，如我所料，七月早已過去，但他們卻毫不在意。我笑著說：「喔，這麼說社會主義者不慶生囉？」他露出笑容，但佛羅倫斯不吭一聲，起身走出門。我又好奇起來，不知道這寶寶背後有什麼隱情。但佛羅倫斯不曾透露一絲線索，我也不多問。我覺得我問的話，她可能也會問起讓我享盡榮華富貴，最後打我一拳，害我眼眶青腫的紳士。除了第一天晚上，她不再提起他。我很高興她沒多問。畢竟她心地善良，為人真誠。我不願再騙她。

其實，我不願再讓她受到任何傷害。看到她工作辛苦，筋疲力盡，我不禁在客廳來回踱步，擰扭雙手，想幫她打起精神。讓她如此疲憊的不是照顧女孩的工作，而是協會無止境的工作。晚餐吃完，桌面收拾乾淨之後，她會把無數清單和帳目放到桌上，整晚瞇著眼，處理到雙眼通紅，眼尾像葡萄乾一樣滿是皺紋。有時因為無事可做，我會搬張椅子過去，坐在她身旁，幫她分擔一些雜務。她會把信封交給我寫地址，或分給我一些無傷大雅的工作。春天協會成立了地方縫紉工會，佛羅倫斯開始家訪貝思納爾綠地的家庭代工，這時我也會跟去。那些貧苦的女人都在骯髒的屋子中，為微薄的工資長時間獨自工作。我們看到的景象非常悲慘，女工都很高興有人來關心，工會也十分感激她。但我其實是為了佛羅倫斯去的。我受不了她一人承受這沉悶的工作，晚上還必須一人走在東區街頭。

如我所說，身為女管家，我每天會尋找各種小事當作消遣。我在廚房開始替她費些心思。她現在骨瘦如柴，很不適合她。我看到她雙頰凹陷，心情就好難過。女性合作協會的目標是要聯合所有倫敦東區的家庭女工，而我的目標便是用早餐、中餐和午茶三明治，再加上晚餐、餅乾和牛奶來養胖佛羅倫斯。一開始滿失敗的。我會去白教堂市場肉攤，買肉丸、香腸、兔肉、牛肚或一袋袋豬牛羊雜，這我們以前在惠斯塔布都稱之為「雜肉和耳朵」。雖然我常去，但我其實不擅長煮飯，偶爾才會弄得好吃，肉多半不是燒焦，便是沒熟。我想佛羅倫斯和羅夫都不在意，因為他們以前也不挑嘴。但後來八月底有一天，我看到牡蠣季到了，我買了一桶特產牡蠣和一把牡蠣刀。我將刀對準絞合部時，彷彿轉動鑰匙，打開了母親牡蠣餐館的食譜，回憶全湧上我指尖。那天晚上，我端了牡蠣派上桌。佛羅倫斯終於放下手中的資料，吃完派後，還用叉子挑起碗中的碎屑。隔天晚上我端上牡蠣炸餡餅，後天晚上我端出牡蠣湯。我做了炙烤牡蠣和醃漬牡蠣，並將牡蠣裹在麵粉中，用鮮奶油燉煮。

我將最後一盤拿給佛羅倫斯，她綻放笑容。她品嘗時不覺嘆口氣，甚至剝了片麵包，折起來沾醬汁吃。麵包讓她嘴上都是鮮奶油，她用舌頭舔了舔，並以手指擦乾淨。我想起上一次，在另一個客廳，我曾為另一個女孩獻上牡蠣餐，意外追求到她。我還沉浸在回憶中，佛羅倫斯拿湯匙舀起牡蠣，又嘆口氣。

「喔。」她說：「我真的覺得如果天堂只能有一道菜，那道菜一定是牡蠣。妳不覺得嗎？南斯？」

她之前從沒叫過我「南斯」。而且我和她生活這麼久，從未聽過她說這麼天馬行空的話。我聽到大笑，然後她哥哥跟著笑了，最後她也笑了。

「我覺得一定是牡蠣。」我說。

「我的天堂裡會是扁桃仁膏。」羅夫說。他很愛吃甜食。

我這時說：「而且每道菜旁邊都要有根菸，不然根本不值得吃。」

「這倒是。而且我餐桌要設在山丘上，俯瞰一座小鎮。那裡不會有煙囪，每間房都以電燈照得燈火通明且溫暖。」

「噢！羅夫！」我說：「但那樣好無聊，每個角落都看得清清楚楚！我的天堂不會有電燈，甚至屋子。那裡會有……」我想說有著迷你馬和吊鋼絲的仙女。我腦中浮現出貝瑞塔尼亞劇院的夜晚。但我不想解釋。

我猶豫時，佛羅倫斯說：「所以我們全都有各自不同的天堂？」

羅夫搖搖頭。「妳當然會在我的天堂裡。」他說：「還有西里爾。」

「我想還有貝贊特夫人[48]。」她又舀了一口晚餐，然後轉向我問道：「妳的天堂有誰，南西？」

她露出笑容，我原先也笑著，但她問我時，我感覺自己笑容垮下。我望向桌上的雙手，這雙手在幸福廣場時白得和百合花一樣，但現在指節發紅，指甲龜裂，飄著蘇打水味。袖子皺成一團，沾有斑斑油脂。我還沒學會女孩捲袖子的訣竅，感覺布料太薄都捲不起來。我現在拉著袖口，咬著嘴唇。其實，我不知道誰會在我天堂裡。沒人會希望我在他們的天堂裡……

我再次望向佛羅倫斯。我最後說：「我想妳和羅夫會在所有人的天堂裡，教大家怎麼管理。」

羅夫大笑。佛羅倫斯歪著頭，露出悲傷的笑容。過一會，她眨眨眼，和我四目相交。她說：「當然，妳會在我的天堂裡……」

「真的嗎？佛羅倫斯？」

「當然了。不然誰來燉我的牡蠣？」

我曾聽過更好的讚美……但很久沒有了。我發現自己聽到她說的話，臉頰發紅，垂下頭。

我再次望向她，她望向房間角落。我轉身，看到她望著的東西。是那張家庭照，我猜她一定在想她母親。

但相框角落當然還有那張小照片，上頭有個眉毛濃密、神情嚴肅的女人。我終究不知道她是誰。現在我問羅夫：「小照片中那個女孩是誰？她頭髮得好好梳一下。」

他望向我，沒答腔。佛羅倫斯開口了。「那是愛琳娜．馬克思[49]。」她聲音有點顫抖。

「愛琳娜．馬克思？我見過她嗎？她是妳在養雞廠工作的親戚嗎？」

她張大眼睛看著我，彷彿我不是用問的，而是用吼的。羅夫放下叉子。他說：「愛琳娜．馬克思是個作家和演講家，也是非常偉大的社會主義者……」

我滿面通紅。這比問**合作**是什麼意思還糟。但羅夫看到我臉紅，一臉和善：「妳別在意。為何一定要知道？我想妳舉出十二個妳認識的作家，我和佛羅倫斯大概一個都不認識。」

「說得也是。」我心懷感激說。雖然我在黛安娜家**確實**好好讀過些書，但我現在只想得到一些**歪**書。書的作者都是同一位：**匿名**。

於是我不吭聲，我們沉默地吃完晚餐。我再次望向佛羅倫斯，她別開頭，似乎心情憂傷。我這時心想，她絕不會希望像我一樣的女孩和她在天堂，就算只是晚餐為她燉牡蠣。這一刻，這念頭令人沮喪。

但我錯了。其實不管我在不在她的天堂，她都不在意。她在天堂希望見到的不是她的母親，不是愛琳娜．馬克思，甚至不是卡爾．馬克思。她腦中浮現的是另一個人。但直到好幾週之後，那年秋天某一個夜晚，我才知道是誰。

如我所說，我開始陪佛羅倫斯去家訪，有天晚上，我們到了麥爾安德的一個縫紉工家。那裡非常殘破，房中幾乎沒有家具，只有幾塊床墊、一塊破爛的地毯和七零八落的桌椅。她以家中一處將就為客廳，有個茶盒翻

48 貝贊特（Annie Besant, 1847-1933）是英國社會主義者，致力於提倡婦女權利，也推動印度民族獨立建國。
49 愛琳娜．馬克思（Eleanor Marx Aveling, 1855-1898）是德國社會學家卡爾．馬克思的女兒，也是個社會主義者。

過來，上面放著剩下的寒酸晚餐。上面有一小塊麵包，瓶罐中有一點油，還有半杯變色的牛奶。晚餐桌上全放滿她工作用的物品，例如摺好的衣服、包裝紙、別針、棉線和針。她說針總會掉到地上，害小孩踩到。她的寶寶最近才吞了個別針，卡在上顎，差點噎死。

我聽她述說她的遭遇，並看佛羅倫斯向女人說明女性合作協會以及新成立的縫紉工會。佛羅倫斯問，她會來參加聚會嗎？那女人搖搖頭說她沒時間。沒人能幫她帶小孩，她也怕裝飾商的老闆聽說之後不給她錢。

她最後說：「而且，我丈夫不喜歡我去。他自己本身也有參加工會。但他不覺得那些事女人能作主。他說不需要。」

「但**妳**怎麼想，佛萊爾太太？妳不覺得女性工會是個好事嗎？妳不喜歡看到事情改變嗎？**讓**老闆付妳更多錢，工作合理些？」佛萊爾太太揉揉眼。

「他們只會把我趕走，找個更便宜的女孩來幹活。路上到處都是這樣的女孩，即使我沒賺幾個錢，很多女孩都很羨慕我了……」

她們繼續討論，最後那女人聽煩了，她說她很感謝我們，但不能再聽我們說了。佛羅倫斯聳聳肩。「那妳考慮看看，好嗎？我跟妳說聚會時間了。如果願意的話，可以帶寶寶一起來。我們會找人幫妳照顧一、兩小時。」我們起身，我再次望向桌子上的針線和衣服。那裡有件背心、一組手帕和紳士的襯衫。我不由自主走去，好想拿起衣服來摸。我看到那女人的目光，朝桌上點點頭。

我說：「妳的工作是什麼，佛萊爾太太？有的衣服看起來很高級。」

「我是刺繡工，小姐。」她回答：「我負責繡草寫字。」她拿起一件襯衫，給我看口袋處。那裡有個優美整齊的繡字，用白色絲線繡成。「感覺有點奇怪，對不對？」她難過地說：「在這殘破的房間看到這些美麗的布匹……」

「真的。」我說。但我幾乎說不出口。美麗的繡字讓我突然想起幸福廣場，以及我在那所穿過的精緻西裝。我眼前再次浮現那一件件訂製外套、背心和襯衫，還有我為之興奮小巧奢華的N.K.字樣。我當時不知道繡字是像佛萊爾小姐一樣悲傷的女人，在這樣的房子裡繡的。但我就算知道，當時的我會在乎嗎？我知道我不會，而此時我心裡一陣不安，無比羞愧。佛羅倫斯站在門口等我。佛萊爾太太最小的孩子哭了，她彎身抱起他。我手伸進大衣口袋。裡面有一先令和一便士，那是買菜剩的錢。我掏出來，放到放著高級襯衫和手帕的桌上，動作像小偷一樣偷偷摸摸。

但佛萊爾太太看到了，搖搖頭。

「噢！別這樣，小姐……」她說。

「給小孩子。」我感覺好不自在，心裡難過不已。「給孩子的。收下吧。」女士垂下頭，喃喃道謝。我不敢看她或佛羅倫斯，我倆再次走到街上，遠遠離開那淒涼的房間。

「妳真好心。」佛羅倫斯終於說。那完全不是好心。我感覺不像送她禮物，反而像甩她一巴掌。但我不知道該怎麼向佛羅倫斯解釋。「當然，妳不該這麼做。」她繼續說：「現在她會覺得工會是一群過得比她好的女人所組成，而不是像她一樣的女人試圖自救。」

「妳也跟她差很多。」我說。我聽到她說的話，不由自主有點心虛。「妳覺得妳像，但其實不像。」

她哼一聲。「我想妳說得對。但我有努力變得像她。比起有些為窮人、無家可歸的人或失業者付出的女士，我比較像她。」

「例如比起德比小姐。」我說。

她露出微笑。「對，像那樣的女士。德比小姐，妳的好朋友。」她朝我眨個眼，勾住我手臂。難得看到她如此高興，我漸漸忘了在縫紉工家所受到的震撼，再次開心起來。我們勾著手，穿梭秋天的暮光，緩緩走向奎特街，佛羅倫斯打呵欠。「佛萊爾太太真可憐。」她說：「她說得沒錯。現在還有這麼多窮苦的女孩，不管工作多辛苦，她們絕對會咬牙去做，所以永遠不會想爭取更短的工時和最低薪資……」

我沒在聽。我望著她帽子邊緣，街燈照得她頭髮閃閃發光。我在想會不會有隻蛾以為那是燭光，飛來停在她的鬈髮上。

我們終於回到家，佛羅倫斯掛好大衣，如常埋首在資料和書本之中。我靜靜走上樓，看睡在搖籃中的西里爾。後來我下樓，佛羅倫斯繼續工作，我則和羅夫聊天。天氣變冷了，我在壁爐添了些柴火。羅夫說：「妳的第一個秋天。」他說的話莫名令人感動，而且我在奎特街真的已待了三個季節。我抬頭望向他，露出笑容。他鬍子變更長了，看起來更像玩家牌香菸盒上的水手。他看起來也更像他妹妹，令我更喜歡他了，也不禁心想，我當初怎麼會誤認他為她丈夫呢？

火爐中的火焰漸漸加溫，最後化為灰燼，十點半左右，羅夫打呵欠，拍一下椅子起身，向我們兩人道晚安。一切就像我第一天晚上一樣，只是羅夫這陣子開始也會像親佛羅倫斯一樣，親吻我臉頰。我的矮床靠在角落，鞋子放在壁爐旁，我的大衣掛在門後的衣勾上。

我望著一切，感覺心滿意足，並打個呵欠，起身去拿茶壺。「別忙了。」我對佛羅倫斯說，朝書點點頭。「來跟我一起坐，聊一下天。」這要求不算奇怪。我們已經習慣在羅夫上樓睡覺時，一起聊聊那天發生的事。

她望向我，微微一笑，放下筆。

我將茶壺放到火爐上，佛羅倫斯起身伸展。然後歪著頭。

「西里爾。」她說。我也豎耳去聽，一會便聽到他斷斷續續微弱的哭聲。她走向樓梯。「我去安撫他，以免他吵醒羅夫。」

她去了五分鐘左右，等她回來，他抱著西里爾，他的睫毛在燈光中閃爍淚光，他頭髮烏黑，沾滿汗水，剛才睡得不安穩。

「他靜不下來。」她說：「我帶他下來陪我們一會。」她坐到壁爐旁的扶手椅，孩子沉沉靠在她懷中。我端茶給她，她身子彎向一旁，喝一口，打個呵欠。接著她凝視著我，揉揉眼睛。

「南斯，這幾個月妳幫了我好多！」她說。

我老實回答：「我幫妳只是怕妳把自己累壞了。妳做太多了。」

「好多事情要做！」

「但我不敢相信這些事全都要落在妳頭上。妳從來不會累嗎？」

她說著又打個呵欠。「我會累，妳看得出來！但心從來不會累。」

「可是佛羅倫斯，如果工作永遠做不完，為什麼還要做？」

「因為我一定要做啊！因為世界殘酷無情，卻又能變更美好，我怎能休息……？不管成功與否，我做的事情本身就令人滿足。」她喝著茶。「就像愛一樣。」

「不是嗎？」

愛！我嗤之以鼻。「所以妳覺得愛就是回報？」

我望著杯子。「我想我曾相信過一次。」我說：「但是……」我不曾跟她說過那段日子。西里爾蠕動，她親了他的頭，在他耳邊低喃，一時間，房中十分平靜。也許她以為我在想我在聖約翰伍德曾一起生活的紳士。

但後來她再次開口，語氣更輕鬆了。

「而且，我不相信這工作永無止境。事情已經有所變化。現在四處都有工會，有男人的工會，也有女人的工會。女人現在做的事，母親二十年前要是見到會笑掉大牙。不久女人甚至可以投票了！如果像我一樣的人不努力，也是因為她們望向世界，望向不公義和社會中的爛泥時，她們只看到這國家在墮落，並將所有人拖垮。但現在爛泥長出新芽，長出各種美好的事物！工作的新規範、新的人、生活和戀愛的新方法……」又是愛。

我手摸著臉上蒂奇醫師的書留下的疤。佛羅倫斯彎頭去看寶寶，他躺在她胸口嘆息。

她小聲繼續說：「再過二十年，想像世界會變什麼樣貌！那是個新的世紀。西里爾會變成年輕人，幾乎快到我現在的年紀。我想像他會看到的事物，他會做的事……」我望向她和他。一時間，我覺得自己好像能和她一起看到成年的西里爾生活在那奇異的新世界……

她在座位上移了移身子，伸手從受潮的書櫃拿了本書。她拿下《草葉集》。她翻著書頁，找到她熟悉的段落。

「妳聽這段。」她說。她開始大聲朗誦。她的聲調低沉，有點害羞。但充滿熱情。我過去從沒聽過她聲音如此激昂。

「**噢！母親！噢！孩子！**」她讀著。「**噢！孕育萬物的大地！噢！草原的花朵！噢！無止境的空間！噢！茁壯作物的嗡鳴！噢！富饒的城市！噢！無可阻撓，混沌動蕩，驕傲恣肆！噢！未來的人們！噢！女人！噢！父親！噢！熱情狂暴的男人！噢！美人！噢！你自己！噢！你虯髯大漢！噢！詩人！噢！所有那些沉睡的人！噢！起來！黎明的鳥囀令人振奮！你可聽到公雞鳴啼？**」

她靜靜坐了會，望著書頁。接著她抬起目光，望向我，我驚訝地發現，她雙眼閃爍淚光。她說：「妳不覺得這很美嗎，南西？妳不覺得這是感人又不可思議的一首詩嗎？」

「老實說，還好。」我說，她的眼淚令我緊張。「老實說，我在廁所牆上看過更好的詩句。」我是說真的。「如果這是詩，為什麼不押韻？這首詩需要押韻，還有首活潑悅耳的旋律。」我從她手中接過那本書，她唸的段落在很早以前用鉛筆畫了線，我看了看，順著當下音樂廳某首歌曲的調子，勉強唱了起來。佛羅倫斯大笑，一手抱著西里爾，另一手想把書搶回去。

「妳這野獸！」她大叫：「沒素養到家了。」

「我是語言純粹主義者。」我嚴肅地說：「我知道什麼叫好韻文，這不是。」我翻過書頁，放棄硬將不流暢的文詞入歌，但我只要看到荒唐段落，便會唸出來。結果好多段都好荒唐，而我唸的時候，還會用美國佬拖泥帶水的傻口音。最後我找到另一個畫線的段落，開始閱讀。「**噢！我的同志！**」我開口：「**噢！終於剩你和我——只剩我們倆；噢！力量、自由和永恆終在！噢！排除差異！平衡世上的是非善惡！噢！平等行業和性別！噢！將一切都歸於共同點！噢！合而為一！噢！欲結合在一起這深沉的渴求——你不知原因，我不知來由……**」

我的聲音漸漸變小。我忘了美國腔，最後幾個詞不覺化為低語。佛羅倫斯不笑了，表情嚴肅地望著壁爐。我看到橘紅色的火光在她褐色的雙眼舞動。我合上書，放回書架上。客廳一片沉默，沉默許久。

「南斯。」她開口：「妳記得我們在綠街聊天時嗎？妳記得我們說要見面，結果妳沒來……？」

「當然。」我有點難為情。她微笑，笑容淡淡的，令人好奇，彷彿暗藏玄機。

她繼續說：「我從沒說過我那天晚上做了什麼？」我搖搖頭。**我自己**那天晚上做了什麼，我記得非常清楚。我和黛安娜喝酒，然後在她美麗的房間幹她，最後被趕出來，孤身一人，饑寒交迫，飽受折磨。但我從未想過佛羅倫斯做了什麼。而她確實不曾說過。

「妳做了什麼？」我現在問。「妳自己去……那個演講嗎？」

「對。」她說。她吸口氣。「我……在那遇到一個女孩。」

「一個女孩？」

「對。她的名字叫莉莉安。我馬上就注意到她，而且無法移開目光。她長得真的非常……**有趣**。妳知道有時女生那樣子？好吧，妳可能不知道……」但我懂，我懂！現在我望著她，感到自己全身發熱，後來瞬間心一涼。她咳了咳，手摀住嘴。她凝視著火焰說：「演講結束時，莉莉安問了個問題。那個問題非常尖銳，講者被問倒了。我那時望著她，覺得自己一定要認識她。我走向她，我們開始聊天。我們一直聊……一直聊，南斯，聊了一小時，都沒有停！她的觀點非常特別。我覺得她什麼書都讀過，而且對每本書都有自己的看法。」

兩人的故事繼續。她們成為朋友。莉莉安來家裡……

「妳愛她！」我說。

佛羅倫斯臉紅，然後點點頭。「妳只要認識她，多少就會愛上她。」

「但佛羅倫斯，妳**愛**她！妳愛她……像拉子！」

她眨眨眼，手放到嘴上，面紅耳赤。她說：「我以為妳可能已經猜到了……」

「猜到！我、我不確定。我不曾想過妳可能……我就算想也不確定……」

她別開頭。過一會，她說：「她也愛我。她非常愛我！但愛的方式不一樣。我知道永遠不會一樣，我不在乎。其實，她有個男朋友，希望能娶她為妻。但她不肯，她相信自由結合。南斯，她是我見過意志最堅強的女人！」

我覺得她聽起來令人厭惡，但我聽出其中的**弦外之音**。我吞了吞口水，佛羅倫斯望我一眼，繼續望著火焰。

她繼續說：「我遇到她幾個月後，我發現她不大……好。有天她拿著行李箱出現在這裡。她懷孕了，因此被房東太太趕出來，而那男人最後也不是好東西，他覺得羞恥，不肯負責。她無處可去……當然我們收容了她。羅夫不介意，他幾乎和我一樣愛她。我們打算一同生活，一起將嬰兒撫養長大。我好高興！我好高興那男人拋棄她，房東太太把她趕走……」

她扮個鬼臉，然後用指甲摳著從壁爐落到她裙子上的灰燼。「我覺得那是我人生中最快樂的日子。莉莉安住在這裡，就像……我無法言喻。我沉浸在快樂中，目眩神迷。她讓屋子改變了，真的改變了，我指的不只是精神上。我們把壁紙撕了，重新粉刷。她織了那塊地毯。」她朝壁爐前那塊鮮豔的地毯點點頭。我之前還胡說八道說那塊地毯是蘇格蘭瞎子牧羊人織的。我馬上把腳收回。「我們是不是愛人不重要。我們情同姊妹，非常親近。我們一起睡在樓上。我們會一起讀書。她會教我各種事情。那張愛琳娜．馬克思的相片是她的。」她朝那張小照片點點。「愛琳娜．馬克思是她的偶像，我以前都說她愛她。我沒有莉莉安的照片。惠特曼的那本書也是她的。妳唸的那段詩句，總讓我想到我和她。如果女人可以稱為革命同志的話，她說我們是同志。」她雙唇乾燥，於是她舔了舔嘴唇。「如果女人可以稱為同志……」她再次說：「我是她的同志……」

她沉默下來。我望著她，再望向西里爾。我看著他紅通通沉睡的面龐，看著漂亮的睫毛和噘著的粉紅小嘴。我內心愈來愈害怕，開口問：「然後……？」

她眨了眨眼。「後來……後來她死了。她太瘦弱了，分娩太辛苦，最後死了。我們一開始甚至找不到接生婆，因為她未婚生子……最後我們從伊林斯頓找了個女人來，她不認識我們，所以我們告訴她她是羅夫的妻子。那女人叫她『班納太太』。妳想想看！我想她人還算不錯，但非常嚴格。她不讓我們進房陪她，我們坐在客廳，聽她哀嚎，羅夫不斷擰扭著手，一直哭泣。我心裡一直想，讓寶寶死吧，噢！讓寶寶死，只要她能平安……！

「但如妳所見，西里爾沒有死，莉莉安看起來也很好，只是很疲倦，接生婆說讓她休息。我們便照著她吩咐……結果，我們後來去找她，發現她血流不止。當然，那時接生婆已經走了。羅夫跑去找醫師，但來不及了。她血一直流，那顆美好、善良的心漸漸停止……」

她聲音漸止。我走向她，蹲在她身旁，用指節碰著她衣袖。她親切朝我望了望，露出淡淡的、惆悵的微笑。

「我真希望我早點知道。」我小聲說。但在內心裡，我彷彿捏著自己脖子，拿頭去撞牆。我怎麼那麼蠢，完全沒猜到？我恍然大悟，像是生日之所以沒慶祝，是因為那也是莉莉安的祭日。佛羅倫斯一直莫名憂鬱，情緒不穩定，而她哥哥包容她，朋友常來關心她，都是這個緣故。她對寶寶時好時壞，相當矛盾，是因為他雖然是莉莉安的兒子，但也害死了她。佛羅倫斯曾一度咒他死，希望他母親能因此得救……

我再次望向她，想設法安慰她。她神情黯然，卻又莫名疏離。我從來沒擁抱過她，即使這一刻，我手放到她身上，仍感到不自在。於是我只陪在她身邊，輕輕撫摸她的衣袖……最後她坐正，擠出笑容，我退開來。

「我怎麼說那麼多。」她說：「我也不知道，今晚我怎麼全都說出口了。」

「我很高興妳說了。」我說：「妳一定……妳一定非常想念她。」她茫然望著我一會，彷彿在她巨大的悲傷中，**想念**是微不足道的情感，**非常**也不足以形容。後來她點點頭，別開頭。

「這段時間很辛苦。我也一直很奇怪。有時我希望自己乾脆一死了之。我知道對妳和羅夫而言，我這陣子不大好相處！妳剛來時，我覺得我對妳不大好。她那時過世還不到半年，讓另一個女孩進家裡……尤其是妳，我見到妳那週才遇見她，真是的！但妳的故事和她一樣，妳原本也跟個紳士在一起，後來他害妳懷了孩子，並把妳趕走……感覺好奇妙。但有一刻，妳抱起西里爾。我敢說妳根本不記得，但妳把西里爾抱進懷裡，我想到她不曾有機會抱過他……我不知道我到底是不忍卒睹，還是想一直看著妳抱著他。然後妳開口了……當然，妳一開口就不像莉莉安了。噢！我這輩子從沒這麼高興！」

她大笑。我發出點聲音，假裝在笑，並在昏暗中擠出類似笑容的表情，敷衍過去。她打個大呵欠起身，並把西里爾抱高到她脖子處，用臉摩擦西里爾的頭。過一會，她露出笑容，疲倦地走向門口。

但她走到門口時，我喚住她。

我說：「佛羅倫斯，趕我走的不是紳士。跟我一起生活的是個女士。為了讓自己留下，我說謊了。我……我跟妳一樣是拉子。」

「妳**是**！」她張大嘴巴望著我。「安妮一直說是。但第一天晚上之後，我從沒多想。」她皺起眉頭。「所以如果不是男人，妳的故事跟莉莉安完全不一樣……」我搖搖頭。她繼續說：「妳也沒懷孕……」

「對，我沒有**那個**問題。」

「這麼久以來，妳一直待在這，我一直以為妳是……」她這時望向我，表情奇怪。我不知道她是生氣、悲傷、疑惑、感到被出賣或是什麼。

我說：「對不起。」但她只搖搖頭，手放到眼前一會。她手放下之後，她雙眼澄明，彷彿覺得很有趣。

「安妮說了好久。」她又說：「她現在會多開心！我跟她說妳會介意嗎？」

「不會，佛羅倫斯。」我說：「妳想告訴誰都行。」

她搖著頭離開了。我坐下來，聽她爬上樓梯，走入房間。我從壁爐上的錫盒拿了點菸草和捲菸紙，捲了根菸點燃。最後我在壁爐上捻熄菸，把菸扔進火中，頭靠在手臂上呻吟。

我真是傻瓜！我闖入佛羅倫斯的生活，只顧著自己心裡感到不平衡，卻忽略她的哀痛。我硬生生闖入她和哥哥的生活，以為自己好聰明，好有魅力。我以為只要在他們房中留下痕跡，便能讓這裡成為我的家。我以為自己在故事中已插上一角，但其實劇情和我所想截然不同。在我之前，迷人的莉莉安既完美又聰明，而這段時間，我只像笨蛋，練習著她的角色！我望向四周，看著藍色的牆面、難看的地毯和那張肖像照。我突然明白這一切的意義。這是紀念莉莉安的聖殿，而我毫不知情下，一直默默維護著。我拿起愛琳娜．馬克思的照片。當然我看到的不是愛琳娜．馬克思。在她的臉上，我看到**她**。我把照片翻面，讀著背後的字：**致F．B，我的同志**。龍飛鳳舞的大字寫著：**我永遠的同志。L．V上**。

我呻吟更大聲，好想把那張鬼照片跟我抽到一半的菸一起扔進壁爐。我趕快把照片夾回相框上，以免我真的下手。我嫉妒莉莉安！我從來沒這麼嫉妒過！不是因為這棟房子，不是因為西里爾，甚至不是羅夫（即使羅夫在她苦難中，為她難過和擰手哭泣）。我嫉妒全是因為佛羅倫斯。莉莉安的故事同時將佛羅倫斯交給我，卻也永遠奪走了她。我想著我過去幾個月的努力。佛羅倫斯沒有像我所想變胖，並打起精神。我的努力只讓她不那麼悲傷，回憶不那麼鮮明。她今晚問我，**妳記得我們說要見面，結果妳沒來**…？她問我時，雙眼發著光，因為兩年前，我沒出現，讓她擁有一段美妙的緣分。

我開啟了她美妙的緣分，現在看來，我覺得全是我咎由自取，自做自受。我再次回想我那天晚上和後來的歲月。我想著在幸福廣場所有聲色犬馬的享受，所有西裝、晚宴、酒水和**擺姿勢**。那一刻，我願用一切換取莉莉安在那場無聊演講的位置，讓佛羅倫斯淡褐色的雙眼望著我，為我驚豔！

第十八章

佛羅倫斯傾吐內心哀愁後，我發現奎特街的一切都變了。她感覺心情開朗，不再心事重重，彷彿卸下內心沉重的負擔，挺起胸膛，伸展長久束縛和麻木的四肢。她仍會陷入憂愁，一人散步完，也仍會一臉哀傷。但她不再隱藏情緒，也不遮掩背後原因。例如，她坦白告訴我，她散步時都會去莉莉安的墓（正如我所猜想）。不久，她甚至開始談起她。「莉莉安聽到這件事一定會笑死！」她會說。或說：「要是莉莉安在的話，我們就可以問她，她一定會知道。」

她煥然一新，開朗的心情感染了所有人。我原本以為家裡氣氛已經夠好了，但我後來才發覺，屋裡其實一直籠罩著莉莉安的回憶及羅夫和佛羅倫斯的悲傷，現在一切豁然開朗。彷彿我們面對的不是冬天的濃霧和霜雪，而是春暖花開的季節，氣候和煦，處處芬芳。羅夫會望著妹妹，看她微笑哼歌，抱著西里爾搔他癢。他的目光無比溫柔，有時會彎身開心地親吻她臉頰。就連西里爾似乎也感覺到改變，他變得健康可愛，不哭不鬧。

結果，反倒是我變得焦慮又苦惱，心事都只能深深藏起。

我情不自禁。佛羅倫斯心中舊有的大石，彷彿壓到了我身上。她坦白那夜，我的心情波動，五味雜陳，每一週我心情都變得更奇怪和矛盾。我一方面為她難過，一方面和羅夫一樣，開心看到她現在重拾喜悅。我也很感動她終於對我敞開心房。但我多希望她的故事不是如此！我永遠無法喜歡過世的莉莉安，當大家畢恭畢敬地提到她，我都必須吞下內心的忿恨。也許在我想像中，莉莉安就是凱蒂，而我想到她那沒擔當的男朋友，就想到華特。但莉莉安每晚都睡在佛羅倫斯旁邊，挑逗她的欲望，卻不曾轉過頭，親吻她的雙唇，我一想到便全身發燙，心癢難耐。為何佛羅倫斯這麼喜歡她？雖然是我幻想，但我一直覺得照片中就是莉莉安的臉，我會盯著愛琳娜・馬克思的照片，看到那張臉彷彿飄到眼前。她跟我天差地遠。佛羅倫斯自己不就說了？她說我跟莉莉安好不一樣，她從來沒這麼高興過！我想，她指的是莉莉安為人聰明，心地又善良。她懂得**合作**這個詞，永遠不用開口問。但我呢？我算什麼？我只是愛整齊、愛乾淨。

哼，我想那晚之後，我沒那麼愛乾淨了。我再也不拿莉莉安鮮豔的地毯出去撣灰。別人踩在上面，我會露出微笑，幸災樂禍看著地毯變髒。

然而，我後來想像莉莉安在天堂織了無數地毯，等待佛羅倫斯坐到上頭，將頭枕在她膝上。我想像她在書架放滿文章和詩集，這樣她和佛羅倫斯便能並肩一起閱讀。我看到她在天堂某個狹小的廚房準備了個火爐，讓我能在裡面燉牡蠣，而她和佛羅倫斯能牽著手，共度幸福。

我開始盯著佛羅倫斯的手瞧。我以前從沒這麼做過。我想像自己如果是莉莉安，**我**會讓那雙手為我做什麼……

我依然情不自禁。我過去說服自己佛羅倫斯是聖徒，她的身體、溫度和欲望曖昧不清，難以捉摸。但如今她向我吐露她壯烈的戀曲，就像全身赤裸出現在我面前。面對眼前的景象，我無法移開目光。

例如有個漆黑晚上，夜已深，羅夫和工會朋友出門，西里爾靜靜在樓上。她洗了澡、洗了頭髮，穿著睡衣坐在客廳睡著了。我幫忙她把浴缸的肥皂水倒入廁所，倒了熱牛奶來喝。我拿杯子回來時，發現她在壁爐旁沉沉睡去。她身體扭曲，頭向後仰，手臂無力攤放著，雙手微微在腿上交疊，呼吸很沉，依稀打著鼾。

我站在她面前，杯中冒著白煙。她頭上毛巾已拿下，頭髮垂在椅子後面的繡布上，像是法蘭德斯的聖母。我發覺自己不曾見過她頭髮如此茂密蓬鬆，於是凝視她好久。我記得自己以前覺得她頭髮是不起眼的赤褐色。但那不是赤褐色，她頭髮顏色層次豐富，暗藏著金色、棕色和銅色。頭髮鬈曲起伏，比乾的時候更濃密、柔潤，散發光澤。

接著我看起她的臉，看著她的睫毛，她微啟的朱唇，她下巴的弧線和略顯圓潤的肌膚。我望向她的雙手，我記得炎熱的六月中，她在綠街上搧啊搧的。我記得後來牽起她的手。我記得她手握住我的力道，溫熱的布手套貼著我的手掌。她的雙手今晚特別粉嫩，剛洗完澡，皮膚略微發皺。我記得她以前常咬指甲，現在指甲整齊，沒有咬痕。

我望向她的喉嚨。她的皮膚白皙光滑。睡袍V領附近，我看到她胸部的邊緣。

我看著看著，自己的胸中出現一股奇怪的動靜，像是蠕動、轉動或收縮，我彷彿已千年不曾有過。隨之而來有種熟悉的感覺，從底下……我手中的牛奶杯開始發抖，我擔心會灑出來，於是我轉身，小心將杯子放在桌上，然後輕手輕腳，退出客廳。

我每一步遠離她，我的心和雙腿之間的感覺就變得更強烈。我感覺像是腹語術士，將掙扎的人偶關入木箱。我到了廚房，靠到牆上。我全身劇烈顫抖，不敢回客廳，半小時後，我聽到佛羅倫斯起來，大聲說我牛奶放在桌上都冷了，還結了塊。即使到這時候，我內心仍一片慌亂，她看著我說：「妳怎麼了？」我只好回答：「沒事，沒事……」目光一直避開她喉嚨下方白色V領周圍渾圓的肌膚。因為我知道，如果我再望過去會情不自禁吻她。

我來奎特街是為了當個正常人，如今我卻比以往更像拉子。其實，我坦白之後，仔細觀察周圍，才發現我身邊全是拉子，我不敢相信之前都沒發現。佛羅倫斯兩個做慈善的朋友看來是一對情侶。我想她一定跟她們說了，因為她們再次登門拜訪時，眼神看起來不一樣了。至於安妮·佩姬，我下次見到她，她手臂摟著我說：「南西！佛羅倫斯告訴我妳是一家人！天啊，我一點也不驚訝，但真是太開心了……」

我莫名重新陷入苦戀，但能再次感到欲望**其實**非常美好，拉子的我彷彿將震動的引擎上了油，並點燃爐中的煤炭。有天晚上，我夢到自己在萊斯特廣場，穿著我守衛的舊制服漫步，頭髮剪成像士兵一樣，褲子塞著手套（其實是佛羅倫斯的手套，我後來每次看到那手套都會臉紅）。我之前在奎特街就作過類似的夢，當然，沒有手套這部分。但這次我醒來，頭皮和大腿內側都在發癢，我手抓了抓黯淡的鬈髮和碎花連身裙，心裡無比厭惡。我那天去白教堂市場買菜，回家途中，經過紳士服飾商的櫥窗，我內心充滿渴望，整個人都貼在窗上，額頭和手在玻璃上留下汗水的痕跡……

然後我心想，何必抗拒呢？我進門，買了件斜紋褲、一套內褲和襯衫、一條吊帶和繫帶靴（裁縫師可能以為我在幫哥哥買衣服）。回到奎特街，我去找了個剪髮一次一便士的女孩說：「剪掉，剪掉，快點！以免我改變主意！」她把鬈髮全剪了。拉子剪頭髮時總會感傷，但這一刻，我內心的感受鮮明又強烈。她感覺不是在剪頭髮，彷彿我肩胛骨下有一對翅膀，包覆在肌肉下，而她正幫我將肉切開……

佛羅倫斯那天晚上回家時心不在焉，沒發現我剪短了頭髮。但羅夫開心地說：「哇，這髮型剪得真帥！」她也不知道我穿褲子。因為我答應自己，為了不造成鄰居困擾，我只有在家做家事才會穿。她每晚從斯特拉福回家，我都已穿回連身裙，圍上圍裙。但有一天，她提早回家了。她穿過廚房後面的庭院從後門進來。我當時在擦窗玻璃。那是大面窗戶，分成好幾個窗格。我已將每片玻璃都噴上洗劑，現在正拿布擦拭。我穿著斜紋布袋褲和襯衫，沒穿領子，袖子捲到手肘，雙臂髒兮兮的，指甲卡著黑垢。我的脖子和上唇汗水淋漓，我伸手擦了擦。我頭髮原本梳齊，現在已滑落。頭髮不斷落到我眼前，我一下嘟嘴去吹，一下用手腕撥開。等我擦拭面前的最後一片玻璃時，我嚇一大跳，因為佛羅倫斯動也不動站在對面。她穿著大衣，戴著帽子，手拿著側背包。但她那眼神……當年凱蒂．巴特勒看到我穿著晚禮服的樣子，我不知道她為何臉紅。但這段時間裡，我已見過無數愛慕的眼光。如今佛羅倫斯凝視穿著褲裝、剪了短髮的我，我很明白她為何臉紅。

但她像凱蒂一樣，她的喜悅中帶著痛苦。她和我目光交會，便低下頭，走進屋子。她唯一說的是：「哇，妳把玻璃擦得好亮！」看到她充滿欲望注視著我，是件非常美好的事（不知不覺中，我終於成功了！），她和我四目相交那一瞬間，我內心欲望高升，也感到她有所回應；我當下心蕩神馳，胸中痛楚，全身發熱，但除了欲望，我內心也糾結緊張，全身為之顫抖無力。

總之，我後來見到她，她雙眼無神，時時避開我的目光。我再次心想，莉莉安畢竟如此優秀，佛羅倫斯仍在為她哀悼，她為何會喜歡我？

於是我們繼續生活，天氣愈來愈冷。耶誕節到了，我不是在奎特街，而是在費里曼圖之家過節，佛羅倫斯替那群女孩辦了一場晚宴，需要有人幫忙替烤鵝刷醬汁，並洗碗盤。我們先舉杯敬了一八九五年，又敬了「不在的朋友」。當然，她指的是莉莉安。我不曾告訴她我失去的所有朋友。一月我們慶祝了羅夫的生日。好巧不巧，那也是黛安娜的生日。我微笑看著他打開禮物，想起安提諾烏斯的半身雕像，好奇它是否仍在幸福廣場，以冰冷的目光看著大家熱情的交流，不知道黛安娜可曾看著雕像想起我。

現在我在貝思納爾綠地總算安頓下來，無法想像自己曾住在別的地方，也已經難以回想除了奎特街的生活，我曾有另一種生活方式。我習慣了鄰居和街道上的喧鬧聲。我像佛羅倫斯和羅夫一週洗一次澡，其他時候，我會用水盆清洗身體。秋天之後，黛安娜天堂般的浴室，已變成詭異和遙遠的回憶。我維持短髮，並依照計畫在家做家事時，才會穿褲子。這件事至少維持一個多月，但後來鄰居全都知道了。我後來覺得晚上換連身裙似乎只是多此一舉。貝思納爾綠地沒人在意這件事，畢竟在這裡，有衣服就是種奢侈，路上常會見到女人穿著丈夫的外套，或男人披著披巾。隔壁蒙克太太的女兒看到我會興奮尖叫跑走。羅夫的工會同事辯論時，有時一見到我，會忘了剛才說的內容。羅夫不時會拿著襯衫和法蘭絨背心來到樓下，含糊嘟囔：「南斯，我在櫃子底下找到這個。不知道妳會不會想穿……？」

至於佛羅倫斯，像那天透著窗玻璃，我漸漸發現她會以同樣眼神看我。但最後她總是別開頭，目光黯淡。我好渴望她的注目，但不知如何是好。面對黛安娜，我會讓自己變得淫蕩，面對澤娜，我會故意漫不經心和她調情，但面對佛羅倫斯，我彷佛再次回到十八歲，全身冒著冷汗，無比焦慮，只害怕喚醒她漸漸淡化的哀愁。我會想，要是我們是變裝王后多好。要是我再次重返男妓身分，她是蘇活區緊張的紳士，我可以直接帶她到某個陰暗破爛的角落，替她寬衣解帶……

但我們不是變裝王后。我們只是兩個面紅耳赤的拉子，在欲望和現實間拉扯，冬天過去，這一年時光緩緩流動，愛琳娜．馬克思仍在牆上，臉色嚴肅，打扮凌亂，永恆不老。

二月一個極其平凡的日子裡，事情出現變化。我去白教堂市場一趟。我經常去那裡，沒什麼特別的。我回家時穿過庭院，發現後門微微打開，於是我無聲走進家門。我把東西放到廚房地上，我聽到客廳傳來佛羅倫斯和安妮的聲音。門全都開著，所以我清楚聽到她們的聲音。安妮說：「她在印刷廠工作。是妳這輩子見過最美的女人。」

「噢！安妮，妳總是這麼說。」

「不是，是**真的**。她坐在書桌前，桌上放著書頁，陽光照耀著她，讓她閃閃發光。她抬頭望向我，我手伸向她說：『妳是蘇．布萊賀嗎？我是裘德[50]……』」

佛羅倫斯大笑。她們兩人才剛讀完雜誌連載小說的新章節。我敢說安妮若知道故事結局，就不會開這玩笑了。佛羅倫斯說：「她聽了說什麼？說她不確定，但她覺得蘇．布萊賀可能在另一間辦公室工作……？」

「不是。她說的是：『**哈雷路亞！**』然後她和我握手。噢！那時我便知道自己墜入了愛河！」

佛羅倫斯又大笑，但似乎略有所思。過一會，她喃喃開口，我沒聽清楚，但安妮聽了大笑。後來安妮帶著笑意說：「妳那俊美的叔叔**怎麼樣**啦？」

叔叔？我邊想邊走到火爐伸手取暖。什麼叔叔？我這時其實不想偷聽。我聽到佛羅倫斯嘖一聲。「她不是我的叔叔，妳明明知道。」

「不是妳叔叔？」安妮這時大叫。「那樣的女孩……頭髮剪那樣……穿著軟皮褲在妳家客廳低沉說話，活像個建築工……」

聽到這，我顧不得自己是不是在偷聽，靜靜走進走廊，豎耳去聽。佛羅倫斯又大笑。

她說：「我向妳保證，她不是我叔叔。」

50　《無名的裘德》（*Jude the Obscure*）是英國作家湯瑪士．哈代（Thomas Hardy, 1840-1928）最後一部長篇小說，主題圍繞在階級、宗教、道德和婚姻。

「為什麼？幹麼這樣？佛羅倫斯，我對妳好失望。妳這樣很不自然。就像……就像儲藏室有塊烤肉，但妳只吃麵包、喝開水。我只是在說，如果妳不要讓她當叔叔，那說真的，想想妳的朋友，介紹給別人吧。」

「**妳**不准追她！」

「我找到蘇．布萊賀了，別人我才不要。但妳看，妳就喜歡她嘛！」

「我當然喜歡她。」佛羅倫斯小聲說。我現在聽得很仔細，覺得自己聽到她眨眼並噘起嘴。

「那好啊！明天晚上帶她去男孩那裡。」我確定這是她說的話。「帶她去男孩那裡。妳就可以見我的雷蒙小姐……」

「我不知道。」佛羅倫斯回答。她這句話之後，一片沉默。安妮接下來開口時，語氣有點不同。

「妳不能為她哀悼一輩子。」她說：「她絕對不想那樣……」

佛羅倫斯嘖一聲說：「妳知道談戀愛，不是像在籠子裡養一隻金絲雀。失去一個愛人，妳不能直接去外頭找另一個來代替。」

「我覺得妳正應該這樣！」

「**妳**才會這樣做，安妮。」

「可是佛羅倫斯，妳可以直接打開籠門，打開一點點就好……妳家客廳有隻新的金絲雀，用英俊的頭撞著鐵籠啊。」

佛羅倫斯這時說：「假如我讓新的進來，發現我不像舊的那隻那麼喜歡呢？假如……喔！」我聽到她跺腳。「我不敢相信妳讓我把**她**比作金絲雀！」我知道她指的是莉莉安，不是我。我別開頭，希望自己沒有聽到這一切。客廳安靜一、兩秒。我聽到佛羅倫斯把湯匙放入杯中攪拌。我還沒躡手躡腳走回廚房，便聽到她又小聲開口。

「但妳說新金絲雀在籠前撞鐵籠，妳覺得是真的嗎……？」

我腳勾到掃把，掃把倒下來。我不得不叫出聲，拍了拍手，裝作剛進家門。安妮叫我到客廳，說她們泡了茶。佛羅倫斯目光抬起，望向我，臉上略有所思。

安妮不久便離開了，佛羅倫斯整晚都在忙工作。她最近替自己配了副眼鏡，鏡片一整晚都映著火光，我看不清她目光究竟在書上，還是在我身上。我們如常道晚安，但後來我們兩人都輾轉難眠。我聽到她在床上翻身，咿呀作響，她後來去廁所一趟。我覺得她中途可能曾停在客廳門外，聽我是否在打呼。我沒有叫她。

隔天早上，我太累了，根本沒心思去觀察她。但我把鍋子放到爐上煎培根時，她來到我身旁。她靠得很近，然後她壓低聲音，也許是怕哥哥在走廊另一頭會聽到：「南斯，妳今晚可以跟我出門嗎？」

「今晚？」我打呵欠，皺眉望著培根說。我鍋子太燙，油太多，鍋子滋滋作響，冒出煙。「去哪？不是又要收捐贈款吧？」

「不，不是收款。其實不是去工作，而是……去玩。」

「去玩！」我以前從沒聽過她說這個詞，突然之間，感覺好下流。也許她也想著同樣的事，因為她臉微微一紅，拿起湯匙隨意把玩著。

「卡布爾街那一帶有間酒館。」她繼續說。「裡面有間女士包廂。女生稱之為『船中男孩[51]』……」

「噢！是嗎？」

她看了我一眼，又別開頭。「對。安妮她說會去，並會帶個新朋友。可能還有露絲和諾拉。」

「露絲和諾拉也會去！」我開心地說。她們就是從朋友變情人的一對。「這麼說，全都是拉子？」

意料之外，她點點頭，表情認真說：「對。」

全是拉子！一想到此，我內心一陣狂喜。我上次在一群女同志中度過夜晚已是一年前的事。我不確定自己是否寶刀未老。我要穿什麼？我要擺出什麼姿態？**全是拉子！**她們會怎麼看我？她們會怎麼看佛羅倫斯？

我問：「如果我不去，妳還會去嗎？」

51 船中男孩指的是陰蒂。這個詞用船形比喻作陰唇，而坐在船上的人則是陰蒂。

「我覺得應該會……」

「那我一定要去。」我說完，趕緊去顧鍋上的培根，所以沒看到她究竟是開心、滿意，還是不在乎。

我那天好焦慮，我拿起我幾件不起眼的連身洋裝和裙子，希望能找出一點拉子的吸睛特質。當然，除了我髒兮兮的斜紋褲，沒有一樣合適。而那件褲子光是在卡文迪什俱樂部就引起軒然大波，我想對於東區的人來說，一定過於大膽，於是我把褲子放到一旁，選了一件裙子，搭配紳士的襯衫、領子和領帶。我親自清洗、漿燙襯衫和領子，用洗衣精沖洗，讓衣服白得發亮。領帶是絲質的，質料非常好，只有織法比較不完美，絲綢是羅夫替我在他的工坊買的，然後我去找猶太裁縫師替我做成領帶。顏色是藍色，能襯托我的眼睛。

當然，晚餐收拾好後，我才換衣服。我把可憐的羅夫和西里爾趕到廚房，並在客廳壁爐前洗浴、更衣，我焦慮又興奮，開心到有些反胃。儘管我穿上的是裙子、馬甲和襯裙，我仍覺得自己像年輕男子為情人打扮。我扣著衣釦，調整飾釘和領帶，聽著頭頂上方木板地傳來咿呀聲響，還有布料摩擦聲，我不禁覺得樓上是自己的情人在為我打扮。

她終於推開門，走進客廳時，我站在原地眨著眼，怔怔望著她良久。她脫下工作洋裝，換了束腰襯衫、背心和裙子。裙子是冬衣，深紫色的布料厚實，看上去感覺非常溫暖。背心是淺灰色，束腰襯衫是紅色，她脖子上別了個碎石榴石的金框胸針。這一年來，除了她嚴肅的黑色和棕色套裝，我第一次看到她穿別的衣服，感覺整個人煥然一新。紅色和紫色襯托她一雙紅唇，她的金鬈髮閃閃發亮，脖子和雙手白皙，拇指半月形的月牙粉嫩透白。

我難為情地說：「妳看起來非常美。」她滿臉通紅。

「我變胖了，新衣服都穿不下。」她說。然後她望向我的衣服。「妳看起來很俐落。領帶好適合妳，對不對？只是妳領帶歪了。來。」她走向我，抓住領結調正。我脖子上的脈膊碰觸到她的手，我雙手一陣不知所措，想把手插到口袋，但我裙子沒有口袋。「妳很愛亂動喔。」她溫柔地說，彷彿在和西里爾說話。但我發現她雙頰隱隱有著紅霞，聲音也略微顫抖。

她手終於從我脖子放下，再次退開。

「剩我頭髮。」我說。我拿了兩把梳子，在水壺沾溼，把頭髮向後整齊梳平。我在手上塗了馬加撒髮油（我現在有馬加撒髮油了）。抹到我頭髮感覺沉重，並讓狹小悶熱的客廳充滿香味。這段時間，佛羅倫斯都靠在客廳門框看著我。我弄好之後，她大笑。

「我的天啊，真是兩個美人。」羅夫這時牽著西里爾從走廊走來。「我們根本認不出來了，對不對，孩子？」西里爾向佛羅倫斯舉起雙手，她哼一聲把他抱起。羅夫手放到她肩膀，語氣更輕柔地說：「妳看起來好美，佛羅倫斯。我已經一年多沒看到妳這麼美了。」她優雅地歪了頭，那一刻兩人彷彿是中世紀畫作中的騎士和女爵。接著羅夫望向我，露出微笑，那一刻我不知道自己比較愛誰，是他妹妹，還是他。

「你會好好照顧西里爾，對吧？」佛羅倫斯焦慮地說，她將寶寶交還給羅夫，扣起她的外套。

「當然會！」她哥哥說。

「我們不會玩太晚。」

「盡情去玩，我們不會等妳們。只是妳們要小心。回家時有些路比較危險……」

從貝思納爾綠地到卡布爾街確實會經過城內最粗俗、貧窮和骯髒的區域，心情通常開心不起來。我知道路線，因為我和佛羅倫斯算常走。我知道哪條街最灰暗陰森，哪個工廠最血汗，哪個出租公寓最淒涼，住著最絕望的家庭。不過佛羅倫斯也說，我們那天晚上出門是出去玩。說來奇怪，但我們一路上確實很開心，我們平常走的路彷彿換上新裝。我們經過一間間酒館、小劇院、咖啡館和酒吧，雖然平時都是髒亂、可怕的地方，但今晚燈火通明，散發溫暖和色彩，啤酒、熱湯和肉汁臭味中傳出笑語和喧鬧。我們看到親熱的情人。有個女孩帽子上別了櫻桃，雙唇也塗了櫻桃色的口紅。孩子圍著冒著蒸氣火燙的牛雜、豬雜、蹄肉和烤馬鈴薯。誰知道一、兩小時之後，大家會回到多悲傷的家？但現在無論是迪斯街、史考麗街、黑爾街、菲遜街、寇克街、品客金街或小珍珠街，街上的人群和街道都散發著魔力。

「今晚這座城市多令人愉快啊！」佛羅倫斯驚奇地說。

是因為妳，我想回答。因為妳和全新的打扮。但我只微笑看著她，勾住她手臂，並說：「妳看那件大衣！」我說，我們經過一個穿著亮黃色外套的男生，在磚巷陰影中像是個燈籠。「我以前認識一個女孩，噢！她一定會喜歡那件大衣……」

我們不久到了卡布爾街。我們向左轉，然後向右轉。到路的盡頭，我看到一家酒吧，我想那就是我們的目的地。那是棟方形平屋頂的矮小建築，門口有盞紫紅色燈罩的煤氣燈，還有個招牌寫著「**巡防艦**」。我想到我們已靠近泰晤士河。

「就是這裡。」佛羅倫斯害羞地說。她帶我通過一道門，繞過酒館，到後面更小、更黑的入口。我們走下一段又陡又陰森的樓梯，進到原本是地窖的地方。底下有道門，上面是霧面玻璃，門後面便是我們要來的「船中男孩」，我記得叫這名字。

那地方不大，但非常陰暗，我花了點時間才看出這裡多大，我先看到明亮處，像壁爐、煤氣燈和吧台映著光的銅器、玻璃製品、鏡子及錫器，接著再看到昏暗的深處。我猜裡面有二十個人。有人坐在一排小包廂，有人站在吧台，有人聚在最遠、最亮的角落，那裡有個撞球檯。我不想望她們望太久，因為我們一進門，她們全應聲抬起頭，我感覺異常害羞，也在意她們的目光。

我低著頭，隨佛羅倫斯走到吧台。吧台後站著一個方下巴的女人，她拿一塊布擦著啤酒杯。她看到我們，便放下玻璃杯和抹布，露出笑容。

「哇，佛羅倫斯！看到妳我好高興。妳胖多了！」她伸出手，牽起佛羅倫斯的手，開心打量她。然後她轉向我。

「這是我朋友，南西．艾士特利。」佛羅倫斯非常害羞地說。「這是史溫朵太太，她負責管吧台。」史溫朵太太和我互相點頭、微笑。我脫下大衣和帽子，手梳梳頭。她看到我這麼做，便稍稍抬起眉毛，我希望她像安妮．佩姬一樣在想：**哎唷，佛羅倫斯有個帥氣的新叔叔啊！**

「妳要喝什麼，南斯？」佛羅倫斯問我。我說她喝什麼，我就喝什麼，她猶豫一會，叫了兩杯熱蘭姆酒。

「我們拿到包廂去喝。」木板地上有沙，我們走過時嘎吱作響，我們從吧台穿梭到一張桌子，桌旁有兩個凳子。我們對坐，並將玻璃杯中的糖攪拌均勻。

「所以妳以前是常客？」我問佛羅倫斯。

她點點頭。「我已經好久沒來了……」

「是喔？」

「莉莉安死後就沒來了。老實說，來這裡通常是為了交友和搭訕。我沒有心情來……」

我低頭看著手中的酒。後頭包廂突然爆出笑聲，我嚇一跳。

有個女生說：「我說我只跟朋友做那種事，先生。他說：『愛蜜莉．佩庭格說妳讓她摩擦一小時半。』根本沒這回事，但總之我說：『摩擦是一回事，先生，你現在說的是另一回事。如果你要我……她……』這裡她一定比了個手勢。「你就要付我好大一筆錢。」

「他付錢了嗎？」另一人說。第一個人頓了頓，也許是喝口酒。然後她說：「廢話！如果那王八沒把手伸進口袋，拿枚金幣放到桌上，我隨便妳……」

我望向佛羅倫斯，她微笑說：「妓女。來這裡一半的女人是妓女。妳介意嗎？」我曾當過妓女（好啦，是男妓），我怎麼會介意？我搖搖頭。

「**妳**介意嗎？」我問她。

「不會。我只為她們的處境感到難過……」

我沒在聽。我太專注在聽妓女的故事。她現在在說：「我們摩擦半小時，然後輕舔絲絨，讓紳士在一旁看。後來蘇西拿了一雙褲襪……」

我望向佛羅倫斯，皺起眉頭。「她們是法國人之類的嗎？」我問：「我聽不懂她們說的每一句話。」真的，我聽不懂。我在街上從沒聽過這幾個詞。我說：「**輕舔絲絨**，這是什麼意思？天鵝絨？聽起來像在劇院會做的事……」

佛羅倫斯臉紅了。「妳可以試試看。」她說：「但我想主持人會把妳攆出去……」我仍皺著眉頭，但她微啟雙唇，伸出舌尖。迅速瞄了我大腿一眼。我從沒見過她做這種事，我大吃一驚，一股欲望湧起。彷彿她將雙唇湊到我身上。我感覺內褲溼了，我雙頰羞紅。不得不別開頭，躲著她熱情的目光，掩飾我紊亂的心緒。

我望向吧台的史溫朵太太和掛在她頭上閃閃發亮的錫杯。然後我望向撞球檯的人影。過一會，我更仔細看。我對佛羅倫斯說：「我以為妳說這裡全都是拉子？那裡有男生啊。」

「男生？妳確定？」她轉頭望向我指的地方，和我一起望著打撞球的人。她們吵吵鬧鬧，有一半的人都穿著褲子和背心，頭上都剪著囚犯般的短髮。但佛羅倫斯望一望大笑。「男生？」她又說：「那些不是男生！南西，妳怎麼會這麼想？」

我眨眨眼，再看一次。我漸漸發現……她們不是男生，而是女生。她們全是女生，而且全都非常像我……

我吞了吞口水。我說：「那些女生都像男生一樣過生活嗎？」

佛羅倫斯聳肩，沒注意到我聲音哽咽。「我想有的人是。大多數人都隨心所欲打扮，不在意別人的目光。」她和我四目相交。「妳知道，我一直以為妳自己一定也是如此……」

我回答：「如果我說我以為我是唯一一個，妳會不會覺得我很蠢……？」

她這時眼神變溫柔。「妳好奇怪！」她溫和地說：「妳從沒輕舔絲絨——」

「我不是說我從沒做過。只是我從來沒用過這詞。」

「好吧。那妳可能用各種奇怪的說法。但妳似乎從沒見過穿褲子的拉子。說真的，南斯，有時候……有時候我覺得妳就像……畫中的維納斯，從小在貝殼裡長大……」

她一根手指放到玻璃杯邊緣，擦下一滴甘甜的蘭姆酒，然後放到嘴中。我感到喉嚨變得更乾，心神蕩漾。我抽了抽鼻子，再望向撞球檯穿著褲子的拉子。

我過一會說：「早知道，我就穿我的斜紋褲來……」佛羅倫斯大笑。

我們坐在桌前又喝了一陣子蘭姆酒。更多女人來了，酒吧變得悶熱、吵雜，煙霧瀰漫。我走去吧台，將酒斟滿，我拿酒回到包廂，看到安妮來了，還有露絲、諾拉和另一個女孩，她一頭金髮，長相姣好，她叫作雷蒙小姐。「雷蒙小姐在印刷廠工作。」安妮說，我聽到時假裝吃驚。半個小時左右，她去了廁所，安妮要我們換座位，讓她坐在她旁邊。

「快，快！」她大喊：「她很快就會回來了！南西，妳到那邊！」我坐到佛羅倫斯和牆中間。那是一段漫長美好的時光，我讓其他女生說話，享受她穿著紫紅色裙子的大腿緊依著我苗條的腿。每次她轉向我，我都感到她的氣息吹拂我的臉頰，感覺火燙、甘甜，充滿蘭姆酒的氣味。

晚上一分一秒過去。我開始覺得我從來沒度過更美好的夜晚。我望向露絲和諾拉，看到她們靠在一起大笑。我望向安妮，她手摟著雷蒙小姐，凝視她的臉龐。我望向佛羅倫斯，她露出笑容說：「還好嗎？維納斯？」她的髮針已經鬆落，頭髮垂在領口。

這時諾拉說起她真實的故事。「今天有個女孩進來辦公室，妳們聽聽看……」我打呵欠，別開頭，望向打撞球的人。驚訝地發現有一群女生背對桌子，全盯著我。她們似乎在討論什麼，一人點頭，一人搖頭，旁邊另一人瞇眼盯著我，並用撞球桿用力槌地。我開始有點不安，誰曉得，也許因為我剪短髮、穿裙子，不小心打破了拉子常規。我別開頭，等我再望過去，其中一個女生從她們之中走出，直直朝我們包廂走來。她個頭很大，袖子捲到手肘，手臂上有個粗糙的刺青，顏色呈綠色，糊成一團，像是瘀青。她到我們包廂，將有刺青的手臂伸到椅子上，靠過來和我對到眼。

「不好意思，親愛的。」她提高嗓門說：「我朋友珍妮堅持妳是那個叫南·金恩的女生，以前在音樂廳和凱蒂·巴特勒表演的那個。我跟她賭一先令，說妳不是她。好了，妳幫我們決定輸贏吧。」

我目光掃過全桌。佛羅倫斯和安妮略帶驚訝，抬起頭。諾拉不說了，現在露出笑容說：「機會要把握，南斯。可能可以喝到免費的酒。」雷蒙小姐聽了大笑。沒人相信我真的是南·金恩。當然，我這五年來一直隱瞞這件事，自己不曾承認。

但喝下蘭姆酒，我全身發熱，再加上內心隱藏的感情，像是生鏽的鎖重新上了油。我轉向那女人說：「妳恐怕輸了。我**的確是**南．金恩。」這是真相，但我卻感覺自己像個騙子。彷彿我剛才說：「我**是**羅斯伯里伯爵[52]。」我沒望向佛羅倫斯，但我眼角瞄到她嘴巴張大。我望向刺青的女人，輕輕聳個肩。她剛才已退開，現在手朝我們包廂拍一下，笑著朝她朋友大喊。

「珍妮，妳贏了！這女生說她正是南．金恩！」

聽到她說的話，撞球檯旁那群女生全尖叫一聲，全場一半都安靜下來。隔壁包廂的妓女站起來，盯著我。我聽到「南．金恩！南．金恩來了！」每張桌子都這樣低聲說著。刺青拉子的朋友珍妮走過來，手伸向我。

「金恩小姐。」她說：「妳一進來我就知道是妳。我以前在百麗宮看妳和巴特勒小姐演出都好開心！」

「謝謝妳。」我和她握手說。這時我和佛羅倫斯四目相交。

她問：「南斯，這是怎麼回事？妳真的在音樂廳工作過？妳為何從來沒說？」

「那是好久以前的事了……」她搖搖頭，上下望著我。

「妳是說妳不知道妳朋友是明星？」珍妮聽到說。

「我們不知道她曾當過明星。」安妮說。

「她和凱蒂．巴特勒……多棒的雙人組合！後來女扮男裝雙人組再也沒有人能像她們一樣……」

「女扮男裝！」佛羅倫斯說。

「對啊。」珍妮繼續說：「啊，等一下……我記得這裡有個東西，這裡……」她擠過目瞪口呆的群眾到吧台，我看到她和女侍打招呼，那裡有一排反放著的酒瓶，她比著後面的牆面。那裡有一塊褪色的厚毛呢布，上面有許多舊節目單和明信片。我看到史溫朵太太手伸向那一堆捲起的紙片，沒多久抽出一張彎曲的卡片。她拿給珍妮。珍妮沒多久便拿到我面前，那是一張照片。上面是穿著牛津布袋褲，戴著草帽的我和凱蒂，照片已褪色，但仍非常清楚。我一手放在她肩膀，手上拿著一根沒點燃的香菸。

我拿著那張照片，目光無法移開。那件西裝的氣味和重量，以及手放在凱蒂肩膀的感覺，我記得非常清楚。即使如此，那像是望著另一個人的過去，只讓我打個寒顫。

佛羅倫斯先把明信片拿去，低頭仔細看，幾乎和我一樣專注。後來露絲、諾拉、安妮和雷蒙小姐也一一傳閱，最後明信片回到珍妮手上，她傳給朋友看。

「沒想到這張明信片仍釘在上面。」她說：「我記得把這張釘上去的女孩，她對妳非常著迷。真的，妳在男孩酒吧一直是大家的最愛。她在柏靈頓拱廊街從個女人那裡買來的。妳知道那裡有個女人在賣妳們的照片給有興趣的女生嗎？我搖搖頭，感到不可思議，我在柏靈頓拱廊街前後走了那麼多趟，尋找有興趣的**紳士**，從沒注意過那個女人。

這時有另一人大喊：「金恩小姐，妳來**這裡**真是讓人太高興了……」大家聽了這句話，紛紛心有所感，喃喃低語。「我必須說我的確想過她是拉子。」我聽到有人說。然後珍妮再次彎身靠近我，歪著頭。

「如果不介意我問的話，巴特勒小姐呢？我聽說她也是個拉子。」

「沒錯。」另一個女生說：「我也曾聽說。」

我猶豫一下。然後說：「妳們錯了。」我說：「她不是。」

「一點點都不是……？」

「完全不是。」

珍妮聳聳肩。「噢！真可惜。」

我望著大腿，突然好難過。但更糟的是，這時有個妓女擠到露絲和諾拉之間大喊：「噢！金恩小姐，妳為我們唱首歌好不好？」她這一叫，許多人也喊了起來。「噢！對，金恩小姐，拜託！」像是一場夢魘，現場突然憑空變出一台舊鋼琴，推過油膩的木地板。馬上有個女人坐到鋼琴前，扳著指頭，零落彈了一段音階。

「不行。」我說：「我真的不行！」我眼神瘋狂望向佛羅倫斯。她望著我的樣子彷彿是初次見到我。珍妮一

52 阿奇博爾德．普里姆羅斯（Archibald Primrose, 1847-1929）是第五任羅斯伯里伯爵，曾任英國首相。

股勁在旁鼓噪說：「噢！來嘛，南，別掃興，替男孩酒吧的女生唱一首。妳以前常唱的那首……關於朝漂亮女生拋媚眼，手拿著金幣……？」

有人唱起，接著一個個女生應和。安妮喝了口啤酒，現在差點嗆到。「天啊！」她擦嘴說：「這是妳唱的？我有次在霍本帝國劇院看過妳！妳曾朝我拋巧克力金幣。巧克力放在妳口袋已經一半都融化了，我吃的時候覺得自己快開心死了！天呀！**南西**！」

我望著她，咬著嘴唇。撞球檯旁的女生全放下球桿，站到鋼琴前。鋼琴手彈奏出和弦，大概二十個女人都在唱。那是首很傻的歌，但我記得凱蒂的聲音隨著旋律悠揚升起，讓那首歌變得更甜美婉轉，傻氣的歌詞彷彿化為舌尖上的蜂蜜。歌曲在這簡陋的地窖中聽起來截然不同，但也很真誠，充滿一種融洽的氣氛。我聽著女孩的歌聲，不覺開始跟著哼唱……沒多久，我跪在座位上，和她們一同合唱。她們後來大聲歡呼，為我鼓掌，我得將頭靠到手臂上，咬住嘴唇，才能強忍住奪眶而出的淚水。

她們這時又唱起另一首歌。這不是我和凱蒂的歌，是首我沒聽過的新歌，所以我無法跟著唱。我坐下來，頭靠著包廂的木板。一個女生來到我們桌邊，端了盤豬肉派，史溫朵太太要她送來的。「店裡招待。」我撥著油酥麵皮一會，漸漸冷靜下來。露絲和諾拉手肘靠在桌上，托腮凝視著我，剛才說的故事全拋到腦後。新歌中斷時，我聽到安妮向難以置信的雷蒙小姐解釋：「不是，我發誓我們毫無頭緒。她就來到佛羅倫斯家門前，臉上有個黑眼圈，手裡拿著一把西洋菜，接著就待下來了。太教人**意外**……」

佛羅倫斯頭轉向我，眼睛藏在陰影中。

「妳真的很有名？」她問我，我掏出菸點燃。「妳真的會唱歌？」

「唱歌，跳舞。有次還在貝瑞塔尼亞劇院演過諷刺歌舞劇。」我拍一下大腿高聲說：「『諸位大人，我們的主子卡西米王子在哪？』」她大笑，但我沒笑。

「我多希望自己看過妳！這是什麼時候的事？」

我想了一會，然後說：「一八八九年。」

她嘟起嘴。「啊，那一整年在鬧罷工。沒時間去音樂廳。我想我有天晚上曾站在貝瑞塔尼亞劇院外面為碼頭工人募款……」她微笑。「但我也想要巧克力金幣。」

「那我一定會丟給妳……」

她將酒杯拿到嘴邊，忽然想到別的事。她問：「那妳怎麼會離開劇院？妳這麼成功，為何不做了？妳做了什麼？」

我已承認了不少事。但我還沒準備好坦白一切。我將盤子推向她。「幫我吃這個。」我說。然後我彎過她，向另一頭喊：「安妮，給我一根菸，好不好？這根菸點不起來。」

「好吧，看在妳是**名人**的分上……」

佛羅倫斯和露絲吃完了派。鋼琴前的女生都唱累了，聲音沙啞，一一走回撞球桌。隔壁包廂的妓女起身，別好帽子。我想她們要去沃平和萊姆豪斯的普通酒館工作了。諾拉打呵欠，看到她打呵欠，我們也跟著打起呵欠，佛羅倫斯嘆口氣。

「我們要走了嗎？」她問：「我覺得應該很晚了。」

「快半夜了。」雷蒙小姐說。我們起身穿上大衣。

我說：「我要去向史溫朵太太說句話，謝謝她送我的派。」我中途遇到六個女生和我打招呼，好不容易謝完史溫朵太太之後，我走到撞球檯旁，朝珍妮點點頭。

「晚安。」我說：「我很高興妳贏了一先令。」

她和我握手。「晚安，金恩小姐！有這榮幸跟妳共處一室，一先令根本不算什麼。」

「我們會再看到妳嗎，南？」她刺青的朋友這時問。我點點頭說：「我希望會。」

「但妳下次一定要好好自己唱首歌，還要穿紳士的衣服。」

「噢！對，妳一定要！」

我不答腔，只露出笑容，並退開來。接著我想到一件事，便朝珍妮招手。

「那張照片。」她靠近之後，我小聲說：「妳覺得……史溫朵太太會在意……妳覺得我可以自己留著嗎？」她手馬上伸到口袋，拿出那張皺巴巴又褪色的舊照，交到我手中。

「妳拿去吧。」她說，接著她忍不住好奇問道：「可是妳自己沒有嗎？我以為……」

我說：「老實說，我離開時走得很急。我失去了許多東西，徹底拋棄了過去，直到今天。但這個……」我低頭望著照片。「唉，這張照片留著沒關係吧，對不對，稍做紀念？」

「我希望不會，真的。」她親切地說。然後她望向我後方的佛羅倫斯和其他人。「妳的女孩在等妳。」她笑著說。我將照片收入大衣口袋。

「對，她在等我。」我心不在焉地說：「她在等我。」

我走向朋友，我們穿梭過擁擠的吧台，爬上很陡的樓梯，走入寒風刺骨的二月夜晚。巡防艦酒吧外，道路黑暗寧靜。但遠方卡布爾街有一排人。像我們一樣，他們全是東區酒吧的客人，開始搖搖晃晃回家。

我們邊走我邊問：「男孩酒吧的女生和當地人或粗漢碰到，不曾有過麻煩嗎？」

安妮將領子拉起擋風，然後勾住雷蒙小姐的手臂。她說：「偶爾吧，偶爾。有一次幾個男生幫豬戴上軟帽，把牠趕下地窖樓梯……」

「不是吧！」

「真的。」諾拉說：「有次打架時一個女人的頭被打破了。」

「但他們是為了爭一個女孩才打架。」佛羅倫斯打呵欠說：「打她的是那女孩的老公……」

安妮繼續說：「其實這地方龍蛇混雜，有猶太人、拉斯卡人、德國人、波蘭人，社會主義者、無政府主義者、救世軍[53]……大家少見多怪。」

不過她說著說著，街道盡頭有兩個男人走出房子，看到我們。他們看到安妮和雷蒙小姐勾著手，露絲手放在諾拉口袋，佛羅倫斯和我碰著肩膀，便喃喃低語，竊笑一聲。我們經過時，其中一人清喉嚨，朝地吐了一口唾沫。另一人手搗在他胯下，大叫大笑。

安妮朝我望過來，聳了聳肩。雷蒙小姐讓我們都笑了，她說：「我不知道有沒有女人會為了**我**打破頭……」

「只會為妳心碎，雷蒙小姐。」我逗她說，安妮和佛羅倫斯都望向我，皺起眉頭，讓我很得意。

我們這群人愈來愈少，到了白教堂區，露絲和諾拉便離開我們，搭馬車去城裡的公寓。到了秀爾迪契，雷蒙小姐住的地方，安妮望著自己的靴尖說：「我想時間晚了，我送雷蒙小姐到門口好了。但妳們繼續走，別等我，我晚點會追上……」

於是只剩佛羅倫斯跟我了。天寒地凍，我們加快腳步，佛羅倫斯手勾著我，我們靠得非常近。走到奎特街頭，我們停下腳步，就像我第一次來這裡，我們凝視了一會哥倫比亞市場黑暗、詭異的高塔，以及濃霧四布，煙霧嗆鼻，不見星光和月亮的倫敦夜空。

「我想安妮應該不會追上我們了。」佛羅倫斯低聲說，回頭望著秀爾迪契。

「不會。」我說：「我想不會……」

我們進家門時，屋子感覺很悶熱。但我們脫下大衣，去了一趟廁所，馬上感覺全身冰冷。羅夫幫我整理好床，並在壁爐上留張紙條說，鍋爐上替我們留了一壺茶。茶非常濃，已泡得像肉汁一樣呈深棕色，但我們還是想喝。我們把杯子拿到客廳，那裡最溫暖，手伸向壁爐發著光的餘燼。

椅子已推開，騰出空間放我的床。於是我們現在並肩坐在我床上，教人非常害羞。我們坐著時，床順著輪子滑了一下。佛羅倫斯大笑。桌上有盞火光微弱的油燈，除此之外，房中非常陰暗。我們坐在床上喝著茶，望著火光。灰燼不時會落下格柵，炭會發出劈啪一聲。佛羅倫斯小聲說：「去完男孩酒吧之後，感覺好平靜！」

床離地毯不遠，我抱著雙腿，下巴靠在膝蓋上，現在轉頭用臉頰貼著膝蓋朝她笑。

---

53 拉斯卡人（Lascar）是印度、東南亞、阿拉伯及阿望角以東來的軍人或水手。救世軍（Salvationist）是英國以軍隊形式和基督教為信仰所組成的慈善公益團體。

「我很高興妳帶我去。」我說：「我覺得我好久沒有度過那麼愉快的夜晚了，自從……呃，我也不知道什麼時候之後。」

「妳不知道？」

「對。妳知道，因為後來我開心通常都是因為看到妳開心……」

她露出笑容，打個呵欠。「妳不覺得雷蒙小姐很美嗎？」她問我。

「算美。」但沒有妳美，我想這麼說。我再次望著面前這張我一度覺得平庸的臉。噢！佛羅倫斯，沒人能和妳一樣美！

但我沒說出口，而她一直微笑著。「我記得安妮曾追求的另一個女孩。因為安妮當時跟姊姊住一起，所以我們讓她們住我們家。她們睡在這裡，莉莉安和我睡在樓上。她們好吵。蒙克太太還特別來問：『是不是有人不舒服？』我們只好說莉莉安牙痛。其實我在她身邊，她睡得很好……」

她聲音變小。我伸手拉鬆領帶。一想到佛羅倫斯躺在莉莉安身邊，心中欲火無法宣洩，我便覺得好氣。但一如往常，也讓我全身發熱。我說：「和妳那麼愛的人同床共枕不覺得很難嗎？」

「非常難！但也非常不可思議。」

「妳不曾……不曾親她嗎？」

「我有時會趁她睡著時親她。我會親她頭髮。她頭髮好美……」

我這時腦中清楚浮現我和凱蒂做愛之前，躺在她身旁的那幾天。我又問了個問題，語氣略有不同：「她沉沉進入夢鄉時，妳會看著她的臉……希望她夢到妳嗎？」

「以前就是為了看她，我還留根蠟燭！」

「她躺在妳身旁，妳不會渴望碰她嗎？」

「我想我**有**碰她！而且我都快嚇死了。」

「但妳有時不會碰自己……希望那是她的手指嗎……？」

「噢！我會！而且還會滿臉通紅！有次我在床上靠到她身邊，她在睡夢中低喃：『**吉姆！**』吉姆是她男朋友的名字。後來她又喊了一次：『**吉姆！**』我以前不曾聽過她發出那種叫聲。我不知該哭還是該怎麼辦。但我真正想要的……噢！南西！我真正想要的是讓她像中了催眠，能安靜睡著，讓我摸她，讓她以為我是他，並在我手下再發出那種叫聲……！」

她吸口氣。壁爐中一塊炭落下，但她沒有轉頭去看，我也沒有。我們只凝視彼此。彷彿她炙熱的話語將我們兩人的目光融合，讓我們眼神無法移開。我幾乎笑著說：「吉姆！吉姆！」她眨了眨眼，身體打顫，後來我也打顫了。然後我單純喚了聲：「噢！佛羅倫斯……」

這一刻，彷彿有種神祕的力量，縮短我們雙唇之間的距離，最後消失。我們親吻彼此。她伸手摸著我的嘴角，接著將手指放到我們的雙唇間。她的手仍有糖的味道。這時我全身開始顫抖，我雙拳緊握，對自己說，不要抖了好嗎？她會以為妳以前完全沒和人接吻過！

但我手伸向她時，發現她和我一樣在顫抖，過一會，我手從她脖子移到她隆起的乳房，她全身像魚一樣扭動，然後嫣然一笑，貼近我。「用力一點！」她說。

我們一起向後倒到床上。床又滑過地毯一吋，我解開她的襯衫釦子，臉靠到她胸部，透過她的棉質內衣吸吮她的乳頭，她乳頭變硬，全身開始僵硬，口中喘息。她雙手捧住我的頭，將我拉上來親吻。我趴到她身上，感到她胸部貼在我身上，身體在我下方遊移，我覺得自己快高潮或暈倒。這時她讓我躺下來，拉起我的裙子，手放到我雙腿間，輕柔、緩慢撫摸，挑逗著我，我希望自己永遠不會高潮……

最後我感覺她手摸到我最溼的地方，她在我耳邊輕語。她低聲說：「妳喜歡裡面嗎？」這問題好溫柔又主動，我差點流淚。「噢！」我說，她再次親吻我。過一會，我感到她在我體內移動，先用一根手指，接著兩根，我猜後來變三根……最後，她使了點勁，讓整隻手沒入其中。我想我大叫了，全身顫抖嬌喘，放聲呻吟，感覺她拳頭隱約轉動，她甜美的手指在我陰道裡伸展又彎曲……

我高潮時，感到一陣暖流噴湧而出，她指尖到手肘上都是我的淫液。她感同身受地高潮，全身癱軟，沉沉倒在我身上，連裙子都溼了。她手伸出來時，我再次顫抖，我緊握住她的手，並將她臉拉近，親吻她。後來我們緊靠著彼此，靜靜躺著，像引擎漸漸冷卻。我們抽搐漸歇，最後靜止下來。

她終於起身時，頭撞到餐桌。我們已在不知不覺間把矮床從客廳一頭搖到另一頭，完全沒注意。她大笑。我們脫下衣服，她調暗燈，我們穿著潮溼的襯裙，蓋上毛毯。她睡著時，我雙手捧住她的雙頰，親吻她撞到的額頭。

我醒來時仍是晚上，但天亮了些。我不知道為何被吵醒。但我望向四周，發現佛羅倫斯在枕頭上稍微起身，已完全清醒，凝視著我。我再次牽起她的手，親了親，感覺腹部一陣翻攪。她露出微笑，但那抹笑有點曖昧不明，我不禁全身發涼。

「怎麼了？」我含糊地說。她撫摸我的頭髮。

「我只是在想……」

「什麼？」我問，她卻不回答。我撐起身子，現在也完全醒了。「**什麼事**，佛羅倫斯？」

「我在黑暗中看著妳。我以前不曾看過妳睡覺。我覺得妳看起來像個陌生人。然後我心想，妳**真的是**陌生人……」

「陌生人？妳怎麼能說這種話？妳跟我已經同住超過一年了！」

她回答：「是的，但就在昨天晚上，我第一次發現妳曾是音樂廳的明星！妳怎麼能把這種事當祕密？妳怎麼會想這麼做？妳還做了什麼我不知道的事？妳搞不好進過監獄，誰知道。妳可能發過瘋。妳可能是妓女！」

我聽了這話，不禁咬著嘴唇，但後來我想起她對男孩酒吧裡的妓女都很親切，我馬上說：「佛羅倫斯，我確實曾在街上工作過。妳不會因此討厭我，對吧？」

她手馬上收走。「在街上！我的天啊！我當然不會討厭妳，可是……喔，南西！想到妳曾是那麼可憐的女孩……」

「我不可憐。」我別開頭說：「老實說……我也不是個女孩。」

「不是女孩？」她說：「什麼意思？」

我用指甲撥著毛毯絲質的邊緣。我隱瞞過去已這麼久，現在，該說出我的故事嗎？見到她放在被子上的手，我腹中又一陣糾結。我再次想起她的手指讓我放鬆，全身為之綻放，她的拳頭在我體內溫柔轉動……

我深吸口氣。我說：「妳去過惠斯塔布嗎……？」

我一開口，便發現自己滔滔不絕。我坦白告訴她一切，跟她說我原本是個牡蠣女孩，為了凱蒂．巴特勒離開家，後來她則為了華特．布理斯拋下了我。我跟她說我發瘋那段日子，還有我的偽裝。我講述自己在綠街和米爾恩太太與葛蕾斯的生活，她就是那時第一次見到我。最後我告訴她黛安娜、幸福廣場和澤娜的事。

我說完之後，天快亮了。客廳感覺比之前更寒冷。我娓娓道出我的過去時，佛羅倫斯一直沉默不語。我提到賣淫那段時，她開始皺起眉頭，後來眉頭愈皺愈緊。現在她眉頭深鎖。

我說：「妳想知道我的祕密……」

她別開頭。「我沒想到會這麼多。」

「妳說妳不會因為賣淫討厭我。」

「很難想像妳做那些事，何況只是為了圖個樂趣。而且……噢！南西，是為了那麼殘酷的樂趣！」

「那是很久以前的事了。」

「一想到妳認識那麼多人……卻沒有朋友。」

「我把他們全都拋棄了。」

「還有妳的家人。妳說妳來倫敦是因為家人把妳趕出來了。但其實是**妳**把**他們**拋棄了！他們一定時時念著妳！妳從來不想念他們？」

「有時候。有時候會。」

「綠街那個女士這麼喜歡妳，妳不曾想過聯絡她和她女兒？」

「她們搬走了。我試著找過她們。總之，我很慚愧，因為我棄她們於不顧……」

「棄她們於不顧，就為了那個……她叫什麼名字？」

「黛安娜。」

「黛安娜。那麼，妳很喜歡她嗎？」

「喜歡她？」我用手肘撐起自己。「我討厭她！她就像是惡魔！我已經告訴妳——」

「但是妳跟她在一起那麼久……」

我發覺自己說法矛盾，也聽出她的懷疑，一瞬間難以呼吸。「我無法解釋。」我說：「她對我有種力量。她很有錢。她有……某種什麼。」

「妳一開始跟我說，是個紳士把妳趕走。後來妳說是個女士。我以為妳失去了某個女孩……」

「我確實失去了一個女孩。就是凱蒂，但那是好幾年前的事。」

「黛安娜很有錢，把妳打到眼睛瘀青、破皮，妳也不反抗。最後她趕妳走，是因為妳親了她的女僕。」她聲音愈來愈嚴厲。「所以**那個女僕**後來怎麼了？」

「我不知道。我不知道！」

我們沉默躺著，床一瞬間變得好窄。佛羅倫斯望著窗簾亮起的角落，而我望著她，一臉悲傷。她手放到嘴上，咬著指甲，我伸手阻止她，但她推開我的手，起身。

「妳要去哪？」我問。

「樓上。我想坐一會，好好思考。」

「不要！」我大叫，結果吵醒了樓上搖籃中的西里爾，他發出哭喊，找著媽媽。我伸手抓住佛羅倫斯的手腕，全然不顧寶寶的哭喊，把她拉回壓在床上。「我知道妳打算做什麼。」我說：「妳打算去想莉莉安！」

「我想莉莉安也不是我能**控制**的！」她悲痛欲絕地回答：「我不能**控制**。而妳！妳也是，只是我從來不知道。別說……別說妳昨晚親我時，心裡沒有想著凱蒂！」

我深吸口氣。但我猶豫了。因為她說得對，我說不出口。我親吻凱蒂是第一次，也是最激烈的一次，彷彿在那之後，我的雙唇便印上她的形狀、顏色和味道。不論是蘇活區所有紳士的精液和眼淚，或幸福廣場的紅酒、淫液和愛撫，都無法抹去她的吻。我一直都知道，但對黛安娜或澤娜而言，這根本不重要。對佛羅倫斯來說，為何那麼重要呢？

而她親吻我時，心裡想著誰，對我來說為何重要？

我最後說：「我只知道我們昨晚不睡在一起，我們會死掉。經歷那麼美妙的一晚，如果接下來妳跟我說我們永遠不要再睡在一起……」

我仍將她壓在床上，西里爾仍在哭。但現在，他奇蹟似地慢慢不哭了。佛羅倫斯在我懷中也漸漸放鬆，她轉頭靠著我。

她小聲說：「我覺得妳像是貝殼中的維納斯。我絕不會在意妳來這裡之前的情人……」

「那妳為何現在非得在意她們？」

「因為妳在**想**她們！假如凱蒂再次出現，求妳回到她身邊呢？」

「她不會。凱蒂走了，佛羅倫斯。像莉莉安一樣。相信我，相信我，**莉莉安**回來的機率還更高！」我露出笑容。「如果她回來，妳要回到她身邊，我一句話都會不吭。如果凱蒂回來找我，妳也可以這麼做。那時我想，我們可以有各自的天堂，站在不同的雲朵上，朝彼此揮手。但在那之前……在那之前，佛羅倫斯，我們不能繼續親吻，一起快樂生活嗎？」

我想以愛的誓言來說，這句話非常奇妙。但我們兩個擁有奇特的過去。過去像是個蓋不緊的箱子。我們一定要小心翼翼背負。佛羅倫斯嘆口氣，雙手終於伸向我，我覺得我們一定能成功。只要箱子不翻倒，我們一定能成功。

第十九章

那天下午，我們把矮床搬回閣樓。我想床輪已經歪了。我把過夜的東西拿到佛羅倫斯的房間，將睡衣放到她枕頭下。我們趁羅夫出去時把一切打理好，他回到家，望著原本收納著床的地方，再望著面紅耳赤，有著黑眼圈，雙唇發腫的我們，他眨了十幾下眼，吞了吞口水，坐下來，用《正義》雜誌擋住臉。但他那天晚上起身回房時，他熱情親吻我。我望向佛羅倫斯。

「為什麼羅夫沒有情人？」他上樓後我說，她聳聳肩。

「女生好像不喜歡他。我每個拉子朋友都有點愛上他，但一般的女生……唉！他又愛漂亮的。他上次追求的女孩後來為了一個拳擊手甩了他。」

「可憐的羅夫。」我說。然後我又說：「他對妳的……傾向非常寬容。妳不覺得嗎？」

她坐到我的椅臂上。「他有很長一段時間習慣。」她說。

「我想家裡總有一、兩個女生在。母親一直不理解。珍娜不在乎，她說這樣她就有更多男生可以選擇。但法蘭克……」法蘭克是大哥，偶爾才會帶一家子來。「法蘭克以前從來不喜歡女孩子來找我。他有次打我一巴掌，我永遠不會忘記。現在他看到妳在這肯定不高興。」

「如果妳想的話，我們可以假裝沒這回事。」我說：「我們可以把矮床搬回來，假裝——」

她身子向後，彷彿我罵她一樣。「假裝？在我家假裝？如果法蘭克不喜歡我的喜好，他可以不要來。不管是他，或其他人有同樣的想法都一樣。妳會希望大家覺得我們很可恥嗎？」

「不是，不是。只是凱蒂以前——」

「噢！凱蒂！凱蒂！妳愈跟我說這女人，我愈討厭她。她讓妳委屈自己，內心抱著罪惡感這麼久。妳明明可以放開自我，當個真正的拉子，開心過生活……」

「要不是凱蒂．巴特勒，我根本不會成為拉子。」我說，雖然我想掩飾，但我深深受她所說的話刺傷。

她上下打量我。我穿著褲子。她說：「**這話**我才不信。妳遲早會遇到某個女人。」

「可能在我嫁給佛瑞德，生了一堆小孩之後吧。但我絕不會遇到**妳**。」

「這麼說，我想我確實**有件事**需要感謝凱蒂．巴特勒。」

這名字大聲說出口時，仍會挑動著我的神經，讓我全身發麻。我想她知道。但現在我開朗地說：「真的。妳最好記著。其實，我有樣東西能提醒妳……」我走到大衣旁，掏出口袋中我和凱蒂的合照，那是我在船中男孩酒吧從珍妮那拿來的。我拿到書架，把照片放在其他肖像照下方。我說：「妳的莉莉安可能看到愛琳娜．馬克思會興奮。但懂事的女孩五年前可是會在臥室牆上放我的照片。」

「別吹噓了。」她回答：「老是講音樂廳的事。我從來沒聽過妳對**我**唱一首歌。」

她坐到我剛才的扶手椅上，現在我走過去用膝蓋頂著她膝蓋。我唱了一首W．B．費爾的老歌：「**小拉拉，小拉拉，讓個位置給叔叔**。」

她大笑。「妳以前跟凱蒂唱這首歌？」

「當然沒有！凱蒂太害怕了。她怕觀眾之中有拉子聽懂這笑話，以為我們假戲真做。」

「那唱一首妳跟凱蒂唱的。」

「好……」我不確定這樣好不好。但我唱了幾句關於金幣的歌。邊唱邊在客廳走動，並踢著我穿斜紋褲的雙腿。我唱完之後，她搖搖頭。

「她現在會多為妳驕傲！」她柔聲說：「如果我是她的話……」她沒說完。她只站起來到我身邊，拉開我脖子領口，親吻底下的肌膚，親到我顫抖。

她在我眼中曾像石膏像一樣貞潔，我也曾覺得她很平庸。但她現在不貞潔了，而是非常大膽、直接，毫不扭捏。這股大膽彷彿將她打磨光亮，讓她變得更漂亮，閃閃發光。我只要看她，便會想碰她。我看到她散發光澤的粉紅嘴唇，就會想走去親吻她。我只要看著她手放在桌上、拿著筆、拿著杯子或做著任何日常瑣事，就想牽起她的手親吻，伸出舌頭舔她的手掌，或把她的手放到我的胯下。我會和她站在擁擠的地方，感覺她的頭髮拂過我的手臂，看她的皮膚起雞皮疙瘩，雙頰發紅，知道她如我渴望她一樣渴望著我。但她也很壞心，會故意挽留朋友，倒給對方第二杯茶，甚至第三杯茶，讓我在一旁看，受盡折騰，雙腿潮溼。

「妳讓我等了兩年半。」她有次對我說。我隨她走進廚房，她把茶壺從火爐拿起，我雙手顫抖抱住她。「現在只是多等一小時，等客廳的人走光，又不會怎樣……」但她另一天晚上說同樣的話，我手伸進她的裙子，讓她聲音愈來愈小。後來她帶我進儲藏室，用掃把擋住門，我們在麵粉袋和糖蜜罐之間愛撫，茶壺汽笛響起，廚房一片朦朧，滿是蒸氣，安妮從客廳大喊，問我們到底**在幹麼**？

其實，我們兩人都太久沒親吻別人，一旦重新開始，我們都無法自拔。

我們也沒想到自己這麼大膽。

「我以為妳是那種非常矜持的女生。」我們去男孩酒吧之後一、兩週，她有天晚上對我說：「像『用身體摩擦我但不要碰我』那種……」

「有這種女生？」我問她。

她臉紅了。「嗯，我曾跟一、兩個睡過……」

她和好多不同的女生睡過，能像養魚一樣分門別類，不但讓人驚訝，更讓人血脈賁張。我們剛才在浴缸洗了熱呼呼的澡，全身溫暖發麻。雖然天氣寒冷，我們仍全身赤裸躺在一起。我手放到她身上，開始撫摸她，從她脖子慢慢摸到胯下。然後我再次愛撫她，感到她顫抖。

「誰想得到我能這樣摸妳，這樣跟妳說話！」我輕聲問她，因為西里爾熟睡在旁邊的搖籃中。「我原本以為妳是正經的老古板。我以為妳很害羞。真的，妳這麼有禮貌又善良，我不懂妳為什麼現在這麼不同！」

她大笑說：「妳知道，社會主義者又不是救世軍。」

「搞不好是……」

我們不再說話，只親吻和呻吟。但隔天晚上，她拿了本書要我唸。那是愛德華・卡本特[54]寫的詩《前進民主》。佛羅倫斯在我身旁，全身散發溫暖，我翻著書頁時，發現自己漸漸溼了。

「妳以前常和莉莉安看這本書嗎？」我問她。

她點點頭。「我們躺在床上時，她以前喜歡聽我唸。我想，她可能不知道有時候好難專心……」

我想其實她也許心知肚明。想到這，我更溼了。我將書給她。「唸給我聽。」我說。

「妳已經唸過了。」

「唸妳以前唸給她的部分……」

她猶豫一會，然後還是唸了。她低聲吟誦時，我手放到她雙腿間摸她，她聲音愈顫抖，我摸得愈大力。

「有些書是專門寫來增加情趣的。」我對她說，心裡想著我以前和黛安娜躺在床上，做過許多次類似的事。同一個夜裡，也許佛羅倫斯也躺在莉莉安身旁扭動。「妳想要我買本那樣的書送妳嗎？我不相信卡本特先生寫這些詩是要讓人這樣享受。」

她親吻我的脖子。「噢！我想卡本特先生不會有意見。」

書已落到她胸上。我把書推到一旁，壓到她身上。

我移動腰部說：「這樣真的能幫助社會革命嗎？」

「噢，對！」

我身子滑得更低。「這樣也是嗎？」

「噢，當然！」

54 愛德華・卡本特（Edward Carpenter, 1844-1929）是英國社會主義詩人和哲學家，早期同志平權運動的重要人物。

我滑到被子下。「那這樣呢？」

「**噢！**」

「天啊。」我稍晚之後說：「原來我多年來一直是社會主義運動的一環，我到現在才知道……」

在那之後，我們把《前進民主》一直放在床頭。屋子安靜下來時，佛羅倫斯有時會對我說：「穿上斜紋褲，唱歌給我聽，叔叔……」我有樣學樣，晚餐或並肩散步時，偶爾會彎向她耳語：「我們今晚**民主**一下，佛羅倫斯……？」當然，有的歌我絕不會向她唱，像〈情人和妻子〉。而我發現《草葉集》一直放在樓下，和愛琳娜・馬克思及凱蒂的照片放在架上。我不介意。我怎麼會在意？我們已經談好了。我們約定要親到永遠。我們不曾對彼此說過**我愛妳**。

「春天的時候談戀愛感覺真美妙，對不對？」安妮四月一天晚上問我們。她和雷蒙小姐現在是情侶，老待在我們家客廳，彼此相視，感嘆對方的美好。「我今天去訪視一家工廠，那是這輩子見過最淒涼、破爛又老舊的地方。但我走到庭院，那裡有一株貓柳，金黃色的陽光灑在上面，看起來就像我親愛的愛瑪・雷蒙，我一度想倒下親吻它，還有哭泣。」

佛羅倫斯哼一聲。「我老早就說，絕不要讓女人去公部門。為一株貓柳哭泣？我這輩子從沒聽過這種鬼話。我有時真的納悶，愛瑪怎麼受得了妳。如果我聽到南西將我比作楊柳，我還不噁心死。」

「噢！真可惜！南西，妳看著佛羅倫斯的臉，難道不曾看到菊花或玫瑰嗎？」

「從來沒有。」我說：「不過我昨天去白教堂市場，魚販推車上有隻比目魚，牠的樣子跟她維妙維肖，簡直不可思議。我差點買回家……」

安妮牽起雷蒙小姐的手，不可思議地望著我們。她說：「我發誓，妳們兩個是我認識最不感性的戀人。」

「我們理性勝過感性，對不對，南斯？」

「其實可能只因為我們太忙了。」我打呵欠說。

佛羅倫斯有點難為情。「恐怕我們不久之後又要更忙了。我已經在協會答應梅西太太，會幫忙籌畫勞工大會師——」

「噢！佛羅倫斯。」我大叫：「不是吧！」

「那是什麼？」雷蒙小姐問。

我說：「倫敦東區所有協會和工會的恐怖計畫，他們妄想讓所有社會主義者在維多利亞公園集結——」

「是抗議活動。」佛羅倫斯打斷我。「若能成功，會是很棒的一件事。活動會辦在五月底。公園裡會搭帳篷，舉辦演說，規畫攤販和表演。我們想邀請來自全英國的貴賓和講者，有人甚至會從德國和法國遠道而來。」

「結果妳現在居然說要幫忙。」我語帶憤恨對雷蒙小姐說：「這代表她會把事情全攬到身上，一如往常，我就不得不幫她熬夜寫信給霍斯頓毛羽服裝師工會和沃平金屬工人協會。但這段時間……」我想說這段時間我其實只想把她側背包中的資料全扔進火裡，在熊熊烈火前躺著親吻她。

我覺得佛羅倫斯這時望著我，眼神透露著些許悲傷。她說：「妳不願意的話，妳不需要幫忙。」

我大喊：「不需要幫忙？在這屋子裡？」

如我所料，佛羅倫斯肩負了無數工作，而我為了不讓她做到發瘋，分擔了其中一半的工作。我在她指揮下寫信和算帳，送一包包海報和冊子到骯髒的工會辦公室，拜訪木匠工坊，坐下來縫桌巾和旗幟，製作工人表演的服裝。我們奎特街的家再次變得滿是灰塵，晚餐變得急就章，草草解決。我現在沒空燉牡蠣，都直接生吃。我們會邊工作邊吃。我縫的旗子和佛羅倫斯寫的信，有一半都濺到酒水和油漬。

就連羅夫也參與其中。身為工會祕書，有人要他寫一小段話，在主講者之間致詞。致詞的題目是「為何是社會主義？」，羅夫不愛演說，他光寫講稿和排練便搞得焦頭爛額。他在餐桌前一次會坐好幾個小時，寫到手臂痠痛。他大多時候會茫然盯著空白的紙頁，接著突然衝到書架前，拿起某篇政治短文參考，如果書被借走或不見了，他便會大罵：「《英國的白奴》跑哪去了？誰借走我的西德尼・韋伯[55]？還有《前進民主》呢？」

佛羅倫斯和我會望著他，搖搖頭。我們會說：「如果你不想做，或覺得辦不到，那就放棄吧。沒人會介意。」但羅夫聽到總會全身僵硬回答：「不，不。這是為了工會，我快寫好了。」然後他會再度皺眉看著紙頁，咬著鬍子。我發現他想像自己站到觀眾面前，眾人盯著他時，他會全身冒汗，開始發抖。

至少這點，我覺得我幫得上忙。「我聽你唸一下你的致詞。」有天晚上佛羅倫斯出門時，我跟他說。「別忘了我曾當過演員。你知道這種事都差不多，不管是多大的舞台。」

「這倒是。」他聽到之後說。他拍了拍手中的講稿。「但我要在妳面前讀很害羞。」

「羅夫！如果你光是在客廳對我唸就很害羞，你要怎麼站在維多利亞公園，面對五百個人？」他一想到那畫面，又開始咬鬍子。但他聽了我的話，把講稿拿在前方，站到窗簾前，清了清喉嚨。

「『為什麼是社會主義？』」他開口。我跳起來。

「好，首先，這樣可不行。你不能像這樣朝自己的手嘟噥，劇院看台上的觀眾……我是說帳篷後面的人會聽不到你說話。」

「妳很嚴格，南西。」他說。

「你最後會感謝我。好了，抬頭挺胸，重新開始。從**這裡**發聲。」我碰他褲釦，他身體扭了一下。「不要從喉嚨。來。」

「『為什麼是社會主義？』」他再次開口，聲音低沉、生硬。「我今天下午受到邀請，要和大家討論這個問題。『為什麼是社會主義？』我會長話短說。」

我吸著嘴唇。「觀眾這裡一定會喊『萬歲』，你知道吧。」

「不知道，南斯，怎麼了嗎？」

「一定的。但你不要被他們影響，不然你就完了。現在繼續唸，我聽聽看剩下的。」

他唸出講稿，內容不過兩、三頁而已，我聽著聽著皺起眉頭。

「你說話**都**對著紙頁。」我最後說：「沒人聽得到。他們會感到無聊，開始自己聊起天來。我看過這種事發生上百次了。」

「但我一定要照講稿唸。」他說。我搖搖頭。

「你必須熟悉內容，就這樣。你必須把稿子背起來。」

「什麼？全部嗎？」他望著紙頁，神情悲慘。

「這一、兩天就背起來了。」我說。我手放到他手臂上。「羅夫，背起來，不然我們就必須替你買套搞笑西裝……」

於是整個四月和五月大半時間，羅夫都和我一起練習致詞。我先逼他背起來，再想方設法讓他記牢。當然，即使只是四分之一的講稿，他都花了非常長的時間才背起來，遠超出一、兩天。我會像個提詞員，手上拿著講稿，羅夫會用生硬、單調的語氣，大聲演說。我一次次叫他背給我聽，有時是早餐時，有時是洗碗時，有時是坐在壁爐旁。我甚至會站在廚房門外，要他在浴缸裡大聲背給我聽。

「你們聽過經濟學家說，英國是全世界最富有的國家多少次？如果你問他們，那是什麼意思，他們會回答……他們會回答……」

「羅夫！他們會回答：**你看看四周**——」

「他們會回答：你看看四周，看看我們宏偉的宮殿和市鎮廳、我們的住宅和我們的……」

「我們的工廠——」

「我們的工廠，還有我們的……」

「我們的**帝國**，羅夫！」

55 《英國的白奴》為約翰．C．考伯敦的著作。西德尼．韋伯（Sidney Webb, 1859-1947）為英國著名社會主義者。韋伯夫妻為社會改革先驅，對於英國社會和制度有深遠的影響。

當然，我不久自己便記熟了內容，不再需要講稿。最後羅夫也多少背起來了，能結結巴巴從頭講到尾，不再需要提詞，聽起來也算清楚。

同時，活動一天天逼近，我們工作更滿，事務更緊迫。我雖然嘴上抱怨不停，但我不禁期待起最後的成果。我幾乎和佛羅倫斯一樣，一則興奮，一則擔憂。

「希望不會下雨！」活動是在星期日，前一天晚上，她從房間窗戶望著陰沉的天說。「如果下雨，我們表演就必須在帳篷裡，沒人排練過。如果打雷呢？大家會聽不到講者說話。」

「不會下雨。」我說：「別煩惱了。」但她繼續皺眉望著天空。不久我也走到窗前，望著烏雲。

「希望不會下雨。」她又說一次。為了讓她轉移注意力，我朝玻璃呵氣，用指甲寫上我們名字縮寫：**N．A和F．B，一八九五年到永遠**。我用愛心圈起字，畫上一支刺穿愛心的箭。

星期日沒下雨，貝思納爾綠地的天空清澈湛藍，說神是社會主義者也不為過，而燦爛的陽光就是來自天堂的祝福。在奎特街，我們全都一早起床，洗澡、洗頭和更衣，感覺就像要參加婚禮。我決定不要冒險在大家面前穿褲子。社會主義者名聲已經夠糟了。我穿上深藍色的套裝，搭配深紅色繡花外套，還有相配的領帶和圓頂禮帽。以女生來說，這打扮已算簡單俐落了。但我在客廳踱步等佛羅倫斯時，仍忍不住拉扯著裙子。不久羅夫來了，他穿得一板一眼，像個店員一樣，領口摩擦他的喉嚨，他手一直在拉。

佛羅倫斯穿著我很喜歡的深紫色套裝。我在貝思納爾綠地路上替她買了一朵花，別在她的外套上。那是朵拳頭般大的雛菊，陽光灑在上頭映著光芒，像一盞明燈。她對我說：「這樣妳絕對不會弄丟我。」

維多利亞公園煥然一新。工人忙了一個週末，建起帳篷、舞台、攤位，每棵樹上都掛著布條和三角旗，各攤位已經在搬桌子和布置展品。佛羅倫斯有十幾張單子的事要顧，她現在拿出來，出發去找協會的梅西太太。羅夫和我穿過所有滴著水的彩旗，找到他要演講的帳篷。結果發現那是公園中最大的一頂。工人擺滿椅子，開心地跟我們說：「這裡至少能坐到七百人！」這規模比我以前表演的劇院還大。羅夫聽到臉色慘白，坐到一張長凳上，開始複習他的講稿。

後來，我帶著西里爾四處遊走參觀，停下來和我認識的女生聊天，順手整理飛起的桌巾、翻倒的箱子和歪掉的花飾。那裡有著各種千奇百怪的慈善團體和組織，他們請來講者，舉辦展覽，例如工會組織、女權團體、基督科學教派、基督教社會主義者、猶太社會主義者、愛爾蘭社會主義者、無政府主義者、素食主義者……「不覺得很不可思議嗎？」我一路上聽到朋友和陌生人都說：「妳見過這種景象嗎？」一個女人給我一條緞帶，別在帽子上。我把它別在西里爾的連身裙上，大家看到他穿著代表社會民主同盟的顏色，紛紛微笑和他握手：「哈囉，同志！」

「他長大以後一定會記得這天！」有個男人摸摸西里爾的頭，給他一便士。然後他站直身子，雙眼發出光芒，環視全場。「我們全都會記得這天……」

我知道他是對的。我曾向安妮和雷蒙小姐抱怨連連。在桌前縫旗幟和布條時，我也不在乎縫線是否縫歪，布面是否弄髒。但隨著公園人愈來愈多，太陽愈來愈燦爛，一切變得五彩繽紛。我環視四周，內心無比驚奇。佛羅倫斯前一晚說：「如果來五千人，我們就開心了……」但我後來爬上一塊高地，把西里爾抱到肩上，手遮在額前，俯視草坪，我猜現場可能有超過十倍的人，彷彿倫敦東區所有人都聚集到維多利亞公園。他們穿上最好的衣服，心情愉快，無憂無慮。我想有人來公園是為了陽光，有人是為了社會主義。有人在攤販和帳篷間攤開毯子，吃著午餐，和情人與寶寶躺在上頭，並和狗狗玩你丟我撿。但我也看到有人聽著帳篷中的講者，有時點頭，有時爭辯，有時皺眉看著冊子，有人把名字填到單子上，有人從口袋掏出硬幣，捐給某個機構。

我站在那裡遠眺一切時，看到一個女人經過，她裙邊跟著一群孩子。是佛萊爾太太，她是我和佛羅倫斯秋天拜訪過的貧窮縫紉工。我叫她時，她微笑走來。「我最後還是參加了工會。」她說：「妳的朋友說服了我……」我們站著聊一會。她的小孩有蘋果糖，舉得老高給西里爾舔。後面爆出音樂聲，大家紛紛靠過去，交頭接耳，伸長脖子去看。我們站在一起，將孩子舉高，看勞工露天表演。一群人穿上各行各業的服裝，舉起工會旗子、布條和花朵。他們表演了半個小時。結束之後，大家把手放到嘴上吹口哨、歡呼和鼓掌。佛萊爾太太哭了，因為她鄰居的大女兒也在其中，扮成賣火柴的女孩。

真希望佛羅倫斯和我在一起。我一路尋找著她深紫色的套裝和雛菊，雖然一直看到出入我們家客廳的工會人士，但始終都沒看到她。我終於找到她時，她在演講帳篷裡。她整個下午都待在這聽演講。「妳聽說了嗎？」她看到我說。「據說愛琳娜．馬克思要來。我不敢離開帳篷，怕錯過她致詞！」結果她早餐之後便沒吃過東西。我去攤子替她買了一包海螺和一杯薑汁汽水。我回來時，看到羅夫站在她身旁，全身是汗，仍拉著領口，臉色無比蒼白。帳篷中坐滿了人，甚至旁邊還有人站著。天氣悶熱，每個人都心浮氣躁。剛才有個講者觀點不受人喜歡，被噓下台。

「他們不會噓你，羅夫。」我說。但我發現他真的很慘，我把西里爾交給佛羅倫斯，抓著羅夫的手臂，帶他離開座位，走到外頭涼爽通風的地方。「來，跟我抽根菸。別讓觀眾看到你在緊張。」

我們站在帳篷掀布外，羅夫絲綢工廠的兩個人經過，向我們舉帽致意，我點了兩根菸。羅夫用手指接下菸，差點讓菸掉到地上，他不好意思地微笑：「妳一定覺得我很蠢。」

「怎麼會！我記得我第一次上台有多害怕。我以為我會吐。」

「我剛才也覺得**我**快吐了。」

「每個人都這麼想，但沒有人吐過。」這其實不是真的。我常見到緊張的藝人彎在側台臉盆和消防水桶前吐。當然，我沒跟羅夫說這件事。

「妳曾在很不規矩的觀眾前表演過嗎，南斯？」他現在問我。

「你在說什麼？」我說：「我在伊斯林頓的迪肯音樂廳時，有人跳上台，抓起在我們之前的可憐喜劇演員，讓他頭下腳上在腳燈上晃，想燒他頭髮。」羅夫聽到眨了兩、三次眼，然後緊張地轉頭去看帳篷，彷彿想確定裡面沒有火，害怕有凶悍的觀眾會想把他抓去燒了。他後來也沒胃口抽菸，把菸扔了。

他說：「如果可以的話，我想我會再去複習一下講稿。」我還來不及開口攔他，他便溜走了，讓我一個人在那抽菸。

我不介意。比起在帳篷裡，在外面還是比較開心。我叼著菸，雙臂交叉，稍微向後靠著帆布。然後我閉上眼，讓陽光灑在我臉上，我拿下菸，打個呵欠。

我這麼做時，肩膀旁傳來一個女人的聲音，我嚇一跳。

「哎唷！勞工大會師這麼多女孩，我不得不說我從來沒料到南．金恩會在這裡。」

我睜開眼，菸從手中落下，轉身看到那女人，失聲大叫。

「澤娜！噢！真的是妳嗎？」

真的是澤娜。她站在我身邊，身材更豐腴，比我上次見到她時更美。她穿著深紅色大衣，手上戴著手鐲和串珠。「澤娜！」我又叫一聲。「噢！好高興見到妳。」我牽起她的手，握了握，她大笑。

「我今天在這裡差不多遇到我認識的所有女孩。」她說：「後來我又看到一個，她靠在帳篷掀布旁，嘴上叼著菸，我心想，天啊，她看起來好像南．金恩？已經過這麼久了，如果真是她，多令人高興。結果，就這麼巧！我走近一點，發現妳頭髮全剪了，我就確定一定是妳。」

「噢！澤娜！我以為自己永遠不會再見到妳。」她聽到之後，表情有點害羞。然後我想起往事，手握得更緊，換個語氣說：「但妳真有膽！居然在那種情況把我丟在凱爾本！我以為我會死在那。」

她現在甩了一下頭。「哼！妳知道，妳也害得我很慘，積蓄都沒了。」

「這我知道。我真是頭野獸！我想妳後來沒去殖民地了……」

她鼻子皺了皺。「我去澳洲的朋友回來了。她說那裡全是粗野的男人，他們不想要房東太太。他們想要老婆。於是我便改變主意了。現在我在斯特普尼也過得很開心。」

「妳現在住在斯特普尼？我們根本就是鄰居！我住在貝思納爾綠地。和我情人住一起。看，她在那裡。」我手放到她肩膀，指向擁擠的帳篷。「靠近舞台，抱著寶寶的那個。」

「什麼？」她說：「該不會是在女孩之家工作的佛羅倫斯．班納吧！」

「難道妳認識她？」

「我有幾個朋友住在費里曼圖之家，她們總是對佛羅倫斯・班納讚不絕口！妳知道有一半的女生都瘋狂愛著她……」

「愛著佛羅倫斯？妳確定？」

「真的！」我們又一起望向帳篷。佛羅倫斯現在站起來，朝舞台上的講者揮舞一張紙。澤娜大笑。「沒想到妳和佛羅倫斯・班納在一起！」她說：「我相信**她**不會容忍妳胡鬧。」

「妳說得對。」我雙眼仍凝視著佛羅倫斯，心裡仍為澤娜說的話感到震驚。「她絕對不會。」

我們再次走入陽光下。「妳呢？」我這時問她：「我猜妳也跟別的女生在一起了，對吧？」

「對。」她害羞地說：「其實，我和兩個女生在一起，無法決定該選誰……」

「兩個！我的天啊！」我想像擁有兩個像佛羅倫斯的情人。我不禁感到頭痛，並打個呵欠。

「有一個在這附近。」澤娜說著。「她參加了工會……在那！**茉德！**」聽到她喊，一個穿著藍色和棕色格子大衣的女生轉頭，並漫步走來。澤娜勾住她手臂，女孩露出笑容。

「這是史金納小姐。」澤娜對我說，然後對她情人說：「茉德，這是南・金恩，音樂廳的歌手。」史金納小姐大約十九歲左右，我在貝瑞塔尼亞劇院最後一個晚上，她大概還穿著小短裙呢。她有禮地望著我，伸出手。澤娜接著繼續說：「金恩小姐和佛羅倫斯・班納住一起……」史金納小姐手馬上握緊，雙眼睜大。

「佛羅倫斯・班納？」她和澤娜剛才的語氣一樣。「協會的佛羅倫斯・班納？噢！我節目單放到哪裡了？金恩小姐，不知道妳能不能幫我要她的簽名？」

「簽名！」我說。她顫抖著手將一張紙遞給我，上面有演講時間表和攤位平面圖。我看到佛羅倫斯的名字印在上面，和另外一、兩個主辦人並列。我說：「嗯……嗯。妳可以自己問她。她就在那裡——」

「噢，不行！」史金納小姐回答：「我太害羞了……」

最後我接下那張紙，說我盡量。史金納小姐看起來非常感激，然後去告訴朋友她遇到我了。

「她有點浪漫，對不對？」澤娜又皺了皺鼻子說：「我可能還是會拋下她，跟另一個在一起……」我搖搖頭，又看一下那張紙，放到裙子口袋裡。

我們又聊一會，澤娜說：「所以妳在貝思納爾綠地過得很開心？那跟妳以前的生活天差地別……」

我臉皺起。「我不喜歡想起過去的日子，澤娜。我改頭換面了。」

「我想也是。不過黛安娜．雷瑟比……嘿！妳一定看過她了，對吧？」

「黛安娜？」我搖搖頭。「沒有！妳以為在那場見鬼的宴會之後，我還會回去幸福廣場嗎？」

澤娜盯著我。「可是，妳該不會不知道吧？黛安娜在這裡！」

「這裡？怎麼可能！」

「真的！我跟妳說，今天下午全世界的人都來了。她也是其中之一。她待在某個報紙或雜誌的攤位那裡。我看到她，差點昏死！」

「天啊。」黛安娜在這裡！這太可怕了。但是……大家都說，老狗絕對忘不了老主人教的把戲。一提到她可憎的名字，我感到自己欲火隱約燃起。我望了帳篷一眼，看到佛羅倫斯，她再次站起，手仍朝舞台揮舞。我轉向澤娜問：「妳能帶我去看在哪嗎？」

她迅速瞄我一眼，眼神中帶著警告。然後她抓住我手臂，帶我穿過人群，走向湖邊，停在一叢矮樹後。

「看，在那邊。」她壓低聲音。「桌子附近，看到她了嗎？」我點點頭。她站在陳列處旁邊。那是女性雜誌《箭》的攤位，她以前有時會幫忙經營。她和另一個女士聊著天，那人我想可能是出席變裝宴會，扮成莎芙的其中一個。那女士胸前別著女性參政權運動的緞帶。黛安娜穿著灰色洋裝，帽子上有著面紗，不過現在面紗已拉起，她一如往昔，好看而傲慢。我望著她，腦中回憶鮮明浮現，我看到自己腰前纏著珍珠，在她身旁四肢攤開，床彷彿傾斜，她跨坐在我身上搖啊搖的，皮革之間不斷摩擦……

我對澤娜說：「如果我走過去，妳覺得她會做什麼？」

「最好不要吧！」

「為什麼？妳知道，她無法再影響我了。」話雖這麼說，我望向她時，全身仍再次感到一股狗性。也許不該稱之為狗性。她彷彿是個音樂廳的催眠師，我則是在全場觀眾面前眨著眼的女孩，準備在她要求下出醜……

澤娜說：「我可不想靠近她……」但我不聽她的話。我快速朝演講帳篷望一眼，從矮樹叢後走出，調正領帶，走向攤位。我離她大概二十公尺時，伸手脫下帽子，她轉過頭，雙眼似乎抬起，望向我。她目光專注，同時帶著冷笑和欲望，如我印象中一樣。我胸中心臟糾結，彷彿被鉤子勾住，我想那是驚慌。

這時她張開口，脫口而出的是：「瑞吉！瑞吉，這裡！」

我不禁絆了一下。我身後不遠處傳來生硬的叫聲：「好。」我轉頭，看到一個男孩穿過草坪，他皺眉望著黛安娜，手中拿著冰淇淋。他將冰淇淋拿在身前，小心吸吮著，怕會滴到褲子上。褲子很好看，胯下微微鼓起。那男孩又高又瘦，黑色的頭髮剪得很短。他的面容英俊，雙唇粉嫩像個女孩子……

他走到黛安娜身邊，她傾身從他口袋掏出手帕，開始擦他的大腿。看來冰淇淋還是滴到他了。攤位上另一個女士在一旁看著，面帶微笑。然後她低聲說句話，害那漂亮的男孩滿臉通紅。

我站在那裡看著這一切，內心震驚不已。但此時我緩緩向後退一步，接著又退一步。我不知道黛安娜有沒有再次抬頭。我沒有停下腳步去看。瑞吉手舉起，舔著他的冰淇淋，袖子向後滑開，我看到底下手錶的閃光……我眨眨眼，搖搖頭，跑回澤娜躲著的樹叢後，臉靠到她肩膀上。

我從樹葉間再次望向黛安娜，她勾著瑞吉的手，頭靠得很近，兩人大笑。我轉向澤娜，她咬著嘴唇。

「這世界只有惡魔才會成功，我發誓。」她說。但後來她又咬著嘴唇，接著竊笑起來。

我也大笑一會。我又朝攤位望一眼，眼中帶著憤恨說：「好吧，我希望她會有報應！」

澤娜歪著頭問：「誰？黛安娜，還是……？」

我臉皺起，不答腔。

後來我們緩緩走回演講帳篷，澤娜說她最好去找茱德。

「我們可以當朋友，對吧？」我們握手時我說。

她點點頭。「反正妳一定要介紹班納小姐給我認識。我想認識她。」

「好。妳至少有空要來一趟，告訴她妳原諒我了。她覺得我對妳很殘酷。」

她露出微笑。然後她神情一變，頭轉過去。「那是我另一個情人。」她馬上說，手指著一個肩膀很寬，一副拉子樣的女人。她目光打量著我們，眉頭糾結。澤娜皺起眉頭。「她很愛鬧脾氣……」

「她看起來**確實**滿凶的。妳最好去找她。我可不想又多個黑眼圈。」

她笑了笑，握了握我的手。我看她走向那女人，親吻她臉頰，和她消失在攤位間的人群中。我鑽回帳篷。裡面人更多、更悶熱了，空氣中瀰漫著煙霧，人群汗流浹背，午陽斜照，透過帆布染得眾人臉上一片澄黃。舞台上，有個女人演說到一半，粗暴跺著腳，十幾個觀眾站起來和她爭辯。佛羅倫斯回到講台前的座位，西里爾在她大腿上踢腿。安妮和雷蒙小姐坐在她身旁，還有個我不認識的金髮女孩。羅夫就在附近，他額頭溼亮，神情驚慌僵硬。

佛羅倫斯旁邊有個空位，我越過草坪，坐到位子上，把寶寶抱過來。

「妳去哪了？」她在眾人喊叫聲中問。「這裡亂七八糟。剛才一群男生進來，打算大鬧一場。羅夫待會要上台了。他煩躁到妳在他頭上打顆蛋都會熟。」

我將西里爾抱到膝上。「佛羅倫斯。」我說：「妳絕不會相信我剛才見到誰！」

「誰？」她問。然後她雙眼睜大。「該不會是愛琳娜．馬克思吧？」

「不，不是。不是名人！我遇到澤娜，我在黛安娜．雷瑟比家認識的女孩。還看到了黛安娜！她們兩人同時在這裡，妳能想像嗎？我再次看到黛安娜，我的心……我以為自己快死掉了！」我把西里爾搖來搖去，他興奮尖叫。但佛羅倫斯板著臉。

「天啊！」她說，她的語氣讓我全身一縮。「我們難道不能好好享受社會主義大會嗎？妳糟糕的過去非得糾纏我們？妳今天還沒好好坐在這裡聽過一場演說。我想妳連個攤位也沒好好看過。妳的目光和腦中想的全是自己。自己，還有那些妳……那些妳……」

「那些我幹過的女人。我想妳的意思是這個。」我小聲說。我抽開身子，心裡又驚又痛。然後我火氣冒上來。「至少我**幹過**我的舊情人。比妳從莉莉安身上得到的還多。」

她聽到，嘴巴張開，淚水在眼眶中打轉。

「嘴真髒。」她說：「妳怎麼能對我說這種話？」

「因為我受夠聽到妳提莉莉安，一直說她多好、多厲害！」

「她**的確**很厲害。」她說：「**真的**。**她**應該要在這裡目睹這一切，而不是妳！她會了解，而妳——」

我氣得脫口而出：「所以妳希望她在這裡，不是我？」

她望著我，淚水已沾溼睫毛。我感覺雙眼刺痛，喉嚨哽咽。「南斯。」她溫柔地說。但我舉起手，別開頭。

「我們講好了，不是嗎？」我說，並試著壓抑話語中的怒氣。她不答腔，於是我又說：「天曉得，我寧可去別的地方，也不要待在這裡！」

我說這句話是為了氣她。但她起身，手摀著眼離開我，我感到無比難過。我手伸入口袋，想拿手帕，結果卻拿出史金納小姐要給佛羅倫斯簽名的節目單。我不禁怔怔望著，疑惑為何今天下午事情突然急轉直下。這段時間，台上的女人仍扯著沙啞的嗓子，大聲演說，和找碴的觀眾爭吵。喊叫聲、煙霧和厭惡彷彿凝結在空中。

我抬起頭。佛羅倫斯站在帳篷帆布旁，安妮和雷蒙小姐都在她身旁。她搖搖頭，而她們靠向她，手放到她手臂上。安妮退開時，我和她四目相交，她走過來，露出謹慎的微笑。

「妳怎麼會跟佛羅倫斯鬥嘴。」她說著坐到我身旁。「她是我見過嘴巴最毒的人。」

「她會說實話。」我悲痛地說：「實話最傷人。」我嘆口氣，並換個話題。我問：「妳今天開心嗎，安妮？」

「開心。」她說：「一切都非常美好。」

「妳跟愛瑪身邊的女生是誰？」我朝雷蒙小姐身旁的金髮女人點點頭。

「那是卡絲提洛太太。」她說：「愛瑪守寡的姊姊。」

「噢！」我之前聽過她，但沒料到她這麼年輕貌美。「她長得真美。真可惜她不是……像我們這樣。沒有一點機會嗎？」

「恐怕完全沒有。但她是個可愛的女孩。她的丈夫人非常好，愛瑪說她已經死了心，覺得自己不可能再找到另一個那麼好的對象。唯一想追求她的人都只剩拳擊手……」

我露出苦笑。其實我不是在為卡絲提洛太太苦惱。安妮說話時，我一直朝佛羅倫斯望。她現在站在帳篷另一頭，手抓著手帕，但她雙頰已乾，一臉蒼白。不管我望著她多久、多專注，她都不肯轉頭來看我。

我差點忍不住走向她，這時觀眾突然一陣歡呼。舞台上的女士終於講完了，大家勉強鼓起掌。當然，這代表羅夫要上台致詞了。安妮和我轉頭看他猶豫地在側台徘徊，他聽到自己名字時，跌跌撞撞走上階梯，到舞台前方站定。

我臉皺起，望向安妮，她咬著嘴唇。帳篷稍微安靜一些，但還是鬧哄哄的。下午認真的聽眾似乎都聽累了，大多已離去。現在坐在座位上的都是閒閒無事的人，像打著呵欠的女人或愛吵鬧的男人。

面對漠不關心的人群，羅夫站好，清了清喉嚨。我看到他手中拿著講稿，我猜他還是怕自己忘詞。他額頭汗如雨下，脖子僵硬。我知道他喉嚨緊繃，全身僵硬，絕對無法讓聲音抵達到帳篷後方。

他又咳一下，便開口了。

「『為什麼是社會主義？』我今天下午受到邀請，要和大家討論這個問題。」安妮和我坐在第三排，連我們都快聽不到他了。我們後頭觀眾爆出一聲：「大聲點！」隨後便是一陣笑聲。羅夫又咳了咳，他再次開口，聲音比較大了，但也非常沙啞。

「『為什麼是社會主義？』我會長話短說。」

「那真是感謝老天！」有個男人大喊。我早料到了，但羅夫目光瘋狂，心神不寧望向帳篷四周。他已經不知所措，不得不看了一下手中的稿子，我看了好焦急。他確認講稿時，帳篷內一片沉默。當然，他再開口時，就像他在奎特街客廳一樣，全對著手中稿子唸。

他說：「你們聽過經濟學家說，英國是全世界最富有的國家多少次……？」我不覺和他一起背誦，希望他繼續說下去。但他結結巴巴，有一、兩次還將紙湊到光下讀。現在群眾已開始呻吟、嘆氣，不停躁動。我望向主持人，他坐在舞台後方，已在考慮要不要上前，請他提高音量或乾脆放棄。我看到佛羅倫斯臉色蒼白，看到哥哥如此困窘，她感到無比焦慮。她自己的悲傷已暫時拋到腦後。羅夫開始唸數據：「兩百年前，英國的土地和資產總共價值五億英鎊，今天價值……價值……」他又把紙頁湊到光下，這時一個男的站起來大喊：「你這傢伙搞什麼啊？你是社會主義者還是老師？」羅夫聽到這句話，整個人像是洩了氣。安妮低聲說：「噢！不！可憐的羅夫！我受不了了！」

「我也是。」我說。我站起來，把西里爾塞到她懷中，一次踏兩階，趕緊從側邊階梯衝上舞台。主持人看到我，稍微站起身想攔住我，但我揮手叫他坐好，毅然決然站到全身是汗、垂頭喪氣的羅夫身旁。

「噢！南斯。」他說。我第一次看到他快掉下淚來。我緊緊抓住他手臂，讓他在觀眾面前站好。觀眾暫時靜下來，我想是因為高興我跳上台，如此戲劇化地走到羅夫旁邊。我趁他們安靜，將聲音嘹亮傳入人群。

「所以你們不喜歡數字嗎？」我大喊，接續羅夫說到一半的段落。「也許說億，大家沒概念。那我們來說說萬好了。假設三十萬。你們覺得我在說什麼？市長的薪水？」觀眾發出嘖嘖聲。兩年前，市長薪水發生過醜聞。趁觀眾回應，我現在便一個一個和他們對話。「不對，小姐。」我說：「我不是在說英鎊，甚至不是先令。我在說的是人。我在說的是男人、女人和小孩，他們在倫敦的工廠生活。倫敦！就在這一刻，倫敦屬於全世界最富有的帝國，也是全世界最富有的國家中最富有的城市！」

我繼續演說，大家漸漸不發出嘖嘖聲了。我提到國內的乞丐，還有貝思納爾綠地那年在工廠喪命的人。「要是**你**死在那破爛地方呢？先生？」我大喊。我說著說著，情不自禁加油添醋，讓演說更生動。「要是**妳**呢？小姐？或你的老母親？或是這個小男孩？」那小男孩開始哭泣。

我問：「我們過世時，我們可能幾歲？」羅夫望著我，臉上全是驚訝，我轉向他，扯著嗓子大喊，讓觀眾都聽到：「班納先生，貝思納爾綠地的人平均幾歲過世？」

他望著我，目瞪口呆一秒，我用力捏他手臂，他大聲喊：「二十九歲！」我覺得不夠大聲。「幾歲？」我大喊。彷彿我是戲劇中滑稽的老太婆，而羅夫正和我一搭一唱。他比剛才更大聲，再次吼出數字：「**二十九歲！**」

「二十九歲。」我對觀眾說：「要是我是上層階級的女士呢？班納先生？要是我住在漢普斯德或聖約翰伍德。過著舒舒服服的日子，擁有布萊恩和梅伊火柴公司股份？這樣的女士平均幾歲過世？」

「五十五歲。」他馬上說：「五十五歲！幾乎多活兩倍時間。」他現在想起台詞了。我不說話，逼著他繼續說，他聲音不久變得和我一樣慷慨激昂。「因為城市乾淨的區域每死一個人，東區便會死四個人。許多人會死於常見的疾病，而對於住在乾淨社區的人來說，他們其實都懂得如何治療和預防。許多人也可能在工廠因操作機器而死，也可能單純餓死。其實今天晚上在倫敦就會有一、兩個人餓死了……」

「怎麼會這樣？明明所有經濟學家都告訴你，過了這兩百年，大英帝國的財富增加了二十倍！結果這一切卻發生在世上最富有的城市裡！」

觀眾傳出喊叫，但我想等大家安靜再繼續講。我終於開口時，我放輕聲音，觀眾紛紛傾身，皺起眉頭來聽我說話。「為什麼會如此？」我說：「因為工人揮霍無度嗎？因為我們都把錢拿去買琴酒和波特酒？或去音樂廳、買菸和賭博，不去買肉和麵包給孩子和自己吃嗎？你們會不時讀到、聽到富人的這種說法。那是事實嗎？富人提到窮人時，事實就會變得扭曲。你想想看，如果我們闖入富人的房子，他會稱我們盜賊，把我們關入監獄。如果我們踏入他的土地，我們就是侵入者，他會派狗咬我們！如果我們拿走他的黃金，我們就是小偷。如果我們讓他付錢，拿回黃金，我們就是詐欺犯和騙子！

「但富人的財富，難道不是換個名字搶來的嗎？富人從競爭者手中偷來財產。他偷走土地，用牆圍起。他偷走我們的健康，我們的自由。他偷走我們辛苦的果實，逼我們**從他手中買回去**！他會說這叫搶劫、蓄奴、詐欺嗎？不會，他們稱之為**企業**、**商業技巧**和**資本主義**。他們說這叫**自然**。

「但嬰兒喝不到奶餓死叫自然嗎？女人在擁擠、難以呼吸的工廠熬夜縫裙子和大衣叫自然嗎？男人和男孩為了火爐中的煤炭，因事故殘廢，甚至喪命，這叫自然嗎？麵包師為了烤麵包被煙嗆到叫自然嗎？」

我的聲音隨著句子漸漸提高，現在我已開始在咆哮。

「你們認為這自然嗎？你們認為這是正義嗎？」

「不認為！」幾百人異口同聲回答：「不！不認為！」

「社會主義者也不認為！」羅夫大吼。他手將稿子揉成一團，現在手朝觀眾揮舞。「看到財富直接落入悠哉的富人口袋裡，我們都受夠了！我們不是想要分一**杯羹**，讓富人偶爾心情好，便塞一些錢給我們。我們希望看到社會改變！我們希望錢能拿來用，而不是用來滾利！我們希望勞工子女生活更好，並廢除工廠，因為未來不再有人需要在裡頭工作！」

大家聽了歡呼，他舉起雙手說：「你們現在在歡呼。或許天氣這麼好，歡呼很容易。但你們不能只會歡呼。你們一定要付諸**行動**。有工作的人，不管男女，都去加入工會！有投票權的人，去投票！推舉你們的代表進入議會。為女人上街爭取權利，讓你們的姊妹、女兒和妻子取得自己的選票，這樣便能幫助你們！」

我再次走向前接著說：「今晚回家，問自己班納先生今天問你們的問題：**為什麼是社會主義？**你們會發現，自己得到的答案和我們一樣。你們會說：『因為英國人民在資本家和地主底下工作，不僅更貧窮，也喪失了健康，生活悲慘又充滿恐懼。要改善底層階級的生活，不能靠慈善活動和零星改革，不能靠稅，不能只靠選一個新的資本政府，甚至廢除上議院也沒用！而是要將土地和產業交還給勞工。因為社會主義是唯一能實現公平正義社會的系統。透過社會主義，世上的財富不會交到坐享其成的人手中，而會由**勞工**享有。由你們所享有。而現在的你們，卻只讓富人變得更富有。自己辛苦賺錢，卻賠上健康，也無法溫飽！」

觀眾再次沉默，接著爆出如雷的掌聲。我望向羅夫，他雙頰脹紅，眼眶泛淚。我牽起他的手舉高。歡呼終於慢慢停下。我望向佛羅倫斯，她已走到安妮和西里爾旁邊，手摀著嘴望著我。

主持人從我們身後走上前，和我們握手，接著我們便走下舞台，馬上有許多人聚集上來，面露笑容，為我們喝采和鼓掌。

「好成功！」安妮大喊，並第一個走上前來。「羅夫，你太棒了！」

羅夫臉紅。「全是南西的功勞。」他害羞地說。

安妮嘴角勾起，轉向我。「太棒了！」她說：「真精采！如果我手上有花，我就丟上台了！」但她無法再多說，因為她後頭來了個年長的女士，她擠向前，和我對到眼。原來是女性合作協會的梅西太太。

「天啊。」她說：「我一定要來恭喜你們！真的是非常精采的演說！她們說妳曾經是個女演員……？」

「是嗎？」我說：「對，我是。」

「我們見到人才當然不能浪費。有機會的話，希望妳能為我們再演說一次。如果群眾還拿不定主意，一個有魅力的講者總能順水推舟。」

「我很樂意為妳演講。」我說：「但妳知道，妳必須負責寫稿……」

「當然！當然！」她拍著手，抬起目光。「噢！我眼前已經浮現無數集會和辯論，誰曉得，甚至能巡迴演說！」聽到這些，我凝視著她，心裡一陣驚慌。後來我感到身旁多了個人，我轉頭看到愛瑪．雷蒙的姊姊卡絲提洛太太，她滿面通紅，情緒興奮。

「好不可思議的演講！」她害羞地說：「我覺得自己感動到要哭了。」她美麗的臉龐蒼白、嚴肅，一雙大眼睛湛藍而明潤。我腦袋興起同一個念頭，她不是拉子真可惜……但我後來想起安妮說的事，她失去一個溫柔的好丈夫，現在想找另一個好人。

「謝謝妳，妳真是好心。」我真誠地說：「但妳知道，其實全是班納先生的功勞，整篇演說都是他寫的。」我說著手伸向羅夫，把他拉過來。我說：「羅夫，這是卡絲提洛太太，雷蒙小姐守寡的姊姊。她非常喜歡你的演說。」

「真的。」卡絲提洛太太說。她伸出手，羅夫和她握手，眨眨眼望著她的臉。「我一直覺得世界非常不公平。」她繼續說：「但今天之前只感到無力改變……」

他們仍握著手，但兩人都沒發現。我離開他們，走到安妮、雷蒙小姐和佛羅倫斯之中，安妮手放到我肩膀。

「巡迴演說，嗯？」她說：「天啊！」接著她轉向佛羅倫斯：「妳覺得怎麼樣？」

我走下舞台之後，佛羅倫斯不曾對我微笑，現在臉上也毫無笑意。她開口時，表情悲傷、嚴肅，略帶疑惑，彷彿不解自己心中為何憤怒。

她說：「如果我覺得南西字字句句都發自肺腑，不只是重複講稿像隻……像隻臭鸚鵡的話，我才會高興一點！」

安妮不安地望向雷蒙小姐，然後說：「噢！佛羅倫斯，幹麼……」我什麼都沒說，只瞪了佛羅倫斯一眼，然後別開頭。我演講大受迴響的喜悅瞬間黯淡下來，心情無比沉重。

現在帳篷靜下來了。舞台上沒有講者，大家趁空檔走到陽光下，草坪上人來人往。雷蒙小姐開朗地說：「我們坐下來吧，好不好？」我們坐到一排空位時，一個小女孩走上前來找我。

「不好意思，小姐。」她說。「妳是演講的女生嗎？」我點點頭。「帳篷外面有個女士問，能不能請妳過去說句話？」

安妮大笑，驚訝地揚起眉毛。「可能又有人要找妳巡迴演講？」她說。

我望向那女孩，心裡猶豫。

「妳說一個女士？」

「是的，小姐。」她堅定地說：「一個女士。打扮很整齊，她戴著一頂有面紗的帽子。」

我心一驚，馬上望向佛羅倫斯。頭戴面紗的女士，只有一個可能。黛安娜還是看到我了，現在她看完我演講要找我。誰知道她打什麼主意？一想到此，我全身顫抖。女孩離開後，我轉頭望向她，佛羅倫斯在座位動了動，瞪著我瞧。帳篷角落出入口處的帆布已經拉起，外頭陽光普照，方形的入口顯得明亮刺眼，我眨了眨眼，將眼睛瞇起。光芒中站著一個女人，如女孩所說，她戴著一頂寬簷帽，一大塊面紗遮住了她的臉。我打量她時，她手伸向面紗，將之掀起。這時我看到她的臉了。

「妳去找她啊？」我聽到佛羅倫斯冷冷地說。「我敢說她來找妳回聖約翰伍德了。到那裡，妳再也不用想什麼社會主義……」

我轉向她。她看到我臉色多蒼白，她表情變了。

「不是黛安娜。」我低聲說：「噢！佛羅倫斯！不是黛安娜……」

是凱蒂。

我怔怔站在原地好一會。我今天已看到兩個舊情人，現在出現第三個。或應該說是第一個，我最初的愛，我唯一的真愛，我真正的愛、最美好的愛，讓我心碎的愛。在那之後，我的一顆心彷彿不曾再次好好燃起……

我沒多看佛羅倫斯一眼，直接走向她，來到她面前，並在陽光中揉揉眼。當我再次望向她，她彷彿受無數飛舞的光束包圍。

「南。」她露出相當緊張的笑容。「妳沒忘記我吧？希望妳沒有。」她的聲音微微顫抖，就像過去激動時一樣。她的口音更純正了，比我印象中少了一點矯飾。

「忘記妳？」我終於找回自己的聲音。「沒有。我只是見到妳太驚訝了。」我望向她，吞了吞口水。她棕色的雙眼依舊，睫毛也仍烏黑，雙唇粉嫩……但她變了，我馬上發現。她嘴角和額頭多了些皺紋，述說著我們分手後這段逝去的時光。她留長頭髮，頭髮在她耳朵上方梳成龐巴度大鬈髮，散發光澤。臉上的皺紋和髮型讓她再也不像俊俏的男生。如剛才傳話的女孩所說，她看起來像個女士。

我打量她時，她望著我。最後她說：「跟最後一次看到妳相比，妳變了很多……」

我聳聳肩。「當然了。我當時十九歲。現在已經二十五歲了。」

「再兩週就二十五歲了。」她回答，嘴唇微微顫抖。「妳看，我記得。」

我感到自己臉紅了，無法回答她。她望向我身後的帳篷。然後她說：「妳能想像我剛才往帳篷裡望，看到妳在舞台上演講有多驚訝。我從沒想過妳會走上帳篷舞台，演說關於勞工權利的事！」

「我也沒想過。」我露出笑容，她也是。「妳為什麼會來？」我這時問她。

「我住在堡區。這週所有人都在說週日一定要來公園，因為這裡會有場不可思議的活動。」

「大家這麼說嗎？」

「對！」

「那妳是一個人來？」

她馬上別開頭。「對。華特現在在利物浦。他回頭當經紀人了。他在那裡的劇院有持股，並替我們租了間房。房子準備好，我便會去找他。」

「妳還在音樂廳工作？」

「現在不常了。我們……我們會一起演出。」

「我知道。」我說：「我有看到妳。在密德瑟斯劇院。」

她睜大雙眼。「妳遇到比利那次？噢！南，要是我知道妳在看的話就好了！比利回來說他看到妳時——」

「我無法看太久。」我說。

「所以表演真的這麼糟？」她微笑，但我搖搖頭說：「不是那樣……」她笑容稍斂。

過一會，我說：「所以妳現在不常工作了？怎麼會？」

「華特現在忙著做經紀工作。然後……唉，我們沒有公布，但其實我生了重病。」她猶豫一會。「我原本懷了孩子……」

無論如何，我都感到好難過。「很遺憾。」我說。

她聳聳肩。「華特很失望。但那已經過去了。這只代表我身體不像以前那麼健康……」

我們沉默一會。我朝人群望一眼，接著目光回到凱蒂身上。她臉紅了紅，開口說：「南，比利告訴我，他遇到妳那次，妳穿得……像男生。」

「對。我是。我當時的確扮成男生。」她同時大笑又皺眉，似乎無法理解。

「他也說，妳跟一個……一個……」

「女士住一起。對。」

她臉又更紅了。「那……妳現在還是跟她在一起嗎？」

「沒有。我、我現在跟另一個女孩住在貝思納爾綠地。」

「喔！」

我猶豫一會，但和兩個小時前遇到澤娜一樣，我稍微往帳篷陰影走，凱蒂跟過來。「她在那邊。」我說著朝舞台前的座位點點頭。「抱著小男孩的那個女孩。」

安妮和雷蒙小姐已經走開，佛羅倫斯現在一個人坐著。我比向她時，她抬頭望我，然後神情嚴肅地看著凱蒂。凱蒂又發出「噢」一聲，然後露出緊張的笑容。我說：「她是佛羅倫斯，是個社會主義者，也是她把我帶來接觸這一切……」我說著說著，佛羅倫斯脫下帽子。西里爾馬上伸手拉她頭髮上的髮針，手和頭髮纏在一起。他這一鬧害她臉紅了。我看著她半晌，發現她又望著凱蒂。我轉向凱蒂時，發現她雙眼盯著我，表情特別奇怪。

「我會情不自禁一直看妳。」她說，臉上露出遲疑的笑容。「妳跑走之後，我起初以為妳一定會回來。妳去了哪裡？妳做了什麼？我們費盡心力想找到妳。後來妳音訊全無，我以為我永遠不會再見到妳了。我以為……噢！南，我以為妳傷害了自己。」

我吞了吞口水。「**妳**傷害了我，凱蒂。傷害我的是**妳**。」

「我現在知道了。妳以為我不知道嗎？甚至現在和妳說話我都好慚愧。我對於過去的事感到好抱歉。」

「妳現在不用抱歉了。」我尷尬地說。但她彷彿沒聽到我說的話，繼續說她非常對不起。她鑄下大錯。她非常抱歉，對不起……

最後我搖搖頭。我說：「噢！現在這有什麼意義？沒有意義了！」

「沒有嗎？」她說。我感到心臟大力跳動。我不回答，只繼續望著她，她向我走一步，低聲疾語：「噢！

南，我想了無數次，如果我找到妳要和妳說什麼。我不能把話留在心裡，白白離開！」

「我不想聽。」我突然驚慌失措。我記得我甚至用手遮住耳朵，不想聽她低語。但她抓住我手臂，繼續朝我說。

「妳一定要聽！妳一定要知道。妳不能以為我不經思考，輕易便下了決定。妳不能以為我……沒有心碎。」

「那妳為何那麼做？」

「因為我是個傻瓜！因為我以為我在舞台上的生活比任何事都重要。因為我以為我會成為明星。當然，因為我不曾想過自己會真的、真的失去妳……」她遲疑。帳篷外頭人群依舊喧鬧。孩子奔跑尖叫，攤販吆喝、爭執。五月的風中，旗幟和紙頁翻動。她深吸口氣。她說：「南，回到我身邊。」

回到我身邊……我內心一角馬上回應，毫不猶豫地躍向她，像別針遇上磁鐵。我相信如果她再問我，我內心同一處仍會躍向她，永遠不會改變。

但我內心另一處記得，至今都記得。

「回到妳身邊？」我說。「但妳仍是華特的妻子，不是嗎？」

「那沒有意義。」她馬上說：「他和我之間已經沒有……那種關係了。只要我們小心……」

「小心！」我說，這個詞讓我全身縮一下。「小心！小心！我從妳身上就只得到這兩個字。我們以前好小心，根本跟死了沒兩樣！」我甩開她。「我現在有新女友了，她和我當情人不會感到羞恥。」

但凱蒂靠近我，再次抓住我手臂。「那抱著小孩的女孩。」她說著朝帳篷點點頭。「妳不愛她，我從妳表情看得出來。不像妳愛我那麼深。妳不記得過去的我們嗎？妳是我的，最早最早就是我的。妳屬於我。妳不屬於她和她那種人，談論這些愚蠢的政治思想。妳看妳的衣服，多樸素、廉價！看看我們周圍的人。妳離開惠斯塔布，就是為了遠離這些人！」

我茫然中望向她一秒，然後我照她所說的望向帳篷四周。我望向安妮和雷蒙小姐。我望向羅夫，他仍紅著臉，朝卡絲提洛太太眨眼。我看向諾拉和露絲，她們站在舞台旁，和在船上男孩遇到的女生聊天。帳篷另一端椅子上（我剛才沒注意到她），澤娜手勾著她寬肩膀情人的手臂。她們旁邊有兩個羅夫工會的朋友。他們看到我望向他們，朝我點點頭，舉起酒杯。而所有人中間，佛羅倫斯坐在那。她頭仍朝西里爾抓的方向垂著，頭髮已鬆落到肩膀上，她舉起雙手，試著把他的手指拉開。她滿臉通紅笑著。但她即使笑著，目光也仍停留在我身上，我發現她眼眶中噙著淚水。也許只是因為西里爾拉她頭髮的關係。但藏在眼淚後面，她雙眼中有一種我不曾見過的淒楚。

我無法回應她的笑容。我再次轉向凱蒂，我正視著她，開口時聲音平穩。

「妳錯了。」我說。「我現在屬於這裡。這些是我的家人。至於我的愛人佛羅倫斯，我愛她至深，難以言喻。我到這一刻才真正明白。」

她放開我手臂，向後退，彷彿被打了一下。「妳說這些話只是為了氣我。」她彷彿喘不過氣似的。「因為妳仍在心痛。」

我搖搖頭。「我說這些話，因為這是真相。再見，凱蒂。」

「南！」我從她面前走開時她大喊。我轉過身。

「不要這樣叫我。」我不開心地說：「現在沒人這樣叫我了。那不是我的名字，從來就不是。」

她吞了吞口水，再次走向我，用壓抑的聲音低語：「那我叫妳南西。聽我說。我還保有妳以前所有的東西。妳留在史丹佛山的所有東西。」

「我不要了。」我馬上說。「妳要留著或丟掉都好。我不在乎。」

「還有妳家人寄來的信！妳父親來倫敦找妳。即使現在，他們仍會寄信來問我有沒有妳的消息……」

我父親！我看到黛安娜時，眼前浮現自己躺在絲綢床的畫面。而現在我腦中畫面更鮮明，我看到父親，他的圍裙垂到靴子上。我看到母親、哥哥和愛麗絲。我看到海洋。我雙眼開始刺痛，彷彿沾到了鹽。

「妳可以把信寄給我。」我聲音沙啞。我想我會寫信告訴他們關於佛羅倫斯的事。如果他們不喜歡，至少他們會知道我安然無恙，幸福快樂……

凱蒂又靠更近，也將聲音壓更低，她說：「還有錢。我們全都留著。南，妳的錢大概有七百英鎊！」

我搖搖頭。我已經忘記那筆錢了。「我不需要了。」我簡單地回答。但我說出口時，我便想起我曾害澤娜一無所有。我再次想到佛羅倫斯。我想像她將七百英鎊一枚枚投入東區的捐款箱。

那樣會讓她愛我勝過莉莉安嗎？

「妳也可以把錢寄來。」我最後對凱蒂說。我跟她說我的地址，她點點頭，說她會記得。

我們凝視彼此。她雙唇溼潤，微微張開。她臉色蒼白，雀斑浮現。我不覺想起坎特伯里演藝宮的那天晚上，我初次見到她，發現自己愛上她，她親吻我的手，叫我「美人魚」，並對我動了情。也許她也想起同一段回憶，因為她說：「所以這就是結束？妳不會讓我再見妳嗎？妳可以來找我……」

我搖搖頭。「看著我。」我說：「看我的頭髮。如果我去找妳，妳的鄰居會說什麼？妳絕不敢和我走在街上，因為妳怕有人會罵！」

她面紅耳赤，睫毛拍動。「妳變了。」她又說。我只簡單回答：「對，凱蒂，我變了。」

她舉起手，拉下面紗。「再見。」她說。

我點點頭。她轉身，我站在原地望著她，發現自己內心千百道舊傷都隱隱作痛……

我心想，**我不能輕易放過妳！**她仍沒走遠，我走入陽光下，望向四周。帳篷旁草地上有個花圈或林蔭拱道之類的布置被丟棄在一旁。上面有著玫瑰花。我彎身摘下一朵，叫了一個無所事事的男孩，將花交給他，並給他一便士，好好叮囑他一會。我走回帳篷陰影中，躲到斜垂的帆布後，偷偷向外看。那男孩跑向凱蒂。我看到她聽到叫聲回頭，然後彎身聽他捎來的口信。他將玫瑰拿給她，指向我站的地方。她臉朝向我，接下花。男孩馬上跑去買東西了，但她仍站在原地不動，她戴著手套的手將那朵玫瑰緊握身前，蒙著面紗的頭微微擺動，想找出我的身影。我覺得她沒看到我，但她一定猜到我望著她，所以一分鐘之後，她朝我的方向點個頭，彷彿是腳燈前最輕描淡寫、悲傷失魂的一鞠躬。接著她轉身，不久便消失在人群中。

我這時也轉身，走回帳篷。我先看到澤娜，她正要走入陽光中，接著我看到羅夫和卡絲提洛太太，他們緩緩並肩漫步。我沒停下來和他們聊天。我只笑了笑，堅定地朝佛羅倫斯剛才的座位走去。

但我到那裡時，佛羅倫斯不見了。我環視四周，找不到她在哪。

「安妮。」我說。她和雷蒙小姐經過，剛好要去找舞台旁的那群拉子。「安妮，佛羅倫斯在哪？」

安妮望了望帳篷，然後聳聳肩。「她一分鐘前還在。」她說：「我沒看到她離開。」帳篷只有一個出口。我專注看著凱蒂時，她一定從我身旁走過……

我感覺心揪一下。突然之間，彷彿我不馬上找到佛羅倫斯，我將永遠失去她。我從帳篷跑到草坪，瘋狂望向四周。我從人群中看到梅西太太，並走向她。她看到佛羅倫斯了嗎？她沒有。我遇到佛萊爾太太。她看到佛羅倫斯了嗎？她覺得剛才可能看到她帶著小男孩往貝思納爾綠地的方向走……

我顧不得感謝她，趕緊快步過去。我擠過擁擠的人群，一路跌跌撞撞，嘴上一直罵著，又急又慌，冷汗直流。我再次經過《箭》雜誌的攤位。我這次沒轉頭去看黛安娜和新的男孩是否還在。我只不斷向前，尋找佛羅倫斯的外套、她閃閃發亮的頭髮或西里爾的緞帶。

最後我走出人群，來到公園西半邊，靠近能划船的湖邊。這裡的人對於帳篷和攤販旁的演說和辯論毫不在意，男男女女當中，有人坐在船上，有人在游泳，彼此尖叫潑水，四處嬉戲。附近也有幾張長椅。佛羅倫斯坐在其中一張椅子上（我看到差點叫出聲來），西里爾在她前方，雙手放入水中，裙襬浸在湖水中。我站在原地喘氣一會，脫下帽子，擦了擦額頭和太陽穴的汗水。然後我緩緩走過去。

西里爾先看到我，他揮手大叫。聽到他的聲音，佛羅倫斯抬頭看到我，倒抽口氣。她已將翻領上的雛菊取下，拿在手中。我坐到她旁邊，手臂沿椅背伸去，拂過她的肩膀。

我上氣不接下氣說：「我以為我失去妳了……」

她望著西里爾。「我看到妳跟凱蒂說話。」

「對。」

「妳說……妳說她永遠不會回來。」她萬念俱灰地說。

「對不起，佛羅倫斯。對不起！我知道她回來不公平，而莉莉安永遠不能……」

她轉開頭。「她真的……求妳回到她身邊？」

我點點頭。然後我小聲問：「我走的話，妳會在意嗎？」

「妳走的話？」她吞了吞口水。「我以為妳已經走了。我看到妳的表情……」

「妳在意嗎？」我又說。她望著手中的花朵。

「我原本下定決心要離開公園回家。感覺沒有留下來的意義了，就算愛琳娜．馬克思要來也一樣！後來我走到這裡心想，妳不在家，我回家幹麼……？」她又扭了一下雛菊，兩、三片花瓣落到她的羊毛裙上。我望向草坪，然後再次面對她，開始發自肺腑向她小聲說話，彷彿是在為人生辯護。

「佛羅倫斯。」我說：「之前關於我和羅夫的演講的事，妳說得對。那不是我的真心話。至少我說的時候不是。」我頓了頓，一手放到我頭上。「噢！我感覺我這輩子都在重複其他人說的話。現在我要說出自己的內心話，居然不會了。」

「如果妳在害怕要怎麼告訴我妳要離開——」

我說：「我怕的是要怎麼告訴妳我愛妳。要怎麼說妳是我全世界最重要的人。妳、羅夫和西里爾是我的家人，我絕不會離開你們。雖然我對自己的家人渾不在意。」我的聲音沙啞。她望著我，沒有回答，於是我斷斷續續說下去。「凱蒂讓我心碎了。我從前以為她把我的心殺死了！我以為只有她能夠修復。所以五年來，我一直希望她能回來。而這五年來，我很少讓自己想到她，害怕一想到，我便會難過到瘋了。現在她出現了，說出我夢寐以求的話。而我發現我的心早已痊癒，修復我心的人是妳。她讓我明白了。**那**就是妳在我臉上看到的表情。」我臉頰發癢，伸手去摸，才發現是眼淚。「噢，佛羅倫斯！」我說：「拜託妳。拜託妳告訴我，妳會讓我愛妳，並跟妳在一起。妳會讓我當妳的情人，妳的同志。我知道我不是莉莉安——」

「對，妳不是莉莉安。」她說：「我以為我知道那是什麼意思。但我其實不知道，後來我看到妳望著凱蒂，以為我失去妳了。我想念莉莉安這麼久，彷佛我一切欲求都只是渴望她的另一種方式。但我後來發現，我內心的渴望已不同了，我想要的是妳，一直都是妳，只有妳……」

我靠近她。我口袋中的節目單沙沙作響，我想起浪漫的史金納小姐。澤娜曾說費里圖曼之家所有無家的少女都瘋狂愛著佛羅倫斯。我張開嘴想告訴她，後來改變主意，決定暫時別說，搞不好她沒注意到。我再次望向公園，帳篷和攤子旁人人充滿歡笑，四周掛著彩帶、旗子和布條。我覺得彷佛佛羅倫斯一人的熱情讓整個公園歡騰而激動。我轉頭面向她，握住她的手，捏碎那朵雛菊，不管是否有人注意，我傾身親吻她。

西里爾仍蹲在湖邊，裙襬浸在湖水中。草坪上的草被踩得東倒西歪，午陽將影子拉得很長。演講帳篷依稀傳出一陣歡呼和掌聲。

（全文完）

致謝

感謝所有閱讀和評論《輕舔絲絨》各版本草稿的人，尤其是Sally O-J，以及Margaretta Jolly、Richard Shimell和Sarah Hopkins。感謝Caroline Halliday、Monica Forty、Judith Skinner和Nicole Pohl，她們在我寫作過程以及完成後，都曾給予我鼓勵和建議，並表達出她們的熱情。感謝我在Virago出版社的編輯Sally Abbey，以及我的經紀人Judith Murray。最後感謝Laura Gowing，她教導了我許多關於歷史和愛的不可思議之事。這本書獻給她。

莎拉・華特絲年表

一九六六年　七月二十一日出生於英國威爾斯。八歲時舉家搬遷至北約克郡。

一九八七年　於英國肯特大學取得英美文學學士學位。

一九八八年　於英國蘭開斯特大學取得現代文學碩士學位。短暫於書店任職。

一九八九年　於倫敦康頓圖書館任職，直到二〇〇〇年。

一九九二年　進入倫敦瑪莉皇后大學攻讀英國文學博士學位，這段時間在多部期刊發表與女性及女同志相關的研究文章。也開始寫以學術研究素材為背景的小說。

一九九五年　獲得博士學位。

一九九六年　於英國開放大學授課。

一九九八年　出版《輕舔絲絨》。

一九九九年　出版《華麗的邪惡》。《輕舔絲絨》獲得英國作家協會貝蒂・特拉斯克獎、《圖書館》雜誌年度最佳書籍、《星期日郵報》／約翰・李韋林・里斯青年文學獎，並入選《紐約時報》年度值得關注作品。

二〇〇〇年　《華麗的邪惡》獲毛姆文學獎、《星期日泰晤士報》年度青年作家獎。並入圍《星期日郵報》／約翰・李韋林・里斯青年文學獎、浪達同志文學小說獎、威爾斯藝術理事會年度圖書獎決選名單。《輕舔絲絨》獲浪達同志文學小說獎，入圍菲洛－格魯姆利同志作品獎決選名單。

二〇〇一年　《華麗的邪惡》獲得菲洛─格魯姆利同志作品獎、石牆圖書獎（美國圖書館協會同志書籍圓桌獎）。

二〇〇二年　出版《指匠情挑》。《指匠情挑》獲CWA歷史犯罪小說匕首獎、浪達同志文學小說獎，及同時入圍布克獎和柑橘獎決選名單。

二〇〇三年　獲選《格蘭塔》雜誌最佳青年作家二十人、英國圖書獎年度作家、水石書店年度作家。《指匠情挑》入圍石牆圖書獎。

二〇〇四年　《華麗的邪惡》獲日本「這本推理小說好厲害」最佳翻譯犯罪小說第一名。

二〇〇五年　《指匠情挑》獲日本「這本推理小說好厲害」最佳翻譯犯罪小說第一名。

二〇〇六年　獲石牆圖書獎年度作家獎。出版《守夜》，同時入圍布克獎和柑橘獎決選名單。

二〇〇七年　《守夜》入圍石牆圖書獎、英國圖書獎年度圖書和詹姆斯．泰特．布萊克紀念文學獎。

二〇〇九年　獲選為英國皇家文學學會會士。出版《小陌生人》並入圍布克獎決選。同時入圍雪莉．傑克森獎。再次獲得石牆圖書獎年度作家獎。

二〇一〇年　獲Glamour年度作家獎。

二〇一四年　出版《房客》，獲選為《星期日泰晤士報》年度小說。三度獲石牆圖書獎年度作家獎。

二〇一五年　《房客》入圍貝禮詩女性小說獎決選（前身為柑橘獎）。《小陌生人》入選當年十二月BBC發布的百大英國文學小說。獲石牆圖書獎十年內最優秀作家獎。

二〇一九年　《指匠情挑》入選《衛報》二十一世紀百大好書，名列第十四，打敗戈馬克．麥卡錫《長路》、強納森．法蘭岑《修正》、吉莉安．弗琳《控制》、姜峯楠《妳一生的預言》等叫好叫座的作品。

《輕舔絲絨》作品大事紀

一九九八年	在走遍大小出版社、遭拒無數次之後，莎拉・華特絲終於獲得 Virago 出版合約，早已寫好的《輕舔絲絨》正式出版。本書的創作源自於作者從事同志歷史研究，大量參考維多利亞時代女同志生活文化、情色出版品、劇場生活史。小說提及早期社會主義運動發展的樣貌，展現承自狄更斯批判資本主義社會的人道精神，對女性爭取選舉權的運動描述，形同向性別運動的重要發展致敬。
二〇〇二年	改編為三集電視劇，由英國老牌劇作家安德魯・戴維斯擔綱編劇，於ＢＢＣ播映（中譯《南茜的情史》）。莎拉・華特絲也現身客串，飾演舞台下席間一名鼓掌的觀眾。
二〇〇三年	電視劇於奧斯汀同志國際影展獲得最佳影片、廣電產業俱樂部最佳電視影集、達拉斯 OUT TAKES 影展最佳影片獎和最佳女主角，以及漢堡同志影展 Eurola 獎項。亦入圍英國電視學院獎（ＢＡＦＴＡ）的最佳原創音樂，以及入圍皇家電視協會獎最佳視覺效果——數位效果獎項。
二〇〇四年	電視劇入圍同志反詆毀聯盟媒體獎的傑出電視電影或迷你影集獎項。
二〇一五年	改編為舞台劇。

Hit 暢/小說

輕舔絲絨

095 Tipping the Velvet

•原著書名：Tipping the Velvet•作者：莎拉．華特絲（Sarah Waters）•翻譯：章晉唯•封面設計：莊謹銘•協力編輯：林婉華•責任編輯：徐凡•國際版權：吳玲緯•行銷：何維民、吳宇軒、陳欣岑、林欣平•業務：李再星 陳紫晴、陳美燕、葉晉源•總編輯：巫維珍•編輯總監：劉麗真•總經理：陳逸瑛•發行人：涂玉雲•出版社：麥田出版／城邦文化事業股份有限公司／104台北市中山區民生東路二段141號5樓／電話：(02) 25007696／傳真：(02) 25001966、發行：英屬蓋曼群島商家庭傳媒股份有限公司城邦分公司／台北市中山區民生東路二段141號11樓／書虫客戶服務專線：(02) 25007718；25007719／24小時傳真服務：(02) 25001990；25001991／讀者服務信箱：service@readingclub.com.tw／劃撥帳號：19863813／戶名：書虫股份有限公司•香港發行所：城邦（香港）出版集團有限公司／香港灣仔駱克道193號東超商業中心1樓／電話：(852) 25086231／傳真：(852) 25789337•馬新發行所／城邦（馬新）出版集團【Cite(M) Sdn. Bhd.】／41-3, Jalan Radin Anum, Bandar Baru Sri Petaling, 57000 Kuala Lumpur, Malaysia.／電話：+603-9056-3833／傳真：+603-9057-6622／讀者服務信箱：services@cite.my•印刷：漾格科技股份有限公司•2020年8月初版一刷•2022年2月初版二刷•定價440元

國家圖書館出版品預行編目資料

輕舔絲絨／莎拉．華特絲（Sarah Waters）著；章晉唯譯. -- 初版. -- 臺北市：麥田出版：家庭傳媒城邦分公司發行, 2020.8
面； 公分. --（Hit暢小說；RQ7095）
譯自：Tipping the Velvet
ISBN 978-986-344-763-4（平裝）
873.57　　109004832

城邦讀書花園
www.cite.com.tw